DOUGLAS KENNEDY
UM JEDEN PREIS

DOUGLAS KENNEDY

UM JEDEN PREIS

ROMAN

Aus dem Amerikanischen
von Gerlinde Schermer-
Rauwolf, Barbara Steckhan
und Thomas Wollermann

GUSTAV LÜBBE VERLAG

Für Fred Haines

Erfolg allein
ist nicht genug.
Die anderen
müssen scheitern.

Gore Vidal

ERSTER TEIL

1

Reich werden wollte ich schon immer. Mag sein, dass das ziemlich krass klingt, aber es stimmt. Ehrlich. Vor etwa drei Jahren ging mein Wunsch in Erfüllung. Nach einer zehnjährigen Pechsträhne – einer nicht enden wollenden Reihe von Absagen und Versprechungen wie:»Wir kommen auf Sie zurück« und Hinweisen auf nur knapp verpasste Chancen (»Wissen Sie, nach so etwas haben wir letzten Monat gesucht«) und versprochenen Rückrufen, die (natürlich) nie kamen – entschieden die Götter des Schicksals endlich, mir ein Lächeln zu schenken. Ich bekam einen Anruf – jenen Anruf, von dem jeder träumt, der sich mit Schreiben seinen Lebensunterhalt verdient.

Er stammte von meiner leidgeprüften Agentin Alison Ellroy.

»Ich hab's verkauft, David.«

Mein Herz setzte ungefähr fünf Schläge lang aus. Dieses: *»Ich hab's verkauft«* hatte ich schon seit – tja, um ehrlich zu sein, hatte ich den Satz noch nie gehört.

»Welches?«, fragte ich, da gerade fünf Treatments von mir bei den diversen Studios und Produktionsgesellschaften die Runde machten.

»Den Pilotfilm«, sagte sie.

»Den fürs Fernsehen?«

»Genau. Ich habe *Auf dem Markt* verkauft.«

»An wen?«

9

»Nun ja...«

»Das klingt aber nicht sehr gut.«

»Warum nicht?«

»Man denkt dabei gleich, das dicke Ende kommt noch.«

»Sind Sie immer so pessimistisch?«

»Wann hatten Sie denn schon mal gute Nachrichten für mich, Alison?«

»Da haben Sie allerdings Recht. Aber jetzt...«

»Raus damit, bitte!«

»FRT.«

»An wen?«

»Wie ich schon sagte, FRT – Front Row Television, der Kabelsender mit den raffiniertesten, erfolgreichsten Eigenproduktionen.«

Inzwischen benötigte mein Herz künstliche Stimulantien, um wieder schlagen zu können.

»Ich kenne FRT, Alison. Und sie wollen wirklich meinen Pilotfilm haben?«

»Ja, David. FRT hat gerade *Auf dem Markt* gekauft.«

Schweigen.

»Und zahlen sie auch was dafür?«, fragte ich.

»Natürlich. Ob Sie es glauben oder nicht, wir sind im Geschäft.«

»Entschuldigung, bitte entschuldigen Sie... ich bin es nur nicht gewohnt... wie viel genau?«

»Vierzigtausend.«

»Gut.«

»Das klingt ja nicht gerade begeistert.«

»Doch, ich bin begeistert. Nur...«

»Gewiss, nicht gerade ein Millionengeschäft. Dafür aber die Art von Durchbruch eines Newcomers, den wir in dieser Stadt bestenfalls zwei Mal pro Jahr erleben. Was Sie genauso gut wissen wie ich. Und natürlich wissen Sie auch, dass vierzigtausend das Standardhonorar für einen Pilotfilm im Fernsehen sind, vor allem wenn noch nie etwas von dem Autor produziert wurde. Abgesehen davon, was verdienen Sie augenblicklich bei Book Soup?«

»Fünfzehntausend im Jahr.«

»Dann sehen Sie es doch einmal so: Dieser Vertrag sichert Ihnen drei Jahreseinkommen. Und das ist erst der Anfang. Denn sie kaufen nicht nur den Pilotfilm, sondern sie wollen das Script auch wirklich verfilmen.«

»Haben sie das gesagt?«

»Ja, haben sie.«

»Und nehmen Sie ihnen das auch ab?«

»Mein Lieber, wir befinden uns hier in der Welthauptstadt der gebrochenen Versprechen. Aber vielleicht haben Sie ja Glück.«

In meinem Kopf drehte sich alles. Was für großartige Neuigkeiten!

»Ich weiß nicht, was ich sagen soll«, stammelte ich.

»Wie wär's mit ›Danke‹?«

»Danke.«

Allerdings wollte ich meinen Dank nicht nur in Worten zum Ausdruck bringen. Am Tag nach Alisons Anruf fuhr ich ins Beverly Centre und kaufte ihr einen 375 Dollar teuren Mont-Blanc-Füllfederhalter. Als ich ihn ihr später am Nachmittag überreichte, war sie regelrecht gerührt.

»Können Sie sich das vorstellen? Es ist das erste Mal, dass ich von einem Autor ein Geschenk bekomme, seit … wie lange bin ich schon in diesem Geschäft?«

»Keine Ahnung.«

»Tja, bestimmt dreißig Jahre. Aber offenbar gibt es für alles ein erstes Mal. Also, vielen Dank! Aber glauben Sie ja nicht, Sie könnten ihn sich ausleihen, um damit die Verträge zu unterzeichnen.«

Lucy hingegen war entsetzt, als sie hörte, dass ich meiner Agentin ein so teures Geschenk gemacht hatte.

»Was soll das?«, fragte sie. »Da ergatterst du endlich mal einen Vertrag, und zwar zum Mindestsatz der Writer's Guild, wie ich hinzufügen möchte, und gleich schmeißt du mit Geld um dich, als wärst du Robert Towne.«

»Das war nur als Dankeschön gedacht, mehr nicht.«

»Ein Dankeschön für dreihundertfünfundsiebzig Dollar?«

»Schließlich können wir uns das jetzt leisten.«

»Ach wirklich? Dann rechne doch mal nach! Alison bekommt fünfzehn Prozent Vermittlungsgebühr von deinen vierzigtausend. Wenn das Finanzamt nochmal dreiunddreißig Prozent von der Summe abzieht, bleiben dir gerade noch knappe dreiundzwanzigtausend und ein paar Zerquetschte.«

»Woher weißt du das?«

»Weil ich im Gegensatz zu dir nachgerechnet habe. Außerdem habe ich unsere Schulden bei Master und bei Visa Card zusammengezählt: insgesamt zwölftausend plus die laufenden Zinsen. Dazu kommt noch der Kredit, den wir für Caitlins Schulgeld letztes Jahr aufgenommen haben, nämlich sechstausend, ebenfalls plus Zinsen. Darüber hinaus müssen wir uns in dieser Stadt, in der man ohne Auto nicht überleben kann, einen Wagen teilen. Und zwar einen dreizehn Jahre alten Volvo, dessen Getriebe dringend repariert werden müsste, was wir uns aber nicht leisten können, weil ...«

»Schon gut, schon gut. Es war leichtsinnig von mir und viel zu großzügig. Ich bekenne mich schuldig. Und vielen Dank, dass du mir den Tag verdirbst.«

»Niemand, absolut niemand, will dir den Tag verderben. Du weißt selbst, wie sehr ich mich gestern gefreut habe, als du es mir erzählt hast. Schließlich ist es das, wovon du, wovon wir die letzten elf Jahre geträumt haben. Ich will damit nur sagen, David, dass von dem Geld nichts mehr übrig ist.«

»Gut. Okay, ich habe verstanden«, sagte ich, weil ich das Thema abschließen wollte.

»Und obwohl ich Alison ihren Mont Blanc gönne, wäre es nett gewesen, wenn du zuerst an die gedacht hättest, die uns seit Jahren vor dem Bankrott bewahrt hat.«

»Du hast Recht. Es tut mir Leid.«

Um es ihr zu beweisen, fuhr ich am nächsten Nachmittag los und kaufte bei Tiffany für vierhundert Dollar ein Kreuz aus Silber, das Lucy insgeheim schon seit längerem bewundert hatte. Dieser haarsträubende finanzielle Leichtsinn entsetzte sie noch mehr, obwohl sie das Schmuckstück dann doch trug.

»Mach dir keine Sorgen wegen des Geldes«, sagte ich, als sie mich als heillosen Verschwender beschimpfte.

»Habe ich nicht das Recht, mir Sorgen zu machen?«

»He, wir sind jetzt flüssig.«

»Bist du da nicht ein bisschen voreilig?«

»Gut, dann eben bald, Lucy.«

»Hoffentlich hast du Recht«, murmelte sie. »Eine kleine Verschnaufpause hätten wir wirklich verdient.«

Ich streckte die Hand aus und strich ihr über die Wange. Ein leises, müdes Lächeln huschte über ihr Gesicht. Sie sah wirklich erschöpft aus. Und das mit gutem Grund, denn die letzten zehn Jahre waren für uns beide eine mühselige Plackerei gewesen. Wir hatten uns Anfang der Neunziger in Manhattan kennen gelernt, wohin ich einige Jahre zuvor aus meiner Heimatstadt Chicago gezogen war, um mein Glück als Bühnenautor zu machen. Ziemlich rasch landete ich jedoch als Inspizient in einem unbedeutenden Kellertheater und verdiente mir meinen Lebensunterhalt, indem ich bei einer Buchhandelskette die Regale auffüllte. Immerhin fand ich eine Agentin, und die sorgte dafür, dass man meine Stücke las. Doch außer einem kam nie eines auf die Bühne. *Oak Park – Es bleibt wie es ist* (eine bittere Satire über das Leben in den Vororten) wurde von einer Theatertruppe in einer der Seitenstraßen des Broadway (immerhin!) in einer szenischen Lesung aufgeführt. Lucy Everett gehörte zum Ensemble. Knapp eine Woche nach der ersten Lesung kamen wir zu dem Schluss, dass wir uns ineinander verliebt hatten. Als das Stück zum dritten Mal gelesen wurde, war ich bereits zu ihr in das Ein-Zimmer-Apartment in der East 19th Street gezogen (klein, aber immer noch geräumiger als die Bruchbude, die ich außerhalb von Manhattan in Borough Hall gemietet hatte). Zwei Monate später bekam Lucy eine Rolle im Pilotfilm zu einer Sitcom, die für die ABC an der Westküste produziert wurde. Heiß verliebt, wie wir waren, zögerte ich keinen Augenblick, als sie sagte: »Komm mit!«

Also zogen wir nach Los Angeles. Wir fanden eine enge Drei-Zimmer-Wohnung in West Hollywood in der King's Road. Lucy hatte ihren Auftritt in dem Pilotfilm. Und ich richtete in dem winzigen Kinderzimmer mein Büro ein. Die Fernsehgesellschaft lehnte den Pilotfilm ab. Ich schrieb mein erstes Drehbuch namens *Drei im Graben*, in dem es »auf tragikomische Weise um den großen Coup geht«, wie ich es formulierte. Es handelte von zwei in die Jahre gekommenen Vietnamveteranen, die einen Bankraub verübten. Niemand interessierte sich für das Script, aber zumindest machte es Alison Ellroy auf mich aufmerksam. Sie war eine der Letzten einer aussterbenden Gattung – eine unabhängige Hollywood-Agentin, die ihren Sitz nicht in einem schrillen, hypermodernen Büroturm hatte, sondern von ein paar kleinen Büroräumen in Beverly Hills aus agierte. Nachdem sie mein »tragikomisches« Drehbuch und meine älteren unaufgeführten »tragikomischen« Bühnenstücke gelesen hatte, nahm sie mich unter ihre Fittiche, gab mir jedoch auch folgenden Rat:

»Sie haben Talent, mein Freund. Aber Sie schreiben, als

lebten wir immer noch in den Siebzigern und würden mit dem Joint im Mundwinkel Dinge sagen wie ›das Scheißsystem ist korrupt‹.«

»Ich muss doch sehr bitten«, entgegnete ich. »Zeigen Sie mir ein einziges Hippie-Klischee in meinen Texten.«

»Sicher, aber um sich in Hollywood Ihren Lebensunterhalt als Autor zu verdienen, müssen Sie für die Masse schreiben und dürfen Tragikomik nur ganz bedingt einsetzen. Nur ein kleiner Hauch, vergessen Sie das nicht. Bruce Willis klopft zwar fleißig Sprüche, aber trotzdem jagt er diesen zu allem entschlossenen deutschen Terroristen in die Luft und rettet seine Frau aus dem brennenden Hochhaus. Verstehen Sie, was ich meine?«

Ich verstand. Im darauf folgenden Jahr schrieb ich drei Drehbücher: für einen Actionfilm (islamische Terroristen kapern eine Yacht im Mittelmeer, auf der sich die drei Kinder des amerikanischen Präsidenten befinden); ein Familiendrama (unheilbar an Krebs erkrankte Mutter sucht Aussöhnung mit ihren erwachsenen Kindern, die sie auf Betreiben der bösen Schwiegermutter schon früh hatte verlassen müssen) und eine romantische Komödie (eine Neuauflage von Noël Cowards *Intimitäten*, in der sich ein frisch vermähltes Paar noch während der Flitterwochen in den Bruder resp. die Schwester des Ehepartners verliebt). Alle drei Drehbücher orientierten sich am Massengeschmack. Alle drei Drehbücher hatten ihre tragikomischen Momente. Alle drei Drehbücher erwiesen sich als unverkäuflich.

Nachdem der Pilotfilm sang- und klanglos untergegangen war, musste Lucy feststellen, dass man sie in Hollywood nicht gerade mit offenen Armen erwartet hatte. Hin und wieder spielte sie in einem Werbefilm mit. Einmal kam sie in die engere Auswahl für die Rolle der mitfühlenden Onkologin in einem Fernsehfilm über eine Marathonläuferin, die an Knochenkrebs erkrankt war. Kurz darauf hätte sie fast den Part des kreischendes Opfers in einem schrillen Horrorfilm bekommen. Doch wie ich hangelte sie sich von einer Enttäuschung zur nächsten. Parallel dazu rutschte unser Kontostand allmählich in den roten Bereich. Wir mussten uns Jobs suchen, die auch etwas einbrachten. Mit viel Überredungskunst besorgte ich mir deshalb eine nicht allzu anstrengende Dreißig-Stunden-Stelle bei Book Soup (der vielleicht besten unabhängigen Buchhandlung von L. A.). Lucy ließ sich von einer gleichfalls unbeschäftigten Kollegin aus der Screen Actors Guild zu einem Job als Telefonverkäuferin überreden, und obwohl sie die Arbeit anfangs hasste, sprang die Schauspielerin in ihr auf die smarte Rolle an, die sie am Telefon verkörpern musste. Zu ihrem eigenen Schrecken war sie als Verkäuferin ein Ass. Und sie verdiente nicht schlecht – etwa dreißigtausend im Jahr. Zwar ging sie weiterhin zum Vorsprechen, doch nach wie vor ohne Erfolg. Also blieb sie im Telefonmarketing. Dann trat Caitlin in unser Leben. Ich ließ mich bei Book Soup beurlauben, um mich um unsere Tochter zu kümmern. Daneben schrieb ich weiter: Drehbücher, ein neues Bühnenstück, einen Pilotfilm fürs Fernsehen. Doch nichts davon wurde verkauft. Etwa ein Jahr nach Caitlins Geburt trat Lucy aus der Screen Actors Guild aus. Ich arbeitete inzwischen wieder bei Book Soup. Lucy stieg auf und wurde Ausbilderin der Telefonverkäufer. Laut Steuererklärung verdienten wir gemeinsam knapp vierzigtausend im Jahr: ein Witz in einer Stadt, in der manch ein Arrivierter vierzigtausend im Jahr nur für sein Fitness-Studio ausgibt. Wir konnten uns keine neue Wohnung leisten. Wir teilten uns einen betagten Volvo, der schon zu Zeiten von Reagans Präsidentschaft durch die Gegend gekurvt war. Wir fühlten uns eingeengt, nicht nur durch den Platzmangel in unserer Wohnung, sondern auch durch die immer klarere Erkenntnis, in einem Schmalspurleben ohne Perspektive gefangen zu sein. Natürlich hatten wir Freude an unserer Tochter. Doch während die Jahre vergingen und wir beide auf Ende dreißig zusteuerten, betrachteten wir einander immer häufiger als unsere Gefängniswärter. Denn wir mussten uns nicht nur mit unseren zahlreichen beruflichen Fehlschlägen abfinden, sondern auch mit der Erkenntnis, dass sich alle anderen aus unserem Bekanntenkreis in der boomenden Clinton-Ära ein Sahnestück sicherten, wir jedoch im Niemandsland festsaßen. Doch während Lucy alle Hoffnungen auf eine Schauspielerkarriere aufgegeben hatte, verfasste ich weiterhin Texte – sehr zu ihrem Ärger, da sie (ganz zu Recht) das Gefühl hatte, den Unterhalt der Familie mehr oder weniger allein zu bestreiten. Immer wieder drängte sie mich, die Stelle bei Book Soup aufzugeben, bei einer Internetfirma unterzukriechen und auf der Aktienwelle mitzuschwimmen. Ich jedoch weigerte mich hartnäckig und brachte vor, dass der Job in der Buchhandlung zu meinem Leben als Schriftsteller passte.

»Zu deinem Leben als Schriftsteller?«, fragte sie mit einem Sarkasmus, der mehr als trocken war. »Rede doch nicht solchen Blödsinn.«

Natürlich entzündete sich daran einer jener ehelichen Dispute, in denen sich mit thermonuklearer Gewalt die in Jahren angestauten Vorwürfe, Feindseligkeiten und häuslichen Frustrationen entladen und so urplötzlich zu einer Auseinandersetzung führen, bei denen die Erde zu Füßen beider Beteiligten zu glühen beginnt. Sie nannte mich einen Versager. Ich bezeichnete sie als talentlos. Sie sagte, ich sei egozentrisch, weil ich meinen aussichtslosen Karrierewunsch über Caitlins Wohlergehen stellte. Ich entgegnete, dass ich nicht nur ein Muster an häuslicher Verantwortung sei (jawohl!), sondern mir darüber hinaus meine berufliche Integrität bewahrt habe. Der darauf folgende Wortwechsel war grässlich:

LUCY	Integrität? Du hast bisher nichts, ich wiederhole, absolut gar nichts verkauft. Und da wagst du es, von Integrität zu sprechen?
ICH	Zumindest bin ich nicht zum Dale Carnegie der Telefonverkäufer geworden.
LUCY	Das mache ich nur aus einem einzigen Grund, nämlich weil ich einen geborenen Versager geheiratet habe.
ICH	(greife nach meinem Mantel) Fahr zur Hölle!
LUCY	Gut, geh doch! Dann kannst du der Liste deiner Leistungen noch eine gescheiterte Ehe hinzufügen.

Ich ging wirklich. In jener Nacht fuhr ich stundenlang kreuz und quer durch die Gegend und fand mich schließlich in der Nähe von San Diego wieder, wo ich bei Del Mar am Strand entlanglief. Dabei wünschte ich, ich hätte den Mut, weiter nach Süden, über die mexikanische Grenze nach Tijuana zu fahren und aus den Trümmern meines Lebens zu verschwinden.

Lucy hatte Recht: Ich war ein Versager. Aber immer noch ein ansatzweise verantwortungsbewusster Versager – einer, der seine Tochter nicht in einem Anfall wütender Verzweiflung im Stich lässt. Also ging ich zurück zu meinem Wagen, wendete nach Norden und traf kurz vor Sonnenaufgang wieder zu Hause ein. Lucy war wach, als ich hereinkam, saß in unserem voll gestellten Wohnzimmer zusammengekauert auf dem Sofa und sah mehr als verloren aus. Ich ließ mich ihr gegenüber in einen Sessel sinken. Lange Zeit sagte keiner von uns ein Wort. Schließlich brach sie das Schweigen.

»Das war furchtbar.«

»Ja«, sagte ich, »das war es.«

»Ich habe es nicht so gemeint.«

»Ich auch nicht.«

»Wenn ich nur nicht so müde wäre, David.«

Ich fasste nach ihrer Hand. »Willkommen im Club«, sagte ich.

So schlossen wir mit einem Kuss wieder Frieden, machten Caitlin ihr Frühstück, brachten sie zum Schulbus und gingen dann beide zu unserer jeweiligen Arbeit – Arbeit, die uns nicht den geringsten Spaß machte und die nicht einmal gut bezahlt war. Als Lucy am Abend nach Hause kam, trat der häusliche Waffenstillstand in Kraft, und wir kamen auf diesen bösen Streit nie wieder zu sprechen. Doch sobald etwas einmal ausgesprochen wurde, steht es im Raum, und eine leise, nichtsdestotrotz spürbare Kälte breitete sich zwischen uns aus. Obwohl wir uns verhielten, als sei alles im Lot, war unsere Ehe nicht mehr im Gleichgewicht, sie hatte zu schlingern begonnen.

Und wenn man erst einmal ins Schlingern kommt, gerät man unweigerlich von der Bahn ab.

Weil wir diese bittere Erkenntnis jedoch nicht wahrhaben wollten, sorgten wir dafür, dass wir beschäftigt waren. Ich schnitt mir einen weiteren nutzlosen Drehbuchentwurf aus den Rippen und schrieb einen halbstündigen Pilotfilm für eine Sitcom namens *Auf dem Markt*. Sie beschäftigte sich mit den verworrenen inneren Strukturen einer Public-Relations-Agentur in Chicago (meinem Geburtsort) und war bevölkert von einer Gruppe gerissener, bissiger Neurotiker. Und ja, sie war tragikomisch. Aber selbst Alison gefiel sie; es war das erste Drehbuch seit Jahren, das sie lobte, obwohl es für ihren Geschmack »ein bisschen zu tragikomisch« war. Trotzdem schickte sie es dem Chef der Projektabteilung bei FRT. Der wiederum gab es einem unabhängigen Produzenten namens Brad Bruce, der sich gerade mit bissigen Sitcoms wie aus dem richtigen Leben fürs Kabelfernsehen einen Namen machte. Da ihm gefiel, was er las, kam es zu Alisons Anruf.

Von da an sollte sich alles ändern.

Brad Bruce erwies sich als außergewöhnlicher Mann, der beispielsweise überzeugt war, dass man das Leben in der Stadt der Engel nur mit Ironie ertragen konnte. Wie ich war er Ende dreißig, und wie ich stammte er aus dem Mittleren Westen, nämlich aus Milwaukee (Gott steh ihm bei). Wir kamen auf Anhieb prima miteinander aus. Besser noch, zwischen uns entwickelte sich rasch ein produktives Arbeitsverhältnis. Ich fand seine Anmerkungen inspirierend. Wir ergänzten uns und lachten über die gleichen Dinge. Zwar wusste er, dass dieses Drehbuch das erste war, das ich je verkauft hatte, doch er behandelte mich stets als gleichberechtigt, wie einen alten Hasen im Fernsehgeschäft. Ich wiederum arbeitete hart für ihn, weil mir klar war, in ihm einen Verbündeten und Förderer zu haben – obwohl er seine Aufmerksamkeit rasch jemand anderem schenken würde, sollte mein Drehbuch nicht realisiert werden.

Doch Brad verfügte über Einfluss, er setzte durch, dass man einen Pilotfilm produzierte. Und der hatte alles, was ein solcher Film haben sollte: eine straffe Handlung, sorgfältig geführte Schauspieler, eine gute Regie, ausgezeichnete Kameraarbeit und Witz. Den Leuten von FRT gefiel er.

Eine Woche später erhielt ich einen weiteren Anruf von Alison.

»Machen Sie sich auf was gefasst«, sagte sie.

»Gute Nachrichten?«

»Die besten überhaupt. Brad Bruce hat sich gerade gemeldet. Er wird Sie gleich anrufen, aber ich wollte es Ihnen als Erste erzählen. Also hören Sie zu: FRT gibt zunächst acht Folgen von *Auf dem Markt* in Auftrag. Laut Brad sollen Sie die ersten vier persönlich schreiben und für die anderen Drehbücher verantwortlich zeichnen.«

Mir blieb fast die Luft weg.

»Sind Sie noch dran?«

»Ich versuche gerade, den Mund wieder zuzuklappen.«

»Warten Sie lieber, bis Sie die Zahlen gehört haben. Sie bieten fünfundsiebzigtausend für jede Folge, also dreihunderttausend für Ihre Drehbücher. Ich denke, ich kann weitere hundertfünfzigtausend für die Überwachung der anderen Scripts herausschlagen, und dann natürlich ein ›Nach einer Idee von...‹, und damit irgendwas zwischen fünf und zehn Prozent Beteiligung an der gesamten Serie. Meinen Glückwunsch: Der Rubel rollt!«

Noch am gleichen Abend kündigte ich bei Book Soup. Ende der Woche hatten wir die Anzahlung für ein hübsches, im spanischen Stil gehaltenes Haus in Mid-Wiltshire geleistet. Unser altersschwacher Volvo wurde durch einen Chrysler Jeep ersetzt. Außerdem leaste ich einen Mazda Miata, versprach mir jedoch einen Porsche Boxster, sollte *Auf dem Markt* in einer zweiten Staffel fortgesetzt werden.

Lucy konnte die plötzliche Veränderung unserer Lebensumstände kaum fassen. Zum ersten Mal umgaben wir uns mit materiellem Luxus. Wir leisteten uns anständige Möbel, schicke Haushaltsgeräte, Designer-Marken. Da ich wegen des Abgabetermins extrem unter Druck stand - mir blieben nur knapp fünf Monate, um meine vier Folgen zu schreiben -, übernahm Lucy die Einrichtung des neuen Hauses. Allerdings hatte sie gerade mit der Ausbildung einer neuen Truppe von Telefonverkäufern begonnen, und so arbeiteten wir beide zwölf Stunden am Tag. Die einzigen freien Minuten, die uns blieben, widmeten wir unserer Tochter. Was uns nicht störte, denn solange unsere Tage randvoll waren, konnten wir weiterhin die verräterischen Risse in unserer von Grund auf geschädigten Ehe übertünchen. Also sorgten wir dafür, dass wir nicht zum Luftholen kamen. Beide stellten wir fest, wie wunderbar diese plötzliche Glückssträhne war, und wir verhielten uns, als sei zwischen uns wieder alles in Ordnung, obwohl wir insgeheim wussten, dass dem nicht so war. Darüber hinaus hatten sich die Machtverhältnisse in unserer Beziehung verschoben, denn auf einmal war ich es, der den Löwenanteil zum Lebensunterhalt beitrug. Obwohl ich es gewiss nicht ausspielte, ließ Lucy gelegentlich eine entsprechende Bemerkung über unseren Rollentausch fallen. Knapp ein Jahr später, als die erste Folge von *Auf dem Markt* über den Bildschirm geflimmert war und von den Kritikern enthusiastisch gefeiert wurde, sah mich Lucy eines Tages an.

»Ich nehme an, jetzt wirst du mich verlassen«, sagte sie.

»Warum sollte ich?«, fragte ich.

»Weil du jetzt die Möglichkeit hast.«

»Dazu wird es nicht kommen.«

»Doch«, sagte sie. »Denn das Erfolgsszenario verlangt es so.«

Natürlich sollte Lucy Recht behalten. Allerdings geschah das erst nach sechs weiteren Monaten, nachdem ich mir den versprochenen Porsche bestellt hatte. Während wir die zweite Staffel für *Auf dem Markt* in Angriff nahmen, stand ich plötzlich im Mittelpunkt eines immer größeren öffentlichen Interesses. Unsere Serie war zum Renner der Saison geworden, und die Kritiken waren fantastisch. Die *New York Times* bezeichnete sie als die »womöglich klügste Analyse der Verhältnisse an einem amerikanischen Arbeitsplatz mit all seinen glorreichen Vernichtungskämpfen, die je über den Bildschirm flackerte«. *Newsweek* charakterisierte mich als »ein Viertel Arthur Miller, ein Viertel David Mamet und halb typisch amerikanischer Klugschwätzer. Kurz gesagt, ein durch und durch komödiantisches Talent, das uns das Büro als ein Umfeld vorführt, in dem wir wieder zu Kindern auf dem Spielplatz werden und unsere schlimmsten Aggressionen ausleben«.

Besser hätte auch ich es nicht formulieren können. Doch das

Zitat, das mir am besten gefiel, stand in einem überschwänglichen Artikel des *New York Observer*. Der betreffende Kritiker ließ sich in aller Länge darüber aus, wie *Auf dem Markt* »mit ätzender Treffsicherheit das den Amerikanern innewohnende Bedürfnis analysiert, einen Streit für sich zu entscheiden und ein Geschäft zu machen, koste es was es wolle. Jedem, der die Einfallslosigkeit unserer Zeit bedauert, wird hier vor Augen geführt, dass abgefeimte Intelligenz auf dem Bildschirm noch immer Triumphe feiern kann«.

Diese Kritik lernte ich auswendig. Zufrieden registrierte ich außerdem, dass der *Esquire* in seiner Rubrik »Von denen man spricht« einen 500-Wörter-Artikel über mich veröffentlichte und mich darin als den »Tom Wolfe des Kabelfernsehens« bezeichnete. Und ich sagte nicht nein, als die *Los Angeles Times* um ein Interview bat. In dem daraus resultierenden ausführlichen Artikel (1200 Wörter) berichtete man über meine langen Jahre im beruflichen Abseits, mein ausgedehntes Wirken bei Book Soup und meinen plötzlichen Aufstieg in »die kleine ausgewählte Elite der hiesigen Autoren, die sich nicht dem Massengeschmack beugen«.

Ich ließ den Artikel von meiner Sekretärin ausschneiden und an Alison schicken. Auf einem Notizzettel fügte ich hinzu:

»In massenhaftem Gedenken. Liebe Grüße, David.«

Eine Stunde später brachte mir ein Bote ihre Antwort. In dem wattierten Umschlag mit ihrem Agentur-Logo fand ich ein in Geschenkpapier gewickeltes Kästchen und eine Karte:

»Sie können mich mal... Alles Liebe, Alison.«

In dem Kästchen lag etwas, mit dem ich schon seit Jahren geliebäugelt hatte: ein Waterman-Edison-Füllfederhalter, der Ferrari unter den Schreibgeräten mit einem empfohlenen Ladenpreis von 675 Dollar. Doch Alison konnte es sich leisten, nachdem sie für meinen »kreativen Beitrag« zur zweiten Staffel von *Auf dem Markt* einen Vertrag abgeschlossen hatte, der sich nur knapp unter einer Million Dollar bewegte – ihren Anteil von fünfzehn Prozent natürlich abgezogen.

Auch Alison wurde in dem Artikel zitiert, den die *L. A. Times* über mich brachte. Mit dem für sie typischen Witz erklärte sie den Journalisten, sie habe mich in all den schlechten Jahren nur deshalb in ihrem Stall behalten, weil »er stets wusste, wann er *nicht* anrufen darf. Ich kann Ihnen versichern, es gibt nur wenige Autoren in unserer Stadt, die über dieses Talent verfügen«. Außerdem sagte sie etwas erstaunlich Rührendes: »Er ist der lebende Beweis für die Theorie, dass sich Talent gepaart mit einer extremen Hartnäckigkeit in Hollywood manchmal doch durchsetzen können. David hat durchgehalten, wo manch anderer viel versprechender Autor längst aufgegeben hätte. Also verdient er auch all das, was ihm jetzt zur Verfügung steht: das Geld, das Büro, die Sekretärin, die Anerkennung, den Ruhm. Doch vor allem wird er jetzt nicht mehr am Telefon abgewimmelt, vielmehr muss ich jetzt die meisten Anfragen nach einem Termin mit ihm ablehnen. Denn jeder mit Grips möchte gern mit David Armitage zusammenarbeiten.«

Da ich bis über beide Ohren in den Vorbereitungen für die zweite Staffel von *Auf dem Markt* steckte, lehnte ich nahezu alle Bitten um ein Treffen ab. Mit Ausnahme einer Einladung zum Mittagessen von einer jungen leitenden Angestellten bei Fox Television namens Sally Birmingham, die ich auf Alisons Drängen hin annahm.

»Ich habe Ms. Birmingham bisher nur einmal getroffen«, sagte Alison. »Doch alle in der Branche sind sich einig, dass ihr eine große Zukunft bevorsteht. Und dank Rupert und seinen Jungs von Fox weiß ich, dass sie über stattliche Mittel für neue Projekte verfügt. Außerdem ist sie wie jeder hier, der auch nur ein bisschen Geschmack hat, ein großer Fan von *Auf dem Markt.* Das äußert sich beispielsweise darin, dass sie Ihnen eine Viertelmillion Dollar für einen dreißigminütigen Pilotfilm Ihrer Wahl anbieten will.«

Das musste ich erst einmal verdauen.

»Zweihundertfünfzigtausend für einen Pilotfilm?«, fragte ich.

»Ja, und ich habe zur Bedingung gemacht, dass Sie das Geld unabhängig von der Realisierung bekommen.«

»Aber weiß sie auch, dass ich an ein neues Projekt überhaupt erst denken kann, wenn die zweite Staffel abgedreht ist?«

»Das hat sie schon mit einkalkuliert. Sie möchte Sie nur deshalb möglichst rasch unter Vertrag haben, weil – nennen wir die Dinge beim Namen – auch ihr Marktwert steigt, wenn sie David Armitage für einen Pilotfilm ergattern konnte. Denken Sie darüber nach. Wenn alles glatt geht, haben Sie zwischen der zweiten und der dritten Staffel von *Auf dem Markt* sechs Wochen frei. Wie lange brauchen Sie, um einen neuen Pilotfilm aus dem Ärmel zu schütteln?«

»Höchstens drei Wochen.«

»Dann liegen Sie eben die restlichen drei Wochen irgendwo an einem Strand – wenn Sie überhaupt so lange still sitzen können – und führen sich zu Gemüte, dass Sie in drei Wochen eine Viertelmillion Dollar verdient haben.«

»Gut, ich nehme die Einladung zum Mittagessen an.«

»Kluger Junge. Und es gibt auch noch einen Bonus: Ms. Birmingham wird Ihnen gefallen, denn sie ist intelligent, und sie ist schön.«

Alison hatte in allen drei Punkten Recht. Sally Birmingham gefiel mir. Sie war intelligent, und sie war schön. So intelligent und schön, dass ich mich nach zwanzig Minuten Hals über Kopf in sie verliebt hatte.

Ihre Sekretärin hatte meine Sekretärin angerufen und für

25

uns in The Ivy einen Termin vereinbart. Aufgrund des üblichen Staus auf der 10 kam ich einige Minuten zu spät. Sally hatte bereits an einem sehr guten Tisch Platz genommen. Um mich zu begrüßen, stand sie auf, und vom ersten Augenblick an war ich fasziniert (obwohl ich mich verdammt anstrengte, es nicht zu zeigen). Sally war groß, hatte hohe Wangenknochen, makellose Haut, kurz geschnittenes hellbraunes Haar und ein durchtriebenes Lächeln. Zunächst hielt ich sie für eines jener wundersamen Produkte der Ostküstenpatrizier, die es als absolutes Muss ansehen, dass die Tochter mit zehn ein eigenes Pferd besitzt. Aber nach einer Viertelstunde war mir klar, dass sie ihren piekfeinen Hintergrund mit einer raffinierten Mischung aus ernsthafter Bildung und gesundem Menschenverstand auszugleichen wusste. Gewiss, sie war in Bedford aufgewachsen. Doch, sie hatte Rosemary Hall und Princeton besucht. Aber sie war nicht nur ausgeprochen belesen und, wie ich, ein begeisterter Kinonarr, sondern durchschaute die schillernden Machtkämpfe Hollywoods. Es mache ihr Spaß, hier die Fäden zu ziehen, erklärte sie mir, und ich verstand, warum die hohen Tiere bei Fox Television so große Stücke auf sie hielten. Sie kam aus einem edlen Stall, aber sie wusste durchaus deren Sprache zu sprechen. Außerdem hatte sie ein erstaunlich dreckiges Lachen.

»Wollen Sie meine L. A.-Lieblingsgeschichte hören?«, fragte sie mich.

»Ich bin ganz Ohr.«

»Gut: Im letzten Monat habe ich mich mit Mia Morrison, der Leiterin der Unternehmenskommunikation bei Fox, zum Mittagessen getroffen. Sie ruft den Kellner und sagt: ›Erklären Sie mir bitte Ihre Wasser!‹ Der Kellner, souverän wie er ist, stört sich nicht weiter an ihrer seltsamen Wortwahl und fängt an aufzuzählen: ›Wir haben Perrier aus Frankreich, Ballygowen aus Irland und San Pellegrino aus Italien...‹ Da unterbricht ihn Mia: ›O nein, bitte kein San Pellegrino. Es ist zu gehaltvoll.‹«

»Ich glaube, das werde ich übernehmen.«

»Unreife Dichter imitieren, reife Dichter stehlen.«

»T. S. Eliot?«

»Sind Sie wirklich in Dartmouth gewesen?«, fragte sie.

»Beeindruckend, Ihre Hintergrundrecherche.«

»Und mich beeindruckt Ihre Kenntnis von T. S. Eliot.«

»Sie haben doch sicher meine Anspielungen auf die *Vier Quartette* in meiner Serie bemerkt.«

»Ich hätte sie eher für einen Fan von *Das Wüste Land* gehalten.«

»Nein, das ist mir zu gehaltvoll.«

Sie lachte ihr schallendes Lachen.

Wir hatten nicht nur die gleiche Wellenlänge, sondern wir sprachen auch gänzlich ungeniert über praktisch alles und jeden. Einschließlich die Ehe.

»Also«, sagte sie mit einem Blick auf den Ring an meinem Finger, »haben Sie nun eine Frau, oder sind Sie verheiratet?«

Ihr Ton war spielerisch. Ich lachte.

»Letzteres«, sagte ich.

»Wie lange schon?«

»Seit elf Jahren.«

»Was für eine Leistung. Und glücklich?«

Ich zuckte die Achseln.

»Das ist ganz normal«, sagte sie. »Besonders nach elf Jahren.«

»Treffen Sie sich mit jemandem?«, fragte ich mit gespielter Gleichgültigkeit.

»Es gab da einen Mann. Aber das war eher ein unbedeutender Zeitvertreib, nicht mehr. Vor vier Monaten haben wir es in gegenseitigem Einvernehmen beendet. Seitdem bin ich Single.«

»Sie haben also nie jemandem ewige Treue geschworen?«

»Nein, obwohl ich durchaus kurz davor stand, so etwas Schreckliches zu tun. Beinahe hätte ich den geradezu klassischen Fehler begangen und hätte meinen Freund in Princeton geheiratet. Er jedenfalls hat mich gedrängt. Ich habe jedoch eingewandt, dass eine Studentenehe eine maximale Lebensdauer von zwei Jahren hat. Die meisten Beziehungen sind ausgebrannt, wenn sich nach der Leidenschaft der Alltag einschleicht. Das ist auch der Grund, weshalb ich nie länger als drei Jahre mit einem Mann zusammen war.«

»Demnach glauben Sie also nicht an dieses ganze Blabla, dass es den einen vom Schicksal bestimmten Partner für Sie gibt?«

Wieder dieses schallende Lachen. »Nun, eigentlich glaube ich das schon. Ich wollte damit nur sagen, dass er mir noch nicht über den Weg gelaufen ist.«

Wieder dieser spielerische Tonfall. Wieder trafen sich unsere Blicke in tiefem Einverständnis.

Doch es war nur ein Blick, und rasch wandten wir uns allgemeineren Themen zu. Ich war erstaunt, dass es in unserer Unterhaltung keine Pausen gab, wie gut wir uns ergänzten und dass unsere Sicht der Dinge so ähnlich war. Verblüffend, wie wir auf Anhieb das Gefühl von Gemeinsamkeit hatten – und auch ein bisschen erschreckend. Denn wenn ich mich nicht sehr täuschte, herrschte eine enorme Anziehung zwischen uns.

Schließlich kamen wir zum Geschäftlichen. Sie bat mich, ihr den Pilotfilm zu schildern, der mir vorschwebte. Mein Entwurf umfasste nur einen Satz.

»Er handelt von dem aufreibenden beruflichen und privaten Leben einer Eheberaterin in mittleren Jahren.«

Sie lächelte. »Das klingt gut.«

Ich erwiderte ihr Lächeln.

»Erste Frage«, sagte sie. »Ist sie geschieden?«

»Natürlich.«

»Hat sie Probleme mit ihren Kindern?«

»Eine Tochter in der Pubertät, die ihre Mutter für eine komplette Versagerin hält.«

»Reizend. Hat Ihre Eheberaterin auch einen Ex-Mann?«

»Ja, er ist mit einer fünfundzwanzigjährigen Yogalehrerin durchgebrannt.«

»Offensichtlich spielt unsere Serie in Los Angeles.«

»Ich dachte eher an San Diego.«

»Ein weiser Entschluss. Der südkalifornische Lebensstil ohne den Ballast von L.A. Trifft sich die Eheberaterin mit Männern?«

»Unentwegt. Und mit verheerenden Folgen.«

»Während ihre Klienten ...«

»Sie werden sie lustig finden, glauben Sie mir.«

»Gibt's schon einen Titel?«

»*Sprich darüber.*«

»Gekauft«, sagte sie.

Ich versuchte, nicht allzu breit zu grinsen.

»Sie wissen, dass ich erst nach der zweiten Staffel damit anfangen kann?«

»Das hat mir Alison bereits erklärt, und das geht in Ordnung. Für mich zählt nur eins: dass ich Sie bekommen habe!«

Dabei strich sie mir kurz über die Hand. Ich zog sie nicht fort.

»Ich freue mich«, sagte ich.

Sie erwiderte meinen Blick.

»Gehen wir morgen Abend essen?«, fragte sie dann.

Wir trafen uns in Sallys Wohnung in West Hollywood. Kaum hatte ich die Tür hinter mir geschlossen, rissen wir uns die Kleider vom Leib. Einige Zeit später, als wir uns auf ihrem

Bett räkelten und ein Glas postkoitalen Pinot Noir tranken, fragte sie mich:

»Bist du ein guter Lügner?«

»Meinst du, bei so was hier?«

»Genau.«

»Tja, es ist erst das zweite Mal in den elf Jahren, die ich mit Lucy verheiratet bin.«

»Und wann war das erste Mal?«

»Ein einmaliger Ausrutscher '96 mit einer Schauspielerin, die ich eines Abends bei Book Soup kennen gelernt habe. Lucy war damals mit Caitlin an der Ostküste und hat ihre Eltern besucht.«

»Das ist alles? Kein anderer Seitensprung?«

Ich nickte.

»Du meine Güte! Du bist ja ein Heiliger.«

»Es ist eher eine Schwäche, besonders hier, in dieser Stadt.«

»Hast du jetzt Gewissensbisse?«

»Nein«, erwiderte ich, ohne zu zögern.

»Warum nicht?«

»Weil die Dinge zwischen Lucy und mir jetzt anders stehen. Und außerdem...«

»Ja?«, fragte sie.

»...weil, tja, weil du es bist.«

Sie küsste mich zärtlich auf den Mund.

»Ist das ein Geständnis?«

»Scheint so.«

»Gut, dann sollst du auch meins hören. Zehn Minuten, nachdem wir uns kennen gelernt hatten, wusste ich: Das ist er. Und dieses Gefühl hat mich gestern den ganzen Abend nicht mehr verlassen. Auch heute nicht. Ich habe die Stunden gezählt, bis es endlich sieben war und du durch die Tür gekommen bist. Und jetzt...«

Sie fuhr mir mit dem Zeigefinger über die Wange.

»... jetzt lasse ich dich nicht mehr gehen.«

Ich küsste sie. »Ist das ein Versprechen?«, fragte ich.

»Großes Pfadfinderehrenwort. Aber du weißt auch, was das heißt, nicht wahr? Zumindest in der nächsten Zeit.«

»Ja. Ich muss lernen zu lügen.«

Tatsächlich hatte ich bereits damit begonnen. Um für meinen ersten Abend mit Sally eine Ausrede zu haben, hatte ich Lucy erzählt, ich würde über Nacht nach Las Vegas fahren, um dort für eine meiner Folgen Milieustudien zu betreiben. Sally hatte nichts dagegen einzuwenden, dass ich um elf Uhr von ihrem Telefon aus zu Hause anrief und meiner Frau erzählte, ich hätte ein hübsches Zimmer im Bellagio und sie fehle mir schrecklich.

Als ich am folgenden Abend nach Hause kam, musterte ich Lucy heimlich nach irgendeiner Spur von Misstrauen oder Zweifeln. Ich fürchtete, sie hätte vielleicht im Bellagio angerufen und gefragt, ob ich dort als Gast geführt würde. Doch sie begrüßte mich fröhlich und kam mit keinem Wort auf meine Abwesenheit letzte Nacht zu sprechen. Sie war sogar so zärtlich, wie ich sie kaum kannte, und zog mich schon früh am Abend in Richtung Bett. Natürlich schwirrte mir der Kopf vor Selbstvorwürfen, als sie sich an mich schmiegte und mir sagte, dass sie mich liebte. Aber diese Gefühle wurden verdrängt von einer weitaus deutlicheren Erkenntnis: Ich war bis über beide Ohren in Sally Birmingham verknallt.

Und sie in mich. Das erklärte sie mir zwei Wochen nach unserem ersten Treffen in ihrer Wohnung. Sie habe so noch nie für jemanden empfunden, daran gebe es für sie keinen Zweifel. Ich sei der Mann, mit dem sie für immer und ewig zusammenbleiben wolle. Wir würden einen Wahnsinnsspaß miteinander haben, beide eine tolle Karriere machen und wunderbare Kinder bekommen. Und nie würden wir in jene fade Langeweile verfallen, die die meisten Ehen kennzeichnete –

denn wie konnte eine Leidenschaft wie die unsere je verglühen? Wir würden die sprichwörtlichen Glückskinder sein – weil es uns vorherbestimmt war.

Natürlich wusste ich, dass sie in ihrer Euphorie übers Ziel hinausschoss. Aber wollte ich mich etwa beklagen? Eine Frau wie sie, so klug und schön, hatte sich ausgerechnet in mich verliebt. Da musste ich doch auf Wolken schweben. Besonders da die körperliche Anziehung zwischen uns so berauschend war, so überwältigend, dass ich von der Leidenschaft unserer Begegnungen mitgerissen wurde, ob ich es wollte oder nicht. Ich konnte mein Glück kaum fassen: zuerst der Pilotfilm, dann die Serie, dann Ruhm und Reichtum. Und nun die Liebeserklärung von einer außergewöhnlichen und perfekten Frau. Das war nicht nur schlichter Erfolg, sondern persönlicher Triumph – der Stoff, aus dem die Filme sind.

Allerdings gab es da ein Problem: Ich war noch immer verheiratet. Und ich machte mir schreckliche Sorgen, welche Auswirkungen eine Trennung auf Caitlin haben würde. Sally hatte dafür volles Verständnis.

»Ich sage ja gar nicht, das du jetzt sofort ausziehen sollst. Diesen Schritt darfst du erst dann tun, wenn du wirklich dazu bereit bist. Und wenn du meinst, dass Caitlin es verkraftet. Ich kann warten. Denn du bist es wert, dass ich warte.«

Wenn du dazu bereit bist. Nicht *falls*, sondern ein klares *Wenn*. Doch Sallys Entschiedenheit störte mich nicht, und ich hatte auch nicht den Eindruck, dass wir die Dinge nach gerade mal zwei Wochen zu überstürzt angingen. Denn wie Sally war ich überzeugt, dass eine gemeinsame Zukunft vor uns lag. Zugleich quälte ich mich aber insgeheim mit der Vorstellung, welchen Schmerz ich meiner Frau und meinem Kind zufügen würde.

Man muss es Sally hoch anrechnen, dass sie mich kein einziges Mal bedrängte, mich von Lucy zu trennen. Zumindest nicht in den folgenden acht Monaten, in denen ich die zweite Staffel fertig stellte und große Routine darin entwickelte, meine außerehelichen Eskapaden zu vertuschen. Als der Abgabetermin für die drei von mir geschriebenen Folgen immer näher rückte, mietete ich mich mit der Ausrede, ich brauche Ruhe und Abgeschiedenheit, um Tag und Nacht arbeiten zu können, für zwei Wochen im Four Seasons Hotel in Santa Barbara ein. Ich arbeitete wirklich, auch wenn Sally in einer der beiden Wochen und natürlich an den Wochenenden bei mir war. Als die Fernsehcrew für eine Woche zu Außenaufnahmen nach Chicago fuhr, beschloss ich, ein paar Tage länger zu bleiben, um mich mal wieder mit alten Freunden zu treffen, obwohl Sally und ich kaum aus unserer Suite im Park Hyatt herauskamen. Durch sorgsame Abstimmung unserer Terminkalender – und durch ein angemietetes Zimmer im Westwood Marquis in der Nähe der Büros von Fox Television – gelang es uns in der Regel, uns zweimal in der Woche zur Mittagszeit und mindestens einmal abends in ihrer Wohnung zu treffen.

Im Lauf der Zeit sollte ich entdecken, dass die Täuschung eine Form der Kunst darstellt. Genauer gesagt kann sie regelrecht zwanghaft werden. Sobald man die Wahrheit einmal ausgeschmückt hat, erschafft man eine künstliche Realität, in der man sich immer mehr verstrickt und die man, im Gegensatz zu einer erfundenen Geschichte, nicht mehr verlassen kann. Eine Lüge führt zur nächsten, und das Gespinst wird immer verworrener, bis man sich eines Tages plötzlich fragt: Ist die Lüge vielleicht im Grunde die Wahrheit? Denn irgendwann ist man nicht mehr in der Lage, die verschwommene Grenze zwischen Realität und Fiktion zu erkennen.

Trotzdem staunte ich oft, wie gut ich meine Spuren verwischen und Ausreden erfinden konnte. Natürlich tat ich nichts anderes, als mein Talent als professioneller Geschichtenerzähler in einer realen Situation einzusetzen. Doch in der Vergangenheit hatte ich mich eher für einen lausigen Lügner gehalten. Einige Tage nach meinem einzigen Seitensprung 1996 wandte Lucy sich beispielsweise zu mir um und stellte fest:

»Du hast mit einer anderen geschlafen, nicht wahr?«

Ich erstarrte vor Schreck. Und natürlich stritt ich es vehement ab. Sie jedoch glaubte mir kein Wort.

»Willst du mir etwa weismachen, ich würde es mir nur einbilden?«, fragte sie. »Ich kenne dich durch und durch, David. Ich kann in dir lesen wie in einem offenen Buch.«

»Aber ich sage die Wahrheit!«

»Bitte, David, lass es gut sein.«

»Lucy...«

Doch sie verließ das Zimmer und kam nie wieder darauf zu sprechen. Innerhalb der nächsten Woche gelang es mir, mit Hilfe eines stillen Gelübdes, meine Frau nie wieder zu betrügen, meine Schuldgefühle (und meine gleichermaßen große Angst vor Entdeckung) zu beschwichtigen.

Und in den nächsten Jahren hielt ich dieses Versprechen auch – bis ich Sally Birmingham begegnete. Doch nach der ersten Nacht, die ich bei ihr verbracht hatte, verspürte ich so gut wie keine Schuldgefühle und noch weniger Angst. Vielleicht weil meine Ehe mittlerweile von der zwangsläufig auftretenden inneren Leere bestimmt wurde. Vielleicht aber auch, weil ich schon gleich zu Beginn meiner Romanze mit Sally wusste, dass ich noch nie eine so starke Leidenschaft für eine Frau empfunden hatte.

So wurde ich zu einem Meister des doppelten Spiels. Lucy fragte nie, wo ich gewesen war, wenn ich »länger arbeiten« musste. Noch strafte sie mich mit einem jener vorwurfsvollen Blicke, mit denen sie mir zu verstehen gab, sie wisse ganz genau, was in mir vorgehe. Im Gegenteil, nie war sie zärtlicher

34

gewesen, nie mehr auf mich eingegangen als zu jener Zeit.
Zweifellos konnte sie sich nun, da wir nicht mehr unter einem
ständigen finanziellen Druck leben mussten, wieder mehr auf
ihre Gefühle für mich konzentrieren (zumindest erklärte ich
es mir so). Doch als ich die Drehbücher für meine Folgen fertig geschrieben hatte und mit dem Überarbeiten der vier Episoden begann, die andere für die neue Staffel beigesteuert
hatten, wurde Sallys Forderung, unsere Beziehung zu »lega-
lisieren« und zusammenzuziehen, lauter und schließlich un-
überhörbar.

»Dieses Versteckspiel muss ein Ende haben«, erklärte sie.
»Ich will dich ganz für mich ... wenn du mich noch willst.«

»Natürlich will ich dich. Das weißt du doch.«

Aber ich wollte auch noch etwas anderes: die Stunde der
Wahrheit hinausschieben, den Augenblick, in dem ich mich
mit Lucy hinsetzte und ihr das Herz brach. Und so spielte ich
auf Zeit. Sally wurde allmählich ungeduldig. Ich jedoch sagte immer wieder: »Gib mir noch einen Monat.«

Bis eines Abends, als ich ziemlich spät von einer Besprechung mit Brad Bruce über den anstehenden Drehbeginn nach
Hause kam, Lucy im Wohnzimmer auf mich wartete. Neben
ihrem Sessel stand mein Koffer.

»Sag mir nur noch eins«, setzte sie an, »denn das habe ich
in den letzten acht Monaten die ganze Zeit wissen wollen: Hat
sie Spaß im Bett, oder ist sie eins von diesen eiskalten Bies-
tern, die zwar hinreißend aussehen, es aber nicht ertragen
können, dass man sie anfasst?«

Wieder einmal fuhr mir der Schreck in alle Glieder. Und
auch dieses Mal versuchte ich es abzustreiten.

»Spinnst du?«, fragte ich.

»Nein, ich bin nur ausgesprochen gut informiert.«

»Ehrlich, ich weiß nicht, wovon du sprichst.«

»Willst du mir wirklich einreden, du weißt nicht, wie die

Frau heißt, mit der du seit acht – oder sind es schon neun? –
Monaten ins Bett gehst?«

»Mit keiner, Lucy.«

»Sally Birmingham ist also keine?«

Ich ließ mich in einen Sessel sinken.

»So, ist es dir jetzt wieder eingefallen«, fuhr sie ungerührt
fort.

»Woher weißt du, wie sie heißt?«, fragte ich schließlich.

»Weil ich jemanden engagiert habe, um es herauszufinden.«

»Du hast was?«

»Ich habe einen Privatdetektiv angeheuert.«

»Du hast mich ausspionieren lassen?«

»Komm mir jetzt bloß nicht moralisch, du Mistkerl! Es war
schließlich nicht zu übersehen, dass du dich mit einer anderen triffst …«

Wie hatte sie das nur bemerkt, da ich doch so behutsam,
so umsichtig vorgegangen war?

»… und als du immer öfter fortbliebst und sich abzeichnete,
dass es mehr war als nur eine dem Ego schmeichelnde Affäre
mit dem Großmeister des Fernsehspiels, beschloss ich herauszufinden, wer deine Angebetete ist. Und zu diesem Zweck habe
ich einen Schnüffler engagiert.«

»War das denn nicht sehr teuer?«

»Dreitausendachthundert Dollar, die ich auf die eine oder
andere Weise bei der Scheidungsvereinbarung zurückfordern
werde.«

»Ich will mich nicht scheiden lassen, Lucy«, hörte ich mich
sagen.

Ihre Stimme blieb gefasst und außergewöhnlich ruhig. »Mir
ist egal, was du willst, David. Ich jedenfalls lasse mich scheiden. Unsere Ehe ist zu Ende.«

Plötzlich wurde ich von einer panischen Furcht ergriffen –
obwohl Lucy mir die Drecksarbeit abgenommen und den An-

36

fang vom Ende eingeleitet hatte. Zwar bekam ich das, was ich wollte. Doch es machte mir eine Heidenangst.

»Wenn du doch nur gleich zu Anfang mit mir darüber gesprochen hättest!«

Lucys Miene war wie versteinert. »Was dann?«, fragte sie. Jetzt verbarg sie ihren Ärger nicht mehr. »Hätte ich dich daran erinnern sollen, dass wir elf gemeinsame Jahre hinter uns und eine Tochter haben, die wir beide lieben, und dass wir nach all dem Elend nun endlich einen Punkt erreicht haben, an dem es uns finanziell gut geht, und ...«

Den Tränen nahe hielt sie inne. Ich streckte den Arm nach ihr aus, doch sie zog ihre Hand fort.

»Fass mich nie wieder an«, zischte sie.

Wir schwiegen beide.

»Als ich den Namen deiner Eroberung – der anderen Frau – herausgefunden hatte, weißt du, was mir da als Erstes durch den Kopf ging?«, sagte sie schließlich. »Er schläft sich nach oben, dachte ich. Die Leiterin der Abteilung Comedy bei Fox Television, Princeton-Abschluss *magna cum laude*, und zu allem Überfluss auch noch ein hübsches Ding. Mein Privatdetektiv hat gute Arbeit geleistet und mir sogar ein paar Schnappschüsse von Sally Birmingham gezeigt. Sie ist ausgesprochen fotogen, nicht wahr?«

»Wäre es nicht besser gewesen, wir hätten darüber geredet?«

»Nein, denn da gab es nichts mehr zu bereden. Du hast dich dafür entschieden, unsere Ehe, deine Familie, aufs Spiel zu setzen, und ich bin nicht gewillt, die Rolle der dummen, kleinen, bedauernswerten Ehefrau zu spielen, die ihren treulosen Mann anschluchzt, zu ihr zurückzukehren.«

»Aber warum hast du die ganze Zeit nichts gesagt?«

»Weil ich gehofft hatte, dass du wieder zur Vernunft kommst, dass das Ganze nur eine flüchtige Affäre ist, dass du erkennst, was du verlierst ...«

Sie brach wieder ab und versuchte mit aller Kraft, ihre Gefühle unter Kontrolle zu halten. Diesmal streckte ich nicht die Hand nach ihr aus.

»Ich habe dir sogar eine Frist gesetzt«, fuhr sie fort. »Von sechs Monaten. Die ich dann wie ein Trottel auf sieben und dann auf acht ausgedehnt habe. Doch vor etwa einer Woche wurde mir klar, dass du entschlossen warst, uns zu verlassen.«

»Das stimmt nicht«, log ich.

»Unsinn. Es stand dir ins Gesicht geschrieben, sogar in Leuchtschrift. Also kam ich zu dem Schluss, dir die Entscheidung abzunehmen. Verschwinde aus diesem Haus! Auf der Stelle.«

Sie stand auf. Ich ebenfalls.

»Bitte, Lucy, lass uns doch...«

»Was? So tun, als hätte es die letzten acht Monate nicht gegeben?«

»Was ist mit Caitlin?«

»Es ist einfach nicht zu fassen! Jetzt plötzlich fällt dir so etwas Unbedeutendes wie deine Tochter ein.«

»Ich möchte mit ihr reden.«

»Prima, dann komm morgen wieder.«

Kurz war ich versucht, sie zu bitten, mich die Nacht auf dem Sofa schlafen zu lassen und die Sache am Morgen nochmal in aller Ruhe durchzusprechen. Aber ich wusste, sie würde sich taub stellen. Außerdem war es doch genau das, was ich wollte. Oder etwa nicht?

Also nahm ich meinen Koffer.

»Es tut mir Leid«, sagte ich.

»Von Scheißkerlen nehme ich keine Entschuldigungen an«, erklärte Lucy und stürmte die Treppe hinauf.

Zehn Minuten lang blieb ich reglos im Auto sitzen und überlegte, was ich als Nächstes unternehmen sollte. Ohne zu wissen, was ich tat, war ich dann plötzlich auf den Beinen und rannte zu unserer Haustür, hämmerte mit der Faust dagegen und rief den Namen meiner Frau. Einen Moment später hörte ich drinnen ihre Stimme.

»Hau ab, David!«

»Gib mir doch die Chance, dass ich...«

»Was willst du noch? Mir neue Lügen auftischen?«

»Ich habe einen schrecklichen Fehler gemacht.«

»Wie schade, dass dir das nicht während der letzten acht Monate aufgefallen ist.«

»Ich bitte dich doch nur um die Möglichkeit...«

»Es ist alles gesagt.«

»Lucy...«

»Wir sind fertig miteinander!«

Ich kramte in der Tasche nach meinen Hausschlüsseln. Aber als ich den Ersten ins Schloss stecken wollte, hörte ich, wie Lucy innen den Riegel vorlegte.

»Versuch erst gar nicht reinzukommen, David. Es ist vorbei. Verschwinde!«

Während der nächsten fünf Minuten hämmerte ich gegen die Tür, flehte Lucy an, erklärte ihr immer wieder, ich hätte den größten Fehler meines Lebens begangen, und bettelte, zu ihr zurückkehren zu dürfen. Zugleich wusste ich, dass sie mich gar nicht mehr hörte, dass wir von jenem Abgrund, der sich vor uns aufgetan hatte, längst verschlungen worden waren. Ein Teil von mir registrierte es mit blankem Entsetzen – mit meiner Eitelkeit, meinem unverhofften Erfolg hatte ich doch tatsächlich meine kleine Familie zerstört. Ein anderer Teil verstand aber auch, warum ich diesen destruktiven Weg eingeschlagen hatte. So wie ich wusste, was geschehen würde, wenn sich die Haustür jetzt öffnete und Lucy mich hineinbat: Ich würde zurückkehren in ein Leben ohne Höhen und Tiefen. Mir fielen die Worte eines befreundeten Autors ein,

39

nachdem er seine Frau wegen einer anderen verlassen hatte. »Natürlich gab es in unserer Ehe ein paar Probleme, aber jedes einzelne davon hätte sich regeln lassen. Natürlich gab es auch ein wenig Langeweile, aber das kann man nach zwölf gemeinsam verbrachten Jahren nicht anders erwarten. Im Grunde genommen war zwischen uns alles in Ordnung. Weshalb ich sie also verlassen habe? Weil mir eine leise Stimme in meinem Kopf immer wieder die fundamentale Frage stellte: *Ist das alles, was das Leben zu bieten hat?*«

Doch noch während ich an dieses Gespräch dachte, schrie in mir eine Stimme, die alles andere übertönte: *Das darfst du nicht tun!* Ich fischte mein Handy aus der Tasche und tippte verzweifelt meine Nummer zu Hause ein. Als Lucy dran ging, sagte ich:

»Liebling, ich tue alles …«

»Wirklich alles?«

»Ja, alles, was du verlangst.«

»Dann verpiss dich!«

Und schon war die Leitung tot. Ich betrachtete das Haus. Im Erdgeschoss war mittlerweile alles dunkel. Um mich zu beruhigen, holte ich tief Luft, dann überschritt ich den Punkt ohne Wiederkehr: Ich rief Sally an und sagte ihr, ich hätte endlich getan, was sie von mir verlangte, nämlich mich von meiner Frau getrennt. Zwar stellte sie mir die üblichen mitfühlenden Fragen, wie Lucy es aufgenommen habe (»Nicht gut«, antwortete ich) und wie es mir jetzt gehe (»Ich bin froh, es hinter mich gebracht zu haben«), doch im Grunde klang sie so triumphierend, dass mir kurz durch den Kopf schoss, ob sie es vielleicht als eine Art von Sieg betrachtete – als die ultimative Fusion und Akquisition. Doch dieser Eindruck verflüchtigte sich rasch, als sie mir erklärte, wie sehr sie mich liebte, dass dies alles sehr schwer für mich gewesen sein müsse und dass sie immer für mich da sein werde. Obwohl mich ihre Zusicherungen beruhigten, verspürte ich in mir eine schmerzende Leere und Orientierungslosigkeit – was unter diesen Umständen zwar verständlich war, mich aber nichtsdestotrotz verstörte.

»Komm zu mir, Liebster«, sagte sie.

»Wo sollte ich sonst hin?«

In einem knappen Telefongespräch mit Lucy am nächsten Morgen kamen wir überein, dass ich Caitlin von der Schule abholen würde.

»Hast du es ihr gesagt?«, fragte ich.

»Natürlich habe ich das.«

»Und?«

»Sie hat ihr Urvertrauen verloren, David.«

»Nun aber mal halb lang«, sagte ich. »Schließlich bin nicht ich derjenige, der die Trennung will. Es war deine Entscheidung. Ich habe dir schon gestern Nacht gesagt, wenn du mir nur die Möglichkeit geben würdest zu beweisen ...«

»Abgelehnt«, sagte sie und legte auf.

Caitlin ließ nicht zu, dass ich sie zur Begrüßung küsste, als ich sie von der Schule abholte. Sie entzog mir auch die Hand. Als wir ins Auto stiegen, sprach sie kein Wort mit mir. Ich schlug vor, mit ihr am Strand von Santa Monica spazieren zu gehen. Oder zum Mittagessen ins Johnny Rockets in Beverly Hills zu fahren (ihr Lieblingsrestaurant). Oder einen Einkaufsbummel bei FAO Schwartz im Beverly Centre zu machen. Während ich ihr die Liste der Möglichkeiten aufzählte, fiel mir etwas auf: Ich klang schon ganz so wie ein geschiedener Vater.

»Ich will nach Hause zu Mummy!«

»Caitlin, es tut mir so Leid, dass ...«

»Ich will nach Hause zu Mummy!«

»Ich weiß, das ist furchtbar für dich. Du musst denken, dass ich ...«

»Ich will nach Hause zu Mummy!«

Die nächsten fünf Minuten bat ich sie, mir die Möglichkeit zu geben, ihr alles zu erklären. Aber sie wollte einfach nicht zuhören und wiederholte immer nur den einen Satz:»Ich will nach Hause zu Mummy!«

Letztlich blieb mir keine andere Wahl, als ihr diesen Wunsch zu erfüllen.

Kaum hatte ich vor der Haustür geparkt, flüchtete sie sich in Lucys Arme.

»Danke für die Gehirnwäsche, die du ihr verpasst hast«, sagte ich.

»Wenn du mir etwas zu sagen hast, erledige das über deinen Anwalt.«

Mit diesen Worten ging sie ins Haus.

Schließlich wurde Lucy alles, was ich ihr zu sagen hatte, von zwei Anwälten vorgetragen. Sie gehörten zur Kanzlei Sheldon und Strunkel, die mir wärmstens von Brad Bruce empfohlen worden war (sie hatten seine früheren beiden Scheidungen abgewickelt und standen auf seinen Wunsch hin auch schon in den Startlöchern, falls Ehe Nummer drei Schiffbruch erleiden sollte). Die beiden Herren wandten sich abwechselnd an Lucys Anwältin, eine gewisse Melissa Levin und, wie sie es mir schilderten, Verfechterin der juristischen Praxis:»Lass uns den Scheißkerl ausnehmen wie eine Weihnachtsgans!«.

Von Anfang an wollte sie nicht nur meine materiellen Besitztümer einkassieren, sondern auch sicherstellen, dass ich für alle Zeiten flügellahm war, sobald die Scheidung ausgesprochen sein sollte.

Nach einem teuren und langwierigen juristischen Gerangel gelang es meinen Jungs, ihre Gelüste nach verbrannter Erde zu zügeln. Dennoch war der Schaden beträchtlich. Lucy bekam das Haus (einschließlich meines Anteils daran) und für sich und den Kindesunterhalt saftige elftausend Dollar monatlich. In Anbetracht meiner jüngsten Erfolge konnte ich mir das zwar leisten, zudem wollte ich sicherstellen, dass es Caitlin an nichts fehlte, dennoch erschreckte mich die Vorstellung, dass die ersten zweihunderttausend meines jährlichen Bruttoeinkommens künftig quasi schon verplant waren. Ebenso wenig gefiel mir eine Klausel, die Lucys Blutsaugerin in den Vertrag hatte einbauen lassen: Lucy erhielt das Recht, mit Caitlin in eine andere Stadt zu ziehen, sollte es ihre Karriere erfordern. Vier Monate nach unserer überstürzten Scheidung griff sie auf diese Option zurück: Sie fand eine Stelle als Leiterin der Personalabteilung einer Internet-Firma in Marin County. Meine Tochter, zu der ich (nicht zuletzt dank Sallys ausgezeichnetem Einfühlungsvermögen, mit dem sie sie als Zweitmutter für sich gewann) unser früheres gutes Verhältnis wieder hatte herstellen können, lebte plötzlich nicht mehr in meiner unmittelbaren Nähe. Jetzt konnte ich nachmittags nicht mehr einfach blau machen und mit ihr nach der Schule nach Malibu oder zum Eislaufen nach Westwood fahren. Nun wohnte meine Tochter eine Flugstunde von mir entfernt, und als die Produktion der neuen Staffel begann, wurde es mir unmöglich, mich öfter als einmal im Monat mit ihr zu treffen. Das machte mir so schwer zu schaffen, dass ich in einer der inzwischen häufigen schlaflosen Nächte in der von Sally und mir (für viertausendfünfhundert Dollar im Monat) gemieteten Wohnung in West Hollywood durch die weitläufigen Räume tigerte und (sicher zum x-ten Male) nach dem Grund suchte, warum ich unsere Familie zerstört hatte. Natürlich kannte ich die Antwort: weil meine Ehe mit Lucy lau und abgestanden gewesen war und weil ich mich von dem atemberaubenden Stil und der Brillanz einer gewissen Ms. Birmingham hatte hinreißen lassen. Doch in diesen frühmorgendlichen Momenten der Verzweiflung konnte ich nicht anders, als mir die schwersten Vorwürfe zu machen und mich zu fragen: *Habe ich einen schrecklichen Fehler begangen?*

Aber wenn dann der Morgen kam, gab es ein Script, das geschrieben, ein Treffen, das eingehalten, einen Vertrag, der unterzeichnet werden musste, oder eine Vernissage, die ich mit Sally am Arm besuchen sollte – kurz gesagt, die ständig vorandrängende Triebkraft des Erfolgs. Zeitweise konnte ich darüber die in mir schwelenden Schuldgefühle vergessen und die stille, bohrende Ungewissheit, ob dieses neue Leben auch das Richtige für mich war.

Natürlich wurden die Veränderungen meiner häuslichen Umstände über Hollywoods Buschtrommeln verkündet, kaum dass ich zu Hause ausgezogen war. Ein jeder bedachte mich mit tröstlichen Worten (jedenfalls im Gespräch mit mir) und erörterte die Probleme, mit denen man sich auseinander setzen musste, wenn eine Ehe zu Ende ging. Dass ich mit einer der prominentesten Medienmanagerinnen der Stadt durchgebrannt war (um diesen unschönen Ausdruck zu benutzen), tat meinem Ruf sicherlich keinen Abbruch. Ich hatte mich verbessert, und Brad Bruce erklärte mir: »Dass du ein kluger Junge bist, David, wussten schon alle. Aber jetzt halten sie dich für wirklich gerissen.«

Der Kommentar meiner Agentin war wie immer bissig. Alison kannte und mochte Lucy – und hatte mich im Anschluss an die Vertragsverhandlungen zur ersten Staffel von *Auf dem Markt* gewarnt, nicht den altbekannten Versuchungen zu erliegen und meine Familie zu zerstören. Als ich ihr nun berichtete, dass ich mit Sally ein neues Leben beginnen wollte, zuckte sie kurz zusammen und schwieg.

»Ich sollte Ihnen wohl gratulieren, dass Sie länger als ein Jahr damit gewartet haben«, meinte sie schließlich. »Andererseits schätze ich, dass es einfach geschehen musste. Denn hier bei uns passiert so was immer, wenn jemand seinen großen Durchbruch hat.«

»Aber ich habe mich verliebt, Alison!«

»Glückwunsch. Die Liebe ist eine schöne Sache.«

»Ich wusste, dass Sie so reagieren würden.«

»Mein Guter, ist Ihnen denn nicht klar, dass es insgesamt nur zehn Geschichten auf der Welt gibt? Und eine davon spielen Sie gerade durch. Nur dass Ihre Geschichte einen entscheidenden Unterschied aufweist.«

»Und der wäre?«

»Dass in Ihrem Fall der Autor den Produzenten bumst – meiner jahrelangen Erfahrung nach ist es gewöhnlich umgekehrt. Sie können also stolz auf sich sein, denn Sie strafen die Gesetzmäßigkeiten Hollywoods Lügen.«

»Aber Alison, Sie selbst haben uns doch miteinander bekannt gemacht.«

»Was Sie nicht sagen. Aber keine Sorge, ich kassiere meine fünfzehn Prozent nicht von Ihrem zukünftigen gemeinsamen Einkommen.«

Allerdings warnte mich Alison, den geplanten Pilotfilm für Fox (den ich bisher noch nicht geschrieben hatte) nun, da Sally und ich in der Öffentlichkeit gemeinsam auftraten, besser in den Wind zu schießen.

»Es würde nämlich wie ihr Hochzeitsgeschenk an Sie aussehen, und ich kann mir gut vorstellen, was ein karrieresüchtiger Jungjournalist von *Daily Variety* daraus machen würde.«

»Sally und ich haben schon darüber gesprochen und beschlossen, dass wir den Pilotfilm für Fox lieber auf Eis legen.«

»Welch süßes Kopfkissengeflüster.«

»Es war beim Frühstück.«

»Vor oder nach der Morgengymnastik?«

»Warum lasse ich mir das gefallen?«

»Weil ich ›in aller Freundschaft‹ wirklich Ihre Freundin

bin. Und Ihnen den Rücken freihalte, was so weit geht, dass mich der gerade erteilte Rat knapp vierzigtausend Dollar kostet.«

»Sie sind eine echte Menschenfreundin, Alison.«

»Nein, einfach nur dumm. Aber noch ein letzter gut gemeinter Rat von Ihrer fünfzehnprozentigen großen Schwester: Halten Sie sich in den kommenden Monaten ein wenig bedeckt. Sie waren letzthin oft genug Stadtgespräch.«

Was nicht sonderlich schwer war, denn obwohl Sally und ich als das sprichwörtliche Erfolgspaar galten, umgaben wir uns nicht mit Glamour, sondern waren der Prototyp des neuen Hollywood: hochgebildet, belesen und außerdem von Erfolg in der schnelllebigen Welt des Fernsehens gekrönt. Auch wenn wir finanziell gut dastanden, vermieden wir jeglichen Prunk. Unser Loft war in minimalistischem Design gehalten. Mein Porsche Boxster und Sallys Range Rover galten als angemessene Statussymbole – die aufstrebenden smarten Automarken, die aufstrebende smarte Leute nun mal fahren, wenn sie ganz augenscheinlich beruflichen Erfolg vorzuweisen haben, jedoch nicht den Lockungen von neureichem Firlefanz erliegen. Gewiss, wir wurden zu den angesagten Partys und den angesagten Premieren eingeladen, aber wir ließen uns nicht dazu hinreißen, unseren Prominentenstatus oder ein gewisses Image in der Öffentlichkeit wahren zu wollen. Außerdem hatten wir beide viel zu viel zu tun, um schnellem Ruhm nachzujagen. Wie in allen Industriestädten geht man in Los Angeles früh zu Bett. Da Sally bis zum Hals in der Planung der neuen Komödien für die Herbstsaison steckte und die Produktion der zweiten Staffel von *Auf dem Markt* auf Hochtouren lief, hatten wir kaum noch Zeit für ein Gesellschaftsleben – und für uns selbst auch nicht.

Wie ich rasch herausfand, richtete sich Sally in ihrem Alltag nach einem vierundzwanzig Stunden gültigen Zeitplan.

Das ging so weit, dass sie stillschweigend drei »Zeitfenster für die Liebe« pro Woche einbaute. Selbst bei den seltenen Anlässen, wo sie mich unverhofft verführte, beschlich mich manchmal das Gefühl, dass es vorgeplant war – als ob sie ausgerechnet hätte, dass wir an einem Morgen, wo sie ausnahmsweise zu keinem Arbeitsfrühstück gehen musste, gerade noch die zehn Minuten erübrigen konnten, die wir brauchten, um uns gegenseitig zum Orgasmus zu bringen, ehe sie mit ihrem Fitness-Programm begann.

Doch ich beklagte mich nicht. Denn abgesehen von dem regelmäßigen Bedauern über die Trennung von Lucy und Caitlin lief alles nach Plan. Ich war erfolgreich. Ich verdiente glänzend. Ich genoss das Ansehen meiner Berufskollegen. Ich wurde geliebt von einer bemerkenswerten Frau. Und dann sollte der amerikanischen Öffentlichkeit demnächst die zweite Staffel einer hochgelobten Fernsehserie vorgestellt werden, die meinen Namen trug.

»Deine Sorgen möchte ich haben«, sagte Bobby Barra an einem der seltenen Abende (nun, es war schließlich Freitag, und das Wochenende stand bevor), an denen ich einen Martini zu viel getrunken und ihm gestanden hatte, dass mich wegen meiner Scheidung ständige Schuldgefühle plagten.

Bobby Barra gefiel es, dass ich ihm mein Herz ausschüttete, zog er doch daraus den Schluss, dass wir gute Freunde seien. Und Bobby Barra mochte die Vorstellung, mich zum Freund zu haben. Denn ich hatte einen Namen und ein bekanntes Gesicht und war einer der wenigen wahren Gewinner in dieser Stadt der verzweifelten Sehnsüchte und der enttäuschten Hoffnungen.

»Sieh es doch mal so, mein Guter. Deine Ehe gehört zu der Etappe deines Lebens, in der die Fehlschläge vorherrschten. Deshalb ist es nur natürlich, dass du sie aufgeben musstest, als du auf die Sonnenseite gewechselt bist.«

»Wahrscheinlich hast du Recht«, sagte ich, nicht ganz überzeugt.

»Natürlich habe ich das. Ist das Leben neu, bleibt nichts beim Alten.«

Und man hat plötzlich neue Freunde wie Bobby Barra.

2

Bobby Barra war reich, richtig reich. Allerdings nicht so reich, dass er zu allem und jedem »Leck mich« sagen konnte. »Was heißt für dich ›Leck-mich‹-reich?«, hatte ich ihn einmal gefragt.

»Meinst du die Geisteshaltung oder konkrete Zahlen?«, wollte er wissen.

»Die Geisteshaltung kann ich mir gut vorstellen. Mich interessieren die Zahlen.«

»Hundert Millionen.«

»So viel?«

»Das ist nicht viel.«

»Mir würde es reichen.«

»Wie viele Millionen hat eine Milliarde, mein Junge?«

»Das gehört zu den Dingen, die ich nicht weiß.«

»Tausend.«

»Eine Milliarde sind also tausend Millionen?«

»Richtig.«

»Und eine Milliarde ist für dich ›Leck-mich‹-reich?«

»Nicht nur ›Leck-mich‹, sondern ›Leck-mich-und-meine-Kinder-und-Kindeskinder‹-reich.«

»Ganz schön heftig. Wenn du also nur hundert Mill...«

»Dann kannst du es zwar ›Leck-mich‹-reich nennen, aber du musst dir genau überlegen, zu wem du es sagst.«

»Ich finde, dich kann man ruhigen Gewissens dazu zählen, Bobby.«

»Ich bin ›Leck-mich‹-Anwärter.«

»Damit wäre ich auch schon zufrieden.«

»Aber ich gehöre noch nicht wirklich dazu. Ich sage dir eins, mein Junge: Sobald du es mit den wirklich Großen zu tun hast – mit Bill Gates, Paul Allen, Phil Fleck –, kommen dir hundert Millionen wie ein Taschengeld vor. Ein Zehntel von einer Milliarde! Was ist das schon für Leute, die dreißig, vierzig oder fünfzig besitzen!«

»Peanuts?«

»Genau. Kleingeld. Ein paar lausige Kröten.«

Ich lächelte.

»Als jemand, der im letzten Jahr gerade mal eine knappe Million verdient hat, komme ich mir dagegen ja fast schon wie ein Bettler vor.«

»Mag sein, aber du wirst es noch schaffen. Vor allem, wenn du dir von mir helfen lässt.«

»Ich bin ganz Ohr.«

Bobby Barra hatte jede Menge guter Ratschläge parat, wenn es um Anlagen ging, denn damit verdiente er sein Geld. Er war Broker. Und zwar ein so erfolgreicher, dass er mit seinen fünfunddreißig Jahren bereits zu den »Leck-mich«-Anwärtern zählte.

Beeindruckend an seinem neuen Vermögen aber war vor allem, dass er es aus dem Nichts geschaffen hatte. Bobby nannte sich selbst »einen Itaker aus Detroit«: Er war der Sohn eines Elektrikers bei den Ford-Werken in Dearborn, ließ jedoch die Motor City hinter sich, kaum dass er den Führerschein gemacht hatte. Zuvor, in einem Alter, in dem die meisten Jugendlichen noch gegen die peinlichen Pubertätspickel ankämpfen, hatte sich Bobby mit der Hochfinanz beschäftigt.

»Lass mich raten, was du mit dreizehn gelesen hast«, sagte Bobby einmal, als wir uns gerade kennen gelernt hatten. »John Updike?«

50

»Nun mal halblang!«, erwiderte ich. »Ich war noch nie ein Fan von naturbraunen Shetland-Pullovern. Versuch's mal mit Tom Wolfe.«

»Das passt.«

»Und du? Was hast du mit dreizehn gelesen?«

»Lee Iaccoca und – aber nicht lachen ...«

»Ich lache doch gar nicht.«

»Lee Iaccoca und Tom Peters, Adam Smith, John Maynard Keynes, Donald Trump ...«

»Eine ganz schöne Bandbreite, Bobby. Glaubst du, Donald Trump hat jemals Keynes gelesen?«

»Na ja, vielleicht in der Zeit, als ihm seine Ivana noch einen geblasen hat. Der Kerl wusste jedenfalls, wie man ein Imperium aufbaut, und er ist wirklich ›Leck-mich‹-reich. Nachdem ich sein Buch gelesen hatte, beschloss ich, seinem Beispiel zu folgen.«

»Warum bist du dann nicht Baulöwe geworden?«

»Weil du dazu auf Mafiamethoden angewiesen bist – du weißt schon, dein Vetter Sal hat einen Onkel Joey, der hat einen Neffen namens Tony, und der setzt den alten Juden unter Druck, der auf dem freien Grundstück sitzt, das du kaufen willst. Verstehst du, was ich meine?

»Klingt ja äußerst ehrenwert.«

»Glaub bloß nicht, dass die feinen Pinkel an der Ostküste, die so stolz sind auf ihre britischen Vorfahren, nicht das gleiche Spiel spielen! Nur tun sie das in Maßanzügen von Brooks, mit einem Abschluss von der Wharton Business School und mit per Kredit finanzierten Firmenaufkäufen. Na, jedenfalls wollte ich mich nicht als Mafiosi betätigen, und weil mir klar war, dass ich mit meinem Stallgeruch an der Wall Street nicht punkten konnte, kam ich zu dem Ergebnis, dass für einen Kerl wie mich Los Angeles der weitaus bessere Tummelplatz ist. Denn nirgendwo sonst hat die Parole ›Geld stinkt nicht‹ eine derartige Gültigkeit. Außerdem interessiert es hier die Leute einen Dreck, wenn einer redet wie der mutierte Sprössling von Teflon Don. Je höher dein Kontostand, desto dicker dein Schwanz.«

»... wie schon John Maynard Keynes sagte.« Immerhin besuchte Bobby die University of Southern California. Er finanzierte sich sein Studium, indem er sich in den letzten glorreichen Tagen der Risikopapiere an drei Abenden in der Woche bei Michael Milken als Mädchen für alles verdingte. Nach der Uni fand er eine Anstellung bei einer dubiosen Figur namens Eddie Edelstein, der in Century City eine kleine Anlagefirma betrieb und schließlich wegen eines groben Verstoßes gegen die Börsenvorschriften im Knast landete.

»Eddie war mein Guru – der beste Börsenmakler westlich der Rocky Mountains. Er hatte eine Nase für Neuemissionen wie ein Bullterrier. Und wenn es um Gewinnspannen ging, war der Kerl ein wahrer Magier. Aber dann hat der Trottel alles in den Sand gesetzt, weil er einem Geschäft nicht widerstehen konnte. Er sackte hunderttausend dafür ein, dass er einem südafrikanischen Broker, einem echten burischen Nazi, Insiderinformationen über die Neuemission einer Firma aus der Schwerindustrie steckte. Es stellte sich nämlich heraus, dass der Nazi in Wirklichkeit ein verdammter Undercover-Agent der Börsenaufsicht war. Ich habe Eddie geraten, auf Provozieren einer strafbaren Handlung zu plädieren, aber er wollte nicht auf mich hören. Sie haben ihm drei Jahre aufgebrummt, und obwohl er in eines dieser offenen Gefängnisse kam, wo man seinen Tennisschläger mitbringen kann, biss er ins Gras. Prostatakrebs, mit dreiundfünfzig Jahren. Benutzt du Zahnseide, Dave?«

»Wie bitte?«, fragte ich etwas verblüfft über den plötzlichen Themenwechsel.

52

»Eddie hat mir auf dem Totenbett zwei Ratschläge gegeben: Erstens, vertraue nie einem Typen, der sich als Bure ausgibt, aber einen Akzent hat, als sei er in New Jersey aufgewachsen. Und zweitens, benutze Zahnseide, wenn du keinen Prostatakrebs kriegen willst.«

»Ich kann dir nicht ganz folgen.«

»Wenn du dir nicht die Zähne reinigst, werden die Plaque und all der andere Mist durch die Kehle hinuntergespült und sammeln sich in deiner Prostata an. So ist es nämlich dem armen Eddie ergangen: ein erstklassiger Broker, ein Super-Typ, aber er hätte Zahnseide benutzen sollen.«

Nach diesem Gespräch widmete ich mich regelmäßig meiner Zahnreinigung. Ebenso oft stellte ich mir die Frage, warum um Himmels willen ich mich so gern mit Bobby traf. Dabei wusste ich die Antwort bereits: Erstens scheffelte Bobby als mein Anlageberater Geld für mich, und zweitens war es mit ihm nie langweilig.

Bobby war während der ersten Staffel von *Auf dem Markt* in mein Leben getreten. Nachdem die dritte Folge ausgestrahlt worden war, schrieb er mir über FRT einen offiziellen Geschäftsbrief, in dem er meine Serie als das Klügste lobte, was er seit Jahren gesehen hätte, und mir zugleich seine Dienste als Anlageberater anbot. *»Ich bin kein Halsabschneider, der Ihnen das Blaue vom Himmel verspricht, und ich will auch keine Sprüche klopfen wie: ›Durch mich werden Sie reich, kaum dass Sie sich im Bett umgedreht haben‹. Aber ich bin der beste Broker der Stadt, und mit der Zeit werde ich ein Vermögen für Sie machen. Außerdem bin ich ein ehrlicher Mensch. Wenn Sie mir nicht glauben, erkundigen Sie sich bei ...«*

Hier folgte eine Liste von Hollywoods Reichen und Superreichen, die offenbar alle zu Bobby Barras Kundenkreis gehörten.

Ich überflog den Brief. Ehe ich ihn in den Papierkorb stopfte, musste ich grinsen. Denn von den etwa zwei Dutzend Werbeschreiben, die ich seit der Erstausstrahlung von *Auf dem Markt* bekommen hatte – es meldeten sich Händler von Luxus-Limousinen, Immobilienmakler, Steuerberater, Fitness-Trainer und die wohl bekannten New-Age-Spinner mit ihrer Einladung zum Channeling oder Ähnlichem, die mir alle zu meinem jüngsten Erfolg gratulierten und ihre Dienste anpriesen –, war Bobbys das unverfrorenste und unbescheidendste. Seine abschließende Bemerkung klang geradezu lächerlich.

»Ich bin nicht nur gut in meinem Job, sondern ich bin brillant. Wenn Sie Ihr Geld für sich arbeiten lassen wollen, rufen Sie mich an! Denn wenn Sie es nicht tun, werden Sie es Ihr Leben lang bereuen.«

Am Tag nach diesem Eröffnungszug erhielt ich den gleichen Brief noch einmal. Diesmal klebte ein Post-It daran:

»Da ich annehme, dass Sie – wie jeder vernünftige Mensch es getan hätte – meinen gestrigen Brief weggeworfen haben, bekommen Sie ihn noch einmal. Lassen Sie uns Geld verdienen, David!«

Widerwillig musste ich die Chuzpe dieses Mannes bewundern – während ich seine täglichen Anrufe in meinem Büro, die daraufhin einsetzten, ziemlich lästig fand. (Jennifer, meine Sekretärin, sorgte auf meine Anweisung hin dafür, dass ich mich stets in einer Sitzung befand, wenn Bobby Barra anrief.) Mich beeindruckte auch nicht sonderlich, dass er mir nach Ende der ersten Staffel eine Kiste Au Bon Climat schickte (vom besten Weingut des Napa Valley). Ich tat der Höflichkeit genüge und schickte ihm eine kurze Dankesnotiz. Eine Woche später traf eine Kiste Dom Perignon ein. Beigefügt war eine Karte:

»Sie können dieses Zeug wie Limonade trinken, wenn Sie mir Ihre Finanzen anvertrauen.«

Als der Champagner geliefert wurde, saß gerade Brad Bruce in meinem Büro.

54

»Oh, ein Groupie! Hat sie ihre Telefonnummer mitgeschickt?«, fragte er.

»Es ist keine Sie, sondern ein Er.«

»Dann vergiss es.«

»Es ist nicht so, wie du denkst. Der Kerl möchte mit meinem Geld ins Bett. Ein Anlageberater, der sich nicht abwimmeln lässt.«

»Wie heißt er?«

»Bobby Barra.«

»Ach der!«

»Du kennst ihn?«, fragte ich überrascht.

»Natürlich. Er arbeitet auch für Ted Lipton.« Damit bezog er sich auf den Vizepräsidenten von FRT. »Und für...«

Dann ratterte er eine Reihe von Namen herunter, die teilweise auch in Bobby Barras erstem Brief genannt worden waren.

»Demnach ist der Kerl also sauber?«

»Nach allem, was ich gehört habe, auf jeden Fall. Außerdem weiß er offenbar, wie man sich verkauft. Ich wünschte, mein Broker würde mir auch mal Champagner schicken.«

Am Nachmittag rief ich Ted Lipton an. Nachdem wir kurz ein wenig gefachsimpelt hatten, erkundigte ich mich nach seiner Meinung über Roberto Barra.

»Er hat mir im letzten Jahr eine Rendite von siebenundzwanzig Prozent erwirtschaftet. Doch, ich traue dem kleinen Scheißer.«

Zu jener Zeit hatte ich noch keinen Anlageberater, denn nachdem sich die Ereignisse nach der Erstausstrahlung der Serie so überstürzt hatten, war mir kein freier Augenblick geblieben, um an so nette Dinge wie die Investition meines neu erworbenen Reichtums zu denken. Deshalb bat ich meine Sekretärin, mir alle erhältlichen Informationen über Bobby Barra zu beschaffen. Nach achtundvierzig Stunden kehrte sie mit

55

dem Insiderstoff zurück: geboren in Detroit, Absolvent der University of Southern California, Grundausbildung in den Hinterhofschuppen von Michael Milkin und dem verstorbenen Eddie Edelstein, eigene Firma im zarten Alter von dreiundzwanzig, steiler Aufstieg, zufriedene Kunden, kein Eintrag im polizeilichen Führungszeugnis, keine Geschäfte mit schweren Jungs, ein Gütesiegel von der Börsenaufsicht. »Gut«, sagte ich, nachdem ich ihre Aufstellung gelesen hatte, »vereinbaren Sie eine Verabredung zum Mittessen mit ihm.«

Von seiner Erscheinung her war Bobby Barra etwas kurz geraten: einsfünfundsechzig groß, dichtes lockiges schwarzes Haar, makelloser Anzug mit italienisch angehauchtem Schnitt (welch eine Überraschung!). Er ging mit mir ins Orso. Er sprach rasch und witzig. Er überraschte mich mit seinem Wissen – sowohl in der Literatur als auch über Filme. Er schmeichelte mir – und machte dann Scherze über seine Schmeicheleien. »Ich werde Ihnen nicht mit diesem in L. A. typischen Gewäsch kommen von wegen ›Ich als Ihr Freund‹«, sagte er, um fünf Sätze später ganz bewusst die Wendung »ich als Ihr Freund« einzuflechten. »Sie sind nicht nur Fernsehautor«, sagte er, »sondern ein ernst zu nehmender Fernsehautor. Und in Ihrem Falle ist das kein Widerspruch.«

Er war ein brillanter Gesprächspartner; intelligent mischte er Zeugnisse seiner Belesenheit mit Versatzstücken aus dem Gangsterjargon. (»Sie brauchen niemandem die Kniescheibe zu zertrümmern«, sagte er *sotto voce*, »ich kenne da zwei mexikanische Jungs, die erledigen das für dreihundert Kröten zuzüglich Spesen.«) Als er sich da so vor mir aufplusterte, konnte ich nicht anders, ich musste an die geschäftstüchtigen Typen aus Chicago denken, die Saul Bellow so gut beschrieben hat. Er war gewieft. Er war klug und auch ein bisschen gefährlich. Unentwegt ließ er Namen fallen; zugleich verspottete er sich wegen seiner »unverbesserlichen Prominentenhudelei«. Doch ich verstand inzwischen, warum all die kaufkräftigen Leute so gern Geschäfte mit ihm machten: Er vermittelte den Eindruck, sein Metier zu beherrschen. Und deshalb konnte er in dieser definitiven Enklave der Selbstbeweihräucherer auch als der größte Selbstvermarkter von allen auftreten.

»Sie müssen wissen, ich habe nur eine wahre Leidenschaft: für meine Kunden Geld zu machen. Darin besteht für mich der Sinn des Lebens. Denn Geld bedeutet Entscheidungsfreiheit. Mit Geld können wir das tun, was uns das Leben nur so selten ermöglicht, nämlich *nach unserem Belieben handeln*. Wir können dem Schicksal mit all seinen Zufällen in dem angenehmen Wissen gegenübertreten, dass wir die Mittel haben, um seinen Launen etwas entgegenzusetzen. Denn Geld, richtig viel Geld, gibt uns die Möglichkeit, Entscheidungen ohne Angst treffen zu können. Nur so sind wir wirklich in der Lage, der Welt ein ›Leck mich‹ entgegenzuschleudern.«

»War das nicht auch Adam Smiths Standpunkt in *Der Wohlstand der Nationen*?«

»Mögen Sie Adam Smith?«, fragte er.

»Ich kenne nur die Klappentexte.«

»Vergessen Sie Machiavelli, vergessen Sie *Zehn Schritte zum Erfolg*. Das beste aller kapitalistischen Manifeste ist *Der Wohlstand der Nationen* von Smith.«

Dann holte er tief Luft und rezitierte mit einer Stimme, die man eigentlich nur als »Detroiter Stentor« bezeichnen kann:

»Gibt man daher alle Systeme der Begünstigung und Beschränkung auf, so stellt sich ganz von selbst das einsichtige und einfache System der natürlichen Freiheit her. Solange der Einzelne nicht die Gesetze verletzt, lässt man ihm völlige Freiheit, damit er das eigene Interesse auf seine Weise verfolgen kann und seinen Erwerbsfleiß und sein Kapital im Wettbewerb mit jedem anderen oder einem anderen Stand entwickeln und einsetzen kann.«

Er schwieg, dann trank er einen Schluck San Pellegrino und sagte: »Ich weiß, ich bin nicht gerade Ralph Fiennes, aber...«

»He, ich bin beeindruckt! Und das alles ohne Teleprompter.«

»Es geht darum, alter Knabe: Wir leben in der Ära mit der größten persönlichen Freiheit, die die Menschheit je gehabt hat. Doch was Smith damals sagte, ist auch heute noch verdammt wahr: Ehe du das Geld mit vollen Händen ausgibst, achte darauf, dass du genügend in der Kasse hast, um dir den Rücken freizuhalten. Und da komme ich ins Spiel. Denn finanziell gesehen werde ich Ihnen nicht nur den Rücken freihalten, sondern Sie können mit Ihren Mitteln dann auch ruhig mal angreifen. Das heißt, was immer Fortuna in der Zukunft auch für Sie bereithält, Sie werden aus einer Position der Stärke heraus agieren. Und, seien wir doch ehrlich, solange Sie sich in der Position der Stärke befinden, wird niemand Sie als Fußabtreter benutzen.«

»Also was genau schlagen Sie vor?«

»Gar nichts. Ich möchte Ihnen nur zeigen, wie ich zu meinen Ergebnissen komme. Ich würde gern folgendermaßen vorgehen: Wenn Sie bereit sind, mir anfänglich eine kleinere Summe von, sagen wir mal, fünfzig Riesen anzuvertrauen, verspreche ich Ihnen, sie innerhalb von sechs Monaten zu verdoppeln. Und das sage ich ohne Wenn und Aber, ich mache es also nicht davon abhängig, dass der Markt auch weiterhin so boomt. Sie stellen meiner Firma einen Scheck über fünfzig Riesen aus, ich schicke Ihnen die notwendigen Unterlagen, und sechs Monate später kriegen Sie einen Scheck über mindestens hunderttausend.«

»Und wenn es nicht...«

Er fiel mir ins Wort. »So was gibt es bei mir nicht.«

Schweigen.

»Eins möchte ich wissen«, fragte ich schließlich. »Warum haben Sie sich so ins Zeug gelegt, um mich an Land zu ziehen?«

»Weil Sie in dieser Stadt als heißer Typ gehandelt werden, deshalb. Ich arbeite gern mit talentierten Leuten zusammen. So wie ich mich gern mit den Superreichen umgebe. Ich muss schon wieder einen Namen nennen, aber haben Sie mal von Philip Fleck gehört?«

»Dem abgetauchten Multimillionär? Dem Filmregisseur im Untergrund? Wer hat das nicht? Er ist berüchtigt.«

»Im Grunde ist er ein Mensch wie Sie und ich. Wenn auch einer mit zwanzig Milliarden Dollar. Und er ist ein wirklich guter Freund von mir«

»Ein nettes Sümmchen.«

»Übrigens ist er ein großer Fan von Ihnen.«

»Wollen Sie mich auf den Arm nehmen?«

»Der klügste Autor in der Fernsehbranche, hat er erst letzte Woche gesagt.«

Weil ich nicht wusste, ob ich ihm das abkaufen sollte, sagte ich nur: »Richten Sie ihm meinen Dank aus.«

»Sie halten das sicher nur wieder für ein Zeichen meiner Prominentenhudelei, nicht wahr?«

»Dass Phil Fleck Ihr Freund ist, glaube ich Ihnen.«

»Und reicht Ihr Glaube auch so weit, dass Sie mir einen Scheck über fünfzig Riesen ausstellen?«

»Aber sicher«, erklärte ich, jedoch mit gewissem Unbehagen.

»Dann füllen Sie ihn aus.«

»Jetzt, gleich hier?«

»Klar doch. Holen Sie Ihr Scheckbuch aus der Jacketttasche…«

»Woher wissen Sie, dass ich mein Scheckbuch bei mir habe?«

»Weil ein Typ nach Jahren im Sumpf, wenn er dann wirklich Geld verdient, meiner Erfahrung nach plötzlich überall sein Scheckbuch mit sich herumträgt. Denn jetzt kann er einen Haufen von dem teuren Zeug kaufen, das er sich vorher nicht leisten konnte. Und es ist einfach viel schicker, sein Scheckbuch zu zücken, als ein platinfarbenes Stück Plastik über den Ladentisch zu schieben.«

Unabsichtlich fasste ich an die Brusttasche meines Jacketts.

»Ertappt«, sagte ich.

»Also, dann schreiben Sie einen aus!«

Ich zog Scheckbuch und Füller heraus und legte beides vor mich auf den Tisch. Dann starrte ich sie voller Zweifel an. Bobby klopfte derweilen ungeduldig mit dem Zeigefinger auf das Scheckbuch.

»Nun kommen Sie schon, David«, sagte er. »Zeit zu handeln. Ja, ich weiß, es sind fünfzig Riesen. Sie haben sich noch nicht daran gewöhnt, in Zahlen mit so vielen Nullen zu denken. Aber glauben Sie mir, dies ist einer der Momente, die über Ihre Zukunft entscheiden. Außerdem weiß ich, was Sie denken: Kann ich dem Kerl trauen? Nun, ich werde mich nicht weiter anpreisen. Ich stelle Ihnen nur noch eine einfache Frage: Trauen Sie sich, reich zu werden?«

Ich nahm den Füller in die Hand. Und schlug das Scheckbuch auf. Und schrieb einen Scheck.

»Kluger Junge«, meinte Bobby.

Einige Tage später erhielt ich von der Firma Roberto Barra & Partner einen Vertrag über meine Investition. Erst nach zwei Monaten hörte ich wieder von Bobby. Ein kurzer Anruf, in dem er sich nach meinem Befinden erkundigte und berichtete, dass der Markt nur so brummte und »wir zulegen«. Er versprach außerdem, sich in zwei Monaten wieder zu melden. Das tat er auch, fast auf den Tag genau. Ein weiteres kurzes, angenehmes Gespräch, in dem er von positiven Entwicklungen des Marktes berichtete. Wieder zwei Monate später wurde mir per Kurier ein Umschlag ins Büro geschickt. Darin befand sich

ein Verrechnungsscheck über 122 344,82 Dollar, ausgestellt
auf meinen Namen. Auf der beigelegten Notiz stand:
*»Wir haben sogar noch ein bisschen mehr geschafft als
hundert Prozent. Das sollten wir feiern.«*
Widerwillig musste ich Bobbys Stil bewundern. Nachdem
er mich erfolgreich umworben hatte, zog er sich voll und ganz
zurück, bis er das Ergebnis in der Tasche hatte. Begeistert von
dem erstaunlichen Resultat investierte ich die Gesamtsumme
gleich wieder bei ihm, und als der Vertrag über die zweite
Staffel abgeschlossen war, vertraute ich ihm weitere zweihundertfünfzigtausend an. Außerdem trafen wir uns nun gelegentlich privat. Bobby war nicht verheiratet (»Ich mache
mich nicht gut in Ketten«, erklärte er mir), doch er hatte
stets eine Mieze im Schlepptau, normalerweise ein Model
oder eine Möchtegern-Schauspielerin, ausnahmslos hübsche,
blonde Dummchen. Immer wieder machte ich ihm Vorhaltungen, dass er sich so problemlos ins Klischee des eitlen Geld-
sacks fügte.

»Früher war ich ein Spaghettifresser aus Detroit. Heute
bin ich ein Spaghettifresser aus Detroit mit Geld. Natürlich
benutze ich diese Tatsache, um all die Cheerleader zu bumsen, denen ich früher zu viel Dreck unter den Fingernägeln
hatte.«

Nachdem ich ein paar Abende mit Bobby und seiner Aus-
erkorenen des Tages verbracht hatte (er stand offenbar auf
abgebrühte zweiundzwanzigjährige Farmerstöchter aus dem
Mittleren Westen, deren Vorname – wie Madison oder January – unweigerlich aus den Büchern von Harold Robbins ent-
lehnt worden war), gab ich ihm dezent zu verstehen, dass ich
an diesen »Miss-Vorführungen« nicht sonderlich interessiert
sei. Daher beschränkten wir uns künftig bei unseren monatlichen Treffen auf einen Männerabend zu zweit mit einem
schlichten Essen, bei dem ich mich in der Regel zurücklehnte

61

und mich von Bobbys pausenlosem Palaver über alles und jeden unterhalten ließ.

Sally konnte nicht verstehen, was ich an ihm fand. Zwar schätzte sie es, wie er mein Geld anlegte, doch ihr erstes Treffen mit Bobby war ein einziges Fiasko gewesen. Da mir Bobby während der Trennung von Lucy moralische Unterstützung gewährt hatte, wollte er Sally natürlich kennen lernen, nachdem sich der sprichwörtliche Staub gelegt hatte – zumal er ihre Erfolgsbilanz bei Fox Television kannte. Nachdem Sally und ich uns dann regelmäßig in der Öffentlichkeit als Paar präsentiert hatten, schlug er ein Abendessen im La Petite Porte in West Hollywood vor. Doch kaum hatten wir uns an den Tisch gesetzt, wurde mir klar, dass Sally ihn bereits als Parvenu abgeschrieben hatte. Zwar versuchte er, sie mit seinem Charme zu umgarnen und ihr zu schmeicheln, indem er Dinge sagte wie:»Jeder, der in Hollywood jemand ist, kennt den Namen Sally Birmingham.« Oder er gab mit seinem literarischen Wissen an und erkundigte sich nach ihrem Lieblingsroman von DeLillo (»Ich habe keinen«, schoss sie zurück. »Das Leben ist zu kurz für diese Sorte schriftstellernder Wichtigtuer.«). Er versuchte sogar mit seinen Beziehungen zu Hollywoods erster Riege anzugeben und berichtete, wie ihn am Tag zuvor Johnny Depp aus Paris angerufen hatte, um mit ihm einige Aktien-Transaktionen zu besprechen. Sally jedoch kniff die Augen zusammen und fragte:

»Ist Johnny Depp tatsächlich in der Lage, ein Auslandsgespräch zu führen? Wie beeindruckend!«

Es ging mir an die Nieren zu beobachten, wie Sally ohne großes Aufhebens alle Versuche Bobbys parierte, ihre Gunst zu erringen. Faszinierend dabei war, wie sie bei ihrem Zerstörungswerk die ganze Zeit über ein blasiertes Lächeln wahrte. Nicht ein Mal erklärte sie ihm, was für ein erbärmlicher Wicht er sei. Nicht ein Mal erhob sie die Stimme. Doch am Ende des

Abends hatte sie ihn auf das Format von Toulouse Lautrec zu-
sammengestaucht und ließ ihn mit dem ihr eigenen beredten
Schweigen wissen, dass sie ihn für einen geistig minderbe-
mittelten Bourgeois hielt, der es nicht wert war, dass sie ihre
Zeit mit ihm verschwendete.

Auf der Heimfahrt streckte sie die Hand nach mir aus,
strich mir über den Hinterkopf und sagte: »Liebster, du weißt,
ich tue alles für dich, aber mute mir so etwas nicht noch
einmal zu.«

Wir schwiegen beide.

»Fandest du es so schlimm?«, fragte ich schließlich.

»Du weißt, was ich meine. Er ist vielleicht ein exzellenter
Broker... aber auf gesellschaftlichem Parkett ein absoluter Versager.«

»Ich finde ihn amüsant.«

»Und ich verstehe sogar, warum. Besonders, wenn du tatsächlich einmal etwas für Scorsese schreiben solltest. Aber
er sammelt Menschen, David, und du bist in seiner Sammlung
das Vorzeigeobjekt des Monats. Zwar will ich dir nicht vor-
schreiben, was du tun sollst, aber ich an deiner Stelle würde
ihn meine Finanzen regeln lassen und sonst gar nichts. Er ist
billig und ein Angeber, die Sorte von Hochstaplern, die sich
noch so viel After-Shave von Armani ins Gesicht klatschen
kann – sie stinken immer noch nach Brut.«

Natürlich fand ich, dass Sally etwas zu hart mit ihm ins
Gericht ging und ihr Urteil zu sehr von ihrem Standesdünkel
bestimmt war. Doch ich verkniff mir einen Kommentar dazu.
Weshalb ich gegenüber Bobby auch nichts davon verlauten
lassen wollte, als er mich ein, zwei Tage nach diesem Abendessen im Büro anrief, um mir zu verkünden, dass er für dieses
Jahr eine Rendite von neunundzwanzig Prozent erwarte.

»Neunundzwanzig Prozent«, staunte ich. »Das klingt ja
schon fast nicht mehr legal.«

»Oh, das hält jeder Prüfung stand.«

»Ich habe doch nur Spaß gemacht«, lenkte ich ein, als er so rasch in Verteidigungshaltung ging. »Ich bin begeistert. Und ich danke dir. Das nächste Essen geht auf mich.«

»Gibt es denn überhaupt noch eins? Sally hält mich doch für einen stinkenden Mistkäfer, nicht wahr?«

»Nicht dass ich wüsste«, log ich.

»Du lügst, aber ich weiß deine Zurückhaltung zu schätzen. Glaub mir, ich merke es, wenn ich es mir mit jemandem verderbe – so wie ich es merke, wenn mich jemand für einen Prolo hält.«

»Zwischen euch beiden hat eben einfach die Chemie nicht gestimmt, das ist alles.«

»Wie bist du doch höflich! Aber solange du nicht ähnlich denkst wie sie...«

»Warum sollte ich? Vor allem, da du mir gerade neunundzwanzig Prozent eingefahren hast.«

Er lachte. »Darauf läuft es immer hinaus, nicht wahr?«

»Das musst du gerade sagen.«

Bobby war so klug, den verheerenden Abend nie mehr zu erwähnen, obwohl er sich stets nach Sally erkundigte, wenn wir miteinander sprachen. Und ich ging weiterhin einmal im Monat mit ihm abends essen. Neunundzwanzig Prozent sind schließlich neunundzwanzig Prozent. Aber auch, weil ich ihn wirklich mochte. Denn ich sah, dass sich hinter den großspurigen Verkäuferallüren, hinter dem geschniegelten Getöse wie so oft nur ein Mann verbarg, der seinen Weg machen und in einer zutiefst gleichgültigen Welt seine Spuren hinterlassen wollte. Wie wir alle schwankte er zwischen extremem Ehrgeiz und Ängsten hin und her und klammerte sich an den Glauben, dass sich hinter all dem krampfhaften Bemühen, das wir Leben nennen, doch ein tieferer Sinn verbarg.

Ich jedoch war so furchtbar eingespannt mit meiner zweiten Staffel, dass ich außer unseren monatlichen Treffen keinen Kontakt zu Bobby hatte. Als wir mit der Produktion von *Auf dem Markt II* begannen, war mein Leben zu einer einzigen gigantischen Zeitstudie geworden: sieben Tage in der Woche à vierzehn Stunden Arbeit pro Tag, mit der einzigen Unterbrechung durch das eine Wochenende im Monat, das ich in Sausalito mit Caitlin verbrachte. Die wenigen freien Stunden, die mir blieben, widmete ich ausschließlich Sally. Aber Sally beklagte sich keineswegs über einen Mangel an gemeinsam verbrachter Freizeit – alles, was nicht an einen Siebzehn-Stunden-Tag heranreichte, hielt sie ohnehin für Faulheit.

Wenn man so beschäftigt ist, kommt es einem seltsamerweise vor, als würde die Zeit nur noch so dahinrasen. Weitere sechs Monate verflogen. Die zweite Staffel war im Kasten. Die ersten Reaktionen in den oberen Etagen bei FRT fielen begeistert aus. Alison war bereits von Brad Bruce und Ted Lipton angerufen worden, um über eine dritte Staffel zu verhandeln – dabei würde es noch zwei Monate dauern, bis die zweite Staffel ausgestrahlt wurde. Mein Leben war hektisch, doch es gefiel mir. Meine Karriere entwickelte sich. Meine Leidenschaft für Sally war nicht abgekühlt – und das gleiche galt offenbar auch für sie. Mein Geld vermehrte sich ohne mein Zutun. Und obwohl mir Lucy immer noch die kalte Schulter zeigte, wenn ich nach Sausalito kam, schien Caitlin sich zu freuen, ihren Daddy zu sehen, und besuchte uns ab einem gewissen Zeitpunkt sogar ein Wochenende pro Monat in L.A.

»Was ist los mit Ihnen?«, fragte mich Alison eines Tages bei einem gemeinsamen Mittagessen. »Sie sind wohl glücklich?«

»Genau.«

»Muss ich die Presse benachrichtigen?«

»Ist es etwa verboten, glücklich zu sein?«

»Wohl kaum. Es ist nur... ich habe Sie noch nie so richtig glücklich erlebt, Dave.«

Damit hatte sie Recht. Aber bis vor kurzem hatte ich ja auch nicht, was ich wollte.

»Nun«, meinte ich, »vielleicht kann ich ja jetzt damit anfangen.«

»Das wäre eine nette Abwechslung. Und da wir gerade beim Thema sind: Machen Sie mal Urlaub! Bei all dem Erfolg sind Sie ja inzwischen nur noch ein Schatten Ihrer selbst.«

Auch damit hatte sie Recht. Abgesehen von einem Wochenende, das ich mit Sally in Marina del Rey verbracht hatte, war »Urlaub« während des letzten Jahres ein Fremdwort für mich gewesen. Doch, ich war erschöpft und brauchte dringend einen Tapetenwechsel. Deshalb zögerte ich nicht lange, als mich Bobby Mitte März anrief und fragte: »Hast du Lust, dieses Wochenende mit mir in die Karibik zu fliegen? Sally natürlich mit eingeschlossen.«

Auf der Stelle sagte ich zu.

»Gut«, meinte Bobby. »Phil Fleck will dich nämlich kennen lernen.«

66

3

Und was wusste man über Philip Fleck? Er wurde vor vier-
undvierzig Jahren in Milwaukee geboren. Sein Vater besaß
eine kleine Kartonagenfabrik. Als er 1979 an einem Herzinfarkt starb, musste Philip, dem bis zum Abschluss nur noch
ein Jahr geblieben wäre, auf Geheiß der Familie sein Studium
an der Filmhochschule in New York abbrechen und die Leitung der Firma übernehmen. Obwohl er sich anfangs gegen
diese Verantwortung sträubte – zumal er Filmregisseur werden wollte –, gab er dem Wunsch seiner Mutter nach und
wurde Firmenchef. Innerhalb von zehn Jahren verwandelte er
das Unternehmen von eher regionaler Bedeutung zu einem
der wichtigsten Wettbewerber auf dem Verpackungsmarkt der
Vereinigten Staaten. Dann brachte er es an die Börse und
machte so seine erste Milliarde. Anschließend versuchte er
sein Glück als Spekulant; bereits Ende der achtziger Jahre
setzte er auf das damals noch unbekannte Pferd namens »Internet«. Offenbar verstand er es, seine Anlagen klug zu wählen, denn 1996 schätzte man sein Vermögen auf mehr als
zwanzig Milliarden.

1997 feierte er seinen vierzigsten Geburtstag. Dies war
auch das Jahr, in dem er plötzlich beschloss, aus der Öffentlichkeit abzutauchen. Er gab seinen Posten als Vorstandsvor-
sitzender in der Kartonagenfabrik auf und war auch bei ge-
sellschaftlichen Anlässen nicht mehr zu sehen. Gleichzeitig
beauftragte er ein großes Sicherheitsunternehmen, seine Pri-

vatsphäre abzuschirmen. Sämtliche Anfragen nach Interviews oder öffentlichen Auftritten lehnte er ab. Er ließ sich so konsequent vom Apparat seines Wirtschaftsimperiums abschirmen, dass man schon munkelte, er sei verrückt, tot oder wollte in J. D. Salingers Fußstapfen treten.

Vor drei Jahren jedoch tauchte Philip Fleck plötzlich wieder auf. Genauer gesagt: nicht er persönlich, sondern sein Name. Der war nämlich in aller Munde, als sein erster Film mit dem Titel *Die letzte Chance* Premiere hatte. Phil Fleck hatte das Drehbuch geschrieben, Regie geführt und das Budget über zwanzig Millionen Dollar aus eigener Tasche finanziert. In dem einzigen Interview vor der Premiere – es erschien im *Esquire* – nannte er den Film »die Frucht zehnjähriger Überlegungen und Planungen«. Er zeigte darin zwei Paare auf einer Insel vor der Küste von Maine, die sich einer wahrhaft apokalyptischen Krise ausgesetzt sehen, als durch den Unfall in einem Atomkraftwerk der größte Teil der Neuengland-Staaten ausgelöscht wird. Auf der Insel gefangen hoffen sie, die radioaktive Wolke werde nicht in ihre Richtung treiben. Sie streiten sich, sie kämpfen, sie tricksen sich gegenseitig aus und verstricken sich in eine Diskussion über die wahre Bedeutung des Erdendaseins – und nicht zuletzt auch ihres drohenden Todes.

Der Film erhielt die vernichtendsten Kritiken, die man sich vorstellen kann. Man warf Fleck Schwarzseherei und Zynismus vor, er sei ein Millionär ohne Talent, der sein Geld in den schlechtesten Spielfilm investiert habe, der je gedreht worden war.

Angesichts dieser wohlwollenden Pressekommentare verschwand Fleck wieder von der Bildfläche und traf sich nur noch mit Freunden aus dem so genannten engsten Kreis. Kurz erschien sein Name noch einmal in den Gesellschaftsnachrichten, als man berichtete, er habe endlich den Bund fürs

Leben geschlossen – und zwar mit der Dramaturgin von *Die letzte Chance*. (Als Brad Bruce die Meldung der Eheschließung unter »Vermischtes« in der *Times* las, wandte er sich in unserem Produktionsbüro zu mir um und meinte: »Vielleicht hat er sie geheiratet, weil sie die Einzige war, die angesichts dieses lausigen Drehbuchs keinen Lachkrampf bekommen hat.«)

Die Kritiken mochten zwar Philip Flecks Stolz verletzt haben, seinem Bankguthaben jedoch konnten sie nichts anhaben. In der letztjährigen Aufstellung des Magazins *Forbes* der hundert reichsten Amerikaner kam er mit einem Nettovermögen von 24,4 Milliarden Dollar auf Rang acht. Er besaß Häuser in Manhattan, Malibu, Paris, San Francisco und Sidney – von einer eigenen Insel in der Nähe von Antigua ganz zu schweigen – und eine private Boeing 767. Außerdem war er ein eifriger Kunstsammler mit einer Vorliebe für die amerikanische Malerei des zwanzigsten Jahrhunderts, insbesondere die Abstraktionisten aus den sechziger Jahren wie Motherwell, Philip Guston und Rothko. Großzügig spendete er für wohltätige Zwecke, doch auch dabei trat seine Leidenschaft fürs Kino zutage, denn er unterstützte so bekannte Einrichtungen wie das American Film Institute, die Cinémathèque Française und das Filminstitut der New York University mit hohen Summen. Zudem galt er als echter Cineast – in dem *Esquire*-Interview rühmte er sich, mehr als zehntausend Filme gesehen zu haben. Gelegentlich wurde er gesichtet, wie er eines der berühmten Programmkinos des Pariser Rive Gauche besuchte – etwa das Accatone oder das Acrion Christine –, obwohl es nicht leicht gewesen sein dürfte, ihn aus der Menge herauszupicken, weil er, wie man sagte, ein unauffälliges Äußeres hatte.

»...jemand, der trotz der teuren Designer-Anzüge wirkt wie ein etwas untersetzter Durchschnittstyp aus dem Mittleren Westen« (heißt es in der bissigen Schilderung des *Esquire*).

»Doch am auffälligsten ist seine Schweigsamkeit. Nie weiß man, ob sich dahinter eine große Schüchternheit verbirgt oder jene Art menschenfeindlicher Arroganz, die oft mit einem so immensen Reichtum einhergeht. Aber schließlich hat er auch keinen Grund, sich mit dem Rest der Menschheit gemein zu machen. Wenn man Philip Fleck trifft, sich seinen Besitz und seine gigantische wirtschaftliche Macht in all ihrer Pracht vor Augen führt und ihn dann sorgfältig mustert, drängt sich einem der Gedanke auf: Gelegentlich schenkt Gott seine Gunst auch einem Tölpel.«

Nachdem mir Bobby das Wochenende auf Philip Flecks Schlupfwinkel in der Karibik vorgeschlagen hatte, ließ ich mir von meiner Sekretärin den *Esquire*-Artikel heraussuchen. Sobald ich ihn gelesen hatte, rief ich Bobby in seinem Büro an.

»Ist dieser Journalist vom *Esquire* noch am Leben?«, fragte ich ihn.

»Ja, aber nur knapp. Obwohl sich ein Schreibtisch in der Redaktion der *Daily News* von Bangor nicht gerade mit dem bei einem Hochglanzmagazin der Hearst-Gruppe vergleichen lässt.«

»Hätte man über mich ein derartiges Porträt geschrieben, würde ich mich als Kamikaze-Pilot verpflichten.«

»Sicher, aber mit zwanzig Milliarden im Rücken...«

»Verstehe. Aber nachdem *Die letzte Chance* von den Kritikern in der Luft zerrissen wurde, wird er wohl kaum wieder als Regisseur antreten wollen.«

»Wenn ich eins über Phil weiß, dann das: Vielleicht ist er der große Schweigsame, der große Brüter, aber er gibt niemals auf und vor allem niemals nach. Darin ist er unerbittlich. Wenn er etwas will, dann bekommt er es auch. Und zum gegenwärtigen Zeitpunkt will er dich.«

Ja, dies war der wahre Grund – die verborgene Botschaft –

hinter meinem Ruf auf die Karibikinsel. Das hatte ich aus Bobby schon während des Anrufs herausgekitzelt, in dem er mich einlud, den großen Einsiedler zu treffen.

»Riesensache, mein Lieber«, hatte Bobby gesagt. »Phil macht eine Woche Urlaub auf seiner Insel bei Antigua. Sie heißt Saffron Island, und glaube mir, sie ist das Paradies auf Erden.«

»Lass mich raten«, sagte ich. »Und er hat sich ein eigenes Taco Bell auf der Insel gebaut.«

»He, warum so sarkastisch, Alter?«

»Ich wollte dir nur klar machen, was ich von deinem schwer reichen Freund halte.«

»Hör mal, Phil ist wirklich ein Original und die Ausnahme von der Regel. Zwar schirmt er sein Privatleben ab wie ein Atomwaffensperrgebiet, aber für seine Kumpel ist er jederzeit da. Besonders, wenn er einen mag.«

Und Bobby mochte er (laut Bobby). »Schließlich muss man mich einfach gern haben.«

»Mag sein«, sagte ich, »aber mir ist immer noch nicht klar, wie es dir gelungen ist, in seinen ›engsten Kreis‹ vorzudringen. Verglichen mit diesem Kerl war Stanley Kubrick – Gott hab ihn selig – ja geradezu pressefreundlich.«

Daraufhin erklärte mir Bobby, er sei bei der Vorbereitung zu den Dreharbeiten des Films mit Philip Fleck »zusammengekommen«. Zwar finanzierte Fleck bekanntermaßen das Budget selbst, doch suchte er noch nach einer Möglichkeit, aus dem Set ein einziges riesiges Abschreibungsprojekt zu machen. Einer von Flecks Co-Produzenten gehörte zu Bobbys Kunden, und da er erkannt hatte, welches Finanzgenie Bobby war (ja, so stellte Bobby es mir dar), schlug er vor, dass Fleck sich mit ihm in Verbindung setzte. Daraufhin wurde Bobby in Flecks Domizil in San Francisco zitiert – »ein bescheidenes kleines Anwesen in Pacific Heights«. Sie beschnupperten sich gegenseitig und strichen sich Honig ums Maul. Bobby legte ihm einen Plan dar, den gesamten Dreh nach Irland zu verlegen. Auf diese Weise hätte Fleck die Möglichkeit, sich den kompletten Etat über zwanzig Millionen im folgenden Jahr über die Einkommenssteuererklärung zurückzuholen, ohne dass das Finanzamt auch nur den geringsten Einwand erheben konnte.

So wurde *Die letzte Chance* auf einer gottverlassenen kleinen Insel vor der Grafschaft Clare gedreht, während die Innenaufnahmen in Dublin stattfanden. Zwar war es für alle Beteiligten ein Misserfolg, doch wenigstens Bobby Barra konnte etwas für sich verbuchen: seine Freundschaft mit Philip Fleck.

»Ob du es glaubst oder nicht, aber wir sprechen die gleiche Sprache. Und ich weiß, dass er mein Urteil in Finanzdingen schätzt.«

So sehr, dass er dir auch sein Geld zum Spielen gibt?, hätte ich ihn am liebsten gefragt. Aber ich verkniff es mir, denn ich war überzeugt, dass ein Mann von Philip Flecks finanziellem Format ein Dutzend Bobby Barras auf der Gehaltsliste stehen hatte. Zugleich rätselte ich, was ein Einzelkämpfer wie Fleck an einem Großmaul wie Bobby Barra fand. Vielleicht ging es ihm wie mir, und er ließ sich gern von ihm zerstreuen, oder er hielt ihn sich für zukünftige Gelegenheiten warm.

»Und wie findest du seine Frau?«, fragte ich Bobby.

»Martha? Typische Neu-Engländerin. Ein Bücherwurm. Sieht nicht schlecht aus, wenn man den Typ Emily Dickinson mag.«

»Du kennst Emily Dickinson?«

»Wir hatten noch kein Date, aber...«

Eins musste man Bobby lassen. Er schaltete schnell.

»Was ich dir jetzt sage, bleibt verdammt nochmal unter uns«, fuhr er fort. »Es hat niemanden überrascht, als sich Phil für sie entschieden hat. In der Zeit davor hat er es gewaltig krachen lassen, obwohl er immer sehr unbeholfen wirkte, wenn er ein Model an seiner Seite hatte, an dem zwar alles dran war, das aber kaum seinen Namen schreiben konnte. Trotz all seiner Knete sind ihm die Frauenherzen nicht gerade zugeflogen.«

»Wie schön, dass er dann doch noch eine gefunden hat.« Trotz all der angeblichen Ähnlichkeit zu Emily Dickinson konnte es sich bei dieser Martha vermutlich nur um eine gerissene Mitgiftjägerin handeln.

»Wie auch immer, worum es bei dieser Einladung geht, ist rasch erzählt«, meinte Bobby. »Wie ich schon sagte, ist Phil ganz begeistert von *Auf dem Markt*. Er möchte dich kennen lernen und hat sich gedacht, ein paar Tage mit der Dame deines Herzens unter den Palmen von Saffron Island würden dir gefallen.«

»Ach, Sally soll auch mitkommen?«

»Das habe ich doch gerade gesagt, mein Lieber.«

»Und er will mich nur kennen lernen, mehr nicht?«

»Exakt«, sagte Bobby mit einem leichten Zögern in der Stimme. »Natürlich kann es sein, dass er mit dir auch noch ein wenig über Geschäftliches plaudert.«

»Damit kann ich leben.«

»Und wenn es dir nichts ausmacht, sollst du vorher noch ein Drehbuch von ihm lesen.«

»Wusste ich's doch! Die Sache hat einen Haken.«

»Aber keinen großen, Dave. Er bittet dich lediglich um ›höfliche Durchsicht‹ eines Films, den er gerade geschrieben hat.«

»Aber ich bin kein Script-Doctor...«

»Unsinn! Was tust du denn sonst bei den Folgen von *Auf dem Markt*, die du nicht selbst geschrieben hast.«

»Stimmt, nur mit dem Unterschied, dass es sich dabei um meine eigene Serie handelt. Tut mir Leid, wenn es eingebildet klingt, aber ich leiste keine Erste Hilfe für das Geschreibsel anderer Leute.«

»Eingebildet bist du wirklich! Aber niemand bittet dich, das Ganze zu überarbeiten. Die Rede war lediglich von höflicher Durchsicht, mehr nicht. Darüber hinaus handelt es sich bei dem fraglichen Autor um Philip Fleck, der dich mit seinem Privatjet auf seine Privatinsel fliegen lassen will, wo du deine Privatsuite mit einem privaten Swimmingpool hast, und außerdem einen privaten Butler und einen Sechs-Sterne-Service, den du sonst vergeblich suchst. Im Austausch für diesen wahrhaft königlichen Luxus erwartet man von dir lediglich, dass du sein Drehbuch liest, das, wie ich betonen möchte, nur knappe hundertvier Seiten hat, denn das verdammte Ding liegt hier vor mir auf dem Schreibtisch. Und wenn du es gelesen hast, setzt du dich irgendwann während deines Aufenthalts auf der Trauminsel hin, süffelst an deiner Piña Colada und unterhältst dich etwa eine Stunde lang mit dem achtreichsten Amerikaner über sein Script...«

Er hielt inne, um tief Luft zu holen. Aber auch, um seinen Worten das richtige Gewicht zu verleihen.

»Also, ich frage Sie, Mr. Armitage, ist das so schlimm?«

»Gut«, sagte ich, »schick es rüber.«

Zwei Stunden später traf das Drehbuch ein. Mittlerweile hatte Jennifer das *Esquire*-Porträt im Internet aufgetrieben, und ich war neugierig geworden. Irgendwie war Philip Fleck so widersprüchlich, dass man der Sache einfach auf den Grund gehen wollte. So viel Geld, so wenig Begabung, zugleich aber – wenn man dem Autor des *Esquire* Glauben schenken konnte – der dringende Wunsch, der Welt zu zeigen, dass er über ein großes schöpferisches Potenzial verfügte. »Geld erhält seinen Wert erst durch das, wofür man es einsetzt«, hatte Fleck dem Reporter erklärt. Aber was ist, wenn man sich dann trotz all der Milliarden als talentloser Stümper erweist? Irgendwie kam die gemeine Seite in mir zum Vorschein, und ich amüsierte mich bei der Vorstellung, diese krasse Ironie des Schicksals ein paar Tage lang mit eigenen Augen beobachten zu können.

Selbst Sally war fasziniert von der Aussicht, eine Woche lang im Dunstkreis eines Milliardärs verbringen zu können.

»Aber bist du dir auch wirklich sicher, dass dein kleiner Bobby Barra da nicht irgendwas ausgekocht hat?«, fragte sie.

»Bobby hat zwar eine große Klappe, aber ich bezweifele, dass er über eine eigene Boeing 767 verfügt, von einer Karibikinsel ganz zu schweigen. Außerdem habe ich Flecks Drehbuch schon bekommen, und Jennifer hat es nachgeprüft. Fleck ist als Urheber registriert, die Geschichte ist also sauber.«

»Und wie ist es?«

»Das weiß ich noch nicht. Es kam erst kurz vor Feierabend.«

»Gut, wenn wir am Freitag losfliegen, nimmst du dir vorher besser die Zeit, es sorgfältig durchzusehen. Schließlich erwartet unser Gastgeber auch eine Gegenleistung.«

»Heißt das, du kommst mit?«

»Eine Woche kostenlos in Flecks Karibikparadies? Natürlich begleite ich dich. Zumal mir das monatelang Einladungen in dieser Stadt garantiert.«

»Und wenn es unangenehm wird?«

»Dann bietet es immer noch mehr als genügend Gesprächsstoff.«

Später, um zwei Uhr nachts, als mich die Schlaflosigkeit aus dem Bett trieb, setzte ich mich ins Wohnzimmer und öffnete den Umschlag mit Flecks Drehbuch. Es hieß *Lust und Spiele.* In der Eröffnungsszene geschah Folgendes:

IN EINEM PORNOLADEN, NACHTS

Buddy Miles, 55, abgelebt, eine Zigarette im Mundwinkel, sitzt in einem ausgesprochen schäbigen Pornoladen an der Kasse. Während um ihn herum Pin-up-Fotos und die schrillen Covers diverser Magazine ausgestellt sind, zeigt uns eine Nahaufnahme, dass er in James Joyces' *Ulysses* liest. Die einleitenden Klänge von Mahlers 1. Symphonie ertönen aus einem Lautsprecher nahe der Kasse. Er hebt einen Kaffeebecher an den Mund, probiert, verzieht das Gesicht, dann greift er unter den Ladentisch und holt eine Flasche Hiram Walker Bourbon hervor. Er schraubt den Deckel ab, gießt einen Schuss in den Kaffee, stellt die Flasche fort und trinkt erneut. Diesmal ist das Getränk mehr nach seinem Geschmack. Als er den Kopf hebt, entdeckt er einen Mann, der vor dem Ladentisch steht. Ein Motorradhelm verdeckt sein Gesicht und Buddy stellt fest, dass der Mann mit einer Pistole auf ihn zielt. Nach einem kurzen Moment beginnt der Behelmte zu sprechen.

LEON   Ist das Mahler, was da läuft?

BUDDY   (ohne sich von der Pistole einschüchtern zu lassen) Ich bin beeindruckt. Zehn Eier, dass du mir nicht sagen kannst, welche Symphonie es ist.

LEON   Die Wette halte ich. Das ist die Nummer eins.

BUDDY   Ich verdopple den Einsatz, wenn du mir sagst, wer hier dirigiert.

LEON   Verdreifachen wir lieber.

BUDDY   Das wird mir zu teuer.

LEON   Ja, aber ich habe die Waffe.

BUDDY   Das Argument sticht. Dann eben das Dreifache. Also, wer schwingt hier den Taktstock?

Leon schweigt einen Augenblick und lauscht aufmerksam.

LEON   Bernstein.

BUDDY   Falsch. Georg Solti und die Chicagoer Symphoniker.

LEON   Willst du mich verarschen?
BUDDY   Dann überzeuge dich selbst.

Ohne die Waffe sinken zu lassen öffnet Leon den Deckel des Ghettoblasters, liest angeekelt das Label der CD und schleudert sie schließlich fort.

LEON   Verdammt, an den Klang aus Chicago werde ich
           mich wohl nie gewöhnen.
BUDDY   Ja, das braucht seine Zeit. Besonders an die lauten Bläser. Aber sag mal, willst du nicht endlich
           zur Sache kommen?
LEON   Du sprichst mir aus der Seele, Junge. (Tritt näher
           an den Ladentisch.) Also, Kasse auf, und spiel
           für mich Glücksfee!
BUDDY   Wird erledigt.

Buddy lässt die Kassenschublade herausfahren. Leon beugt sich über den Ladentisch und greift mit seiner freien Hand hinein. Im gleichen Augenblick drückt Buddy die Kasse zu, klemmt ihm die Hand ein und zieht eine abgesägte Schrotflinte unterm Ladentisch hervor. Ehe Leon sich versieht, ist seine Hand eingeklemmt und die Waffe zielt auf seinen Kopf. Er stöhnt auf vor Schmerz.

BUDDY   Meinst du nicht, du solltest die Knarre jetzt
           fallen lassen?

Leon folgt der Anweisung. Buddy gibt die Kasse frei, zielt jedoch nach wie vor mit der Flinte auf ihn. Dann greift er über den Ladentisch und zieht Leon den Motorradhelm vom Kopf. Leon erweist sich als Afroamerikaner, gleichfalls etwa Mitte fünfzig. Verdutzt starrt Buddy Leon an.

BUDDY   Leon? Leon Wachtell?

Leon reißt die Augen auf. Dann fällt auch bei ihm der Groschen.

LEON   Buddy Miles?

Buddy lässt die Waffe sinken.

BUDDY   Für dich immer noch ›Sergeant‹, du Arschloch.
LEON   Einfach nicht zu glauben!
BUDDY   Ja, vor allem, dass du mich nicht erkannt hast.
LEON   Mensch, Vietnam ist lange her.

SCHNITT

Verdutzt hielt ich inne, dann ließ ich das Drehbuch sinken.
Auf der Stelle eilte ich zu der großen Abstellkammer im Ein-
gangsflur unseres Lofts. Nachdem ich diverse Kartons beiseite geräumt hatte, fand ich, was ich suchte: eine Truhe, voll
gestopft mit den alten Manuskripten aus meiner Zeit im Niemandsland. Ich schloss sie auf und versenkte mich in die
Stapel meiner abgelehnten Drehbücher, nie produzierten Pilot-
filme und unaufgeführten Bühnenstücke. Schließlich beför-
derte ich *Drei im Graben* zutage – eines der ersten Drehbücher
aus der Zeit, nachdem Alison mich unter Vertrag genommen
hatte. Dann kehrte ich ins Wohnzimmer zurück, schlug das
Manuskript auf und las:

IN EINEM PORNOLADEN, NACHTS

Buddy Miles, 55, abgelebt, eine Zigarette im Mundwinkel, sitzt
in einem ausgesprochen schäbigen Pornoladen an der Kasse.
Während um ihn herum Pin-up-Fotos und die schrillen Co-

vers diverser Magazine ausgestellt sind, zeigt uns eine Nahaufnahme, dass er in James Joyces' *Ulysses* liest. Die einleitenden Klänge von Mahlers 1. Symphonie ertönen aus einem Lautsprecher nahe der Kasse. Er hebt einen Kaffeebecher an den Mund, probiert, verzieht das Gesicht, dann greift er unter den Ladentisch und holt eine Flasche Hiram Walker Bourbon hervor. Er schraubt den Deckel ab, gießt einen Schuss in den Kaffee, stellt die Flasche fort und trinkt erneut. Diesmal ist das Getränk mehr nach seinem Geschmack. Als er den Kopf hebt, entdeckt er einen Mann, der vor dem Ladentisch steht. Ein Motorradhelm verdeckt sein Gesicht und Buddy stellt fest, dass der Mann mit einer Pistole auf ihn zielt. Nach einem kurzen Moment beginnt der Behelmte zu sprechen.

LEON   Ist das Mahler, was da läuft?

BUDDY   (ohne sich von der Pistole einschüchtern zu lassen) Ich bin beeindruckt. Zehn Eier, dass du mir nicht sagen kannst, welche Symphonie es ist.

Und so weiter, wortwörtlich, wie es in Philip Flecks Drehbuch stand. Ich nahm mir sein Exemplar, legte es auf das eine Knie und mein eigenes auf das andere. Dann verglich ich die beiden Texte. Fleck hatte mein ursprüngliches, vor etwa acht Jahren verfasstes Manuskript abgeschrieben, ehe er es im letzten Monat bei der Writer's Guild als sein eigenes hatte eintragen lassen. Es handelte sich nicht nur um ein schlichtes Plagiat, sondern um eins auf Punkt und Komma. Angesichts der Tatsache, dass die beiden Drehbücher sogar die gleichen Schrifttypen aufwiesen, drängte sich der Verdacht auf, dass er von einem Untergebenen eine Kopie anfertigen und dann lediglich eine neue Titelseite hatte tippen lassen (mit seinem Namen als Autor), ehe er es bei der Writer's Guild eingereicht hatte.

Ich konnte es nicht fassen. Was Fleck da getan hatte, war nicht nur unverschämt, es war einfach skandalös. Schließlich würde mir die Writer's Guild jede Unterstützung gewähren, wenn ich ihn öffentlich an den Pranger stellte und des Diebstahls geistigen Eigentums bezichtigte. Jemand, der so verzweifelt darauf bedacht war, seine Privatsphäre zu wahren wie Fleck, musste bei einer Plagiatsklage damit rechnen, von der Presse geteert und gefedert zu werden. Aber er musste doch gewusst haben, dass er (zumindest) meine Empörung auf sich zog, wenn er mir das Manuskript schickte! Also, welches üble Spiel wurde da gespielt?

Ich warf einen Blick auf meine Uhr. Viertel vor drei. Was hatte Bobby einmal zu mir gesagt? »Falls du mich brauchst, bin ich rund um die Uhr für dich da.« Außerdem kam der Kerl mit vier Stunden Schlaf pro Nacht aus und ging selten vor drei ins Bett. Also griff ich nach dem Telefon und wählte seine Handynummer. Beim dritten Klingeln nahm er ab. Im Hintergrund hörte ich einen dröhnenden Techno-Beat und das Aufheulen eines Motors. Bobby klang zugedröhnt, entweder Nasenzucker oder etwas aus der Ritalin-Familie.

»He, Dave, mein Junge, du bist aber noch spät wach«, säuselte er.

»Gut beobachtet, Bobby.«

»Klingt da ein gewisser Ärger in deiner Stimme mit?«

»Noch eine gute Beobachtung. Passt es dir im Augenblick?«

»Wenn ich dir sage, dass ich gerade eine heiße Nummer mit einem Babe aus Hawaii namens Heather Wong schiebe, würdest du mir dann glauben?«

»Nein.«

»Recht hättest du. Ich bin gerade auf dem Heimweg von einem langen Nachtgespräch über den Nasdaq mit ein paar ausgesprochen gewieften Venezolanern.«

»Und ich habe gelesen. Was denkt sich dieser Fleck eigentlich dabei, mein Manuskript abzuschreiben?«

»Ach, du hast es gemerkt?«

»Ach, und sogar auf Anhieb. Mr. Fleck steckt in großen Schwierigkeiten. Als ersten Schritt könnte ich Alison problemlos dazu bewegen, eine Klage einzureichen ...«

»He, es ist zwar schon drei Uhr nachts, aber überleg mal, was du da redest. Der Kerl hat dir ein Kompliment gemacht, du Arschloch. Ein großes Kompliment. Er will deinen Film drehen, mein Junge, das ist nämlich sein nächstes Projekt. Und er will dich königlich dafür bezahlen.«

»Und ganz nebenbei mein Drehbuch als sein eigenes ausgeben.«

»Dave, der Kerl ist vierundzwanzig Milliarden Dollar schwer, also anders gesagt kein Dummkopf. Er weiß, dass dein Drehbuch dein Drehbuch ist. Er wollte dich auf seine übliche verquere Art und Weise einfach nur wissen lassen, dass es ihm gefällt.«

»Und mir im gleichen Atemzug einen seltsamen Streich spielen. Wäre es nicht viel leichter gewesen, er hätte mich angerufen und mir gesagt, dass ihm das Drehbuch gefällt ... oder, wie allgemein üblich, veranlasst, dass seine Leute sich mit meinen Leuten in Verbindung setzen?«

»Was soll ich sagen? Phil liebt es, seine Mitmenschen im Ungewissen zu lassen. Ich an deiner Stelle würde mich freuen. Besonders, da Alison für das Script ein kleines Vermögen aus ihm herauskitzeln kann, wie du sehr wohl weißt.«

»Das muss ich mir erst überlegen. Und zwar in aller Ruhe.«

»Ach Scheiße! Sieh das Ganze doch ein bisschen entkrampfter und schlaf erst mal drüber. Morgen Früh wirst du es äußerst komisch finden.«

Ich legte auf. Plötzlich fühlte ich mich sehr müde. So müde, dass ich nicht mehr über das Spiel, das Philip Fleck mit mir

81

spielte, nachdenken mochte. Ehe ich mich jedoch ins Bett fallen ließ, legte ich die beiden Manuskripte, aufgeschlagen auf Seite eins, nebeneinander auf den Küchentisch. Dazu schrieb ich Sally eine Notiz:

Liebste,
bitte sage mir, was du von diesem seltsamen Fall der
Verdoppelung hältst.
Mit einem Kuss
Dein D.

Dann schleppte ich mich ins Schlafzimmer, fiel ins Bett und sank auf der Stelle in einen tiefen Schlaf.

Als ich fünf Stunden später aufwachte, saß Sally auf dem Bettrand und hielt mir eine Tasse Cappuccino unter die Nase. Ich murmelte die üblichen verschlafenen, unzusammenhängenden Dankesworte, die sie mit einem Lächeln quittierte. Sie war bereits geduscht und angezogen.

Dann sah ich, dass sie die Manuskripte unter den Arm geklemmt hatte.

»Du willst also wissen, was ich davon halte?«, fragte sie.

Ich trank einen Schluck Kaffee, ehe ich nickte.

»Gut, also wenn ich ehrlich sein soll, ist das Ganze ziemlich abgedroschen. Eine Mischung aus Quentin Tarantino und diesen albernen Gaunerstücken aus den Siebzigern.«

»Herzlichen Dank.«

»Komm, du hast mich doch selbst nach meiner Meinung gefragt. Außerdem gehört es zu deinen Jugendsünden, nicht wahr? Also, die Einleitungsszene ist viel zu überzeichnet. Es mag ja sein, dass du die Anspielung auf Mahler lustig findest, aber Tatsache ist, dass man sie dem breiten Kinopublikum einfach nicht verkaufen kann.«

Ich trank noch einen Schluck Kaffee.

»Das tut weh«, sagte ich dann.

»He, ich habe ja nicht gesagt, dass ich es schlecht finde. Im Gegenteil, das Drehbuch enthält bereits all die Charakteristika, die *Auf dem Markt* so erfolgreich gemacht haben. Nur hast du dich seitdem beträchtlich weiterentwickelt.«

»Stimmt.« Ich konnte nicht verbergen, wie verletzt ich war.

»Um Himmels willen, soll ich es vielleicht loben, obwohl es im Grunde nicht sonderlich gut ist?«

»Natürlich sollst du das.«

»Aber das wäre nicht ehrlich.«

»Ehrlichkeit hat in dieser Stadt nichts zu suchen. Außerdem habe ich dich lediglich nach deiner Meinung zu Flecks Plagiat gefragt.«

»Plagiat? Was redest du da? Du bist genauso wie all die anderen Autoren, die ich kennen gelernt habe. Absolut humorlos, wenn es um die eigene Arbeit geht. Was ist, wenn er diesen kleinen Streich nur inszeniert hat, um zu sehen, wie du darauf reagierst, dass er sich dein Drehbuch ›unter den Nagel reißt‹? Verstehst du denn nicht, was er dir sagen will?«

»Doch, natürlich. Er will als Co-Autor meines Drehbuchs auftreten.«

Sie zuckte die Achseln. »Genau. Das ist der Preis, den du zahlen musst, wenn du ihn den Film machen lässt. Und du solltest ihm den Spaß gönnen.«

»Warum?«

»Das weißt du selbst ganz genau. Weil es nun mal so läuft. Außerdem, weil es, ehrlich gesagt, nicht gerade der beste Film ist, der je geschrieben wurde. Gönne ihm doch auch ein wenig Autorenruhm.«

Ich antwortete nicht. Stattdessen trank ich noch einen Schluck Kaffee und gab mich nachdenklich. Sally kam zu mir und küsste mich auf den Kopf.

»Nun sei doch nicht beleidigt«, beschwor sie mich. »Aber ich werde nun mal keine Schmeicheleien verbreiten: Das Drehbuch ist überholt und altmodisch. Wenn es dir also der achtreichste Mann Amerikas abkaufen will, dann lass es dir teuer bezahlen, selbst wenn du ihm dafür den Status als Co-Autor einräumen musst. Glaub mir, Alison wird der gleichen Meinung sein.«

Damit hatte Sally leider Gottes Recht. Später am Morgen rief ich Alison an und erzählte ihr von Flecks Trick.

»Nun, dann müssen wir es dem Kerl wohl überlassen. Eine etwas verdrehte, aber originelle Masche, Sie auf sich aufmerksam zu machen«, sagte sie.

»Und mir zu sagen, dass er gern Co-Autor sein möchte.«

»Kinkerlitzchen. Das ist Hollywood. Jeder kleine Parkplatzjunge glaubt heutzutage, er müsse als Co-Autor eines Drehbuchs auftreten. Aber abgesehen davon sind wir beide uns doch wohl einig, dass es sich nicht gerade um Ihr bestes Werk handelt, oder?«

Ich schwieg.

»O je, gekränktes Schweigen«, stellte Alison fest. »Der große Künstler ist wohl ein bisschen empfindlich heute Morgen?«

»Ja, ein bisschen.«

»Sie sind verwöhnt, David. Ihr Erfolg bei FRT hat Sie wohl größenwahnsinnig gemacht? Aber bedenken Sie, wenn dieses Drehbuch verfilmt wird, kommt es ins Kino. Und Kino heißt Kompromisse. Es sei denn, Fleck verwandelt Ihr Drehbuch zu irgendeinem Mist für die Filmkunsttheater...«

»Es ist ein Krimi, Alison.«

»Ach, in Flecks Händen kann es schnell zum Kandidaten für einen existentialistischen Endzeitfilm werden. Haben Sie sich schon *Die letzte Chance* angesehen?«

»Noch nicht.«

»Wenn Sie mal richtig herzhaft lachen wollen, leihen Sie

ihn sich aus. So viel unfreiwillige Komik wie in diesem Film finden Sie sonst nirgends.«

Ich befolgte ihren Rat und holte mir den Film noch am gleichen Nachmittag aus der nächsten Videothek, um ihn mir anzusehen, bevor Sally nach Hause kam. Nachdem ich das Video in den Rekorder geschoben hatte, öffnete ich eine Dose Bier und lehnte mich zurück, fest entschlossen, mich unterhalten zu lassen.

Darauf brauchte ich nicht lange zu warten. In der Eröffnungsszene von *Die letzte Chance* sehen wir in Nahaufnahme eine der Hauptfiguren – Prudence, ein blasses mageres Mädchen, in ein langes, wallendes Cape gehüllt. Nach einem kurzen Augenblick fährt die Kamera zurück und zeigt uns, dass sie auf einer kahlen Insel auf einem Felsvorsprung steht und auf die pilzförmige Explosion über dem Festland blickt. Während sich ihre Augen angesichts des atomaren Infernos weiten, hören wir ihre Stimme (aus dem Off) sagen:

»Die Welt ging unter... und ich sah zu.«

Was für ein Anfang! Gleich darauf lernen wir Helene kennen, eine weitere magere junge Besucherin der Insel, allerdings mit Hornbrille, die mit dem ausgeflippten Maler Herman verheiratet ist. Herman malt riesige abstrakte apokalyptische Bilder, die das Gemetzel der Großstadt zum Thema haben.

»Ich bin hierher gekommen, um die materiellen Zwänge der Gesellschaft hinter mir zu lassen«, erklärt er Helene. »Nun gibt es diese Gesellschaft nicht mehr. Endlich ist unser Traum in Erfüllung gegangen.«

»Ja, mein Liebster«, antwortet Helene. »Unser Traum ist in Erfüllung gegangen. Aber hast du schon bedacht, dass wir jetzt sterben müssen?«

Beim vierten Mitglied des fröhlichen Quartetts handelt es sich um einen schwedischen Aussteiger namens Helgor, der auf einem abgelegenen Stück Land der Insel in einer Hütte Thoreaus Walden durchspielt. Helene ist für Helgor entbrannt, der jedoch nicht nur dem Sex abgeschworen hat, sondern auch der Elektrizität, elektronisch verstärkten Klängen, der Wasserspülung und allem, was nicht biodynamisch gewachsen ist. Kaum hört er aber, dass das Ende der Welt gekommen ist, gibt er seine sexuelle Abstinenz auf und lässt sich von Helene verführen. Als sie auf den Steinboden seiner Hütte sinken, erklärt er ihr: »Ich möchte aus deinem Körper löffeln, ich möchte mich an deiner Lebenskraft laben.«

Erwartungsgemäß stellt sich heraus, dass der ausgeflippte Herman Prudence bumst und sie von ihm ein Kind erwartet. In einem hellsichtigen Moment erklärt sie ihm: »Ich spüre, wie ein Leben in mir heranwächst, während uns der Tod umkreist.«

Da Helene herausfindet, dass Herman sie mit Prudence betrügt, und Helgor ausplappert, dass er Helene bumst, kommt es zu einer Prügelei zwischen den beiden Typen. Darauf folgt eine halbe Stunde brütendes Schweigen, dann die unausweichliche Versöhnung und danach eine schwerfällige Debatte über die Natur unserer Existenz. Sie wurde im Freien in einem steinernen Innenhof gedreht, und wie die Figuren in einem Schachspiel gleiten die Charaktere dabei ständig von weißen zu schwarzen Steinplatten und zurück. Während auf dem Festland die postnuklearen Brände wüten und sich langsam die radioaktive Wolke über die Insel senkt, beschließt das Quartett, dem Schicksal die Entscheidung abzunehmen.

»Nicht Erstickung soll unser Ende sein«, stellt der verrückte Herman fest. »Nein, umarmen wir die Flammen!«

Daraufhin besteigen sie ein Boot und steuern geradewegs in das Inferno und, untermalt von (welch Überraschung!) den Klängen von Wagners *Rheingold*, in ihre eigene Götterdämmerung.

Ausblende in Schwarz. Abspann.

Mehrere Minuten lang blieb ich wie betäubt in meinem Sessel sitzen. Dann rief ich meine Agentin an und nahm den Film in allen Einzelheiten auseinander.

»Ja, er ist wirklich schlimm, nicht wahr?«, sagte Alison schließlich.

»Mit so einem Kerl kann ich auf keinen Fall zusammenarbeiten. Ich sage die Reise ab.«

»Nun mal langsam«, wandte sie ein. »Dazu gibt es keinen Grund. Schließlich ist es ein Ausflug in die Sonne des Südens. Außerdem, warum sollten Sie Fleck *Drei im Graben* – oder *Lust und Spiele*, wenn er es lieber so nennt – nicht verkaufen? Wenn es Ihnen nicht passt, was er damit anstellt, können Sie Ihren Namen immer noch zurückziehen. Und ich leiere ihm einen Batzen Geld aus den Rippen, denn ich werde den Vertrag so aufsetzen, dass er zahlen muss, ob der Film gedreht wird oder nicht, David. Eine volle Million. Glauben Sie mir, er wird zahlen. Wir beide wissen, dass es als Schmeichelei gedacht war, als er seinen Namen unter Ihr Manuskript setzte, doch die Öffentlichkeit weiß es nicht; demzufolge wird ihm nicht daran gelegen sein, dass wir es ihr erzählen. Wir brauchen ihn also gar nicht groß darum zu bitten, er wird auch so etwas springen lassen, damit wir den Mund halten.«

»Sie haben ja keine sonderlich hohe Meinung von der menschlichen Natur.«

»Hören Sie mal, ich bin Agentin.«

Nachdem ich aufgelegt hatte, rief ich Sally an. Ihre Sekretärin bat mich zu warten. Es dauerte drei Minuten, bis sie sich wieder meldete und mir angespannt erklärte, es sei etwas »dazwischen gekommen«, Sally werde mich in zehn Minuten zurückrufen.

Tatsächlich dauerte es mehr als eine Stunde, ehe sie sich

meldete. Ich hatte kaum abgenommen, da wusste ich, dass etwas Schreckliches passiert war.

»Bill Levy hatte gerade einen Herzinfarkt«, sagte sie mit zitternder Stimme.

»O mein Gott!« Levy war ihr Chef, der Mann, der Sally zu Fox Enterprises geholt und ihr geholfen hatte, sich durch den Dschungel der firmeninternen Vernichtungskämpfe zu lavieren. Außerdem war er ihre berufliche Vaterfigur und in diesem Geschäft einer der wenigen, denen sie vertraute. »Wie steht es um ihn?«, fragte ich.

»Ziemlich schlecht. Er ist während einer Planungssitzung zusammengebrochen. Glücklicherweise war eine Betriebskrankenschwester in der Nähe und konnte ihn reanimieren, bevor der Krankenwagen eintraf.«

»Und wo ist er jetzt?«

»In der Universitätsklinik, auf der Intensivstation. Im Augenblick herrscht bei uns natürlich das totale Chaos. Es wird also spät werden heute Abend.«

»Ist schon in Ordnung«, versicherte ich ihr. »Wenn ich irgendwie helfen kann ...«

Doch sie sagte nur: »Ich muss weiter«, ehe sie auflegte.

Als sie nach Mitternacht nach Hause kam, war sie erschöpft und ausgelaugt. Ich nahm sie in die Arme. Sanft machte sie sich aus meinem Griff frei und ließ sich aufs Sofa fallen.

»Er ist nochmal gerade so eben davongekommen«, erklärte sie. »Aber er liegt im Koma. Die Ärzte befürchten, dass sein Gehirn geschädigt ist.«

»Das tut mir Leid.« Ich erbot mich, ihr einen starken Drink zu holen, doch sie bat nur um ein Perrier.

»Was das Ganze so vertrackt macht«, fuhr sie fort, »ist, dass man übergangsweise Stu Barker als Leiter von Bills Abteilung eingesetzt hat.«

Das klang nun gar nicht gut. Stu Barker war ein karrieresüchtiger Fiesling, der schon das ganze letzte Jahr auf Bill Levys Sessel gelauert hatte. Außerdem hielt er nicht viel von Sally, da er sie als Bills Parteigängerin betrachtete.

»Was wirst du jetzt tun?«, fragte ich.

»Was man in einer Situation wie dieser eben tut. Ich sammele meine Truppen und versuche zu verhindern, dass dieser Bastard das zerstört, was ich bei Fox aufgebaut habe. Ich fürchte nur, dass ich die Woche bei Philip Fleck nun vergessen kann.«

»Das habe ich mir schon gedacht. Am besten rufe ich gleich Bobby an, damit er weiß, dass wir nicht kommen können.«

»Du solltest aber hinfliegen.«

»Während du hier um deine Karriere kämpfst? Auf keinen Fall.«

»Aber ich muss in der nächsten Woche ohnehin rund um die Uhr arbeiten. Jetzt, da Barker die Abteilung leitet, gibt es nur eine Möglichkeit, am Ball zu bleiben, und zwar indem ich fünfzehn Stunden pro Tag im Büro bin.«

»Gut, aber wenn du dann abends nach Hause kommst, wartet wenigstens jemand auf dich – mit heißem Tee, Verständnis und einem Martini.«

Sie nahm meine Hand und drückte sie.

»Das ist lieb von dir. Aber ich möchte, dass du zu Philip Fleck fliegst.«

»Sally...«

»Hör zu. Für mich ist es besser, wenn ich in einer Zeit wie dieser an nichts anderes zu denken brauche. Wenn ich auf niemanden Rücksicht nehmen muss und all meine Kraft in den Job stecken kann. Andererseits darfst du dir diese Gelegenheit nicht entgehen lassen. Denn schlimmstenfalls hast du deinen Spaß – und einen ziemlich luxuriösen noch dazu –, und bestenfalls wird eins deiner Drehbücher produziert, das du schon fast vergessen hattest. Und dazu noch mit einer satten Bezahlung. Falls Stu Barker nichts Besseres vorhat, als mich aus der Firma rauszudrängen, käme uns das Geld doch gerade recht, oder?«

Da redete Sally allerdings Unsinn. Unter den Medienmanagerinnen in dieser Stadt war sie nicht nur diejenige, die am schnellsten wieder eine neue Stelle bekäme, sondern laut Vertrag konnte sie bei Fox Television als Leiterin der Abteilung Comedy vorzeitig auch nur mit einem goldenen Handschlag entlassen werden, der ihr satte fünfhunderttausend eintragen würde. Doch obwohl ich ihr das Einverständnis zu entlocken versuchte, dass ich dablieb, war sie unerbittlich.

»Versteh mich nicht falsch«, meinte sie.

»Tu ich nicht«, sagte ich. Gleichzeitig bemühte ich mich, nicht durchklingen zu lassen, wie gekränkt ich war, dass sie mich loswerden wollte. »Wenn du mich auf Flecks Insel abschieben willst, dann soll es wohl so sein.«

»Danke!« Sie hauchte einen Kuss auf meine Lippen. »Entschuldige bitte, aber außerdem habe ich für heute Nacht eine Konferenzschaltung mit Lois und Peter angesetzt.« Das waren zwei ihrer engsten Mitarbeiter bei Fox Television.

»Ist schon in Ordnung.« Ich stand auf. »Ich warte auf dich im Schlafzimmer.«

»Es wird nicht lange dauern«, erklärte sie noch, während sie schon nach dem Telefonhörer griff.

Doch als ich zwei Stunden später einschlief, war sie noch nicht ins Bett gekommen.

Am nächsten Morgen wachte ich um sieben auf. Sally war schon wieder fort. Auf dem Kopfkissen neben mir lag ein Zettel.

»Bin zu einer Strategiesitzung mit meinem Team. Rufe dich später an.«

Darunter hatte sie ein »S« geschrieben. Keine Zeit für Zärtlichkeit, nur ihre Initiale.

Etwa eine Stunde später rief Bobby Barra an, um mir zu sagen, dass mich einer von Flecks Chauffeuren am kommenden Morgen abholen würde, um mich zum Burbank Airport zu bringen.

»Phil hat die 767 genommen, als er am Sonntag zur Insel geflogen ist«, sagte er. »Bleibt für uns leider nur noch die Gulfstream, Kumpel.«

»Ich werde es überleben. Aber wie es aussieht, komme ich allein.«

Anschließend erzählte ich ihm von Sallys beruflicher Krise.

»Für mich kein Problem«, sagte Bobby. »Nimm es mir nicht übel, aber da sie nicht gerade ein Fan von mir ist, werde ich auch nicht in meine Piña Colada weinen, wenn sie zu Hause bleibt.«

Dann erklärte er mir, dass der Chauffeur um acht Uhr Morgens vor meiner Haustür auf mich warten würde.

»Wir lassen es krachen, Alter«, sagte er noch, ehe er auflegte.

Ich packte meine kleine Reisetasche. Dann fuhr ich ins Produktionsbüro von *Auf dem Markt* und sah mir die Rohfassung der ersten beiden neuen Folgen an. Sally meldete sich nicht.

Als ich nach Hause kam, hatte sie auch keine Nachricht auf unsere Voice Mail gesprochen. So widmete ich den Abend *Drei im Graben*, machte Notizen, wie man den Aufbau verbessern und den Erzählfluss straffen konnte, und passte es ein wenig mehr dem heutigen Stand an. Sally hatte Recht gehabt mit der Kritik, es sei überzeichnet. Mit einem roten Filzstift kürzte ich die überfrachteten Dialoge. In einem Drehbuch ist weniger oft mehr – wenn man eine Sache in allen

Einzelheiten erklären muss, ist etwas grundsätzlich falsch. Halte es knapp, halte es einfach, lass die Bilder die Geschichte erzählen, denn das Medium, für das du schreibst, heißt schließlich Kino. Wenn man die Bilder hat, wozu braucht man da noch viele Worte?

Um elf hatte ich die Hälfte des Scripts durchgearbeitet. Noch immer keine Nachricht von Sally. Ich überlegte, sie auf ihrem Handy anzurufen, entschied mich aber dann dagegen. Womöglich würde sie bei meinem Anruf denken, ich wollte klammern, sei zu unselbstständig oder wollte sie kontrollieren (nach dem Motto: »Warum bist du nicht zu Hause?«). Also ging ich schlafen.

Am nächsten Morgen klingelte mein Wecker um sieben. Wieder lag ein Zettel neben mir auf dem Kopfkissen.

»Es geht drunter und drüber. Bin gestern erst um eins nach Hause gekommen. Jetzt, um halb sieben, muss ich zu einem Arbeitsfrühstück mit ein paar Rechtsanwälten von Fox. Ruf mich um acht auf meinem Handy an. Ach, und lass dich für mich in der Sonne bräunen!«

Diesmal hatte sie *In Liebe, S.* angefügt. Das munterte mich auf. Doch als ich mich eine Stunde später (wie gewünscht) bei ihr meldete, war sie kurz angebunden.

»Es passt gerade ganz schlecht«, erklärte sie. »Nimmst du dein Handy mit?«

»Natürlich.«

»Dann rufe ich dich an.«

Und damit legte sie auf. Ich zwang mich, nicht beleidigt zu sein, dass sie mich so kurz abfertigte. Sally war ein Erfolgsmensch, und ein solcher handelt eben so, wenn die Dinge auf der Kippe stehen.

Einige Minuten später klingelte es an der Tür. Draußen wartete ein Chauffeur in Livree vor einer blitzenden Limousine der Marke Lincoln Town Car.

»Wie geht es Ihnen, Sir?«, fragte er.

»Reif für die Insel«, erwiderte ich.

4

Bobby und ich waren die einzigen Passagiere an Bord der Gulfstream. Crewmitglieder gab es hingegen vier: zwei Piloten und zwei Stewardessen – beide blond, beide Anfang bis Mitte zwanzig und beide so hübsch, als wären sie einmal Tambourmajorin gewesen. Sie hießen Cheryl und Nancy und arbeiteten ausschließlich für die »Air Fleck«, wie Bobby die Luftflotte des Gentlemans nannte. Noch bevor wir abhoben, machte sich Bobby an Cheryl heran. Er benutzte dazu so intelligente Sprüche wie: »Meinen Sie, es wäre möglich, unterwegs eine Massage zu bekommen?«

»Natürlich«, erwiderte Cheryl. »Immerhin lerne ich nebenbei Osteopathie.«

Bobby bedachte sie mit einem anzüglichen Lächeln. »Und angenommen, dass ich an eine ganz bestimmte Art von Entspannung denke?«

Cheryls Lächeln gefror. Sie vermied eine Antwort, indem sie sich an mich wandte. »Möchten Sie vor dem Start noch etwas trinken, Sir?«

»Ja, gern. Haben Sie Mineralwasser?«

»Perrier, Badoit, Ballygowan, Poland Spring, San Pellegrino ...«

»San Pellegrino kann ich nicht ausstehen«, sagte Bobby, »Es ist zu gehaltvoll.«

Cheryls Lächeln wurde noch eisiger.

»Dann bitte ein San Pellegrino«, bat ich.

»He, Junge«, meinte Bobby, »auf so einen Trip muss man mit einem Gläschen Schampus anstoßen. Vor allem, da die Air Fleck ausschließlich Cristal serviert ... stimmt's, Schätzchen?«

»Jawohl, Sir«, sagte Cheryl. »Wir haben nur Cristal-Champagner an Bord.«

»Dann zwei Glas Cristal, Süße«, bestellte Bobby. »Aber bitte die extragroße Portion.«

»Jawohl, Sir«, sagte sie. »Und soll ich Nancy bitten, vor dem Start noch Ihre Frühstücksbestellung aufzunehmen?«

»Aber immer«, meinte Bobby.

Kaum war Cheryl in der Bordküche verschwunden, drehte sich Bobby zu mir.

»Niedlicher Hintern, wenn man was für den knackigen Cheerleader-Typ übrig hat.«

»Das war ja wirklich große Klasse, Bobby.«

»He, ich habe doch nur geflirtet.«

»Du nennst die Bitte um eine Handentspannung flirten?«

»Ich habe ja nicht direkt danach gefragt. Es nur ganz dezent angedeutet.«

»Dezent wie ein Frontalzusammenstoß. Und wer hat extragroße Gläser Cristal geordert? Wir sind hier doch nicht im Burger King. Außerdem, Bobby, heißt Regel Nummer Eins für einen guten Gast: Versuche nie, eine von den Angestellten ins Bett zu kriegen.«

»Nun mal halblang, Graf Rotz. Du bist hier der Gast.«

»Und du, Bobby?«

»Der Stammgast.«

Cheryl erschien mit zwei Gläsern Champagner auf einem Tablett. Daneben lagen kleine Toastdreiecke, die mit schwarzem Kaviar bestreut waren.

»Beluga?«, fragte Bobby.

»Iranischer Beluga, Sir«, erwiderte Cheryl.

Dann meldete sich über Lautsprecher der Pilot und bat, sich für den Start anzuschnallen. Wir saßen in üppig gepolsterten Ledersesseln, die zwar am Boden angeschraubt waren, sich aber um 360 Grad drehen ließen. Laut Bobby handelte es sich um die »kleine« Gulfstream – nur acht Sitze in der vorderen Kabine, während die hintere mit einem kleinen Doppelbett, einem Arbeitsplatz und einem Sofa ausgestattet war. An diesem Morgen startete die Maschine allein mit uns. Ich konnte mich also nicht beklagen. Zufrieden trank ich einen Schluck Cristal. An der Startbahn angekommen, blieb das Flugzeug stehen, dann nahm es plötzlich Fahrt auf und raste über die Piste. Wenige Sekunden später befanden wir uns in der Luft, und das San Fernando Valley unter uns wurde immer kleiner.

»Also, was machen wir?«, fragte Bobby. »Wie wär's mit ein, zwei Filmen? Oder ein bisschen Poker ohne Limit? Chateaubriand zum Mittagessen? Vielleicht haben sie sogar Hummerschwänze...?

»Ich muss arbeiten.«

»Na, mit dir kann man ja vielleicht einen draufmachen.«

»Ich möchte das Script überarbeitet haben, bevor unser Gastgeber es zu sehen bekommt. Meinst du, dass es eine Sekretärin auf der Insel gibt?«

»Junge, Phil hat dort draußen ein ganzes Bürozentrum in Betrieb. Wenn du jemanden brauchst, der dir das Script abtippt, kein Problem.«

Nancy kam zu uns, um unsere Bestellung fürs Frühstück aufzunehmen.

»Könnten Sie ein Schaumomelette mit Frühlingszwiebeln und gerade mal einer Spur Gruyère für mich zaubern?«, fragte Bobby.

»Gern«, erwiderte Nancy überrascht. Dann beehrte sie mich mit ihrem Lächeln. »Und für Sie, Sir?«

»Nur Grapefruit, Toast und schwarzen Kaffee, bitte.«

»Seit wann bist du denn zu den Mormonen übergelaufen?«, fragte Bobby.

»Mormonen trinken keinen Kaffee«, entgegnete ich, ehe ich mich zum Arbeiten in die hintere Kabine zurückzog.

Ich kramte das Manuskript von *Drei im Graben* und meinen roten Füller heraus und richtete mich am Schreibtisch ein. Vorne konnte ich Bobby hören, der um einen Sony Watchman und eine Liste der an Bord befindlichen Hardcore-Pornos bat (»Ihr habt nicht zufällig *Hat's Lassie dir besorgt?*, hörte ich ihn fragen. »Natürlich gebe ich mich auch mit *Bambi* zufrieden...«). Aufseufzend fragte ich mich, ob Sally mit ihrer kritischen Einstellung gegenüber Bobby nicht vielleicht doch Recht hatte: Er konnte so ein primitiver Mistkäfer sein. Ich beschloss, mich von dem nicht abreißenden Strom von Banalitäten aus seinem Mund mit Arbeit abzulenken.

Während ich die erste Hälfte des Scripts las, freute ich mich über meine gelungenen Korrekturen. Was mich am Original von 1993 am meisten überraschte, war die Art, wie ich alles zu Tode erklärte – ich drosch dem Publikum jede Pointe mit dem Holzhammer ein. Natürlich gab es hier und da einen witzigen Dialog, aber mein Gott, wie großkotzig ich mein Können zur Schau stellte! Im Grunde war das Ganze nur ein unterhaltsames Gaunerstück, das (wie ich jetzt sah) nichts weiter tat, als um Aufmerksamkeit zu buhlen – doch ich versuchte diese Tatsache zu verschleiern, indem ich die Handlung mit Rededuellen schlagfertiger Klugscheißer garnierte. Ein Script, das sich anbiederte. Und indem ich da fortfuhr, wo ich aufgehört hatte, strich ich den ganzen Ballast raus – lange Passagen übererklärender Dialoge und unnötige Kehrtwenden in der Handlung –, so dass es härter, grober, hämischer... und entschieden bissiger wurde.

Ich arbeitete fast fünf Stunden ohne Pause, nur unterbrochen vom Eintreffen des Frühstücks und Bobbys Stimme, wenn er ölig wie Hugh Hefner weitere lächerliche Bestellungen aufgab (»Ich weiß, das ist ein bisschen viel verlangt, meine Liebe, aber könnten Sie mir einen Banana Daiquiri mixen?«) oder das Telefon strapazierte, um irgendein kleines Licht im Barra-Hauptquartier in L.A. anzublaffen und Anweisungen zu erteilen. Hin und wieder kam Cheryl in die hintere Kabine, schenkte mir Kaffee nach und fragte, ob ich noch irgendwelche Wünsche hätte.

»Könnten Sie meinem Freund vielleicht einen Knebel verpassen?«

Sie lächelte. »Mit Vergnügen, Sir.«

Vorn hörte ich Bobby ins Telefon brüllen: »Hör zu, du beschränkter Itaker, du klärst jetzt dieses kleine Problem, aber *pronto*, weil ich sonst nicht nur deine Schwester, sondern auch deine Mutter ficke.«

Wieder wurde Cheryls Lächeln eisig. »Wissen Sie, er ist gar nicht mein Freund«, erklärte ich. »Nur mein Broker.«

»Bestimmt fährt er Ihnen eine Menge Geld ein, Sir. Kann ich sonst noch etwas für Sie tun, da ich ohnehin gerade hier bin?«

»Ich würde gern telefonieren, wenn er fertig ist.«

»Oh, Sie müssen nicht warten. Wir haben zwei Leitungen.«

Sie nahm das Telefon vom Schreibtisch, tippte eine Nummer ein und reichte es mir.

»Sie brauchen nur noch die Ortsvorwahl und die Rufnummer einzugeben.«

»Danke.« Sobald sie die Kabine verlassen hatte, wählte ich die Nummer von Sallys Handy, wurde jedoch nach zwei Klingelzeichen mit ihrer Voice Mail verbunden. Um meine Enttäuschung zu verbergen, sprach ich eine flotte Nachricht darauf: »Hallo, ich bin's, dreiunddreißigtausend Fuß über der Erde. Ich finde, wir sollten uns zu Weihnachten auch eine Gulfstream gönnen. Anders kann man ja gar nicht reisen – allerdings lieber ohne Bobby Barra, der es offenbar auf eine Oscar-Nominierung für den schmierigsten Macho abgesehen hat. Weshalb ich anrufe... Ich wollte wissen, wie es denn in Fort Fox so läuft, und dir außerdem sagen, wie verdammt gern ich dich jetzt hier bei mir hätte. Ich liebe dich, mein Schatz, und wenn du dich eine Minute von den Grabenkämpfen des Geschäftslebens losreißen kannst, ruf mich doch auf meinem Handy an. Bis später, Liebes...«

Als ich auflegte, fühlte ich in mir diese Leere, die mich immer überfällt, wenn ich lediglich mit einem Anrufbeantworter spreche. Rasch machte ich mich wieder an die Arbeit.

Als wir zur Landung auf Antigua ansetzten, hatte ich die Überarbeitung des Scripts abgeschlossen. Ich überflog noch einmal meine Änderungen. Im Großen und Ganzen war ich zufrieden mit der gestrafften Erzählstruktur und den knapperen Dialogen, obwohl ich wusste, dass mir weitere Verbesserungen einfallen würden, sobald mir diese Fassung neu getippt vorlag. Aber falls sich Philip Fleck tatsächlich dazu entschloss, es zu realisieren, würde er zweifellos einen komplett neuen Entwurf verlangen. Dieser müsste überarbeitet, redigiert und erneut überarbeitet werden, ehe sich der Script-Doctor ans Werk machte. Seine Fassung in der redigierten Version würde sich dann ein dritter Autor vornehmen, um die Handlung aufzumotzen, und ein vierter, der den Gags den letzten Schliff geben sollte. Dann würde Fleck vielleicht plötzlich beschließen, die gesamte Handlung von Chicago nach Nicaragua zu verlegen und aus dem Ganzen ein Musical über die sandinistische Revolution machen, mit singenden Guerilleras...

Und wie jeder, der für die Leinwand arbeitete, hatte dann auch ich jede Verstümmelung mitzutragen. Denn dies war nicht mehr die sorglose Welt des Kabelfernsehens, in der man den genialen Autor spielen konnte, ohne allzu vielen in den Arsch zu kriechen. Hier handelte es sich um *großes Kino*, wo der Regisseur ein Gott war, der Autor jedoch austauschbar: ein mehr oder weniger entbehrlicher Rohstoff, der leicht durch ein Dutzend Hilfsarbeiter ersetzt werden konnte. Autoren in Hollywood waren wie die Kaninchen – man konnte Hunderte von ihnen erschlagen, und trotzdem nahm ihre Zahl sprunghaft zu, ein jeder von ihnen versessen auf Arbeit, auf den großen Durchbruch, den *großen Dreh*! In meinem Fall würde zumindest ein dicker Scheck den Schmerz lindern.

»Mr. Greta-petete-Garbo kehrt zurück«, sagte Bobby, als ich wieder nach vorn kam. »Erinnere mich daran, dass ich nie wieder mit dir verreise.«

»He, Arbeit ist Arbeit – immerhin kann Fleck morgen eine Neufassung des Drehbuchs lesen. Außerdem warst du ja auch recht beschäftigt, nach dem, was man von dir so gehört hat. War das einer deiner Mitarbeiter, dem du da so zugesetzt hast?«

»Nur ein Bursche, der ein kleines Geschäft für mich erledigt.«

»Erinnere mich daran, dass ich mich nie mit dir anlege.«

»He, ich geh meinen Kunden nicht an die Eier, weder wörtlich noch im übertragenen Sinn.« Dabei schenkte er mir ein strahlendes Lächeln. »Außer der Kunde geht mir an die Eier. Aber warum sollte er – oder sie?«

Ich lächelte zurück. »Ja, warum?«

Über Lautsprecher bat uns der Pilot, uns für die Landung anzuschnallen. Als ich aus dem Fenster blickte, sah ich eine riesige blaue Fläche, in die das Land unter uns eingebettet war. Dann legten wir uns scharf in die Kurve, und vor uns tauchte eine Barackensiedlung auf – Dutzende kleiner trostloser Würfel, die aussahen wie vor langem dahingestreut und vergessen. Einen Augenblick später waren auch sie verschwunden, wir verloren rasch an Höhe und setzten zwischen Palmen auf einer mit Ölfässern markierten Asphaltfläche auf, über der eine gnadenlose Sonne glühte.

Nachdem wir zu einer weit vom Hauptgebäude entfernten Stelle gerollt waren, öffnete Cheryl die Tür und drückte auf einen Schalter, der die Treppe ausfuhr. Stickige, übel riechende Luft traf uns wie ein Schlag. Wir wurden von zwei Männern erwartet, einem dunkelbraun gebrannten blonden Burschen in Pilotenkluft und einem antiguanischen Polizisten mit Stempel und Stempelkissen in der Hand. Kaum hatten wir das Flugzeug verlassen, kam der Pilot auf uns zu.

»Mr. Barra, Mr. Armitage – willkommen auf Antigua. Ich bin Spencer Bishop und werde Sie heute Nachmittag nach Saffron Island fliegen. Aber zuerst müssen Sie offiziell nach Antigua einreisen. Würden Sie dem Herrn hier bitte Ihre Pässe zeigen?«

Wir gaben sie dem Beamten von der Einwanderungsbehörde, der sich nicht einmal die Mühe machte, die Fotos mit uns zu vergleichen oder nachzusehen, ob unsere Reisedokumente noch gültig waren. Er stempelte einfach ein Einreisevisum auf das erste leere Blatt, das er finden konnte, dann gab er uns die Papiere zurück. Der Pilot bedankte sich bei dem Beamten und schüttelte ihm die Hand, wobei, wie ich sah, eine zusammengefaltete amerikanische Banknote den Besitzer wechselte. Dann tippte der Pilot mir sacht auf die Schulter und deutete auf einen kleinen Hubschrauber, der keine hundert Meter von unserem Flugzeug entfernt stand.

»Darf ich Sie beide an Bord bitten?«

Wenige Minuten später saßen wir angeschnallt in unseren Sitzen und unterhielten uns des ohrenbetäubenden Lärms der Rotoren wegen über Kopfhörer. Der Pilot drückte den Pitch nach unten, der Flughafen entschwand, und wieder

101

nichts als Blau. Als ich aus dem Fenster auf den aquamarinfarbenen Horizont starrte, blendete mich die Reinheit dieser Farbe, ihre schiere Unendlichkeit. Der Hubschrauber durchquerte diese atemberaubende Leere, bis plötzlich wie aus dem Nichts ein grüner Fleck das satte allgegenwärtige Blau unterbrach. Als wir uns ihm näherten, bekam er klarere Umrisse – eine Insel mit einem Durchmesser von etwa achthundert Metern, mit großen Palmen und einem weitläufigen niedrigen Bungalow im Blockhausstil in der Mitte. Außerdem entdeckte ich einen weit ins Meer ragenden Steg, an dem ein paar Boote vertäut lagen, und gleich daneben einen längeren Streifen Sandstrand. Dann befand sich plötzlich ein Asphaltkreis mit einem großen X unter uns. Es dauerte einen Augenblick oder auch zwei, bis uns der Pilot genau darüber manövriert hatte. Doch dann landete er, mit einem leichten, aber spürbaren Aufprall, genau auf dem X.

Wieder wurden wir von zwei Uniformierten erwartet, diesmal waren es ein Mann und eine Frau, beide Ende zwanzig, beide blond und tief sonnengebräunt und beide gleich gekleidet: Khaki-Shorts, weiße Nikes mit weißen Socken, mittelblaues Polohemd, in das in Kursivschrift dezent *Saffron Island* eingestickt war. Sie sahen aus wie Aufseher in einem Freizeitpark. Hinter ihnen stand ein neuer dunkelblauer LandRover Discovery. Als sie lächelten, zeigten sie makellose Zahnreihen.

»Hallo, Mr. Armitage«, sagte der Mann. »Willkommen auf Saffron Island.«

»Schön, Sie wiederzusehen, Mr. Barra«, sagte die Frau.

»Ebenso«, erwiderte Bobby. »Sie sind Megan, stimmt's?«

»Sie haben ein hervorragendes Gedächtnis.«

»Eine schöne Frau vergesse ich nie.«

Ergeben richtete ich den Blick gen Himmel, sagte aber nichts.

»Ich bin Gary«, stellte der Mann sich vor. »Und wie Mr. Barra bereits richtig gesagt hat, das ist Megan ...«

»Sagen Sie ruhig Meg zu mir.«

»Wir werden versuchen, Ihnen den Aufenthalt so angenehm wie möglich zu gestalten. Falls Sie einen Wunsch haben oder etwas benötigen, wenden Sie sich bitte an uns.«

»Wer ist für wen zuständig?«, fragte Bobby.

»Nun, Mr. Barra«, antwortete Gary, »nachdem Meg das letzte Mal für Sie da war, finden wir, dass sie diesmal Mr. Armitage unter ihre Fittiche nehmen sollte.«

Ich warf einen kurzen Blick auf die beiden. Nichts an ihrem Lächeln verriet, was sie dachten.

»Na, gut«, meinte Bobby und zog enttäuscht eine Schnute.

»Dann lassen Sie uns Ihr Gepäck zum Wagen bringen«, beendete Gary die Vorstellung.

»Wie viele Taschen haben Sie dabei, Mr. Armitage?«, erkundigte sich Megan.

»Nur eine ... und bitte, nennen Sie mich David.«

Bobby und ich nahmen in dem Landrover Platz – der Motor lief bereits, die Klimaanlage war ebenfalls eingeschaltet –, während die beiden Parkaufseher unsere Taschen verstauten.

»Lass mich raten«, sagte ich, »du hast dich bei deinem letzten Besuch hier an Meg rangemacht.«

Bobby zuckte die Achseln. »Das ist nun mal unvermeidlich, wenn man 'nen Schwanz hat, stimmt's?«

»Die hat ja nun wirklich Muskeln wie ein Bodybuilder. Hat sie dich mit einem Haken auf die Matte geschickt, als du sie am Hintern begrapscht hast?«

»So weit ist es nicht gekommen ... Können wir bitte das Thema wechseln?«

»Aber Bobby, ich höre liebend gern von deinen romantischen Heldentaten. Sie wärmen mir das Herz.«

»Dann lass es mich so ausdrücken: Ich an deiner Stelle

103

würde es lieber nicht bei ihr probieren. Vor allem, weil du
Recht hast – das Weib hat einen Bizeps wie G. I. Joe.«

»Wieso sollte ich, wo doch zu Hause Sally auf mich wartet?«

»Oh, Mr. Tugendbold persönlich. Ein Ehemann und Vater
wie aus dem Bilderbuch.«

»Leck mich«, sagte ich.

»He, ich mach doch bloß Spaß.«

»Na klar doch.«

»Oh, wie sind wir heute zart besaitet!«

»Hast du Stunden in Schwachsinn genommen, oder bist du
ein Naturtalent?«

»He, tut mir Leid, wenn ich da einen wunden Punkt erwischt habe.«

»Das ist kein wunder Punkt...«

»Dass du Frau und Kind verlassen hast?«, fragte er grinsend.

»Scheißkerl.«

»Lass uns die Verhandlung vertagen.«

Meg öffnete die Beifahrertür.

»Wie kommen Sie beide zurecht?«, erkundigte sie sich.

»Wir haben gerade unsere erste Auseinandersetzung«, erwiderte Bobby.

Gary kletterte auf den Fahrersitz. Sanft rollte der Wagen
an. Wir fuhren eine unbefestigte Straße unter einem Baldachin aus Blättern entlang. Als ich mich nach etwa einer Minute umdrehte, war der kleine Landeplatz verschwunden. Und
vor uns lag ebenfalls nichts als Dschungel.

»Wisst ihr, was ich bei meiner ersten Landung auf Saffron
Island gedacht habe?«, fragte Bobby in die Runde. »Das hier
ist wie damals in Jonestown.«

»Ich glaube, die Unterbringung ist etwas besser«, meinte
Gary.

»Ja schon, aber wenn ich an die Puppen in Jonestown denke. Einfach großartig! Falls ich den Finanzspielchen jemals den Rücken kehre, gründe ich auch eine Sekte, das sag ich euch.«

»Erinnere mich daran, dass ich nie beitrete«, erklärte ich.

»Was hast du denn heute bloß?«

»Ach, du und deine dämlichen Bemerkungen den ganzen Tag...«

»Auf jeden Fall freut sich Mr. Fleck sehr darüber, dass Sie bei uns sind«, unterbrach ihn Gary, »und er wünscht Ihnen beiden einen überaus angenehmen Aufenthalt auf der Insel. Leider musste er für ein paar Tage fort...«

»Wie bitte?«, sagte ich.

»Mr. Fleck ist gestern für ein paar Tage verreist.«

»Sie machen wohl Witze?«, fragte Bobby.

»Nein, Mr. Barra, es ist mein voller Ernst.«

»Aber er wusste doch, dass wir kommen«, meinte Bobby.

»Selbstverständlich. Und er bedauert, dass er so plötzlich weg musste...«

»Geschäftlich? Da ist ihm wohl ein großer Fisch vor die Angel geschwommen?«, fragte Bobby.

»Nicht ganz.« Gary lachte leise. »Aber Sie wissen ja, wie gern er angelt. Und als wir hier erfuhren, dass vor St. Vincent der Schwertfisch beißt...«

»Vor St. Vincent?«, entfuhr es Bobby. »Aber das sind mit dem Schiff zwei Tagesreisen.«

»Eher sechsunddreißig Stunden, Sir.«

»Na, großartig«, sagte Bobby. »Wenn er also heute Abend dort ankommt und morgen fischt, ist er frühestens in drei Tagen wieder hier?«

»Ich fürchte, Ihre Rechnung stimmt«, sagte Gary. »Aber Mr. Fleck möchte, dass Sie zum Ausgleich dafür genießen, was immer Saffron Island zu bieten hat.«

»Aber er hat uns doch ausdrücklich gebeten zu kommen!«
Bobby konnte es nicht fassen.

»Sie werden ihn ja auch treffen«, versicherte ihm Gary. »In ein paar Tagen.«

Bobby stieß mir mit dem Ellbogen in die Seite. »Was zum Teufel hältst du davon?«

Ich wusste, was ich ihm entgegnen wollte: »... *und da behauptest du unentwegt, du wärst ein guter Freund von ihm.*« Aber ich hatte die Kabbeleien mit Bobby satt. Also sagte ich nur: »Na ja, wenn ich zwischen einem Drehbuchautor und einem Schwertfisch zu wählen hätte, würde ich mich auch für den Fisch entscheiden.«

»Ja, schon. Aber die Fische müssen sich nicht um ihren Kundenstamm und den zurzeit verdammt miesen Nasdaq kümmern.«

»Also, Mr. Barra... Sie wissen doch, dass Sie sich über unser Bürozentrum in jeden gewünschten Markt einloggen können. Und wir können Ihnen und Ihren Kunden auch einen Extra-Anschluss zur Verfügung stellen, der rund um die Uhr besetzt ist. Es gibt also wirklich keinen Grund, sich Sorgen zu machen.«

»Und die Wettervorhersage für die nächste Woche ist fantastisch«, schaltete Meg sich ein. »Keinerlei Anzeichen für Regen, eine leichte Brise aus Süd, und die Temperatur soll konstant knapp dreißig Grad betragen.«

»Sie können also den Markt beobachten und dabei braun werden«, sagte Gary.

»Bist du sauer?«, fragte mich Bobby.

Natürlich war ich das. Aber wieder beschloss ich, es freundlich und gelassen aufzunehmen. Also zuckte ich nur mit den Schultern und sagte: »Ein bisschen Sonne wird mir ganz gut tun.«

Der Landrover holperte weiter den Dschungelpfad entlang

zu einer Lichtung, wo wir neben einem überdachten Stellplatz parkten, auf dem bereits drei andere Landrover und ein großer weißer Transit standen. Es lag mir auf der Zunge zu fragen, warum man auf einer winzigen Insel vier Landrover und einen Transit brauchte... Aber wieder sagte ich nichts. Stattdessen folgte ich Meg einen schmalen Kiesweg hinauf, und nach knapp zehn Metern kamen wir zu einer Fußgängerbrücke, die einen großen Zierteich überspannte. Als ich hinunterschaute, stellte ich fest, dass die verschiedensten tropischen Fische darin schwammen. Dann blickte ich auf und schnappte nach Luft: Vor mir lag Philip Flecks riesiges Anwesen.

Beim Anflug hatte Flecks Domizil wie ein großes Blockhaus ausgesehen. Aber aus der Nähe betrachtet entpuppte es sich als extravagantes Beispiel moderner Architektur – ein flaches, lang gestrecktes Gebilde aus Glas und lackiertem Holz. An beiden Enden dieses tropischen Herrenhauses erhoben sich, jeweils von vier hoch aufragenden Glasscheiben eingefasst, zwei kathedralengleiche Türme. Zwischen diesen beiden flügelähnlichen Anbauten standen ein paar kleinere, V-förmige Türme, jeder mit einem großen Panoramafenster. Wir gingen über einen Holzsteg auf die gegenüberliegende Hausseite, und als wir um die Ecke bogen, verschlug es mir erneut den Atem – denn direkt vor dem Gebäude erstreckte sich ein riesiger, mit Naturstein ausgekleideter Swimmingpool. Und dahinter nichts als Blau. Vom Haus aus hatte man einen unverstellten Blick auf das karibische Meer.

»Du lieber Himmel«, entfuhr es mir, »das ist vielleicht eine Aussicht.«

»Ja«, stimmte mir Bobby zu, »das ist definitiv ›Leck mich‹-Kohle.«

Sein Handy klingelte, und er ging ran. Nach einem gebrummten Hallo war er sofort ganz Geschäftsmann und hundertprozentig bei der Sache.

»Um wie viel sind sie gefallen?... Ja, aber letztes Jahr um die Zeit wurden sie zu neunundzwanzig gehandelt, und das noch, bevor dieser neue Web-Browser Osaka ins Wackeln gebracht hat... Natürlich habe ich diese Netscape-Burschen im Blick... Sie glauben doch wohl nicht, dass ich Sie ins offene Messer laufen lasse?... Erinnern Sie sich an den Markteinbruch '97?... am 14. Februar 1997, als wegen dieser dummen Lewinsky-Geschichte die Kacke am Dampfen war? Für etwa zweiundsiebzig Stunden gab es eine kleine Bereinigung. Aber auf lange Sicht gesehen...«

Als ich ihn so hörte, staunte ich, wie meisterhaft Bobby mit Zahlen und Fakten jonglierte und mit welch pädagogischem Geschick er sie seinem Kunden präsentierte (vor allem wenn man bedachte, wie harsch er mit seinen Untergebenen umsprang). Und mir fiel auf, dass auch Gary und Meg angesichts seiner formvollendeten Geschäftstüchtigkeit die Ohren spitzten. Ob sie wohl dasselbe dachten wie ich, nämlich: Wie kann sich ein so scharfsinniger und zugleich charmant-gewitzter Geschäftsmann in einen derart haarsträubenden Possenreißer verwandeln, sobald er mit echtem Reichtum konfrontiert ist? Und warum muss er unbedingt den Neandertaler spielen, wenn es um Frauen geht? Aber Geld und Sex lassen uns offensichtlich alle zu Narren werden. Vielleicht hatte Bobby beschlossen, dass es ihn nicht weiter kümmerte, wenn ihn die Welt – sobald es um seine beiden Obsessionen ging – sah, wie er war: nackt und bloß in seiner Blödheit.

Er klappte sein Handy zu und lockerte die Schultern.

»Nimm nie einen Hautarzt als Kunden an. Für so einen ist jeder kleine Markteinbruch schon ein Melanom. Na ja, Junge...«, er stupste Gary an, »Sie haben ja gehört, dass ich dem Scheißkerl versprochen habe...«

Gary nahm sein Walkie-Talkie vom Gürtel und sprach hinein.

»Julie, ich komm mit Mr. Barra rüber. Wir sind in etwa drei Minuten da, dann will er den gesamten Nasdaq-Index auf dem Bildschirm haben. Over?«

Im Walkie-Talkie krächzte eine Stimme: »Ist schon erledigt.«

»Gehen Sie vor«, sagte Bobby zu Gary, wandte sich aber noch rasch zu mir um und setzte hinzu: »Ich bin später wieder für dich da – falls du dich noch dazu herablässt, mit einem Wurm wie mir zu reden.«

Sobald die beiden verschwunden waren, fragte Meg: »Soll ich Ihnen jetzt Ihr Zimmer zeigen?«

»Ja, warum nicht?«

Wir gingen ins Haus. Die Eingangshalle war ein langer, lichtdurchfluteter Korridor mit weißen Wänden und hell gebeiztem Parkettboden. Kaum war ich eingetreten, stand ich einem der Meisterwerke der amerikanischen abstrakten Kunst des zwanzigsten Jahrhunderts gegenüber: ein faszinierendes Gemälde mit mathematischen Gleichungen in einer subtil strukturierten graubraunen Oberfläche.

»Kennen Sie das Bild?«, fragte ich Meg.

»Nein… Kunst ist nicht gerade mein Spezialgebiet. Bekanntes Werk?«

»O ja. Es heißt *Universal Field*. Mark Tobey hat es kurz nach dem Krieg gemalt, als die Angst vor der Atombombe ihren Höhepunkt erreicht hatte. Deshalb erinnert es auch ein bisschen an eine rätselhafte physikalische Formel. Das Bild ist ganz erstaunlich, es hat neue Maßstäbe gesetzt – fast ein verkleinerter Pollock, aber stilistisch viel ausgefeilter.«

»Wenn Sie das sagen.«

»Entschuldigung – ich quatsche Ihnen hier die Ohren voll…«

»Nein, nein, ich bin beeindruckt. Aber wenn Sie sich für

Kunst interessieren, sollten Sie sich in unserem so genannten Großen Salon umsehen.«

»Hätten wir jetzt Zeit dafür?«

»Sie sind auf Saffron Island, hier gibt es alle Zeit der Welt.«

Wir wandten uns nach links und gingen den Korridor hinunter, an einer langen Reihe gerahmter Diane-Arbus-Fotografien vorbei. Der Große Salon war genau das, was das Wort versprach – einer der beiden riesigen, kathedralengleichen Flügel des Hauses, mit einem zwölf Meter hohen Glasdach und einer riesigen Palme, die in der Mitte aus dem Boden wuchs. Wie alles andere, was ich bisher gesehen hatte, bewies auch der Große Salon kostspieligen guten Geschmack. Es gab einen Steinway-Flügel. Daneben lang gestreckte Sofas und üppig gepolsterte Sessel in dezentem gebrochenen Weiß. Ein beeindruckendes Aquarium war in eine der weißen Mauern eingelassen. Dazu ein ausgeklügeltes Lichtdesign. Vor allem aber: Es hing jede Menge Kunst an den Wänden. Echte Kunst, wie sich beim zweiten Blick herausstellte ... die Sorte, die man normalerweise im MOMA, im Whitney- oder Getty-Museum oder im Art Institute of Chicago zu sehen erwartet.

Ich wanderte im Raum umher wie ein Museumsbesucher, dem die ausgestellten Werke die Sprache verschlagen hatten. Hopper. Ben Shahn. Zwei Philip Gustons aus der mittleren Periode seines Schaffens. Man Ray. Thomas Hart Baker. Claes Oldenberg. George L.K.Morris. Und eine Fotoserie von Edward Steichen, seine wegweisenden *Vanity-Fair*-Aufnahmen aus den Dreißigern.

Und immer so weiter. Im Großen Salon hingen mindestens vierzig Kunstwerke. Ich konnte nicht einmal ansatzweise schätzen, wie viel Geld man anlegen musste, um eine solche Sammlung zusammenzutragen.

»Gehören all diese Sachen Mr. Fleck?«, fragte ich Meg.

»Ja. Es ist ziemlich gut, oder?«

»Das ist die Untertreibung des Jahrzehnts. Unglaublich, was hier alles hängt.«

Aus dem Nichts heraus ertönte eine Stimme: »Dann sollten Sie erst mal sehen, was er in seinen anderen fünf Häusern an den Wänden hat.«

Als ich mich umschaute, sah ich mich einem untersetzten Typen Mitte vierzig gegenüber, der keine einssiebzig maß. Das schulterlange Haar hatte er zu einem schmierigen Pferdeschwanz zusammengebunden; er trug abgeschnittene Jeans, Birkenstock-Sandalen und ein T-Shirt, das über seinem dicken Bauch spannte und auf dem ein Bild von Jean-Luc Godard prangte. Darunter stand der Spruch: »Kino ist Wahrheit in 24 Bildern pro Sekunde.«

»Sie sind bestimmt Dave Armitage«, sagte er.

»Ja, das stimmt.«

»Chuck Karlson«, stellte er sich vor und streckte mir die feuchte Hand entgegen. »Ich bin ein großer Fan von Ihnen.«

»Schön zu hören.«

»Ja – meiner Meinung nach ist *Auf dem Markt* zurzeit das Beste, was es auf der Mattscheibe zu sehen gibt. Phil findet das auch.«

»Sind Sie mit ihm befreundet?«

»Ich bin einer seiner Mitarbeiter. Sein Film-Mann.«

»Und was ist die Aufgabe eines ›Film-Mannes‹?«

»Vor allem kümmere ich mich ums Archiv.«

»Phil Fleck hat ein Filmarchiv?«

»Und was für eins... etwa siebentausend Filme auf Zelluloid und nochmal fünfzehntausend auf Video und DVD. Abgesehen vom American Film Institute ist es das Beste des Landes.«

»Ganz zu schweigen von der Karibik.«

Chuck lächelte. »Auf Saffron hat er nur etwa zweitausend.«

»Es gibt ja schließlich auch kein Multiplex in der Stadt...«

»Ganz genau. Und wissen Sie, hier bei Blockbuster liegen einfach keine Pasolini-Filme im Regal.«

»Sie mögen Pasolini?«

»Für mich ist er Gott.«

»Und für Mr. Fleck?«

»Gottvater. Na, jedenfalls haben wir alle zwölf Filme von ihm hier. Wenn Ihnen also irgendwann danach ist – der Vorführraum steht Ihnen jederzeit zur Verfügung.«

»Danke«, erwiderte ich und dachte im Stillen, dass *Das 1. Evangelium – Matthäus* (der einzige Pasolini-Film, den ich je gesehen hatte) so ungefähr das Letzte war, was ich mir auf einer Karibikinsel anschauen wollte.

»Übrigens weiß ich, wie sehr sich Phil darauf freut, mit Ihnen am Script zu arbeiten.«

»Oh, wie freundlich.«

»Ich finde, es ist ein großartiges Drehbuch, wenn ich das mal so sagen darf.«

»Welches? Seins oder meins?«

Ein süffisantes Lächeln. »Sie sind beide von der gleichen Qualität.«

Das hast du ausgesprochen diplomatisch formuliert, dachte ich, wenn man bedenkt, dass es sich um denselben Text handelt.

»Da wir gerade von dem Script sprechen«, sagte ich. »Ich habe in den letzten Tagen ein bisschen daran gearbeitet. Wäre es wohl möglich, es neu abtippen zu lassen?«

»Kein Problem. Ich sage Joan vom Bürozentrum Bescheid, sie soll in ein paar Minuten zu Ihnen ins Zimmer kommen und es abholen. Wir sehen uns dann im Vorführraum, Dave.«

Nun führte mich Meg auf mein Zimmer. Unterwegs fragte ich sie ein bisschen aus. Sie stamme aus Florida, erzählte sie, und sei seit zwei Jahren Mitglied der »Saffron Island Crew«. Davor habe sie auf einem Kreuzfahrtschiff vor Nassau gearbeitet, aber hier sei es viel schöner. Außerdem habe sie kaum etwas zu tun – meistens sei außer der Mannschaft niemand auf der Insel.

»Sie meinen, dass sich Mr. Fleck nicht gerade oft hier aufhält?«

»Höchstens drei oder vier Wochen pro Jahr.«

»Und die übrige Zeit?«

»Steht alles leer. Obwohl er die Insel ab und zu einem Freund überlässt. Aber auch das höchstens vier Wochen im Jahr. Ansonsten sind wir hier unter uns.«

»Wenn Sie ›wir‹ sagen, meinen Sie ...«

»Vierzehn Angestellte.«

»Grundgütiger Himmel«, sagte ich. Auf wieviel mochten sich wohl die jährlichen Lohnkosten belaufen ... vor allem wenn man in Betracht zog, dass die Insel höchstens zwei Monate im Jahr genutzt wurde?

»Aber Mr. Fleck hat ja das nötige Kleingeld«, meinte sie.

Mein Zimmer lag in einem der kleineren, V-förmigen Türme, die den Mittelteil des Hauses bildeten. Allerdings war »klein« nicht ganz das richtige Adjektiv für diesen loftähnlichen Raum. Weiß getünchte gemauerte Wände. Parkettboden. Zimmerhohe Fenster mit Blick aufs Meer. Ein gewaltiges extrabreites Bett im kalifornischen Missionsstil. Ein großer Wohnbereich mit zwei riesigen Sofas. Eine Bar, gefüllt mit allem, was gut und teuer ist – von Cristal-Champagner bis zu einem dreißig Jahre alten Macallan Malt. Ein Badezimmer mit eingelassener Badewanne, Sauna und einer dieser Duschen – die Verkleidung aus klarem Plexiglas –, aus denen das Wasser gleichzeitig auf fünf verschiedene Körperzonen prasselt. Mittels einer metallenen Wendeltreppe kam man in ein über dem Schlafbereich liegendes, komplett ausgestattetes Büro, mit einem großen Schreibtisch, Fax, Drucker, drei Telefonanschlüssen und einer superschnellen Glasfaserleitung, die mich (wie Meg mir versicherte) in weniger als zwei Nanosekunden mit dem Internet verbinden würde.

Natürlich gab es auch überall Schalttafeln: um die Beleuchtung zu optimieren; um die Rollläden herunterzulassen und so die Fensterflächen zu verdunkeln; um die in Zonen unterteilte Klimaanlage zu regulieren, die es irgendwie möglich machte, das Büro fünf Grad tiefer zu kühlen als den Schlafbereich.

Aber den technologischen Gnadenstoß versetzten mir fraglos die drei Flachbildschirme in meinem Zimmer – wohlplatziert auf dem Schreibtisch, einem Beistelltisch im Wohnbereich und neben dem Bett. Sie waren interaktiv; sobald man sie berührte, erwachten sie zum Leben und taten kund, dass man hiermit über sein eigenes Audio- und Video-Center verfügte. Ich tippte auf den Bildschirm und dann auf das Feld »Videothek«, woraufhin die Buchstaben des Alphabets erschienen. Als ich »A« berührte, erschien eine Liste von dreißig Filmen, angefangen von Joseph Mankiewicz' *Alles über Eva* bis zu Godards *Außer Atem*. Ich tippte auf *Außer Atem*, und sofort schaltete sich der ultramoderne (an der Wand angebrachte) Panasonic-Fernseher ein. Keine Sekunde später lief Godards cooler Klassiker auf dem flachen Großbildschirm. Ich berührte das »Return«-Feld auf dem Computerbildschirm, und wieder hatte ich das Alphabet vor mir. Diesmal ging ich auf »C« und suchte aus der langen Auswahlliste *Citizen Kane* heraus. Im nächsten Augenblick war *Außer Atem* verschwunden, und ich sah Welles' klassisch gewordenen Eröffnungsschwenk – die hohen Mauern und Tore, hinter denen sich der moderne Kublai Khan in einem riesigen Anwesen vor der Welt verschanzte.

Aber niemals hatte Charles Foster Kane ein Spielzeug wie dieses auf Fingerdruck reagierende Filmvorführsystem besessen.

»Stört es Sie, wenn ich jetzt Ihre Sachen auspacke?«, fragte mich Meg.

»Danke, aber das kann ich doch selbst machen.«

»Das gehört alles zum Service«, erwiderte sie, während sie meine Tasche nahm. »Schließlich bin ich Ihr Butler.«

Dabei spielte die Andeutung eines Lächelns um ihre Lippen. Hinter der scheinbar gleichgültigen, hochprofessionellen Fassade konnte man die Spur von Ironie nur erahnen.

»Dieses Filmauswahlsystem ist eine ziemlich raffinierte Sache, nicht wahr?«

»Ja, irgendwie schon.«

»Sie sollten sich auch mal das Audiosystem anschauen. Es sind etwa zehntausend Schallplatten darin gespeichert.«

»Sie machen Witze.«

»Überzeugen Sie sich selbst.«

Also berührte ich wieder den Bildschirm und wählte diesmal »Musik«. Daraufhin wurde ich mit einer ganzen Liste verschiedenster Stile und Musikrichtungen konfrontiert. Da es mir im Grunde egal war, entschied ich mich für »Klassik« – und weil ich es dem System nicht zu einfach machen wollte, berührte ich das »S«. Zu meiner Überraschung waren unter »Schönberg« gleich zwanzig Werke aufgeführt. Ich tippte auf »Der Überlebende aus Warschau«, der Großbildschirm an der Wand wurde dunkel, und aus allen vier Ecken dröhnte Schönbergs gellendes, atonales Meisterwerk (der Schmerzensschrei eines Mannes, der dem Massaker im Warschauer Ghetto entkommen ist) aus den kleinen, aber leistungsstarken Bose-Lautsprechern, die im Zimmer aufgehängt waren.

Meg zuckte tatsächlich zusammen, als dieser Überraschungshieb auf ihr Trommelfell traf. Doch dann sah sie mich wieder mit diesem angedeuteten Lächeln an und rief über das Zwölfton-Getöse hinweg: »Da will man ja gleich das Tanzbein schwingen.«

Ich drückte auf »Off«.

»Es ist auch nicht gerade meine Vorstellung von einem vergnügten Abend«, gab ich zu. »Ich konnte nur einfach nicht glauben, dass er wirklich Schönberg gespeichert hat.«

»Mr. Fleck hat alles«, sagte sie, während sie mit meiner Tasche im angrenzenden Ankleidezimmer verschwand. Ich ging wieder hinauf in den Bürobereich, packte meinen Laptop aus, nahm das bereitliegende Kabel und steckte es in die Modembuchse. Wie Meg versprochen hatte, war das Glasfaserkabel schneller als ein Atemzug, in einer Nanosekunde war ich online und empfing meine E-Mails. Außer den Nachrichten von Brad Bruce und Alison war auch die eine darunter, auf die ich gehofft hatte.

Darling,
es geht hier zu wie im Tollhaus. Ein bisschen wie
im Reichstag 1929. Aber ich halte nach wie vor die
Stellung.
Ich vermisse dich.
S.

Als ich diese E-Mail las, schossen mir sofort die widersprüchlichsten Gedanken durch den Kopf. Zuerst: *Nun, zumindest hat sie sich gemeldet.* Dann: *Na ja, immerhin schreibt sie, dass sie mich vermisst.* Aber dann auch gleich: *Warum unterschreibt sie nicht mit »In Liebe« oder »ein dicker Schmatz« oder meinetwegen auch etwas affektiert »bisous«?*

Doch schließlich siegte meine rationale Seite, und ich versuchte Sally zugute zu halten, dass sie in einer größeren Sturm-und-Drang-Episode à la L. A. steckte. In Hollywood wurde eine berufliche Krise dieser Art von den Beteiligten sofort zu etwas hochstilisiert, das der Belagerung von Stalingrad gleichkam.

Mit anderen Worten: Ich durfte nicht ständig und völlig grundlos in Angst verfallen, sie könnte mich nicht mehr lieben. Sally hatte anderes im Kopf.

Wieder klopfte es an meiner Tür. Eine Frau Anfang dreißig, tief gebräunt und mit kurz geschorenem schwarzen Haar, trat ein. Auch sie trug das obligatorische *Saffron Island*-T-Shirt mit Shorts. Und wie Meg gehörte auch sie zu diesen wohlproportionierten Frauen mit frischen Wangen, die vermutlich einmal in einer Studentinnenverbindung an einer der großen amerikanischen Universitäten gewesen und garantiert mit einem Fullback namens Bud gegangen waren.

»Hallo, Mr. Armitage«, sagte sie. »Ich bin Joan vom Bürozentrum. Haben Sie sich schon eingerichtet?«

»Ja, danke.«

»Man hat mir gesagt, wir sollen ein Manuskript für Sie abtippen?«

»Ja, das stimmt«, erwiderte ich, nahm das Drehbuch aus meiner Computertasche und hastete die Treppe zum Wohnbereich hinunter. »Ich fürchte allerdings, dass ich die Originaldiskette ...«

»Das macht doch nichts. Wir können das ganze Script neu tippen.«

»Aber ist das denn nicht zu viel Arbeit?«

Sie zuckte die Achseln. »Wir hatten hier in letzter Zeit nicht viel zu tun. Da kommt mir ein bisschen Arbeit ganz gelegen.«

»Außerdem müssen Sie meine Hieroglyphen entziffern«, sagte ich, während ich zur dritten Seite blätterte und auf die zahlreichen Streichungen und Einfügungen zeigte.

»Ich hab schon Schlimmeres gesehen. Außerdem sind Sie ja ein paar Tage hier, nicht wahr?«

»Davon gehe ich aus.«

»Gut. Wenn es Ihnen nichts ausmacht, rufe ich Sie an, falls ich irgendwo nicht durchblicke.«

Kaum war sie gegangen, trat Meg mit zwei meiner Hosen aus dem Ankleidezimmer.

»Die sind in Ihrer Tasche ein bisschen zerknittert. Ich schicke sie zum Aufbügeln in die Wäscherei hinüber. Haben Sie jetzt Lust auf ein anständiges Abendessen, oder bevorzugen Sie etwas Leichtes?«

Ein Blick auf meine Uhr verriet mir, dass es hier beinahe neun Uhr abends war, vier Stunden später als in L.A., aber meine innere Uhr hatte sich noch nicht umgestellt. »Etwas ganz Leichtes, wenn es keine Mühe macht...«

»Mr. Armitage...«

»Bitte nennen Sie mich David«, bat ich sie erneut.

»Mr. Fleck sieht es lieber, wenn wir seine Gäste mit vollem Namen ansprechen. Also, Mr. Armitage, Sie müssen sich klar machen, dass wir Ihnen auf Saffron Island wirklich jeden Wunsch erfüllen. Wenn Sie also ein Dutzend Austern möchten und eine Flasche...«

»Gewürztraminer. Aber nur ein Glas.«

»Ich schicke den Sommelier mit einer Flasche. Wenn Sie sie nicht austrinken, macht das auch nichts.«

»Sie haben hier einen Sommelier?«

»Jede Insel sollte einen haben«, lächelte sie wieder verhalten. »Ich hole Ihnen Ihre Austern. Bis gleich.«

Und sie ging.

Ein paar Minuten später war der Sommelier am Telefon. Er hieß Claude und hatte definitiv einen französischen Akzent. Ich hatte nichts anderes erwartet. Er freue sich, mir bei der Auswahl eines Gewürztraminers behilflich sein zu dürfen – er habe etwa zwei Dutzend in seinem Keller. Welchen er mir denn empfehlen könne, fragte ich. Das war das Stichwort für eine ausgefeilte *goût-par-goût*-Zusammenfassung seiner *choix préférés,* und ich erfuhr, dass er persönlich einem 1986er Gisselbrecht den Vorzug geben würde, »*un Vin d'Alsace exceptio-*

nel« mit einem besonders ausgewogenen Verhältnis von Frucht, Körper und Säure.

»Ein Glas genügt mir übrigens«, sagte ich.

»Wir lassen Ihnen trotzdem die Flasche bringen.«

Sobald ich aufgelegt hatte, ging ich wieder online und fand eine Website zu Jahrgangsweinen. Ich schrieb: »Gisselbrecht Gewürztraminer 1986« in das »Suche«-Kästchen und drückte die »Enter«-Taste. Wenige Augenblicke später erschien auf dem Bildschirm meines Laptops ein Bild des angefragten Weins und darunter eine detaillierte Beschreibung, der ich entnahm, dass es sich dabei um den absoluten Spitzenreiter aller *premier cru*-Gewürztraminer handelte. Ich könne eine Flasche für nur 275 Dollar erwerben… es handele sich dabei um ein spezielles Sonderangebot.

Ich lehnte mich in meinem Schreibtischstuhl zurück und schüttelte verständnislos den Kopf. Man schickte mir eine Flasche Wein für 275 Dollar aufs Zimmer, obwohl ich nur ein Glas davon wollte. Allmählich begann ich zu begreifen, dass sich das Leben in Flecks Schlupfwinkel in der Karibik vor allem nach einer Regel richtete: *Geld spielt keine Rolle.*

Also setzte ich mich wieder aufrecht hin und hieb eine schnelle E-Mail an Sally in die Tasten:

Liebling!
Grüße aus dem Schlaraffenland der Neureichen. Hier ist es märchenhaft und absurd zugleich – eine verschärfte Version von Leachs »Lifestyles of the Rich and Famous« –, ein Ort, wo ein Originalgemälde von Rothko oder Hopper zur bloßen Dekoration dient. Ich muss zugeben: Der Bursche hat Geschmack… aber nach einer halben Stunde hier denke ich auch schon: Irgendwie ist es völlig schräg, wenn man alles bekommt, was man will. Natürlich musste Fleck uns auch zeigen, wer die Fäden in der Hand hält,

und ist momentan gerade nicht vor Ort. Stattdessen spielt er Hemingway und jagt hinter einem großen weißen Fisch her, der vor den Windward Islands herumschwimmt, weshalb sich dein Liebster in Geduld fassen darf. Ich weiß nicht, ob ich beleidigt sein oder das Ganze hier als ultimativen Glückstreffer ansehen soll. Augenblicklich tendiere ich zur zweiten Variante und habe mich entschieden, so unheimlich nützliche und anstrengende Dinge zu tun wie mir eine anständige Sonnenbräune zuzulegen und mich mal richtig auszuschlafen. Schade ist nur, dass ich dabei allein im Bett liege.

Du kannst mich unter 0704-555-8660 direkt erreichen. Bitte ruf an, sobald es in eurem Wagenrennen mal eine kurze Pause gibt. Wie ich dich kenne, hast du längst eine Strategie ausgetüftelt, mit der du diese kleine Krise wohlbehalten überstehst. Schließlich bist du ein helles Köpfchen.

Ich liebe dich. Und – um auch noch das letzte Klischee zu bemühen – ich wünschte, du wärst hier.
David.

Ich las den Text noch einmal auf Tippfehler durch und ging dann mit dem Cursor auf »Senden«. Danach griff ich zum Telefonhörer und rief meine Tochter in Sausalito an. Meine Ex-Frau nahm ab. Sie war freundlich wie immer.

»Ach, du bist's«, sagte sie ausdruckslos.

»Ja, ich bin's. Wie geht es dir?«

»Was spielt das für eine Rolle?«

»Hör mal, Lucy, ich mach dir ja keinen Vorwurf, dass du immer noch sauer auf mich bist, aber verjährt so was nicht irgendwann?«

»Nein. Und ich führe keinen netten Small Talk mit Scheißkerlen.«

»Gut, dann lass es eben bleiben. Unterhaltung beendet. Könnte ich dann bitte meine Tochter sprechen?«

»Nein.«

»Und warum nicht?«

»Weil wir Mittwochabend haben … wenn du ein verantwortungsbewusster Vater wärst, wüsstest du, dass deine Tochter am Mittwochabend in der Ballettstunde ist.«

»Ich bin ein verantwortungsbewusster Vater!«

»Darauf werde ich nicht näher eingehen.«

»Das soll mir nur recht sein. Ich gebe dir jetzt eine Telefonnummer, wo ich in der Karibik zu erreichen bin …«

»O là là, du bettest diese Princeton-Schlampe ja wirklich auf Rosen.«

Meine Hand krampfte sich noch fester um den Telefonhörer.

»Ich werde diese fiese Bemerkung keiner Antwort würdigen. Aber wenn du die Wahrheit wissen willst …«

»Nicht unbedingt.«

»Dann schreib einfach die Nummer auf und sag Caitlin, sie möchte mich anrufen.«

»Warum muss sie dich denn anrufen, wenn ihr euch doch übermorgen seht?«

Meine Gereiztheit nahm noch um ein, zwei Grad zu, dabei war ich dank dieses freundschaftlichen, warmherzigen Geplauders sowieso schon am Platzen.

»Wovon redest du?«, fragte ich. »Mein nächster Besuch ist erst Freitag in zwei Wochen fällig.«

»O bitte, erzähl mir nicht, dass du es vergessen hast, verdammt …«

»Was vergessen?«

»Vergessen, dass du – wie wir beide es vereinbart hatten! – Caitlin an diesem Wochenende beaufsichtigst, weil ich zu einer Konferenz fahre …«

Scheiße, Scheiße, Scheiße. Sie hatte Recht.

»Halt, halt ... wann haben wir darüber gesprochen? Vor sechs, acht Wochen?«

»Spiel jetzt nicht die ›Das ist doch schon ewig her‹-Amnesienummer durch.«

»Aber es stimmt.«

»Quatsch.«

»Was soll ich sagen? Ich könnte mir höchstens auf die Brust schlagen und *mea maxima culpa* rufen.«

»Absolution verweigert. Und eine Abmachung ist eine Abmachung – du hast also sechsunddreißig Stunden, um zurückzukommen.«

»Tut mir Leid, aber das ist völlig unmöglich.«

»David! Du kommst wie vereinbart zurück!«

»Ich würde ja, wenn ich könnte, aber ...«

»Verarsch mich nicht ...«

»Ich bin achttausend Kilometer von dir entfernt. Und das geschäftlich. Ich kann hier nicht weg.«

»Wenn du tatsächlich nicht kommen solltest ...«

»Bestimmt kannst du deine Schwester aus Portland einfliegen lassen. Oder du engagierst für das Wochenende ein Kindermädchen. Und ja, ich übernehme die Kosten.«

»Du bist wirklich das egoistischste Schwein, das mir jemals untergekommen ist.«

»Du hast ein Recht auf deine eigene Meinung, Lucy. Ich gebe dir jetzt also meine Telefonnummer hier ...«

»Wir sind nicht interessiert an deiner Telefonnummer. Denn ich bezweifle sehr, dass Caitlin jemals wieder mit dir sprechen will.«

»Das überlass ruhig ihr.«

»Als du uns verlassen hast, hast du ihr Urvertrauen zerstört. Und ich verspreche dir, dass sie dich eines Tages dafür hassen wird.«

Ich schwieg, aber der Telefonhörer in meiner Hand zitterte. Schließlich sprach Lucy weiter.

»Das werde ich dir heimzahlen.«

Damit legte sie auf.

Ich knallte den Hörer ebenfalls auf. Von entsetzlichen Schuldgefühlen übermannt, vergrub ich den Kopf in den Händen. *Lucy hat Recht*, dachte ich. *Ich habe meine Familie zerstört. Ich habe ihr Vertrauen zerstört. Und mit dieser Schuld muss ich bis ans Ende meiner Tage leben.*

Aber trotzdem würde ich nicht völlig überstürzt den ganzen Kontinent durchqueren, nur damit Lucy an einer eineinhalbtägigen Konferenz teilnehmen konnte. Gut, es stimmte, dass ich die Abmachung vergessen hatte. Aber du lieber Himmel, schließlich war es beinahe zwei Monate her, dass sie davon gesprochen hatte. Außerdem hatte ich noch nie eins meiner festen Wochenenden mit Caitlin verpasst. Und meine Tochter hatte im Gegenteil sogar darum gebeten, mehr Zeit mit mir und Sally in L. A. verbringen zu dürfen. So viel zu dem »Ich bezweifle sehr, dass Caitlin jemals wieder mit dir sprechen will«-Bockmist. Doch Lucys Groll war einfach grenzenlos. Ihrer Überzeugung nach verletzte ich die anderen, wo ich ging und stand – und obwohl ich vielleicht egoistisch gehandelt hatte, als ich einen Schlussstrich unter unsere Ehe zog, würde sie ihre eigenen strukturellen Defizite stets in Abrede stellen, die letztlich zum Scheitern unserer Ehe geführt hatten (zumindest war es das, was mir der Therapeut gesagt hatte, zu dem ich während unserer Scheidung ging).

Wieder klopfte es an der Tür. Nachdem ich »Herein« gerufen hatte, schob Meg einen eleganten verchromten Teewagen in meine Suite. Ich ging nach unten. Um mein Dutzend Austern waren drei verschiedene Saucen, ein Korb mit braunem Brot und ein kleiner Teller mit grünem Salat gruppiert. Die

Flasche Gewürztraminer stand in einem durchsichtigen Plexiglaskühler.

»Bitte sehr«, sagte sie. »Was halten Sie davon, wenn ich auf dem Balkon für Sie decke? Dann können Sie noch ein wenig den Sonnenuntergang genießen.«

»Klingt gut.«

Sie öffnete die beiden Glastüren, die von meinem Wohnzimmer hinausführten. Sprachlos starrte ich auf das spektakuläre Schauspiel, als die blutorangefarbene Sonne flüssig wurde und langsam ins schon dunkle Wasser der karibischen See tropfte.

Ich sank in einen Stuhl auf dem Balkon und betrachtete diesen himmlischen Zaubertrick. Dabei versuchte ich das Gefühlschaos zu vergessen, in das mich das Telefongespräch voll Gift und Galle mit Lucy gestürzt hatte. Doch man muss mir meine Anspannung angesehen haben, denn kaum hatte Meg den Tisch gedeckt, sagte sie zu mir: »Sie sehen aus, als könnten Sie was zu trinken vertragen.«

»Wie Recht Sie haben.«

Während sie den Wein entkorkte, fragte ich: »Was treibt Mr. Barra denn so?«

»Er war ununterbrochen am Telefon. Und hat die ganze Zeit gebrüllt.«

»Bitte sagen Sie ihm doch, dass ich schon früh zu Bett gegangen bin«, bat ich, denn ich war überzeugt, heute auch nicht die kleinste Prise Bobby mehr ertragen zu können.

»Wird gemacht.«

Sie zog den Korken aus der Flasche und goss einen winzigen Schluck in den eleganten Glaskelch.

»Lassen Sie sich's schmecken«, sagte sie fröhlich.

Ich hob das Glas und verrichtete die Standardprozedur: den Wein schwenken, daran schnuppern und dann nur einen winzigen Tropfen auf die Zunge rollen lassen. Dabei durchfuhr mich die Wonne wie ein elektrischer Schlag. Dieser Wein war nicht einfach nur grandios oder köstlich oder etwas wie flüssige Vollkommenheit. Er schmeckte auch noch verdammt gut.

»Das hilft wirklich«, sagte ich und dachte dabei, dass man das für 275 Dollar die Flasche aber auch erwarten durfte.

»Freut mich zu hören«, erwiderte Meg und füllte mein Glas. »Kann ich sonst noch etwas für Sie tun?«

»Nein, wirklich nicht... aber danke für alles.«

»He, das gehört zum Service. Greifen Sie einfach zum Telefonhörer, wenn Sie irgendetwas brauchen, ich bin Tag und Nacht für Sie da.«

»Sie verwöhnen mich.«

»So soll es sein.«

Ich hob das Glas und blickte hinaus ins letzte Aufglühen der dahinschmelzenden Sonne, holte tief Luft und atmete dieses Aromagemisch aus Eukalyptus und Frangipaniblüten ein, das so typisch für die Tropen ist. Dabei schlürfte ich diesen absurd teuren, absurd fantastischen Wein und sagte laut zu mir selbst:

»Also, ich glaube tatsächlich, dass ich mich an all dies gewöhnen könnte.«

5

Ich schlief wie ein Toter. Die Nacht verstrich, ohne dass mich die üblichen Ängste und schuldbeladenen Träume quälten. Als ich aufwachte, empfand ich jenes seltsame Hochgefühl, das sich nach neun Stunden komaähnlicher Ruhe einstellt. Ich setzte mich auf und lehnte mich an die Kissen. Erst jetzt wurde mir klar, wie zum Zerreißen angespannt ich seit meinem so genannten »großen Durchbruch« und den daraus resultierenden Umwälzungen gewesen war. Erfolg, sagt man, mache das Leben einfacher. Doch eigentlich wird es unausweichlich komplizierter – denn wir brauchen die Schwierigkeiten, die Intrigen, das immer neue Streben nach noch größerem Erfolg. Sobald wir erreicht haben, was wir immer wollten, entdecken wir plötzlich ein neues Bedürfnis, haben wir unvermittelt das Gefühl, dass *etwas fehlt*. Und so ackern wir weiter, um auch das zu bekommen, eine neue Stufe in unserem Leben zu erklimmen, immer in der Hoffnung, dass sich diesmal das Gefühl der Zufriedenheit einstellen wird... auch wenn wir dafür alles einreißen oder umkrempeln müssen, was wir im Lauf vieler Jahre aufgebaut haben.

Doch wenn wir dann endlich auf dieser neuen Ebene angekommen sind – oder eines Morgens aufwachen und feststellen, dass neben uns eine Neue im Bett liegt und *unser Leben mit uns teilt* –, fragen wir uns: Können wir das erreichte Niveau überhaupt halten? Entgleitet uns etwa alles wieder? Oder, noch schlimmer: Werden wir vielleicht all der Erfolge müde und stellen fest, dass wir früher bereits hatten, was wir wirklich wollten? Denn nachdem wir es verloren haben, wird genau das zum neuen Objekt der Begierde, zu jenem Unerreichbaren, um das wir kämpfen, bis wir es in Händen halten. Und dann fängt das Ganze wieder...

Genug!

Ich riss mich aus meiner melancholischen Tagträumerei und rief mir wieder einmal den Ausspruch des bekannten Hollywood-Insiders Marc Aurel ins Gedächtnis, dass es der Wandel sei, der den Reiz der Natur ausmache. Immerhin würden die meisten Typen, die ich kannte (vor allem Autoren) ihre eigene Mutter verkaufen, um dahin zu kommen, wo ich jetzt war. Vor allem, da ich nur einen Knopf zu drücken brauchte, damit eine Jalousie hochsurrte und den Blick auf einen azurblauen karibischen Morgen freigab. Oder ich nur den Telefonhörer in die Hand nehmen musste, um alles, was mein Herz begehrte, aufs Zimmer gebracht zu bekommen. Wobei diejenige, die meinen Anruf entgegennahm, vorschlug, zum Frühstück doch auch noch ein Gläschen Cristal zu nehmen. Und ich zudem – das Beste von allem – erfuhr, dass Bobby Barra völlig überstürzt abgereist war.

Diese kleine Neuigkeit wurde mir zuteil, nachdem ich mich schließlich aus dem Bett gehievt hatte und ins Badezimmer schlurfte, denn jemand hatte ein Kuvert unter meiner Tür hindurchgeschoben. Darin fand ich einen Zettel mit folgendem Gekritzel:

Arschloch:
Ich wollte dich gestern Abend noch anrufen, aber Meg hat gesagt, du liegst schon mit deinem Teddybär im Bett. Na, jedenfalls habe ich gestern fünf Minuten nach unserer Ankunft – ich hab gerade dieses Mimöschen von Kunden beruhigt – aus der Wall Street erfahren, dass der Vor-

standsheini von so einem neuen heißen dot.com-Laden,
der nächste Woche an die Börse gehen will, gerade von
der Notenbank angeklagt worden ist. Und zwar das volle
Programm: Betrug, Unterschlagung, Sodomie mit einem
Dackel... Na, wie das Leben so spielt, geht's für mich und
meine Teilhaber bei dieser Neuemission um etwa dreißig
Millionen Dollar, was heißt, dass ich schleunigst nach
New York sausen und Feuerwehr spielen muss, bevor der
ganze verdammte Deal sich in Rauch auflöst.
Das wiederum heißt, dass du die nächsten paar Tage auf
meine Gesellschaft verzichten musst. Was dir zweifellos
das Herz brechen wird: Bestimmt lässt du einsam und
verlassen die Champagnerkorken knallen, wenn du diese
Zeilen liest. Denn offenbar sind wir uns ja gestern gewal-
tig auf den Keks gegangen. Natürlich warst du völlig im
Unrecht. Und natürlich hoffe ich, dass wir trotzdem wei-
ter Freunde bleiben.
Viel Spaß auf der Insel. Wenn du keinen hast, bist du ein
absoluter Idiot. Ich versuch, in ein paar Tagen zurückzu-
kommen – bis dahin sollte ja dann auch unser Herr Gast-
geber mit seinen Sardinen im Schlepptau wieder ange-
dampft sein.
Mach dir keinen Stress. Du siehst wirklich aus wie ausge-
kotzt – ein paar Tage in der Sonne können dir also nicht
schaden.

Bis bald,
Bobby

Ich musste unwillkürlich lächeln. Was für ein Charmeur Bobby doch sein konnte, vor allem, wenn es darum ging, sich
seine Freunde nicht durch die Lappen gehen zu lassen, wenn
diese gerade endgültig die Schnauze voll von ihm hatten.

Das Frühstück wurde gebracht, dazu eine Flasche 1991er Cristal. Erneut erklärte ich Meg, dass ich nur ein Glas davon wollte.

»Trinken Sie einfach so viel oder so wenig Sie wollen«, erwiderte sie und stellte die Tabletts auf meinen Balkon.

Ich trank dann doch zwei Gläser und futterte den Teller mit tropischen Früchten leer, den ich bestellt hatte, probierte einige der exotischen Muffins aus dem Körbchen und trank Kaffee dazu. Während ich aß, erklangen Griegs »Lyrische Stücke für Klavier«, und ich entdeckte einen versteckten, in der Außenwand eingebauten Lautsprecher. Die Sonne schien mit voller Kraft, das Quecksilber zeigte bestimmt an die dreißig Grad. Und abgesehen von einem kurzen Blick auf meine E-Mails stand heute nichts auf meinem Terminplan – nichts außer Sonnenbaden.

Doch schon bald bereute ich meine Entscheidung, online zu gehen. Denn die morgendlichen Verlautbarungen aus dem Cyberspace waren alles andere als vergnüglich. Als Erstes traf eine schneidende Mitteilung von Sally ein.

David,
es hat mich überrascht und tief getroffen, dass du den
gegenwärtigen Hexenkessel bei Fox, in dem ich stecke,
lediglich als »kleine Krise« betitelst.
Ich kämpfe hier um meine berufliche Zukunft und brau-
che nichts dringender als deine Unterstützung. Statt-
dessen behandelst du mich von oben herab.
Deine Reaktion hat mich unglaublich enttäuscht, insbe-
sondere weil ich so gern hören wollte, dass du mich
liebst und mir vertraust.
Ich muss heute Vormittag nach New York. Versuch nicht,
mich anzurufen, während ich im Flieger sitze, aber
schick mir eine Mail. Ich möchte so gern glauben, dass

du dich nur im Ton vergriffen hast.
Sally

Verblüfft las ich ihre Mail ein zweites Mal. Ich konnte nicht fassen, dass sie mich so gründlich missverstanden hatte. Also ging ich in den Ordner »Gesendete Objekte« und warf einen kritischen Blick auf meine E-Mail vom gestrigen Abend, um herauszufinden, woran um Himmels willen sie Anstoß genommen hatte. Schließlich hatte ich nichts weiter geschrieben als:

Bitte ruf an, sobald es in eurem Wagenrennen mal eine kurze Pause gibt. Wie ich dich kenne, hast du längst eine Strategie ausgetüftelt, mit der du diese kleine Krise wohlbehalten überstehst. Schließlich bist du ein helles Köpfchen. Ich liebe dich. Und – um auch noch das letzte Klischee zu bemühen – ich wünschte, du wärst hier.

Ach so, das war es. Sie konnte es partout nicht vertragen, dass ich ihre gewaltige Schlacht als »klein« abtat – dabei hatte ich nur andeuten wollen, dass diese Krise im Vergleich mit dem Weltgeschehen letztlich ein Klacks war. Aber obwohl ich ihre Antwort als völlige Überreaktion wertete, wusste ich auch, dass Ms. Birmingham zu jedem Zeitpunkt hundertprozentig ernst genommen werden wollte. Daher hatte sich ihr Auge natürlich sofort an dem Wörtchen »klein« festgesogen – welch ein Affront! –, ganz zu schweigen von meinem Versuch, *ihre* Bedeutung herunterzuspielen.

Grundgütiger Himmel, wenn das nicht etwas überempfindlich war! Aber ich wusste, für mich war hier kein Blumentopf mehr zu gewinnen. Bis dato war Sally und mir etwas sehr Seltenes gelungen: Wir führten eine Beziehung ohne Differenzen. Und ich wollte ganz bestimmt vermeiden, dass dies unsere erste wurde. In dem Wissen, dass sie es nicht gut aufnehmen würde, wenn ich ihr schrieb: »Aber du hast meine ganze Mail komplett missverstanden« (denn dann wiederum würde sie bestimmt glauben, ich stellte ihre Fähigkeiten als Briefleserin in Frage), entschied ich mich für einen Gang nach Canossa. Denn wenn mich meine über zehn Jahre dauernde Ehe eins gelehrt hatte, dann dies: Wollte man nach einer Meinungsverschiedenheit die dicke Luft auflösen, gab man immer am besten zu, selbst im Unrecht gewesen zu sein… auch wenn man selbst das ganz anders sah.

Also klickte ich auf »Antworten« und schrieb:

Liebling,
ganz bestimmt wollte ich dich nicht kränken. Und ganz bestimmt glaube ich auch nicht, dass irgendetwas von dem, was du tust, Kleinkram ist. Vielmehr wollte ich betonen, dass du immer alles so brillant meisterst, dass sich auch diese Krise – die im Augenblick fraglos eine gewaltige ist – im Rückblick als klein erweisen wird, weil du sie so hervorragend bewältigt hast. Mein Fehler war, dies nicht klar genug auszudrücken. Doch ausnahmsweise fehlten mir einmal die Worte – und mir ist klar, wie sehr ich dich damit verletzt habe. Was mir entsetzlich Leid tut. Du weißt, dass ich dich für eine wundervolle Frau halte. Du weißt, dass du bei allem, was du tust, auf meine Liebe und meine Unterstützung zählen kannst. Ich bedaure unendlich, dass meine unpassende Wortwahl dieses Missverständnis ausgelöst hat. Bitte verzeih mir.

Ich liebe dich,
David

Ja, schon gut, ich kroch zu Kreuze. Aber ich wusste eben, dass Sally bei all ihrem knallharten beruflichen Durchsetzungs-

vermögen ein empfindsames Ego hatte, das ständiger Strei-
cheleinheiten bedurfte. Zudem wusste ich im tiefsten Innern,
dass bei einer so jungen Beziehung wie der unseren Stabilität
das Allerwichtigste war. Und deshalb war es wohl am besten,
in dieser Situation einfach Süßholz zu raspeln – auch wenn ich
nicht die Hälfte von dem Stuss glaubte, den ich da schrieb.
Aber ihre extreme Überempfindlichkeit alarmierte mich auch
ein bisschen. Wieso konnte sie an einem einzigen unglücklich
gewählten Wort so großen Anstoß nehmen? Doch dann suchte ich wieder bei meinem Mantra der vergangenen Tage Zu-
flucht: *Sie steht unter enormem Druck. Wahrscheinlich würde
sie es sogar missverstehen, wenn man sie nach der Uhrzeit
fragt. Aber wenn sich die Lage entspannt hat, wird auch sie
sich wieder entspannen.*

Zumindest zählte ich darauf.

Nachdem ich diese schleimige E-Mail abgeschickt hatte,
widmete ich mich dem nächsten Problem, einer Nachricht
von Lucy, die im Großen und Ganzen als Muster für das »Leck
mich am Arsch, Brief folgt«-Kommunikationsmodell dienen
konnte.

David,
*du freust dich sicher zu hören, dass Caitlin in Tränen
aufgelöst war, nachdem ich ihr gestern mitteilen musste,
dass du am Wochenende nicht kommst. Gratuliere. Du
hast ihr wieder einmal das Herz gebrochen.*
*Um zum Geschäftlichen zu kommen (was alles ist, worüber
ich je wieder mit dir sprechen werde): Ich konnte Marge
dazu überreden, von Portland herüberzufliegen und sich
die beiden Nächte, die ich nicht da bin, um Caitlin zu
kümmern. Allerdings konnte sie auf die Schnelle nur noch
Business-Class buchen, außerdem muss sie Dido und
Äneas übers Wochenende in die Katzenpension bringen –*

*die Gesamtkosten belaufen sich einschließlich Flugticket
auf 803,45 Dollar. Ich erwarte umgehend deinen Scheck.
Dein Verhalten bei dieser Angelegenheit zeigt noch einmal
deutlich, was ich schon die ganze Zeit denke, seit du
dich mit der Göttin Erfolg, dieser Hure, eingelassen hast:
Du handelst ausschließlich aus egoistischen Motiven.
Und was ich gestern Abend am Telefon gesagt habe, gilt:
Das werde ich dir heimzahlen.*
Lucy

Sofort griff ich zum Telefon und tippte hektisch eine Nummer
ein. Ein Blick auf meine Uhr: 11.14 Uhr auf der Insel, 7.14 Uhr
auf dem Festland. Mit etwas Glück war Caitlin noch nicht unterwegs zur Schule.

Ich hatte Glück. Sogar großes Glück, denn meine Tochter
nahm selbst ab. Und klang begeistert, mit mir sprechen zu
können.

»Daddy!«, rief sie glücklich.

»Hallo, mein Mädchen«, sagte ich. »Ist alles in Ordnung?«

»Ich werde bei der Schulaufführung an Ostern einen Engel
spielen.«

»Du bist jetzt schon ein Engel.«

»Nein, bin ich nicht. Ich bin Caitlin Armitage.«

Ich lachte. »Es tut mir Leid, dass wir uns am Wochenende
nicht sehen können.«

»Aber dafür kommt Tante Marge am Wochenende zu mir.
Und ihre Katzen sind dann in einem Katzenhotel.«

»Du bist mir also nicht böse?«

»Du kommst doch nächste Woche, oder?«

»Ganz bestimmt, Caitlin. Ich verspreche es.«

»Und darf ich dann bei dir im Hotel wohnen?«

»Aber sicher. Wir machen alles, was du willst. Das ganze
Wochenende lang.«

»Und bringst du mir ein Geschenk mit?«

»Versprochen. Kann ich jetzt mit Mommy sprechen?«

»Ja, gut ... aber nur, solange ihr nicht streitet.«

Ich holte tief Luft. »Wir werden es versuchen, Schatz.«

»Du fehlst mir, Daddy.«

»Du fehlst mir auch.«

Pause. Ich hörte, wie der Telefonhörer übergeben wurde. Dann folgte ein langes Schweigen, das Lucy schließlich brach.

»Worüber willst du reden?«, fragte sie.

»Sie klang tatsächlich ganz am Boden zerstört, Lucy. Ich meine, wirklich fix und fertig.«

»Ich habe dir nichts zu sagen ...«

»Auch gut. Ich habe ebenfalls keine große Lust, mit dir zu sprechen. Aber eins sollst du wissen: Versuch ja nicht, mich jemals wieder über die Verfassung unserer Tochter zu belügen. Und ich warne dich: Falls du versuchst, sie gegen mich aufzuhetzen ...«

Die Verbindung brach ab, als Lucy den Hörer auf die Gabel knallte. So viel zu einem Austausch von Standpunkten unter reifen Erwachsenen. Aber zumindest fühlte ich mich rehabilitiert – und außerdem war ich unglaublich erleichtert, weil Caitlin es nicht allzu tragisch genommen hatte, dass ich am Wochenende nicht kommen konnte. Das Thema Tante Marge und ihr 803-Dollar-Wochenendtarif war allerdings eine andere Sache. Marge war eine »umfangsmäßig herausgeforderte« New-Age-Spinnerin, die sich als *Channelling-Führerin* verstand (nein, das habe ich mir nicht ausgedacht). Sie wohnte allein und teilte ihren Ein-Zimmer-Ashram nur mit ihren geliebten Katzen, ihren Kristallen und den Aufnahmen nepalesischer Bocksgesänge. Doch eins musste ich ihr zugute halten – sie hatte ein weiches Herz. Und sie liebte ihre einzige Nichte über alles, was mich glücklich machte. Aber achthundert Dollar, um ihren meterbreiten Hintern nach San Francisco zu befördern... ganz zu schweigen von der Fünf-Sterne-Unterkunft für ihre verehrten Fellfreunde (wer zum Teufel taufte denn zwei Katzenviecher »Dido« und »Äneas«?). Na ja, ich wusste, blechen musste ich, ob es mir passte oder nicht, auch wenn Swami Marge die Hälfte der Summe wahrscheinlich so einsackte. Aber ich würde mich deshalb nicht streiten – vor allem, weil ich die Auseinandersetzung mit Lucy bereits gewonnen hatte. Zu hören, wie Caitlin mir sagte, dass sie mich vermisste, hatte all die finsteren Befürchtungen des Morgens zerstreut und mich wieder in beste Laune versetzt. Insbesondere, da heute die ganze Insel mir allein gehörte.

Ich nahm den Telefonhörer zur Hand und erkundigte mich, ob eine Zeitung verfügbar sei. Gerade sei die *New York Times* per Hubschrauber eingetroffen, teilte man mir mit. »Bitte schicken Sie sie zu mir rüber.« Ich berührte den interaktiven Bildschirm und suchte mir in der Musikabteilung eine CD mit Klavierkonzerten des großen kleinen französischen Jazzpianisten Michel Petrucciani aus. Die Zeitung traf ein, und Meg stellte mir einen Liegestuhl auf den Balkon, verschwand dann im Badezimmer und kam mit Sonnenschutzmitteln sechs verschiedener Hersteller mit allen möglichen Schutzfaktoren wieder heraus. Nachdem sie mir Champagner nachgeschenkt hatte, bat sie mich Bescheid zu sagen, wenn ich zu Mittag essen wollte.

Ich las Zeitung. Ich lauschte Petruccianis brillanten Improvisationsläufen bei der Interpretation von »Autumn Leaves« und »In a Sentimental Mood«. Ich briet auf kleiner Flamme in der Sonne. Nach einer Stunde fand ich, dass es an der Zeit sei, schwimmen zu gehen. Diesmal war Gary am anderen Ende der Leitung, als ich das Telefon zur Hand nahm.

»Hallo, Mr. Armitage. Wie gefällt es Ihnen in unserem kleinen Paradies?"

»Nicht schlecht. Ich habe mich nur gerade gefragt, ob es

einen besonderen Platz zum Schwimmen gibt hier auf der Insel? Außer dem Pool?«

»O ja, wir haben einen tollen kleinen Strand. Aber wenn Ihnen eher nach Schnorcheln ist...«

Zwanzig Minuten später befand ich mich an Bord der *Truffaut* (ja genau, wie der berühmte französische Regisseur) – einem zwölf Meter langen Kajütboot mit fünf Mann Besatzung. Nach etwa dreißig Minuten Fahrt erreichten wir einen Archipel aus winzigen Inseln mit einem Korallenriff. Zwei Mitglieder der Mannschaft halfen mir in einen Taucheranzug und rüsteten mich mit passenden Flossen, einer Maske und Schnorchel aus. Ein Crew-Mitglied legte ebenfalls Taucherkleidung an.

»Dennis wird Ihnen das Riff zeigen«, erklärte mir Gary.

»Danke, aber das ist wirklich nicht nötig.«

»Nun, Mr. Fleck besteht sozusagen darauf, dass seine Gäste nie allein im Wasser sind. Das gehört alles zum Service.«

Diesen Satz sollte ich auf Saffron Island unentwegt zu hören bekommen. *Das gehört alles zum Service.* Auch seinen höchstpersönlichen Begleitschwimmer zu haben, wenn man ein Korallenriff erkundete, gehörte zum Service. Eine fünfköpfige Besatzung auf einer Yacht zur alleinigen Verfügung gehörte zum Service. Ebenso der Hummer in Schale, der mir (und zwar mir allein) an Bord der Yacht serviert wurde, zusammen mit einem perfekt gekühlten Chablis *premier cru*. Als wir später am Nachmittag wieder festen Boden unter den Füßen hatten und ich fragte, ob sie *The New Yorker* von dieser Woche greifbar hätten, schickten sie den Hubschrauber nach Antigua (obwohl ich mich redlich bemühte, sie davon zu überzeugen, wegen einer einzigen blöden Zeitschrift nicht so viel Mühe – und Kosten! – aufzuwenden). Aber wieder einmal wurde mir gesagt, dass das eben alles zum Service gehöre.

Kaum war ich auf meinem Zimmer, rief mich Laurence, der

Chefkoch, an und erkundigte sich, was ich zum Abendessen speisen wollte. Ich bat ihn um seine Vorschläge, aber er erwiderte schlicht: »Was immer Sie wollen.«

»Egal was?«

»Ja, genau.«

»Empfehlen Sie mir etwas.«

»Nun, meine Spezialität ist die Pazifik-Küche. Und da wir hier praktisch unbegrenzten Zugang zu frischem Fisch haben...«

»Ich überlasse es ganz Ihnen.«

Wenige Minuten später war Joan vom Bürozentrum am Telefon. Sie hatte sich durch etwa die Hälfte des Scripts gearbeitet und ungefähr zehn Fragen zu stellen, an denen sie meine grauenhafte Handschrift nicht entziffern konnte. Wir gingen sie nacheinander durch, dann teilte sie mir mit, dass die Drucklegung des Scripts für Morgen mittag geplant sei, da Mr. Fleck am späten Nachmittag zurückerwartet werde – und er es zweifellos sofort lesen wollte, sobald er erfuhr, dass ich das Drehbuch überarbeitet hatte.

»Aber dann sitzen Sie ja die halbe Nacht dran«, meinte ich.

»Das gehört alles zum Service«, erwiderte sie und fügte hinzu, dass sie, meine Erlaubnis vorausgesetzt, ein Exemplar des überarbeiteten Scripts auf mein Frühstückstablett legen würde. Wenn ich es dann gleich durchlesen könnte, würde sie noch am Vormittag eventuelle Korrekturen einfügen.

Ich streckte mich auf dem Bett aus, berührte den interaktiven Bildschirm und suchte mir aus dem Musikarchiv eine historische Aufnahme heraus: Emil Gilels spielt Beethovens »Bagatellen«. Die beruhigenden diffizilen Läufe erfüllten das Zimmer, und ich nickte ein. Als ich aufwachte, war eine Stunde verstrichen – und eine Nachricht war unter der Tür hindurchgeschoben worden. Ich stand auf, um sie zu holen.

Lieber Mr. Armitage,

wir wollten Sie nicht stören, aber vor Ihrer Tür finden Sie
den gewünschten New Yorker und außerdem den Kata-
log der auf der Insel verfügbaren Filme. Wir dachten,
vielleicht möchten Sie sich heute Abend etwas vorführen
lassen. Falls ja, rufen Sie mich an, Sie erreichen mich
unter der Nebenstelle 16. Und könnten Sie, wann immer
es Ihnen passt, bitte Claude anrufen? Unser Sommelier
möchte mit Ihnen die Weinauswahl zum heutigen Abend-
essen besprechen. Sie können ihm dann auch mitteilen,
wann Sie gerne essen möchten. Die Küche richtet sich da
ganz nach Ihnen. Sagen Sie einfach Bescheid.
Seien Sie versichert, es ist eine Freude, Sie bei uns zu
haben. Und wie ich gestern Abend schon sagte: Ich hoffe,
Sie bald im Vorführraum zu sehen...

Grüße,
Chuck

Ich öffnete die Tür und sammelte den Filmkatalog sowie den
New Yorker, der auf meinen Wunsch hin eingeflogen worden
war, vom Boden auf, ließ mich wieder aufs Bett fallen und
fragte mich, woher man gewusst hatte, dass ich schlief und
daher besser nicht gestört wurde. War mein Zimmer verwanzt?
Gab es irgendwo eine versteckte Kamera? Oder war ich nur
paranoid? Vielleicht lag die Schlussfolgerung einfach nahe,
dass ich nach einem anstrengenden, arbeitsreichen Tag in der
Sonne ein kleines Nickerchen brauchte. Und ich reagierte nur
übertrieben auf all die Fürsorge, die mir hier zuteil wurde,
ganz abgesehen von der Tatsache, dass ich in einem merkwürdigen Märchenland gelandet war, wo mir jeder Wunsch prompt
erfüllt wurde.

Eine Anekdote aus Literatenkreisen kam mir in den Sinn:

Hemingway und Fitzgerald sitzen in einem Pariser Café und beobachten eine Gruppe todschicker Schnösel, die vorbeibummeln. »Weißt du, Ernest«, sagt Fitzgerald pathetisch, »die Reichen sind wirklich anders als du und ich.« Worauf Hemingway trocken erwidert: »Ja... sie haben mehr Geld.«

Erst hier und jetzt wurde mir klar, dass dieses Geld sie vor allem von den prosaischen Niederungen des Alltags freikaufte. Wenn man über die definitive ›Leck-mich‹-Kohle eines Philip Fleck verfügte, wurden alle Haushaltsangelegenheiten von Personal erledigt. Man brauchte weder sein Bett zu machen noch die nassen Handtücher vom Boden aufzuheben, die Betten wurden frisch bezogen, die Wäsche gewaschen. Nie musste man Essen einkaufen oder schnell zum Kiosk an der Ecke gehen, um sich eine Zeitung zu besorgen, oder fünf Häuserblocks Umweg fahren, um etwas bei der chemischen Reinigung abzuholen. Ja, man musste sich nicht einmal selbst die Mühe machen, seine Rechnungen zu bezahlen, denn selbstverständlich nannte man eine komplette Finanzdienstleistungsabteilung sein Eigen, die das Geld verwaltete und die Schecks ausschrieb. Und wenn man reisen wollte, nun... dann hatte man die Wahl zwischen einer der beiden Gulfstreams und der Boeing 767. Limousinen standen für einen bereit, wo immer man landete... neben Hubschraubern, Rennbooten und (zweifellos) einem eigenen gepanzerten Geländewagen, sollte man je in ein Kriegsgebiet geraten. Man hatte ein Privatkino in jeder Residenz. Nie musste man eines dieser schrecklichen Multiplexe betreten oder so ein heruntergekommenes und verflohtes Programmkino... außer natürlich, man wollte sich mal einen Abend in primitiven Verhältnissen verlustieren.

Das war das Größte an wirklichem Reichtum. Er kaufte einem einen *cordon sanitaire*, der einen von all diesen widrigen Alltäglichkeiten abschirmte, mit denen sich der Rest der Menschheit herumplagen musste. Natürlich schenkte er einem auch Macht, doch sein eigentlicher Vorzug war es, dass er einen vom Leben gewöhnlicher Sterblicher entband. Zwanzig Milliarden Dollar. Ich versuchte immer noch, diese Zahl zu erfassen – zusammen mit der Hochrechnung (natürlich aus Bobbys Mund), dass Flecks wöchentliche Zinseinnahmen aus diesem Vermögen etwa zwei Millionen Dollar betrugen... nach Abzug der Steuern. Ohne auch nur einen Penny von seinem Vermögen anzurühren, konnte er ein jährliches Nettoeinkommen von etwa hundert Millionen Dollar auf den Kopf hauen. Was für ein Wahnsinn: zwei Millionen Dollar die Woche als Taschengeld! Wusste Fleck noch, wie es war (ich hatte es nach all den Jahren als Niemand ganz bestimmt nicht vergessen), wenn man sich Sorgen wegen der Miete machen musste? Oder abstrampelte, um die Telefonrechnung zu bezahlen? Wenn man sich mit einem über zehn Jahre alten Wagen zufrieden gab, bei dem man nie den vierten Gang einlegen konnte, weil man kein Geld hatte, um das kaputte Getriebe reparieren zu lassen?

Oder viel einfacher, hatte er noch Ziele... auch wenn all seine irdischen Wünsche bereits erfüllt waren? Unwillkürlich fragte ich mich auch, wie das Fehlen jedes materiellen Anreizes die Weltsicht eines Menschen veränderte. Rückten die geistigen Dinge mehr in den Mittelpunkt, dürstete man nach großen Gedanken und Taten? Vielleicht wurde man ja zu einem postmodernen Weisen, einem modernen Medici-Fürsten? Oder verwandelte man sich – wenn man das Spiel zu weit trieb – in einen Borgia-Papst?

Ich wusste, was aus mir bereits nach einem einzigen Tag auf Flecks Insel geworden war – ein verwöhnter Zeitgenosse. Und – darf ich es zugeben? – es gefiel mir. Mein latent vorhandenes Anspruchsdenken drängte an die Oberfläche – und ich kam nach und nach mit der Vorstellung ins Reine, dass auf dieser Insel ein ganzer Stab nur darauf wartete, dass ich irgendeinen Wunsch äußerte. Auf der Yacht hatte mir Gary gesagt, er würde selbstverständlich gern einen Flug mit dem Hubschrauber für mich arrangieren, sollte ich Lust verspüren, den Tag in Antigua zu verbringen. Oder, falls ich weiter weg wolle – die Gulfstream verstaube auf dem Antigua Airport und könne startklar gemacht werden, wann immer ich wollte.

»Das ist sehr nett von Ihnen«, hatte ich erwidert. »Aber ich glaube, ich bleibe lieber hier und entspanne mich.«

Und das tat ich, keine Frage. Nach dem Überraschungsdiner an diesem Abend (einer exquisiten Bouillabaisse aus der Pazifik-Küche, zu der ein ebenso erstaunlicher *Au bon Climat*-Chardonnay gereicht wurde) setzte ich mich allein in den Kinosaal und genoss eine Doppelvorstellung. Ich hatte mich für zwei Klassiker von Fritz Lang entschieden, *Jenseits allen Zweifels* und *Heißes Eisen*. Statt Popcorn brachte mir Meg mal ein Tablett mit belgischen Pralinen, mal einen *Bas Armagnac* von 1985. Nach der Vorführung kam Chuck in den Zuschauerraum und erzählte mir ausführlichst die Geschichte von Fritz Langs Abenteuern in Hollywood. Er wusste so verdammt gut über alles Bescheid, was je auf Zelluloid gebannt worden war, dass ich ihn auf einen Armagnac einlud und aufforderte, mir ein bisschen was von sich zu erzählen. Offenbar hatte er Philip Fleck Anfang der Siebziger kennen gelernt, als sie beide an der New York University studierten.

»Das war lange, sehr lange, bevor Phil reich wurde. Ich meine, ich wusste, dass sein Dad da hinten in Wisconsin diese Verpackungsfabrik besaß – aber in erster Linie war Phil für mich einer von den Burschen, die unbedingt Regie führen wollten. Er wohnte in einem Dreckloch Ecke 11th Street/First Avenue und verbrachte seine Freizeit wie ich vor allem im Bleecker Street Cinema oder im Thalia, im New Yorker oder sonst einem von diesen längst verschwundenen Lichtspielhäusern in Manhattan, die alte Filme wiederholten. So wurden wir Freunde – ständig liefen wir uns in diesen Flohkinos über den Weg, und wir stellten fest, dass wir beide es für völlig normal hielten, sich vier Filme pro Tag anzuschauen.

Na, jedenfalls war Phil seit jeher wild entschlossen zu diesem Autorenfilm-Kram, während es mein großer Traum war, eines Tages mein eigenes Kino zu haben und vielleicht ab und zu in einer dieser berühmten europäischen Filmzeitschriften erwähnt zu werden, in *Sight and Sound* oder *Cahiers du Cinéma*. Und dann ist in unserem zweiten Jahr an der Uni Phils Dad gestorben, und er musste zurück nach Milwaukee, um die Familienfirma zu übernehmen. Wir haben uns völlig aus den Augen verloren, obwohl ich natürlich wusste, was Phil so trieb – als er seine erste Milliarde einschob, indem er die Papierfabrik in eine Aktiengesellschaft umwandelte, stand das schließlich in allen Zeitungen. Na, und als er dann diese ganzen Investment-Coups durchzog und... tja, *der* Philip Fleck wurde... ich kam einfach nicht drüber weg. Mein alter Kinokumpel... jetzt ein Multimilliardär!

Und dann bekam ich eines Tages aus heiterem Himmel, 1992 war das, diesen Telefonanruf. Phil selbst rief an, er hatte mich in Austin ausfindig gemacht, wo ich im Filmarchiv der Uni als Assistent arbeitete. Kein schlechter Job, auch wenn ich nur siebenundzwanzigtausend im Jahr verdiente. Ich konnte erst gar nicht glauben, dass tatsächlich er am Apparat war.

›Wie zum Teufel hast du mich gefunden?‹, fragte ich ihn.

›Ich hab inzwischen Leute, die so was für mich erledigen‹, sagte er. Und dann kam er gleich zur Sache: Er wollte sein eigenes Filmarchiv haben. Das größte private Filmarchiv der USA... und ich sollte es für ihn aufbauen und betreuen. Noch bevor er mir sagte, was er zahlen wollte, nahm ich an. Ich meine, das war die Chance meines Lebens – selbst ein großes Archiv aufzubauen... und das für einen meiner besten Freunde.«

»Und jetzt sind Sie immer dort, wo auch er gerade ist?«

»Sie haben's erfasst, Junge. Das Hauptarchiv befindet sich in einem Lagerhaus ganz in der Nähe seiner Residenz in San Francisco, aber in jedem seiner Häuser ist ebenfalls eine Abteilung untergebracht. Ich bin Leiter des fünfköpfigen Teams, das sich um das Hauptarchiv kümmert, aber ich begleite ihn auch auf allen seinen Reisen, damit ich ihm jederzeit zur Verfügung stehe, wenn er mich braucht. Phil nimmt den Film sehr ernst.«

Das glaubte ich ihm aufs Wort. Man musste schon ein absoluter Filmfreak sein, um seinen eigenen Vollzeit-Filmarchivar zu beschäftigen... noch dazu einen, den man ständig mit sich herumschleppte, nur falls man mitten in der Nacht das Bedürfnis verspürte, einen frühen Antonioni zu sehen, oder man einfach mal eben Eisensteins Theorie der Montagetechnik diskutieren wollte, während man den Sonnenuntergang hinter den Palmen von Saffron Island beobachtete.

»Klingt nach einem Traumjob«, sagte ich.

»Das ist es«, nickte Chuck.

Auch diese Nacht schlief ich durch – ein unverkennbares Anzeichen dafür, dass ich mich bereits nach einem einzigen Tag hier tatsächlich zu entspannen begann. Ich hatte weder den Wecker gestellt noch um einen telefonischen Weckruf gebeten, so dass ich erst aufwachte, als ich ausgeschlafen war – wieder war es beinahe elf Uhr. Und wieder entdeckte ich eine Nachricht, die man mir unter der Tür durchgeschoben hatte.

Lieber Mr. Armitage,
ich hoffe, Sie haben gut geschlafen. Ich wollte Sie nur
wissen lassen, dass Mr. Fleck sich heute Morgen bei uns
gemeldet hat. Er lässt Sie herzlich grüßen und bedau-
ert, Ihnen mitteilen zu müssen, dass er nun doch erst in

drei Tagen kommen kann. Aber am Montagmorgen ist er definitiv wieder hier, und er hofft, dass Sie bis dahin weiterhin die Annehmlichkeiten der Insel genießen. Ich wurde ausdrücklich angewiesen, Ihnen alles zu ermöglichen, was immer Sie tun wollen oder zu unternehmen wünschen, und Sie hinzubringen, wohin Sie auch möchten. Mit anderen Worten, Mr. Armitage, greifen Sie zum Telefon und rufen Sie mich an, wann immer Sie wollen. Wir stehen zu Ihrer Verfügung.

Ich hoffe, wir können Ihnen heute einen weiteren wunderbaren Tag im Paradies bereiten.

Grüße,
Gary

Der Schwertfisch biss also, und Philip Fleck war zu dem Schluss gekommen, dass ich weiterhin nicht so wichtig war wie ein Schwarm Fische. Doch merkwürdigerweise störte mich das nicht. Wenn er mich warten lassen wollte, bitte sehr. Vor allem, da ich an der Unterbringung nichts auszusetzen hatte. Und auch der Service war ganz in Ordnung.

Aber bevor ich mich an eine so anspruchsvolle Aufgabe machte wie mich zu entscheiden, was ich zum Frühstück essen wollte, nahm ich meinen ganzen Mut zusammen und warf einen Blick auf meine E-Mails. Doch an diesem Tag verschonten mich die Morgenkommuniqués mit Kummer und Gram. Im Gegenteil, es war eine ausgesprochen versöhnliche Mail von Sally darunter:

Liebling,
Entschuldigung, Entschuldigung. Inmitten der Schlacht habe ich vergessen, wer mein treuester Knappe ist – mich hat einfach alles auf die Palme gebracht. Danke für

deine wundervolle E-Mail. Und danke, dass du so verständnisvoll bist.

Ich bin jetzt in New York und wohne im Pierre ... nicht gerade die schlechteste Adresse. Stu Barker hat mich hierher beordert, er musste nach New York fliegen, um ein paar von den höheren Chargen aus dem Fox-Hauptquartier zu treffen. Und er wollte mich dabei haben, um die von uns für den Herbst geplanten Projekte zu besprechen. Na, jedenfalls nahmen wir einen normalen Linienflug (klugerweise wollte er nicht wie ein aufgeblasener Karrierefuzzi rüberkommen, der sofort auf dem Firmenflieger besteht, kaum dass er in Levys Fußstapfen getreten ist), und die ganze Strecke nach New York hätte er nicht charmanter sein können – eine Kehrtwende um 180 Grad. Er hat mir versichert, dass er unbedingt mit mir weiterarbeiten will, dass er mich in seinem Team braucht – und dass er die Jahre der Feindschaft abhaken will. »Meine Misslichkeiten hatte ich mit Levy, nicht mit Ihnen«, hat er zu mir gesagt.

Und nun steht in wenigen Stunden das große Fox-Meeting an. Natürlich bin ich aufgeregt – denn (da hilft kein Drumrum-Reden) ich muss unbedingt brillieren, sowohl vor den Jungs an der Spitze als auch vor meinem neuen Boss. Schade, dass du nicht hier bist, um mich zu umarmen (und noch anderes zu tun ... im Cyberspace will ich lieber nicht zu deutlich werden). Ich versuch dich später noch anzurufen, aber ich gehe eigentlich davon aus, dass wir nach dem Treffen gleich zurückfliegen werden. Erhole und sonne dich für uns beide. Flecks Insel scheint ja ein hinreißendes Plätzchen zu sein.

Ich liebe dich,
Sally

Was für ein Fortschritt. Die Tatsache, dass sie mit Stu Barker plötzlich ein Herz und eine Seele war, hatte ihre Stimmung offenbar enorm aufgehellt – und wenn es ein Mittel gibt, einen heiteren Morgen noch strahlender zu machen, dann ist das die Entschuldigung einer geliebten Frau.

Aber es sollte noch besser kommen, denn während ich noch online war, flatterte eine weitere Mail herein. Ich klickte sie an und hatte folgende Nachricht von Alison auf dem Schirm:

Hallo Superstar,
ich hoffe, Sie haben einen angenehmen Sonnenstich und räkeln sich gerade in einer Hängematte – denn ich habe eine großartige Neuigkeit für Sie:
Man hat Sie gerade für einen Emmy nominiert.
Gott steh uns allen bei, die jetzt mit Ihrem noch aufgeblaseneren Ego fertig werden müssen (kleiner Scherz).
Ich freue mich ja so für Sie, David. Und auch für mich, denn das heißt, dass ich den Preis für Ihre nächsten Folgen um fünfundzwanzig Prozent erhöhen kann. Was, wenn Sie nachrechnen...

Um König Lear zu zitieren: Gut gemacht, Junge. Darf ich Sie bei der Verleihung begleiten... oder kratzt mir Sally dann die Augen aus?

Alles Liebe,
Alison

Bis abends war mir dann regelrecht schwindelig von all den vielen Glückwünschen. Brad Bruce hatte mich auf der Insel angerufen und mir gesagt, wie sehr sich das ganze *Auf dem Markt*-Team für mich freue... obwohl sie ziemlich sauer auf die Jury waren, weil sie die Show nur in einer Kategorie nominiert hatte. Auch der Boss der Comedy-Abteilung von FRT, Ned Sinclair, rief an. Und zwei von den Schauspielern. Außerdem erhielt ich E-Mails, in denen mir von etwa einem Dutzend Freunden und Geschäftspartnern aus unserem so genannten Business gratuliert wurde.

Doch das Beste von allem: Sally schlich sich aus ihrem New Yorker Meeting, um mich anzurufen.

»Mitten in der Sitzung kam ein Assistent von einem der Fox-Bosse mit der Liste der Emmy-Nominierungen rein. Natürlich haben sich die hohen Herren gleich draufgestürzt, um nachzuzählen, wie viele Nominierungen der Sender abgestaubt hat. Da hebt einer von ihnen den Kopf und fragt mich: ›Sind Sie nicht mit David Armitage befreundet?‹ Und dann hat er's mir gesagt. Ich hätte beinahe losgeheult. Ich bin so furchtbar stolz auf dich. Und ich muss auch zugeben, dass ich damit verdammt gut vor den Bossen dagestanden habe.«

»Wie sieht's denn bisher aus?«

»Ich kann jetzt schlecht reden... aber grob gesagt sind wir am Gewinnen.«

Wir? Wie in *Sally und der wunderbare Stu Barker?* Womit der Bursche gemeint war, den sie einmal als den Heinrich Himmler der TV-Comedy bezeichnet hatte?

»Klingt, als hättet ihr zwei euch wirklich zusammengerauft«, sagte ich.

»Ich traue ihm immer noch nicht ganz über den Weg«, gab sie flüsternd zu. »Aber gleichzeitig ist es besser, ihn auf meiner Seite zu haben als seine taktischen Atomwaffen auf mich gerichtet zu wissen. Doch ich will dich nicht mit Firmenpolitik langweilen...«

»Du langweilst mich nie, mein Schatz.«

»Und du bist der süßeste und talentierteste Mann auf der Welt.«

»Jetzt werde ich aber wirklich gleich größenwahnsinnig.«

»Völlig zu Recht. Und wenn du nichts dagegen hast, werde ich heute Nachmittag ein bisschen herumtelefonieren, ob Prada uns für das Ereignis einkleiden will...«

Nun, warum nicht? Wenn es Sally glücklich machte, sollte sie den Italienern doch einen ihrer schicken Fetzen für den Abend abschwatzen, obwohl ich wusste, dass sie zu Hause in ihrem Kleiderschrank bereits drei umwerfende Abendroben hängen hatte. Aber darum ging es auch gar nicht. Vielmehr wollte sie, dass alle sie bei dem Ereignis in einem atemberaubenden Fummel sahen, um dann ganz beiläufig das beredte Detail fallen lassen zu können, dass Prada auf uns zugekommen sei und uns gefragt habe, ob sie uns nicht für den Gala-abend ausstatten dürften. Dass in Wahrheit Sally die Modemacher akquiriert hatte, würde kein Mensch je erfahren.

»Hör zu«, sagte ich, »mein Herr Gastgeber jagt in der benachbarten Inselwelt immer noch großen Fischen hinterher und kommt erst am Montag zurück. Aber er hat mir einen Freibrief für die Insel ausgestellt, was beinhaltet, dass ich sogar die Gulfstream nach New York schicken kann, um dich dort aufzulesen und herzubringen.«

»O Gott, liebend gern, Schatz... aber ich muss mit Stu nach L. A. zurück. Es ist jetzt unheimlich wichtig, dass ich unsere Annäherung vertiefe. Außerdem will er am Sonntag im Büro wichtige Projekte mit mir planen.«

»Verstehe«, sagte ich und bemühte mich dabei um einen unverbindlichen Tonfall.

»Kling doch nicht so enttäuscht. Wenn es in meiner Arbeit nicht diese Krise gegeben hätte, wäre ich jetzt bei dir, das weißt du doch.«

»Ich seh's ja ein.«

»Gut«, sagte sie, womit diese Klippe umschifft war. »Jedenfalls wollte ich dir unbedingt sagen, wie fantastisch diese Neuigkeit auch für mich ist... und dass ich dich liebe... und dass ich jetzt wirklich wieder in diese Sitzung muss. Sobald ich morgen zu Hause bin, rufe ich dich an.«

Noch bevor ich mich verabschieden konnte, war die Verbindung unterbrochen. Meine fünf Minuten mit Sally waren rum.

Selbstverständlich brandmarkte ich diesen Gedanken sofort als gefühllos. Und selbstverständlich ermahnte ich mich, dass ich mich überaus glücklich schätzen konnte, weil Sally immerhin überhaupt die Zeit gefunden hatte, mich anzurufen. Also...

Hör auf, überall Probleme zu wittern. Sie schmiedet eine Allianz mit ihrem neuen Big Boss Mr. Barker. Sie freut sich riesig über deine Nominierung. Und sie hat dir gesagt, dass sie dich liebt.

In Ordnung? Überzeugt?

Ja, schon. Gewissermaßen. Aber natürlich wollte ich, dass sie sofort alles stehen und liegen ließ und zu mir eilte, um mir immer und immer wieder zu beteuern, dass ich das Beste sei, was ihr jemals passiert war. Nicht, dass ich daran auch nur den geringsten Zweifel hegte...

Die letzten Zweifel verflüchtigten sich dann allerdings schnell, als mich den Abend über wieder einmal der gesamte Stab der Insel bediente. Ich trank einen aberwitzig köstlichen 75er Morgon und gönnte mir eine weitere Doppelvorstellung nach meinem Gusto. (Billy Wilders *Reporter des Satans* und *Die Rechnung ging nicht auf* von Stanley Kubrick). Dabei wurde mir eine Torte in Form eines Emmy Award überreicht, die der Konditor der Insel höchstpersönlich entworfen hatte.

»Woher zum Teufel wissen Sie von meiner Nominierung?«, fragte ich Gary, als er die Torte in Begleitung von sechs weiteren Angestellten in den Kinosaal trug.

»Gute Neuigkeiten machen schnell die Runde.«

In dieser Welt wusste jeder alles über einen, wurde einem

jeder Wunsch erfüllt, wurde keine Kleinigkeit als zu nichtig oder lächerlich erachtet. Die Verantwortung für den alltäglichen Kleinkram ruhte auf anderen Schultern, man war von den zermürbenden Banalitäten des Lebens freigestellt – denn man bekam immer genau das, was man wollte und wann man es wollte. Weshalb man sich unweigerlich zum wandelnden Gegenstück einer abgelösten Netzhaut entwickelte – man wurde blind für die äußere Wirklichkeit.

Nicht dass es mich störte, Gast in solch exklusiven Gefilden zu sein. *Au contraire*, ich schwelgte in dem absurden Luxus und wusste dabei sehr genau, dass ich ein bis zwei Tage nach Ankunft des Eigentümers sanft, aber bestimmt aus diesem abgeschotteten Elysium verstoßen und wieder in die Welt des *vin ordinaire* zurückbefördert werden würde (nicht dass die stressige Branche, in der ich meinen Lebensunterhalt verdiente, nun gerade für *vin ordinaire* bekannt gewesen wäre).

Obwohl ich mir geschworen hatte, auf der Insel keinen Finger zu rühren, lag ich mit dem Rotstift in der Hängematte auf meinem Balkon, kaum dass Joan vom Bürozentrum das neu abgetippte Script vorbeigebracht hatte. Die neue Fassung war um einiges kürzer, temporeicher, beschwingter. Die Dialoge waren bissiger – und weniger selbstgefällig. Auch die Gags wirkten nicht so bemüht. Doch beim zweiten Lesen schien mir ein großer Teil des dritten Akts zu konstruiert: Die Szene nach dem Raub, wenn sich alle Beteiligten in die Haare kriegen, wirkte ein bisschen schematisch. Also überarbeitete ich im Lauf des Wochenendes sämtliche einunddreißig Seiten der neuen Fassung, ersann eine Reihe unerwarteter Wendungen und heckte einen (meiner unbescheidenen Meinung nach) höllisch gewieften Schluss aus, der alle Erwartungen der Zuschauer auf den Kopf stellte. Die Guten erwiesen sich als die Bösen. Und die ursprünglich Bösen waren rückblickend betrachtet schon immer die Guten gewesen. Es war zwar immer noch reine Unterhaltung – aber es zollte der Intelligenz des Publikums Respekt. Genauer gesagt, es steckte voller Raffinesse.

Wieder einmal ging ich ganz und gar in meiner Arbeit auf. Trotz des weiterhin prachtvollen Wetters schloss ich mich bis auf drei Stunden pro Tag in meinem Zimmer ein und brachte mein Werk Sonntagabend um sechs Uhr zu Ende. Kurz danach tauchte Joan vom Bürozentrum auf und nahm die etwa vierzig Seiten liniertes gelbes Papier mit, auf die ich den überarbeiteten dritten Akt geschrieben hatte. Danach feierte ich mit einem Schluck Cristal. Wieder einmal öffnete man für mich eine ganze Flasche, obwohl ich nur ein Glas bestellt und zudem deutlich gemacht hatte, dass ich auch mit ganz normalem Schampus zufrieden wäre. »Aber wir haben auf der Insel nur Cristal«, erwiderte Meg. Später verbrachte ich dann eine ganze Stunde im Whirlpool, bevor ich zum Abendessen Garnelen verzehrte und eine halbe Flasche 1974er Chablis *premier cru* trank. Gegen zehn Uhr tauchte Joan mit der getippten Neufassung auf.

»Bis Mitternacht habe ich es Korrektur gelesen.«

»Danke, Sir.«

Und tatsächlich lieferte ich die Seiten zur festgesetzten Stunde ab. Danach fiel ich ins Bett und schlief bis in die Puppen. Was heißt, wieder einmal bis etwa elf Uhr. Das frisch gebundene Drehbuch wurde mir zusammen mit dem Frühstück gebracht, daneben lag eine Notiz.

»Wir haben soeben erfahren, dass Mr. Fleck Ihr Drehbuch erhalten hat und es so bald wie möglich lesen wird. Leider wurde er noch einmal auf dem Wasser aufgehalten, aber Mittwochvormittag kommt er ganz bestimmt zurück, und er freut sich schon darauf, Sie dann kennen zu lernen.«

Meine erste Reaktion auf diese Botschaft war schlicht: *Rutsch mir den Buckel runter. Ich werde doch hier nicht rumsitzen und abwarten, bis sich der Herr dazu herablässt, mich mit seiner Anwesenheit zu beehren.* Aber als ich Sally in L.A. auf ihrem Handy anrief (sie war gerade von einem Arbeitsfrühstück mit Stu Barker zurück) und ihr sagte, dass Fleck sich wohl ein Spielchen mit mir erlaubte, indem er sein Erscheinen nochmals hinauszögerte, sagte sie nur:

»Was hast du denn erwartet? Der Bursche kann es sich leisten zu tun, was ihm Spaß macht. Also tut er genau das, ist doch klar. Schließlich, mein Liebster, bist du nur der Autor...«

»Danke vielmals.«

»Sei nicht eingeschnappt, du weißt doch, wie die Nahrungskette funktioniert. Auch wenn der Bursche vielleicht nur ein Dilettant ist... er hat die Kohle. Da kann er sich eben Herrscherallüren leisten.«

»Und ich muss den Leibeigenen spielen?«

»Nun mach mal halblang. Ich weiß nur von sehr wenigen Tagelöhnern mit vergleichbarer Sechs-Sterne-Behandlung. Aber wenn du sauer auf den Kerl bist, warum bekommst du dann nicht einen Tobsuchtsanfall und fliegst mit der Gulfstream nach L.A. zurück... allerdings wirst du mich hier die nächsten drei Nächte nicht vorfinden, denn ich bin mit Hausbesuchen bei unseren Zweigstellen in San Francisco, Portland und Seattle beschäftigt.«

»Seit wann steht das denn auf dem Programm?«

»Seit gestern Abend. Stu hat vorgeschlagen, unsere wichtigen Märkte an der Westküste mal genauer unter die Lupe zu nehmen.«

»Du und Stu, ihr seid inzwischen ja unzertrennlich.«

»Ich glaube, ich hab ihn jetzt wirklich von mir überzeugt, falls es das ist, was du meinst.«

Nein, das meinte ich nicht – aber ich wollte das Thema nicht weiter vertiefen und dabei das Risiko eingehen, eifersüchtig zu klingen. Doch Sally wusste genau, wovon ich sprach.

»Höre ich da eine Spur von Eifersucht heraus?«, fragte sie.

»Wohl kaum.«

»Du weißt doch, warum ich dem Burschen um den Bart gehen muss?«

»Natürlich, ja ...«

»Ich versuche damit nur zu verhindern, dass die Barbaren in die Stadt einfallen, klar?«

»Ich deute ja auch gar nichts ...«

»... außerdem solltest du doch wissen, dass ich unsterblich in dich verliebt bin und nicht im Traum daran denken würde ...«

»Ja, ja, schon gut. Entschuldigung.«

»Angenommen«, sagte sie knapp. »Ich muss jetzt wieder in die Besprechung. Bis bald.« Damit legte sie auf.

Trottel. Blödmann. Idiot. Warum kannst du nie deine Zunge im Zaum halten? *Du und Stu, ihr seid inzwischen ja schier unzertrennlich.* Was für eine gelungene Bemerkung. Jetzt musst du ein bisschen außer der Reihe Stiefel lecken, um sie bei Laune zu halten.

Ich nahm den Telefonhörer und bat Meg, einen großen Blumenstrauß nach L. A. zu schicken. Kein Problem, erwiderte sie. Und nein, ich bräuchte ihr meine Kreditkartennummer nicht zu geben. »Das erledigen wir doch gerne für Sie.« Ob ich irgendwelche Wünsche bezüglich des Blumenarrangements hätte? Nein – einfach ein eleganter Strauß. Und was sollte auf der Karte stehen? Nun, es sollte versöhnlich und schmeichelhaft, aber nicht zu untertänig klingen, also entschied ich mich für:

Du bist das Beste, was mir je passiert ist. Ich liebe dich.

Meg versicherte mir, dass die Blumen in spätestens einer Stunde in Sallys Büro wären. Und tatsächlich traf neunzig Minuten darauf eine E-Mail von Ms. Birmingham ein.

Na, das nenne ich eine stilvolle Entschuldigung. Ich liebe dich auch. Aber sei doch nicht immer so missmutig, ja?
Sally

Ich versuchte, ihrem Rat zu folgen, rief Gary an und ließ einen Segeltörn zu einem kleinen, nahe gelegenen Archipel vorbereiten. Die notwendige Besatzung für Flecks Zwölf-Meter-Yacht ging an Bord, außerdem wurde Taucherausrüstung geladen, falls ich Lust zum Schnorcheln bekommen sollte. Und auch der zweite Koch war mit von der Partie, um zum Mittagessen mal eben schnell eine Bouillabaisse zu zaubern. Damit ich ein Stündchen ruhen konnte, wurde zwischen den Masten eine Hängematte angeschlagen, und als mir nach dem Aufwachen ein Cappuccino angeboten wurde (den ich sofort dankend annahm), drückte man mir dazu den Ausdruck einer E-Mail von Chuck, dem Film-Mann, in die Hand:

Hallo, Mr. Armitage,
ich hoffe, Sie haben heute Abend noch nichts vor, denn ich habe gerade mit Mr. Fleck gesprochen, und er möchte, dass ich Ihnen heute Abend einen ganz besonderen Film vorführe. Würden Sie mich bitte wissen lassen, um welche Uhrzeit es Ihnen passt? Ich habe dann das Popcorn fertig.

Als ich dem Yacht-Steward gegenüber erwähnte, dass ich gern direkt mit Chuck sprechen würde, loggte er mich in den Küstenfunk ein.

»Um was für einen Film geht's denn?«, fragte ich ihn.

»Tut mir Leid, Mr. Armitage, aber das ist eine Überraschung.«

»Ach, sagen Sie schon. Warum mich auf die Folter spannen?«

»Anweisung von Mr. Fleck. Aber ich verspreche Ihnen, dass Sie diesen Kinoabend nicht so schnell vergessen werden.«

Also erschien ich Punkt neun Uhr abends im Kinosaal, ließ mich in einem der üppig gepolsterten Ledersessel nieder und balancierte eine mit Popcorn gefüllte Schale aus Steubenkristall auf den Knien. Das Licht erlosch – und der Projektor erwachte flackernd zum Leben. Als Filmmusik erklang eine sinnliche Interpretation von »These Foolish Things« aus den vierziger Jahren, dann erschien ein italienischer Titel auf der Leinwand und tat mir kund, dass ich Pier Paolo Pasolinis *Salò oder Die 120 Tage von Sodom* sehen würde.

Natürlich hatte ich von Pasolinis berüchtigtem letztem Film gehört, einer Nachkriegsadaption von de Sades wahnwitzigem Roman. Aber wie die meisten Menschen, die noch einigermaßen bei Verstand waren, hatte ich ihn nie gesehen. Denn nach den ersten Vorführungen Mitte der Siebziger war der Film in allen Kinos der Vereinigten Staaten mit Aufführungsverbot belegt worden – sogar in New York. Und wenn man in New York auf dem Index steht, hat man definitiv ein Gebräu zusammengemischt, das nur aus einer ziemlich üblen Giftküche stammen kann.

Schon nach zwanzig Minuten war mir klar, warum die New Yorker Behörden ein paar moralische Bedenken hinsichtlich dieses Machwerks gehegt hatten. Der Film spielt in der faschistischen Republik von Salò (dem letzten Refugium Mussolinis kurz vor Kriegsende). Vier Vertreter der herrschenden Klasse Italiens (reichlich schäbigen Gebarens) kommen überein, gegenseitig ihre Töchter zu ehelichen. Doch das ist noch der harmloseste Verstoß gegen die guten Sitten seitens dieses Quartetts – denn schon bald reisen sie kreuz und quer durch

Norditalien und schnappen sich knackige Jugendliche beiderlei Geschlechts, die von faschistischen Garden für sie zusammengetrieben werden. Ihre Opfer bringen sie in einem herrschaftlichen Anwesen unter, wo sie ihnen eröffnen, dass sie hier in einem Reich leben, in dem Recht und Gesetz außer Kraft gesetzt sind – an einem Ort, wo man allnächtlich nach ihnen schicken wird, damit sie an einer Orgie teilnehmen, und wo jeder, den man bei einer religiösen Handlung erwischt, getötet wird.

Und so fangen die vornehmen Herren an, sich an ihren Opfern zu vergehen. Sie ficken die Jungs und arrangieren eine Pseudohochzeit zwischen einer Jungfrau und einem der halbwüchsigen Knaben, wobei sie das Paar zwingen, die »Ehe« vor ihren Augen zu vollziehen. Doch gerade als der Junge in die Braut eindringen will, drängen sich die Herren dazwischen und entjungfern die Kinder selbst.

Es kam noch schlimmer. Während einer dieser »Orgien« scheisst der Obergroßkotz auf den Boden und besteht dann darauf, dass die Kinderbraut aus der vorigen Szene die Fäkalien aufisst. Offenbar glauben die Häscher, dass der Spaß noch größer wäre, wenn alle mitmachen, und so werden die Gefangenen gezwungen, sich in ihre Bettpfannen zu entleeren, dann serviert man ihnen die Bescherung bei einem Bankett auf feinstem Porzellan. Als ich schon glaubte, dass es nicht mehr perverser werden könnte, fangen sie an, ihre Opfer im Hof des herrschaftlichen Anwesens zu foltern und auf grausamste Art umzubringen – sie stechen ihnen die Augen aus, richten eine junge Frau mit einer Garotte hin, verbrennen einer anderen mit einer Kerze die Brüste, schneiden Zungen heraus. Schließlich fügen sich die untermalenden Klänge wieder zu »These Foolish Things« und zwei faschistische Gardisten tanzen eng umschlungen zur Filmmusik.

Abblendung. Schwarz. Abspann. Man reiche mir das Valium. Oder den Scotch. Oder das Morphium. Oder sonst irgendetwas Starkes, Betäubendes, was mich die entsetzlichen Bilder der letzten zwei Stunden vergessen lässt.

Als das Licht anging, stand ich immer noch unter Schock. *Salò* überschritt nicht einfach alle Grenzen... es ging noch darüber hinaus. Was mich zusätzlich verstörte, war die Tatsache, dass es sich dabei ja nicht um ein billiges Snuff Movie handelte, von irgendwelchem Pack für fünftausend Dollar in einem Lagerhaus im San Fernando Valley gedreht. Pasolini war ein überaus gebildeter und überaus ernst zu nehmender Regisseur gewesen. Und dies war eine überaus ernst zu nehmende, bis zum Äußersten getriebene Erkundung des Totalitarismus. Während ich in einem luxuriös ausgestatteten Kinosaal auf einer privaten Karibikinsel saß, war ich Zeuge der schlimmsten Exzesse geworden, die sich Menschen zuschulden kommen lassen konnten. Was mich notgedrungen vor die Frage stellte: *Was zum Teufel will Philip Fleck mir damit sagen?*

Doch bevor ich mich gründlicher mit dieser Frage beschäftigen konnte, hörte ich hinter mir eine Stimme:

»Ich wette, jetzt können Sie etwas zu trinken brauchen.«

Als ich mich umdrehte, sah ich mich unvermutet einer attraktiven Frau Anfang dreißig gegenüber – ein etwas strenger Ostküstentyp mit Hornbrille, das lange braune Haar zu einem Knoten aufgesteckt.

»Mindestens zehn Whiskys«, sagte ich. »Das war...«

»Grauenhaft? Entsetzlich? Ekel erregend? Zum Kotzen? Oder doch nur guter altmodischer Schund?«

»Alles zusammen.«

»Tut mir Leid. Aber ich fürchte, das versteht mein Mann unter einem kleinen Scherz.«

Sofort war ich auf den Beinen und streckte ihr die Hand entgegen.

»Entschuldigung, dass ich Sie nicht gleich erkannt habe. Ich bin...«

»Ich weiß, wer Sie sind, David«, entgegnete sie mit verhaltenem Lächeln. »Und ich bin Martha Fleck.«

6

»Wie ist das eigentlich so, wenn man Talent hat?«

»Wie bitte?«, fragte ich überrascht.

Martha Fleck lächelte. »War nur eine Frage.«

»Aber eine sehr direkte.«

»Finden Sie? Es sollte nett gemeint sein.«

»Ich bin nicht sonderlich talentiert.«

»Wenn Sie darauf bestehen«, erwiderte sie und lächelte erneut.

»Aber es stimmt.«

»Bescheidenheit ist eine schöne Tugend. Doch aus meiner sicherlich beschränkten beruflichen Erfahrung weiß ich eins: Autoren schwanken normalerweise zwischen Selbstzweifeln und Größenwahn. Meistens behält der Größenwahn die Oberhand.«

»Halten Sie mich für größenwahnsinnig?«

»Natürlich nicht«, antwortete sie und schenkte mir ein weiteres Lächeln. »Allerdings gehört schon eine gehörige Portion Selbstwertgefühl dazu, um sich morgens nach dem Aufstehen vor den leeren Bildschirm zu setzen. Noch ein Glas? Sie können sicher noch eins vertragen nach *Salò*.«

»Ja, man fühlt sich danach so platt gewalzt wie nach einem Autounfall.«

»Mein Mann hält den Film für einen Geniestreich. Andererseits hat er *Die letzte Chance* gedreht. Ich nehme an, Sie haben ihn gesehen.«

»Äh, ja. Sehr interessant.«

»Wie diplomatisch Sie sind.«

»Auch Diplomatie ist eine Tugend.«

»Allerdings keine sonderlich unterhaltsame.«

Darauf erwiderte ich nichts.

»Geben Sie sich einen Ruck, David. Ehrlichkeit ist auch eine Tugend. Was halten Sie wirklich von Philips Film?«

»Ich... äh... hab schon Besseres gesehen.«

»Sie könnten sicher mehr dazu sagen.«

Ich sah ihr forschend ins Gesicht. Doch da war nur ein amüsiertes Lächeln.

»Also gut, wenn Sie unbedingt die Wahrheit hören wollen: Ich halte ihn für aufgeblasenen Bockmist.«

»Bravo. Sie haben sich noch ein Glas verdient.«

Sie drückte auf einen kleinen Knopf in der Seitenlehne ihres Sessels. Wir saßen im Großen Salon des Hauses, wohin wir auf ihren Vorschlag hin nach unserer Begegnung im Vorführraum umgezogen waren. Über ihrem Sessel hing ein später Rothko – zwei große, ineinander übergehende, schwarze Quadrate, in der Mitte durch einen schmalen Streifen Orange voneinander abgesetzt; ein kleiner Hinweis auf die Verheißung der Morgendämmerung inmitten all der Finsternis.

»Schätzen Sie Rothko?«, fragte sie.

»Natürlich.«

»Philip auch. Deshalb hat er acht Stück.«

»Ganz schön viele.«

»Und ganz schön viel Geld – zusammengerechnet ungefähr vierundsiebzig Millionen Dollar.«

»Ein beeindruckendes Sümmchen.«

»Nein, bloß ein Taschengeld.«

Wieder legte sie eine Pause ein und beobachtete, wie ich sie beobachtete, versuchte meine Reaktion auf ihre kleine Provokation abzuschätzen. Doch ihr Tonfall war nach wie vor freundlich und zurückhaltend. Zu meiner Überraschung fand ich sie ziemlich attraktiv.

Gary trat ein.

»Schön, dass Sie wieder da sind, Mrs. Fleck. Wie war New York?«

»So arrogant wie immer.« Sie wandte sich an mich. »Wollen wir etwas Richtiges trinken, David?«

»Ähem...«

»Das nehme ich als ja. Wie viele Sorten Wodka haben wir im Haus, Gary?«

»Sechsunddreißig, Mrs. Fleck.«

»Sechsunddreißig Sorten Wodka. Wie finden Sie das, David?«

»Nun, ganz schön viele.«

Sie drehte sich wieder zu Gary um. »Also, dann verraten Sie mir mal das Geheimnis: Welcher ist der Beste unter den Besten?«

»Da wäre ein dreifach gefilterter Stoli Gold von 1953.«

»Lassen Sie mich raten – aus Stalins persönlichem Vorrat.«

»Dafür kann ich nicht bürgen, Mrs. Fleck. Jedenfalls etwas ganz Besonderes.«

»Dann bringen Sie uns den bitte... und dazu ein bisschen Beluga.«

Gary nickte kaum merklich und verschwand.

»Waren Sie nicht bei Ihrem Mann auf dem Boot, Mrs. Fleck?«, fragte ich.

»Sagen Sie ruhig Martha zu mir. Mit Hemingway habe ich noch nie etwas anfangen können, und deshalb hat es mich auch noch nie gereizt, Tage auf See zuzubringen und dem großen weißen Wal hinterherzujagen, oder auf welche Kreaturen auch immer Philip es abgesehen hat.«

»Waren Sie geschäftlich in New York?«

»Sie sind wirklich zu diplomatisch, David. Wenn man mit einem zwanzig Milliarden Dollar schweren Mann verheiratet ist, traut einem niemand mehr zu, dass man irgendetwas arbeitet. Aber tatsächlich, ich war in New York, um mich mit dem Vorstand meiner kleinen Stiftung für bedürftige Drehbuchautoren zu treffen.«

»Ich wusste gar nicht, dass es solche Leute gibt.«

»Der Punkt geht an Sie«, sagte sie. »Meiner Erfahrung nach sind die meisten Drehbuchautoren nicht gerade vom Glück begünstigt ... es sei denn, der Zufall kommt ihnen zu Hilfe. Wie Ihnen.«

»Ja ... aber es war tatsächlich nur der Zufall.«

»Ihre Bescheidenheit macht mir allmählich Sorgen, David«, sagte sie und strich mir sanft über die Hand.

»Sie waren Dramaturgin, stimmt's?«, fragte ich und zog meine Hand zurück.

»Oh, Sie sind ja gut informiert. Doch, ich war das, was man im Provinztheater eine ›Dramaturgin‹ nennt – ein ziemlich hochtrabender Ausdruck für das Herumdoktern an Stücken und die Arbeit mit Autoren. Immerhin fand sich gelegentlich unter all den haufenweise eingereichten Sachen auch mal etwas Interessantes, aus dem sich etwas machen ließ.«

»Und so haben Sie ...?«

»Mr. Fleck? Ja, so ereilte mich das Schicksal der Ehe. In jenem glitzernd-romantischen, unübertroffen charmanten Städtchen namens Milwaukee, Wisconsin. Kennen Sie Milwaukee, David?«

»Leider nicht.«

»Ein liebreizender Ort. Das Venedig des Mittleren Westens.«

Ich lachte.

»Und was hatten Sie dort verloren?«, fragte ich.

»Dort gibt es ein halbwegs akzeptables Repertoiretheater, das einen Dramaturgen suchte. Ich wiederum suchte eine Arbeit – und sie haben mich genommen. Die Bezahlung war auch nicht allzu schlecht, achtundzwanzigtausend im Jahr. Mehr, als ich anderswo verdient hätte. Außerdem war das Theater ganz ordentlich ausgestattet, dank Mr. Fleck, dem örtlichen Wohltäter, der es sich in den Kopf gesetzt hatte, seine Heimatstadt zu seinem ganz persönlichen Venedig zu machen. Eine neue Kunstgalerie. Ein neues Kommunikationszentrum für die Universität, das natürlich ein eigenes Filmarchiv bekam. Genau das, wonach man sich in Milwaukee gesehnt hatte. Nicht zu vergessen ein brandneues Schauspielhaus. Alles in allem hat Philip für diese drei Projekte so etwa zweihundertfünfzig Millionen springen lassen.«

»Das ist sehr großzügig von ihm.«

»Aber auch ziemlich klug. Es hat ihm einen Haufen Steuern erspart.«

Gary kam mit einem eleganten stählernen Servierwagen zurück. Darauf standen eine Schale Kaviar (kunstvoll in zerstoßenes Eis gebettet), ein Teller mit Schwarzbrotscheibchen, die Wodkaflasche (ebenfalls in einem Kühler mit zerstoßenem Eis) sowie zwei fein geschliffene Wodkagläser. Gary zog die Flasche aus dem Eis und präsentierte sie Martha förmlich. Sie warf einen Blick auf das Etikett. Es sah sehr gediegen und kyrillisch aus.

»Können Sie Russisch?« Ich schüttelte den Kopf. »Ich auch nicht. Aber ich bin sicher, 1953 war ein guter Jahrgang für Stoli. Also, Gary, schenken Sie ein.«

Er tat wie geheißen und reichte uns beiden ein randvolles Glas. Martha hielt ihres in die Höhe und stieß mit mir an. Dann kippten wir den Inhalt hinunter. Der Wodka war sehr kalt und sehr weich. Eisig rieselte er mir durch die Kehle, um sofort ins Gehirn zu steigen, was einen wohligen Schauer in mir auslöste. Martha musste Ähnliches empfinden, denn sie stieß einen kleinen Seufzer aus.

»Das tut gut«, sagte sie.

Gary schenkte uns nach und bot uns dann Pumpernickel-scheibchen mit Kaviar an. Ich probierte eins. »Kommt er Ihrem Geschmack entgegen?«, fragte Martha.

»Nun ja ... er schmeckt wie Kaviar.«

Sie leerte ihr Glas. Ich folgte ihrem Beispiel, und wieder durchfuhr es mich angenehm. Martha erklärte Gary, wir könnten uns selbst nachschenken. Als er sich zurückgezogen hatte, goss sie mir nach und sagte:

»Wissen Sie, bevor ich Philip kennen lernte, hatte ich keine Ahnung von Luxusmarken oder dem Unterschied zwischen – sagen wir – einer Reisetasche von Samsonite und einer von Louis Vuitton. Das schien mir alles unwichtig.«

»Und jetzt?«

»Jetzt kenne ich mich aus in den Feinheiten der Konsumwelt. Zum Beispiel weiß ich, was iranischer Kaviar kostet – hundertsechzig Dollar die Unze. Oder ich weiß, dass das Glas in ihrer Hand von Baccarat ist und ihr Sessel von Eames. Philip hat dafür 4200 Dollar bezahlt.«

»Und bevor Sie all diese Dinge kannten ...?«

»Da habe ich tausendachthundert im Monat verdient, lebte in einer kleinen Ein-Zimmer-Wohnung und fuhr einen zwölf Jahre alten Golf. Ein Designerlabel sagte mir rein gar nichts.«

»Haben Sie darunter gelitten, kein Geld zu haben?«

»Ich habe mir nicht einmal Gedanken darüber gemacht. Ich war im Non-Profit-Sektor zu Hause, kleidete mich wie eine Durchschnittsbürgerin und dachte wie eine Durchschnittsbürgerin. Aber das hat mich nicht im Geringsten gestört. Aber Sie haben es wohl nicht so leicht verkraftet, kein Geld zu haben?«

»Mit Geld ist vieles einfacher.«

»Das ist wahr. Und in Ihrer Zeit bei Book Soup, da haben

Sie sicher all die erfolgreichen Schriftsteller beneidet, die in den Regalen gestöbert haben, mit ihren siebenstelligen Verträgen, ihrem Porsche auf dem Parkplatz und den Armbanduhren von Tag Heuer?«

»Woher wissen Sie das mit Book Soup?«, unterbrach ich sie.

»Ich habe Ihre Akte gelesen.«

»Meine Akte? Sie führen eine Akte über mich?«

»Nicht direkt. Es ist mehr so eine Art Dossier. Philip hat sie zusammenstellen lassen, als Sie seine Einladung angenommen haben.«

»Und was enthält dieses Dossier?«

»Nur Zeitungsausschnitte, eine aktuelle Biografie, eine Liste ihrer Werke und ein bisschen Hintergrundinformationen, die Philips Leute hier und da aufgeschnappt haben...«

»Und das wäre?«

»Ach, so das Übliche: was Sie gerne trinken, welche Filme Sie mögen, Ihren Kontostand, Ihr Aktiendepot, der Name Ihres Therapeuten...«

»Ich habe keinen Therapeuten«, erwiderte ich barsch.

»Aber Sie hatten einen. Nach der Trennung von Lucy, als Sie mit Sally zusammengezogen sind, sind Sie sechs Monate lang zu einem Dr.... wie hieß er gleich nochmal... Tarbuck oder so gegangen? Einem Donald Tarbuck in der Nähe der Victory Avenue in West L.A.... ich fürchte, ich bin taktlos?«

Mit einem Mal war mir unbehaglich zumute. »Wer hat Ihnen das erzählt?«, fragte ich.

»Niemand. Ich habe es gelesen...«

»Aber irgendwoher müssen Ihre Leute es doch erfahren haben. Von wem?«

»Ehrlich, ich habe keine Ahnung.«

»Jede Wette, das war Barra, der Mistkerl.«

»Jetzt sind Sie böse auf mich, das habe ich nicht gewollt.

Aber glauben Sie mir, Bobby ist kein Informant, Sie sind hier nicht in der ehemaligen DDR gelandet. Mein Mann ist sehr gewissenhaft und möchte über die Leute, die er vielleicht einstellt, eben genauestens Bescheid wissen.«

»Ich habe mich nicht um einen Job beworben.«

»Na gut. Dann drücken wir es so aus: Philip ist an einer Zusammenarbeit mit Ihnen interessiert, und deshalb wollte er ein paar grundlegende Informationen über Sie haben... wie das so üblich ist heutzutage. Ende der Diskussion. In Ordnung?«

»Ich leide nicht unter Verfolgungswahn...«

»Natürlich nicht«, sagte sie und schenkte uns beiden ein. »Auf Ihr Wohl.«

Wir stießen an und leerten die Gläser. Diesmal spürte ich den Wodka kaum noch – ein Anzeichen, dass sowohl meine Kehle als auch mein Hirn allmählich taub wurden.

»Fühlen Sie sich jetzt besser?«, fragte sie sanft.

»Der Wodka ist gut.«

»Sind Sie glücklich, David?«

»Wie bitte?«

»Ich überlege nur, ob Sie tief im Innern an Ihrem Erfolg zweifeln und sich vielleicht mit der Frage plagen, ob Sie ihn wirklich verdient haben.«

Ich lachte. »Sie provozieren wohl gern?«

»Nur Leute, die ich mag. Aber ich habe doch Recht, oder? Ich spüre, dass Sie nicht an Ihren Erfolg glauben und es insgeheim bedauern, Ihre Frau und Ihre Tochter verlassen zu haben.«

Schweigend griff ich nach der Wodkaflasche und schenkte uns noch einmal nach.

»Ich stelle wohl zu viele Fragen«, sagte sie nach einer Pause.

Ich hob mein Glas und stürzte den Inhalt hinunter.

»Aber eine Frage erlauben Sie mir vielleicht noch?«

»Und die wäre?«

»Ich möchte gern wissen, was Sie wirklich von Philips Film halten.«

»Das habe ich Ihnen doch schon gesagt…«

»Nein, Sie haben bloß gesagt, er sei ›aufgeblasener Bockmist‹. Aber nicht, *warum* Sie ihn für aufgeblasenen Bockmist halten.«

»Wollen Sie das wirklich wissen?«, fragte ich. Sie leerte ihr Glas und nickte. Also erzählte ich ihr, warum es der schlechteste Film war, den ich je gesehen hatte, nahm ihn Szene für Szene auseinander, erklärte ihr, wieso die Figuren vollkommen absurd waren, dass die Dialoge die Klassifizierung »gekünstelt« um eine neue Variante bereicherten, und erläuterte, weshalb der Film schon vom Konzept her einfach lächerlich war. Der Wodka musste irgendeinen Damm in meinem Hirn eingerissen haben. Ein zehnminütiger Redeschwall stürzte über meine Lippen, der nur dreimal kurz unterbrochen wurde, als uns Martha nachschenkte. Als ich fertig war, herrschte langes, gewichtiges Schweigen.

»Sie wollten ja meine Meinung hören«, sagte ich mit schwerer Zunge.

»Mit der haben Sie auch nicht hinter dem Berg gehalten.«

»Tut mir Leid.«

»Sie brauchen sich nicht zu entschuldigen. Zumal es stimmt. Das Gleiche habe ich Philip auch erklärt, bevor der Film in die Produktion ging.«

»Aber ich dachte, Sie haben eng mit ihm am Drehbuch gearbeitet?«

»Hab ich auch – und glauben Sie mir, verglichen mit dem ersten Entwurf, den ich gelesen hatte, war das fertige Drehbuch ein gewaltiger Fortschritt… aber das änderte nicht viel, denn der Film ist an sich eine einzige Katastrophe.«

167

»Hatten Sie denn gar keinen Einfluss auf ihn?«

»Seit wann hat ein kleiner Dramaturg Einfluss auf den Regisseur? Wenn in Hollywood schon die Autoren zu 99,5 Prozent wie Tagelöhner behandelt werden, dann wird der Dramaturg nicht mehr der menschlichen Gattung zugerechnet – er steht ganz unten in der Nahrungskette.«

»Auch wenn der Betreffende in Sie verliebt ist?«

»Ach, das war erst lange nach dem Film.«

Dann erzählte sie mir, wie Fleck seinem Theater eines Tages einen Kurzbesuch abgestattet und sich mit der Belegschaft unterhalten hatte – *seiner* Belegschaft, wie man mit Fug und Recht behaupten konnte, da sein jährlicher Zuschuss in etwa den Lohnkosten entsprach. Während dieser hochherrschaftlichen Visite geschah es, dass der Direktor ihn auf ein knappes »Hallo, schön, Sie kennen zu lernen« in das kleine Kämmerchen winkte, das Martha als ihr Büro bezeichnete. Als sie einander vorgestellt worden waren und Fleck erfahren hatte, dass sie die Dramaturgin des Theaters war, erwähnte er beiläufig, er habe gerade ein Drehbuch geschrieben und könne einen professionellen Rat über dessen Stärken und Schwächen gut gebrauchen.

»Natürlich habe ich sofort gesagt, es sei mir eine ›große Ehre‹ – was hätte ich auch sonst sagen sollen? Er war unser Schutzpatron, unser Gott. Insgeheim dachte ich: ›Der Himmel steh mir bei, ein Schubladenprojekt von Mr. Geldsack.‹ Gleichzeitig ging ich natürlich davon aus, er würde mir das Script nie schicken. Bei all seinem Geld konnte er sich doch mit Leichtigkeit den Rat von Robert Towne oder William Goldman kaufen. Doch am nächsten Morgen, *peng*, klatscht das Drehbuch auf meinen Schreibtisch. Auf der ersten Seite klebt ein Post-It: ›Ich wäre Ihnen sehr verbunden, wenn Sie mir Ihre geschätzte Meinung bis morgen Früh kundtun könnten.‹ Gezeichnet: P. F.«

Also blieb Martha nichts anderes übrig, als den Rest des Tages und dann auch noch die Nacht über dem Stapel zu brüten. Ihre Unruhe wuchs, je mehr ihr klar wurde, dass Flecks Script ohne Wenn und Aber Schrott war. Natürlich wusste sie, dass sie ihrem Job Ade sagen konnte, wenn sie schrieb, was sie dachte.

»Bis fünf Uhr morgens versuchte ich, ein Gutachten zu formulieren, das so neutral wie möglich die Botschaft rüberbrachte, dass das Ganze hoffnungslos war. Doch in Wahrheit konnte ich nicht das geringste Positive daran finden. Als es hell wurde, zerriss ich meinen vierten zurückhaltenden Versuch und sagte mir: Ich werde den Kerl einfach wie jeden anderen miesen Möchtegern-Schreiber behandeln und ihm ganz offen sagen, warum sein Drehbuch so schlecht ist.«

Daraufhin begann sie noch einmal von vorn und schrieb ein vernichtendes Gutachten, das sie per Boten zum Theater bringen ließ. In dem Bewusstsein, sich einen neuen Job suchen zu müssen, ging sie dann zu Bett.

Um fünf Uhr nachmittags klingelte das Telefon. Es war einer von Flecks Leuten, der ihr mitteilte, Mr. Fleck wünsche sie zu sprechen. Die Gulfstream würde sie am Abend zu seiner Privatwohnung nach San Francisco bringen. Ach, und das Theater sei bereits informiert, dass sie die nächsten Tage nicht kommen werde.

»Bislang war ich immer nur Economy Class geflogen, daher fand ich die Limousine zum Flughafen und die Gulfstream schon beeindruckend. Das Gleiche galt für Philips Stadthaus in Pacific Heights mit dem fünfköpfigen Personal und dem Vorführraum im Untergeschoss. Natürlich habe ich mich auf dem Weg nach San Francisco immer wieder gefragt, was er eigentlich von mir will – ob es eine Art Machtdemonstration sein sollte: ›Ich lass dich mit meinem Privatjet einfliegen, um mir den Luxus zu gönnen, dich persönlich zu feuern.‹

Aber ich traf dort die Liebenswürdigkeit in Person... was bei Philips gewohnter Schweigsamkeit schon was zu bedeuten hat. Er hielt mein Gutachten in die Höhe und sagte: ›Eine Speichelleckerin sind Sie jedenfalls nicht!‹ Dann fragte er mich, ob ich in den nächsten sieben Tagen mit ihm zusammen am Script arbeiten wolle. Was das kosten würde, erkundigte er sich. Ich antwortete, ich würde schon vom Theater in Milwaukee bezahlt und deshalb nichts weiter erwarten... außer harter Arbeit. ›Für mich sind Sie einfach nur ein Autor wie jeder andere, dessen Script eine grundlegende Überarbeitung nötig hat. Wenn Sie das akzeptieren, bin ich bereit, Ihnen zu helfen.‹

So verbrachten wir die nächsten sieben Tage damit, das Ding auseinander zu nehmen und wieder zusammenzubauen. Philip sagte alle Termine ab, um ungestört mit mir arbeiten zu können – und er hat sich wirklich was sagen lassen. Er nahm meine Kritik an, und am Ende der Woche hatten wir das Drehbuch gründlich entschlackt, die Struktur besser herausgearbeitet und die Figuren wenigstens halbwegs glaubwürdig gemacht. Zwar warnte ich ihn, dass ich das ganze Unternehmen noch immer für viel zu bombastisch hielt, aber das Script war jetzt besser als zuvor.

Inzwischen war auch nicht mehr zu leugnen, dass da was lief zwischen uns. Philip ist ein sehr schweigsamer Typ. Aber wenn er mit einem Menschen erst einmal vertraut geworden ist, kann er ziemlich lustig sein. Und ich mochte seine Art von Humor. Außerdem hatte er für jemanden, der ein Milliardenimperium aufgebaut hat, wirklich viel Ahnung von Film und Literatur, und für Kunst schmiss er mit Geld nur so um sich. Na, und an unserem letzten gemeinsamen Abend haben wir dann mächtig einen draufgemacht...«

»Mit Wodka?«, fragte ich.

»Natürlich«, antwortete sie und hob amüsiert die Brauen. »Mein Lieblingsgift.«

Ich sah ihr in die Augen. »Darf ich raten, was dann passiert ist?«

»Ja, das Unvermeidliche. Nur dass Philip verschwunden war, als ich am nächsten Morgen aufwachte. Immerhin hinterließ er mir eine recht romantische Nachricht auf dem Kissen: ›Ich melde mich.‹ Wenigstens hatte er sie nicht noch mit P. F. unterzeichnet ...

Ich bin nach Milwaukee zurückgefahren und habe nichts mehr von ihm gehört. Sechs Monate später las ich, dass irgendwo in Irland die Dreharbeiten zu *Die letzte Chance* begonnen hätten. Acht Monate später lief der Film im einzigen Programmkino von Milwaukee an. Dass ich ihn mir ansah, verstand sich von selbst, doch ich fiel aus allen Wolken. Nicht nur, dass er achtzig Prozent unserer Änderungen wieder rückgängig gemacht hatte, er hatte auch die Hälfte der gestrichenen miesen Dialoge wieder eingebaut. Ich war natürlich nicht die Einzige, der all die Schwächen auffielen; die Zeitungen waren voller abfälliger Kommentare über *Die letzte Chance*, den sie als das teuerste aller schlechten Eitelkeitsprojekte der Filmgeschichte bezeichneten. Außerdem berichteten sie, dass Philip gerade mit einem Topmodel Schluss gemacht hätte, mit dem er ein Jahr lang zusammen gewesen sei ... was mir natürlich erklärte, warum der Herr nach unserem Abenteuer nichts von sich hatte hören lassen.

Jedenfalls war ich stinksauer – zum einen, weil er unsere gesamte Arbeit ignoriert, aber auch, weil er sich nicht mehr bei mir gemeldet hatte. Also setzte ich mich hin und schrieb ihm einen gepfefferten Brief, in dem ich mein Missfallen an seinem professionell wie persönlich sorglosen Umgang mit mir äußerte. Zwar rechnete ich nicht ernsthaft mit einer Antwort, doch siehe da, eine Woche darauf stand er plötzlich abends vor meiner Tür. Seine ersten Worte waren: ›Ich habe alles falsch gemacht. Vor allem mit dir.‹«

»Und danach?«

»Sechs Monate später haben wir geheiratet.«

»Wie romantisch«, meinte ich.

Sie quittierte das mit einem Lächeln und goss uns den Rest Wodka ein.

»Und die Moral von der Geschicht'?«, fragte ich. »Sie können nichts für den lausigen Film Ihres Mannes?«

»Wieder richtig.«

Ich leerte mein Glas. Es kitzelte nicht mal mehr meine Kehle. Eigentlich spürte ich gar nichts mehr.

»Jetzt verrate ich Ihnen ein kleines Geheimnis: Mein Mann lässt Sie hier warten, weil er keine Leute mit Talent in seiner Nähe ertragen kann.«

»Jeder, der so viel Geld gemacht hat wie er, darf sich mit Fug und Recht als talentiert betrachten.«

»Vielleicht... aber das Talent, nach dem er sich sehnt, die Gabe, von der er träumt, ist das Talent, über das Sie verfügen. Ich bewundere es ebenfalls. Warum, glauben Sie, bin ich heute Abend hierher zurückgeflogen? Weil ich die Chance nutzen wollte, Sie zu treffen. *Auf dem Markt* ist wirklich ein Meilenstein der Fernsehgeschichte.«

»Ich fühle mich geschmeichelt.«

»Gern geschehen.«

Sie schaute mir in die Augen und lächelte wieder. Ich warf einen Blick auf meine Uhr. »Falls wir Ihre Schlafenszeit überschritten haben, will ich Sie nicht länger davon abhalten, ins Bett zu gehen. Ich kann Gary Bescheid sagen, dass er Ihnen ein Glas warme Milch und ein paar Kekse bringt. Bestimmt findet sich irgendwo auch noch ein einsamer Teddybär, falls Sie Gesellschaft brauchen,« sagte sie.

Eher mokant als flirtend zog sie die Augenbrauen hoch. Oder vielleicht auch eher flirtend als mokant. Oder vielleicht hob sie die Augenbrauen einfach so. Ach verdammt, ich konnte es nicht mehr unterscheiden, so sternhagelvoll wie ich war.

»Ich glaube, mir reicht jetzt einfach nur mein Bett. Vielen Dank für den Wodka.«

»Gehört alles zum Service«, sagte sie. »Angenehme Nachtruhe.«

Nachdem ich mich von Martha verabschiedet hatte, torkelte ich in mein Zimmer.

Wie ich dorthin gekommen bin, weiß ich allerdings nicht mehr. Ebenso wenig erinnere ich mich, wie ich in meinen Kleidern auf dem Bett eingeschlafen bin. Aber ich weiß noch, dass ich um vier Uhr morgens aufwachte, es knapp zur Toilette schaffte und fünf Minuten am Stück kotzte, mir dann die Kleider vom Leib riss und mich unter die warme Dusche stellte, bevor ich tropfnass zu meinem Bett zurückwankte, unter die Decke schlüpfte und mir noch einmal all die haarscharfen Wendungen meiner Unterhaltung mit Martha Fleck durch den Kopf gehen ließ, bevor ich wieder einschlief, um erst gegen Mittag aufzuwachen.

Mein Hirn schien kurz vor der Kernschmelze zu stehen, trotzdem versuchte ich, mir die Ereignisse des vergangenen Abends ins Gedächtnis zu rufen, von dem Moment ab, wo mir *Die 120 Tage von Sodom* in all ihrer perversen Grandiosität eingetrichtert worden waren bis zu jener wodkaseligen Unterhaltung mit Martha.

Doch noch während ich die Bruchstücke des vergangenen Abends zusammensetzte, traf ich eine Entscheidung: Ich würde keinen Tag länger bleiben. Man hatte mich jetzt lange genug warten lassen; ich hatte einfach keine Lust mehr, mich den Launen eines reichen Mannes zu beugen. Also griff ich nach dem Telefon und rief Gary an, um ihn zu fragen, ob es möglich sei, noch am gleichen Nachmittag nach Antigua und von da aus weiter nach Los Angeles zu fliegen. Er werde mich zurückrufen, meinte er.

Fünf Minuten später klingelte das Telefon. Es war Martha.

»Haben Sie es schon mal mit einem Mittel namens Berocca probiert?«

»Hallo, Martha.«

»Guten Morgen, David. Sie hören sich etwas mitgenommen an.«

»Woran das wohl liegt. Sie dagegen klingen erstaunlich munter.«

»Ja, und das verdanke ich der Wunderkraft von Berocca. Wasserlösliche Tabletten mit Vitamin B und C in einer Tagesdosis für ein Pferd – meiner Erfahrung nach das Einzige, was wirklich gegen Kater hilft. Kommt aus Australien, dort weiß man, wie man einen Kater behandelt.«

»Dann schicken Sie mir doch bitte gleich zwei davon rüber.«

»Sind schon unterwegs. Aber nicht mit der Kreditkarte zerstoßen und mit einem 50-Dollar-Schein die Nase hochziehen.«

»So was tue ich nicht«, sagte ich, als müsste ich mich verteidigen.

»War nur ein Scherz, David. Sie dürfen nicht immer alles so ernst nehmen.«

»Entschuldigung ... übrigens, es war sehr nett gestern Abend.«

»Dann frage ich mich, warum Sie uns heute Nachmittag schon verlassen wollen?«

»Das hat sich aber schnell rumgesprochen.«

»Ich hoffe, ich habe nicht etwas Dummes gesagt, was Sie zu dieser Entscheidung bewogen hat.«

»Nein. Es liegt eher daran, dass Ihr Mann mich nun schon über eine Woche hier warten lässt. Ich habe mein eigenes

Leben… und eine Tochter, die ich diesen Freitag in San Francisco besuchen muss.«

»Dieses Problem lässt sich lösen. Ich lasse einfach für Sie am Freitagmorgen die Gulfstream reservieren. Mit der Zeitverschiebung gewinnen Sie ein paar Stunden und sind am Nachmittag schon dort.«

»Das heißt aber auch, dass ich noch zwei weitere Tage hier festsitze.«

»Ich verstehe ja, dass Sie sauer auf meinen Mann sind. Wie ich Ihnen gestern Abend schon sagte, treibt er ein Spiel mit Ihnen… so wie er es mit jedem macht. Ich habe ein schlechtes Gewissen, denn der Vorschlag, mit Ihnen zusammenzuarbeiten, kam von mir. Weil ich ein großer Fan von Ihnen bin, wie ich Ihnen gestern Abend gleichfalls sagte. Ich habe außer *Auf dem Markt* auch all Ihre frühen Bühnenstücke gelesen…«

»Wirklich?«, fragte ich, vergebens bemüht, mir nicht anmerken zu lassen, dass ich mich geschmeichelt fühlte.

»Ja, ich habe sie mir von einem meiner Mitarbeiter in der Stiftung besorgen lassen…«

Das muss ein schönes Stück Arbeit gewesen sein, dachte ich, schließlich war keines je gedruckt worden. Aber eines wusste ich inzwischen: Wenn sich die Flecks etwas in den Kopf gesetzt hatten, dann bekamen sie es auch.

»…und ich wollte mit Ihnen auch noch die Überarbeitung des Films von Philip durchgehen.«

Das konnte ihr nur diese Joan vom Bürozentrum gesteckt haben.

»Haben Sie sie schon gelesen?«

»Gleich heute Morgen.«

»Und Ihr Mann?«

»Keine Ahnung«, antwortete sie. »Wir haben schon seit ein paar Tagen nicht mehr miteinander gesprochen.«

Ich hatte gute Lust, ihr bissig zu erwidern: »Und warum

nicht?« Ich konnte mich aber gerade noch beherrschen. »Sind Sie wirklich extra aus New York gekommen, um mich kennen zu lernen?«, fragte ich stattdessen.

»Wir haben nicht oft Autoren hier auf der Insel, die ich bewundere.«

»Und gefällt Ihnen die neue Version des Scripts wirklich?«

Sie ließ ein kehliges Lachen hören. »Das liebe ich so an euch Schriftstellern – wenn es um eure Arbeit geht, fahrt ihr immer gleich die Krallen aus. Aber ja doch... Sie haben eine Superarbeit abgeliefert.«

»Danke.«

»Glauben Sie mir, ich würde es Ihnen sagen, wenn es anders wäre.«

»Das bezweifle ich nicht.«

»Wenn Sie bleiben, werde ich Sie auch nicht mehr mit Wodka traktieren... es sei denn natürlich, Sie möchten gerne mit Wodka traktiert werden.«

»Bestimmt nicht.

»Dann halten wir es wie die Mormonen und leben heute abstinent.«

Nun musste ich doch lachen. »Schon gut, schon gut. Für einen Tag bleibe ich noch. Aber sagen Sie Ihrem Mann, wenn er sich morgen nicht blicken lässt, bin ich weg.«

»Abgemacht.«

Das Berocca kam fünf Minuten später – und zu meiner großen Überraschung linderte es die Nachwirkungen des gestrigen Abends tatsächlich. Aber das tat der Nachmittag mit Martha nicht minder. Angesichts der Menge Stoli, die sie am Abend zuvor konsumiert hatte, wirkte sie quicklebendig, fast schon strahlend. Sie ließ auf dem großen Balkon des Hauses einen leichten Lunch servieren. Die Sonne brannte mit voller

Kraft, doch eine leichte Brise milderte die Hitze. Wir aßen kalten Hummer, tranken Virgin Marys und redeten ohne Pause. Martha hatte den herausfordernden Ton abgelegt, den sie am Abend zuvor angeschlagen hatte, und erwies sich als glänzende Unterhalterin. Witzig (gut, das hatte ich schon bemerkt) und sehr belesen, wusste sie sich mit Feuer und Brillanz über ein Dutzend verschiedener Themen zu unterhalten: britisches Avantgarde-Theater der siebziger Jahre, die besten Programmkinos in Paris, den Niedergang guter jüdischer Delis in New York. Was mich aber noch mehr beeindruckte, war der Sachverstand, den sie bewies, als wir uns dem Thema Stückeschreiben zuwandten – sie machte eine ganze Reihe kluger, ja äußerst intelligenter Bemerkungen zur neuen Fassung von *Drei im Graben*. Zu meiner großen Verwunderung hatte sie tatsächlich das komplette Œuvre von David Armitage gelesen ...

»Meine Güte, in diese Texte habe ich schon seit Jahren nicht mehr hineingeschaut«, sagte ich.

»Nun, nachdem mir Philip erzählt hat, dass er mit Ihnen arbeiten möchte, hielt ich es nur für angemessen, mir mal anzusehen, was Sie gemacht haben, bevor Sie berühmt wurden.«

»Und sind dabei dann auf *Drei im Graben* gestoßen?«

»Ja, ich war diejenige, die es Philip vorgeschlagen hat.«

»War es auch Ihre Idee, das Script mit seinem Namen zu versehen?«

Sie sah mich an, als hätte ich sie nicht mehr alle. »Was meinen Sie damit?«

So berichtete ich ihr von dem Streich, den mir ihr Mann mit meinem Drehbuch gespielt hatte ... und wie es (über Bobby) mit seinem Namen auf dem Titelblatt bei mir eingetroffen war. Langsam ließ sie die angehaltene Luft durch die zusammengebissenen Zähne entweichen.

»Das tut mir wirklich Leid, David.«

»Nicht nötig. Es ist nicht Ihre Schuld. Und wie man sieht, bin ich seiner Einladung ja trotzdem gefolgt. Daran können Sie sehen, was für ein Trottel ich bin.«

»Immer lassen sich alle so von seinem Geld beeindrucken. Und das ermöglicht ihm dann diese Spielchen, die er so liebt. Deshalb habe ich mich auch so unwohl gefühlt bei der ganzen Geschichte. Als er mich rufen ließ und sich nach Ihnen erkundigte, hätte ich mir gleich denken müssen, dass er Ihnen nur Ärger machen würde.«

»Er hat Sie *rufen* lassen, um mit Ihnen zu reden? Mir war so, als wären Sie verheiratet?«

»Eigentlich leben wir getrennt.«

»Oh, ich verstehe.«

»Nicht offiziell. Weder ihm noch mir ist daran gelegen, dass es die Öffentlichkeit erfährt. Aber seit ungefähr einem Jahr gehen wir beide unserer Wege.«

»Das tut mir Leid.«

»Braucht es nicht. Es war schließlich meine Entscheidung. Nicht dass Philip mich bekniet hätte, es mir noch einmal zu überlegen, oder mir hinterhergelaufen wäre. Ist auch gar nicht sein Stil. Falls er überhaupt weiß, was Stil ist.«

»Glauben Sie, es ist für immer?«

»Ich weiß nicht. Wir reden von Zeit zu Zeit miteinander... vielleicht einmal die Woche. Wenn er mich für einen Auftritt in der Öffentlichkeit braucht – bei einer großen Wohltätigkeitsveranstaltung oder einem wichtigen Geschäftsessen oder bei der jährlichen Einladung ins Weiße Haus –, werfe ich mich in den passenden Fummel und setze das dazu passende Lächeln auf, hänge mich bei ihm ein und gebe mit ihm das glückliche Paar. Natürlich wohne ich in seinen Häusern und benutze seine Flugzeuge – aber nur, wenn er sie nicht braucht. Dass er so viele Häuser und Flugzeuge hat, gibt uns die Möglichkeit, einander ohne große Umstände aus dem Weg zu gehen.«

»So schlecht steht es zwischen Ihnen?«

Sie schwieg einen Moment und betrachtete das glitzernde Spiel von Sonnenlicht und Wasser auf der gleißenden Oberfläche der Karibik.

»Ich wusste von Anfang an, dass Philips Neugier nur von kurzer Dauer ist. Aber ich hatte mich auch in seine Neugier verliebt. Und in seinen Intellekt. Und die Verwundbarkeit, die er hinter der schweigsamen Fassade des reichen Mannes verbirgt. In der ersten Zeit entwickelte sich alles sehr gut. Bis er eines Tages anfing, sich zurückzuziehen. Ich verstand überhaupt nicht wieso. Erklärt hat er es mir nicht. Unsere Ehe war wie ein glänzendes neues Auto, das eines schönen Tages nicht mehr anspringen will. Man versucht alles, um es wieder in Gang zu bringen, aber irgendwann fragt man sich: Hat es vielleicht keinen Sinn mehr, ist es schon reif für den Schrottplatz? Das Schlimmste daran aber ist, wenn man merkt, dass man den Idioten, den man da geheiratet hat, immer noch liebt.«

Schweigend schaute sie wieder aufs Meer hinaus.

»Wenn Sie diese Aussicht sehen«, meinte sie schließlich, »dann denken Sie sicher: Deren Sorgen möchte ich haben!«

»Eine unglückliche Ehe ist eine unglückliche Ehe.«

»Und Ihre? War sie sehr unglücklich?«

Nun war es an mir, ihrem Blick auszuweichen.

»Wollen Sie die einfache Antwort oder die ehrliche?«, fragte ich.

»Das liegt ganz bei Ihnen.«

Ich zögerte einen Moment.

»Nein, im Nachhinein betrachtet war es gar nicht so furchtbar«, sagte ich schließlich. »Wir hatten ein wenig den Überblick verloren – und ich glaube, da hatte sich ein gewisser

Unmut auf beiden Seiten aufgestaut, weil Lucy uns beide finanziell so lange durchgeschleppt hatte. Mein Erfolg hat die Sache dann nicht gerade erleichtert. Er hat einen Graben zwischen uns aufgerissen...«

»Und dann haben Sie die Bekanntschaft der erstaunlichen Ms. Birmingham gemacht.«

»Ihre Informanten sind auf Draht.«

»Lieben Sie sie?«

»Natürlich.«

»Ist das die einfache oder die ehrliche Antwort?«

»Drücken wir es mal so aus: Es ist etwas völlig anderes als meine Ehe. Wir sind ein ›Power-Paar‹, mit allem, was dazugehört.«

»Klingt wie eine ziemlich ehrliche Antwort.«

Ich warf einen Blick auf meine Uhr. Es war schon fast fünf. Der Nachmittag war in null Komma nichts verflogen. Ich sah Martha an. Die frühe Abendsonne stand in einem Winkel, der ihr Gesicht mit dem weichen Licht von der Farbe eines Malt Whisky übergoss. Während ich sie so verstohlen betrachtete, dachte ich plötzlich: Sie ist wirklich schön. So klug. So verdammt witzig. Und im Gegensatz zu Sally so selbstkritisch. Wir schienen auf der gleichen Wellenlänge zu liegen. Unsere Beziehung war so spontan, so tief, so...

Da schoss mir durch den Kopf: *Denk noch nicht mal dran.*

»David...« Mit diesem Wort riss sie mich aus meinen Träumereien. »Ein Königreich...«

»Wie bitte?«

»Ein Königreich für Ihre Gedanken, David. Sie waren offenbar gerade ganz woanders.«

»Nein – ich war ganz im Hier und Jetzt.«

»Schön zu wissen«, meinte sie lächelnd.

Und in diesem Moment spürte ich... was? Dass sie mich

verstohlen beobachtet hatte, während ich sie verstohlen beobachtet hatte... dass da »etwas zwischen uns lief«?... dass bei uns beiden der Blitz eingeschlagen hatte? *Wach auf, du Schwachkopf* (das war die Stimme der Vernunft, die mir ins Ohr wisperte). *Selbst wenn es so wäre! Du weißt doch, was passiert, wenn du es zulässt. Großer Knall, Fallout, anschließend der denkbar längste aller nuklearen Winter.*

Nun war es an ihr, auf die Uhr zu schauen.

»Meine Güte, so spät ist es schon!«, rief sie.

»Hoffentlich habe ich Sie nicht von etwas Wichtigem abgehalten«, sagte ich.

»Das nicht. Aber die Zeit fliegt nur so dahin, wenn man sich angeregt unterhält.«

»Darauf werde ich einen trinken.«

»Soll das ein Wink sein, dass wir unser Abstinenzgelübde brechen und uns ein wenig französisches Prickelwasser bestellen sollten?«

»Nicht jetzt gleich.«

»Dann vielleicht später?«

»Wenn Sie sonst nichts vorhaben«, erwiderte ich ohne nachzudenken.

»Allzu viele gesellschaftliche Verpflichtungen habe ich hier draußen ja nicht gerade.«

»Ich auch nicht.«

»Dann hätte ich einen Vorschlag... einen kleinen Ausflug vielleicht?... Sind Sie mit von der Partie?«

Lass es sein, zischte mir die Stimme der Vernunft ins Ohr. Aber natürlich antwortete ich: »Gerne.«

Eine Stunde später, als die Sonne bereits steil herabsank, um der Nacht zu weichen, saß ich mit Martha an Deck der Yacht. Mit einem Glas Cristal in der Hand fuhren wir dem Horizont entgegen. Bevor wir an Bord gegangen waren, hatte sie mich noch gebeten, mir frische Kleider und einen Pullover mitzunehmen.

»Wohin fahren wir denn eigentlich?«, hatte ich sie gefragt.

»Das werden Sie schon sehen.«

Ungefähr eine halbe Stunde später kam ein hügeliges, grünes und mit Palmen gesäumtes Inselchen in Sicht. Aus der Ferne konnte ich einen Anlegesteg, einen Strand und dahinter drei einfache Gebäude im Stil der Osterinseln mit strohgedeckten Dächern ausmachen.

»Ein netter kleiner Schlupfwinkel«, sagte ich. »Wem gehört er?«

»Mir«, antwortete Martha.

»Ist das Ihr Ernst?«

»Ja. Das war Philips Hochzeitsgeschenk. Erst wollte er mir einen riesigen Klunker à la Liz Taylor kaufen. Aber ich habe ihm erklärt, ich gehörte nicht zu den Mädchen, die vom ›Stern von Indien‹ träumen. ›Dann vielleicht von einer Insel?‹, hat er gefragt. ›Das wäre mal was anderes‹, hab ich ihm geantwortet.«

Wir legten an, und Martha führte mich an Land. Der Strand war zwar nur schmal, bestand aber aus herrlichem weißen Sand. Wir gingen zu der kleinen Ansammlung von Häuschen. Das Hauptgebäude war rund, mit einer behaglichen Lounge (alles in hellem, naturbelassenem Holz und ebensolchen Stoffen gehalten), einer weitläufigen Veranda mit Sonnenliegen und einem großen Esstisch. *Haus und Garten*, Sondernummer »Tropisch wohnen«.

»Nicht schlecht für ein Hochzeitsgeschenk«, stellte ich fest. »Ich nehme an, bei der Gestaltung hat ein Profi mitgewirkt?

»Ja, Philip hat einen Architekten und einen Bauunternehmer aus Antigua einfliegen lassen und mir freie Hand gegeben. Ich habe mir dann natürlich eine Fünf-Sterne-Ausgabe von Jonestown gewünscht...«

»Wollten Sie hier Ihre eigene Sekte aufziehen?«

»Ich glaube, es gibt eine Klausel in meinem Vor-Ehe-Vertrag, die es mir ausdrücklich untersagt, eine Religionsgemeinschaft zu gründen.«

»Sie hatten einen Vor-Ehe-Vertrag?«

»Wenn man einen Kerl heiratet, der zwanzig Milliarden schwer ist, bestehen seine Leute darauf, dass man einen Vor-Ehe-Vertrag schließt, und in unserem Fall war er so dick wie die Gutenberg-Bibel. Ich habe mir jedoch einen außerordentlich tüchtigen Anwalt genommen, damit ich nicht zu kurz komme... Wenn alles in die Brüche geht, bin ich also gut abgesichert. Sind Sie bereit für eine kleine Inselbesichtigung?«

»Wird es nicht schon dunkel?«

»Soll es ja auch«, sagte sie und nahm meine Hand.

Als wir aus der Hütte traten, griff sie nach einer Taschenlampe, die neben der Tür hing. Dann ging sie mit mir zu einem schmalen Pfad, der hinter dem Hauptgebäude begann und geradewegs durch ein dschungelartiges Dickicht von Palmen und verschlungenen Ranken den Hügel hinauf führte. Die Sonne glühte noch am Horizont, aber die Insekten und Vögel stimmten sich schon eifrig für das Nachtkonzert ein. Aus allen Richtungen zischelte es, und unwirkliche Schreie erklangen, was in mir die tiefsitzenden Ängste des Stadtjungen vor dem Ruf der Wildnis weckte.

»Sind Sie sicher, dass das klug ist, was wir hier machen?«, fragte ich.

»Um diese Zeit sind die Pythons noch nicht unterwegs. Also...«

»Sehr witzig«, sagte ich.

»Bei mir sind Sie sicher.«

Höher und höher stiegen wir hinauf – die Pflanzen standen hier so dicht, dass mir der Pfad wie eine schmale Schneise durch einen immer dunkler werdenden grünen Tunnel erschien. Doch dann erreichten wir plötzlich den Gipfel des Hügels. Das Blätterwerk gab eine Lichtung frei, die einen wahrhaft atemberaubenden Ausblick auf das Meer in all seiner aquamarinblauen Weite bot. Martha hatte den idealen Zeitpunkt für unsere Ankunft gewählt... vor dem Hintergrund des sich verdunkelnden Himmels zeichnete sich makellos die glühende Scheibe der Sonne ab.

»Alle Achtung«, entfuhr es mir.

»Gefällt es Ihnen?«

»Ein grandioses Schauspiel.«

Wir sahen schweigend zu, wie sich die Sonnenscheibe allmählich langsam im Meer auflöste. Für ungefähr eine Minute zerschmolz das Wasser. Selbst hier auf dem Hügel konnte man das letzte Aufglühen noch spüren. Martha wandte sich zu mir um, lächelte mich an, nahm meine Hand und drückte sie. Dann löste sich der letzte honigfarbene Glanz urplötzlich auf, und die Welt versank im Dunkel.

»Das war das Stichwort für unseren Abstieg«, sagte Martha und knipste die Taschenlampe an. Langsam gingen wir wieder zurück. Sie hielt meine Hand, bis wir bei der Anlage ankamen. Vor dem Eingang ließ sie mich los und verschwand, um mit dem Küchenchef zu sprechen. Ich wartete auf der Veranda und schaute auf den dunklen Strand, wo rhythmisch die Brandung anrollte und leise die Palmen rauschten. Nach ein paar Minuten kam Martha in Begleitung von Gary zurück. Auf einem Tablett brachte er einen silbernen Cocktail-Shaker und zwei eisgekühlte Martinigläser mit.

»Ich dachte, wir wollten heute Abend nüchtern bleiben?«

»Die zwei Glas Champagner auf dem Boot haben Sie ja auch nicht verschmäht.«

»Stimmt, aber Martinis sind ein anderes Kaliber als Champagner – wie Scud-Raketen im Vergleich zu Luftgewehren.«

»Wie gesagt, keiner zwingt Sie dazu. Aber ich dachte, Sie trinken Ihren vielleicht gern mit Bombay Gin, straight up mit einem Twist.«

»Wissen Sie das auch von Ihren Spionen?«

»Nein, dazu habe ich meine Intuition bemüht.«

»Jedenfalls liegen Sie damit richtig. Aber wirklich nur den einen.«

Natürlich musste Martha mich nicht in den Polizeigriff nehmen, um mir noch einen zweiten Martini einzuflößen. Und sie musste mir keine Belohnung bieten, um mit ihr eine Flasche exquisiten Pouilly-Fumé zu leeren, der uns zu den gegrillten Garnelen gereicht wurde. Als wir dann noch eine halbe Flasche australischen Muscat getrunken hatten – der reinste Nektar –, erzählten wir uns in aufgeräumtester Stimmung absurde Geschichten, die ich beim Film und sie beim Theater erlebt hatte. Unsere Kindheit – meine in Chicago, ihre in einem Vorort von Philadelphia – kam ebenso zur Sprache wie Marthas vergebliche Versuche, nach ihrem Abschluss an der Carnegie-Mellon als Theaterregisseurin Fuß zu fassen. Nachdem ich ihr daraufhin von meiner fünfzehnjährigen beruflichen Durststrecke berichtet hatte, diskutierten wir die romantischen Irrungen und Wirrungen, die man so zwischen zwanzig und dreißig erlebt. Als wir damit begannen, uns von unseren misslungenen Abenteuern zu erzählen, hatten wir die zweite Hälfte der Flasche Muscat intus. Inzwischen war es spät geworden, sodass Martha Gary und das restliche Personal bereits entlassen hatte, das daraufhin in den Zimmern hinter der Küche verschwunden war.

»Komm, gehen wir noch ein Stückchen«, sagte Martha.

»Ich glaube, ich kann nur noch taumeln.«

»Dann taumeln wir eben.«

Sie nahm den Rest Muscat und zwei Gläser mit, führte mich den Hügel hinunter zum Strand und setzte sich in den Sand.

»Nur ein Stückchen taumeln, wie ich dir versprochen hatte«, sagte sie.

Ich ließ mich neben ihr nieder und sah in den Himmel. Es war eine außergewöhnlich klare Nacht, und das Weltall schien noch gewaltiger als sonst, als sollten wir an die Nichtigkeit all unserer Taten, Worte und Gefühle erinnert werden. Martha füllte unsere Gläser mit dem schweren goldenen Wein.

»Soll ich raten, was du denkst, wenn du da hinaufsiehst? Es ist alles banal und unwichtig, denn in fünfzig Jahren bin ich ja ohnehin schon tot...«, sagte sie.

»Wenn ich Glück habe...«

»Na gut, dann eben in vierzig Jahren. Zehn Jahre weniger des sinnlosen Strebens. Was hat all das, was wir heute tun, im Jahr 2041 noch für eine Bedeutung? Es sei denn, einer von uns fängt einen Krieg an oder schreibt die ultimative Sitcom des neuen Jahrtausends...«

»Woher weißt du, dass das mein ganzer Ehrgeiz ist?«

»Das war mir von dem Augenblick an klar als...«

Sie hielt inne, strich mir über die Wange, lächelte und schien sich noch einmal zu überlegen, was sie hatte sagen wollen.

»Ja?«, fragte ich.

»...als ich dich gesehen habe«, fuhr sie wieder in leichterem Tonfall fort, »da wusste ich, dass du fest entschlossen bist, der Tolstoi der Sitcom zu werden.«

»Redest du immer solchen Unsinn?«

»Immer. Es ist die einzige Methode, um den Gedanken an unsere kosmische Bedeutungslosigkeit in Schach zu halten. Deshalb würde ich jetzt auch gern dein schrecklichstes Erlebnis bei einem ersten Rendezvous hören.«

186

»Aber das ist doch etwas ganz Ernsthaftes, geradezu Existenzielles.«

»Sicher. Komm schon, zier dich nicht. Wenn es lustig ist, schenke ich dir nach.«

»Das ist mittlerweile kein Anreiz mehr«, sagte ich. Dennoch nahm ich die Herausforderung an und erzählte ihr die Geschichte eines Abends im New York des Jahres 1989, an dessen Ende meine Begleiterin (eine Möchtegern-Choreographin und Kettenraucherin, die mir in drastischen Details die Geschichte der Bulimie geschildert hatte, mit der sie sich seit zehn Jahren herumschlug) mir sagte: »Denk bloß nicht, dass ich jetzt mit dir ins Bett gehe.« Ich entgegnete: »Habe ich irgendwie angedeutet, dass ich auch nur im Geringsten daran interessiert bin?« Worauf sie in Tränen ausbrach und erklärte: »Das ist nicht das, was ich hatte hören wollen.« Es gelang mir schließlich, sie zu beruhigen und in ein Taxi zu verfrachten, um anschließend in meine Stammkneipe zu gehen, zwei doppelte Wild Turkey zu trinken und mir zu schwören, mich nie wieder mit einer Choreographin zu verabreden. Als ich zu meinem armseligen Apartment zurückkam, fand ich dort eine Nachricht von ihr vor:

»Ich möchte mich für mein Verhalten heute Abend entschuldigen. Manchmal bin ich unglaublich neurotisch, wenn es um Männer geht... und ich hoffe sehr, dass wir uns wiedersehen.«

Martha lachte. »Hat sie das wirklich geschrieben?«

»Allerdings.«

»Das Mädchen gefällt mir. Hast du dich nochmal mit ihr verabredet?«

»Ich bin vielleicht begriffsstutzig, aber nicht blöd.«

»Aber stell dir vor, was du verpasst hast.«

»Hätte ich mit dieser Spinnerin etwas angefangen, wäre es vielleicht nie etwas mit Lucy geworden. Wir sind uns nämlich drei Wochen später begegnet.«

»War es Liebe auf den ersten Blick?«

»In der Tat.«

»Und war sie die große Liebe deines Lebens?«

»Ja. Ohne Zweifel.«

»Und jetzt?«

»Jetzt ist Caitlin, meine Tochter, die große Liebe meines Lebens. Und Sally natürlich.«

»Ja. Natürlich.«

»Und Philip...?«

»Philip war nie die große Liebe meines Lebens.«

»Gut. Aber was war vor ihm?«

»Vor ihm gab es Michael Webster.«

»Das war der *Eine*?«

»Der Volltreffer. Wir lernten uns als Studenten an der Carnegie kennen. Er war Schauspieler. Als ich ihn zum ersten Mal sah, dachte ich: Der oder keiner. Glücklicherweise beruhte das auf Gegenseitigkeit. Vom zweiten Jahr an waren wir unzertrennlich. Nach dem College versuchten wir es sieben Jahre lang in New York – die meiste Zeit über mehr schlecht als recht. Dann bekam er für eine Spielzeit ein Engagement am Guthrie – eine Riesenchance, und um das Glück perfekt zu machen, konnte ich dazu eine Anstellung in der Dramaturgie ergattern. Wir beide machten uns also auf den Weg nach Minneapolis; der Direktor des Guthrie fand Gefallen an Michael und verlängerte seinen Vertrag für eine Spielzeit. Dann bot ihm ein Regisseur aus L. A. eine Rolle in einem viel versprechenden Film an, und wir fassten allmählich die Möglichkeit ins Auge, eine Familie zu gründen... mit anderen Worten, alles lief bestens. Aber eines Abends – es schneite prächtig – wollte Michael im nächsten 7-Eleven noch Bier holen. Auf dem Rückweg kam er auf einer vereisten Stelle ins Schleudern und krachte mit fast hundert Sachen gegen einen Baum. Der dumme Kerl hatte vergessen, sich anzuschnallen...

wie oft hatte ich ihn deswegen ermahnt… er flog durch die Windschutzscheibe und knallte mit dem Kopf gegen den Baum.«

Sie griff nach dem Muscat. »Noch ein Glas?«

Ich nickte. Sie schenkte uns ein.

»Eine furchtbare Geschichte«, sagte ich.

»Ja. Das kann man wohl sagen. Doch am furchtbarsten waren die vier Wochen, die er an den Maschinen hing, obwohl man bereits seinen Hirntod festgestellt hatte. Seine Eltern waren schon lange gestorben, sein Bruder in Deutschland stationiert, also blieb die Entscheidung an mir hängen. Natürlich konnte ich mich nicht mit dem Gedanken abfinden, ihn einfach sterben zu lassen. In meinem maßlosen Schmerz war ich so unvernünftig, dass ich an ein Wunder glaubte, das mir die große Liebe meines Lebens wiedergeben würde.

Schließlich überredete mich eine Krankenschwester – Typ abgebrühter Dragoner, die auf der Intensivstation schon alles gesehen hatte –, mit ihr einmal nach dem Dienst einen trinken zu gehen. Damals saß ich rund um die Uhr an Michaels Bett und hatte schon eine Woche nicht mehr geschlafen. Die resolute Schwester schleppte mich in den nächsten Schuppen, bestand darauf, dass ich zwei ordentliche Whisky trank und redete dann Tacheles mit mir: ›Ihr Typ wacht nicht mehr auf. Da gibt's kein medizinisches Wunder. Er ist tot, Martha. Sie müssen an sich denken. Sie müssen dicse furchtbare Tatsache akzeptieren und den Stecker rausziehen.‹

Sie spendierte mir noch einen Whisky und brachte mich dann nach Hause. Wo ich kurzerhand zusammenbrach und zwölf Stunden am Stück schlief. Als ich am nächsten Morgen aufwachte, rief ich im Krankenhaus an und erklärte dem Dienst habenden Arzt, ich sei bereit, die nötigen Papiere zu unterzeichnen, um Michaels Apparate abzuschalten.

Eine Woche später – in einem Moment, als ich in meinem

Schmerz nicht mehr genau wusste, was ich tat – bewarb ich mich um die Dramaturgen-Stelle, die gerade am Theater von Milwaukee ausgeschrieben worden war. Irgendwie schaffte ich es trotz allem, im Vorstellungsgespräch einen guten Eindruck zu hinterlassen, und dann weiß ich nur noch, dass ich die Stelle bekam und mich nach Wisconsin aufmachte.«

Sie leerte ihr Glas.

»Wenn man mit seiner Trauer nicht fertig wird, geht man normalerweise nach Paris, nach Venedig oder nach Tanger. Aber was tat ich? Ich ging nach Milwaukee.«

Sie schwieg und sah auf das dunkle Wasser hinaus.

»Kurz darauf hast du dann Philip kennen gelernt?«

»Nein – erst ungefähr ein Jahr später. Aber in der Woche, in der wir an seinem Script arbeiteten, war ich endlich wieder in der Lage, einem Menschen von Michael zu erzählen. Philip war der erste Mann, mit dem ich nach Michaels Tod geschlafen habe – was es umso schlimmer machte, dass er mich dann fallen ließ. Ich hatte ihn schon als arroganten Mistkerl abgeschrieben – vor allem, nachdem ich gesehen hatte, was aus unserem Script geworden war –, bis er eines Abends, meinen zornigen Brief in der Hand, vor meiner Tür stand und mich um Verzeihung bat.«

»Und warst du gleich dazu bereit?«

»Nein. Ich habe erst gewartet, ob er mich umwirbt – was er dann auch tat, sehr hartnäckig, und, wie ich zugeben muss, mit Klasse. Und zu meiner Überraschung verliebte ich mich schließlich in ihn. Vielleicht, weil er so ein verschlossener Charakter ist – aber zugleich auch jemand, der mich meiner Art wegen mochte, um meiner Gedanken willen und dafür, wie ich die Welt sah, wie ich nach und nach entdeckte. Und er brauchte mich. Das war die größte Überraschung: dass dieser Mann mit seinem vielen Geld, der alles bekommen konnte, was er wollte, mich und keine andere begehrte.«

»So hat er dich also zurückerobert?«

»Ja, im Lauf der Zeit und in der Art, in der Philip alles gewinnt... durch schiere, unverfrorene Hartnäckigkeit.«

Sie leerte ihr Glas.

»Das Problem ist nur«, fuhr sie fort, »sobald er etwas erst einmal gewonnen hat, verliert er das Interesse daran.«

»Was für ein Dummkopf.«

»Ha.«

»Nein, im Ernst«, platzte es aus mir heraus. »Wie kann jemand das Interesse an dir verlieren?«

Sie fing meinen Blick auf und strich mir durchs Haar. Dann zitierte sie:

»Dies ist die Stunde Blei –
Erinnert, wenn durchlebt,
So wie Erfrierende – den Schnee erfassen –
Erst – Frösteln – Lähmung dann – dann Gehenlassen –.‹

Wenn du mir sagst, von wem das ist, bekommst du einen Kuss.«

»Emily Dickinson.«

»Bravo!« Sie schlang mir die Arme um den Hals, zog mich an sich und küsste mich sanft auf den Mund.

»Jetzt bin ich an der Reihe«, sagte ich. »Gleiche Bedingungen:

›Hoffnung ist das Federding, das
In der Seele schwingt –
Und die Lieder ohne Worte –
Ohne Ende singt –‹«

»Das ist aber schwer«, sagte sie und schlang ihre Arme erneut um mich. »Emily Dickinson.«

»Ich bin beeindruckt.«

Wir küssten uns wieder. Diesmal ein wenig länger.

»Nun bin ich wieder dran«, sagte sie, ohne mich freizugeben. »Bist du bereit?«

»Ja.«

»Dann pass gut auf«, sagte sie. »Etwas ganz Schweres:

›Kein Weg – Die Himmel warn vernäht –
Die Pfeiler fühlt ich schließen –
Erde tauschte die Hemisphärn –
Ans Universum stieß ich –

Es glitt zurück – und ich allein –
Auf der Kugel nur ein Punkt –
Trat hinaus auf die Peripherie –
Wo keine Glocke schwingt –‹«

»Eine harte Nuss«, meinte ich.

»Los, rate einfach.«

»Aber wenn ich mich irre? Was dann?«

Sie zog mich näher zu sich heran. »Das schaffst du schon.«

»Doch nicht etwa schon wieder... Emily Dickinson?«

»Bingo!« Sie zog mich in den Sand, und wir küssten uns leidenschaftlich. Aber nach einigen ungehemmten Momenten ließ die Stimme der Vernunft in mir die Alarmsirenen heulen. Als ich mich jedoch aus ihrer Umarmung zu befreien versuchte, hielt mich Martha fest.

»Nicht denken. Einfach nur...«, flüsterte sie.

»Das geht nicht«, murmelte ich.

»Doch, das geht.«

»Nein.«

»Es ist doch nur für heute Nacht.«

»Du weißt genau, dass das nicht stimmt. Solche Ereignisse haben immer Folgen. Besonders ...«

»Ja?«

»Besonders wenn ... du und ich wissen, dass es nicht bei einer Nacht bleibt.«

»Spürst du es auch?«

»Was?«

»*Das* ...«

Ich löste mich vorsichtig aus ihren Armen und setzte mich auf.

»Ich spüre vor allem eins ... dass ich betrunken bin.«

»Du verstehst es nicht, wie?«, fragte sie sanft. »Schau dich um: du, ich, die Insel, das Meer, der Himmel, die Nacht. Nicht irgendeine Nacht, David. *Diese* Nacht. Diese einzigartige, unwiederbringliche Nacht ...«

»Ich weiß, ich weiß. Aber ...«

Ich legte ihr die Hand auf die Schulter. Sie nahm sie und hielt sie fest.

»Du bist viel zu vernünftig«, sagte sie.

»Ich wünschte ...«

Sie aber hauchte mir einen Kuss auf den Mund.

»Sag bitte nichts.« Dann richtete sie sich auf. »Ich mache einen kleinen Spaziergang«, erklärte sie.

»Darf ich dich begleiten?«

»Nein, ich gehe allein, wenn du nichts dagegen hast.«

»Ganz sicher?«

»Ganz sicher.«

»Kommst du auch zurecht da draußen?«

»Ich bin hier auf meiner Insel«, sagte sie. »Das schaffe ich schon.«

»Danke für den Abend«, sagte ich.

Mit einem traurigen Lächeln erwiderte sie: »Nein – ich habe zu danken.«

Dann wandte sie sich um und ging den Strand hinunter. Einen Moment lang erwog ich, ihr nachzulaufen, sie wieder in die Arme zu nehmen und zu küssen, mit all dem wirren Zeug über die Liebe und den richtigen Zeitpunkt herauszuplatzen, ihr zu erklären, dass ich mein Leben nicht noch weiter komplizieren wollte, sie aber, o mein Gott –, wie sehr ich sie zu küssen begehrte...

Stattdessen hörte ich auf die Stimme der Vernunft, riss mich zusammen und verließ den Strand. In meiner Hütte angekommen, setzte ich mich auf die Bettkante, stützte das Gesicht in die Hände und dachte: *Was für eine Woche.* Weiter kam ich nicht, da ich knapp vor einer Alkoholvergiftung stand und meine Denkfähigkeit dementsprechend beschränkt war. Wäre ich in der Lage gewesen, die Ereignisse der letzten Stunden richtig auszuloten – ganz abgesehen von dem äußerst beunruhigenden Gedanken, dass ich vielleicht, *aber nur vielleicht*, ein wenig in Martha verliebt war –, hätte ich mich nicht mehr wohl gefühlt in meiner Haut.

Glücklicherweise bekam ich jedoch keine Gelegenheit, hemmungslos in meinen Schuldgefühlen zu schwelgen. Denn die zweite Nacht in Folge schlief ich in all meinen Kleidern auf dem Bett ein. Diesmal war ich so ausgelaugt, dass ich mich erst am Morgen wieder rührte. Um sechs Uhr dreißig, um genau zu sein, als es leise an meine Tür klopfte. Ich gab einige sprachähnliche Laute von mir, worauf die Tür aufging und Gary eintrat, ein Tablett mit einer Kaffeekanne und einem großen Glas Wasser in der Hand. Ich bemerkte, dass ich zwar noch meine Kleider anhatte, aber zugedeckt war. Es musste also zuvor schon jemand hier gewesen sein und sich meiner erbarmt haben.

»Guten Morgen, Mr. Armitage«, begrüßte mich Gary. »Wie geht es Ihnen?«

194

»Nicht besonders.«

»Dann brauchen Sie zwei hiervon«, sagte er, warf zwei Berocca in das Wasserglas, wartete, bis sie sich aufgelöst hatten, und reichte es mir. Ich nahm es ihm mit zittriger Hand ab und leerte es in einem Zug. Während das Getränk durch meine Kehle rauschte, schossen einzelne Bilder meiner Abenteuer der vergangenen Nacht durch jenen hohlen Raum, in dem sich gewöhnlich mein Gehirn befand. Als ich die Kusssszene am Strand abspulte, überkam mich ein Schaudern, das ich vergeblich zu unterdrücken versuchte. Gary tat so, als würde er es nicht bemerken, und meinte bloß: »Jetzt wäre wohl eine Tasse starker Kaffee angebracht.«

Ich nickte. Er goss den Kaffee ein. Als ich den ersten Schluck trank, hätte ich ihn fast wieder ausgespuckt. Der zweite ging schon leichter runter, und beim dritten begann das Berocca den Nebel in meinem Hirn etwas zu lichten.

»Hatten Sie einen schönen Abend, Sir?«, fragte Gary. Ich sah ihn forschend an. Wollte der kleine Kriecher etwa Anspielungen machen... Hatte er vielleicht mit einem Fernglas auf der Veranda gestanden und beobachtet, wie wir uns wie alberne Teenager am Strand wälzten? Doch seine Miene gab nichts preis. Und ich war auch nicht gewillt, das zu tun.

»Ja, großartig«, sagte ich.

»Es tut mir Leid, dass ich Sie so früh geweckt habe, aber die Gulfstream steht bereit, Sie heute Morgen nach San Francisco zu bringen, wie Sie es gewünscht haben. Darf ich mir erlauben, Ihnen kurz den Reiseplan zu erläutern?«

»Nur zu... aber es kann sein, dass Sie ihn ein paarmal wiederholen müssen.«

Mit einem verkniffenen Lächeln erklärte er: »Mrs. Fleck meinte, Sie müssten etwa um vier Uhr nachmittags in San Francisco sein, um Ihre Tochter von der Schule abzuholen.«

»Stimmt. Wie geht es Mrs. Fleck heute Morgen?«

»Sie ist zur Stunde nach New York unterwegs.«

Ich traute meinen Ohren nicht. »Sie ist was?«

»Unterwegs nach New York, Sir.«

»Aber wie...?«

»So wie sie immer nach New York kommt, Sir. Mit einem unserer Flugzeuge. Sie hat die Insel noch gestern Abend verlassen. Kurz nachdem Sie zu Bett gegangen sind.«

»Tatsächlich?«

»Ja. Tatsächlich.«

»Oh.«

»Aber sie hat Ihnen eine Nachricht hinterlassen«, sagte er und zog einen kleinen weißen Umschlag hervor, auf dem mein Name stand. Ich widerstand der Versuchung, ihn gleich aufzureißen, und legte ihn einfach neben mich auf das Kissen.

»Außerdem bat sie mich, alles für Ihren Flug zu arrangieren. Hier also der Plan: Um neun geht es zurück nach Saffron, von dort startet um halb elf der Hubschrauber nach Antigua, und der Abflug der Gulfstream nach San Francisco ist für elf Uhr fünfzehn vorgesehen. Der Pilot sagte mir, der Flug dauert sieben Stunden und vierzig Minuten, aber mit den vier Stunden Zeitverschiebung kommen Sie um zehn nach drei an. Am Flughafen wartet ein Wagen auf Sie, der Ihnen auch das ganze Wochenende zur Verfügung steht. Es ist uns außerdem eine Ehre, Ihnen und Ihrer Tochter eine Suite im Mandarin Oriental reserviert zu haben.«

»Zu liebenswürdig von Ihnen.«

»Danken Sie Mrs. Fleck – sie hat das alles veranlasst.«

»Werde ich tun.«

»Eine Sache noch – Mr. Fleck würde sich sehr geehrt fühlen, Sie während Ihres neunzigminütigen Aufenthalts auf Saffron sprechen zu können.«

»Was?«, rief ich. Meine Hände fühlten sich auf einmal kalt und klamm an.

196

»Mr. Fleck wünscht Sie um neun zu empfangen.«

»Er ist wieder auf der Insel?«

»Ja, Sir. Er ist gestern Nacht gekommen.«

Na großartig, dachte ich. Einfach großartig.

7

Je näher das Boot Saffron Island kam, desto nervöser wurde ich. Das lag natürlich zum Teil daran, dass ich endlich den Mann treffen sollte, der mich sieben lange Tage auf sich hatte warten lassen. Außerdem musste mein Herr Gastgeber bei seiner Rückkehr gehört haben, dass seine Frau sich mit seinem Gast für einen Abend auf ihre private Insel zurückgezogen hatte. Weiter war da die Kleinigkeit, Martha betrunken am Strand geküsst zu haben. Ihre späte Rückkehr nach Saffron würde wenigstens den Verdacht zerstreuen, wir hätten die Nacht zusammen verbracht, was Gary und seine Kollegen ansonsten gewiss herumerzählt hätten. Ich fragte mich allerdings, ob jemand vom Personal die Kussszene am Strand beobachtet und Fleck pflichtgetreu informiert hatte, dass seine Frau und sein Gast ein Remake der berühmten Strandrangelei von Burt Lancaster und Deborah Kerr in *Verdammt in alle Ewigkeit* aufgelegt hatten – eine Szene, die dem Filmfreak Fleck sicher sofort vor Augen stehen würde.

Schnitt!

Ich umklammerte die Reling der Yacht und versuchte mich zu beruhigen. Auch rief ich mir ins Gedächtnis, dass die Nachwirkungen einer durchzechten Nacht mich stets verletzlich und für paranoide Fantasien anfällig werden ließen. Weiter sagte ich mir, dass im dicken Katalog der erotischen Torheiten ein bisschen Strandknutscherei (noch dazu in angeheitertem Zustand) als minderschweres Vergehen aufgelistet war. Zumal ich mich schließlich beherrscht und uns beiden nicht gestattet hatte, die Schwelle zu überschreiten, ab der es kein Zurück mehr gegeben hätte. Verdammt, ich war in Versuchung geführt worden und hatte widerstanden. Also klopf dir auf die Schulter und hör auf mit dieser Selbstgeißelung. Und wenn du schon dabei bist – schieb das Unvermeidbare nicht weiter auf und lies endlich Marthas Brief.

Was ich dann tat. Es war eine Karte in ordentlicher, enger Handschrift. Auf der einen Seite stand:

Durch Leid zu waten –
Durch ganze Lachen –
Bin ich gewohnt –
Doch jeder Freudenstoß –
Bricht mir den Fuß –
Ich strauchle – trunken –
Lächle nicht – Kieselstein –
Es war der neue Trank –
Nichts als das!

Ich drehte die Karte um und las:

Ich glaube, du weißt, von wem diese Zeilen stammen,
David.
Und ja, du hast Recht: So traurig es manchmal ist, der
richtige Zeitpunkt ist entscheidend.
Pass auf dich auf,
Martha

Mein erster Gedanke war: *Na, es hätte schlimmer kommen können.* Mein zweiter: *Ist sie nicht wunderbar?* Und mein dritter: *Vergiss die ganze Geschichte...*

Am Anlegesteg von Saffron Island wurde ich von Meg in

Empfang genommen. Meine Sachen seien bereits gepackt, teilte sie mir mit, und stünden bereit für den Hubschrauber. Aber wenn ich vor meiner Abreise noch einen Blick in mein Zimmer werfen wolle ...

»Ich bin sicher, Sie haben alles gefunden«, sagte ich.

»Mr. Fleck erwartet Sie im Großen Salon.« Ich folgte ihr den Steg entlang ins Haus und dann den Flur hinunter in die weiträumige Halle. Bevor ich eintrat, atmete ich einmal tief durch. Doch dann musste ich feststellen, dass gar niemand im Raum war.

»Mr. Fleck muss für einen Augenblick hinausgegangen sein. Darf ich Ihnen etwas zu trinken bringen?«

»Nur ein Glas Perrier, bitte.«

Meg verschwand, und ich ließ mich in den Eames-Sessel fallen, der laut Martha 4200 Dollar gekostet hatte. Nach etwa einer Minute erhob ich mich wieder und begann nervös auf und ab zu gehen, während ich immer wieder einen Blick auf meine Uhr warf, mahnte mich aber zur Ruhe, denn schließlich war dieser Mann trotz allem bloß ein *Mann*. Er mochte noch so viel Geld haben, nichts, was er sagen, tun oder denken würde, konnte meine Karriere beeinflussen. Und überhaupt, schließlich wollte er mich sprechen. *Ich* war das Talent. Er war der Käufer. Wenn er etwas von mir kaufen wollte, gut. Falls nicht – ich war nicht darauf angewiesen.

Zwei Minuten verstrichen, dann drei, dann fünf. Schließlich kam Meg mit einem Tablett zurück. Doch statt Perrier stand ein großes Glas Tomatensaft darauf, garniert mit einem Selleriestengel.

»Was ist das?«, fragte ich.

»Eine Bloody Mary, Sir.«

»Ich wollte ein Glas Perrier.«

»Ja, aber Mr. Fleck meinte, Sie könnten erst eine Bloody Mary vertragen.«

»Wie bitte?«

Da hörte ich eine Stimme von oben, genauer gesagt, von der Galerie, die den Großen Salon überragte.

»Ich dachte, eine Bloody Mary tut Ihnen gut«, sagte jemand leise und etwas schleppend. Gleich darauf waren Schritte auf der Wendeltreppe zu hören, die von der Galerie herabführte. Philip Fleck kam langsam die Stufen herunter und schickte mir ein unbestimmtes Lächeln entgegen. Natürlich kannte ich sein Gesicht von zahllosen Pressefotos, war aber überrascht, dass er von so kleiner Statur war. Er war höchstens 1,65 Meter groß, hatte braunes, grau meliertes Haar und ein jungenhaftes Gesicht, das übermäßigen Kohlehydratverzehr verriet. Er war nicht eigentlich dick – jedenfalls aber stämmig. Seine Kleidung war topmodisch im Freizeitstil eines Elite-Uni-Studenten: ein vorgebleichtes blaues Baumwollhemd mit festgeknöpftem Kragen, das er locker über im richtigen Maß verwaschenen khakifarbenen Chinos trug, dazu Sneakers von Converse. Obwohl er angeblich gerade eine Woche auf einer Angeltour unter sengender karibischer Sonne verbracht hatte, war er erstaunlich blass, sodass ich mich fragte, ob er zu jenen Leuten gehörte, die sich so panisch vor Hautkrebs fürchten, dass sie hinter der kleinsten Bräunung schon erste Anzeichen eines Melanoms vermuten.

Er streckte mir die Hand entgegen. Sein Griff war weich und lasch – wie bei jemandem, dem es egal ist, welchen Eindruck er hinterlässt.

»Sie sind sicherlich David.«

»Ja.«

»Dann dürfte nach allem, was ich gehört habe, eine Bloody Mary genau das Richtige sein.«

»So? Was haben Sie denn gehört?«

»Von meiner Frau habe ich gehört, dass Sie gestern Abend mächtig einen draufgemacht haben.« Er schaute in meine Richtung, aber knapp an mir vorbei – als würde er ein wenig schielen und könne nahe Objekte nicht richtig in den Blick bekommen. »Das stimmt doch?«

Ich wählte meine Worte mit Bedacht. »Es war ein leicht feuchtfröhlicher Abend«, sagte ich.

»Leicht feuchtfröhlich«, wiederholte er in seiner sanften, etwas schleppenden Sprechweise. »Hübsch ausgedrückt. Und nach solcher ›leichten Feuchtfröhlichkeit‹...«

Er wies auf Meg und den Drink auf dem Tablett. Einerseits wollte ich ablehnen. Andererseits sagte ich mir, sei kein Spielverderber... zumal ich ganz plötzlich tatsächlich das Bedürfnis nach einem Kater-Drink verspürte.

Ich nahm die Bloody Mary vom Tablett, hob das Glas in Flecks Richtung und leerte es in einem Zug. Dann stellte ich es auf das Tablett zurück und lächelte meinen Gastgeber an.

»Sie waren offensichtlich durstig«, sagte er. »Noch einen Drink, vielleicht?«

»Nein danke. Einer war genug.«

Er nickte Meg zu, die sich daraufhin zurückzog. Mit einer Geste forderte er mich auf, im Eames-Sessel Platz zu nehmen. Er selbst setzte sich mir gegenüber auf das Sofa, aber so, dass er mich nicht direkt anschauen musste, sondern die schräg hinter mir liegende Wand ansprechen konnte.

»Also...«, sagte er leise, »... ich hätte da eine Frage...«

»Schießen Sie los.«

»Glauben Sie, dass meine Frau Alkoholikerin ist?«

Junge, Junge... jetzt aber aufgepasst.

»Das entzieht sich meiner Kenntnis.«

»Aber Sie haben zwei Abende zusammen mit ihr gezecht.«

»Das stimmt.«

»Und sie hat beide Male eine ganze Menge getrunken.«

»So wie ich.«

»Sie sind also auch Alkoholiker?«

»Mr. Fleck...«

»Nennen Sie mich Philip. Martha hat Sie übrigens in den höchsten Tönen gelobt. Na ja, sie schien auch gerade in höheren Sphären zu schweben. Aber das macht ja einen Teil von Marthas Charme aus, finden Sie nicht auch?«

Ich antwortete nichts. Mir fiel schlicht nichts ein, was ich darauf hätte erwidern können. Das Schweigen, das sich etwa eine Minute lang ausdehnte, schien Fleck nicht zu stören.

»Wie war's beim Angeln?«, fragte ich schließlich.

»Angeln? Ich war nicht angeln.«

»Nein?«

»Nein.«

»Aber man hat mir gesagt...«

»Da hat man Ihnen etwas Falsches gesagt.«

»Ach. Wenn Sie also nicht angeln waren...?«

»Ich war woanders. In São Paulo, wenn Sie es genau wissen wollen...«

»Geschäftlich?«

»Niemand fliegt zum Vergnügen nach São Paulo.«

»Klar.«

Wieder geriet die Unterhaltung ins Stocken. Und wieder starrte Fleck schräg an mir vorbei auf die Wand. Spielte der Kerl mit mir etwa Katz und Maus? Nach einer weiteren endlosen Minute Schweigen öffnete er wieder den Mund.

»Also... Sie wollten mich sprechen?«

»Ich Sie?«

»Das hat man mir gesagt.«

»Aber...«

»Ja?«

»Aber... *Sie* haben doch *mich* eingeladen.«

»Tatsächlich?«

»Tatsächlich.«

»Ach ja. Richtig.«

»Ich meine... also, ich dachte, Sie wollten mich sprechen.«

»Weswegen denn?«

»Wegen des Scripts.«

»Welches Script?«

»Das Drehbuch, das ich geschrieben habe.«

»Sie schreiben Drehbücher?«

»Soll das ein Scherz sein?«

»Höre ich mich an, als wollte ich Scherze machen?«

»Nein – Sie hören sich an, als wollten Sie ein Spielchen mit mir spielen.«

»Und was für ein Spielchen sollte das sein?«

»Sie wissen genau, warum ich hier bin.«

»Wenn Sie es noch einmal wiederholen könnten...«

»Vergessen Sie's«, sagte ich und stand auf.

»Bitte?«

»Ich sagte: Vergessen Sie's.«

»Warum sagen Sie so etwas?«

»Weil Sie mir die Zeit stehlen.«

»Sind Sie mir jetzt böse?«

»Nein – ich gehe nur.«

»Habe ich etwas falsch gemacht?«

»Ich habe keine Lust, darüber zu diskutieren.«

»Aber wenn ich etwas falsch gemacht habe...«

»Die Unterhaltung ist beendet. Auf Wiedersehen.«

Ich schritt zur Tür. Aber Fleck hielt mich noch einmal auf.

»David...«

»Was noch?«, fragte ich und drehte mich um. Fleck, der mir mit einem schelmischen Lächeln nun direkt ins Gesicht sah, hielt auf einmal mein Drehbuch in seiner rechten Hand.

»Jetzt hab ich Sie aber drangekriegt!«, rief er. Und als ich nicht sogleich grinsend herausschmetterte: »He, das war aber ein guter Witz!«, fügte er hinzu: »Ich hoffe, Sie sind mir jetzt nicht allzu böse...«

204

»Nachdem ich eine ganze Woche hier auf Sie gewartet habe, Mr. Fleck ...«

Er ließ mich nicht ausreden.

»Sie haben Recht, Sie haben vollkommen Recht – ich entschuldige mich. Aber kommen Sie, was ist schon so ein kleiner Scherz à la Pinter unter Kollegen.«

»Wir sind Kollegen?«

»Das hoffe ich doch. Weil ich, ganz im Vertrauen, den Film gern machen würde.«

»Tatsächlich?«, fragte ich und versuchte, dabei so gleichgültig wie möglich zu klingen.

»Sie haben da eine bemerkenswerte Überarbeitung geliefert. Das liest sich jetzt wie ein dekonstruiertes Caper-Movie mit einem wirklich starken politischen Unterbau. Das Krankhafte am ungehemmten Konsumverhalten ist gut herausgearbeitet; diese Langeweile, die für den modernen amerikanischen Lebensstil kennzeichnend geworden ist.«

Das war mir alles neu – doch eine Grundregel im schreibenden Gewerbe war: Wenn ein Regisseur dir mit Begeisterung erzählt, worum es in deinem Film geht, dann nicke brav ... auch wenn du denkst, dass er völligen Stuss von sich gibt.

»In erster Linie ist es natürlich schon ein Genre-Film ...«, sagte ich.

»Exakt«, antwortete Fleck und bat mich mit einer Geste, wieder in dem Eames-Sessel Platz zu nehmen. »Aber er stellt das Genre auf den Kopf – so wie Jean-Pierre Melville die Legende vom existentialistischen Killer in *Der eiskalte Engel* neu definiert hat.«

Die Legende vom existentialistischen Killer? Meinetwegen.

»Im Kern geht es um zwei Typen, die versuchen, eine Bank in Chicago auszurauben.«

»Und ich weiß auch schon genau, wie ich das drehen werde.«

In der nächsten halben Stunde erläuterte er mir Einstellung für Einstellung das Storyboard der Szene in der Bank (unter Einsatz einer Handkamera – mit grobkörnigem Farbfilm – »es soll wie ein Independent-Film aussehen«). Dann sprach er über die Besetzung.

»Ich denke hauptsächlich an unbekannte Gesichter. Und für die Hauptrollen könnte ich mir zwei hervorragende Schauspieler vorstellen, die ich letztes Jahr im Berliner Ensemble gesehen habe...«

»Wie steht's mit deren Englisch?«, wollte ich wissen.

»Das kriegen wir schon hin«, meinte er nur. Natürlich hätte ich auf das kleine Glaubwürdigkeitsproblem hinweisen können, wenn zwei Schauspieler mit merklich deutschem Akzent ergraute Vietnamveteranen spielten, aber ich hielt meine Zunge im Zaum. Schließlich ließ er im Verlauf seines epischen Monologs auch einfließen, dass er an ein Budget von etwa vierzig Millionen Dollar dachte – eine absurd hohe Summe für einen vorgeblichen Independent-Streifen, aber wer war ich, in Frage zu stellen, wie er sein Geld zum Fenster hinauswarf. Zumal ich daran denken musste, was Alison mir mit auf den Weg gegeben hatte:

»Und ich leiere ihm einen Batzen Geld aus den Rippen, denn ich werde den Vertrag so aufsetzen, dass er zahlen muss, ob der Film gedreht wird oder nicht, David. Eine volle Million. Glauben Sie mir, er wird zahlen. Wir beide wissen, dass es als Schmeichelei gedacht war, als er seinen Namen unter Ihr Manuskript setzte, doch die Öffentlichkeit weiß es nicht; demzufolge wird ihm nicht daran gelegen sein, dass wir es ihr erzählen. Wir brauchen ihn also gar nicht groß darum zu bitten, er wird auch so etwas springen lassen, damit wir den Mund halten.«

Natürlich hätte ich jetzt die kleine Mogelei zur Sprache bringen können, dass er seinen Namen auf das Titelblatt meines Drehbuchs gesetzt hatte – doch warum hätte ich seinen Enthusiasmus dämpfen sollen? Wurde ich doch – um die Wahrheit zu sagen – ein wenig von seinem Eifer mitgerissen, der Art, in der er mir zu verstehen gab, ich hätte nicht bloß ein wenig Unterhaltungsfutter abgeliefert, sondern eines der großen, wegweisenden Menschheitsdokumente unseres Zeitalters geschaffen. Martha hatte Recht – wenn Fleck etwas wollte, dann ging er mit ungebremster Leidenschaft zu Werke. Aber sie hatte auch gesagt, er verliere das Interesse an einer Sache, sobald er hatte, was er wollte. Und ich war immer noch ein wenig verschnupft über die Art und Weise, in der er mich zu Beginn unseres Gesprächs aus der Fassung zu bringen versucht hatte – wenn ich auch zu seinen Gunsten erwähnen muss, dass er sich inmitten seines Redeschwalls unterbrach, um sich noch einmal dafür zu entschuldigen, dass er »mich auf den Arm genommen hatte«.

»Ich fürchte, das ist eine schlechte Angewohnheit von mir«, sagte er. »Wenn ich jemandem zum ersten Mal begegne, dann ziehe ich ihn gern ein wenig auf ... einfach um zu sehen, wie er darauf reagiert.«

»Und habe ich den Test bestanden?«

»Mit Bravour. Sie haben erst mitgespielt, um zu sehen, worauf das Ganze hinausläuft. Aber als kein Zweifel mehr bestand, dass ich mich über Sie lustig mache, haben Sie entschieden, sich nichts mehr gefallen zu lassen. Da wusste ich, dass ich mit Ihnen arbeiten kann. Martha hat mir schon erzählt, was für einsame Klasse Sie sind – und sie kennt ihre Autoren. Danke nochmal, dass Sie sich in den letzten Tagen so viel Zeit für sie genommen haben. Sie ist ein echter Fan von Ihnen, und ich weiß, wie gern sie die Gelegenheit wahrgenommen hat, sich ausführlich mit Ihnen unterhalten zu können.«

Nicht zu vergessen die Knutschszene mit Emily-Dickinson-Einlagen. Doch Flecks Miene zeigte nicht den leisesten

Hinweis darauf, dass ihm diese Details bekannt sein könnten. Und überhaupt (sagte ich mir), schließlich leben sie inoffiziell getrennt. Er hatte sicher in jedem Hafen eine Braut. Was hätte es also ausgemacht, wenn er herausgefunden hätte, dass ich ein kleines Tête-à-Tête mit seiner Frau gehabt hatte? Ihm gefiel mein Drehbuch. Falls er nicht von seinen albernen Vorstellungen ablassen wollte, konnte ich immer noch meinen Namen zurückziehen – nachdem ich den Scheck eingelöst hatte, versteht sich.

Aber bevor wir uns noch ernsthaft über seine Frau zu unterhalten begannen, wechselte ich lieber das Thema.

»Ich wollte mich noch dafür bedanken, dass Sie mich mit Pasolinis *Salò* bekannt gemacht haben«, sagte ich. »Sicherlich für ein erstes Rendezvous der denkbar schlechteste Film aller Zeiten, aber trotzdem ein beachtlicher Film, jedenfalls einer, der einem nicht so schnell aus dem Kopf geht.«

»Für mich ist es ohne Frage der größte Film, der nach dem Krieg gedreht wurde. Finden Sie nicht auch?«

»Das ist eine gewagte Behauptung...«

»...und ich sage Ihnen auch, warum er solches Lob verdient. Weil er das Hauptmotiv des zu Ende gegangenen Jahrhunderts thematisiert... das Bedürfnis, totale Herrschaft über andere auszuüben.«

»Ich glaube nicht, dass man davon nur im zwanzigsten Jahrhundert besessen war.«

»Da haben Sie Recht – aber im vergangenen Jahrhundert haben wir große Fortschritte bei der Kontrolle der Menschen gemacht... indem der Mensch die Technik zu dem Zweck eingespannt hat, totale Herrschaft über andere zu erringen. Die deutschen Konzentrationslager beispielsweise waren ein erstes herausragendes Beispiel für den technisierten Tod – eine äußerst effiziente Maschinerie zur Auslöschung menschlichen Lebens. Ein ebensolcher Triumph zur Kontrolle der Menschheit war die Atombombe, nicht nur als Mittel zur emotionslosen Massenvernichtung, sondern auch als politisches Instrument. Schließlich haben wir dank der Bedrohung durch die Atombombe alle den Sicherheitsstaat akzeptiert, wie ihn der Apparat des Kalten Krieges hervorgebracht hat... So konnten die Regierungen auf beiden Seiten des ideologischen Vorhangs perfekt das gemeine Volk in Schach halten und hatten gleichzeitig einen Vorwand, ein ausgedehntes Spitzelnetz aufzubauen, um Unzufriedenheit bereits im Keim zu ersticken. Jetzt haben wir natürlich ganz andere Informationsmöglichkeiten, mit denen sich die Individuen weitaus besser kontrollieren lassen. So wie in den westlichen Gesellschaften der Konsum und der ewige Kreislauf des Gewinnstrebens dazu benutzt werden, die Menschen bei der Stange und im Joch zu halten.«

»Aber was hat das alles mit *Salò* zu tun?«

»Ganz einfach – Pasolini hat uns den Faschismus in seiner reinsten vortechnologischen Spielart vorgeführt: der Glaube, man habe das Recht, ja das *Privileg*, vollkommene Kontrolle über andere auszuüben, ihnen jede Würde und die elementarsten Menschenrechte abzusprechen; ihnen ihre Individualität zu rauben und sie wie rein funktionale Objekte zu behandeln, die man einfach beseitigt, wenn sie nicht mehr zu gebrauchen sind. Die Rolle der wahnsinnigen Herrscher in dem Film haben in der Realität längst Mächtigere übernommen: Regierungen, Konzerne, Datenbanken. Aber wir leben immer noch in einer Welt, in der das Streben, andere zu dominieren, einer der stärksten menschlichen Triebe ist. Wir alle wollen doch unseren Mitmenschen die eigene Weltsicht aufdrängen, nicht wahr?«

»Dem will ich nicht widersprechen... aber was hat diese, äh, Theorie, mit meinem... *unserem* Gaunerfilm zu tun?«

Er sah mich an und lächelte wie jemand, der sich anschickt,

eine fantastische, hochoriginelle Idee loszuwerden – und schon eine ganze Weile auf den richtigen Moment gelauert hat.

»Nehmen wir mal an – das ist bloß ein Vorschlag, aber einer, den Sie ernsthaft in Erwägung ziehen sollten –, dass unsere beiden Vietnamveteranen ihren ersten Bankraub mit Erfolg durchziehen, aber dann ein bisschen zu viel Ehrgeiz entwickeln und sich vornehmen, einen völlig zurückgezogen lebenden Milliardär auszuplündern.«

Wer ihm da wohl vorschwebt, dachte ich. Aber Fleck zeigte keine Spur von Selbstironie. Er redete ungerührt weiter.

»Nehmen wir also an, dieser Milliardär lebt in einer Festung auf einem Berg im Norden Kaliforniens... wo er eine der größten privaten Kunstsammlungen der Vereinigten Staaten zusammengetragen hat, auf die es unsere beiden Jungs abgesehen haben. Aber nachdem sie es endlich geschafft haben, in die Zitadelle einzudringen, werden sie sofort von der Wachmannschaft festgenommen. Und sie entdecken, dass er da mit einigen seiner Kumpels einen Club von Libertins aufgezogen hat – mit Sexsklaven beiderlei Geschlechts. Auch unsere beiden Helden werden sofort versklavt... doch sie arbeiten natürlich gleich einen Plan aus, wie sie und die anderen ihren strengen Bewachern entkommen können.«

Er schwieg und lächelte mich an. »Was halten Sie davon?«, wollte er wissen.

Ganz vorsichtig jetzt. Er soll nicht mitkriegen, wie du innerlich aufjaulst.

»Hm«, sagte ich. »Klingt ein wenig, als würde man *Stirb langsam* mit Marquis de Sade verquicken. Eine Frage: Kommen die zwei lebend raus?«

»Ist das wichtig?«

»Natürlich... wenn der Film kommerziellen Erfolg haben soll. Wenn Sie vierzig Millionen reinstecken wollen, dann zielen Sie doch sicher auf die Multiplex-Besucher. Die brauchen jemanden, mit dem sie sich identifizieren können. Folglich muss es wenigstens einer der Veteranen schaffen, nachdem er all die Bösewichter umgepustet hat ...«

»Und was passiert mit seinem Freund?«, fragte er in unerwartet festem Ton.

»Den lassen Sie den Heldentod sterben ... am besten durch den durchgeknallten Milliardär. Was unserem Bruce-Willis-Typ natürlich einen noch größeren Hass auf seinen Peiniger einflößt. Am Ende, wenn all die anderen Lüstlinge erledigt sind, kommt es zum Showdown zwischen Willis und dem Milliardär. Natürlich muss Willis noch ein Mädchen aus den Ruinen fortschleppen ... am besten eine der Sexsklavinnen, die er befreit hat. Abspann. Damit sind die ersten zwanzig Millionen schon am Premierenwochenende drin.«

Langes Schweigen. Philip Fleck schürzte die Lippen.

»Gefällt mir nicht«, meinte er dann. »Gefällt mir überhaupt nicht.«

»Wenn ich ehrlich sein darf, mir auch nicht. Aber darum geht es nicht.«

»Worum geht es sonst?«

»Ganz einfach, wenn Sie das Gaunerstück zu einem ›Zwei Typen werden von einem reichen Irren gefangen gehalten‹-Film erweitern und außerdem noch Geld damit verdienen wollen, dann müssen Sie sich an ein paar bewährte Hollywood-Rezepte halten.«

»Aber das ist nicht der Film, den Sie geschrieben haben«, sagte er und klang dabei ein wenig verärgert.

»Das brauchen Sie mir nicht zu sagen«, antwortete ich. »Geschrieben – und *umgeschrieben* – wurde der Film, wie Ihnen nicht entgangen sein dürfte, als tragische, aber doch auch komische, leicht verunsichernde Komödie im Stil von Robert Altman; Elliot Gould und Donald Sutherland wären eine Idealbesetzung für die gealterten Veteranen. Was Sie dagegen vorschlagen...«

»Was ich vorschlage, ist ebenfalls tragisch und verunsichernd«, warf er ein. »Ich will keinen Allerweltsfilm drehen. Es soll eine Neuinterpretation von *Salò* im Kontext des Amerikas des einundzwanzigsten Jahrhunderts werden.«

Äußerst vorsichtig jetzt.

»Was meinen Sie mit ›Neuinterpretation‹?«

»Ich meine damit... Ich will, dass das Publikum glaubt, sich eine konventionelle Einbrechergeschichte anzuschauen, und dann... *rumms!*... wird es mit einem Mal in die schwärzeste überhaupt nur denkbare Finsternis gerissen.«

Ich sah meinen Herrn Gastgeber forschend an. Nein, er meinte es weder ironisch noch schräg noch mit schwarzem Humor. Dem Kerl war es absolut ernst damit.

»Was meinen Sie mit dieser ›schwärzesten nur denkbaren Finsternis‹?«

Er hob die Schultern. »Sie haben doch *Salò* gesehen«, antwortete er. »Was ich anstrebe, ist die gleiche extreme Grausamkeit... die die Grenzen des schlechten Geschmacks auslotet und die Toleranz des Publikums bis an die äußerste Grenze strapaziert.«

»Wie in der Szene, wo sie Scheiße fressen...?«

»Natürlich würden wir Pasolini nicht so plump imitieren...«

»Natürlich würden *wir* das nicht...«

»Aber irgendetwas ungeheuer Entwürdigendes unter Einbeziehung von Fäkalien sollte schon vorkommen. Es gibt schließlich nichts Ursprünglicheres als Scheiße, oder?«

»Dem würde ich zustimmen«, sagte ich und sah ihm wieder forschend ins Gesicht. Ich rechnete immer noch damit, dass er wieder »Drangekriegt!« rief und sich darüber amüsierte, mich zum zweiten Mal zum Narren gehalten zu haben. Doch es war ihm todernst. Also sagte ich:

»Aber Ihnen ist schon klar, dass der Film nicht nur beim Publikum durchfallen könnte, wenn Sie, sagen wir mal, zeigen, wie jemand auf den Boden kackt, sondern dass er dann vielleicht überhaupt nicht freigegeben wird?«

»Ach, die Freigabe bekomme ich schon«, meinte er. Klar doch... schließlich konnte er genügend dafür auf den Tisch blättern. Genauso wie er vierzig Millionen aus dem Fenster werfen konnte, um mal wieder in Extremform seiner Eitelkeit zu frönen. Der Kerl konnte einfach machen, was er wollte. Sein Reichtum befreite ihn von der banalen Sorge, dass ein Film sein Geld auch wieder einspielen musste – selbst davon, sich überhaupt Gedanken um das Publikum zu machen.

»Ihnen ist aber bewusst, dass diese Art von Film vielleicht nur in Paris gezeigt wird oder höchstens noch in einem Programmkino in Helsinki, wo sie eine besonders hohe Selbstmordrate haben...«

Fleck zuckte leicht zusammen. »Das sollte wohl ein Scherz sein?«

»Klar, war nur ein Scherz. Was ich sagen wollte ist...«

»Ich weiß, was Sie sagen wollen. Und mir ist bewusst, dass meine Idee radikal ist. Aber wenn jemand wie ich – mit den Möglichkeiten, die ich habe – nur auf Nummer Sicher geht, was soll dann die Kunst noch voranbringen? Tatsache ist doch, dass die Avantgarde seit jeher auf Mäzene aus der wohlhabenden Elite angewiesen war. Und ich bin eben mein eigener Mäzen. Wenn der Rest der Welt mein Werk verschmäht, nun denn. Solange man es nicht einfach ignoriert...«

»Meinen Sie, wie Ihren letzten Film?«, rutschte es mir heraus.

Wieder fuhr Fleck leicht zusammen, dann sah er mich an wie ein verwundetes und daher besonders gefährliches Tier. Verdammt. Jetzt war ich aber ins Fettnäpfchen getreten...

»Nicht dass er diese Missachtung verdient hätte«, sagte ich

schnell. »Und ich kann mir nicht vorstellen, dass das, was Sie da eben geschildert haben – mit unserem Drehbuch – einfach ignoriert werden kann. Ein paar christliche Fundamentalisten könnten öffentlich Ihr Bild verbrennen, aber Aufmerksamkeit wäre Ihnen gewiss. Und nicht zu knapp.«

Jetzt lächelte er wieder, was mich erleichterte. Dann drückte er einen Knopf auf dem Tisch. Sekunden später erschien Meg. Er bestellte eine Flasche Champagner.

»Stoßen wir auf unsere Zusammenarbeit an, David«, sagte er.

»Arbeiten wir denn zusammen?«

»Das nehme ich doch an. Ich meine, Sie sind doch daran interessiert, an dem Projekt mitzuarbeiten, oder nicht?«

»Das hängt davon ab...«

»Von was?«

»Von den üblichen Dingen: Ihrem und meinem Terminkalender, meinen anderen beruflichen Verpflichtungen, dem Vertrag, den Ihre Leute mit meinen aushandeln. Und dann ist da natürlich noch die Geldfrage.«

»Geld spielt keine Rolle.«

»Geld spielt im Filmgeschäft immer eine Rolle.«

»Nicht bei mir. Nennen Sie mir einfach Ihren Preis.«

»Wie bitte?«

»Nennen Sie Ihren Preis. Sagen Sie mir, wie viel Sie dafür haben möchten, das Script umzuschreiben.«

»Von solchen Sachen lasse ich normalerweise die Finger. Da müssen Sie mit meiner Agentin reden...«

»Ich wiederhole, David: Nennen Sie mir Ihren Preis.«

Ich holte tief und etwas nervös Luft. »Sie meinen eine Überarbeitung in Ihrem Sinne?«

»Zwei Entwürfe und eine Endfassung«, sagte er.

»Das erfordert einen nicht unerheblichen Zeitaufwand.«

»Ich bin sicher, Sie werden sich das entsprechend vergüten lassen.«

»Wir reden also über Ihr ›Sodom im Napa Valley‹-Dreh-
buch?«

Er verzog amüsiert die Mundwinkel. »So könnte man es
nennen«, sagte er. »Also ... Ihr Preis, bitte.«

Ohne mit der Wimper zu zucken, sagte ich: »1,4 Millionen
Dollar.«

Er begutachtete seine Fingernägel.

»In Ordnung«, sagte er dann.

Jetzt verlor ich doch leicht die Fassung. »Ist das Ihr Ernst?«

»Das Geschäftliche wäre damit erledigt. Also, wollen wir
anfangen?«

»Nun ... äh ... normalerweise fange ich nicht an, bevor der
Vertrag unterzeichnet ist. Und ich müsste die Sache noch mit
meiner Agentin besprechen.«

»Was gibt's da noch zu besprechen? Sie haben einen Preis
genannt. Ich habe ihn akzeptiert. Machen wir uns an die Arbeit.«

»Aber ... wie soll ich sagen ... Agenten sehen es nicht so
gern, wenn ihre Klienten mit etwas anfangen, bevor der Vertrag auf dem Tisch liegt.«

Der Champagner kam. Er beachtete ihn nicht, sondern griff
nach einem Schreibblock und schob ihn mir zu.

»Schreiben Sie den Namen Ihrer Agentin und ihre Telefonnummer auf. Einer meiner Anwälte wird sich mit ihr in Verbindung setzen, sobald sie in ihrem Büro ist ... ich nehme an,
sie sitzt in L. A.?«

»Stimmt«, sagte ich und kritzelte Alisons Name und Telefonnummer auf den Block. »Aber wenn Sie nichts dagegen
haben, würde ich sie gern selbst anrufen, bevor Ihre Leute mit
ihr sprechen.«

»Tun Sie das«, sagte er, worauf ich mich entschuldigte und
auf mein Zimmer ging. Ich sah auf meine Uhr. Kurz nach elf
Uhr vormittags ... also sechs Uhr morgens in Los Angeles.

215

Aber bestimmt hatte Alison nichts dagegen, geweckt zu werden, um einen 1,4-Millionen-Dollar-Deal zu verhandeln.

Doch als ich sie unter ihrer Privatnummer anrief, informierte mich ihre Voice Mail, dass sie bis Ende nächster Woche in Mexiko in Urlaub sei. Mist. Mist. Mist. Bestimmt konnte ich sie auch jenseits der Grenze aufspüren, aber dazu musste ich erst mit ihrer Assistentin Trish sprechen. Die jedoch würde sicher nicht vor neun Uhr im Büro auftauchen... Zwei Uhr mittags hiesige Zeit. Also holte ich tief Luft, wählte die Nummer von Lucy in Sausalito und machte mich darauf gefasst, für meine Ankündigung, noch ein paar Tage länger hier bleiben zu müssen, wüst beschimpft zu werden. Wie erwartet, fiel ihre Antwort keineswegs gemäßigt aus.

»Du bist wohl völlig durchgeknallt«, sagte sie, nachdem ich ihr die Neuigkeit mitgeteilt hatte.

»Darf ich dir bitte erklären...?«

»Nein, darfst du nicht.«

»Es ist möglicherweise sehr lukrativ...«

»Kümmert mich wenig.«

»Wenn du mir nur zuhören würdest...«

»Du hast schon das letzte Wochenende verbockt. Du hast Caitlin versprochen, dieses Wochenende hier zu sein. Und du *wirst* hier sein.«

»Es geht doch nur um ein oder zwei Tage.«

»Ein oder zwei Tage heißen, dass du dieses Wochenende nicht hier bist.«

»Hör mal, wie wär's, wenn ich dafür die nächsten zwei, drei Wochenenden übernehme...«

»Nicht verhandelbar.«

»Bitte, Lucy. Sei vernünftig.«

»Du willst eine vernünftige Antwort? Fick dich ins Knie.«

»Wie reif und überlegt.«

»In etwa so, wie Frau und Kind zu verlassen...«

»Hör mich doch wenigstens an.«

»David… jetzt sperr mal die Ohren auf. Ich bin sicher, du hast einen wirklich guten, nachvollziehbaren Grund, um dieses Wochenende abzusagen. Aber es wäre mir auch egal, selbst wenn Spielberg persönlich dich zu einem privaten Stelldichein bestellt hätte. Du hast deiner Tochter etwas versprochen. Und du wirst dieses Versprechen halten.«

»Und was, wenn ich so stur bin wie du und einfach nicht komme?«

»Dann rufe ich meine Rechtsanwältin an, damit sie den nächsten netten Familienrichter oder die nächste nette Familienrichterin dazu bringt, dir den Umgang mit deiner Tochter zu untersagen.«

Langes Schweigen. Der Hörer in meiner Hand zitterte.

»Das ist Erpressung.«

»Mir egal.«

»Meine Tochter braucht ihren Vater.«

»Genau… und deshalb erwarte ich dich heute Abend hier.«

»Ich kann nicht glauben, dass du mir wirklich den Umgang mit Caitlin verbieten lassen willst.«

»Willkommen in der Welt von Ursache und Wirkung, David. Du bist dem Ruf deines Schwanzes gefolgt – mal ganz abgesehen von deinem Ego – und hast damit unsere nette kleine Familie zerstört. Mit der Folge, dass ich dich nun hasse. Was wiederum bedeutet, dass es mir völlig egal ist, ob ich dir beruflich schade oder nicht, wenn ich darauf bestehe, dass du dieses Wochenende hier antanzt. Ich habe auch keine Hemmungen, einen langen, schmutzigen Prozess vom Zaun zu brechen – weil du am Ende sowieso für alles bezahlen wirst. Also mach dir klar, David: Wenn du heute Abend nicht hier aufkreuzt, bringe ich die taktischen Nuklearwaffen in Stellung. Und du wirst deine Tochter sehr, sehr lange nicht mehr sehen.«

Damit legte sie auf.

Ich saß eine ganze Weile auf dem Bett – wütend auf Lucy und ihre sture Rachsucht, aber auch wütend auf mich, der ich dieses Gefühlschaos zu verantworten hatte. Natürlich übertrieb Lucy maßlos. Natürlich schlug sie völlig irrational um sich. Aber so sehr ich sie wegen ihrer Bestrafungsfantasien verfluchen mochte, mir ging doch auch durch den Kopf: *Du erntest, was du gesät hast.* Nun zahlte ich die Zeche.

Schließlich stand ich auf und ging in den Großen Salon zurück. Philip Fleck blickte bei meinem Eintreten auf.

»Können wir jetzt anfangen?«

»Nun, meine Agentin ist nicht in der Stadt...«

»Wir treiben sie bestimmt irgendwo auf. Und falls nicht, dann lasse ich eben die Hälfte der 1,4 Millionen heute Nachmittag auf Ihr Bankkonto überweisen.«

»Das ist ausgesprochen großzügig von Ihnen, und auch sehr honorig. Aber das ist nicht mein eigentliches Problem. Es ist so, ich habe da eine kleine Familienkrise zu Hause.«

»Geht es um Leben oder Tod?«, fragte er.

»Nein – aber wenn ich mich nicht blicken lasse, dann zerrt mich meine Ex-Frau vor den Kadi.«

»Pfeifen Sie drauf.«

»Das ist nicht so einfach.«

»Doch, ist es. Mit 1,4 Millionen können Sie sich eine Menge juristischen Beistand leisten.«

»Aber da hängt ein Kind mit drin.«

»Es wird schon darüber hinwegkommen.«

Vielleicht. Aber ich würde mir ewig Vorwürfe machen.

»Ich schlage Ihnen Folgendes vor«, sagte ich. »Lassen Sie mich jetzt nach San Francisco fliegen, und Montag früh bin ich wieder da.«

Wieder begutachtete er seine Fingernägel. »Da bin ich nicht mehr hier«, meinte er.

»Nun ja, wir können uns auch gern anderswo treffen.«

»Nächste Woche geht es nicht.«

»Wie wär's dann mit der Woche drauf?«, fragte ich und bedauerte meine Äußerung sogleich. Denn ich hatte die Regel Nummer Eins eines Drehbuchautors verletzt: Ich hatte mich viel zu begierig gezeigt ... also den Eindruck erweckt, als hätte ich den Auftrag nötig. Oder, schlimmer noch, als läge mir etwas an dem Geld. Was natürlich den Tatsachen entsprach – doch in Hollywood (und besonders einem durchtriebenen Typ wie Fleck gegenüber) musste man sich stets so verhalten, als könnte man problemlos auf ein Millionengeschäft verzichten. Es gehörte einfach mit zum Spiel, stets den Schein absoluter Selbstbeherrschung zu wahren und sich niemals auch nur im Geringsten anmerken zu lassen geschweige denn (das Schrecklichste überhaupt) den Eindruck zu erwecken, man bräuchte jemanden. Zwar hatte ich den Drehbuch-Job tatsächlich nicht nötig – und ich hegte noch dazu die größten Bedenken, ob er vom kreativen Standpunkt gesehen überhaupt annehmbar war. Aber wie hätte ich diesem absurd hohen Scheck widerstehen können ... noch dazu, da Alison den Vertrag für mich so aufsetzen würde, dass ich ohne Probleme meinen Namen zurückziehen und danach jede Mittäterschaft an Flecks verquasten, fäkalobsessiven Herumpfuschereien am Kind meines Geistes leugnen konnte.

Doch leider hatte Fleck nun gemerkt, dass er mich genussvoll in eine Zwickmühle treiben konnte: Entweder ich blieb über das Wochenende hier und bekam zur Belohnung einen Vertrag über 1,4 Millionen Dollar. Oder ich reiste ab und ...

»Ich fürchte, es ist das einzige Wochenende, an dem ich mich freimachen kann«, sagte er ausdruckslos. »Und offen gesagt, enttäuscht mich Ihre Haltung, David. Sie sind doch hierher gekommen, um mit mir zu arbeiten, oder etwa nicht?«

Ich versuchte es in ruhigem und vernünftigem Tonfall.

»Philip ... nur um es klarzustellen: Sie haben mich hier einfliegen lassen, damit wir das Script durchgehen. Doch dann haben Sie mich sieben Tage warten lassen ... eine volle Woche, während der wir einiges an dem Script hätten arbeiten können. Stattdessen ...«

»Sie warten hier tatsächlich schon seit sieben Tagen?«

O Gott. Jetzt ging dieses Katz- und Mausspiel wieder von vorn los.

»Ich habe bereits zu Beginn unserer Unterhaltung darauf hingewiesen«, sagte ich.

»Warum hat mir niemand etwas davon gesagt?«

»Keine Ahnung, Philip. Mir jedenfalls hat man unmissverständlich den Eindruck vermittelt, Sie wüssten, dass ich hier in den Startlöchern stehe.«

»Tut mir Leid«, nuschelte er, plötzlich wieder ganz abwesend. »Ich hatte keine Ahnung ...«

Was für ein unverschämter Lügner. Es war einfach nicht zu fassen, wie er sich so urplötzlich zurückziehen und sich hinter Gedächtnisverlust oder seltsamen Anwandlungen verschanzen konnte ... bis zu dem Grad, dass er kaum noch meine Gegenwart wahrzunehmen schien. Man hätte meinen können, er blendete einen völlig aus, sobald man etwas sagte, was nicht in seinen Plan oder seine Weltsicht passte. Sobald dies passierte, drückte er auf eine mentale »Löschen«-Taste, und man wurde in den Papierkorb befördert.

»Nun ...«, sagte er mit einem Blick auf seine Uhr. »Sind wir fertig?«

»Das liegt ganz bei Ihnen.«

Er stand auf. »Also sind wir fertig. Oder wollten Sie mir noch etwas sagen?«

Ja: *Du bist ein Riesenarschloch.*

»Ich denke, Sie sind jetzt am Zug«, sagte ich. »Name und

Telefonnummer meiner Agentin stehen auf dem Block. Ich bin gern bereit, unter den zwischen uns ausgehandelten Bedingungen an die Überarbeitung zu gehen. Da ich mich erst in zwei Monaten an die nächste Staffel von *Auf dem Markt* machen werde, wäre der Zeitpunkt für die von Ihnen gewünschte Arbeit gerade günstig. Aber, um es noch einmal zu sagen, Sie sind am Zug.«

»Gut, gut«, sagte er und sah über meine Schulter hinweg zu einem seiner Leute, der ein Handy hochhielt und ihm stumm bedeutete, dass er einen Anruf entgegennehmen sollte. »Hören Sie ... herzlichen Dank, dass Sie gekommen sind. Ich hoffe, der Aufenthalt hier war für Sie von Nutzen.«

»Aber gewiss doch«, sagte ich, ohne verhindern zu können, dass sich eine Spur von Sarksasmus in meine Stimme stahl. »Er war sogar *ungeheuer* nützlich.«

Er musterte mich skeptisch. »Werden Sie jetzt sarkastisch?«

»Kein Gedanke«, sagte ich noch sarkastischer.

»Wissen Sie, was Ihr Problem ist, David?«

»Helfen Sie mir.«

»Sie verstehen keinen Spaß, das ist es.«

Und wieder ließ er sein »Drangekriegt!«-Grinsen aufleuchten.

»Soll das heißen, Sie wollen mit mir arbeiten?«

»Gewiss doch. Und wenn ich dafür einen Monat warten muss, dann ist das eben so.«

»Wie ich schon sagte, ich kann überallhin kommen ...«

»Dann lassen Sie meine Leute mit Ihren Leuten reden, und sobald wir den ganzen Papierkram unter Dach und Fach haben, arrangieren wir irgendwo ein freies Wochenende, an dem wir beide die ganze Umarbeitung durchdiskutieren können. Einverstanden?«

»Ja, prima«, antwortete ich, kaum noch Herr meiner Sinne.

»Wenn Sie's also zufrieden sind, bin ich's auch«, sagte er und drückte meine Hand. »Schön, dass wir miteinander im Geschäft sind. Und ich bin mir sicher, wir werden etwas sehr Bemerkenswertes auf die Beine stellen. Etwas, das die Leute nicht so schnell vergessen werden.«

»Das glaube ich auch.«

Er klopfte mir auf die Schulter. »Einen angenehmen Rückflug, mein Freund.« Dann sprach er die drei Worte, an die kein Autor jemals glaubt: »Wir hören voneinander.«

Und weg war er.

Meg, die die ganze Zeit über unauffällig in einer Ecke gestanden hatte, trat auf mich zu. »Der Hubschrauber wäre dann soweit, wenn es Ihnen Recht ist, Sir. Können wir noch etwas für Sie tun, bevor Sie abreisen?«

»Wirklich nichts«, sagte ich, dankte ihr dann aber für alles, was sie für mich getan hatte.

»Ich hoffe, der Aufenthalt hier war für Sie von Nutzen«, wiederholte sie die Worte Philip Flecks, wobei der Hauch eines Lächelns ihre Lippen umspielte.

Der Hubschrauber brachte mich nach Antigua, die Gulfstream nach San Francisco. Wir landeten pünktlich kurz nach drei Uhr nachmittags. Wie versprochen stand eine Limousine für mich bereit und fuhr mich zu Lucys Haus in Sausalito. Caitlin rannte mir entgegen und warf sich in meine Arme. Ihre Mutter trat aus dem Haus und schickte einen finsteren Blick erst in meine Richtung, dann in die der Limousine.

»Willst du uns damit beeindrucken?«, fragte sie und übergab mir Caitlins Tasche für das Wochenende.

»Lucy, wann hätte ich es jemals geschafft, dich zu beeindrucken?«, fragte ich.

Caitlin sah uns ängstlich an. In ihren Augen lag die Bitte, nicht wieder einen verbalen Schlagabtausch vom Zaun zu brechen, wie das inzwischen bei jeder unserer Begegnungen üblich war. Ich setzte sie also in die Limousine und tat Lucy kund, dass wir am Sonntagabend um sechs Uhr zurück sein würden, dann bat ich den Fahrer, uns ins Mandarin zu bringen.

»Warum hast du heute so ein großes Auto?«, fragte mich Caitlin, als wir über die Brücke zurück nach San Francisco fuhren.

»Da gibt es jemanden, dem gefällt, was ich schreibe. Der hat es mir für das Wochenende ausgeliehen.«

»Darfst du es behalten?«

»Nein – aber wir können es dieses Wochenende so oft benutzen, wie wir wollen.«

Caitlin gefiel die Penthouse-Suite im Mandarin Oriental sehr. Mir auch – sie lag im 58. Stock und bot einen Ausblick auf die Bucht, die beiden Brücken, die prächtige Skyline und die gesamte melodramatische Weite dieser so melodramatischen Stadt. Wir drückten unsere Nasen an den Scheiben platt, und Caitlin fragte mich: »Können wir nicht jedes Wochenende hier wohnen, wenn du mich besuchst?«

»Ich fürchte, es wird bei diesem einen Mal bleiben.«

»Wieder der reiche Mann?«

»Genau der.«

»Aber wenn er dich vielleicht noch länger mag ...«, sagte sie hoffnungsvoll.

Ich lachte. »So läuft das nicht im Leben«, antwortete ich, und es lag mir auf der Zunge hinzuzufügen: »Besonders nicht im Filmgeschäft.«

Caitlin meinte, sie hätte gar keine Lust, abends wegzugehen; sie könne es sehr gut in diesem Zimmer mit Aussicht aushalten. Also gaben wir eine Bestellung beim Zimmerservice auf. Während wir noch auf das Essen warteten, klingelte das Telefon – es meldete sich eine Stimme, die ich schon über eine Woche nicht mehr gehört hatte.

»Wie geht's, wie steht's, alter Knabe?«, fragte Bobby Barra.

»Was für eine reizende Überraschung«, sagte ich. »Bist du immer noch in New York?«

»Ja – immer noch beim Rückzugsgefecht, um diesen verdammten Börsengang zu retten. Aber es ist, als ob man versuchen würde, eine aufgeschlitzte Halsschlagader mit einem Heftpflaster zu verarzten.«

»Nettes Bild, Bobby. Lass mich raten, wie du uns ausfindig gemacht hast.«

»Genau – Philips Leute haben es mir verraten. Aber hoho, ich habe auch mit dem Meister persönlich gesprochen. Und ich muss dir sagen, Junge: Er hat einen Narren an dir gefressen.«

»Wirklich?«

»He, was soll dieser zweifelnde Unterton?«

»Er hat mich eine ganze Woche lang warten lassen, Bobby. Eine Woche! Dann ist er eine Stunde vor meiner Abreise aufgetaucht, hat erst so getan, als würde er mich überhaupt nicht kennen, dann, als wollte er mit mir arbeiten, und als ich ihm erklärte, ich müsse zurück, um nach meiner Tochter zu sehen, hat er mich behandelt, als wäre ich der *Unsichtbare* aus diesem Film von James Whale. Ganz zum Schluss wurde er dann wieder scheißfreundlich und meinte, er würde sich wirklich auf unsere berufliche Zusammenarbeit freuen. Mit anderen Worten, er hat Katz und Maus mit mir gespielt, ich fand es nicht sonderlich erbaulich.«

»Hör mal, was soll ich dazu sagen? Unter uns, er ist ein bisschen durchgedreht. Manchmal habe ich auch den Eindruck, er macht einen auf *Plan 9 aus dem Weltall*. Aber er ist halt ein Verrückter, der zwanzig Milliarden Dollar hat, und er hat mir versichert, dass er diesen Film unbedingt mit dir machen will...«

»Seine Ideen sind absolute Scheiße, sage ich dir«, unterbrach ich ihn. »Überhaupt, von Scheiße ist er geradezu besessen.«

»Na und? Ich meine, Scheiße hat doch auch etwas Aufrichtiges, oder etwa nicht?... Vor allem, wenn sie mit einem siebenstelligen Preisschild versehen ist. Also vergiss die miesen Manieren von dem Typen, mach dir ein schönes Wochenende im Mandarin mit deiner Tochter, und sag deiner Agentin, sie bekommt nächste Woche einen Anruf von Flecks Leuten.«

Als ich nach meiner Rückkehr am späten Sonntagabend die ganze Geschichte Sally erzählte, meinte sie nur, ich würde garantiert nie wieder etwas von ihm hören.

»Anscheinend warst du sein Spielzeug für die letzte Woche. Aber wenigstens bist du braun geworden dabei. Hast du auf der Insel sonst noch jemanden kennen gelernt?«

Ich hielt es für besser, meinen Abend mit Mrs. Fleck nicht zu erwähnen, also antwortete ich mit nein und kehrte dann zu dem Thema zurück, das Sally am meisten am Herzen lag – ihr Triumph in der Stu-Barker-Krise... und wie sie ihren ehemaligen Feind innerhalb einer Woche zu ihrem Verbündeten und Beschützer gemacht hatte. Das ging sogar so weit, dass er ihr freie Hand bei der Planung des Abendprogramms für den Herbst eingeräumt hatte und in den Führungszirkeln von Fox verbreitete, sie sei *die* Topfrau, die man im Blick behalten müsse.

Oh, und irgendwo mitten in diesem Epos ihrer jüngsten beruflichen Erfolge erwähnte sie auch, dass sie mich vermisst habe und mich wahnsinnig liebe. Ich küsste sie und antwortete genau das Gleiche. Dann gingen wir ins Bett und kamen beide innerhalb des üblichen Zeitfensters von zehn Minuten zum Höhepunkt, und kurz bevor wir einschliefen, sagte mir Sally noch, wie glücklich sie sei – besonders, da wir beide jetzt so viel Erfolg hätten.

»Jeder bekommt seine Chance«, sagte sie. »Und jetzt sind wir dran.«

Damit schien sie Recht zu haben. Denn zu meiner unendlichen Überraschung rief Flecks Anwalt eine Woche später tatsächlich Alison an, um mit ihr den Vertrag auszuhandeln. Alles verlief glatt und geschäftsmäßig. Es gab keine Diskussionen über die 1,4 Millionen Dollar. Es gab auch keine Diskussionen über die Klausel, die es mir erlaubte, meinen Namen jederzeit zurückzuziehen – denn, wie Alison mir mitteilte:

»Schauen wir den Tatsachen ins Auge: Bei einem Einskommavier-Vertrag läuft jedem das Wasser im Mund zusammen, und er macht Männchen wie gewünscht – ich zumindest würde es ganz bestimmt tun. Aber wenn er es zu weit treibt mit seinen exkrementösen Fantasien, ist es besser, wenn Ihr Name nicht mit solch krankem Zeug in Verbindung gebracht wird ... deshalb habe ich auf der ›Nimm das Geld und mach die Fliege‹-Klausel bestanden.«

»Meinen Sie, es ist verrückt von mir, mich darauf einzulassen?«, wollte ich wissen.

»Nach allem, was Sie mir erzählt haben, ist der Typ mindestens so durchgeknallt wie David Koresh, dieser Sektentyp von Waco. Aber solange Sie das nicht aus den Augen verlieren – und da Sie sich jederzeit mit dem Vertragsfallschirm retten können –, ist bei diesem Preis nichts dagegen einzuwenden. Es wäre allerdings gut, wenn Sie nicht mehr als zwei Monate an diesen Job hängen würden, ich bin mir nämlich ziemlich sicher, dass Sie bald noch gefragter sein werden.«

Und Alison sollte Recht behalten. Die zweite Staffel von *Auf dem Markt*, die einen Monat später im Fernsehen anlief, schlug ein wie eine Bombe.

»Wenn die beiden ersten Episoden etwas zeigen«, schrieb

die *New York Times*, »dann, dass David Armitage keine Eintagsfliege ist. Seine brillant aufgebauten, beißend sarkastischen Scripts zur Eröffnung der neuen Staffel beweisen, dass er eines der großen Comedy-Talente unserer Zeit ist – mit einem Blick für das Absurde, der zugleich stets die komplexen sozialen Strukturen beleuchtet, die unsere moderne amerikanische Arbeitswelt kennzeichnen.«

Besten Dank, konnte ich da nur sagen. Die Kritiken – zusammen mit der Mundpropaganda (und einer soliden Anzahl von Fans noch von der ersten Staffel) sorgten für fantastische Einschaltquoten. So fantastische, dass mir FRT nach Episode Drei grünes Licht für die dritte Staffel gab und Alison für mich ein 1,4-Millionen-Dollar-Paket aushandeln konnte. Fast gleichzeitig bot mir Warner Brothers eine glatte Million an, um einen Film meiner Wahl zu schreiben. Natürlich nahm ich an.

Ich erwähnte den Warner-Vertrag kurz nach der Ausstrahlung der ersten Episode der zweiten Staffel während eines Telefonats mit Bobby Barra. Er gratulierte mir – und fragte mich, ob ich zu den wenigen Auserwählten gehören wolle, die jetzt in eine todsichere Neuemission für eine asiatische Suchmaschine investieren könnten, die garantiert die Nummer Eins in China und Südostasien werden würde.

»Das ist wie Yahoo für die Schlitzaugen«, sagte er.

»Du bist ja mal wieder absolut politisch korrekt, Bobby.«

»Hör zu, Mann – wir reden da über den größten noch unerschlossenen Markt der Welt. Und es ist die Chance, von Anfang an dabei zu sein. Aber ich muss es schnell wissen… interessiert?«

»Bis jetzt bin ich mit dir nie schlecht gefahren.«

»Kluger Junge.«

Ich kam mir tatsächlich wie ein kluger Junge vor – entwickelte sich doch alles in meinem Sinne. Und ich war komplett ausgebucht. Neben einer Flut von Interviews, die ich nach dem erneuten Erfolg von *Auf dem Markt* geben musste, hatte ich bereits begonnen, an meinem Film für Warner Brothers zu arbeiten – eine typisch finstere kleine Geschichte über einen Rechtsanwalt, der dem Heroin verfällt, alles verliert, und dann ein Meisterdieb wird. Ich nannte es *Der Einbruch*, und in einem Anfall kreativen Wahnsinns schrieb ich den ersten Entwurf in weniger als einem Monat herunter. Der Produktionschef von Warner rief mich an, kaum dass er das Drehbuch gelesen hatte, und meinte bloß: »Ich werde so schnell wie möglich einen Regisseur verpflichten.«

»Schön.«

Und dann war da noch die Kleinigkeit der Emmy-Verleihung in Begleitung von Sally und Caitlin (die alle ganz hinreißend fanden). Als es um das beste Drehbuch für Fernseh-Comedy ging, der Umschlag geöffnet wurde und mein Name ertönte, da umarmte ich meine beiden Frauen, stürzte zur Bühne und nahm den Preis mit einer kurzen Rede entgegen. Ich dankte allen, »die so viel mehr Talent haben als ich und mein Gekritzel auf dem Bildschirm erst lebendig werden ließen«, und bekannte, dass man einen solchen Preis nur durch reines Glück gewinnen könne.

»Wenn ich also dereinst auf die außerordentlich bereichernde berufliche Erfahrung zurückblicken werde, die *Auf dem Markt* für mich jetzt ist, dann ist eines gewiss: Dies war einer jener seltenen, unvergleichlichen Momente in der Berufslaufbahn, in der alle Planeten günstig standen, mir die Glücksgötter lachten und ich die Erfahrung machen durfte, dass Fortuna nicht nur ein Städtchen in Kalifornien ist... mit einfachen Worten ausgedrückt, in dem ich einfach Glück hatte.«

Es war der Höhepunkt zweier erstaunlicher Jahre. Als ich in dieser Nacht mit Sally ins Bett fiel und mir noch der viele

Champagner im Hirn perlte, da dachte ich: *Du bist angekom-*
men. Du hast es geschafft. Von einem solchen Leben hast du
immer geträumt. Jetzt ist es deins.

Glückwunsch: Jetzt bist *du* dran.

ZWEITER TEIL

1

Der ganze Ärger begann mit einem Telefonanruf. Einem sehr frühen – die Digitaluhr an meinem Bett zeigte sechs Uhr achtundvierzig, um genau zu sein. Es war der Mittwoch nach der Verleihung der Emmy Awards. Sally war bereits zu einem ihrer regelmäßigen Frühstückstreffen mit Stu Barker aufgebrochen, und ich befand mich noch im Land der Träume, als plötzlich das Telefon klingelte. Als ich hochfuhr, schoss mir ein Gedanke durch den Kopf: Ein Anruf zu dieser Tageszeit bedeutet nichts Gutes.

Mein Produzent Brad Bruce war am Apparat. Wie alle Produzenten war auch Brad meistens kurz angebunden. Doch er hatte kaum zu sprechen begonnen, da wusste ich, dass diesmal nicht nur sein üblicher gereizter Umgangston durchklang, sondern tatsächlich etwas Unangenehmes vorgefallen war.

»Tut mir Leid, dass ich so früh störe«, sagte Brad, »aber wir haben ein Problem.«

Ich setzte mich auf. »Was für ein Problem, Brad?«, fragte ich.

»Kennst du dieses Schundblatt *Hollywood Legit*?«, fragte er. Er meinte damit eine kleine unabhängige Zeitung, die im letzten Jahr auf den Markt gekommen war und nun dem *L.A. Reader* Konkurrenz machte. Sie rühmte sich, für einen unparteilichen investigativen Journalismus zu stehen und die in Hollywood so verbreitete und viel zu hoch bezahlte Selbstbeweihräucherung zu hinterfragen.

»Hat es unsere Serie bis in den *Legit* geschafft?«, fragte ich.

»Nicht die Serie, sondern du, David.«

»Ich? Ich bin doch nur ein Autor.«

»Ja, aber ein sehr berühmter – und das macht dich zum Ziel aller möglichen Anschuldigungen.«

»Anschuldigungen?«

»Ja, leider.«

»Was wirft man mir denn vor?«

Ich hörte, wie er scharf die Luft einsog und dann zusammen mit seiner Antwort ausstieß.

»Plagiat.«

Mein Herz setzte drei Schläge lang aus. »Was?«

»Du wirst des Plagiats beschuldigt, David.«

»Das ist doch albern.«

»Freut mich zu hören.«

»Ich schreibe nicht von anderen ab, Brad.«

»Nein, sicher nicht…«

»Aber wenn ich nicht von anderen abschreibe, wieso beschuldigt man mich dann des Plagiats?«

»Weil dieser schmierige Journalist Theo MacAnna so etwas in seiner wöchentlichen Kolumne behauptet, und zwar in der Ausgabe, die morgen Früh erscheint.«

Ich kannte Theo MacAnnas Kolumne. Sie nannte sich »Unter der Oberfläche« und wühlte am liebsten im Dreck. Woche für Woche grub dieser Kerl peinliche, skandalträchtige Informationen über die Mitarbeiter der Unterhaltungsindustrie aus. Es war aber auch eine Kolumne, die ich Woche für Woche mit einem gewissen Kitzel las. Denn wir alle lieben Klatsch… bis zu dem Augenblick, da wir selbst zum Thema geworden sind.

»Er schreibt doch nicht etwa über mich?«, fragte ich.

»Doch, genau. Soll ich es dir vorlesen? Es ist ziemlich lang.«

Das klang nicht gerade viel versprechend. »Fang an«, sagte ich.

»Gut, also hier: ›Offenbar müssen wir David Armitage, dem
Autor und Schöpfer von Auf dem Markt gratulieren. Nicht nur,
weil er letzte Woche einen Emmy in der Sparte Comedy bekommen hat, sondern auch weil die neue Serienstaffel – die zugegebenermaßen noch besser ist als die erste – von den Kritikern
begeistert gefeiert wird...‹«

Ich fiel ihm ins Wort.

»›Zugegebenermaßen‹ – was für ein böses, engstirniges
Wort.«

»Es kommt noch schlimmer: ›Ohne Frage muss man Armitage wohl zu den bedeutendsten Entdeckungen der letzten Jahre
zählen, sowohl wegen seiner schrägen satirischen Beobachtun-
gen als auch wegen der brillanten Fülle von Gags, die Woche
für Woche aus dem Mund seiner hyperneurotischen Charaktere sprudeln. Zwar möchte niemand Mr. Armitages Originalität
in Frage stellen, doch hat ein scharfsichtiger Informant den
Verfasser dieser Kolumne letzte Woche von der Aufsehen erre-
genden Tatsache in Kenntnis gesetzt, dass ein kompletter Dialog aus Mr. Armitages Folge, die den Emmy Award bekam, fast
wortwörtlich in The Front Page, Ben Hechts und Charles McAr-
thurs klassischer Komödie über den Journalismus zu finden
ist...‹«

Wieder unterbrach ich Brad.

»Das ist kompletter Schwachsinn«, schimpfte ich. »Ich habe
The Front Page seit...«

»Aber du kennst es?«, fragte Brad.

»Natürlich. Beide Versionen. Extrablatt von Billy Wilder
und Sein Mädchen für besondere Fälle von Howard Hawks mit
Cary Grant und Rosalind Russel. Ach ja, und ich habe im
College von Dartmouth in einer Studentenaufführung des
Bühnenstücks mitgewirkt.«

»Na großartig!«

»Das ist über zwanzig Jahre her...«

»Mag sein, aber offenbar erinnerst du dich noch recht gut daran. Die Passage, die du angeblich übernommen hast...«

»Ich habe nichts übernommen, Brad.«

»Dann hör zu. MacAnna schreibt: ›*Wir finden die beanstandete Passage in* So was passiert, *jener Folge von* Auf dem Markt, *für die Armitage den Emmy bekam. Joey, das trottelige Mädchen für alles in Armitages fiktiver PR-Agentur, stößt frontal mit einem Streifenwagen zusammen, als er eine wichtige Klientin (eine ausgesprochen exzentrische Soulsängerin) quer durch die Stadt ins Fernsehstudio zur Aufzeichnung einer Folge der Oprah Winfrey Show fahren soll. Er wankt zurück, um Jerome, den Gründer der Firma, darüber zu informieren, dass ihre Diva im Krankenhaus liegt, Zeter und Mordio schreit und die Polizei der Gewalttätigkeit beschuldigt. In Armitages Drehbuch findet sich folgender Wortwechsel:*

Jerome	*Bist du wirklich mit einem Polizeiauto zusammengestoßen?*
Joey	*Was soll ich sagen, Boss? Es war ein Unfall.*
Jerome	*Ist von den Jungs einer verletzt?*
Joey	*Weiß ich nicht. So lange habe ich nicht gewartet. Aber wissen Sie, was passiert, wenn Sie mit einem Auto voller Polizisten zusammenstoßen? Sie kullern heraus wie die Zitronen.«*

Jetzt vergleichen Sie bitte dieses kluge Gespräch mit dem Dialog aus The Front Page, *in dem Louis, die rechte Hand des geschäftstüchtigen Herausgebers Walter Burns, in die Redaktionsräume stürzt, um seinem Chef zu berichten, dass er mit einem Mannschaftswagen der Gesetzeshüter Chicagos zusammengestoßen ist, während er die zukünftige Schwiegermutter der Starreporterin Hildy Johnson durch die Stadt chauffierte.*

Walter	*Bist du wirklich mit einem Streifenwagen zusammengestoßen?*
Louie	*Was soll ich sagen, Boss? Es war ein Unfall.*
Walter	*Ist von den Jungs einer verletzt?*
Louie	*Weiß ich nicht. So lange habe ich nicht gewartet. Aber wissen Sie, was passiert, wenn Sie mit einem Auto voller Polizisten zusammenstoßen? Sie kullern heraus wie die Zitronen.‹«*

»O verdammt«, flüsterte ich. »Ich habe nie ...«

»Hör dir lieber erst noch MacAnnas letzten Absatz an: ›Fraglos könnte man Armitages Fall von wörtlicher Wiedergabe als ein unbeabsichtigtes Beispiel für das bezeichnen, was die Franzosen hommage nennen – bei uns auch besser bekannt als Ideenklau. Aber wahrscheinlich handelte unser überaus kluger und talentierter Autor in diesem Zusammenhang so, wie es schon T. S. Eliot mit seinem berühmten Satz beschrieben hat: Unreife Dichter imitieren, reife Dichter stehlen.‹«

Wir schwiegen beide. Ich kam mir plötzlich vor, als sei ich in einen Fahrstuhlschacht gestürzt.

»Was soll ich dazu sagen, Brad.«

»Da gibt's nicht viel zu sagen. Ich meine, grob ausgedrückt, hat er dich eiskalt erwischt.«

»Verdammt, jetzt warte doch mal. Willst du etwa behaupten, ich hätte den Dialog aus *The Front Page* bewusst abgeschrieben?«

»Ich behaupte gar nichts, ich stelle nur fest. Und es lässt sich nun mal nicht daran rütteln, dass der Dialog aus deinem Drehbuch und der aus dem Stück Wort für Wort übereinstimmen.«

»Okay, okay, die Dialoge stimmen vielleicht überein. Aber es war nicht so, dass ich mir das Textbuch von *The Front Page* hingelegt und abgeschrieben ...«

»David, glaube mir, das werfe ich dir auch gar nicht vor. Tatsache aber bleibt, dass die Knarre in deiner Hand noch raucht, mit der er dich erwischt hat.«

»Das sind doch Kinkerlitzchen.«

»Nein, die Sache ist verdammt ernst.«

»Um was geht es hier denn überhaupt? Um einen Witz aus einem siebzig Jahre alten Stück, der irgendwie – vielleicht durch Osmose? – in mein Drehbuch gewandert ist. Keinesfalls aber handelt es sich um bewussten literarischen Diebstahl. Ich habe unabsichtlich den Gag in die Folge eingearbeitet. Aber wer tut das nicht? Das gehört zur Natur der Sache.«

»Gewiss. Nur macht es einen gewaltigen Unterschied, ob du einen populären Straßenwitz zitierst oder ob in deinem Drehbuch plötzlich vier Zeilen aus einem berühmten Stück auftauchen.«

Wieder schwiegen wir. Mein Herz raste, und mit einem Mal wurde es mir klar: Ich steckte in großen Schwierigkeiten.

»Brad, du musst wissen, es war kein Vorsatz dabei...«

»Und du, David, solltest dir klar machen, dass ich als dein Produzent genauso am Pranger stehe wie du. Sicher, ich glaube nicht, dass du jemals etwas so Unvernünftiges und Selbstzerstörerisches tun würdest wie geistigen Diebstahl zu begehen. Mir ist auch klar, wie es passieren kann, dass ein paar Zeilen eines anderen Stücks unbeabsichtigt in den eigenen Text einfließen. Außerdem weiß ich, dass sich jeder Autor früher oder später und ohne es zu wissen dieses kleinen Vergehens schuldig macht. Es gibt allerdings einen Unterschied: Du bist erwischt worden.«

»Aber das ist nicht fair! Vor allem wenn man bedenkt, was für eine Bagatelle die Sache ist.«

»Der Meinung sind wir alle. Aber dieser Stinkstiefel Mac-Anna hat dich nun mal am Sack. Und morgen Früh weiß es die ganze Stadt. Es macht sogar schon jetzt die Runde, deshalb rufe ich dich ja auch zu dieser unwirtlichen Stunde an ...«

»Wenn du sagst, es macht die Runde ...«

»Dann heißt das, es gibt noch mehr schlechte Neuigkeiten. Du kennst doch Tracy Weiss.« Tracy war die Leiterin der Pressestelle von FRT.

»Natürlich kenne ich Tracy.«

»Tracy hat gestern Abend um halb zehn einen Anruf von Craig Clark bekommen, dem Journalisten von *Variety*. Er hat sie um eine offizielle Stellungnahme von FRT gebeten. Zum Glück kennt Tracy Clark recht gut. Sie hatte mal ein Techtelmechtel mit ihm, als er und seine Frau vorübergehend getrennt lebten ... Aber von mir hast du das nicht. Jedenfalls konnte sie ihn überreden, die Geschichte noch bis morgen zurückzuhalten. Dafür möchte er aber ein exklusives Statement von FRT und von dir.«

»Na großartig.«

»Hör mal, augenblicklich geht es um Schadensbegrenzung. Wir müssen also alles tun, was in unserer Macht steht, um die anderen auszubremsen.«

»Schon gut. Alles klar.«

»Als Tracy mich also gestern Abend angerufen hat ...«

»Wenn du schon seit gestern Abend davon weißt«, fiel ich ihm ins Wort, »warum hast du mir dann nicht schon eher Bescheid gesagt?«

»Weil du dann die ganze Nacht nicht mehr geschlafen hättest. Und Tracy und ich waren der Meinung, dass du gut ausgeruht sein solltest, wenn du dich heute den Problemen stellst, die dich erwarten.«

Besonders weil es für lange Zeit bestimmt die letzte Nacht war, die ich durchschlafen konnte.

»Also, was steht heute an, Brad?«

239

»Du solltest spätestens um acht Uhr im Büro sein. Tracy und ich werden dort auf dich warten. Außerdem Bob Robison.«

»Bob weiß schon Bescheid?«, fragte ich.

»Bob ist verantwortlich für die Serie. Natürlich weiß er Bescheid. Ich sage es nicht gern, aber bis morgen Mittag wird diese Meldung im ganzen Land bekannt sein, von einer Küste zur anderen. Tracy wünscht, dass wir gemeinsam eine Erklärung verfassen, in der du deinen unbeabsichtigten Ideenklau zugibst, den Schnitzer bedauerst und darauf hinweist, dass du im Grunde nichts weiter verbrochen hast, als einen guten Gag zum zweiten Mal zu verwenden. Wenn wir die Erklärung fertig haben, setzt du dich eine Viertelstunde mit dem Schreiber von *Variety*...«

»Ich persönlich? Muss das sein?«

»Wenn du möchtest, dass er unserem Anliegen positiv gegenübersteht, führt kein Weg daran vorbei. Falls er nach dem Motto ›im Zweifel für den Angeklagten‹ verfährt, wie Tracy es erwartet, wird unsere Version der Geschichte zeitgleich mit MacAnnas schmutziger Kolumne erscheinen und ihr damit ein wenig den Wind aus den Segeln nehmen.«

»Und was machen wir, wenn mir der Mann von *Variety* meine Version der Geschichte nicht abnimmt?«

Wieder hörte ich, wie mein Produzent scharf die Luft einsog.

»Das wollen wir uns lieber nicht ausmalen.«

Schweigen breitete sich zwischen uns aus. Ich warf einen Blick in den Spiegel gegenüber von unserem Bett. Ich sah aus wie ein Reh, das plötzlich von den Scheinwerfern eines herankommenden Lastwagens erfasst worden war – zu Tode erschreckt und dennoch wie erstarrt... und ungläubig, dass es dieses schreckliche Schicksal ereilen sollte.

»David, bist du noch dran?«, fragte Brad.

240

»Ja«, antwortete ich, »aber ziemlich geplättet. Ich kann es einfach nicht glauben, Brad. Ich bin am Boden zerstört.«

»Es ist schlimm, ich weiß ...«

»Schlimm? Es ist albern. Viel Lärm um nichts.«

»Genau. Und so werden wir es auch darstellen. Deshalb gehe ich davon aus, dass wir ungeschoren davonkommen. Aber eins muss ich dich noch fragen, David ...«

Ich wusste schon, was er meinte. »Nein«, sagte ich. »Ich habe nie, niemals bewusst etwas abgeschrieben. Und nein, nach allem, was ich weiß, gibt es in den Drehbüchern von *Auf dem Markt* keine weiteren Zitate ohne Quellenangabe oder Rückgriffe auf die Arbeit eines anderen Autors.«

»Das ist es, was ich hören wollte. Nun schwing dich auf's Pferd. Es wird ein langer Tag.«

Auf dem Weg ins Büro rief ich vom Auto aus Alison zu Hause an. Wie ich vor einer Stunde, war sie noch ganz verschlafen, als sie den Hörer abnahm. Nachdem ich ihr jedoch den Grund meines frühen Anrufs erklärt hatte, war sie hellwach.

»Das ist die schmierigste Sache, von der ich je gehört habe«, sagte sie, als ich ihr berichtet hatte, was in MacAnnas Kolumne stand. »Und ich habe schon viel erlebt.«

»Wie Sie es auch nennen, auf jeden Fall ist es schlimm.«

»Schlimm? Es ist erbärmlicher Schwachsinn, der sich als Skandal tarnt. Diese bescheuerten Journalisten. Geil wie ein Kater, an jeder Ecke müssen sie ihre Duftmarke hinterlassen.«

»Aber was soll ich tun?«

»Egal was geschieht, Sie werden es überleben.«

»Das klingt ja sehr beruhigend.«

»Ich will damit sagen, keine Panik. Besonders nicht am Steuer von dieser Hunnenkarosse, die Sie fahren. Sehen Sie zu, dass Sie unverletzt ins Büro kommen. Ich warte dort auf Sie. Und glauben Sie mir, ich lasse nicht zu, dass diese Typen

Sie grillen. Ich werde nicht einmal zulassen, dass man Sie auf kleiner Flamme gart. Aber machen wir Schluss.«

Während ich mich durch den Verkehr quälte, kämpfte ich mit einem Ansturm der unterschiedlichsten Gefühle. Im Lauf der knapp zwanzigminütigen Fahrt durchlebte ich sämtliche Stadien der Trauer, von denen die Psychiater so gern erzählen: Leugnen, Wut, wieder Leugnen, dann neue Wut, gefolgt von noch stärkerem Leugnen und noch heftigerer Wut. Aus irgendeinem rätselhaften Grund erreichte ich nicht das erleuchtete Stadium des Sich-Abfindens, wahrscheinlich weil ich viel zu zornig und aufgeregt war, um mich mit irgendetwas abzufinden. Etwas Positives passierte dann aber doch noch auf meiner Fahrt zu FRT: Die rapiden Stimmungsumschwünge führten dazu, dass meine Angst allmählich von Trotz abgelöst wurde. Gut, mein Unbewusstes hatte mir offenbar einen Streich gespielt, aber es war nicht so, dass ich wissentlich etwas Unrechtes getan hatte. Dieser Mistkerl MacAnna hatte sich ein paar unbedeutende Zeilen herausgepickt und blähte das Ganze nun zu einem Staatsverbrechen auf. Ich für meinen Teil kannte nur eine Art, wie man solch bösartiges Geschreibsel bekämpfen konnte, nämlich mit einem Gegenangriff.

»Das ist genau das, was wir nicht tun werden«, erklärte Tracy Weiss, als ich diesen offensiven Ansatz zu Beginn unseres Treffens vertrat. Wir hatten uns in Brads Büro zusammengefunden und saßen an dem runden »Ideentisch«, wo wir uns gewöhnlich zum Brainstorming für unsere Serie trafen. Brad, Tracy und Bob Robison hatten mich zwar mit tröstlichen Worten begrüßt, trugen aber einen verkniffenen Gesichtsausdruck zur Schau, der ihre Angst widerspiegelte, jedoch auch unmissverständlich klar machte, dass sie nicht vorhatten, die Last der Schuld mit mir gemeinsam zu tragen. Im Gegenteil, kaum hatte ich den dreien gegenüber Platz genommen, wurde mir klar, dass sie es, vom geschäftlichen Standpunkt aus gesehen, durchaus als ihr Problem betrachteten, ich aber allein auf der Anklagebank saß. Und wenn die Strafe festgelegt wurde, würde ich die Hauptlast übernehmen müssen.

»Wie es aussieht, David«, begann Tracy, »mag dieser Mac-Anna zwar ein verabscheuungswürdiges Subjekt sein, aber er hat Sie am Wickel. Und das heißt, wir müssen die Wogen glätten, ob es uns gefällt oder nicht.«

Alison, die neben mir saß, zündete sich eine Salem an.

»Aber dieser MacAnna versucht doch nichts weiter, als David aus einem Kavaliersdelikt einen Strick zu drehen«, wandte sie ein.

»Jetzt sehen Sie es mal realistisch, Alison«, meinte Bob. »Der Junge hat Beweise. Und als ehemaliges Mitglied eines kalifornischen Gerichts sage ich Ihnen, was anderes als Beweise braucht man nicht, um jemanden zu verurteilen. Das Motiv ist einen Dreck wert, wenn man Sie auf frischer Tat ertappt hat.«

»Aber es gibt doch einen gewaltigen Unterschied«, protestierte ich. »Dieses angebliche Plagiat geschah unbewusst.«

»Na, großartig«, polterte Bob Robison. »Sie haben es nicht gewollt – aber getan haben Sie es doch.«

»Ja, wirklich großartig«, sagte Alison, »denn kein Autor kann immer und bei jedem Satz sagen, wo er sein Zeug herhat.«

»Das hat Theo MacAnna ja nun leider für David herausgefunden«, gab Robison trocken zurück.

»Ich wollte so etwas nicht«, sagte ich.

»Es tut mir Leid für Sie«, erklärte Robison, »und das meine ich ernst. Sie wissen, wie sehr ich Sie schätze. Doch es ist nun mal geschehen. Sie haben geklaut. Sie haben wohl nicht mit Absicht geklaut, aber Sie haben geklaut. Wenn man das jetzt abstreiten würde, klänge es wie bei dem Kerl, von dem ich mal gelesen habe. Als er von seiner Frau im Bett mit einer anderen erwischt wird, springt er, nackt wie er ist, auf und schreit: ›Das bin ich nicht! Das bin ich nicht!‹«

»Und hat sie ihm geglaubt?«, fragte Brad mit leisem Lächeln.

»Was meinen Sie?«, entgegnete Robison. Dann wandte er sich wieder an mich. »Verstehen Sie, was ich damit sagen will, David?«

Ich nickte.

»Noch einmal«, ergriff Brad das Wort, »Sie und Alison sollen wissen, dass wir voll und ganz hinter Ihnen stehen. Wir lassen Sie nicht fallen.«

»Wie rührend, Brad«, entgegnete Alison. »Ich hoffe nur, dass ich Sie später nicht beim Wort nehmen muss.«

»Und wir werden natürlich kämpfen«, erklärte Tracy, »aber auf eine Weise, die weder aggressiv noch duckmäuserisch wirkt. Und zwar wollen wir jeder weiteren Diskussion – oder Untersuchung – zuvorkommen, indem wir eine Erklärung veröffentlichen, in der David einen schuldhaften Missgriff zugibt...«

»Gute Formulierung«, schaltete sich Robison dazwischen.

»...dabei aber nicht schuldbewusst auftritt. Entscheidend ist der Ton des Statements. Das Gleiche gilt für den Ton, den er im Interview mit Craig Clark anschlägt.«

»Glauben Sie, Craig kommt uns entgegen?«, fragte Brad sie.

»Er ist ein Vollblutjournalist, sein Thema ist die Unterhaltungsindustrie. Und eine Story wie diese... Nun, ich hoffe, er hat genügend Einblick in das Business – besonders ins Schreiben –, um zu verstehen, wie es zu einem solchen Missgeschick kommen kann. Außerdem ist er kein gehässiger Wicht wie dieser MacAnna. Wir ermöglichen ihm ein Exklusivinterview mit David, und er liebt den großen Auftritt. Hoffen wir, dass

244

das Ganze in seinen Augen nur ein Kavaliersdelikt ist, und nicht mehr.«

In der nächsten Stunde bastelten wir an unserer offiziellen Erklärung, in der der Sender einräumte, dass ich unbeabsichtigt einige wenige Zeilen aus *The Front Page* in mein Drehbuch hatte einfließen lassen, diesen »unverzeihlichen Fehler« (ein Ausdruck von Tracy, nicht von mir) jedoch zutiefst bedauerte und ehrlich entsetzt gewesen sei, als man mich darauf hinwies. Außerdem führten wir ein Statement von Bob Robison an, mit dem er meine Erklärung für diese »Übertragung« als vollkommen zufrieden stellend bezeichnete und mir seine ganze Unterstützung zusicherte. Ein Beispiel dafür sei der soeben unterzeichnete Vertrag für die nächste Staffel von *Auf dem Markt*, über den die Presse im letzten Monat ja bereits ausführlich berichtet habe. (Dieser Satz war auf Alisons Drängen hin in die Presseerklärung aufgenommen worden. Sie wollte der Öffentlichkeit damit zeigen, dass ich nicht allein dastand, sondern meine geschäftlichen Beziehungen mit FRT vielmehr »fortgesetzt« würden.)

Zum Schluss kam eine Erklärung von mir, in der ich zwar ausgesprochen reumütig klang, jedoch auch meine Verwunderung darüber zum Ausdruck brachte, dass es zu solch einem Vorwurf überhaupt kommen konnte.

»Ein Autor ist wie ein Schwamm: Er saugt alles in sich auf und spuckt es dann wieder aus, manchmal sogar ohne es zu merken. So geschehen im Falle des vierzeiligen Dialogs aus *The Front Page*, der sich unversehens in einer der letzten Folgen von *Auf dem Markt* wiederfand. Ich gebe es zu: *The Front Page* ist eines meiner Lieblingsstücke, und ich habe in meiner College-Zeit sogar in einer Aufführung davon mitgewirkt. Aber das war 1980, und seitdem habe ich keine Aufführung und keine Verfilmung des Stücks mehr gesehen und den Text des Stückes auch nicht mehr gelesen. Wie also konnten diese vier unvergleichlichen Zeilen von Ben Hecht und Charles MacArthur ihren Weg in mein Drehbuch finden? Ehrlich gesagt, ich weiß es nicht. Natürlich entkräftet das nicht den Vorwurf der versehentlichen Übertragung (darauf bestand Tracy), die ich – wie jeder Autor es tun würde – als ausgesprochen peinlich empfinde. Aber nie habe ich mir bewusst die Worte eines anderen zu Eigen gemacht. Dies ist ein einmaliges Vergehen, das ich nur mit geistiger Unaufmerksamkeit erklären kann. Offenbar habe ich einen Gag aus einer der voll gestopften Schubladen meines Gehirns gezogen, ohne mich zu erinnern, woher er ursprünglich stammte.«

Wir diskutierten lange über das Schuldgeständnis. Bob Robison trat dafür ein, dass ich mich reumütig und bußfertig gab (kein Wunder, er ist katholisch). Alison stimmte dafür, eine eher entschuldigende Haltung einzunehmen, mich jedoch zugleich auch unerschüttert zu verteidigen und darauf hinzuweisen, was für eine Bagatelle das Ganze sei. Wurde denn nicht jeder Gag eines Autors irgendwann von einem Kollegen wieder aufgegriffen? Letztlich war es Tracy, die mich ermutigte, Zerknirschung mit Witz zu paaren, zwischen Reue und Galgenhumor zu schwanken.

»Das ist auch der Ton, den Sie Craig Clark gegenüber anschlagen sollten«, sagte Tracy, nachdem wir meine Erklärung formuliert hatten. Eine peinlich berührte Entschuldigung, aber mit »souveräner Ironie« unterlegt... was immer das heißen mochte.

Wie sich herausstellte, war Craig Clark für einen Journalisten ausgesprochen anständig. Und obwohl sich niemand im Raum anmerken ließ, dass er von ihrer gemeinsamen Vergangenheit wusste, beobachteten wir alle aufmerksam, wie Tracy sich in seiner Anwesenheit verhielt. Als Bob – der Tolpatsch – dann zwischen zwei Sätzen die Bemerkung fallen ließ: »Sind Sie nicht kürzlich wieder Vater geworden?« (und sich dann alle Mühe gab, den peinlichen Moment zu überspielen), vermied Craig Tracys Blick. Ja, er und seine Frau (mit der er sich augenscheinlich wieder versöhnt hatte) seien stolz auf ihre vier Monate alte Tochter Mathilda, antwortete er. Die arme Tracy – ihr geschäftsmäßiges PR-Lächeln wurde zu einer starren Maske. Sie tat mir ehrlich Leid.

Dennoch blieb sie durch und durch professionell. Nachdem sie die anderen gebeten hatte zu gehen, setzte sie sich in Bobs Büro still in eine Ecke, und Craig feuerte seine Fragen auf mich ab. Er war Anfang vierzig, etwas untersetzt, ein bisschen gestresst, aber ein Profi in seinem Geschäft und (zu meiner großen Erleichterung) relativ zugänglich meiner Position gegenüber.

»Lassen Sie mich zu Beginn sagen, dass mir *Auf dem Markt* ausgesprochen gut gefällt.«

»Vielen Dank«, erwiderte ich.

»Meiner Meinung nach ist diese Serie ein Durchbruch im Bereich der Fernsehkomödie, etwas völlig Neues. Deshalb muss Sie diese... äh... Enthüllung bestimmt schwer treffen. Um gleich auf den Punkt zu kommen: Meinen Sie nicht, dass sich die meisten Autoren irgendwann einmal die eine oder andere Zeile unbeabsichtigt von einem Kollegen ausborgen?«

Dem Himmel sei Dank! Der Kerl stand auf meiner Seite. Er wollte mich nicht genüsslich vierteilen und meine Karriere zerstören. Gewiss, er stellte mir eine Reihe heikler Fragen – beispielsweise ob ein unbewusster geistiger Diebstahl ein verzeihliches Vergehen sei. (»Nein, auf keinen Fall«, antwortete ich in der Hoffnung, ihn günstig zu stimmen, wenn ich mich nicht auf Ausreden zurückzog) Oder ob ich den Tadel von Kollegen aus der Branche verdient hätte. (»Wahrscheinlich«, sagte ich im Ton eines Mannes, der seine Strafe tapfer auf sich nimmt.) Doch ich brachte ihn auch zum Lachen, etwa als ich darauf hinwies, es sei jedenfalls besser, unbeabsichtigt aus *The Front Page* abzuschreiben als aus *Laverne und Shirley*. Oder als ich anbot, zur Strafe das Drehbuch für den nächsten Jackie-Chan-Film zu schreiben. Kurz, es schien so, als hätte ich genau den Ton getroffen, den Tracy sich von mir gewünscht hatte: *Okay, tut mir Leid, aber davon geht die Welt nicht unter.* Nachdem zwanzig Minuten verstrichen waren (Tracy ließ Clark überziehen, da er sich offenbar gut amüsierte), gab er mir die Hand und sagte:

»Gut, hoffen wir, dass dies nur ein kleiner Schatten ist, der auf Ihre Karriere fällt.«

»Danke«, sagte ich. »Danke für dieses intelligente Interview.«

»Sie haben mir ja auch gute Vorlagen geliefert.«

Ich griff in meine Tasche, kramte ein kleines Notizbuch hervor und schrieb meine Festnetz- und Handynummer auf eine Seite, die ich herausriss und ihm gab.

»Wenn Sie noch weitere Fragen haben, rufen Sie mich einfach an. Und wenn der Staub sich wieder gelegt hat, können wir ja vielleicht mal ein Bier zusammen trinken.«

»Ja, gern«, antwortete er, während er den Zettel in die Tasche steckte. »Zumal ich... ähem... selbst schon ein paar Treatments für Fernsehkomödien geschrieben habe...«

»Prima, dann haben wir ja 'ne Menge Gesprächsstoff.«

Er schüttelte mir nochmal die Hand. »Sie schaffen das«, sagte er.

Als Tracy ihm die Tür aufhielt, sagte sie: »Ich bringe Sie noch zu Ihrem Auto.« Er nickte und trat in den Flur. Ehe sie ihm folgte, flüsterte sie mir zu:

»Gut gemacht. Ganz ausgezeichnet. Ich glaube, er mochte Sie.«

»Wollen wir es hoffen. Er scheint ein netter Kerl zu sein.«
Ihre Miene wurde eisig.

»Nein, ist er nicht«, sagte sie und eilte davon.

Kaum war sie fort, kam Alison zurück ins Büro.

»Tracy hat mir signalisiert, dass es gut gelaufen ist, als sie nach draußen ging. Sind Sie mit dem Interview zufrieden?«

Ich zuckte die Achseln. »Im Augenblick fühle ich mich eher wie betäubt.«

»Dann stellen Sie sich darauf ein, dass es noch schlimmer kommt. Als ich in Ihrem Büro gewartet habe, hat Jennifer einen Anruf von Sally angenommen. Sie sagte, es sei dringend.«

Na toll! Demnach hatte Sally wohl schon von der Sache gehört ... noch ehe ich selbst mit ihr gesprochen hatte.

Ich ging in mein Büro und rief sie zurück. Ihre Sekretärin stellte mich sofort zu ihr durch.

»Ich bin etwas verwundert«, waren ihre ersten Worte.

»Liebling, ich ...«

»... und es hat mich verletzt, dass ich es von jemand anderem erfahren musste.«

»Aber ich habe es doch selbst erst heute Morgen kurz vor sieben gehört.«

»Dann hättest du mich auf der Stelle anrufen sollen.«

»Du hattest doch dein Arbeitsfrühstück mit Stu ...«

»Deinen Anruf hätte ich angenommen.«

»Außerdem musste ich unverzüglich ins Büro fahren und saß hier die ganze Zeit in einer Krisensitzung fest. Bis mich dieser Journalist von *Variety* interviewt hat.«

»*Variety* weiß schon Bescheid?« Sie klang besorgt.

»Ja, aber Tracy Weiss, unsere Pressechefin ...«

»Ich kenne Tracy Weiss.«

»Entschuldige, bitte entschuldige. Jedenfalls hat dieser Typ von *Variety* gestern Abend bei Tracy angerufen und ...«

»Sie wusste schon gestern Abend davon?«

»Ja, aber mir haben sie es erst heute Morgen erzählt, ehrlich. Und damit auch unsere Sicht der Dinge an die Öffentlichkeit gelangt, hat sie ihm ein Exklusivinterview angeboten.«

»Es steht also morgen im *Daily Variety*?«

»Bestimmt.«

»Und hat FRT eine Erklärung abgegeben?«

»Ja, mit einer reumütigen Einlassung von mir.«

»Sorgst du dafür, dass man sie mir faxt?«

»Natürlich, Liebling. Aber warum bist du plötzlich so kühl und sachlich? Ich brauche dich, gerade jetzt.«

»Wenn du mich brauchst, hättest du mich eben gleich anrufen sollen, da ich doch angeblich die Liebe deines Lebens bin.«

»Das bist du auch. Nur... Himmel, Sally, das ist alles ein bisschen zu viel für mich.«

»Dann kannst du dir ja vorstellen, wie es für mich war, als mir eine kleine Angestellte aus der Presseabteilung den Artikel aus dem *Hollywood Legit* unter die Nase hielt und sagte: ›Ein übles Spiel, das man da mit Ihrem Freund treibt. Sie müssen ja außer sich sein!‹ Und ich wusste von nichts.«

»Tut mir Leid. Ich...«

Ich brach ab. Plötzlich fühlte ich mich von den Ereignissen überrollt wie von einer Dampfwalze.

»David?«

»Ja?«

»Alles in Ordnung?«

»Nein, ganz und gar nicht.«

»Jetzt habe ich ein schlechtes Gewissen.«

»Du weißt, wie sehr ich dich liebe...«, sagte ich.

»Und du weißt, ich liebe dich. Nur...«

»Du hast ja Recht. Wirklich. Ich hätte dich anrufen sollen. Aber es ging eben einfach alles drunter und drüber.«

»Du brauchst mir nichts zu erklären. Ich war außer mir und habe mich furchtbar aufgeregt. Kein Wunder, denn es sieht wirklich schlecht für dich aus.«

»Wie meinst du das?«

»Es war keine Absicht, oder?«

»Natürlich nicht.«

»Na, immerhin. Und bist du sicher, dass...«

Wieder diese Frage – die Frage, die offenbar jeder von mir beantwortet haben wollte.

»Glaub mir, es ist die einzige Stelle, wo man die Zeilen eines anderen Autors in meinen Drehbüchern finden wird.«

»Natürlich glaube ich dir, Liebling. Und ich bin froh, dass du das sagst. Denn wenn es ein einmaliger Ausrutscher war...«

»Das war es!«

»Sicher. Wenn es also ein einmaliger Ausrutscher war, wird es auch bald wieder vergeben und vergessen sein.«

»Ich schreibe nicht gezielt von anderen Autoren ab«, erklärte ich mit Nachdruck.

»Das weiß ich ja. Deshalb wird die Sache in einer Woche auch schon Schnee von gestern sein.«

»Hoffen wir, dass du Recht hast.«

»Ich habe immer Recht«, gurrte sie. Zum ersten Mal an diesem Tag musste ich lachen.

»Weißt du, was schön wäre?«, fragte ich. »Ein ausgedehntes Abendessen mit dir und ein paar Martinis zum Abschalten...«

»Hast du vergessen, dass ich heute Nachmittag nach Seattle fliege, Liebling?«

»Ja.«

»Es ist wegen unserer neuen Serie.«

»Schon gut.«

»Aber ich komme am Samstagmorgen zurück. Und ich rufe dich ganz oft an.«

»Gut.«

»Es wird sich schon wieder einrenken, David.«

»Das hoffe ich.«

Nach dem Anruf ging ich in mein Vorzimmer. Alison saß

an Jennifers Schreibtisch und telefonierte wie ein Weltmeister. Ich gab ihr ein Zeichen, in mein Büro zu kommen. Nachdem sie ihren Anruf beendet hatte, eilte sie zu mir und schloss die Tür hinter sich.

»Wie ist's gelaufen?«, fragte sie.

»Sally hat mir schließlich doch noch moralische Unterstützung gewährt.«

»Immerhin etwas«, meinte Alison ungerührt.

»Sprechen Sie's nicht aus.«

»Was?«

»Was Sie gerade gedacht haben.«

»Ich habe gar nichts gedacht.«

»Lügnerin.«

»Ertappt. Na, sie hat sich ja dann offenbar doch noch besonnen. Wahrscheinlich, weil sie inzwischen festgestellt hat, dass es ihr nicht schaden wird.«

»Das ist gemein.«

»Trifft aber den Nagel auf den Kopf.«

»Können wir weitermachen?«

»Mit dem größten Vergnügen. Denn ich habe gute Nachrichten. Gerade habe ich mit Larry Latouche von der SATWA gesprochen.« Das Kürzel stand für die Screen and Television Writer's Association, den Zusammenschluss der Autoren für Film und Fernsehen. »Er kannte MacAnnas Artikel bereits.«

»Jetzt schon?«

»Was soll ich sagen? In dieser Woche sind heiße Meldungen aus dem Showbiz bisher eher rar gesät. Wenn wir Glück haben, erwischt man in den nächsten achtundvierzig Stunden einen prominenten Schauspieler mit einer minderjährigen Mexikanerin ohne Papiere, der einen Teil der Aufmerksamkeit abzieht. Denn im Augenblick sieht es ganz so aus, als ob Sie zum Stadtgespräch werden. Und die Nachricht verbreitet sich in Windeseile.«

»Na großartig!«

»Zum Glück hat sich Latouche über MacAnnas Anschuldigungen furchtbar aufgeregt. Er kann nämlich auf der Stelle mehr als zwei Dutzend Beispiele anführen, in denen Zeilen eines Autors ohne böse Absicht im Script eines anderen gelandet sind. Jedenfalls lässt er Ihnen ausrichten, dass der Verband voll und ganz hinter Ihnen steht. Morgen Früh will er eine Presseerklärung herausgeben, in der er das bestätigt und MacAnna dafür rügt, aus einer Mücke einen Elefanten gemacht zu haben.«

»Ich rufe Latouche später an und bedanke mich bei ihm.«

»Gute Idee. Wir können ein paar einflussreiche Freunde brauchen.«

Es klopfte an der Tür. Tracy kam herein und brachte mir eine Kopie der Presseerklärung.

»So, hier ist sie. Die hohen Tiere in der Firmenzentrale in New York haben sie gerade abgesegnet.«

»Und wie haben sie das Ganze aufgenommen?«, fragte Alison.

»Na, begeistert sind sie nicht. Denn wie wir alle hier mögen sie keinen Ärger. Sie werden David vorbehaltlos unterstützen, möchten aber die ganze Angelegenheit so schnell wie möglich wieder vom Tisch haben.«

Alison berichtete ihr von Larry Latouches Presseerklärung. Tracy war nicht gerade begeistert.

»Schön, dass der Verband hinter uns steht, Alison«, sagte sie, »und ich schätze es, dass Sie sich darum gekümmert haben. Aber ich wünschte, Sie hätten das zuvor mit mir abgesprochen.«

Alison zündete sich eine Salem an.

»Ich wusste gar nicht, dass ich für Sie arbeite, Tracy«, meinte sie.

»Sie verstehen aber, was ich damit sagen will, nicht wahr?«, erwiderte Tracy.

»Ja. Dass Sie immer alles unter Kontrolle haben müssen.«

»Alison...«, schaltete ich mich ein.

»Sie haben Recht«, fuhr Tracy dazwischen. »Ich muss wirklich immer alles unter Kontrolle haben. Und ich will diese Situation soweit kontrollieren, dass die Karriere Ihres Klienten keinen Schaden nimmt. Stört Sie das?«

»Nein, das nicht. Aber Ihr Ton«, sagte Alison.

»Und mich stört Ihre Zigarette«, erklärte Tracy. »Unser Büro ist nämlich rauchfreie Zone.«

»Dann sehe ich wohl besser zu, dass ich hier die Fliege mache«, meinte Alison.

»Alison! Tracy!«, mischte ich mich ein. »Wollen wir nicht zusehen, dass wir alle Ruhe bewahren?«

»Sicher«, gab Alison zurück. »Und wenn wir schon dabei sind, nehmen wir uns doch alle drei in den Arm, vergießen einträchtig ein paar Tränen und spüren, wie wir gemeinsam wachsen.«

»Ich wollte Ihnen nicht zu nahe treten, Alison«, sagte Tracy.

»Es ist die Situation, die mir nahe geht. Und ja, nehmen Sie das als meinen Versuch einer Entschuldigung.«

»Hätten Sie Zeit, heute Abend mit mir zu essen?«, fragte ich Alison.

»Wo ist denn Ihr Herzblatt?«

»Überprüft den Dreh eines neuen Pilotfilms in Seattle.«

»Dann gehen die Martinis auf mich. Ich schätze, wir brauchen ungefähr sechs Stück pro Kopf. Holen Sie mich gegen achtzehn Uhr im Büro ab.«

Als sie gegangen war, wandte sich Tracy an mich.

»Entschuldigen Sie, wenn ich das sage, aber ich finde, Alison ist einfach Gold wert. Sie sind ein Glückspilz, dass sie zu Ihnen steht. Sie würde Sie mit Klauen und Zähnen verteidigen.«

»Ja, sie kann ganz schön wild werden. Und ist loyal bis zur Unvernunft.«

»Da können Sie sich glücklich schätzen. Seit ich in L.A. bin, habe ich das Wort ›Loyalität‹ aus meinem Wortschatz gestrichen.«

»Aber ich darf doch darauf zählen, oder?«

»Gewiss«, entgegnete sie rasch. »Gehört alles zum Service. Vor allem, da ich den Eindruck nicht loswerde, dass man Ihnen übel mitspielt.«

»Und was soll ich als Nächstes tun?«

»Abwarten, was der Artikel von MacAnna bewirkt und wie die Leser das Interview im *Daily Variety* aufnehmen. Die nächsten zweiundsiebzig Stunden sind entscheidend. Wenn die Geschichte am Montagmorgen kein Thema mehr ist, haben wir gewonnen. Falls doch, müssen wir uns etwas überlegen.«

»Klingt, als würde es ein langes Wochenende.«

»Ein sehr langes, fürchte ich.«

Doch gegen Mittag des folgenden Tages zeichnete sich ab, dass wir die Publicity-Schlacht gewinnen würden. Obwohl die *Los Angeles Times* eine kleine Notiz über MacAnnas Kolumne brachte (im Feuilleton), griffen die anderen überregionalen Zeitungen das Thema nicht auf – ein sicheres Zeichen, dass man es als typisches Hollywood-Geschwätz betrachtete, mehr nicht. Natürlich stand im *Hollywood Reporter* auf Seite zwei eine groß aufgemachte Story über die verflixten vier Zeilen, doch sie war recht ausgewogen und zitierte meine Entschuldigung (aus der Presseerklärung) und Larry Latouches Rechtfertigung meines Handelns. Noch besser war Craig Clarkes Artikel im *Daily Variety*, in dem er sich nahezu hundertprozentig auf meine Seite schlug. Ich hätte (in seinem »Exklusivinterview«) das »unbeabsichtigte Plagiat« keineswegs herunterspielen wollen, schrieb er, hätte also nicht versucht,

255

»mich auf Clinton'sche Manier herauszureden oder das Versehen zu beschönigen«. Dann zitierte er fünf prominente Fernseh- und Filmautoren, die er anscheinend noch gestern aufgetrieben hatte und die alle zu meiner Verteidigung beisprangen. Der entscheidende Schlag jedoch bestand in einem Kommentar von Justin Wanamaker, dem Mann, der neben William Goldman und Robert Towne zu den bedeutendsten Drehbuchautoren der letzten dreißig Jahre zählte. In einer sorgfältig formulierten Erklärung (die Wanamaker, wie Clark betonte, per E-Mail ausschließlich an den *Daily Variety* geschickt hatte) stieß er Theo MacAnna nicht nur das Messer in den Rücken, sondern drehte es auch noch ein paar Mal herum:

»Es gibt durchaus ernsthafte Journalisten, die über die Unterhaltungsindustrie berichten. Und dann gibt es moralisch fragwürdige Subjekte wie Theo MacAnna, die nach der Holzhammermethode vorgehen und sich nichts dabei denken, wenn sie mit der Beschuldigung eines vermeintlichen Plagiats die Karriere eines Autors zerstören. Ein geborgter Gag sei eine Todsünde, die den Scheiterhaufen verdient, lautet das windige Argument, mit dem sie antreten. Doch gibt es etwas Verächtlicheres, als wenn ein Schundjournalist eines der wahrhaft komödiantischen Talente des heutigen Amerika angreift?«

Tracy war begeistert über diesen Artikel. Desgleichen Brad Bruce, Bob Robison und natürlich auch Alison.

»Bis vor fünf Minuten habe ich Justin Wanamaker noch für einen aufgeblasenen Wichtigtuer gehalten«, sagte sie. »Aber nun werde ich ihn für den Nobelpreis vorschlagen. Treffer, versenkt, kann ich zu diesem Satz nur sagen. Ich hoffe, damit ist der Ruf dieses kleinen Dreckskerls ruiniert.«

Sally, die sich aus Seattle meldete, war ebenfalls begeistert über die Story in *Variety.*

»Schon den ganzen Morgen rufen mich Freunde an und

fragen, ob sie helfen können. Man sei übel mit dir umgesprungen, meinen sie, und du hättest dich in dem Interview mit *Variety* wirklich wacker geschlagen. Ich bin so stolz auf dich, Liebling! Du hast das ganz hervorragend im Griff. Wir werden als Sieger aus der Sache hervorgehen.«

Schön zu hören, dass es wieder so etwas wie ein »Wir« gab. Doch ich konnte Sally ihren Ärger vom Vortag nicht verdenken. Dass sie es auf diese Art und Weise hatte erfahren müssen, hatte ihr eben einen furchtbaren Schock versetzt, und sie hatte nicht anders reagiert, als es der Rest von uns (vor allem aber ich) getan hätte: mit einer Mischung aus Angst, Wut und Unglauben.

Aber nun – und da hatte sie ganz Recht – wendete sich in dieser potenziell gefährlichen Situation das Blatt wieder zu unseren Gunsten. Was sich darin zeigte, dass meine Voice Mail und mein Mail-Posteingang zu Hause und im Büro geradezu überschwemmt wurden von aufmunternden Nachrichten guter Freunde und Arbeitskollegen. Am Samstag wandte sich die Stimmung dann endgültig gegen Theo MacAnna, als drei Leserbriefe in der *L. A. Times* andere Fälle von unbeabsichtigtem Plagiat aufzählten und MacAnnas Erguss als Schundjournalismus bezeichneten. Am Sonntag versetzte ihm dann das gleiche Blatt den K. o.-Schlag in Form eines kurzen Dreihundert-Wörter-Artikels in der Sparte »Vermischtes« im Feuilleton, der enthüllte, dass MacAnna fünf Jahre lang erfolglos versucht hatte, sich als Drehbuchautor von Fernsehkomödien zu etablieren, ehe er zum *Hollywood Legit* ging. Ein Produzent von NBC bezeugte, dass MacAnna Ende der neunziger Jahre vorübergehend bei ihm als Autor angestellt gewesen war, dann aber entlassen wurde, als sich herausstellte – und das war nun wirklich gehässig –, »dass er talentlos war und talentlos bleiben würde«.

»Wenn doch nur alles im Leben so glatt laufen würde«,

sagte Sally, nachdem sie mir den vernichtenden Artikel aus der *L. A. Times* vorgelesen hatte. »Jetzt haben sie den Mistkerl ganz offen zum Abschuss frei gegeben.«

»Mit gutem Grund. Denn der Kerl hat seine Karriere darauf aufgebaut, dass er den gefürchteten Bluthund Hollywoods spielt. Nachdem man ihn jetzt kaltgestellt hat, haben die anderen keine Angst mehr, auf ihn einzudreschen.«

»Er hat es nicht besser verdient. Das Gute an der Sache ist, dass du nicht nur rehabilitiert bist, sondern am Ende auch als unschuldiges Opfer dastehst... und zu allem Überfluss noch als eine Art Drachentöter.«

Wieder einmal hatte Sally den Nagel auf den Kopf getroffen. Am Wochenende bekam ich einen Anruf von Jake Jonas, dem Produktionsleiter von Warner Brothers, der mir versicherte, dass er mir in nächster Zeit grünes Licht für *Der Einbruch* geben könne. Im Augenblick habe es gerade Steven Soderbergh in Händen, und, wie seine Mitarbeiter berichteten, gefalle es ihm ganz ausgezeichnet. Am Freitag könne er mir Genaueres sagen. Sonntagmittag rief mich dann Sheldon Schwartz, Vizepräsident von FRT, zu Hause an und erzählte mir folgende Anekdote:

»Vor knapp zwölf Monaten wurde ich vom B'Nai-Brith-Bund von Orange County zum Manager des Jahres in der Unterhaltungsindustrie ernannt. In meiner Rede bei der Preisverleihung dankte ich meiner Frau Babs und sagte dabei wörtlich: ›Auch morgens um drei, wenn der Rest der Welt schlief, war sie immer für mich da.‹ Hinterher machten mir die anderen Komplimente für den gelungenen Satz. Alle – bis auf Babs. Sie wies mich darauf hin, dass sich der Bühnenautor August Wilson bei der Verleihung des Tony Award irgendwann Anfang der Neunziger mit exakt der gleichen Redewendung bei seiner Frau bedankt hatte. Ich war natürlich bei der Verleihung gewesen, und Wilsons Satz hatte sich mir eingeprägt. Jahre später kam er als angebliches Original-Sheldon-Schwartz-Zitat wieder zum Vorschein.

Was ich damit sagen will, David, ist Folgendes: Es tat mir wirklich Leid, als die Anschuldigungen gegen Sie laut wurden. Und ich habe bewundert, wie gelassen und geistreich Sie darauf reagiert haben. Schließlich weiß ich aus Erfahrung, dass jedem etwas Ähnliches passieren kann wie Ihnen.«

»Vielen Dank, Mr. Schwartz«, erwiderte ich. »Aber das Verdienst gebührt größtenteils den Kollegen von FRT, die mir eine so hervorragende Unterstützung gewährt haben.«

»Nun, wir sind ja auch alle eine große Familie, David. Und bitte, nennen Sie mich Shel.«

Alison verschluckte sich beinahe an einem kräftigen Zug Salem-Rauch, als ich ihr diesen Dialog am nächsten Morgen wiedergab.

»Hat er tatsächlich von ›einer großen Familie‹ gesprochen?«, fragte sie.

»Ja. Aber ich habe nicht erwidert: ›Shel, was soll dieses blöde alte Klischee?‹«

»Apropos Klischee: Wussten Sie schon, dass Ihr neuer Busenfreund Shel so sehr Familienmensch ist, dass er gerade Ehefrau Nummer drei vor die Tür gesetzt hat, um – und nun passen Sie auf – mit seiner Urologin anzubändeln ... zufällig eine achtundzwanzigjährige Serbin mit einem Vorbau, neben dem Jane Mansfield flachbrüstig wirken würde?«

»Woher haben Sie nur diesen Klatsch?«

»Aus Theo MacAnnas Kolumne natürlich.«

»Das ist nicht komisch.«

»Doch, das ist es. Vor allem, da jetzt Gott und die Welt über MacAnna herzieht. Diese Geschichte hat den Scheißer mundtot gemacht. Als hätten Sie dem größten Schreihals der Stadt gewaltig zwischen die Beine getreten. Sehr zur Freude der anderen.«

»Ich habe doch gar nicht Besonderes getan. Nur die Wahrheit gesagt.«

»Genau. Man sollte Ihnen für Ihre Charakterstärke und Prinzipientreue einen Orden verleihen. Den Humanismusorden, weil Sie solch ein Mordskerl sind.«

»Sie sind nicht gerade zufällig etwas zynisch?«

»Ich? Zynisch? Wie können Sie so was sagen! Nein, David, ich bin nur unendlich erleichtert. Denn ich glaube, Sie haben gewonnen.«

»Noch haben wir den Schlamassel nicht hinter uns.«

Aber als Tracy später in mein Büro kam, wirkte sie zuversichtlich.

»Ich habe gerade die kalifornischen und die überregionalen Zeitungen durchgesehen. Die *New York Times*, die *Washington Post* und *USA Today* erwähnen MacAnnas Artikel, schreiben aber unter Berufung auf die *L. A. Times* gleich dazu, dass besagter Journalist einst vergeblich versucht habe, als Drehbuchautor Karriere zu machen. Auch der *San Francisco Chronicle* hat eine kleine Notiz gebracht. Desgleichen die Zeitungen aus Santa Barbara, San Diego und Sacramento. Aber von der Tendenz her ergreifen sie alle für Sie Partei, und das verdanken wir wohl in erster Linie Justin Wanamaker und seinem deutlichen Kommentar, denn der wird in jedem Artikel zitiert. Vielleicht sollten wir Wanamaker ganz diskret ein kleines Geschenk in Ihrem Namen schicken.«

»Steht er nicht auf Waffen und ausgestopfte Rhinozerosköpfe und dieses ganze nostalgische Hemingway-Zeug?«

»Ja, Mr. Wanamaker gibt sich gern als Macho. Aber glauben Sie bloß nicht, dass wir ihm deswegen gleich eine Kalaschnikow kaufen.«

»Was halten Sie von einer Kiste mit gutem schottischen Whisky? Er nimmt doch immer noch gern einen zur Brust, oder?«

»Ja, und außerdem achtet er darauf, sich bei jedem Interview eine Lucky Strike anzuzünden, um deutlich zu machen, wie sehr er die kalifornische Gesundheitsmafia verachtet. Deshalb wäre eine Kiste Whisky wohl genau das Richtige. Haben Sie eine besondere Marke im Auge?«

»Nein, sorgen Sie nur dafür, dass er mehr als neunzig Prozent hat.«

»Gut. Und was soll auf der Karte stehen?«

Ich dachte einen Moment lang nach. »Wie wär's mit ›Danke‹?«

»Ja, damit ist alles gesagt.«

»Und da wir schon beim Thema sind: auch Ihnen vielen Dank, Tracy. Sie haben die ganze Angelegenheit vorzüglich gemanagt und mir damit wirklich den Kopf gerettet.«

Tracy lächelte. »Das ist schließlich mein Job.«

»Aber wir haben es noch nicht ganz überstanden, oder?«

»Sagen wir es mal so: Wie mir meine Informanten beim *Hollywood Legit* berichten, hat der Artikel in der *L. A. Times* MacAnna zum Schweigen gebracht. Schließlich wurde er darin als verächtlicher, talentloser kleiner Schuft gebrandmarkt, der einem anderen eins auswischen wollte, weil er selbst beruflich versagt hat. Außerdem sind Sie für Ihr Handeln von keinem der anderen Journalisten angegriffen worden, was nur heißen kann, dass man Ihrer Darstellung glaubt. Jetzt hängt alles von den nächsten Tagen ab, denn es kann sein, dass noch jemand anders Krach schlagen will. Zwar sagt mir mein Gefühl, dass es vorüber ist, aber ich möchte noch bis Freitag warten, ehe ich offiziell Entwarnung gebe.«

Und genauso geschah es auch. Ich saß zu Hause und arbeitete am Entwurf der ersten Folge für die dritte Staffel von *Auf dem Markt*, als das Telefon klingelte.

»Haben Sie den *Hollywood Legit* von heute Morgen gelesen?«, fragte Tracy.

»Aus unerklärlichen Gründen habe ich dieses Blatt von der Liste meiner Pflichtlektüre gestrichen. Hat dieser Clown wieder Mist aus meiner Vergangenheit aufgerührt?«

»Deshalb rufe ich Sie ja an. Seine Kolumne handelt diese Woche ausschließlich von Jason Wonderly ...«

Man hatte den diesjährigen Teenagerschwarm vor ein paar Wochen am Set seiner unvergleichlichen Serie *Unser Sportsfreund Jack* – er spielte darin den verschmitzten, als Saubermann auftretenden Quarterback einer High-School-Mannschaft, der jedem Rock nachjagt, jedoch auch als das Gewissen der Gemeinschaft auftritt – in der Toilette erwischt, als er sich einen Schuss setzte.

»... jedenfalls berichtet MacAnna, dass Wonderlys Dealer offenbar geschnappt wurde, als er unserem kleinen Jason ein Tütchen Stoff in die Betty-Ford-Klinik schmuggeln wollte ...«

»Aber ich werde in der Kolumne nicht erwähnt?«

»Mit keinem Wort. Außerdem habe ich meine Sekretärin alle wichtigen Zeitungen durchsehen lassen, und keine einzige greift die Geschichte noch einmal auf. Seit Montag ist also alles ruhig. Im Grunde heißt das, die Nachricht ist Schnee von gestern ... auch besser bekannt als gestorben. Meinen Glückwunsch.«

Später erhielt ich noch eine weitere gute Nachricht. Jake Jonas von Warner Brothers rief mich an und bestätigte noch einmal, Soderbergh habe die erste Fassung von *Der Einbruch* gelesen und sei nach wie vor hellauf begeistert. Zwar würde er nächste Woche nach New York fliegen, doch in der darauf folgenden Woche wolle er sich gern mit mir treffen, um einige Anmerkungen zu machen und die zweite Drehbuchfassung vorzubereiten.

»Ach, übrigens«, sagte Jake gegen Ende des Gesprächs, »es hat mich sehr gefreut, dass dieser schleimige MacAnna nach allem, was er Ihnen angetan hat, in die Schranken verwiesen wurde. Dieser Kerl war das journalistische Gegenstück zum Ebola-Virus, und es tut gut zu sehen, wie er ausgeschaltet wird. Vor allem aber, dass Sie diese leidige Prüfung so ungeschoren überstanden haben.«

Jake Jonas hatte Recht. Diese Woche war eine einzige schwere Prüfung gewesen. Abgesehen davon, dass jemand – schwarz auf weiß – mit dem Finger auf mich zeigte (weiß Gott keine angenehme Erfahrung), hatte ich mich vor allem mit der Vorstellung gequält, was geschehen wäre, hätte ich mich in den Augen der Öffentlichkeit Hollywoods nicht so gut geschlagen.

Aber damit sollte ich mich eigentlich nicht näher befassen (sagte ich mir). Ich sollte lieber feiern, dass ich die lästige Angelegenheit mehr oder weniger unbeschadet überstanden hatte. Im Grunde war ich sogar gestärkt aus dieser kurzen heftigen Auseinandersetzung hervorgegangen (wie Sally mir klar machte, als wir »das Ende der Geschichte« am Freitagabend mit einer Flasche französischem Champagner begossen).

»Die Leute bewundern Stehvermögen«, sagte Sally. »Sie mögen es, wenn jemand seinen Standpunkt verteidigt und dann rehabilitiert wird.«

»Unter Autoren wiegt Plagiat fast ebenso schwer wie Mord. Und diese Anschuldigung wird immer im Raum stehen.«

»Aber du schreibst doch nicht ab.«

»Jedenfalls nicht bewusst.«

»Nein, grundsätzlich nicht.«

»Ich komme mir immer noch wie der letzte Trottel vor«, sagte ich und legte meinen Kopf in Sallys Schoß.

»Das ist nicht nur albern, sondern auch überflüssig. Das

haben wir diese Woche doch schon hundert Mal durchgesprochen. Es war eine Fehlschaltung des Unbewussten... und gewiss keine seltene. Also hör auf, dir Vorwürfe zu machen. Man hat dich für unschuldig erklärt und freigesprochen.«

Vielleicht hatte Sally Recht. Vielleicht konnte ich es nur deshalb nicht abschütteln, weil sich – wie in dem Zustand zwischen Leben und Tod – mein Berufsleben rückwärts vor mir abgespult hatte und mich nach unten zu ziehen drohte. Eine Woche danach hatte ich immer noch mit dem Schock zu kämpfen. Und so tat ich an diesem Wochenende nichts anderes als gründlich auszuschlafen, in unserem Loft herumzulungern, den neuen Roman von Elmore Leonard zu lesen und zu versuchen, mir alles andere aus dem Kopf zu schlagen.

Das faule Wochenende gefiel mir so gut, dass ich beschloss, es auf die nächsten Tage auszudehnen. Obwohl ich eigentlich eifrig die neue Staffel von *Auf dem Markt* hätte planen müssen, gestattete ich es mir, ein paar Tage lang den Bonvivant zu spielen: Ich schlenderte durch die Straßen von West Hollywood, saß im Café, traf mich mit einem befreundeten Autor zu einem ausgedehnten Mittagessen bei einem ausgezeichneten Mexikaner in Santa Monica, kaufte mir viel zu viele CDs bei Tower Records, stattete meiner alten Wirkungsstätte bei Book Soup einen kostspieligen Besuch ab, verzog mich nachmittags in Kinovorstellungen und schob jeden beruflichen Druck weit von mir.

Aus Montag wurde Dienstag, dann kam der Mittwoch. Am späten Abend, als ich nach unserer Mahlzeit aus Home-Order-Sushi das Geschirr abspülte, sagte ich zu Sally:

»Weißt du was? An dieses faule Leben könnte ich mich glatt gewöhnen.«

»Das sagst du nur, weil du kein fauler Mensch bist. Man sehnt sich immer nach dem, was man nicht hat, besonders wenn man zum Altgewohnten zurückkehrt. Abgesehen davon weißt du ja, was ein Autor wird, wenn er plötzlich zur Faulheit neigt.«

»Glücklich?«

»Ich dachte eigentlich eher an ›unerträglich‹. Oder vielleicht sogar an ›vollkommen unerträglich‹.«

»Schon verstanden. Dann werde ich die moderate Version des Faulseins wählen.«

»Gut zu wissen«, meinte sie trocken.

»Aber zukünftig werde ich mir regelmäßig eine Woche frei nehmen, und zwar alle...«

Da klingelte das Telefon. Als ich abnahm, meldete sich Brad Bruce. Weder begrüßte er mich, noch brachte er sonst einen kurzen Satz zur Einleitung vor. Stattdessen fragte er: »Kannst du reden?«

Er klang nicht nur beunruhigt. Er klang auch abweisend und unterkühlt. Auf der Stelle bekam ich Angst.

»Was ist los, Brad?«, fragte ich so besorgt, dass mir Sally einen beunruhigten Blick zuwarf. »Du scheinst verärgert.«

»Ich bin verärgert. Verärgert und wütend.«

»Was ist passiert?«

Schweigen.

»Vielleicht sollten wir das besser unter vier Augen besprechen.«

»Was sollten wir unter vier Augen besprechen?«

Wieder Schweigen.

»Tracy hat mir gerade die neue Ausgabe des *Hollywood Legit* vorbeigebracht. Tja, und leider bist du wieder Thema von Theo MacAnnas Kolumne. Der ganze Artikel beschäftigt sich ausschließlich mit dir«, sagte er schließlich.

»Mit mir?« Langsam stieg Panik in mir auf. »Aber das ist unmöglich. Ich habe nichts Unrechtes getan.«

»Da sprechen seine neuen Beweise aber eine andere Sprache.«

265

»Beweise? Beweise für was?«

»Für Plagiat.«

Ich brauchte einen Moment, um mich zu sammeln.

»Das ist verrückt. Ich habe nichts, ich wiederhole, nichts von anderen Autoren gestohlen.«

Dabei warf ich Sally einen Blick zu. Sie starrte mich mit aufgerissenen Augen an.

»Das hast du vor zwei Wochen auch schon gesagt«, meinte Brad leise, »und damals habe ich dir geglaubt. Aber jetzt...«

»Jetzt was?«

»Jetzt hat er drei weitere Plagiate in deinen Drehbüchern der Serie gefunden. Und außerdem noch eine Reihe gestohlener Textstellen in den Stücken, die du früher geschrieben hast, ehe du... ehe du...«

Ehe ich berühmt wurde, vielleicht? Ehe ich alles bekam, was ich mir wünschte? Ehe man mich des Diebstahls geistigen Eigentums bezichtigte... obwohl ich nie, niemals absichtlich etwas abgeschrieben hatte. Wie also...? Wie...?

Ich ließ mich langsam aufs Sofa sinken. Das Zimmer drehte sich. Zugleich spulte sich wieder mein beruflicher Werdegang vor meinen Augen ab. Nur dass ich diesmal nicht - den Kopf sanft aufs Kissen gebettet - träumte, ich würde in den Abgrund stürzen. Dieses Mal war der Absturz real, und die Landung würde alles andere als sanft sein.

2

Dank der Wunderwelt der modernen Technik konnte Tracy mir Theo MacAnnas Artikel einscannen und innerhalb weniger Minuten nach Hause auf den Computer schicken. Sally stand hinter mir, als ich ihn las. Aber sie legte mir nicht unterstützend die Hand auf die Schulter, und sie sagte kein einziges Wort. Sie hatte auch schon geschwiegen, als ich nach dem Telefonat mit Brad auf den Artikel wartete. Dabei hatte sie mich mit fassungsloser Ungläubigkeit angestarrt. So hatte mich auch Lucy angesehen, als sie mich wegen Sally zur Rede gestellt hatte. Die Art von Fassungslosigkeit, die man verspürt, wenn man merkt, dass man betrogen worden ist.

Aber ich hatte niemanden betrogen. Nicht einmal mich selbst.

Ich setzte mich an den Computer und ging online. Tracys Mail war bereits eingetroffen. Als ich sie öffnete, sprang mir der Artikel in Fettdruck entgegen. Er war erstaunlich lang und hatte eine noch erstaunlichere Schlagzeile:

UNTER DER OBERFLÄCHE von Theo MacAnna
Das »unbeabsichtigte« Plagiat – wirklich nur ein Versehen?
Neues Material für David Armitages gestörtes Verhältnis zu den Texten anderer Autoren

Wie wir alle wissen, drückt man in Hollywood gern
ein Auge zu, wenn sich jemand aus dem eigenen Kreis
ein kleineres oder größeres Vergehen zuschulden kommen lässt – jedenfalls solange der Betreffende über
gute Beziehungen verfügt und zu den Besserverdienen-
den gehört. Während ein normaler Sterblicher wie Sie
und ich kaum noch eine Beschäftigung finden wird,
wenn man ihn mit Ecstasy oder im Bett mit einer Minderjährigen erwischt, schließen die Medienleute die
Reihen, wenn sie mit solch lästigen kleinen Problemen
konfrontiert werden. Obwohl sämtliche Zeitungen, Magazine oder Institute, die etwas auf sich halten, einen
Autor oder Wissenschaftler, der sich des Plagiats schuldig macht, auf der Stelle (und mit dem Nebeneffekt
hoher finanzieller Verluste) unverzüglich entlassen würden, unternimmt man in Hollywood die größten Anstrengungen, um den Ruf eines literarischen Ladendiebs zu
wahren. Vor allem, wenn es sich bei dem fraglichen
Dieb um den Autor einer der angesagtesten Fernsehserien
dieser Tage handelt.

Vor zwei Wochen haben wir in dieser Kolumne darauf
hingewiesen, dass David Armitage, der mit einem Emmy
ausgezeichnete, höchst begabte Drehbuchautor von
Auf dem Markt, einige Zeilen aus *The Front Page*, jenem
klassischen Bühnenstück über den Journalismus, in
eines seiner Drehbücher hat einfließen lassen. Anstatt den
Fehler zuzugeben und zum Tagesgeschäft überzugehen,
starteten Mr. Armitage und seine Leute von FRT jedoch
eine Offensive und bedienten sich dabei eines mitfühlenden Lohnschreibers von *Variety*... des gleichen übrigens, der vor zwei Jahren romantische Gefühle für
die Pressechefin von FRT geoffenbart und eine Auszeit
für seine Ehe genommen hat. Und noch ehe wir »Vettern-

wirtschaft« rufen konnten, ließen es sich führende Autoren Hollywoods angesagt sein, Mr. Armitages Loblied
zu singen und den Journalisten dafür zu tadeln, dass er
die »Übertragung« jener vier Zeilen aufzeigte.

Die kämpferischste dieser schriftstellernden Stimmen
gehörte natürlich unserem Papa Hemingway von Santa
Barbara, Justin Wanamaker, einst die führende Figur unter den radikalen Drehbuchautoren der sechziger und
siebziger Jahre, der sich – im Herbst seines Lebens – nun
darauf beschränkt, lukrative, dem Massengeschmack
angepasste Actionfilme für Jerry Bruckheimer zu schreiben. In seiner Jeremiade springt er Mr. Armitage nicht
nur leidenschaftlich zur Seite, sondern tritt auch eine
Rufmordkampagne gegen fraglichen Journalisten los –
eine Kampagne, die die *L. A. Times* nicht schnell genug
aufgreifen konnte. Einem kruden Freudianismus hul-
digend, weist die *Times* darauf hin, dass der Journalist
eine kurze, unglückliche Karriere als Drehbuchautor
hinter sich habe und sich nun natürlich am nächstbesten,
von Erfolg gekrönten Fernsehautor rächen wolle.

Doch um es mit Sergeant Friday aus dem ersten wirklich
postironischen Polizeifilm *Schlappe Bullen beißen
nicht* zu sagen, liefert diese Kolumne »nichts als Fakten,
Ma'am«. Mr. Armitages unnötige Schlammschlacht in
den zwei Wochen nach der Enthüllung seines Plagiats hat
»Unter der Oberfläche« gezwungen, sein Œuvre ein
wenig unter die Lupe zu nehmen und zu zeigen, dass sich
der feine Herr nicht nur einmal bei anderen Autoren
bedient hat.

Und, Überraschung, was kam bei diesen Recherchen ans
Tageslicht?

1. In Folge drei der letzten Staffel von *Auf dem Markt*
erzählt Bert, der Frauenheld und Buchhalter der PR-

Agentur, seine Ex-Frau sei nach L.A. zurückgezogen, nachdem sie ihn bei der Scheidung praktisch bis aufs letzte Hemd ausgezogen hat. »Kennst du die wahre Definition von Kapitalismus?«, fragt er seinen Kollegen Chuck. »Das ist der Prozess, in dem eine Kalifornierin vom Mädchen zur Frau wird.«

Fast den gleichen Satz finden wir in dem Theaterstück *Geschichten aus Hollywood* des Oscar-Preisträgers Christopher Hampton, in dem er den österreichischen Dramatiker Ödön von Horvath sagen lässt: »Kapitalismus ist der Prozess, durch den amerikanische Mädchen zu amerikanischen Frauen werden.«

2. In der gleichen Folge gerät Jerome, der Gründer der Agentur, beim Dreh eines Werbefilms für einen Kunden lautstark mit einem zweitklassigen Hollywood-Schauspieler aneinander. Hinterher erklärt Jerome seinem Freund Bert: »Den nächsten Werbefilm drehen wir ohne Schauspieler.«

In Mel Brooks' Klassiker *Frühling für Hitler* wendet sich Zero Mostel an Gene Wilder und sagt: »Das nächste Stück machen wir ohne Schauspieler.«

Doch es gibt noch weitere Beispiele für David Armitages laxen Umgang mit den Ideen anderer. Wir haben uns auch durch seine frühen – bis auf ein paar szenische Lesungen unaufgeführten – Bühnenstücke gearbeitet und dabei höchst Bemerkenswertes zutage gefördert.

1. Armitages 1995 verfasstes Schauspiel *Riffs* schildert eine Dreiecksbeziehung zwischen einer Hausfrau und ehemaligen Jazzpianistin, die mit einem Arzt verheiratet ist, dann aber in Leidenschaft für dessen besten Freund, einen Saxophonspieler entflammt. Während sie miteinander jazzen, entdecken sie ihre Gefühle füreinander, und als der Ehemann für ein Wochenende verreist, ge-

ben sie ihnen nach – um vom Gatten der Frau in flagranti erwischt zu werden. Als es zu einem Handgemenge der Männer kommt, wirft sich die Frau dazwischen und wird von ihrem Mann versehentlich erstochen.

Interessanterweise bedient sich der Plot von *Riffs* bei Tolstois berühmter Novelle *Die Kreutzersonate*, in der eine gelangweilte Ehefrau sich in den besten Freund ihres Mannes verliebt, einen Violinisten. Sie entdecken ihre Gefühle füreinander, während sie im Duett Beethovens Kreutzersonate spielen. Es kommt zum Unvermeidlichen, doch dann erscheint der Ehemann auf der Bildfläche, wird rasend eifersüchtig und tötet unabsichtlich seine Frau.

2. In Armitages neuestem Drehbuch *Der Einbruch* (kürzlich für 1 Millionen Dollar an Warner Brothers verkauft, wie uns Insider wissen lassen), leitet der Held die Handlung aus dem Off mit den Worten ein: »Als ich das erste Mal bei Cartier einbrach, hat es geregnet.« Es ist schon seltsam: Auch John Cheevers Klassiker von 1950 beginnt mit dem Satz: »Als ich das erste Mal bei Tiffany einbrach, hat es geregnet.«

Wir sehen also, dass sich Mr. Armitage nicht nur ein Mal »versehentlich« des Plagiats schuldig gemacht hat, wie er und seine Freunde so lautstark betonen. Nein, er ist ein Wiederholungstäter. Und obwohl er jetzt vielleicht einwenden mag, dass sich sein Verstoß auf den einen oder anderen Satz, auf den einen oder anderen Gag beschränkt: Plagiat ist Plagiat. Und die unausweichliche Schlussfolgerung lautet: Schuldig, Mr. Armitage, schuldig.

Nachdem ich den Artikel gelesen hatte, war ich wütend, so gottverdammt wütend, dass ich mich beherrschen musste, nicht die Faust in den Computerschirm zu rammen.

»Kann man solch einen Schwachsinn glauben?«, fragte ich Sally, während ich mich zu ihr umdrehte. Doch sie saß, die Arme in eindeutiger Abwehrhaltung um sich geschlungen, auf der Couch und wirkte äußerst verstört. Sie wich meinem Blick aus.

»Ja, David, ich kann das glauben. Da steht's ... jetzt beweist jemand Schwarz auf Weiß, dass du ein gewohnheitsmäßiger Plagiator bist.«

»Nun aber mal halblang, Sally. Was wirft der Mistkerl mir da schon vor? Eine Zeile hier, eine Zeile da ...«

»Und was ist mit der Handlung des Theaterstücks? Frei nach Tolstoi ...«

»Dann hätte er vielleicht auch erwähnen sollen, dass ich mich im Programmheft ausdrücklich auf Tolstoi beziehe.«

»Welchem *Programmheft*? Das Stück ist doch nie aufgeführt worden, außer in einer szenischen Lesung, oder?«

»Gut, aber wenn es richtig inszeniert worden wäre, hätte ich mich im Programmheft deutlich ...«

»Das sagst du jetzt.«

»Weil es wahr ist. Glaubst du wirklich, ich würde etwas so Hirnverbranntes tun, wie von Tolstoi abschreiben ...?«

»Ich weiß nicht mehr, was ich glauben soll.«

»Aber eins ist doch wohl klar: Dieser Schmierfink MacAnna unternimmt alle Anstrengungen, um meine Karriere zu zerstören. Damit will er mir heimzahlen, dass die *L. A. Times* ihn als gescheiterten Drehbuchautor geoutet hat.«

»Darum geht es nicht, David. Entscheidend ist: er nimmt dich wieder in die Mangel. Und diesmal kannst du dich nicht herausreden.«

Das Telefon klingelte. Rasch nahm ich ab. Es war Brad.

»Hast du den Artikel gelesen?«, fragte er.

»Natürlich ... und ich habe das Gefühl, er bläst ein paar Kleinigkeiten ...«

Brad fiel mir ins Wort.

»Wir müssen miteinander reden, David.«

»Sicher«, sagte ich. »Ich weiß, wir können das durchstehen. Genau wie bei…«

»Noch heute Abend.«

Ich warf einen Blick auf meine Uhr. Es war sieben nach neun. »Heute Abend. Ist es nicht schon ein bisschen spät?«

»Wir haben eine Krise und müssen unverzüglich handeln.«

Ich stieß einen leisen Seufzer der Erleichterung aus. Er wollte mit mir über unsere Strategie sprechen, stand also immer noch auf meiner Seite.

»Ganz in meinem Sinne«, sagte ich. »Wo treffen wir uns?«

»Hier im Büro. Um zehn, wenn es dir passt. Tracy ist schon da, und Bob Robison ist unterwegs.«

»Ich komme so schnell wie möglich rüber. Übrigens würde ich gern Alison mitbringen.«

»Das geht in Ordnung.«

»Gut, dann sehen wir uns um zehn.« Damit legte ich auf. Dann wandte ich mich wieder an Sally.

»Brad ist auf meiner Seite«, sagte ich.

»Wirklich?«

»Er meint, wir müssen rasch handeln, und möchte, dass ich jetzt ins Büro komme.«

Wieder wich sie meinem Blick aus.

»Dann musst du auch fahren«, sagte sie. Ich trat zu ihr und versuchte sie zu umarmen. Doch sie entwand sich mir.

»Sally, Liebes«, sagte ich. »Es wird alles wieder gut.«

»Nein, das wird es nicht.« Damit verließ sie das Zimmer.

Ich erstarrte. Erst wollte ich ihr nachlaufen und ihr noch einmal meine Unschuld beteuern, aber mein Gefühl riet mir davon ab. Also schnappte ich mir mein Jackett, mein Handy, die Autoschlüssel und verließ die Wohnung.

Auf dem Weg zu FRT rief ich Alison auf dem Handy an. Doch ihre Voice Mail erklärte den Anrufern, dass sie sich noch bis Donnerstag in New York aufhalte. Wieder sah ich auf meine Uhr. An der Ostküste war es schon weit nach Mitternacht – deshalb auch die Voice Mail. Also hinterließ ich ihr nur eine kurze Nachricht.

»Alison, hier spricht David. Es ist dringend. Rufen Sie mich so bald wie möglich auf dem Handy an.«

Dann drückte ich das Gaspedal durch und brauste zum Büro. Unterwegs überlegte ich mir, was ich gegen MacAnnas Schmutzkampagne ins Feld führen würde ... dann formulierte ich meine Breitseite gegen Warner Brothers, die ich auffordern würde, den Maulwurf zu finden, der mein Script MacAnna in die Hände gespielt hatte.

Aber als ich ins Büro kam, musterten mich Brad und Bob mit grimmigem Blick, während Tracys rote Augen verrieten, dass sie geweint hatte.

»Das alles tut mir so Leid«, setzte ich an, »aber dieser Wahnsinnige hat offenbar ein paar Schnüffler angeheuert, die meine Manuskripte mit dem Flohkamm durchgegangen sind. Und was hat er gefunden? Gerade mal vier Zeilen, die man auf andere Autoren zurückführen kann. Mehr nicht. Und dann dieser lächerliche Vorwurf mit Tolstoi ...«

Bob Robison fiel mir ins Wort.

»David, wir verstehen genau, was Sie meinen. Ehrlich gesagt, als ich den Artikel las, dachte ich das Gleiche: ein paar Zeilen hier, ein paar Zeilen da. Und was Ihre frühen Theaterstücke betrifft, zum Teufel mit Tolstoi. Meiner Meinung nach kann jeder mit auch nur ein bisschen Grips erkennen, dass Sie seine Novelle neu interpretiert haben ...«

»Danke, Bob«, sagte ich, während mir ein Stein vom Herzen fiel. »Ich bin ja so froh, dass Sie ...«

Doch er unterbrach mich erneut.

»Ich bin noch nicht ganz fertig, David.«

»Entschuldigung.«

»Wie ich schon sagte, halte ich MacAnnas Vorwürfe weder für berechtigt noch für gerecht. Wir stehen jedoch jetzt vor dem Problem, dass unser Ruf gefährdet ist. Ob es Ihnen gefällt oder nicht, sobald MacAnnas Kolumne am Freitag erscheint, wird man einen Bogen um Sie machen...«

»Aber Bob...«

»Lassen Sie mich ausreden«, entgegnete er scharf.

»Entschuldigung...«

»So jedenfalls stellt sich die Situation für uns als Unternehmen dar. Ein Fall von unbeabsichtigtem Plagiat lässt sich noch erklären. Aber vier weitere?«

»Vier magere Zeilen«, wandte ich ein. »Vier, und nicht mehr.«

»Vier magere Zeilen, die in MacAnnas Kolumne stehen. Wie die vier Zeilen, die er aus *The Front Page* zitiert hat.«

»Aber sehen Sie denn nicht, dass er sich als Kenneth Starr aufspielen möchte... dass er nach jedem auch noch so windigen Beweis greift und ihn zu einer großen Sache aufbauscht?«

»Du hast Recht«, schaltete sich jetzt endlich auch Brad Bruce ein. »Er ist ein Mistkerl. Er will dich fertig machen und an die Wand nageln. Aber ich fürchte, auch die unbedeutendsten seiner vorgelegten Beweise reichen aus, um dich mit dem Stempel ›Plagiator‹ zu versehen, und er scheint damit durchzukommen.«

Bob eilte ihm zu Hilfe. »Um es noch deutlicher zu sagen, ich gehe davon aus, dass dieser lange Artikel von jeder nur denkbaren Nachrichtenagentur aufgegriffen werden wird. Es wird also nicht nur darauf hinauslaufen, dass Ihr Ruf geschädigt ist, sondern es wird auch die Serie unglaubwürdig machen.«

»Das ist doch Unsinn, Bob!«

»Sagen Sie mir nicht, was Unsinn ist.« Jetzt zeigte er seinen

275

Ärger offen. »Haben Sie eine Vorstellung, wie tief der Schaden schon reicht? Dabei spreche ich nicht nur von Ihnen und Ihrer Serie, sondern auch von Tracy. Auch sie ist, dem Scheißkerl sei Dank, jetzt unglaubwürdig geworden ... und deshalb haben wir ihre Kündigung angenommen.«

»Sie haben gekündigt?«, fragte ich Tracy perplex.

»Ich hatte keine andere Wahl«, entgegnete sie leise. »Nachdem herausgekommen ist, dass ich mit Craig Clark ein Verhältnis hatte ...«

»Aber war das nicht schon vor ...«

»Vor zwei Jahren. Und ja, er hatte sich damals von seiner Frau getrennt. Aber das zählt nicht mehr, jetzt, da die Fakten auf dem Tisch liegen.«

»Sie haben sich nichts vorzuwerfen, Tracy«, sagte ich.

»Mag sein. Aber für die Öffentlichkeit stellt es sich so dar, als hätte ich meinen verheirateten Liebhaber herbeizitiert, damit er in einem seiner Artikel für Sie Partei ergreift.«

»Aber er hat doch bei Ihnen angerufen!«

»Egal. Von außen sieht es anders aus.«

»Und was sagt Craig dazu?«

»Craig hat seine eigenen Probleme«, erwiderte Tracy. »Er hat von *Variety* auch gerade seine Kündigung bekommen.«

»Wir haben Ihnen nicht gekündigt«, fuhr Bob sie an.

»Nein, man hat mir nur eine Flasche Whisky und eine Pistole mit einer einzigen Kugel gegeben und mir geraten zu tun, was die Ehre erfordert.«

Sie sah aus, als würde sie gleich wieder losheulen. In dem Versuch, sie zu trösten, tätschelte Brad ihr den Arm, doch sie schüttelte ihn ab.

»Ich brauche kein Mitleid«, meinte sie. »Ich habe eine Dummheit gemacht und muss nun dafür zahlen.«

»Ich bin entsetzt«, sagte ich.

»Das sollten Sie auch sein«, erwiderte Tracy.

»Ich kann Ihnen gar nicht sagen, wie Leid es mir tut. Aber wie ich schon erwähnt habe, war dies kein absichtlicher...«

»Wir haben es verstanden, David«, sagte Brad. »Aber du deinerseits solltest auch verstehen, wie heikel unsere Position jetzt ist. Wenn wir dich nicht durch jemand anderen ersetzen...«

Obwohl ich damit gerechnet hatte, traf mich der Satz wie ein Schlag ins Gesicht.

»Ihr werft mich aus der Serie?«, fragte ich mit heiserer Stimme.

»Ja, David, wir kündigen die Verträge. Mit dem tiefsten Bedauern, wie ich hinzufügen möchte, aber...«

»Das ist nicht fair«, wandte ich ein.

»Vielleicht nicht«, sagte Brad. »Doch wir müssen an unseren Ruf denken.«

»Aber in meinem Vertrag steht...«

Bob wühlte in einem Stapel Papiere und zog das Dokument hervor, auf das ich mich gerade bezogen hatte.

»Ja, im Vertrag steht – und Alison wird Ihnen das sicher gern bestätigen –, dass der Vertrag nichtig wird, wenn sich herausstellt, dass Sie Ihre Arbeit unter falschen Angaben abgeliefert haben. Und ein Plagiat kann man sicher als eine falsche Angabe von beträchtlichem Gewicht ansehen.«

»Sie machen einen Fehler«, warnte ich.

»Was wir machen, ist unangenehm, aber notwendig«, sagte Brad. »Um der Serie willen musst du gehen.«

»Und wenn Alison und ich den Sender verklagen?«

»Das lassen Sie besser bleiben, David«, gab Bob zu bedenken. »Da sitzen wir am längeren Hebel. Sie hätten keine Chance.«

»Das wird sich zeigen«, sagte ich und stand auf.

»Glaubst du, uns macht das Spaß?« Das kam von Brad. »Glaubst du, einem von uns gefällt, was wir hier tun? Ich weiß, dass die Serie auf deiner Idee beruht... und ich verspreche dir, du wirst weiterhin im Abspann genannt und bekommst

277

deine Prozente. Aber außer dir arbeiten noch siebzig andere Leute daran mit – und ich kann ihre Arbeitsplätze nicht gefährden, indem ich mich auf deine Seite schlage. Vor allem da sich augenblicklich so wenig zu deiner Verteidigung vorbringen lässt. Diesmal ist es nicht nur ein rauchender Colt, mit dem man dich erwischt hat, sondern eine qualmende Bazooka.«

»Vielen Dank für deine Loyalität ...«

Niemand sagte etwas. Brad hatte die Finger um einen Kugelschreiber gekrallt. Er holte tief Luft, dann setzte er wieder an:

»David, die letzte Bemerkung führe ich darauf zurück, dass wir augenblicklich alle sehr angespannt sind. Trotzdem, sie war unter der Gürtellinie. Ich habe dir meine Loyalität in der Vergangenheit oft genug bewiesen. Und bevor du weiter mit Beleidigungen um dich wirfst, solltest du dir eins klar machen: Letzten Endes hast du dich selbst in die Bredouille gebracht.«

Mir war danach, ihnen etwas Lautes, Emotionales, Wirres entgegenzuschleudern, stattdessen stürmte ich einfach aus dem Raum, ließ mich in mein Auto fallen und startete den Motor.

Stundenlang brauste ich ohne Sinn und Verstand über die Freeways – Nummer 10, dann 330, 12 und 85. Mein Weg war ein Meisterstück der geografischen Unlogik – von Manhattan Beach nach Van Nuys nach Ventura nach Santa Monica nach Newport Beach nach ...

Dann klingelte plötzlich mein Handy. Als ich es vom Beifahrersitz nahm, sah ich auf der Uhr am Armaturenbrett, dass es bereits zehn nach drei war. Ich war also fünf Stunden ziellos durch die Gegend gefahren, ohne auch nur im Geringsten zu bemerken, wie die Zeit verstrich.

278

Ich meldete mich.

»David, alles in Ordnung mit Ihnen?«

Es war Alison, die ziemlich müde und sehr besorgt klang.

»Bleiben Sie dran«, sagte ich. »Ich suche mir eine Stelle zum Halten.«

Ich steuerte den Wagen in eine Parkbucht und schaltete den Motor ab.

»Sind Sie unterwegs? Fahren Sie herum?«

»Scheint so.«

»Aber es ist mitten in der Nacht.«

»Ja.«

»Ich bin gerade wach geworden und habe Ihre Nachricht gehört. Wo sind Sie im Augenblick?«

»Ich weiß nicht.«

»Was soll das heißen? Auf welcher Straße, auf welchem Highway sind Sie gerade?«

»Das weiß ich nicht.«

»Jetzt mache ich mir allmählich wirklich Sorgen. Was ist passiert?«

Dies war der Moment, als ich zu schluchzen begann – als ich zum ersten Mal richtig begriff, was eigentlich passiert war.

Als ich mich endlich wieder etwas gefasst hatte, fragte mich Alison, nun selbst ziemlich erschüttert: »David, um Himmels willen, sagen Sie es mir... was zum Teufel ist Ihnen zugestoßen?«

Und so erzählte ich ihr alles – berichtete von den neuen Plagiatsvorwürfen in MacAnnas Kolumne, von Sallys abweisendem Verhalten und von meinem Rausschmiss bei FRT.

»Meine Güte!«, rief Alison, als ich geendet hatte, »dies ist der größe Schwachsinn, den ich je gehört habe.«

»Ich komme mir vor, als hätte ich eine Tür geöffnet und wäre geradewegs in einen Fahrstuhlschacht gestürzt.«

»Gut, eins nach dem anderen. Wissen Sie, wo Sie sind?«

»Irgendwo in der Stadt.«

»Sie sind sicher, dass Sie in L. A. sind?«

»Ja, das weiß ich nun wirklich ganz genau.«

»Glauben Sie, dass Sie weiterfahren können?«

»Ich vermute schon.«

»Okay, dann machen Sie jetzt also Folgendes: Fahren Sie nach Hause. Aber langsam. Wenn Sie in L. A. sind, sollten Sie in spätestens einer Stunde ankommen. Wenn Sie dort eingetroffen sind, mailen Sie mir MacAnnas Kolumne. Ich fahre in der Zwischenzeit zum Kennedy Airport und versuche, einen Platz in der Neun-Uhr-Maschine nach L. A. zu bekommen. Am Flughafen müsste ich eigentlich irgendwo die Mail mit der Kolumne abrufen können. Nach dem Start kann ich über das Bordgerät telefonieren. Wenn alles klappt, bin ich gegen zwölf Uhr Ortszeit in L. A., also stellen Sie sich darauf ein, mich um zwei in meinem Büro zu treffen. In der Zwischenzeit möchte ich, dass Sie nur eins tun, und das ist schlafen. Haben Sie was zu Hause, was Ihnen dabei hilft?«

»Ich glaube, wir haben noch ein paar Tylenol.«

»Dann nehmen Sie nicht nur die empfohlenen zwei, sondern gleich drei. Es ist wichtig, dass Sie für eine Weile abschalten.«

»Aber erzählen Sie mir bitte nicht, dass ich alles nur noch halb so schlimm finde, wenn ich aufwache. Denn das werde ich nicht.«

»Das weiß ich selbst. Aber Sie haben dann wenigstens ein bisschen Schlaf gehabt. Und zum Schluss doch noch einen Rat: Bewahren Sie Ruhe!«

Vierzig Minuten später war ich zu Hause. Ich setzte mich an den Computer, um Alison die Mail mit dem Artikel zu schicken. Plötzlich öffnete sich die Schlafzimmertür, und Sally kam heraus, mit nichts anderem bekleidet als einer Pyjamajacke. Mein erster Gedanke war: *Mein Gott, sie ist so verführerisch.* Mein zweiter lautete: *Ist dies das letzte Mal, dass solche Intimität zwischen uns herrscht?*

»Ich habe mir Sorgen gemacht«, war alles, was sie sagte.

Ich starrte schweigend auf den Bildschirm.

»Könntest du mir bitte erklären, wo du in den letzten sieben Stunden warst?«

»Erst im Büro, und dann bin ich rumgefahren.«

»Rumgefahren? Wohin?«

»Einfach nur rumgefahren.«

»Du hättest mich anrufen können. Nein, mich anrufen müssen.«

»Entschuldige.«

»Was ist passiert?«

»Das müsstest du dir doch eigentlich denken können, wenn ich die halbe Nacht durch die Gegend fahre.«

»Haben sie dich rausgeschmissen?«

»Ja, sie haben mich rausgeschmissen.«

»Verstehe«, sagte sie knapp.

»Tracy Weiss sitzt auch auf der Straße.«

»Weil sie ihrem Ex-Lover das Exklusivinterview gegeben hat?«

»Genau. Das ist ihr Verbrechen.«

»Das war auch keine gute Idee von ihr.«

»Dafür fällt die Strafe aber ziemlich hart aus.«

»Es ist ein hartes Geschäft.«

»Danke, dass du mich mit der Nase draufstößt.«

»Was erwartest du von mir, David?«

»Dass du zu mir kommst, mich in die Arme nimmst und mir sagst, dass du mich liebst.«

Langes Schweigen.

»Ich geh jetzt wieder ins Bett«, sagte sie schließlich.

281

»Demnach findest du es also richtig, dass sie mich gefeuert haben?«

»Sie haben wohl allen Grund dazu.«

»Ist das dein Ernst – wegen ein paar unabsichtlich geborgter Zeilen?«

»Ich brauche dir ja wohl nicht zu sagen, dass in unserer Branche das Image alles ist.«

»Und Mr. MacAnna habe ich es zu verdanken, dass ich jetzt als Dieb dastehe – obwohl man mir nichts weiter vorwerfen kann, als dass ich ein paar Gags von anderen weitererzählt habe.«

»Das ist deine Version.«

Ich sah ihr offen ins Gesicht. »Das weiß ich selbst.«

»Haben sie was von einer Abfindung erwähnt?«

»Das ist Alisons Sache. Sie ist im Augenblick noch in New York.«

»Aber weiß sie schon Bescheid?«

»Ja, wir haben telefoniert.«

»Und?«

»Sie möchte, dass ich schlafe.«

»Gute Idee.«

»Du findest, ich bin im Unrecht, nicht wahr?«

»Es ist schon spät, David ...«

»Antworte mir bitte!«

»Können wir nicht morgen darüber sprechen?«

»Nein, jetzt.«

»Na gut. Ich finde, du hast es vergeigt. Und ja, ich bin sehr enttäuscht von dir. Nun zufrieden?«

Ich stand auf.

»Gute Nacht«, sagte sie und kehrte zurück ins Schlafzimmer. Ich zog mich aus, ging ins Bad und suchte die Tylenol-Tabletten. Ich nahm vier (abschalten musste ich jetzt wirklich) und legte mich ins Bett. Nachdem ich den Wecker gestellt hatte, schaltete ich das Telefon auf Voice Mail und zog mir die Decke über den Kopf. Innerhalb von einer Minute war ich eingeschlafen.

Irgendwann am nächsten Tag klingelte der Wecker. Durch die ordentliche Dosis Tylenol war ich wie benebelt – mit dem angenehmen Nebeneffekt, dass ich einige glückliche Momente lang nicht wusste, wo ich war. Bis ich den Zettel auf dem Kopfkissen sah.

Unterwegs nach Seattle. Bleibe zwei Tage. Sally.

Mit einem Schlag war ich wieder in der Realität. Ein Uhr, stellte ich mit einem Blick auf den Wecker fest. Mühsam richtete ich mich auf. Dann las ich Sallys Nachricht noch einmal. Kalt, sachlich, abweisend – die Art von Nachricht, die man dem Hausmädchen hinterlässt. Plötzlich fühlte ich mich allein; allein und von Ängsten umzingelt. Und ich hatte Sehnsucht nach meiner Tochter. Ich nahm das Telefon. Keine Nachrichten, stand auf dem Display. Als ich trotzdem mein Message-System abrief, teilte mir die Tonbandstimme mit, was ich bereits wusste: »Sie haben keine Nachrichten.«

Das konnte nur auf einem Fehler beruhen. Gewiss hatten ein paar Freunde und Kollegen inzwischen von MacAnnas Kolumne gehört und bei mir angerufen, um mir ihre Unterstützung zuzusichern.

Doch dann dämmerte es mir: Vor zwei Wochen hatten sie sich alle gemeldet. Aber nun, da man mir wiederholtes Plagiat vorwarf, war ich auf mich gestellt. Niemand wollte etwas davon wissen.

Ich nahm das Telefon und wählte Lucys Nummer in Sausalito. Zwar war mir klar, dass Caitlin noch nicht zu Hause sein würde, aber sie hatte den Anrufbeantworter besprochen, und ich wollte ihre Stimme hören.

Doch schon nach zweimaligem Klingeln wurde der Hörer abgenommen. Lucy meldete sich.

»Oh, hallo ...«, sagte ich.

»Was soll das? Warum rufst du am Nachmittag an? Du weißt doch, dass Caitlin in der Schule ist.«

»Ich wollte ihr eigentlich nur eine Nachricht hinterlassen. Ihr sagen, dass sie mir fehlt.«

»Ach, plötzlich Sehnsucht nach deiner früheren Familie, wo deine Karriere im Eimer ist?«

Plötzlich war ich hellwach.

»Woher weißt du ...?«

»Hast du die Zeitungen von heute noch nicht gesehen?«

»Ich bin gerade erst aufgestanden.«

»Dann gehst du am besten gleich wieder ins Bett. Du hast es im *San Francisco Chronicle* und in der *L. A. Times* auf Seite drei geschafft. Tolle Leistung, David – anderen die Ideen klauen.«

»Ich habe nicht geklaut.«

»Nein, nur ein bisschen geschummelt und betrogen. So wie damals bei mir.«

»Sag Caitlin, dass ich sie später anrufe.« Damit legte ich auf.

Dann ging ich in die Küche. Auf der Theke lag die Morgenausgabe der *L. A. Times*. Damit ich es auch ja nicht übersah, hatte Sally sie bereits auf Seite drei aufgeschlagen. Die Schlagzeile rechts oben lautete:

NEUER PLAGIATSVORWURF
GEGEN AUTOR VON *AUF DEM MARKT*

Darunter stand eine etwa fünfhundert Wörter lange Zusammenfassung von MacAnnas vernichtendem Artikel – offenbar hastig zusammengeschrieben, nachdem sie letzte Nacht die ersten Vorab-Exemplare des *Hollywood Legit* in die Hände bekommen hatten. Nach der Aufzählung der einzelnen Anschuldigungen berichtete das Blatt, sie hätten sich noch spät in der Nacht mit dem Produzenten von *Auf dem Markt* in Verbindung gesetzt. »Dies ist eine Tragödie für David Armitage und die ganze Auf-dem-Markt-Familie... FRT wird im Lauf des Tages eine offizielle Erklärung herausgeben«, wurde Brad Bruce zitiert.

Kluger Schachzug, Brad. Erst drückst du auf die Tränendrüsen und beklagst, was mir zugestoßen ist, und später gibst du dann bekannt, dass man mich aus der Serie feuert.

Ich stürzte zum Computer und rief die Website des *San Francisco Chronicle* auf. Auch dort ein Schnellschuss, verfasst von seinem Korrespondenten in L.A., der eine ähnliche Auflistung der Vorwürfe und das gleiche Zitat von Brad enthielt. Was mich jedoch wirklich aus der Fassung brachte, war die Entdeckung, dass sich auf meinem E-Mail-Konto bereits ein halbes Dutzend Nachfragen von Journalisten angesammelt hatte, die um einen Interviewtermin baten... oder zumindest um eine Stellungnahme zu MacAnnas Anschuldigungen.

Ich nahm das Telefon und rief in meinem Büro an. Halt: In meinem *früheren* Büro, wo sich Jennifer, meine *frühere* Sekretärin, meldete. Als sie meine Stimme erkannte, schaltete sie auf eisig.

»Man hat mich angewiesen, Ihre Sachen zusammenzupacken«, erklärte sie. »Ich nehme an, Sie möchten sie in Ihre Wohnung geschickt bekommen?«

»Jennifer, Sie könnten wenigstens ›Hallo‹ sagen.«

»Hallo. Also, soll ich sie in Ihre Wohnung schicken?«

»Ja.«

»Gut. Richten Sie sich darauf ein, dass sie morgen Früh gebracht werden. Und was mache ich mit den Anrufen, die für Sie eingehen?«

»Gibt es denn überhaupt welche?«

285

»Ja, fünfzehn heute Morgen. Die *L. A. Times*, der *Hollywood Reporter*, die *New York Times*, die *Seattle Times*, der *San Francisco Chronicle*, der *San Jose Mercury*, der *Boston Globe*...«

»Ich verstehe...«

»Soll ich Ihnen eine E-Mail mit der Liste und den Telefonnummern der Ansprechpartner schicken?«

»Nein.«

»Aber wenn sich jemand von der Presse mit Ihnen in Verbindung setzen möchte...?«

»Dann sagen Sie, ich sei nicht erreichbar.«

»Wenn Sie es so wünschen...«

»Jennifer, warum verhalten Sie sich auf einmal so abweisend?«

»Was erwarten Sie von mir? Ihre Kündigung heißt für mich, dass ich eine Woche Zeit habe, meinen Tisch zu räumen.«

»O nein!«

»Keine platten Sprüche bitte.«

»Ich wüsste ohnehin nicht, was ich sagen sollte. Außer dass es mir Leid tut. Ich bin von alldem ebenso eiskalt erwischt worden wie Sie.«

»Wie kann das sein, nachdem Sie bei anderen geklaut haben?«

»Ich hatte nie die Absicht...«

»Was? Erwischt zu werden? Jedenfalls vielen Dank, dass Sie mich mit hineingezogen haben.«

Damit knallte sie den Hörer auf.

Ich ließ den Kopf auf die Arme sinken. Was ich durchzumachen hatte, war schlimm genug, doch noch schlimmer war, dass ich ohne mein Wissen zwei Unschuldige mit in den Abgrund gerissen hatte. Und ebenso schrecklich war die Vorstellung, dass mir ein Dutzend Journalisten auf den Fersen waren, um eine Stellungnahme zu ergattern. Jetzt war ich wirklich Tagesthema – der große Fernseherfolg, und wie ich ihn selbst wieder zerstört hatte. Zumindest war dies der Tenor, in dem sie das Ganze darstellen würden. Letzte Woche hatte ich mich mit meiner Sicht der Dinge noch durchsetzen können. Doch jetzt, unter dem Druck der neuen Beweise (so unbedeutend sie auch sein mochten), würde mir der Wind kalt ins Gesicht blasen. Man würde mich als ein Talent darstellen, das von den in ihm schlummernden selbstzerstörerischen Kräften besiegt worden war, ein Autor, der eine der originellsten Fernsehserien der letzten zehn Jahre geschrieben hatte, aber trotzdem von seinen Kollegen stahl. Außerdem würde es sicherlich das übliche Palaver geben, ich sei Opfer des erbarmungslosen Erfolgskults, der diese eitle Glitzerstadt beherrschte.

Aber letztlich lief alles nur auf eins hinaus: Als Autor war ich erledigt.

Inzwischen war es Viertel nach eins. Als ich bei Alison im Büro anrief, meldete sich Suzy, ihre Sekretärin. Ehe ich nach Alison fragen konnte, setzte sie aufgeregt an:

»Ich möchte Ihnen was sagen. Es ist eine himmelschreiende Ungerechtigkeit, wie man Sie behandelt.«

Ich schluckte und merkte, dass mir die Tränen in die Augen stiegen.

»Danke«, sagte ich.

»Wie geht es Ihnen?«

»Nicht gut.«

»Kommen Sie her?«

»Ja, in ein paar Minuten.«

»Gut – Alison erwartet Sie schon.«

»Kann ich vielleicht jetzt gleich mit ihr sprechen?«

»Sie telefoniert gerade mit FRT.«

»Dann bin ich in einer halben Stunde da.«

Als ich ihr Büro betrat, saß Alison reglos an ihrem Schreibtisch, blickte müde aus dem Fenster und war offenbar tief in Gedanken versunken. Als sie mich hörte, drehte sie sich jedoch um, kam hinter dem Schreibtisch hervor, nahm mich in die Arme und hielt mich einen Moment lang fest. Dann ging sie zu einem Schrank und öffnete eine Tür.

»Ist Scotch okay?«, fragte sie.

»So schlimm?«

Sie antwortete nicht. Stattdessen kam sie mit der Flasche J&B und zwei Gläsern wieder an den Tisch. Sie schenkte uns beiden einen kräftigen Schluck ein, zündete sich eine Zigarette an, sog tief den Rauch ein und kippte dann die Hälfte ihres Drinks hinunter. Ich tat es ihr gleich, und meine Augen begannen zu brennen.

»Gut«, sagte sie. »Dann wollen wir mal. Als Agentin habe ich Sie nie angelogen und werde auch jetzt nicht damit anfangen. Also, deutlich gesagt, hätte es schlimmer nicht kommen können.«

Ich kippte den Rest meines Drinks. Sie schenkte mir unverzüglich nach.

»Als ich am Flughafen MacAnnas Kolumne gelesen habe, war mein erster Gedanke: Wie können Brad und Bob das nur ernst nehmen? Da doch die aufgezählten Beispiele allenfalls Bagatellen sind. Was er Ihnen im Zusammenhang mit den Drehbüchern zu *Auf dem Markt* vorwirft, ist einfach lächerlich. Wir sind hier in dem Bereich, wo der Spruch gilt: ›Einen Nickel für jeden Autor, der mal einen Gag geklaut hat.‹ Und die Sache mit Tolstoi ist einfach hanebüchen. Das weiß MacAnna selbst am besten. Die Zeile von Cheever hingegen ...«

»Die habe ich in vollem Bewusstsein verwendet. Ich habe sie mir ›ausgeliehen‹, weil mir klar war, dass es der Satz niemals bis auf die Leinwand schaffen würde. Was MacAnna da gelesen hat, war ein Entwurf, mehr nicht.«

288

»Das wissen Sie, und das weiß ich. Das Problem ist nur, zusammen mit den Zeilen von *Auf dem Markt*, die er vor zwei Wochen zitiert hat... na, Sie sind klug genug, sich das selbst auszumalen.«

»Ob schuldig oder nicht, ich stecke in Schwierigkeiten.«

»Darauf läuft es hinaus.«

»Sie haben doch mit FRT telefoniert. Konnten Sie sie überzeugen...?

»Keine Chance. Die lassen Sie fallen wie eine heiße Kartoffel. Aber das ist noch nicht alles. Kaum war ich gelandet, hatte ich eine etwa einstündige lautstarke Auseinandersetzung mit einem Anwalt des Senders. Man probiert offenbar, Ihnen die Abfindungszahlung streitig zu machen.«

Das wurde ja immer besser. Ungläubig blinzelte ich sie an. »Aber da gibt es doch eine Klausel...«

»O ja«, sagte Alison, während sie die Akte zu sich heranzog. »Da gibt es eine Klausel, das ist wahr. Die Klausel 43b in Ihrem Vertrag mit FRT, um genau zu sein. Und darin heißt es sinngemäß, wenn Sie sich eine kriminelle Handlung zuschulden kommen lassen, werden Ihnen für die Zukunft die Tantiemen gestrichen.«

»Will sich FRT auf das Argument zurückziehen, ich hätte eine kriminelle Handlung begangen?«

»Ja, so wollen sie offenbar vorgehen. Unter dem Vorwand, dass Plagiat ein strafwürdiges Vergehen darstellt, sollen Sie von weiteren Tantiemen für die Idee zur Serie ausgeschlossen werden.«

»Das ist doch Bockmist.«

»Natürlich – aber sie sind entschlossen, es durchzuziehen.«

»Und können sie das?«

»Ich habe gerade eben eine halbe Stunde lang mit meinem Anwalt telefoniert. Er wird die Verträge heute Abend sorgfältig durchsehen. Aber dem Gefühl nach meint er... ja, sie könnten es durchziehen.«

»Dann bekomme ich also auch keine Abfindung?«

»Schlimmer noch... FRT hat mir mitgeteilt, sie werden das Honorar für die drei Folgen zurückfordern, in denen Sie angeblich Material anderer Autoren verwendet haben.«

»Was haben die vor? Mich in den Bankrott treiben?«

»Nüchtern betrachtet, ja. Machen wir uns nichts vor, hier geht es um stattliche Summen. Wenn die Ihnen keine Autorentantiemen für die Serie mehr zahlen müssen, sparen sie um die dreihundertfünfzigtausend pro Staffel. Und wenn die Serie, wie erwartet, noch ein paar Staffeln läuft... rechnen Sie es sich selbst aus. Und was die drei fraglichen Folgen betrifft... Sie haben für jede hundertfünfzigtausend bekommen. Also noch einmal, rechnen Sie...«

»Aber in dieser Frage können wir uns doch sicher wehren...«

»Mein Anwalt meint, sie beziehen sich dabei auf einen Passus, in dem es heißt, Sie müssten alleiniger Urheber der Drehbücher sein. Vielleicht kann ich die Summe noch runterhandeln...«

»Heißt das, ich muss Rückzahlungen an FRT leisten?«

»Wenn es hart auf hart kommt, ja. Aber ich hoffe – und das nicht ganz unberechtigt –, dass sie von dieser Forderung Abstand nehmen, wenn sich die Dinge etwas beruhigt haben und sie sich in der Frage der laufenden Tantiemen durchgesetzt haben.«

»Wollen wir sie damit durchkommen lassen?«

»David, wann hätte ich es jemals einem durchgeknallten Studio oder Sender erlaubt, mit etwas zum Nachteil meiner Autoren durchzukommen? Das wissen Sie doch: nie. Aber wir stehen vor einer Situation, wo die Rechtslage so hingedreht wird, dass es aussieht, als hätten Sie gegen die Vertragsbedingungen verstoßen. Und wenn mein Anwalt – der 375 Dollar die Stunde nimmt und der jedes Schlupfloch in Hollywood-Verträgen kennt – mir sagt, die hätten Sie am Wickel, dann müssen wir uns auf Schadensbegrenzung beschränken. Aber glauben Sie mir, ich werde noch eine zweite – vielleicht sogar eine dritte – juristische Meinung einholen, bevor ich gegenüber diesen Winkeladvokaten von FRT klein beigebe ... von ihren Kollegen von Warner Brothers ganz zu schweigen.«

»Bekomme ich noch einen Scotch?«

»Gute Idee«, sagte Alison, »denn es gibt noch ein weiteres Problem.«

Darauf goss ich mir gleich einen Doppelten ein. »Schießen Sie los«, sagte ich.

»Ich hatte gerade einen Rechtsverdreher von Warner an der Strippe. Sie legen *Der Einbruch* in die Warteschleife ...«

»Heißt das, die Zusammenarbeit mit Soderbergh ist geplatzt?«

»Leider ja. Und das Schlimmste: Wie Sie wissen, hat Warner bei Vertragsabschluss zweihundertfünfzigtausend für den Entwurf des Drehbuchs gezahlt. Jetzt fordern sie den gesamten Betrag zurück.«

»Das ist verrückt. Wie können sie das?«

»Wegen der geborgten Zeile von John Cheever ...«

»Kommen Sie! Wie ich schon sagte, das war nur so eine Art Platzhalter und stand in der ersten Fassung ...«

»He, mir brauchen Sie das nicht zu erklären. Aber auch die Leute von FRT beziehen sich wie die Anwälte von Warner auf den Passus, in dem der Autor erklärt, alleiniger Urheber des eingereichten Werks zu sein. Sie haben also etwas in der Hand ... obwohl die meisten dieser Drecskerle nicht mal wissen, wer John Cheever ist.«

»Wenigstens habe ich noch das Drehbuch für Fleck, damit kann ich ja meine Schulden bezahlen.«

291

Alison zündete sich eine Zigarette an, obwohl noch eine im Aschenbecher lag und vor sich hin qualmte.

»Tut mir Leid, aber Flecks Anwalt hat vorhin angerufen ...«

»Sagen Sie jetzt nicht ...«

»Mr. Fleck bedauert, aufgrund Mr. Armitages gegenwärtiger beruflicher Reputation die Verhandlungen nicht fortsetzen zu können.‹ Leider ein wörtliches Zitat.«

Ich starrte zu Boden. »Aber ich kann die zweihundertfünfzigtausend an Warner nicht zurückzahlen.«

»Sind sie schon ausgegeben?«

»Ja, zum Großteil. Für die Abfindung an meine Ex-Frau, die laufenden Unterhaltszahlungen und so weiter. Die letzten Jahre waren ziemlich kostspielig.«

»Aber Sie sind doch nicht etwa pleite?«

»Ich bin vielleicht begriffsstutzig, aber nicht blöd. Nein, ich habe knapp eine halbe Million über meinen Broker Bobby Barra angelegt. Das Problem ist nur, die Hälfte davon gehört eigentlich schon dem Finanzamt. Und wenn FRT und Warner ihr Geld zurückhaben wollen, bin ich wirklich pleite.«

»Dann wollen wir mal nicht vom Schlimmsten ausgehen. Ich werde jedenfalls mit harten Bandagen gegen diese Jungs kämpfen, bis sie bereit sind, ihre Forderungen herunterzuschrauben. Trotzdem sollten Sie in der Zwischenzeit mit Ihrem Broker und Ihrem Steuerberater überlegen, wie sie das meiste aus Ihren Anlagen rausholen können ...«

»Weil ich in dieser Stadt keinen Fuß mehr auf den Boden bekomme, nicht wahr?«

»Sagen wir so: Bis sich die Aufregung wieder gelegt hat, wird es für Sie schwierig sein, Arbeit zu finden.«

»Ich bin wohl zum Paria geworden.«

»So könnte man es ausdrücken.«

»Und wenn sich der Tumult gar nicht mehr legt? Wenn ich für immer ein Paria bleibe, was dann?«

»Wollen Sie eine ehrliche Antwort?«, fragte Alison.

»Natürlich.«

»Die ehrliche Antwort ist: Ich weiß es nicht. Aber warten wir ab, wie sich die nächsten Wochen entwickeln. Deutlicher gesagt, Sie müssen eine Erklärung verfassen, in der Sie sich verteidigen, das Vorgefallene aber auch bedauern. Ich habe mich schon mit Mary Morse in Verbindung gesetzt, einer Pressefrau, die ich gut kenne. Sie wird in etwa zehn Minuten hier eintreffen, um mit Ihnen an Ihrer Erklärung zu arbeiten und sie dann an alle Betroffenen zu versenden, damit auch Ihr Standpunkt bekannt ist. Sollte es in den nächsten Tagen hart auf hart gehen, müssen wir uns einen Journalisten suchen, der auf unserer Seite steht und Ihre Sicht der Dinge darstellt.«

»Der Typ von *Variety* kommt dafür ja nun leider nicht mehr in Frage, der sitzt jetzt auch auf der Straße. Und die arme Tracy...«

»Es ist nicht Ihre Schuld, was den beiden zugestoßen ist.«

»Mag sein, aber wenn ich nicht in diesen Schlamassel geraten wäre...«

»Also bitte, die beiden sind Profis und müssen gewusst haben, dass Ihr Verhältnis aufgedeckt werden kann, wenn...«

»Aber Tracy wollte doch nur etwas für mich tun.«

»Sicher, aber das ist schließlich ihr Job. Nehmen Sie sich die Probleme der beiden nicht so zu Herzen. Sie haben genügend eigene am Hals.«

»Als ob ich das nicht wüsste.«

Am nächsten Morgen wusste es auch der Rest der Welt. MacAnnas Kolumne war Tagesgespräch. Desgleichen die Presseerklärung von FRT, in der der Sender (mit großem Bedauern) mein Ausscheiden aus der Serie bekannt gab. Alle bedeutenden überregionalen Tageszeitungen griffen die Meldung im

Feuilleton auf, nur die *L. A.* Times trug der Tatsache Rechnung, dass es in ihrer Stadt nur einen Industriezweig gab, und brachte den Artikel auf der Titelseite. Leider wurde die Nachricht auch in den aktuellen Fernsehmagazinen und in einem großen Teil des Frühstücksfernsehens breitgetreten. Gewiss, sie alle zitierten meine Erklärung, in der ich mich bei FRT und den Mitarbeitern von *Auf dem Markt* für die Scherereien, die ich ihnen eingebrockt hatte, entschuldigte und erneut darauf hinwies, dass der Vorwurf des Plagiats wegen einiger weniger Zeilen nun wirklich übertrieben war (und in der ich äußerst geistreich meine Verwendung des Tolstoi-Materials und des Satzes von Cheever erläuterte). »Das Schlimmste, was man einem Schriftsteller vorwerfen kann, ist der Ideenklau«, hatte ich geschrieben, »und ich betrachte mich nun wirklich nicht als Dieb.«

Bill Maher, der Moderator der ABC-Sendung *Politically Incorrect*, stellte daraufhin abends in seinem Kommentar fest:

»Die wichtigste Meldung aus Hollywood lautet heute, dass sich David Armitage, der Autor von *Auf dem Markt*, nach seinem Rausschmiss beim Sender FRT gegen den Vorwurf des Plagiats mit dem berühmten Nixon'schen Satz verteidigte: ›Ich bin kein Gauner.‹ Auf die Frage, ob alles von ihm Geschriebene auch zu hundert Prozent von ihm stamme, sagte er: ›Ich hatte keinen Sex mit dieser Frau.‹«

Maher bekam sehr viel Applaus für diesen Gag. Ich dagegen fand ihn überhaupt nicht lustig – zumal die Sendung über den Bildschirm flackerte, als ich allein bei uns im Loft war. Sally befand sich in Seattle, Adresse unbekannt, da sie mir weder den Namen ihres Hotels auf einem Zettel hinterlassen noch tagsüber einmal angerufen hatte. Zwar wusste ich, dass sie gewöhnlich im Four Seasons abstieg, wenn sie nach Seattle flog, doch ich befürchtete, zu verzweifelt, zu erbärmlich zu wirken, wenn ich sie dort anrief. Trotzdem hoffte ich immer noch, dass sie sich, wenn dieser Medienkrieg gegen meine Person einmal abgeflaut war, wieder daran erinnerte, weshalb wir uns ursprünglich ineinander verliebt hatten und ...

Was? Zu mir zurückgelaufen käme und mir sagte, sie würde mir zur Seite stehen, was immer mir auch zustieße? Wie Lucy? Lucy hatte mir beigestanden – murrend manchmal, doch sie war immer für mich da gewesen. In all den Jahren, als ich ein Niemand war und sie nach dem Scheitern ihrer Schauspielkarriere notgedrungen ins Telefonmarketing einsteigen musste, weil wir kein Geld hatten, um die Miete zu bezahlen. Und wie hatte ich ihr diese Solidarität gedankt? Indem ich das Gleiche tat wie so viele Männer mittleren Alters, wenn sie ihren großen Durchbruch geschafft haben. Kein Wunder, dass sie mich verachtete. Kein Wunder, dass ich jetzt das Schlimmste befürchtete. Denn endlich gestand ich mir ein, was ich in all den Monaten des Zusammenlebens mit Sally tief im Innern schon immer gewusst hatte: dass ihre Liebe zu mir auf meinem Erfolg beruhte, auf meiner Position in der Medienbranche und der Tatsache, dass sie durch mich in der Glitzerwelt von Hollywood eine Klasse aufrücken konnte.

»*Jeder bekommt seine Chance*«, hatte sie gesagt, bevor man mir den Emmy überreicht hatte. »*Und jetzt sind wir dran.*«

Vorbei, meine Süße, vorbei.

Aber konnte denn all das, was ich in den letzten Jahren aufgebaut hatte, wirklich innerhalb weniger Tage in sich zusammenbrechen?

Nun mal langsam, Leute – ich bin David Armitage!, hätte ich am liebsten vom nächstbesten Dach gerufen. Andererseits, wenn man erst einmal auf dem Dach steht, gibt es nur noch eine Richtung: nach unten. Außerdem ist in Hollywood (wie im übrigen Leben auch) der Erfolg ein flüchtiges und verderbliches Gut. Selbst die ganz oben konnten sich diesem Gesetz

nicht entziehen. Keiner hier draußen war einzigartig und un-
antastbar. Wir alle spielten das gleiche Spiel. Und dieses Spiel
hatte eine Grundregel: Deine Chance währt nur so lange, wie
sie währt... wenn du überhaupt das Glück hast, je eine zu bekommen.

Doch ich wollte immer noch nicht glauben, dass meine
Chance schon vorüber, mein Status dahin und mein Erfolg
Vergangenheit waren. Sally konnte einfach nicht so berech-
nend und so kalt sein, mich ausgerechnet jetzt zu verlassen.
Und es würde mir irgendwie gelingen, Brad und Bob Robison
und Jake Jonas von Warner Brothers und die anderen ehe-
mals so an mir interessierten Produktionsfirmen dieser verdammten Stadt davon zu überzeugen, dass ich ihr Vertrauen
wert war.

*Nun mal langsam, Leute – ich bin David Armitage. Und ihr
habt durch mich viel Geld verdient.*

Je verzweifelter ich versuchte, meine Situation in rosige-
rem Licht zu sehen, desto hartnäckiger drängte sich mir ein
Gedanke auf: Der größte Mist ist der Mist, den du selbst fab-
rizierst.

Also öffnete ich eine Flasche Glenlivet Malt und machte
mich an die Arbeit, sie zu leeren. Irgendwann nach dem fünften Glas befand ich mich in jenem schwachsinnigen Stadium,
das mir einen Augenblick der tiefen inneren Einsicht bescher-
te. Und ich beschloss, mich Sally zu offenbaren, alles auf den
Tisch zu legen und darauf zu bauen, dass sie mit Zärtlichkeit
auf meinen Schrei des Herzens antworten würde. Ich torkelte
zu meinem Computer und schrieb:

Darling,
ich liebe dich. Und ich brauche dich, ganz dringend sogar.
Es ist ein erbarmungsloses Business, und ein ungerech-
tes noch dazu. Deshalb bitte ich dich, ich flehe dich an, gib

296

*mich, gib uns nicht auf. Ich bewege mich augenblicklich an
der Grenze zur schieren Verzweiflung. Bitte ruf mich
an! Bitte komm nach Hause! Lass uns all dies gemeinsam
durchstehen. Denn wir können es durchstehen. Wir sind
füreinander geschaffen. Und du bist die Frau, mit der
ich mein Leben lang zusammen sein, mit der ich Kinder
haben möchte, die ich noch lieben werde, wenn wir in
vielen Jahren in das graue Stadium der Hinfälligkeit eintreten. Ich werde immer für dich da sein. Bitte, bitte sei
du jetzt auch für mich da.*

Ohne den Schwachsinn noch einmal durchzulesen, klickte
ich auf »Senden«. Dann kippte ich zwei weitere Gläser Glenlivet hinunter, wankte ins Schlafzimmer und versank auf der
Stelle in tiefe Bewusstlosigkeit.

Irgendwann kam der Morgen, und das Telefon klingelte. In
den wenigen benommenen Sekunden, ehe ich abnahm, huschte mir ein Satz durch den Kopf. Kein Satz, sondern vielmehr
ein Zitat:

...das graue Stadium der Hinfälligkeit.

Dann erinnerte ich mich an den Rest meiner absurden
E-Mail – in all ihrem schauerlichen flehentlichen Wahnsinn. Und ich dachte: Du bist vielleicht ein Idiot!

Ich griff nach dem Hörer.

»David Armitage?«, fragte eine äußerst muntere Stimme.

»Ja, leider.«

»Fred Bennet hier, von der *Los Angeles Times*.«

»Verdammt, wie spät ist es überhaupt?«

»Ungefähr halb acht.«

»Ich habe nichts zu sagen.«

»Mr. Armitage, nur einen Moment...«

»Woher haben Sie meine Privatnummer?«

»Die war nicht schwer herauszufinden.«

»Ich habe eine Erklärung veröffentlicht und alles gesagt...«

»Haben Sie schon von dem Antrag gehört, der gestern Abend bei der Screen and Television Writer's Association vorgebracht wurde?«

»Welchem Antrag?«

»Dass man Sie öffentlich wegen Ihres Plagiats rügt, Ihnen die Mitgliedschaft aberkennt und empfiehlt, Ihnen für einen Mindestzeitraum von fünf Jahren die Berufsausübung zu untersagen ... allerdings haben sich einige Mitglieder der SAT-WA sogar für ein lebenslanges Berufsverbot ausgesprochen.«

Ich legte den Hörer auf, dann griff ich nach unten und riss den Stecker aus der Dose. Im gleichen Augenblick begann der Apparat im Nebenzimmer zu klingeln. Doch ich ignorierte ihn. Stattdessen zog ich mir in dem verzweifelten Wunsch, den Tag, der noch gar nicht richtig begonnen hatte, wieder auszuschalten, die Decke über den Kopf.

Weil ich jedoch nicht mehr schlafen konnte, stapfte ich schließlich ins Badezimmer und warf drei Advil ein, um den Presslufthammer zu dämpfen, der sich anschickte, das Innere meines Kopfes auszuhöhlen. Dann ging ich ins Wohnzimmer und setzte mich vor den Computer. In meiner Mailbox warteten zwölf Nachrichten, elf von verschiedenen Journalisten (rkincaid@nytimes.com und Ähnliches...). Ich öffnete sie erst gar nicht, da ich mir schon denken konnte, was sie enthielten: Anfragen nach einem Interview, einer Erklärung, einem tränenreichen Geständnis und dem Namen des Kurheims, das ich aufzusuchen gedachte (Mensch, Jungs, es gibt keine Betty-Ford-Klinik für Plagiatoren.) Die zwölfte E-Mail war die, die ich gefürchtet hatte ... von sbirmingham@fox.com:

David,
auch ich finde deine Situation furchtbar. Und ich finde
es furchtbar, dass deine Karriere durch diese Enthüllungen

zerstört wurde. Doch ich kann nicht darüber hinwegsehen, dass du dich da selbst hineingeritten hast, dass du aus Gründen, die nur dir bekannt sein dürften, deinen Untergang selbst heraufbeschworen hast. Das ist mir völlig unbegreiflich. Es führt mich jedoch zu der Frage, ob ich dich je wirklich gekannt habe – was sich durch deine befremdliche E-Mail nur noch verstärkt. Natürlich ist mir klar, dass du durch die Ereignisse der letzten Tage unter außergewöhnlichem Stress stehst, aber du weißt selbst am besten, dass es nichts Abstoßenderes gibt als einen Menschen, der um Liebe bettelt. Besonders, wenn das für die Liebe unabdingbare Vertrauen zerstört ist. Zwar halte ich dir zugute, dass ein großer emotionaler Druck auf dir lastet, aber das ist keine Entschuldigung dafür, mir auf so wehleidige Art dein Herz zu Füßen zu legen. Von dem »grauen Stadium der Hinfälligkeit« wollen wir lieber gar nicht erst reden.

Deine Mail macht mich ratlos, verwirrt und furchtbar traurig. Ich halte es für angebracht, für ein paar Tage auf Distanz zu gehen, bis sich die Lage beruhigt hat und wir die Dinge wieder klarer sehen. Deshalb habe ich beschlossen, übers Wochenende nach Vancouver Island weiterzufliegen. Am Montag komme ich zurück, dann können wir miteinander reden. Du bist sicher einverstanden, dass wir in der Zwischenzeit keinen Kontakt zueinander aufnehmen, um die Lage nicht noch weiter zu verkomplizieren. Ich hoffe, du nutzt die Zeit, um dir professionellen Beistand zu suchen. Wenn sich in deiner E-Mail etwas ausdrückte, dann der verzweifelte Wunsch nach Hilfe. Sally

Na großartig. Wunderbar. Oder besser noch, eine einzige gottverdammte Katastrophe. Da hatte ich einen Betonklotz auf ein zartes, zerbrechliches Pflänzchen geschmettert. ... *du hast deinen Untergang selbst heraufbeschworen.*

Schon wieder klingelte das Telefon. Ich achtete nicht darauf. Dann stimmte mein Handy in das Konzert ein. Ich warf einen Blick auf das Display. Es war Alison. Also nahm ich den Anruf an.

»Sie klingen schrecklich«, sagte sie. »Haben Sie gestern Abend getrunken?«

»Kluge Frau.«

»Sind Sie schon lange wach?«

»Seit der Schmierfink von der *L. A. Times* mich angerufen hat, um mir zu erzählen, dass die SATWA mich lebenslang ausschließen will.«

»Was?«

»Das hat er jedenfalls gesagt – gestern Abend, beim Treffen des Politbüros, haben sie beschlossen, mich in den Gulag zu schicken.«

»Die sind ja offenbar alle verrückt geworden. Aber es kommt noch schlimmer.«

»Schießen Sie los.«

»Ich habe gehört, dass MacAnna gleich live aus L. A. ein Interview in der *Today Show* gibt.«

»Über mich?«

»Scheint so.«

»Himmel, der Kerl gibt einfach keine Ruhe.«

»Wie alle Klatschkolumnisten– die kennen kein Ehrgefühl. Für den sind Sie einfach nur ein Mittel zum Zweck. Ein recht lukratives noch dazu, wenn man bedenkt, dass er mit einem Interview in der *Today Show* jetzt landesweit bekannt wird.«

»Er wird sich erst zufrieden geben, wenn man mich ans Kreuz genagelt und mir die Lanze in die Brust gestoßen hat.«

»Da haben Sie wohl leider Recht. Deshalb rufe ich schon so früh an, um Ihnen rechtzeitig von seinem Auftritt in der *To-*

day Show zu erzählen. Ich finde, Sie sollten sie anschauen, für den Fall, dass er Sie verunglimpft oder falsche Behauptungen aufstellt, damit wir ihn endlich an seinem bösartigen kleinen Arsch zu fassen kriegen.«

Doch nichts an Theo MacAnna war »klein«. Er war Anfang vierzig, ein Engländer, der vor zehn Jahren den Atlantik überquert hatte, und sprach mit jenem Akzent, bei dem sich die sonoren runden Vokale der Briten mit den südkalifornischen Nasalen paaren. Außerdem ging er in die Breite. Anders ausgedrückt, er war dick – aber nicht teigig und weich, sondern eher von Churchill'scher Fülle. Sein Gesicht, perfekt ergänzt durch eine schwarz umrandete Brille und ein Dreifachkinn, erinnerte an einen Camembert, der zu lange in der Sonne gelegen hat. Er war jedoch so gewitzt, seinen Körperumfang dadurch auszugleichen, dass er sich wie ein Dandy kleidete – dunkelgrauer Nadelstreifenanzug, weißes Hemd mit breitem Kragen, diskrete schwarze Krawatte mit Polkaknoten. Angesichts des mageren Gehalts, das der *Hollywood Legit* wohl zahlte, war es wahrscheinlich sein einziger Anzug. Zähneknirschend musste ich aber eingestehen, dass er sich gut verkaufte – ein angloamerikanischer Dandy mit einem Touch der für Hollywood so typischen Dreistigkeit. Zweifellos hatte er seine Kleidung für das Interview mit Bedacht gewählt, bot es ihm doch das Podium, in die oberen Ränge der Klatschkolumnisten aufzusteigen, wonach es ihn offenbar sehr gelüstete.

Katie Couric, die das Interview von New York aus führte, nahm ihm die Mischung aus T. S. Eliot und Tom Wolfe jedoch nicht ganz ab.

»Mr. MacAnna, viele Leute in Hollywood halten Sie für den gefürchtetsten Journalisten der Stadt.«

Ein leises befriedigtes Lächeln huschte über seine fleischigen Lippen.

»Wie schmeichelhaft«, sagte er mit sonorer Stimme.

»Aber da gibt es andere, die Sie für skrupellos halten, für einen Mann, der ohne groß darüber nachzudenken eine Karriere, eine Ehe oder gar ein Leben zerstört.«

Er wurde kurz blass, erholte sich aber rasch wieder.

»Natürlich gibt es Menschen, die so denken müssen. Doch das liegt an der in Hollwood so verbreiteten Praxis, dass man sich gegenseitig in Schutz nimmt, selbst bei groben Gesetzesverstößen.«

»Halten Sie das Plagiat, aufgrund dessen Mr. Armitage aus der von ihm geschriebenen FRT-Serie ausscheiden musste, für einen ›groben Gesetzesverstoß‹?«

»Natürlich. Er hat Ideen gestohlen.«

»Bei dem, was er da von anderen angeblich ›stahl‹, handelt es sich, wenn wir ehrlich sind, doch nur um einen Gag, ein paar Zeilen aus dem einen oder anderen Stück. Glauben Sie wirklich, dass er eine solch schwere Strafe verdient hat, für etwas, das man fast als Bagatelle bezeichnen könnte?«

»Gut, Katie, lassen Sie mich zuerst sagen, dass nicht ich das Strafmaß festgelegt habe. Das war die Entscheidung der Bosse bei FRT. Wenn Ihre Frage aber darauf abzielt, ob ich Plagiat für ein schwer wiegendes Delikt halte – nun es ist Diebstahl, um es rundheraus zu sagen…«

»Ich wollte von Ihnen wissen, Mr. MacAnna, ob solch eine Bagatelle wie eine geborgte Zeile…«

»Aber da ist noch die Novelle von Tolstoi…«

»In der Erklärung nach seiner Entlassung bei FRT versichert uns Mr. Armitage, dass es sich bei seinem unaufgeführten Theaterstück um eine Neuinterpretation der Tolstoi'schen Novelle handelt…«

»Das muss er jetzt ja sagen. Aber ich habe hier eine Kopie vom Original des Manuskripts…«

Er hielt ein verstaubtes Heft von meinem *Riffs* in die Höhe. Die Kamera zoomte auf die Titelseite.

»Wie Sie selbst sehen«, fuhr MacAnna fort, »steht hier lediglich ›Riffs‹ – Theaterstück von David Armitage‹. Und keineswegs ›Auf der Grundlage von Tolstois Kreutzersonate‹, obwohl die Handlung voll und ganz auf dieser Novelle basiert. Dies wiederum stellt uns vor die große Frage: Warum fühlt sich ein Mann von Armitages Talent und Fähigkeiten genötigt, von anderen abzuschreiben? Jeder in Hollywood fragt sich das – wie man nur so selbstzerstörerisch und unehrlich wie Mr. Armitage handeln kann. Es ist natürlich nur ein weiteres Beispiel der für Hollywood so typischen Tragödie, dass ein Mann, der vielleicht nach Jahren des Kampfes endlich erreicht hat, was er sich wünscht, nichts Besseres zu tun hat, als sich selbst zu zerstören. So wissen wir zum Beispiel, dass er Frau und Kind wegen einer aufstrebenden Fernsehmanagerin verließ, kaum dass *Auf dem Markt* ein Erfolg geworden war. Das Muster von Lug und Betrug, das ihn jetzt auf so traurige Weise die Karriere kostet ...«

Ich schaltete den Fernseher ab und warf die Fernbedienung an die Wand. Dann schnappte ich mir meinen Mantel und stürmte zur Tür. Ich sprang in den Wagen, warf den Motor an und brauste davon.

Nach etwa einer halben Stunde hatte ich die NBC-Studios erreicht. Ich setzte darauf, dass der Kerl noch eine Weile in der »Gästesuite« von NBC herumhängen und sich in der Maske beim Abschminken Zeit lassen würde. Meine Rechnung ging auf, denn als ich am Studio vorfuhr, kam MacAnna gerade aus der Tür und wandte sich zu der Lincoln-Limousine, die dort auf ihn wartete. Es stimmt schon: Als ich mit heulendem Motor direkt neben der Tür hielt, trat ich so hart in die Bremsen, dass ihr Quietschen MacAnna zusammenfahren ließ. Doch da war ich schon aus dem Auto gesprungen und rannte auf den Kerl zu.

»Du fettes Dreckschwein...«, schrie ich.

MacAnna starrte mich mit weit aufgerissenen Augen an. Auf seinen feisten Zügen spiegelte sich Angst. Es sah aus, als wollte er weglaufen, war aber offenbar wie gelähmt. So warf ich mich auf ihn, packte ihn an seinem nadelgestreiften Kragen, schüttelte ihn mit aller Gewalt und übergoss ihn mit einer Flut unzusammenhängender Beschimpfungen.

»Du willst mein Leben zerstören... nennst mich einen Dieb... meine Frau und mein Kind, die ziehst du nicht in den Dreck... ich breche dir jeden Finger deiner fetten Hand einzeln, du hässlicher Fleischkloß...«

Während ich die Worte ausstieß, geschah zweierlei, beides nicht sonderlich glücklich für mich. Zunächst war da ein Fotograf, der in der Lobby von NBC herumlungerte und, angelockt von dem Lärm, nach draußen lief. Er schoss rasch eine Reihe Aufnahmen von mir, wie ich MacAnna am Kragen hielt und ihm meine Wut ins Gesicht spie. Das Zweite war die Ankunft eines Wachmanns von NBC – ein großer, muskelbepackter Kerl von Ende zwanzig –, der sofort dazwischenging, »he, he he... das reicht jetzt« rief, mich in den Polizeigriff nahm und von MacAnna fortzog.

»Hat der Kerl Sie angegriffen?«, schrie der Wachmann MacAnna zu.

»Er hat es versucht« sagte der, während er zurückwich.

»Soll ich die Polizei holen?«

MacAnna musterte mich mit einer Mischung aus Verachtung und Spott. Sein Lächeln drückte aus: »Jetzt habe ich dich, du Saukerl.«

»Der hat sowieso schon Schwierigkeiten genug«, sagte er jedoch. »Schmeißen Sie ihn einfach nur raus.«

Dann wandte er sich um und begann, mit dem Fotografen zu sprechen, fragte ihn nach dem Namen und gab ihm seine Karte. »Sie haben also ordentlich draufgehalten?«

In der Zwischenzeit führte mich der Wachmann zu meinem Auto.

»Ist das Ihr Porsche?«

Ich nickte.

»Hübscher Wagen. Sie müssen schwer geschuftet haben, um ihn sich zu verdienen. Warum wollen Sie sich das jetzt alles kaputtmachen?«

»Er hat geschrieben...«

»Mir ist egal, was er schreibt. Sie haben ihn auf dem Gelände von NBC tätlich angegriffen, und deshalb müsste ich Sie eigentlich festnehmen lassen. Aber ich biete Ihnen eine einmalige Chance. Sie steigen in Ihr Auto und machen die Fliege, und wir vergessen die leidige Angelegenheit. Wenn Sie sich hier nochmal blicken lassen...«

»Das werde ich nicht.«

»Geben Sie mir Ihr Wort?«

»Ich verspreche es.«

»Okay, Sir«, sagte er und lockerte vorsichtig seinen Griff. »Dann sehen wir mal, ob Sie ihr Versprechen halten und sich still und leise vom Acker machen.«

Ich öffnete die Autotür. Und ließ mich auf den Fahrersitz sinken. Und startete den Motor. Da klopfte der Wachmann ans Fenster. Ich ließ es herunter.

»Eins noch, Sir«, sagte er. »Wenn Sie vorhaben, heute noch woandershin zu gehen, sollten Sie sich vielleicht zuerst umziehen.«

Erst da bemerkte ich, dass ich noch im Pyjama war.

305

3

So wie man nirgends ein Mittagessen umsonst bekommt, so gibt es auch keine Möglichkeit, dem Gesetz von Ursache und Wirkung ein Schnippchen zu schlagen ... schon gar nicht, wenn man in Anwesenheit eines Fotografen einem Journalisten an die Gurgel geht und dabei nur seinen Pyjama trägt.

Und so fand ich mich, zwei Tage nachdem ich die Titelseite der *L. A. Times* geziert hatte, erneut in der Presse wieder ... diesmal mit einem Foto auf Seite vier der Samstagsausgabe, das zeigte, wie ich Theo MacAnna zur Rede stellte. Meine Züge waren vor wahnsinniger Wut verzerrt – und ich hielt ihn zweifelsfrei am Revers gepackt. Hinzu kam die Tatsache meines Nachtgewands. Außerhalb eines Schlafzimmers beschwören Pyjamas nun mal unweigerlich das Bild einer Klapsmühle herauf. Und am Leib eines offensichtlich aus der Fassung geratenen Individuums, das sich am helllichten Tag auf dem Parkplatz des NBC-Studios herumtreibt, weist ein solches Kleidungsstück eventuell darauf hin, dass der Betreffende psychisch vielleicht ein bisschen labil ist und deshalb professioneller Behandlung bedarf. Hätte ich dieses Foto unvoreingenommen betrachten können, ich wäre fraglos zu dem Schluss gekommen: Der Kerl hat nicht mehr alle Tassen im Schrank.

Ein kurzer Artikel unter dem Bild war überschrieben mit:

GEFEUERTER *AUF DEM MARKT*-AUTOR
ATTACKIERT JOURNALIST VOR NBC-GEBÄUDE

Die Story lieferte sämtliche Fakten – den Zwischenfall auf dem Parkplatz der NBC, die Rolle MacAnnas bei meinem Rauswurf, gab einen kurzen Überblick meiner Verbrechen gegen die Menschlichkeit und erwähnte auch, dass mir der NBC-Wachmann nach einer Verwarnung erlaubt hatte, das Gelände zu verlassen, weil MacAnna auf eine Strafanzeige verzichtet hatte. Außerdem kam MacAnna zu Wort: »*Wie immer habe ich nichts als die Wahrheit gesagt... eine Wahrheit, die Mr. Armitage offensichtlich nicht erträgt. Glücklicherweise war der Wachdienst der NBC zur Stelle, bevor er mir körperlichen Schaden zufügen konnte. Aber ich hoffe um seinetwillen, dass er therapeutische Hilfe in Anspruch nimmt, denn er ist unverkennbar zutiefst verstört und nicht mehr zurechnungsfähig.*«

Darf ich den Saum deiner *shmata* küssen, Dr. Freud (und ja doch, das ist natürlich auch eine geborgte Zeile, die ich schon mal irgendwo gehört habe). Aber jetzt konnte ich mich leider nicht weiter MacAnnas Einschätzung meines psychischen Zustands widmen, einige weit größere Probleme wollten gelöst werden. Denn anscheinend hatte der Fotograf, der mich dabei erwischte, wie ich dem Arschloch Zunder gab, sein Foto an die Nachrichtenagenturen verkauft. So dass diese Geschichte jetzt landesweit bekannt war (wer hört nicht gern eine gute »Einst berühmt, jetzt plemplem«-Story?). Sie überschritt sogar die Grenze nach Norden und fand bis in die endlosen, kühlen Weiten Kanadas Verbreitung... genauer gesagt bis in die Feuchtgebiete von Victoria, British Columbia, wo Sally sie in den Lokalnachrichten sah.

Und Sally fand sie ganz und gar nicht komisch. Ja, sie fand sie so wenig erheiternd, dass sie mich am Samstagmorgen um neun Uhr dreißig anrief und ohne auch nur Hallo zu sagen losplatzte:

»David, ich habe die Story gesehen und ... tut mir Leid, aber von jetzt an sind wir geschiedene Leute.«

»Darf ich es erklären?«

»Nein.«

»Aber du hättest sehen sollen, was er in *Today* alles über mich behauptet ...«

»Ich habe es gesehen. Und offen gesagt bin ich in den meisten Punkten seiner Meinung. Doch darum geht es nicht. Was du getan hast, war definitiv verrückt. Und damit meine ich verrückt im klinischen Sinne. Mit einem jähzornigen Choleriker kann ich jedoch nicht zusammenleben ...«

»Um Himmels willen, Sally. Ich habe einfach die Geduld verloren ...«

»Nein, den Verstand. Wie sonst wärst du im Pyjama auf den Parkplatz der NBC geraten?«

»Mir sind die Dinge einfach ein bisschen über den Kopf gewachsen ...«

»Ein bisschen? Da bin ich anderer Meinung.«

»Bitte, Liebling, lass uns nochmal darüber reden, bevor ...«

»Kommt überhaupt nicht in Frage. Wenn ich morgen Abend zurückkomme, bist du raus aus der Wohnung.«

»Moment mal, du kannst mich nicht einfach rausschmeißen. Wir haben einen gemeinsamen Mietvertrag auf unser beider Namen, erinnerst du dich?«

»Das stimmt, aber mein Anwalt sagt ...«

»Du hast heute Morgen bereits mit deinem Anwalt gesprochen? An einem Samstag?«

»Er war noch nicht in der *shul*. Und da es sich um eine Krisensituation handelt ...«

»Sei doch nicht so verdammt melodramatisch, Sally.«

»Da sagst du, du wärst nicht gestört ...«

»Ich bin nur dabei, die Fassung zu verlieren.«

»Na, da sind wir ja bereits zwei. Allerdings bist du derjenige, der nach kalifornischem Recht als Gefahr für seine Mitmieterin betrachtet werden muss, weshalb besagte Mitmieterin einen Gerichtsbeschluss gegen die andere Partei erwirken kann, welcher dieser verbietet, sich mit ihr im selben Gebäude aufzuhalten.«

Langes Schweigen.

»Das wirst du nicht wirklich tun, oder?«, fragte ich schließlich.

»Nein – ich gehe nicht vor Gericht, wenn du mir versprichst, die Wohnung bis morgen Abend sechs Uhr verlassen zu haben. Solltest du allerdings noch da sein, werde ich unverzüglich Mel Bing anrufen und das Räderwerk der Justiz in Gang setzen.«

»Bitte, Sally, können wir nicht …«

»Unser Gespräch ist beendet.«

»Das ist nicht fair …«

»Das hast du dir selbst zuzuschreiben. Tu dir also einen Gefallen und geh. Mach es nicht noch schlimmer dadurch, dass ich gerichtlich gegen dich vorgehen muss.«

Mit diesen Worten legte sie auf. Ich setzte mich aufs Sofa und schlug die Hände vors Gesicht. Mir wurde ganz schwindelig von diesem neuerlichen Schlag. Zuerst war mein guter Name in den Dreck gezogen worden. Dann hatte man mich gefeuert. Schließlich mein Bild in allen Zeitungen, auf dem ich aussah, als würde ich für die Rolle von Ezra Pound vorsprechen. Jetzt der Räumungsbescheid – und ich hatte nicht nur aus meiner Wohnung, sondern auch aus der Beziehung zu verschwinden, der zuliebe ich meine Ehe hatte scheitern lassen.

Was war wohl die nächste Heimsuchung?

Wie vorherzusehen kam das Unglück mit freundlicher Un-

terstützung meiner lieben Ex-Gattin Lucy in Form eines Anrufs ihres Rechtsverdrehers Alexander McHenry etwa eine
Stunde, nachdem Sally ihre Bombe hatte hochgehen lassen.

»Mr. Armitage?«, fragte er in beruflich neutralem Ton. »Hier
spricht Alexander McHenry von Platt, McHenry und Swabe.
Wie Sie sich vielleicht erinnern, vertreten wir...«

»Ich weiß genau, wen Sie vertreten. Und genauso gut weiß
ich, dass Sie mir unangenehme Nachrichten zu übermitteln
haben, wenn Sie mich an einem Samstagvormittag anrufen.«

»Nun ja...«

»Machen Sie es kurz, McHenry. Was passt Lucy jetzt wieder nicht?«

Natürlich wusste ich genau, was ihr nicht passte, denn
ich nahm mal an, dass die Story über den Zwischenfall auf
dem Parkplatz auch im *San Francisco Chronicle* abgedruckt
worden war.

»Nun ja, ich fürchte, Ihre Ex-Gattin ist über Ihr gestriges
Verhalten vor dem NBC-Gebäude höchst beunruhigt. Und
noch mehr Sorgen macht sie sich wegen der großen Öffent-
lichkeitswirkung, die dieser Zwischenfall entfaltet, vor allem
natürlich hinsichtlich dessen, wie Caitlin diese Nachricht verkraften wird.«

»Ich wollte mit meiner Tochter noch heute Morgen darüber
sprechen.«

»Es tut mir Leid, aber das ist nicht möglich.«

Ich schluckte. Zweimal.

»Was haben Sie da gerade gesagt?«

»Ich sagte: Angesichts Ihres gestrigen Verhaltens hat Ihre
Ex-Gattin das Gefühl, dass Sie eine Gefahr sowohl für sie als
auch für Ihre Tochter darstellen...«

»Wie kann sie so etwas behaupten? Ich habe sie nie, niemals...«

»Wie auch immer, Tatsache ist jedenfalls, dass Sie Mr. Mac-
Anna auf dem Parkplatz der NBC tätlich angegriffen haben.
Ebenso entspricht es den Tatsachen, dass die FRT gerade den
Vertrag mit Ihnen gelöst hat, weil sie als Plagiator entlarvt
wurden; ein tragisches Ereignis, das – wie jeder Psychologe
bestätigen wird – den Geisteszustand eines Menschen leicht
beeinträchtigen kann. Kurz gesagt, Sie werden als ernsthafte
Gefahr für Ihre Ex-Frau und Ihr Kind betrachtet.«

»Was ich vorhin sagen wollte, bevor Sie mich unterbrochen
haben: Ich habe weder meine Frau noch mein Kind jemals geschlagen. So etwas wäre völlig undenkbar für mich. Und gestern ist mir lediglich der Geduldsfaden gerissen. Also Schluss
damit.«

»Ich fürchte, dass ich noch nicht ganz fertig bin, Mr. Ar-
mitage. Denn auf Anweisung Ihrer Ex-Gattin haben wir einen
Gerichtsbeschluss erwirkt, der Ihnen jeglichen Kontakt mit
Lucy oder Caitlin untersagt...«

»Sie können mich doch nicht von meiner Tochter fern halten!«

»Doch, der Gerichtsbeschluss ist bereits in Kraft. Und ich
muss Sie darauf hinweisen, dass Sie eine Verhaftung und möglicherweise eine Gefängnisstrafe riskieren, wenn Sie dagegen
verstoßen sollten, indem sie Caitlin oder Lucy entweder anrufen oder zu sehen versuchen. Haben Sie das verstanden, Mr.
Armitage?«

Ich knallte den Telefonhörer hin. Wieder einmal riss ich
die Leitung aus der Wand. Nur dass ich das Telefon diesmal
nicht beiseite schleuderte, sondern es zu Boden warf und mit
dem rechten Fuß darauf herumstampfte. Als es schließlich
in winzige Plastikteilchen zerborsten war, brach ich schluch-
zend auf dem Sofa zusammen. Sie sollten mir nehmen, was
sie wollten – aber nicht Caitlin! Das konnten sie mir doch
nicht antun. Sie konnten mir doch nicht verbieten, meine

Tochter zu besuchen... mit ihr zu sprechen. Das durften sie nicht.

Es klopfte energisch an der Tür. Wahrscheinlich hatte irgendein Nachbar meinen kleinen psychodramatischen Ausbruch gegenüber dem Telefon gehört und die Polizei gerufen. Aber ich würde mich nicht widerstandslos abführen lassen. Und ich würde auch nicht die Tür öffnen. Doch das Klopfen wurde immer nachdrücklicher, immer lauter. Und dann hörte ich eine mir bekannte Stimme.

»Kommen Sie schon, David. Ich weiß, dass Sie da drin sind, also machen Sie endlich die verdammte Tür auf.«

Alison.

Ich ging zur Tür und öffnete sie einen Spalt. Und sah, wie sie mit einem Blick meinen desolaten Zustand erfasste, die dunklen Schatten unter meinen vom Weinen noch geröteten Augen musterte.

»Was machen Sie denn hier?«, fragte ich sie leise.

»Ich glaube, die treffende Antwort könnte lauten: ›Sie vor sich selbst retten‹.«

»Mir geht's gut.«

»Natürlich. Sie haben heute Morgen ja auch blendend ausgesehen in der *L. A. Times*. Schicker Pyjama. Genau der Aufzug, den sich eine Agentin wünscht, wenn ihr bestes Pferd im Stall auf einem Parkplatz wie besessen auf einen...«

»Ich habe ihn nicht geschlagen.«

»Oh. Na dann ist ja alles bestens. Lassen Sie mich jetzt endlich rein oder was?«

Ich gab die Tür frei und ging hinein. Alison folgte mir. Ich setzte mich aufs Sofa und starrte zu Boden. Sie schloss die Tür hinter sich und warf einen Blick auf das demolierte Telefon.

»Ist das... oder besser, war das ein Bang & Olufsen?«

»Ja.«

»Guter Geschmack. Schade, dass es nicht mehr funktioniert…«

»Scheiß drauf. Scheiß auf alles.«

»Eine Reaktion auf diese NBC-Geschichte?«

Und da erzählte ich ihr von den Konsequenzen des Zeitungsfotos – wie Sally mich sowohl aus unserer Beziehung als auch aus unserer Wohnung katapultiert hatte und dass Lucy mich von meiner Tochter isolieren wollte. Lange Zeit sagte Alison nichts. Erst als ich an dem Punkt angelangt war, dass ich mir verächtlich vorwarf, einfach aus allem einen grässlichen Schlamassel zu machen, ergriff sie das Wort.

»Ich bringe Sie aus der Stadt.«

»Wie bitte?«

»Ich bringe Sie aus der Stadt, Cowboy. An einen ruhigen, sicheren Ort, wo Sie keinen weiteren Schaden mehr anrichten können…«

»Mit mir ist alles in Ordnung, Alison.«

»Nein, ist es nicht. Und je länger Sie in L. A. herumhängen, umso größer ist die Chance, dass Sie wirklich komplett durchdrehen.«

»Herzlichen Dank.«

»Das ist nun mal die Wahrheit. Ob's Ihnen gefällt oder nicht, Sie haben sich momentan nicht unter Kontrolle. Und wenn Sie sich weiterhin in diesem Zustand der Öffentlichkeit präsentieren, haben zwar die Zeitungen was zu schreiben, Sie aber bekommen bis ans Ende Ihrer Tage keinen einzigen Auftrag mehr…«

»Ich bin doch sowieso erledigt, Alison…«

»Das werde ich jetzt noch nicht mal ansatzweise mit Ihnen diskutieren. Wann will Sally Sie hier raus haben?«

»Morgen Abend um sechs.«

»Gut, dann wollen wir mit dem Dringendsten anfangen. Geben Sie mir Ihren Wohnungsschlüssel.«

»Warum?«

»Weil ich morgen Ihren ganzen Kram zusammenpacken werde.«

»Das kann ich selbst tun.«

»Nein. Denn wir fahren in einer halben Stunde los.«

»Wohin?«

»An einen sicheren Ort.«

»Doch nicht etwa in die Betty-Ford-Klinik?«

»Wohl kaum. Ich verfrachte Sie lediglich an einen Ort, wo Sie sich nicht in Schwierigkeiten bringen können und gleichzeitig ein bisschen Zeit zur Erholung finden. Denn glauben Sie mir, Sie brauchen jetzt vor allem Schlaf und Ruhe zum Nachdenken.«

Ich seufzte tief. *Ob's mir gefällt oder nicht, sie hat Recht*, ging es mir durch den Kopf. Vor allem, da meine Nerven bis zum Zerreißen gespannt waren und ich mich ernsthaft fragte, ob ich das Wochenende überstehen würde, ohne etwas sehr Grässliches und Endgültiges zu tun... wie etwa aus dem Fenster zu springen.

»Gut«, willigte ich leise ein. »Was soll ich tun?«

»Packen Sie ein, zwei Reisetaschen. Aber ohne Bücher oder CDs, die gibt es dort, wo wir hinfahren, massenhaft. Ihren Laptop allerdings sollten Sie mitnehmen, um auf dem Laufenden zu bleiben. Und dann stellen Sie sich unter die Dusche und rasieren sich diese Stoppeln aus dem Gesicht. Sie sehen ja schon aus wie der Unabomber.«

Ich tat wie geheißen. Binnen einer knappen halben Stunde war ich gewaschen und rasiert, trug frische Klamotten und verstaute zwei große Matchbeutel sowie eine Notebooktasche in meinem Wagen.

»Also, jetzt mein Vorschlag«, sagte sie. »Wir fahren etwa zwei Stunden auf dem Pacific Coast Highway in Richtung Norden, Sie in Ihrem Wagen, ich in meinem... allerdings mache ich zur Bedingung, dass Sie sich weder plötzlich in Luft auflösen noch ins Nirgendwo entschwinden.«

»Für wen halten Sie mich? Jack Kerouac?«

»Ich will damit nur sagen...«

»Ich verspreche hoch und heilig, nicht zu desertieren.«

»Gut. Aber falls wir uns verlieren, rufen Sie mich auf meinem Handy an.«

»Ich weiß, wie man einem Wagen folgt.«

Und tatsächlich musste ich kein einziges Mal ihre Handynummer wählen, während ich ihr auf dem Pacific Coast Highway hinterherfuhr, bis wir schließlich bei der kleinen Stadt Meredith den Highway verließen. Nach einer schmalen, mit Geschäften gesäumten Straße (ich entdeckte einen Buchladen und einen Lebensmittelhändler) fuhren wir ein kurviges zweispuriges Teersträßchen entlang, bis wir zu einem nicht befestigten Zufahrtsweg kamen, der sich durch ein kleines, dichtes Wäldchen wand, bevor er vor einem Schuppen endete. Na ja, »Schuppen« ist wahrscheinlich ein bisschen untertrieben – es handelte sich um ein weiß getünchtes Strandhaus mit einem kleinen Kiesstrand davor, an den die Wellen des Pazifiks brandeten. Das Strandhaus selbst stand auf einem nicht mehr als tausend Quadratmeter großen Grundstück... aber die Aussicht aufs Meer war einfach grandios, außerdem gefiel mir der Anblick der Hängematte zwischen zwei Bäumen, die entspanntes Schaukeln bei gleichzeitigem Genuss des Meeresblicks versprach.

»Nicht schlecht hier«, sagte ich. »Ist das Ihr kleiner geheimer Schlupfwinkel?«

»Schön wär's. Es gehört Willard Stevens. Verdammter Glückspilz.«

Willard Stevens war ein Drehbuchautor unter Alisons Fittichen, der (wie mein versoffener Fürsprecher Justin Wanamaker) in den Siebzigern zu den ganz heißen Namen in der

Filmbranche gehört hatte, sich aber jetzt seinen ansehnlichen Lebensunterhalt als Überarbeiter verdiente.

»Und wo ist Willard?«

»Für drei Monate in London. Er bastelt am neuen Bond…«

»Drei Monate für eine Überarbeitung?«

»Ich glaube, er will die Gelegenheit nutzen, auch ein paar Tage an der Côte d'Azur zu verbringen. Jedenfalls hat er mir die Schlüssel zu diesem Häuschen gegeben samt der Erlaubnis, es zu nutzen, was ich bisher aber nur einmal getan habe. Und da er frühestens in zehn Wochen wiederkommt…«

»Ich werde nicht zehn Wochen hier rumhocken!«

»Ja, schon gut. Es handelt sich schließlich nicht um eine Gummizelle. Und Sie haben Ihren Wagen dabei. Also können Sie kommen und gehen, wie's Ihnen passt. Ich bitte Sie lediglich darum, dass Sie jetzt zu Anfang eine Woche hier verbringen. Betrachten Sie es als kleinen Urlaub – eine Gelegenheit aufzutanken, den Kopf durchzulüften, all den Ärger aus der Stadt abzuschütteln. Versprechen Sie mir also, eine Woche hier zu bleiben?«

»Ich habe noch nicht gesehen, wie's drinnen aussieht.«

Nach einer zweiminütigen Besichtigung stimmte ich einem einwöchigen Aufenthalt zu. Denn das Haus war umwerfend. Weiß getünchte Innenwände, Steinboden, ein großer bequemer Sessel und ein ebensolches Sofa (beides in gebrochenem Weiß bezogen). Eine kleine, funktionale Küche. Fünf Bücherregale. Und fünf Regale voller CDs – mit einer exzellenten Mischung aus Jazz und Klassik. Fünf Regale mit Videos. Eine kleine Stereoanlage. Ein mittelgroßer Fernsehapparat und ein Videorekorder. Im Schlafzimmer ein bequemes Bett im kalifornischen Missionsstil, und im weiß getünchten Badezimmer stand sogar eine Badewanne mit Klauenfüßen.

»In Ordnung, damit werde ich auskommen.«

»Schön, dass es Ihre Zustimmung findet. Aber Sie müssen

mir versprechen, weder das Telefon noch sonst was zu zertrümmern.«

»He, ich bin nicht Joe Psycho, klar?«

»Ja, schon gut. Außerdem gibt es hier nur dieses eine Telefon. Und der Fernseher hat keinen Empfang, weil Willard sich hier definitiv nichts anderes als alte Filme ansehen will. Dafür ist die Filmauswahl wirklich ausgezeichnet. Und wie Sie sehen, gibt's auch genügend Musik und Lesestoff. Mit dem Empfänger der Stereoanlage bekommen Sie das Lokalprogramm von NPR rein, falls Sie weiterhin Nachrichten hören oder die Reparaturtipps von *Car Talk* nicht verpassen wollen. Und wahrscheinlich haben Sie das Lebensmittelgeschäft im Städtchen gesehen? Der nächste große Supermarkt ist fünfundzwanzig Kilometer entfernt, aber eigentlich sollten Sie alles, was Sie brauchen...«

»Ich komme bestimmt glänzend zurecht«, unterbrach ich sie.

»Und jetzt hören Sie mir nochmal gut zu«, sagte Alison, platzierte sich mitten aufs Sofa und bedeutete mir, in dem großen Sessel Platz zu nehmen. »Ich brauche noch ein paar Zusicherungen von Ihnen.«

»Nein, ich werde das Haus nicht zu Kleinholz verarbeiten. Ich werde auch nicht James Masons Schlussszene aus *Ein neuer Stern am Himmel* nachspielen und ins Wasser gehen. Nein, ich werde nicht auf Nimmerwiedersehen verschwinden...«

Hier unterbrach sie mich. »Und Sie werden die Stadtgrenze von Los Angeles nicht überschreiten. Und weder FRT noch Warner oder sonst jemanden aus der Branche anrufen. Und Sie werden auch nicht – und das ist am allerstriktesten untersagt – zu Sally oder Lucy oder Caitlin Kontakt aufnehmen.«

»Wie können Sie erwarten, dass ich nicht mit meiner Tochter spreche?«

»Sie werden mit Ihrer Tochter sprechen, vertrauen Sie mir. Aber Sie müssen mir freie Hand lassen. Wie hieß Ihr Scheidungsanwalt?«

»Vergessen Sie den Versager. Er hat zugelassen, dass mich Lucys Handlangerin ausnimmt wie eine Weihnachtsgans.«

»Na gut, dann wende ich mich an meinen Rechtsverdreher und bitte ihn, ein richtiges Nazischwein für uns aufzutreiben. Aber noch einmal, ich kann es nicht genug betonen...«

»Ja, ich weiß. Wenn ich Caitlin anrufe, mache ich aus einer Katastrophe ein Armageddon.«

»Bingo. Außerdem werde ich mit Ihrem Steuerberater sprechen – immer noch Sandy Meyer, oder? – und einen kompletten Überblick über Ihre aktuellen Steuerschulden und andere vergnügliche Dinge anfordern. Daneben werde ich bis morgen Abend sechs Uhr Ihren ganzen Krempel aus der Wohnung geschafft und bei einer Spedition untergestellt haben, ehe ich mich mit Sally über solche Kleinigkeiten wie Ihren Anteil an der Kaution, an gemeinsam erworbenen Möbeln und Ähnliches streite.«

»Sie soll ruhig alles bekommen.«

»Nein.«

»Ich hab's mit uns vermasselt. Wie ich es immer mit allem mache. Und deshalb...«

»Und deshalb werden Sie jetzt mindestens eine Woche lang nichts tun außer ausgiebig spazieren gehen, in der Hängematte liegen und lesen, Ihren täglichen Alkoholkonsum auf ein bis zwei Glas anständigen Wein aus dem Napa Valley reduzieren und sich ausschlafen. Sind wir uns da einig?«

»Zu Befehl, Frau Doktor.«

»Da Sie gerade ärztliche Hilfe erwähnen, da wäre noch eine letzte Sache... und brüllen Sie mich deswegen nicht gleich an: Ein Psychotherapeut namens Matthew Sims wird Sie morgen Früh gegen elf Uhr anrufen. Ich habe fünfzig Minuten bei ihm gebucht, wenn er Ihnen gefällt, können Sie eine tägliche Telefonsitzung mit ihm vereinbaren. Und glauben Sie mir, denn ich spreche aus Erfahrung: Für einen Therapeuten ist er gar nicht so übel.«

»Sie haben einen Therapeuten?«

»Tun Sie nicht so überrascht.«

»Es ist nur ... mir war nicht klar ...«

»Mein Lieber, ich bin Agentin in Hollywood. Natürlich habe ich einen Psychotherapeuten. Und dieser Typ macht klasse Telefonsitzungen. Da ich glaube, dass Sie gerade jetzt dringend jemanden brauchen, mit dem Sie reden können, und das auch wissen ...«

»In Ordnung, ich nehme den Anruf entgegen.«

»Gut.«

»Alison ...«

»Ja.«

»Warum tun Sie das alles für mich?«

»Weil es nötig ist.«

»Es tut mir schrecklich Leid, dass ...«

»Halten Sie die Klappe.«

»Okay.«

»Und jetzt muss ich allmählich zurück in die Stadt. Ich habe heute Abend eine wichtige Verabredung.«

»Attraktiv?«

»Ein dreiundsechzigjähriger Ruheständler, war mal Finanzboss in einem der Studios. Bestimmt hat man ihm gerade den dritten Bypass gelegt, und wahrscheinlich befindet er sich außerdem im Frühstadium von Alzheimer. Aber hoppla! Ich werde doch nicht die Gelegenheit zu ein bisschen Bettgymnastik ausschlagen.«

»Himmel, Alison ...«

»Na hören Sie mal, Sie Tugendbold. Ich bin vielleicht schon

siebenundfünfzig, aber ich bin nicht Ihre Mutter. Was heißt, dass ich Sex mit jedem...«

»Ich sag ja gar nichts.«

»Und das ist auch besser so«, erwiderte sie mit ihrem typischen schrägen Lächeln. Dann nahm sie meine Hand. »Ich möchte, dass es Ihnen wieder gut geht.«

»Ich werde mich anstrengen.«

»Und denken Sie daran... was auch immer in beruflicher Hinsicht passieren mag, auf die eine oder andere Weise werden Sie es überstehen. Erstaunlicherweise geht das Leben nämlich weiter. Vergessen Sie das nicht.«

»Ja, sicher.«

»Und jetzt ab in die Hängematte!«

Kaum war Alison abgefahren, befolgte ich ihre Anweisung, schnappte mir Hammetts *Der dünne Mann* aus Willard Stevens Bücherregal und ließ mich damit in die Hängematte fallen. Aber obwohl das einer meiner Lieblingskrimis ist, forderten das Chaos, der Druck und die Erschöpfung der letzten Tage ihren Tribut, und ich klappte nach nur einer Seite regelrecht zusammen.

Als ich aufwachte, lag bereits ein kühler Hauch in der Luft, die Sonne verabschiedete sich gerade und tauchte in den Pazifik ein. Ich fröstelte und wusste nicht so recht, wo ich war... bis mir innerhalb weniger Sekunden das ganze entsetzliche Szenario, zu dem mein Leben geworden war, wieder vor Augen stand. Mein erster Impuls war, wütend zum Telefon zu stürzen und Lucy anzurufen, um ihr zu sagen, dass sie mit den allerniederträchtigsten Mitteln kämpfte und ich sofort Caitlin sprechen wolle. Aber dann redete ich mir gut zu und rief mir ins Gedächtnis, was geschehen war, nachdem ich mich entschlossen hatte, Theo MacAnna zur Rede zu stellen (und wie die Welt einstürzen und mich unter sich begraben

würde, sobald ich gegen die Auflagen des Gerichts verstieß).
Also hievte ich mich aus der Hängematte, ging ins Haus, spritz-
te mir Wasser ins Gesicht und schlüpfte in einen Pullover. Da
der Vorratsschrank leer war, stieg ich in den Wagen und fuhr
zum Lebensmittelladen.

In dem Geschäft gab es nicht nur Lebensmittel – es war ein
Gemischtwarenladen mit Feinkostabteilung, der (wie alles andere, was ich auf der Hauptstraße von Meredith erspähte: der
Buchladen; die Geschäfte, die Duftkerzen und teure Badezu-
sätze verkauften; das Bekleidungsgeschäft mit den Ralph-Lau-
ren-Poloshirts im Schaufenster) der Tatsache Rechnung trug,
dass es sich hier um einen wohlhabenden Ort handelte, in dem
wohlhabende Angelinos gern ihr Wochenende verbrachten...
allerdings einer, wo man, wie ich spürte, höfliche Distanz zueinander wahrte.

Zumindest war dies in Fuller's Grocery eindeutig der Fall.
Nachdem ich ein paar Grundnahrungsmittel erstanden hatte –
außerdem äußerst fantasievoll geformte Pasta sowie Pesto
zum Abendessen –, fragte mich die Frau hinter der Theke (eine
gut aussehende, grauhaarige Fünfzigerin in blauem Jeanshemd – das Bild der gepflegten Besitzerin eines Ladens der
gehobenen Preisklasse) weder, ob ich neu in der Stadt oder
nur übers Wochenende hier wäre, noch sonst irgendetwas Wis-
senswertes für den Nachbarschaftstratsch. Stattdessen machte sie stillschweigend meine Rechnung fertig und gestattete
sich nur eine einzige Bemerkung.

»Das Pesto ist eine gute Wahl. Ich mache es selbst«, sagte
sie.

Und das Pesto war wirklich eine gute Wahl. Ebenso wie
die Flasche Pinot Noir aus Oregon. Trotzdem beschränkte ich
mich auf zwei Gläser und lag um zehn Uhr im Bett. Aber ich
konnte nicht einschlafen. Also stand ich wieder auf und sah
mir Billy Wilders *Das Apartment* an (einer meiner absoluten

Lieblingsfilme). Obwohl ich ihn schon ein halbes Dutzend Mal gesehen hatte, schluchzte ich dennoch haltlos, als Shirley MacLaine am Ende durch die Straßen von Manhattan lief, um Jack Lemmon ihre Liebe zu gestehen (in meinem Zustand hatte ich nun mal nah am Wasser gebaut). Und als ich danach immer noch nicht schlafen konnte, legte ich eben noch einen Videofilm ein und glotzte *Ein feiner Herr*, eine der großartigen, in Vergessenheit geratenen Komödien mit James Cagney aus den Dreißigern. Nach diesem Film war es schon beinahe drei Uhr morgens, und ich wankte ins Bett. Diesmal schlief ich sofort ein.

Wie allmorgendlich in letzter Zeit weckte mich auch an diesem Tag das Klingeln des Telefons – diesmal war Matthew Sims am anderen Ende der Leitung, der Psychotherapeut, den Alison für mich engagiert hatte. Er klang ruhig und vernünftig, eben wie man sich die Stimme eines Therapeuten vorstellt. Als er mich fragte, ob er mich geweckt habe, und ich dies bestätigte, bot er mir an, mich in zwanzig Minuten noch einmal anzurufen. Schließlich sei heute Sonntag, und sein Terminplan lasse ihm etwas Luft. Ich bedankte mich und ging in die Küche, um mir schnell eine Kanne Kaffee zu kochen. Bis das Telefon wieder klingelte, hatte ich bereits zwei Tassen intus.

Alison hatte Recht: Matthew Sims war ein angenehmer Zeitgenosse. Keine blöde Gefühlsduselei. Nichts von dem Quark mit dem »Inneren Kind«. Er brachte mich dazu, über die vergangene Woche zu sprechen: darüber, dass ich mich wie im freien Fall fühlte; dass ich Angst hatte, mich von diesen beruflichen Tiefschlägen nie wieder zu erholen; dass ich mich immer noch entsetzlich schuldig fühlte, weil ich meine Familie auseinander gerissen hatte; und dass ich mich im Stillen fragte, ob ich diese Katastrophe etwa selbst herbeigeführt hatte (mein vertraulichstes Geständnis). Wie zu erwarten gewesen war, hakte Sims bei dieser Bemerkung ein.

»Wollen Sie damit sagen, Sie glauben, dass Sie bewusst oder unbewusst all diesen Ärger haben wollten?«

»Ja, unbewusst.«

»Das glauben Sie wirklich?«

»Warum finden sich sonst so viele fremde Sätze in meinem Script?«

»Vielleicht haben Sie all diese Sätze versehentlich hineingeschrieben, David. Es passiert doch hin und wieder, dass man die Witze eines anderen übernimmt, nicht wahr?«

»Oder ich wollte, dass man mich durchschaut.«

»Was sollte man bei Ihnen denn durchschauen?«

»Ähm … die Tatsache …«

»Ja?«

»Die Tatsache … dass ich ein Betrüger bin.«

»Glauben Sie das tatsächlich, insbesondere in Anbetracht all des verdienten Erfolgs, den Sie bis vor kurzem hatten?«

»Jetzt glaube ich das.«

Aber da war unsere Zeit zu Ende, und wir vereinbarten einen neuen Termin für den nächsten Tag, wieder um elf.

Den größten Teil des Sonntags verbrachte ich in der Hängematte beziehungsweise bei einem Strandspaziergang mit Nachdenken, wobei ich im Geiste Streitgespräche mit Lucy führte und ihr all die Sachen an den Kopf warf, die mir auf der Zunge brannten. Oder Sally davon überzeugte, mir – *uns!* – noch eine Chance zu geben. Oder in einem Interview mit Charlie Rose auf PBS MacAnnas Anschuldigungen so intelligent und scharfzüngig konterte, dass mich Brad Bruce am nächsten Morgen anrief und sagte: »David, wir haben einen großen Fehler gemacht. Komm her und lass uns mit der dritten Staffel beginnen.«

Na klar doch – in meinen Tagträumereien. Denn es gab keinerlei Aussicht darauf, dass mir irgendetwas zurückgegeben würde. Ich hatte es vermasselt … hatte es einem Flüchtigkeitsfehler erlaubt, sich zu einem Flächenbrand auszuweiten. Und so fing ich an, das »Wenn ich doch nur«-Spiel zu spielen. Wie in: *Wenn ich doch nur* nicht so überzogen auf MacAnnas erste Enthüllung reagiert hätte. *Wenn ich doch nur* klein beigegeben und den Fehler eingeräumt hätte, vielleicht indem ich MacAnna in einem Brief dafür gedankt hätte, dass er mich auf meinen kleinen Irrtum aufmerksam gemacht hatte. Aber nein, bei mir paarten sich Angst und Arroganz – ganz wie damals, als ich die Affäre mit Sally Birmingham anfing: Angst, dass alles ans Licht kommen und ich meine Familie verlieren würde; aber zugleich war ich so berauscht von meinem Erfolg, dass ich glaubte, diesen »Preis« zu verdienen. Und dann natürlich: *Wenn ich doch nur* bei Lucy geblieben wäre. Denn dann hätte ich sicherlich nicht so ruppig auf MacAnnas Auftritt in *Today* reagiert. Weil er dann gar nicht erst hätte behaupten können, dass ich Frau und Kind im Stich gelassen hatte – und letztlich war es ja diese Behauptung gewesen, die mich zu dieser peinlichen Szene auf dem Parkplatz von NBC getrieben hatte und die...

Genug jetzt. Es reicht.

Um einen abgedroschenen Spruch zu bemühen: Das Rad der Zeit lässt sich nicht zurückdrehen. Was einen wiederum zu der harten Erkenntnis bringt: Wenn du am Arsch bist, bist du am Arsch.

Doch noch mehr zermürbte mich die Frage, ob ich diese Situation tatsächlich herbeigesehnt hatte? Hatte ich meinem Erfolg so sehr misstraut, dass ich meinen Sturz irgendwie brauchte? Hatte ich – mit Sallys Worten – meinen Untergang selbst heraufbeschworen?

Am Montagvormittag brachte ich dieses Thema bei meinem Termin mit Matthew Sims erneut zur Sprache.

»Wollen Sie damit sagen, dass Sie sich selbst nicht trauen?«

»Kann sich denn irgendjemand wirklich selbst vertrauen?«

»Damit meinen Sie...«

»Haben wir denn nicht alle den Finger auf dem Selbstzerstörungsknopf?«

»Ja, vielleicht... aber die meisten von uns drücken nicht drauf.«

»Ich habe es getan.«

»Sie kommen immer wieder darauf zurück, David. Glauben Sie wirklich, dass alles, was Ihnen widerfahren ist, Ihre eigene Schuld ist?«

»Um mich zu wiederholen: Ich weiß es nicht.«

In den nächsten Tagen wurde dies zum Hauptthema unserer morgendlichen Sitzungen. Hatte ich diesen spektakulären Sturz selbst ausgelöst? Immer wieder versuchte Matthew Sims mir zu vermitteln, dass manchmal eben einfach Fürchterliches geschah – ja, ich hatte übertrieben reagiert, als ich MacAnna zur Rede stellte, aber ich hatte zu diesem Zeitpunkt auch unter großem Druck gestanden. Was mein Verhalten nicht entschuldigte... es aber durchaus erklärte.

»Und vergessen Sie nicht«, fuhr Sims fort, »wir alle ›fallen mal aus der Rolle‹, wenn wir unter großem Druck stehen. Schließlich haben Sie dem Mann ja keinen körperlichen Schaden zugefügt...«

»Dafür habe ich mir enorm geschadet...«

»Stimmt«, sagte er. »Sie haben einen großen Fehler gemacht. Was nun?«

Und wieder stammelte ich den verräterischen Satz: »Ich weiß es nicht.«

Sims Telefonanrufe wurden für mich zum Dreh- und Angelpunkt des Tages. Darum gruppierten sich meine Spaziergänge, die Stunden, die ich mit Lesen und alten Filmen verbrachte – und damit, der Versuchung zu widerstehen, zu telefonieren oder online zu gehen. Ich kaufte mir nicht einmal eine Zeitung. Wenn Alison allabendlich um sechs Uhr anrief, fragte ich sie nicht ein einziges Mal, ob die Zeitungen sich noch mit mir beschäftigten. Stattdessen ließ ich mich einfach von ihr über das Tagesgeschehen unterrichten. So informierte sie mich am Montag, dass all mein Hab und Gut zusammengepackt und untergestellt sei. Am Dienstag erfuhr ich, dass sie einen renommierten Scheidungsanwalt namens Walter Dickerson engagiert hatte, der mich vertreten sollte, für fünftausend Dollar, die sie Sally als meinen Anteil an der Kaution und dem gemeinsam erworbenen Mobiliar abgepresst hatte.

»Wie hat Sally denn auf Ihre Forderung reagiert?«

»Anfangs mit einer Flut von Beschimpfungen. Und: ›Wie können Sie es wagen?‹, kam auch häufig vor. Worauf ich erwidert habe: ›Wie können *Sie* es wagen, die Ehe eines Mannes zu zerstören und ihn dann fallen zu lassen wie eine heiße Kartoffel, sobald er schwere Zeiten vor sich hat?‹«

»Himmel, das haben Sie tatsächlich zu ihr gesagt?«

»Darauf können Sie Gift nehmen.«

»Und was hat sie erwidert?«

»Zuerst noch mehr von diesem ›Wie können Sie es wagen?‹-Quatsch. Bis ich sie darauf hinwies, dass dies nicht nur meine eigene unmaßgebliche Meinung sei, sondern ganz Hollywood das denke. Natürlich habe ich frei von der Leber weg geflunkert, aber es hatte den Effekt, dass sie sich stocksteif hinsetzte und den Scheck ausschrieb. Wir mussten nur noch ein bisschen um die Summe feilschen – ich hatte zuerst siebeneinhalbtausend Dollar verlangt –, aber schließlich hat sie kapituliert.«

»Hmmh ... da ist wohl ein Danke angebracht.«

»He, das gehört alles zum Service. Und nachdem Sally Sie jetzt abserviert hat, kann ich Ihnen ja auch die Wahrheit sagen: Ich habe sie schon immer für eine skrupellose Person gehalten, die Sie nur als Sprungbrett für Ihre eigene Karriere missbraucht hat.«

»Das sagen Sie mir erst jetzt?«

»Sie haben es die ganze Zeit gewusst, David.«

»Ja«, gab ich leise zu, »wahrscheinlich haben Sie Recht.«

Am Mittwoch erzählte mir Alison, dass mein Steuerberater Sandy Meyer einen Überblick über meine Finanzlage vorbereite, es aber nicht schaffe, Bobby Barra an die Strippe zu bekommen, der laut Aussage seines Assistenten geschäftlich in China weile. Bestimmt, um den Chinesen ihre eigene Große Mauer zu verkaufen.

Donnerstagabend erfuhr ich von Alison, dass Walter Dickerson in ernsthaften Verhandlungen mit Alexander McHenry stehe, und er rechne damit, mir Anfang nächster Woche ein Ergebnis präsentieren zu können.

»Warum zum Teufel hat Dickerson mich nicht angerufen?«

»Ich hatte ihn darum gebeten.«

»Und warum, wenn ich fragen darf?«

»Ich habe ihm ausführlich die Situation geschildert und dass Sie unbedingt wieder Zugang zu Ihrer Tochter haben wollen. Dann habe ich ihm McHenrys Telefonnummer gegeben und ihn beauftragt, dem Burschen die Zähne zu zeigen. Hätten Sie ihm etwas anderes gesagt?«

»Wahrscheinlich nicht. Es ist nur...«

»Wie schlafen Sie?«

»Tatsächlich ganz gut.«

»Das ist eine klare Verbesserung. Und Sie sprechen jeden Tag mit Sims über Ihre Probleme?«

»O ja.«

»Gibt es Fortschritte?«

»Sie wissen ja, wie eine Therapie so läuft: Man sagt so

lange immer wieder denselben alten Scheiß, bis man ihn dermaßen über hat, dass man sich sagt: Jetzt bin ich geheilt.«

»Fühlen Sie sich geheilt?«

»Das wohl kaum. Der Scherbenhaufen wurde noch nicht wieder zusammengesetzt.«

»Aber zumindest geht es Ihnen besser als vorige Woche.«

»Ja, das stimmt.«

»Dann bleiben Sie doch noch ein paar Tage.«

»Warum nicht? Ich habe sowieso kein eigenes Dach über dem Kopf.«

Und ich hatte auch nicht viel zu tun an diesem zweiten Wochenende, außer mich weiter durch Willards umfangreiche Filmsammlung zu arbeiten, zu lesen, Musik zu hören, die Küste entlangzuwandern, leichte Mahlzeiten zu mir zu nehmen, das Limit von zwei Glas Wein täglich nicht zu überschreiten und gleichzeitig all die Dämonen in Schach zu halten.

Dann kam der Montag. Kaum hatte ich meine Telefonbeichte bei Matthew Sims abgelegt, klingelte das Telefon. Es war mein Anwalt, Walter Dickerson, ein Mann mit sanfter Stimme, allerdings mit einem gerade noch hörbaren letzten Rest von Barschheit, was auf eine möglicherweise nicht sonderlich behütete Kindheit und eine harte Prozessführung schließen ließ.

»Ich sag's Ihnen ohne Umschweife, David. Aus Gründen, die Ihnen besser bekannt sind als mir, hat Ihre Ex-Gattin beschlossen, sich in dieser Sache wirklich ins Zeug zu legen... obwohl ihr eigener Anwalt mir gegenüber zugegeben hat, dass sie auch seinem Gefühl nach maßlos übertreibt mit dieser Kontaktsperre, insbesondere weil es bisher keinen einzigen Fall von häuslicher Gewalt gegeben hat und Sie bisher mit Ausnahme eines verpassten Wochenendes den Umgang mit Caitlin sehr gewissenhaft gepflegt haben. Doch obwohl Käpt'n

McHale Ihrer Ex das alles auseinander klamüsert hat, ist sie wild entschlossen, Sie zu bestrafen – was heißt, dass wir das haben, was in meiner Branche ›eine verfahrene Situation‹ genannt wird. Und es läuft auf Folgendes hinaus: Meiner Erfahrung nach schlägt jemand, der derart wütend ist, nur noch mehr um sich, wenn man versucht, ihm mit einer gerichtlichen Verfügung zu kommen. Mit anderen Worten: Wir könnten vor Gericht gehen und lang und breit die alte Leier anstimmen, wie Sie einfach ausgerastet sind, als Sie dem Kerl gegenüberstanden, der Ihre Karriere zerstört hat, dass Sie dem Komiker aber letztlich kein Haar gekrümmt haben – wie zum Teufel könnten Sie also eine Gefahr für Ihre Ex oder Ihr Kind sein? Aber ich verspreche Ihnen, wenn wir das tun, erhöht sie den Einsatz und schmeißt mit allen möglichen Beschuldigungen um sich – vom Satanskult bis dazu, dass Sie eine Vodoo-Puppe unterm Bett versteckt haben...«

»So wahnsinnig ist sie nicht...«

»Vielleicht nicht – aber sie ist wahnsinnig sauer auf Sie. Wenn wir ihre Wut weiter anheizen, wird Sie das teuer zu stehen kommen – finanziell und emotional. Deshalb also hier, was ich mit McHenry besprochen habe – es ist vielleicht nicht die ideale Lösung, aber besser als nichts. Er glaubt, wir könnten Ihre Ex-Frau davon überzeugen, Ihnen erst mal ein Telefonat pro Tag mit Caitlin zu erlauben...«

»Das ist alles?«

»Sehen Sie, in Anbetracht dessen, dass sie Ihnen jeglichen Kontakt untersagen will, wäre ihre Zustimmung zu einem täglichen Telefonat ein Fortschritt.«

»Aber werde ich meine Tochter je wiedersehen?«

»Ganz bestimmt... es könnte allerdings ein paar Monate dauern.«

»Ein paar Monate? Mr. Dickerson...«

»Ich bin kein Wunderdoktor, David. Und ich muss in Betracht ziehen, was mein Kollege von der Gegenseite über die Intention seiner Mandantin sagt. Und seiner Aussage nach wäre ein tägliches Telefonat mit Ihrer Tochter zum jetzigen Zeitpunkt in der Kategorie ›Es fällt Manna vom Himmel‹ angesiedelt. Wie ich vorher erwähnte, wir können auch einen Prozess anstrengen... was Sie locker mindestens fünfundzwanzig Riesen kostet und wieder ins Rampenlicht rückt. Nach allem, was Alison mir erzählt hat – und was ich neulich in den Zeitungen gelesen habe –, ist Publicity allerdings das Letzte, was Sie gerade brauchen können.«

»Okay, okay, beschaffen Sie mir das tägliche Telefonat.«

»Kluger Junge«, lobte Dickerson und setzte hinzu: »Sobald ich von der anderen Seite Antwort habe, melde ich mich wieder bei Ihnen. Übrigens bin ich ein großer Fan von *Auf dem Markt.*«

»Danke«, erwiderte ich matt.

Auch Sandy Meyer rief mich am Montag an und teilte mir mit, dass die zweihundertfünfzigtausend Dollar, die ich dem Finanzamt schuldete, in drei Wochen fällig seien und er sich ernstliche Sorgen um meine Liquidität mache.

»Ich habe gerade bei der Bank America nachgefragt, dort haben Sie etwa achtundzwanzigtausend auf dem Girokonto... was die Alimente und Unterhaltszahlungen für die nächsten zwei Monate deckt. Danach...

»Wie Sie wissen, ist all mein anderes Geld bei Bobby Barra angelegt.«

»Ich habe mir seine letzte Abrechnung angesehen, die vom vergangenen Quartal. Er hat prima gewirtschaftet, Ihr Kontostand vor zwei Monaten betrug 533 245 Dollar. Aber es gibt da ein Problem, David: Außer diesem Aktien-Portfolio besitzen Sie keinen Cent.«

»Nun, wie Sie wissen, sollte ich dieses Jahr beinahe zwei Millionen Dollar verdienen, aber dann hat mich dieser Effetball aus dem Spiel geworfen. Jetzt ... jetzt kommt eben nichts mehr rein. Und Sie wissen ja selbst, wo das viele Geld geblieben ist, das ich in meinem ersten erfolgreichen Jahr verdient habe ...«

»Ja, ich weiß: Ihre Ex-Frau und das Finanzamt.«

»Gottes Segen über beide.«

»Es sieht also ganz so aus, als müssten Sie Ihr halbes Portfolio auflösen, um die Forderungen des Finanzamts zu begleichen. Alison hat allerdings auch erwähnt, dass sowohl FRT als auch Warner ungefähr eine halbe Million ihrer Honorarzahlungen zurückverlangen. Wenn sie bei dieser Forderung bleiben ...«

»Ich weiß. Das Geld habe ich nicht. Meine Hoffnung ist, dass Alison sie auf die Hälfte oder so runterhandeln kann.«

»Was heißt, dass Sie Ihr gesamtes Portfolio zu Geld machen müssen. Ist noch aus irgendeiner anderen Quelle etwas zu erwarten?«

»Nein, nichts.«

»Wo wollen Sie dann die elftausend pro Monat für Lucy und Caitlin hernehmen?«

»Vielleicht sollte ich es als Schuhputzer versuchen?«

»Na, bestimmt kann Ihnen Alison ein paar Jobs verschaffen.«

»Haben Sie noch nicht gehört? Ich bin als Plagiator verschrien. Niemand gibt einem Plagiator einen Auftrag.«

»Und Sie haben wirklich keine anderen Vermögenswerte, von denen ich nichts weiß?«

»Nur mein Auto.«

Ich hörte Papier rascheln. »Ein Porsche, nicht wahr? Dürfte momentan so etwa vierzigtausend Dollar wert sein.«

»Könnte hinhauen.«

»Verkaufen Sie ihn.«

»Und womit soll ich dann fahren?«

331

»Mit etwas, das nur den Bruchteil eines Porsche kostet. Und dann hoffen und beten wir, dass Alison FRT und Warner zur Vernunft bringen kann. Denn wenn die beiden sich entschließen, auf die volle Summe zu drängen, steht ein Offenbarungseid an.«

»Ja, ich weiß.«

»Na, hoffen wir, dass uns diese Schlangengrube erspart bleibt. Doch jetzt eins nach dem anderen: Nach Auskunft seines Assistenten wird Bobby Barra Ende der Woche zurückerwartet. Ich habe hinterlassen, dass er mich dringend anrufen soll. Es wäre gut, wenn Sie das ebenfalls täten. Denn wenn er wieder da ist, bleiben uns nur noch siebzehn Tage, Vater Staat zu bezahlen... und es dauert eine Weile, bis man ein halbes Portfolio flüssig gemacht hat. Deshalb...«

»Ich mach ihm Feuer unterm Hintern.«

Natürlich brachte ich meine finanziellen Probleme am nächsten Vormittag Matthew Sims gegenüber zur Sprache. Und natürlich fragte er mich, was ich dabei empfand.

»Es macht mir höllische Angst.«

»Na gut«, meinte er, »lassen Sie uns den absolut schlimmsten Fall annehmen: Sie verlieren alles. Sie müssen den Offenbarungseid leisten. Auf Ihrem Bankkonto ist kein einziger Cent. Was nun? Glauben Sie, dass Sie nie wieder arbeiten werden?«

»Doch, natürlich werde ich arbeiten. Aber in einer Branche, wo ich Dinge sage wie: ›Möchten Sie Pommes zu Ihrem Milchshake?‹«

»Na, hören Sie mal, David. Sie sind ein ausgesprochen kluger Junge...«

»Aber auch einer, der in Hollywood als *persona non grata* gilt.«

»Vielleicht für eine Weile.«

»Vielleicht für immer. Und das macht mir eben so entsetzliche Angst. Die Tatsache, dass ich vielleicht nie wieder schreiben kann …«

»Natürlich können Sie wieder schreiben.«

»Ja schon … aber keiner wird es kaufen. Und wie neunundneunzig Prozent aller Schriftsteller – außer J. D. Salinger – schreibe ich für Publikum. Ich brauche Leser, Zuschauer etc. Und Schreiben ist das Einzige, was ich wirklich kann. Ich war ein miserabler Ehemann. Auch als Vater bin ich nur mittelmäßig. Aber mit Worten bin ich Spitze. Vierzehn lange Jahre habe ich gebraucht, um die Welt davon zu überzeugen, dass ich ein richtiger Autor bin. Endlich hatte ich diese Schlacht gewonnen. Ja, ich hatte mehr Erfolg, als ich je zu träumen gewagt hätte. Und jetzt nimmt man mir alles wieder weg.«

»Sie meinen, wie Sie auch das Gefühl haben, dass Ihre Ex-Frau Ihnen Caitlin für immer wegnehmen will?«

»Sie tut jedenfalls dafür, was sie kann.«

»Aber glauben Sie denn wirklich, dass Sie Erfolg damit haben wird und Sie Ihre Tochter tatsächlich nie wiedersehen werden?«

Zum fünften (oder sechsten) Mal endete unsere Sitzung mit meinem »Ich weiß es nicht«.

In dieser Nacht schlief ich sehr schlecht. Und als ich am nächsten Morgen schon früh aufwachte, hatte mich die Angst sofort wieder in ihren Krallen. Dann rief Alison an, mit einem leicht nervösen Unterton in der Stimme.

»Haben Sie heute Morgen schon Zeitung gelesen?«

»Ich habe keine Zeitung mehr gelesen, seit ich hier bin. Was ist es denn diesmal?«

»Nun, es gibt eine gute und eine schlechte Nachricht. Welche wollen Sie zuerst hören?«

»Die schlechte Nachricht natürlich. Wie schlimm ist sie?«

»Das kommt darauf an.«

»Worauf?«

»Wie sehr Sie an Ihrem Emmy hängen.«

»Die Hunde wollen ihn zurück?«

»Ja, genau. Wie die *L. A. Times* heute Morgen berichtet, hat die American Academy of Television Arts and Sciences gestern Abend einem Antrag zugestimmt, Ihnen den Emmy wieder abzuerkennen, und zwar mit folgender Begründung...«

»Ich kenne die Gründe.«

»Es tut mir wirklich Leid, David.«

»Ach, lassen Sie nur. Es ist nichts weiter als ein scheußliches Stück Blech. Haben Sie den Emmy mit aus der Wohnung geräumt?«

»Ja.«

»Dann schicken Sie ihn zurück. Gute Altmetallverwertung. Und was ist die gute Nachricht?«

»Sie stand in demselben Artikel. Offenbar hat die SATWA bei ihrer monatlichen Sitzung gestern Abend einen Antrag verabschiedet, Sie zu rügen...«

»Das ist Ihre Vorstellung von einer guten Nachricht? Machen Sie Witze?«

»Lassen Sie mich doch ausreden. Gut, Sie werden gerügt. Aber dafür wurde mit Zweidrittelmehrheit der Antrag abgelehnt, Sie für eine bestimmte Zeit zu sperren.«

»Na, großartig. Die Studios und sämtliche Produzenten in dieser Stadt werden auch so dafür sorgen, dass ich keine Arbeit mehr bekomme... mit oder ohne SATWA-Beschluss.«

»Hören Sie, ich weiß, dass ich wie ein windiger Positiv-Denken-Guru klinge. Aber eine Rüge ist ein Klaps auf die Finger, nicht mehr. Also sollten wir es als gutes Omen sehen, dass Leute, die sich professionell mit dem Schreiben befassen, die ganze Affäre als das betrachten, was sie ist, nämlich Korinthenkackerei.«

»Im Gegensatz zu den Emmy-Leuten.«

»Die wollen damit nur ihr Image aufpolieren. Sobald Sie Ihr Comeback haben...«

»Ich glaube nicht an die Wiedergeburt. Und wissen Sie nicht mehr, was Scott Fitzgerald kurz vor seinem Tod gesagt hat, als er ausnahmsweise mal nüchtern war: ›Das amerikanische Leben kennt keinen zweiten Akt.‹«

»Ich richte mich nach einer anderen Devise: ›Das Leben ist kurz, aber Schriftstellerkarrieren sind erstaunlich zählebig.‹ Versuchen Sie, heute Nacht gut zu schlafen. Sie klingen wie ein Häufchen Elend.«

»Ich bin ein Häufchen Elend.«

Natürlich schlief ich so gut wie überhaupt nicht – stattdessen sah ich mir alle drei Teile der *Apu-Trilogie* an (sechs Stunden Alltagsleben der Hindus aus den Fünfzigern – brillant, aber nur ein von chronischer Schlaflosigkeit Geplagter schaute sich das tatsächlich von vorn bis hinten an).

Schließlich schleppte ich mich ins Bett. Und wieder weckte mich das Klingeln des Telefons. Was für ein Wochentag war heute? Mittwoch? Donnerstag? Die Zeit hatte jede Bedeutung für mich verloren. Noch vor kurzem war mein Leben ein einziges Wettrennen durch den Arbeitstag gewesen, den ich bis zum Bersten voll gestopft hatte: mit den Stunden zum Schreiben; ein paar Produktionsterminen; dem einen und anderen Brainstorming; mit endlosen Telefongesprächen; einem Arbeitsessen am Mittag; einem Geschäftsessen am Abend; hier einer Filmvorführung; dort einer Party, auf der man sich unbedingt sehen lassen musste. Dann die Wochenenden mit Caitlin im Zwei-Wochen-Turnus. An den Wochenenden ohne sie saß ich neun Stunden vor dem Computer und haute einen neuen Episodenteil in die Tasten. Immer tatkräftig, dynamisch, voller Elan. Weil ich verdammt genau wusste, dass ich gerade eine Glückssträhne hatte. Und wenn man oben schwimmt, kann man es sich nicht leisten aufzuhören. Denn dann...

Das Telefon hörte nicht auf zu klingeln. Ich griff nach dem Hörer.

»David, hier spricht Walter Dickerson. Habe ich Sie geweckt?«

»Wie spät ist es denn?«

»Etwa Mittag. Aber hören Sie, ich kann gern später nochmal anrufen.«

»Nein, nein, sagen Sie es mir gleich. Sie haben Neuigkeiten?«

»Ja.«

»Und zwar?«

»Recht passable Neuigkeiten.«

»Das heißt...?«

»Ihre Ex-Gattin erlaubt Ihnen den telefonischen Kontakt zu Caitlin.«

»Ich nehme an, das ist ein Fortschritt.«

»Ganz ohne Frage. Allerdings hat sie einige Bedingungen gestellt. Sie dürfen sie nur alle zwei Tage anrufen, und dann jeweils für höchstens fünfzehn Minuten.«

»Sie hat die Dauer begrenzt?«

»Ja, und zwar nachdrücklich. Und laut ihrem Anwalt hat es einiger Überzeugungskraft bedurft, ihr selbst diesen eingeschränkten Telefonkontakt abzuringen. Er sagt, dass sie immer noch ausgesprochen wütend auf Sie ist.«

»Was mich nicht überrascht«, meinte ich. »Wann darf ich zum ersten Mal telefonieren?«

»Heute Abend. Ihre Ex-Gattin schlägt sieben Uhr als üblichen Zeitpunkt vor. Passt Ihnen das?«

»Na klar«, erwiderte ich, dabei ging mir durch den Kopf, dass mein Terminkalender ja nicht gerade zum Platzen voll war. »Aber noch eine Frage, Mr. Dickerson... Walter... wie lange wird es wohl dauern, bis ich meine Tochter wiedersehen kann?«

»Die ehrliche Antwort darauf lautet: Das hängt von Ihrer Ex-Gattin ab. Wenn sie Sie weiterhin hart an die Kandare nehmen will, kann sich das noch Monate hinziehen. Falls das passiert – und falls Sie genügend Kleingeld in der Tasche haben –, können wir vor Gericht ziehen. Aber lassen Sie uns hoffen, dass sie sich bald beruhigt und dann einer anständigen Besuchsregelung zustimmt. Wie ich schon sagte, ist es ein schrittweiser Prozess. Ich hätte gern bessere Nachrichten für Sie… aber wie Sie inzwischen wahrscheinlich festgestellt haben, gibt es so etwas wie eine freundschaftliche Scheidung nicht. Und wenn ein Kind involviert ist, gibt es immer endlose Auseinandersetzungen. Doch zumindest dürfen Sie jetzt wieder mit Caitlin sprechen. Das ist ein Anfang.«

Wie vereinbart, rief ich um sieben Uhr abends an. Lucy musste Caitlin neben das Telefon gesetzt haben, denn sie war sofort am Apparat.

»Daddy!«, sagte sie und klang hocherfreut, meine Stimme zu hören. »Warum bist du verschwunden?«

»Ich musste fort, um zu arbeiten«, antwortete ich.

»Willst du mich denn nicht mehr sehen?«

Ich schluckte schwer. Bleib ruhig. Brich nicht zusammen, egal, was passiert.

»Doch«, sagte ich. »Ich hab ganz große Sehnsucht nach dir. Aber im Augenblick… da geht es nicht.«

»Warum nicht?«

»Weil… weil ich weit weg bin und arbeite.«

»Mummy hat gesagt, du steckst in Schwierigkeiten?«

»Ja, das stimmt. Es hat Schwierigkeiten gegeben. Aber jetzt ist es schon wieder besser.«

»Also kommst du mich besuchen?«

»So bald ich kann.« Ich atmete tief durch und biss mir auf die Unterlippe. »Und bis dahin telefonieren wir ganz oft.«

»Aber das ist nicht so, wie dich sehen…«

»Caitlin...«, setzte ich an, doch ich schaffte es nicht weiterzureden, weil meine Stimme brach.

»Was hast du, Daddy?«

»Nichts, nichts, es geht mir gut...«, sagte ich und trat einen Schritt vom Abgrund zurück. »Erzähl mir, was du gerade in der Schule machst.«

Die nächsten vierzehn Minuten sprachen wir über eine ganze Menge Dinge... über ihre Rolle als Engel bei der Schulaufführung an Ostern, warum sie Bibo blöd und das Krümelmonster cool fand und dass sie sich die Gute-Nacht-Barbie wünschte.

Während ich telefonierte, sah ich die ganze Zeit auf die Uhr. Genau fünfzehn Minuten nachdem Caitlin abgehoben hatte, hörte ich Lucy im Hintergrund: »Sag Daddy, er muss jetzt aufhören.«

»Daddy, du musst jetzt aufhören.«

»Gut, mein Schatz. Du fehlst mir ganz schrecklich.«

»Du fehlst mir auch ganz schrecklich.«

»Und ich ruf dich am Freitag wieder an. Kann ich jetzt mit deiner Mutter sprechen?«

»Mummy«, sagte Caitlin. »Daddy will mit dir sprechen. Byebye, Daddy.«

»Bye-bye, mein Schatz.« Dann hörte ich, wie sie den Telefonhörer Lucy übergab. Doch Lucy legte wortlos auf.

Natürlich nahm dieses Telefongespräch am nächsten Tag die gesamte Sitzung mit Matthew Sims in Anspruch.

»Lucy verachtet mich so tief, sie wird nie erlauben, dass ich Caitlin wiedersehe.«

»Aber sie lässt Sie mit Ihrer Tochter telefonieren... was ein beträchtlicher Fortschritt gegenüber der letzten Woche ist.«

»Doch ich sage mir trotzdem immer wieder, dass alles ganz allein meine Schuld ist.«

»Wann haben Sie Lucy verlassen, David?«

»Vor etwas mehr als zwei Jahren.«

»Nach dem, was Sie mir in der ersten Sitzung erzählt haben, waren Sie unglaublich großzügig, was die Aufteilung Ihres Besitzes anging.«

»Sie hat das Haus bekommen – ich habe es vorher noch abbezahlt.«

»Und seitdem haben Sie pünktlich alle Unterhaltszahlungen geleistet, waren für Caitlin ein guter Dad und haben sich Ihrer Ex-Frau gegenüber weder ungebührlich noch feindselig verhalten?«

»Nein, wohl kaum.«

»Nun, wenn Ihre Ex-Frau über zwei Jahre nach ihrer Scheidung noch immer feindselige Gefühle Ihnen gegenüber hegt, ist das ihr Problem und geht Sie nichts an. Und wenn sie Caitlin zudem als Waffe gegen Sie einsetzt – und damit ihre Tochter daran hindert, ihren Vater zu sehen –, dann Schande über sie. Glauben Sie mir, bald wird sie sich mit der Tatsache auseinander setzen müssen, dass sie in dieser Hinsicht höchst selbstsüchtig handelt. Denn ihre Tochter wird ihr das vorhalten.«

»Ich hoffe, Sie haben Recht. Aber mich quält noch etwas anderes dabei...«

»Nämlich?«

»Dass ich die beiden nie hätte verlassen sollen. Dass ich einen entsetzlichen Fehler gemacht habe.«

»Sie wollen tatsächlich wieder zu Ihrer Frau zurück?«

»Die Frage stellt sich nicht. Dazu ist inzwischen zu viel vorgefallen, es hat viel zu viel böses Blut gegeben. Aber... ich habe trotzdem einen Fehler gemacht. Einen entsetzlichen Fehler.«

»Haben Sie je daran gedacht, Lucy das zu sagen?«

Aber als ich Freitag wieder anrief, wollte Lucy immer noch nicht mit mir sprechen – stattdessen sagte sie zu Caitlin, sie solle nach den bewilligten fünfzehn Minuten selbst auflegen. Und ebenso war es am Sonntag, doch zumindest konnte ich Caitlin meine Telefonnummer im Strandhaus geben und sie bitten, ihrer Mutter auszurichten, dass ich die nächsten Wochen dort erreichbar sei.

Die Entscheidung, in Willards Strandhaus zu bleiben, war nahe liegend. Ich hatte nur wenig Möglichkeiten, ein Dach über dem Kopf zu finden – aber wie es das Glück wollte, traf sich mein Bedürfnis nach einer längerfristigen Bleibe mit Willards Entscheidung, weitere sechs Monate in London zu verbringen.

»Er hat noch einen großen Überarbeitungsauftrag bekommen, außerdem scheint ihm das triste Grau der Stadt zu gefallen, es sieht also so aus, als könnten Sie bis Weihnachten bleiben«, sagte Alison, als sie mich deswegen anrief. »Genauer gesagt, er ist ganz froh, in Ihnen sozusagen einen Hausmeister dort zu haben… und deshalb berechnet er Ihnen nichts außer Strom, Gas und Wasser.«

»Das klingt fair.«

»Außerdem soll ich Ihnen ausrichten, seiner Meinung nach sei das, was man mit Ihnen gemacht hat, völlig übertrieben und verkehrt. Er hat sogar den Emmy-Leuten geschrieben, dass sie sich wie ein Haufen Scheißkerle verhalten haben.«

»In diesem Wortlaut?«

»So ungefähr jedenfalls.«

»Sagen Sie ihm, wie dankbar ich ihm bin, wenn Sie wieder mit ihm sprechen. Es ist seit längerer Zeit mein erster Glückstreffer.«

Und es sollte vorerst auch der einzige bleiben. Schon am nächsten Tag fiel mir eine Megatonnen-Bombe auf den Kopf – nachdem ich es endlich geschafft hatte, mit Bobby Barra Kontakt aufzunehmen.

Ich rief ihn auf seinem Handy an. Als er meine Stimme hörte, klang er ausgesprochen reserviert.

»Hallo, wie geht's denn so?«, fragte er.

»Es ist schon mal besser gegangen.«

»Ja, hab schon gehört, sind ja harte Geschichten.«

»Weißt du eigentlich, wie schwer es mich erwischt hat?«

»Es stand nicht nur in London und Paris, sondern sogar in Hongkong in der Zeitung.«

»Freut mich zu hören, dass ich international Furore gemacht habe.«

»Von wo aus rufst du gerade an?«

Und da erzählte ich ihm von Sallys Rauswurf und dem Refugium an der Küste, das Alison mir besorgt hatte.

»Mann, da hast du ja wirklich in die Scheiße gelangt«, meinte Bobby.

»Das ist die Untertreibung des Jahres.«

»Hör mal, Junge... tut mir Leid, dass ich mich nicht gemeldet habe, aber du weißt ja, ich war wegen dieses Suchmaschinen-Start-ups drüben in Schanghai. Und ich weiß, dass du mich anrufst, weil du wissen willst, wieso es mit der Emission so schlecht gelaufen ist.«

In meinem Kopf schrillten sämtliche Alarmglocken.

»Was habe ich mit diesem Börsengang zu tun, Bobby?«

»Was du damit zu tun hast? Na, du bist mir ja vielleicht ein Scherzkeks... schließlich sollte ich dein gesamtes Portfolio in diesen Aktien anlegen.«

»Das habe ich nie gesagt.«

»Aber klar doch. Erinnerst du dich nicht mehr an unser Gespräch vor ein paar Monaten, als ich dir gesagt habe, wie hoch die Dividende für dein Portfolio im letzten Quartal sein wird?«

»Doch, daran erinnere ich mich.«

»Und was habe ich dich da gefragt?«

Er hatte mich gefragt, ob ich einer der wenigen Auserwählten sein wollte, die mit einer größeren Summe in die todsiche-

341

re Neuemission einer asiatischen Suchmaschine einsteigen
konnten – einer Suchmaschine, die in China und ganz Südostasien garantiert die Nummer Eins werden würde. Und mit
meinem exzellenten Gedächtnis für grausige Details erinnerte ich mich an unser ganzes damaliges Gespräch.

»Das ist wie Yahoo für die Schlitzaugen«, hatte er gesagt.

»Du bist ja mal wieder absolut politisch korrekt, Bobby.«

»Hör zu, Mann – wir reden hier vom größten noch unerschlossenen Markt der Welt. Und es ist die Chance, von Anfang
an dabei zu sein. Aber ich muss es schnell wissen... interessiert?«

»Bis jetzt bin ich mit dir nie schlecht gefahren.«

»Kluger Junge.«

Scheiße. Scheiße. Scheiße. Der Kerl hatte das als Direktive
zum Kauf verstanden.

»Na, ist's jetzt wieder da?«, fragte Bobby. »Ich meine,
schließlich habe ich dich gefragt, ob du interessiert bist. Und
du hast ja gesagt. Also habe ich gedacht, dass du mit dabei
sein willst.«

»Aber damit habe ich dich doch nicht beauftragt, mein
ganzes Portfolio in...«

»Du hast nicht widersprochen. Für mich heißt ›dabei sein‹
auch ›keine halben Sachen‹.«

»Du hattest kein Recht, ohne meine ausdrückliche schrift-
liche Erlaubnis irgendwelche Aktien von mir zu transferieren.«

»Das ist kompletter Blödsinn, und das weißt du auch. Wie
zum Teufel glaubst du eigentlich, dass ein Broker arbeitet?
Mit gediegenem Schriftverkehr? Das Ganze ist ein Spiel, bei
dem sich alle dreißig Sekunden die Regeln ändern. Wenn mir
also jemand sagt, ich soll kaufen...«

»Ich habe eben nicht gesagt, dass du kaufen sollst...«

»Ich habe dir angeboten, dich bei dieser Neuemission zu
beteiligen, und du hast angenommen.«

»Was du da gemacht hast, war illegal.«

»Nein, das war es nicht. Und wenn du die Vereinbarung durchliest, die du unterzeichnet hast, als du bei meiner Firma Kunde geworden bist, wirst du feststellen, dass sie eine Klausel beinhaltet, die uns autorisiert, auch auf mündliche Order hin Anteile für dich zu kaufen und zu verkaufen. Aber wenn du das vor die Börsenaufsicht bringen willst, bitte sehr! Die werden sich totlachen.«

»Ich kann es nicht fassen...«

»He, das ist nicht das Ende der Welt. Vor allem weil ich dir verspreche, dass sich der Preis für die Aktie in etwa neun Monaten vervierfacht haben wird. Und das heißt, dass du nicht nur die anfänglichen fünfzig Prozent Verlust wieder drin haben wirst...«

Die Alarmglocken schrillten diesmal noch lauter.

»Was zum Teufel hast du da gerade gesagt?«

Er blieb ruhig. »Ich habe gesagt: Aufgrund der momentanen Schwäche von Technologiewerten ist die Kursentwicklung hinter den Erwartungen zurückgeblieben... weshalb du ungefähr die Hälfte deiner Investition als Verlust abschreiben musst.«

»Das darf nicht wahr sein.«

»Was soll ich dazu sagen außer: So was passiert. Schließlich ist das Ganze nur ein Spiel, oder? Ich versuch ja schon immer, das Risiko zu minimieren... aber manchmal spielt eben der ganze Markt verrückt. Doch die Sache ist keine Katastrophe, mein Lieber. Ganz im Gegenteil. Denn nächstes Jahr um diese Zeit, und da bin ich ganz sicher...«

»Bobby, nächstes Jahr um diese Zeit haben mich meine Gläubiger bereits in der Luft zerrissen. Das Finanzamt will etwa eine Viertelmillion Dollar. FRT und Warner verlangen von mir, und das auch nur günstigenfalls, dieselbe Summe. Verstehst du, was los ist? Alle meine Verträge wurden gekün-

343

digt, in Hollywood gelte ich als Paria. Das einzige Geld, das ich noch besitze, ist das Geld, das ich bei dir angelegt habe. Und da erzählst du mir jetzt...«

»Ich sage nur eins: ruhig Blut.«

»Ich sage dir etwas anderes: Mir bleiben noch siebzehn Tage, um meine Schulden beim Finanzamt zu begleichen. Wie jeder Amerikaner nur allzu gut weiß, fassen einen die Finanzbehörden nicht gerade mit Samthandschuhen an, wenn man mit größeren Zahlungen in Verzug gerät. Die schneiden einem notfalls die Eier ab.«

»Was soll ich also tun?«

»Ich will mein Geld zurück.«

»Das wird eine Zeit lang dauern.«

»Scheiße nochmal, ich kann nicht warten.«

»Nun, ich kann dir deinen Wunsch nicht erfüllen. Jedenfalls nicht gleich.«

»Und was kannst du sofort für mich tun?«

»Ich kann dein Portfolio zum gegenwärtigen Wert liquidieren. Der dürfte um eine Viertelmillion rum liegen.«

»Du kleiner italienischer Scheißer...«

»Vorsicht... nicht persönlich werden.«

»Du hast mich ruiniert. Ist das etwa nichts Persönliches?«

»Wenn du meine Meinung hören willst, hast du dich selbst ruiniert. Und wie ich dir schon die ganze Zeit immer und immer wieder zu erklären versuche, brauchst du das Geld nur neun Monate da liegen zu lassen, wo es ist...«

»Herrgott, ich hab aber keine neun Monate Zeit. Sondern nur siebzehn Tage. Und wenn ich das Finanzamt bezahlt habe, bleibt mir nicht ein Cent übrig. Hast du das verstanden? Ich bin absolut blank.«

»Was soll ich dazu sagen? Ein gewisses Risiko ist eben immer dabei.«

»Wenn du doch bloß ehrlich zu mir gewesen wärst...«

»Ich war ehrlich, du Wichser«, sagte er plötzlich wütend.
»Ich meine, reden wir doch mal Tacheles: Hätte man dich
nicht aus deiner Show geschmissen, weil du anderen Leuten
die Gags geklaut hast ...«

»Du mieses kleines Arschloch.«

»So, das war's. Damit sind wir geschiedene Leute. Buch-
stäblich und im übertragenen Sinn. Ich führe deine Finanz-
geschäfte nicht weiter. Und ich will nichts mehr mit dir zu
tun haben.«

»Na klar doch. Jetzt, nachdem du mich in die Scheiße ge-
ritten hast ...«

»Ich werde diese Unterhaltung nicht weiterführen. Eine
letzte Frage: Soll ich dein Portfolio liquidieren?«

»Mir bleibt ja keine andere Wahl.«

»Ist das jetzt ein eindeutiges Ja?«

»Ja. Alles verkaufen.«

»Gut. Wird erledigt. Morgen ist das Geld auf deinem Konto. Und das war's dann.«

»Ruf mich nie wieder an«, sagte ich.

»Warum sollte ich?«, fragte Bobby. »Ich gebe mich nicht
mit Verlierern ab.«

Natürlich begann meine Sitzung mit Matthew Sims am
nächsten Morgen mit einer Diskussion über diesen letzten
Satz.

»Halten Sie sich denn für einen Verlierer?«, fragte er
mich.

»Was ist Ihre Meinung?«

»Ich möchte Ihre Antwort hören, David.«

»Ich bin nicht nur ein Verlierer, sondern ein wandelndes
Katastrophengebiet. Man hat mir alles, absolut alles, wegge-
nommen. Und das wegen meiner eigenen Blödheit, meiner
Ichbezogenheit.«

345

»Immer wieder dieser Selbsthass, in den Sie sich hineinsteigern.«

»Ja, was erwarten Sie denn? Nicht nur, dass meine Karriere im Eimer ist und ich meine Lebensgefährtin und den direkten Kontakt zu meiner Tochter verloren habe... ich sehe jetzt auch noch meinem finanziellen Ruin entgegen.«

»Und glauben Sie nicht, dass Sie Grips genug haben, sich aus diesem Sumpf wieder rauszuziehen?«

»Wie denn? Indem ich mir selbst eine Schlinge um den Hals lege?«

»Darüber scherzt man nicht, wenn man mit seinem Psychotherapeuten spricht.«

Auch mein Steuerberater war nicht zum Scherzen aufgelegt, nachdem ich ihm das Bobby-Barra-Debakel geschildert hatte.

»Ich will ja nicht darauf herumreiten, dass ich Sie gewarnt habe«, meinte Sandy Meyer. »Aber habe ich Ihnen damals nicht abgeraten, Ihre gesamten Investitionen einem einzigen Broker anzuvertrauen?«

»Ja, ich weiß. Aber der Bursche hatte bisher so ein goldenes Händchen. Und außerdem habe ich mit riesigen Einkünften in diesem Jahr gerechnet...«

»Ich weiß, David. Und ebenso gut weiß ich, dass dies eine schwierige Situation ist. Aber nun gut, hier mein Vorschlag, wie wir die Sache abwickeln sollten. Die zweihundertfünfzigtausend Dollar aus dem Portfolio gehen für Vater Staat drauf. Ihre Kreditkartenkonten weisen zurzeit ein Soll von achtundzwanzigtausend auf... so dass Ihnen von den dreißigtausend Dollar auf Ihrem Girokonto nur zweitausend übrig bleiben. Aber Alison hat mir gesagt, dass Sie zurzeit mietfrei wohnen?«

»Mietfrei und billig. Wenn ich zweihundert Dollar in der Woche ausgebe, ist es viel.«

346

»Dann reichen Ihnen die zweitausend zehn Wochen. Aber es bleibt das Problem der elftausend Dollar im Monat für Lucy und Caitlin. Ich habe mit Alison darüber gesprochen, und sie sagt, dass Ihr neuer Anwalt ein harter Bursche ist. Angesichts Ihrer beträchtlich geschrumpften Möglichkeiten wird das Gericht sicher einer Reduzierung der monatlichen Zahlungen zustimmen.«

»Das möchte ich nicht. Es ist nicht fair.«

»Aber David, soweit ich mich erinnere, verdient Lucy inzwischen sehr ordentlich ... und die ursprünglichen Alimente und Unterhaltszahlungen waren meiner Meinung nach übertrieben hoch angesetzt. Natürlich weiß ich, dass Sie eine Million im Jahr kassiert haben. Aber trotzdem kam mir die Höhe der Summe immer vor – entschuldigen Sie, wenn ich das so offen sage –, als wollten Sie damit Ihr schlechtes Gewissen beruhigen.«

»Ja, so war es. Und so ist es immer noch.«

»Nun, Sie können sich kein schlechtes Gewissen mehr leisten. Elftausend im Monat, das sprengt Ihre Möglichkeiten.«

»Ich kann meinen Wagen für vierzigtausend verkaufen, wie Sie mir selbst geraten haben, und mir irgendeine billige Karre besorgen, die keine siebentausend kostet. Die dreiunddreißigtausend Dollar Differenz decken drei Monate meine Verpflichtungen.«

»Und danach?«

»Keine Ahnung.«

»Sie sollten mit Alison über eine Arbeit reden.«

»Alison ist vielleicht die beste Agentin der Stadt, aber für mich gibt es keine Arbeit.«

»Wenn Sie erlauben, rufe ich sie an«, schlug Sandy vor.

»Warum sich erst die Mühe machen? Ich bin ein hoffnungsloser Fall.«

Ein paar Tage nach Sandys Anruf klingelte das Telefon.

»Hallo, hoffnungsloser Fall«, sagte Alison.

»Aha, Sie haben also mit meinem hoch geschätzten Steuerberater gesprochen.«

»Oh, ich habe mit einer ganzen Menge Menschen gesprochen«, erwiderte sie. »Darunter auch Leute von FRT und Warner Brothers.«

»Und?«

»Ich habe mal wieder sowohl eine gute als auch eine schlechte Nachricht. Zuerst die schlechte: Sowohl FRT als auch Warner zeigen sich unnachgiebig und bestehen auf Rückerstattung der fraglichen Honorare ...«

»Das ist mein Ende.«

»Nicht so schnell. Die gute Nachricht ist, dass beide zugestimmt haben, ihre Forderungen zu halbieren. Es geht also jeweils um hundertfünfundzwanzigtausend.«

»Das ändert nichts an meinem Bankrott.«

»Ja, ich weiß. Sandy hat mir alles erklärt. Aber es gibt noch eine gute Nachricht: Ich konnte sie beide überzeugen, einer Ratenzahlung zuzustimmen, und die erste Rate ist erst in sechs Monaten fällig.«

»Na toll. Tatsache bleibt, dass ich kein Geld habe, das ich zurückzahlen kann. Denn ich habe keine Arbeit und also auch kein Einkommen.«

»Doch.«

»Wie bitte?«

»Ich habe einen Auftrag für Sie an Land gezogen.«

»Als Autor?«

»O ja. Es ist nicht gerade prestigeträchtig, aber es ist ein Auftrag. Und angesichts der Zeit, die Sie dafür brauchen werden, auch gut bezahlt.«

»Kommen Sie zur Sache.«

»Ich will aber nicht, dass Sie stöhnen und jammern, wenn Sie hören ...«

348

»Sagen Sie schon. Bitte.«

»Es geht um einen Roman zum Film.«

Ich unterdrückte ein Stöhnen. So etwas war stumpfsinnige Arbeit hoch drei. Man bekam das Drehbuch zu einem demnächst anlaufenden Film und schrieb es zu einem kurzen, leicht lesbaren Roman um, der hauptsächlich an Supermarktkassen und Tankstellen zum Verkauf angeboten wurde. In professioneller Hinsicht war es schlimmer als Schuhe putzen, so einen Auftrag nahm man nur an, wenn man entweder gar keine Selbstachtung hatte oder ganz unten angelangt war und unbedingt Geld brauchte. Da ich all diese Kriterien erfüllte, schluckte ich meinen Protest hinunter.

»Um welchen Film geht's?«

»Jetzt werden Sie wieder stöhnen...«

»Ich habe nicht gestöhnt.«

»Aber jetzt werden Sie's tun. Es ist einer dieser Teenie-Streifen, die New Line produziert.«

»Wie heißt er?«

»*Heiß aufs erste Mal.*«

Und jetzt stöhnte ich auf. »Lassen Sie mich raten: Es geht um zwei pickelige Sechzehnjährige, die unbedingt ihre Unschuld verlieren wollen?«

»Du liebe Güte, verfügen Sie aber über einen Scharfsinn«, konterte Alison. »Allerdings sind die Kids schon siebzehn.«

»Spätzünder.«

»He, was wollen Sie? Jungfräulichkeit ist heutzutage groß in Mode. Vor allem unter Jugendlichen mit Akne.«

»Wie heißen unsere beiden Protagonisten?«

»Sie werden hingerissen sein: Chip und Chuck.«

»Klingt wie zwei Biber aus einem Zeichentrickfilm. Und das Ganze spielt in irgendeinem todlangweiligen Nest wie Van Nuys?«

»Nicht schlecht geraten: im Orange County.«

»Entpuppt sich eins der Kids als Schlitzer?«

»Nein, es ist nicht so was wie *Scream*. Aber dafür gibt es am Schluss eine überraschende Wendung: Es stellt sich heraus, dass das Mädchen, das Chip schließlich bumst, Chucks Halbschwester ist...«

»Von deren Existenz Chuck bisher nichts ahnte?«

»Bingo. Denn January...«

»Sie heißt January?«

»Es ist nun mal so ein Film.«

»Ganz unverkennbar.«

»Na, jedenfalls stellt sich heraus, dass January das Produkt eines One-Night-Stands mit einer Zahntechnikerin ist, von dem Chucks geschiedener Vater keinem je erzählt hat.«

»Das ist ja ein jakobinisches Drama!«

»Nein. Das wäre es, wenn Chuck sie bumsen würde,« erwiderte Alison. »Wie in: *Schade, dass sie eine Hure war.*«

»Alison, ich bin beeindruckt.«

»He, John Ford war einer meiner ersten Klienten.«

»Das ist also der Plot?«

»Ja, das ist er.«

»Er ist großer Bockmist, Alison.«

»Ja. Andererseits bieten sie fünfundzwanzigtausend für die Romanfassung, sofern sie in zwei Wochen vorliegt.«

»Ich bin dabei«, sagte ich.

Das Script traf am nächsten Morgen per Kurier bei mir ein. Wie erwartet, war es grauenhaft: selbstgefällig; voll schmieriger Witze über Erektionen, Kitzler und Blähungen; mit platten Charakteren; mit den üblichen Teenie-Situationen einschließlich dem unvermeidlichen Blow-Job auf dem Rücksitz; der unvermeidlichen Schlägerei zwischen den beiden Jungs, nachdem Chuck herausgefunden hat, dass er mit dem Mädchen verwandt ist, mit dem Chip schläft; und dem unvermeidlichen

»Was sind wir doch erwachsen geworden«-Finale, in dem sich Chip und Chuck versöhnen, Chuck und sein ihm fremd gewordener Vater einander in die Arme schließen, January Chip gegenüber zugibt, dass er ihr erster Liebhaber war... und auch wenn sie keine leidenschaftliche und heiße Romanze mit ihm haben will, werden sie doch immer gute Freunde bleiben.

Nachdem ich zu Ende gelesen hatte, rief ich Alison an.

»Und?«, fragte sie.

»Schrott«, erwiderte ich, aber obwohl ich ein vor Selbstmitleid triefendes »So weit ist es mit mir gekommen« hätte schluchzen können, hielt ich die Klappe.

»Ja, genau das ist es. Schaffen Sie es in zwei Wochen?«

»Kein Problem.«

»Gut. Dann hier einige Grundregeln. Der Verleger Max Michaels bat mich, Sie darauf hinzuweisen. Das Manuskript soll nicht länger als 75 000 Wörter sein. Und vergessen Sie nicht, dass es für die eher schlichten Gemüter gedacht ist – also schreiben Sie flott, nicht zu geschraubt, bleiben Sie bei der Haupthandlung... und sorgen Sie unbedingt dafür, dass die Sex-Szenen – wie hat er es ausgedrückt? – ›heiß, aber nicht scharf‹ sind. Können Sie damit was anfangen?«

»Ich glaub schon.«

»Eins noch: Der Verleger weiß, dass Sie die Romanfassung schreiben...«

»Er hat keine Einwände erhoben?«

»Er sitzt in New York. Und hält alles, was hier im Westen geschieht, bestenfalls für bescheuert. Aber wir beide sind übereingekommen, das es sowohl für ihn als auch für Sie besser ist, wenn Sie unter Pseudonym schreiben. Es macht Ihnen doch nichts aus?«

»Machen Sie Witze? Ich möchte meinen Namen ganz bestimmt nicht mit einem solchen Machwerk in Verbindung bringen.«

»Dann denken Sie sich einen hübschen anderen aus.«

»Wie wär's mit John Ford?«

»Warum nicht? Und noch etwas, David: Obwohl Sie wissen, dass es Schrott ist, und ich es weiß und sogar der Verleger...«

»Schon klar: Ich bin ein Profi und arbeite wie ein Profi.«

»Braver Junge.«

Wenn ich am nächsten Tag damit anfing, blieben mir genau dreizehn Arbeitstage, um den Job zu erledigen. Also überschlug ich, noch bevor ich mich an eine genaue Kapitelaufteilung machte (der erste Schritt), erst einmal den Arbeitsumfang. 75 000 Wörter geteilt durch dreizehn ergab 5769. So viele Wörter musste ich also täglich schreiben, um den Termin zu halten. Bei geschätzten zweihundertfünfzig Wörtern pro Manuskriptseite (mit doppeltem Zeilenabstand) hieß das, dass ich gut dreiundzwanzig Seiten pro Tag herunterhacken musste. Eine wahnwitzige Zahl. Allerdings musste man einen solchen Stoff auch einfach herunterhacken, ohne groß darüber nachzudenken.

Doch Arbeit ist Arbeit – vor allem, wenn einem sämtliche anderen Arbeitsmöglichkeiten im angestammten Beruf versperrt sind. Also nahm ich meine Aufgabe ernst und war entschlossen, das Beste aus diesem minderwertigen Material herauszuholen. Ich würde die Romanfassung mit professionellem Glanz versehen und den Termin einhalten.

Und so legte ich mir einen rigiden Stundenplan zurecht und hielt mich auch daran. Jeden Morgen stand ich um sieben Uhr auf, machte nach dem Frühstück einen kurzen Spaziergang am Strand und saß um halb neun Uhr an meinem Schreibtisch, wo ich bis zum Mittagessen zweitausend Wörter geschrieben haben wollte. Nach einer Stunde Mittagspause produzierte ich weitere zweitausend Wörter, ehe ich um sechs Uhr ein leichtes Abendessen zu mir nahm und mich dann zwang, die restlichen knapp eintausendachthundert Wörter bis neun Uhr auf die Festplatte zu bannen ... bevor ich in eine heiße Badewanne fiel und mir einen Film ansah. Um Mitternacht ging ich zu Bett. Die einzigen Unterbrechungen, die ich mir gönnte, sollten meine Telefongespräche mit Caitlin dreimal die Woche sowie meine tägliche Sitzung mit Matthew Sims sein.

»Sie klingen viel besser«, sagte Sims, nachdem ich etwa die Hälfte des Romans hinter mich gebracht hatte.

»Ich arbeite. Und Arbeit ist gesund. Obwohl diese Arbeit wirklich Schrott ist.«

»Aber Sie erledigen sie trotzdem gewissenhaft, was bewundernswert ist.«

»Ich brauche das Geld und außerdem das Gefühl, etwas Konstruktives mit meiner Zeit anzufangen.«

»Mit anderen Worten: Sie sind verantwortungsbewusst und beweisen sich gerade selbst, dass Sie sehr wohl in der Lage sind, Ihr Schneckenhaus zu verlassen und wieder Arbeit zu finden.«

»Es ist nicht gerade das, womit ich auf Dauer meinen Lebensunterhalt verdienen will.«

»Aber es ist ein Anfang. Und anständig bezahlt, oder? Warum also freuen Sie sich nicht darüber und betrachten es als positiven Neuanfang?«

»Weil so eine Romanfassung zu fabrizieren einfach keine positive Erfahrung ist.«

Trotzdem blieb ich bei der Sache. Und schrieb mein tägliches Pensum. Ich hielt mich an meinen Stundenplan. Und verflachte den seichten Stoff nicht noch mehr. Ich machte meine Sache gut. Und hielt den Termin ... ja, ich übergab das Manuskript dem Kurier sogar eine ganze Stunde vor Annahmeschluss für die Auslieferung am nächsten Tag.

Von den drei Ausdrucken, die ich von dem Text angefertigt

hatte, schickte ich einen an den Verleger in New York, den zweiten an Alison, den dritten behielt ich selbst. Dann fuhr ich nach Santa Barbara (etwa vierzig Minuten weit entfernt) in ein italienisches Lokal und bestellte mir zur Belohnung zum ersten Mal, seit ich in dem Strandhaus wohnte, ein Essen im Restaurant. Es kostete mich sechzig Dollar – ein kleines Vermögen für mich, wenn man sich vor Augen hielt, dass ich sonst nicht einmal die zweihundert Dollar ausgab, die mir pro Woche zur Verfügung standen. Doch ich hatte das Gefühl, dass ich nach so einer Schinderei ein bisschen über die Stränge schlagen durfte. Und es war eine wunderbare Erfahrung, mal wieder auswärts zu essen – in den letzten beiden Jahren eine Selbstverständlichkeit für mich (als ich fünfmal pro Woche im Restaurant gespeist hatte, was mich mehr als zwanzigtausend Dollar im Jahr gekostet hatte), aber jetzt ein seltenes Vergnügen. Danach unternahm ich einen langen Strandspaziergang bei Mondlicht und genoss die simple Tatsache, dass ich einen Job pünktlich und ziemlich gut erledigt hatte.

Oder, wie sich herausstellte, mehr als nur ziemlich gut. Als Alison mich drei Tage später anrief, teilte sie mir mit, dass der New Yorker Verleger ganz begeistert von dem Ergebnis war.

»Wissen Sie, was Max Michaels gesagt hat? ›Der Junge hat Scheiße zu Qualitätsscheiße gemacht.‹ Er war wirklich tief beeindruckt... nicht nur von Ihrem flüssigen Stil, sondern auch, weil Sie den Termin gehalten haben. Glauben Sie mir, das macht Sie zum Angehörigen einer absolut seltenen Spezies. Und jetzt die wirklich gute Nachricht – und es ist eine gute Nachricht: Max bringt pro Monat eine von diesen Romanfassungen heraus. Bisher hat er sie einzeln bei immer neuen Autoren in Auftrag gegeben, was aber keine wirklich befriedigende Lösung war, vor allem hinsichtlich der unterschiedlichen Qualität und seiner engen Herstellungstermine.

Deshalb möchte er Ihnen einen Vertrag für sechs Bücher anbieten. Dasselbe Honorar: Fünfundzwanzigtausend Dollar pro Roman, und derselbe Zeitplan bei einem Buch pro Monat...«

»Und ich kann weiterhin unter Pseudonym schreiben?«

»Jawohl, John Ford – damit gibt es keine Probleme. Sie wissen, was dieser Auftrag bedeutet: Allein mit diesem einen Vertrag können Sie bereits Ihre Schulden entweder bei FRT oder bei Warner tilgen.«

»Nicht, wenn man meine Unterhaltszahlungen einrechnet.«

»Verstehe... Sandy hat mit mir darüber gesprochen. Sie müssen Walter Dickerson unbedingt die nötigen rechtlichen Schritte einleiten lassen, damit Ihre monatlichen Verpflichtungen reduziert werden. Es ist eine Unsumme Geld. Und Lucy kann es sich sehr wohl leisten...«

»Darüber möchte ich nicht diskutieren, bitte.«

»Wie Sie wollen, David.«

»Aber es sind wirklich gute Nachrichten, Alison. Ganz großartige sogar. Ich hätte nie gedacht, dass ich so etwas über das Schreiben von Romanfassungen einmal sagen würde, aber...«

»Es ist sehr viel besser als nichts«, beendete Alison meinen Satz.

In dieser Nacht schlief ich hervorragend. Als ich am nächsten Morgen aufwachte, fühlte ich mich merkwürdig ausgeruht und merkwürdig zuversichtlich. Ja, diese Arbeit war etwas, was ich verachtete. Ja, es war ein entsetzlicher Abstieg aus den schwindelnden Höhen des kreativen Schaffens, kein Vergleich mit dem Schreiben einer hippen, intelligenten Fernsehserie für das Abendprogramm. Und ja, ich würde mich wie in einer Tretmühle fühlen – zwei Wochen Schufterei, zwei Wochen frei. Aber ich würde damit einem Großteil meiner

Verbindlichkeiten nachkommen können. Und wenn Max Michaels mit den ersten sechs Bearbeitungen zufrieden war, konnte ihn Alison vielleicht dazu bewegen, mich als Hausautor für seine Romanfassungen zu engagieren. Bei der gegenwärtigen Honorarhöhe konnte ich – selbst nach Abzug von Alisons Provision und der Steuern – sowohl meine Zahlungen an Lucy im bisherigen Umfang weiterleisten als auch in knapp zwei Jahren meine Schulden bei FRT und bei Warner getilgt haben.

»Es ist schön, Sie so optimistisch zu erleben«, sagte Matthew Sims bei unserer nächsten Sitzung.

»Das liegt daran, dass ich nicht mehr am Boden liege.«

Eine Woche verging. Der Scheck von Max Michaels traf auf dem Umweg über Alison bei mir ein. Ich brachte ihn zur Bank und überwies den Löwenanteil sofort auf Lucys Konto. Dazu schickte ich ihr eine schlichte E-Mail (jawohl, ich hatte mich endlich entschlossen, mich nicht weiter vor der Welt zu verkriechen, und den Computer wieder ans Netz gehängt):

Unterhaltszahlungen für zwei Monate sollten heute auf deinem Konto eingegangen sein. Es wäre schön, irgendwann einmal mit dir zu sprechen, aber die Entscheidung liegt natürlich ganz bei dir.

Als ich mich am nächsten Abend nach unseren fünfzehn Minuten von Caitlin verabschiedete, fragte ich meine Tochter, ob ich mit ihrer Mummy sprechen könne.

»Tut mir Leid, Daddy, aber sie sagt, sie hat zu tun.«

Ich beließ es dabei.

Wieder vergingen einige Tage, doch weit und breit keine Spur von einem neuen Max-Michaels-Drehbuch. Also schickte ich Alison eine E-Mail und fragte, was los sei. Sie antwortete mir auf dem gleichen Weg und schrieb, dass sie gestern mit Max gesprochen habe und alles in bester Ordnung wäre. Ja, er habe ihr gesagt, dass er seine Rechtsabteilung angewiesen habe, ihr den Vertrag morgen per Kurier zu schicken.

Doch am nächsten Tag rief Alison mich an, und ihre Stimme bebte, so sehr hatten sie die schlechten Nachrichten erschüttert.

»Ich weiß gar nicht, wie ich es Ihnen sagen soll…«, meinte sie.

Ich wiederum brachte es nicht über mich zu fragen: »Was ist denn jetzt schon wieder?« Also schwieg ich.

»Max hat den Vertrag platzen lassen.«

»Was?«

»Er hat den Vertrag platzen lassen.«

»Weshalb?«

»Unser alter Freund Theo MacAnna…«

»Nicht schon wieder…«

»Ich lese Ihnen seinen neuen Artikel vor. Es sind nur ein paar Zeilen:

›O wie tief sind die Mächtigen gefallen. Der Schöpfer von Auf dem Markt, David Armitage – bei der FRT rausgeflogen, weil er bei anderen Autoren abgekupfert hat (wie erstmals in dieser Kolumne enthüllt wurde), dann öffentlich blamiert, weil er einen gewissen Journalisten (nämlich den Verfasser dieser Zeilen) auf dem Parkplatz der NBC tätlich angriff – ist auf der tiefsten Stufe des so genannten kreativen Schreibens angelangt und produziert nun Romanfassungen von Kinofilmen. Laut Aussage eines Maulwurfs bei Zenith Publishing in New York ist der frühere Emmy-Preisträger (dem die American Academy of Television Arts and Sciences diese Auszeichnung neulich wieder aberkannt hat) so tief gesunken, dass er jetzt schnelllebige Romanfassungen demnächst in die Kinos kommender Filme in die Tasten haut. Und raten

*Sie mal, welchen Film der einstige Goldjunge des Fern-
sehens gerade in Buchform gegossen hat: einen grauen-
haften neuen Teeniestreifen von New Line,* Heiß aufs
erste Mal... *neben dem sich* American Pie *Gerüchten zufolge ausnimmt wie ein später Bergman-Film. Aber noch
besser ist das Pseudonym, hinter dem sich Armitage
versteckt: John Ford. Identifiziert er sich etwa mit dem
großen Westernregisseur... oder mit dem Schriftsteller aus
der Zeit Jakobs I., der* Schade, dass sie eine Hure war
*geschrieben hat? Nur dass es in Armitages Fall heißen
müsste:* Schade, dass er ein Plagiator war.*«*

Es folgte langes Schweigen. Weder wurde mir übel noch fühlte ich mich wie vom Blitz getroffen oder am Boden zerstört –
das hatte ich alles schon hinter mir. Jetzt war mir nur noch
benommen zumute wie einem Boxer, der einen Schlag zu viel
auf den Kopf bekommen hat und nichts anderes mehr spürt
als die drohende Katatonie.

Schließlich ergriff Alison das Wort. »Ich kann Ihnen gar
nicht sagen, David...«

»Max Michaels hat das also gelesen und daraufhin den
Vertrag platzen lassen?«, fragte ich merkwürdig ruhig.

»Ja. Und mit dem größten Bedauern. Denn ihm hat wirklich gefallen, was Sie für ihn geschrieben haben. Aber sein
Vorstand hat ihm große Vorhaltungen gemacht...«

»Weil er einen entlarvten Plagiator beschäftigt?«

»Genau.«

»Verstehe«, sagte ich matt.

»Sie sollen wissen, dass ich mit einem einflussreichen Anwalt, den ich kenne, über eine Rufmordklage gegen MacAnna
sprechen werde.«

»Sparen Sie sich die Mühe.«

»Bitte sagen Sie so etwas nicht, David.«

»Hören Sie, ich weiß, wann ich am Ende bin. Und das ist jetzt definitiv der Fall.«

»Wir können uns dagegen zur Wehr setzen.«

»Nicht notwendig. Aber bevor Sie auflegen, möchte ich Ihnen noch etwas sagen: Sie sind nicht nur eine Agentin der Sonderklasse – für mich waren Sie auch die beste Freundin, die man sich nur vorstellen kann.«

»Was zum Teufel soll das heißen, David?«

»Nichts, außer…«

»Sie wollen doch wohl nicht etwas sehr Dummes tun, oder?«

»Wie mich mit meinem Porsche um einen Baumstamm wickeln? Nein, diese Genugtuung gönne ich MacAnna nicht. Aber ich gebe auf.«

»Sagen Sie so etwas nicht.«

»Doch, ich sage es.«

»Ich rufe Sie morgen wieder an.«

»Wenn Sie es nicht lassen können.«

Ich legte auf. Dann packte ich – sehr ruhig, sehr überlegt – meinen Laptop ein, suchte die Papiere für meinen Wagen heraus und rief einen Porschehändler in Santa Barbara an, mit dem ich vor etwa einer Woche schon einmal telefoniert hatte. Ja, sein Mechaniker sei heute Morgen in der Werkstatt, sagte er, er erwarte mich in spätestens einer Stunde.

Ich fuhr in Richtung Norden zu der Niederlassung. Der Verkäufer kam heraus, begrüßte mich und bot mir einen Kaffee an, den ich ablehnte. In zwei Stunden hätte er einen umfassenden Zustandsbericht und könne mir einen Ankaufspreis nennen, sagte er. Ich bat ihn, mir ein Taxi zu rufen. Als ich einstieg, sagte ich zu dem Fahrer, er solle mich zur nächsten Pfandleihe bringen, was mir eine misstrauische Musterung durch den Rückspiegel eintrug, bevor er dann doch losfuhr.

Am Laden angekommen, bat ich ihn zu warten. Das Fenster war mit einer leistungsstarken Alarmanlage gesichert, über der vergitterten Stahltür, die sich mit lautem Summen für mich öffnete, befand sich eine Überwachungskamera. Der winzige Vorraum war mit einem abgetretenen Linoleumboden und Neonröhren ausgestattet, das Schalterfenster bestand aus Panzerglas. Offenbar ein sehr vorsichtiger Pfandleiher. Ein übergewichtiger Bursche so um die vierzig tauchte hinter dem Schalter auf. Er aß ein Sandwich, während er mit mir sprach.

»Was ham Se denn dabei?«, fragte er.

»Ein Spitzengerät von Toshiba, das Tecra Notebook. Mit Pentium III-Prozessor, 128 MB Arbeitsspeicher, DVD-Laufwerk, großem Bildschirm. Neupreis fünftausendfünfhundert.«

»Schieben Sie's durch«, sagte er und klappte den unteren Teil des Schalterfensters nach oben. Ich tat wie geheißen, und er inspizierte es kurz, indem er es hochhob, an die Stromversorgung anschloss, es einschaltete und die Icons der installierten Programme anstarrte. Dann schaltete er es wieder aus, schloss den Deckel und zuckte die Achseln.

»Die Sache bei diesen Dingern ist: Kaum sind sie sechs Monate auf dem Markt, schon sind sie veraltet. Und kosten kaum noch was. Vierhundert?«

»Tausend.«

»Sechshundert.«

»Abgemacht.«

In der Porsche-Niederlassung lag dem Verkäufer inzwischen der Zustandsbericht vor, und er bot mir 39 280 Dollar.

»Ich hatte mindestens mit zweiundvierzigtausend, dreiundvierzigtausend gerechnet«, erwiderte ich.

»Mehr als vierzig kann ich Ihnen wirklich nicht dafür geben.«

»Abgemacht.«

Ich bat ihn um einen Bankscheck, ließ ihn noch einmal ein Taxi für mich rufen und mich zur nächsten Filiale der BankAmerica fahren, wo ich eine Menge Ausweise zückte. Es folgte ein ausführliches Telefonat mit meiner BankAmerica-Filiale in West Hollywood, dann musste ich mehrere Formulare unterschreiben, bis sie endlich den Vierzigtausend-Dollar-Scheck einlösten und dreiunddreißigtausend Dollar davon auf Lucys Konto in Sausalito überwiesen. Mit siebentausend Dollar in bar verließ ich die Bank und ließ mich von einem anderen Taxi zu einem Gebrauchtwagenhändler in der Nähe der Porsche-Niederlassung fahren – der allerdings mit etwas preisgünstigeren Fahrzeugen handelte. Ich schaffte es, für fünftausend Dollar in bar einen marineblauen VW Golf, Baujahr 90, »mit nur 150 000 Kilometern auf dem Tacho« und einer Halbjahres-Garantie zu erwerben. Ich benutzte das Telefon des Händlers, um meinen Versicherungsagenten anzurufen. Als dieser hörte, dass ich den Porsche für einen sieben Jahre alten Golf im Wert von fünftausend Dollar eingetauscht hatte, klang er ein bisschen erschrocken.

»Nun, Sie können die bereits bezahlten neun Monate Ihrer Porsche-Versicherung auf den Golf übertragen. Und da Sie der Golf nur etwa ein Drittel kostet, kriegen Sie noch fünfhundert und ein paar Zerquetschte raus.«

»Bitte schicken Sie mir einen Scheck«, sagte ich und nannte ihm meine Adresse in Meredith.

Mit meinem neuen alten Wagen fuhr ich zu einem Internet-Café an einer todschicken Ecke von Santa Barbara, gönnte mir einen Cappuccino mit Magermilch und loggte mich ein, um eine E-Mail an Lucy zu schicken.

Die Unterhaltszahlungen für die nächsten drei Monate wurden soeben auf dein Konto überwiesen, was heißt, dass ich jetzt für fünf Monate gezahlt habe. Ich hoffe im-

mer noch, dass wir eines Tages wieder miteinander reden können. Bis dahin sollst du eines wissen: Es war wirklich falsch von mir, mich so zu verhalten, wie ich es getan habe. Das ist mir jetzt klar... und es tut mir entsetzlich Leid.

Nachdem ich diese E-Mail abgeschickt hatte, benutzte ich das Telefon des Cafés, um American Express, Visa und Master-Card anzurufen. Alle drei Firmen bestätigten, dass keine meiner Kreditkarten ein Soll aufwies (ich hatte Sandys Rat von vor ein paar Wochen befolgt und mit dem restlichen Guthaben meines Girokontos alle Kreditkonten ausgeglichen). Und alle drei Firmen wollten mich zu einer Meinungsänderung bewegen, als ich ihnen sagte, dass ich meine Karten kündigen wollte. (»Aber dazu gibt es doch gar keine Veranlassung, Mr. Armitage«, sagte die Frau von American Express, »besonders, weil wir es immer zutiefst bedauern, wenn wir einen solch wunderbaren Kunden wie Sie verlieren.«) Doch ich ließ mich nicht erweichen und bestand auf der sofortigen Kündigung aller bestehenden Konten... »Schicken Sie mir die notwendigen Formulare zur Unterschrift an meine neue Adresse in Meredith.«

Bevor ich das Café verließ, hielt ich an der Haupttheke inne und fragte nach einer Schere. Ja, sie hatten eine. Ich borgte sie mir und zerschnitt meine drei goldenen Kreditkarten in je vier Teile. Der Bursche hinter der Kasse beobachtete mich.

»Wohl auf Platin raufgestuft worden, wie?«

Ich lachte und drückte ihm die Kartenschnipsel in die Hand, dann ging ich hinaus auf die Straße.

Auf meiner Fahrt gen Süden zurück nach Meredith addierte ich im Kopf einige Summen: 1700 Dollar auf meinem Bankkonto. 3600 in bar in meiner Tasche. Ein Fünfhundert-Dollar-

Scheck unterwegs von meinem Versicherungsagenten. Fünf Monate Unterhaltszahlungen im Voraus beglichen. Und weitere fünf mietfreie Monate in Willards Strandhaus ... falls ich Glück hatte, würde er vielleicht sogar noch länger in London bleiben (aber so weit wollte ich nicht vorausplanen). Ich hatte keine Schulden, keine offenen Rechnungen – insbesondere weil Alison (Gott segne sie) darauf bestanden hatte, mit ihrer Provision für den Roman zum Film Matthew Sims' Rechnung zu begleichen (sie hatte mir gesagt, sie hätte in meinen beiden lukrativen Jahren so verdammt viel Geld durch mich verdient, dass die Rechnung meines Seelenklempners zu bezahlen nun wirklich das Mindeste sei, was sie für mich tun könne). Auch meine Krankenversicherung war noch für neun Monate bezahlt. Ich hatte mich entschieden, künftig auf therapeutische Hilfe zu verzichten. Und ich brauchte weder neue Kleider noch Bücher noch elegante Füllfederhalter noch CDs oder Videos, keinen Fitness-Trainer, keinen Haarschnitt für fünfundsiebzig Dollar, keine teure Zahnbleiche (Kostenpunkt: zweitausend Dollar im Jahr), keine viertausend Dollar teuren Urlaube in einem charmanten kleinen Hotel am Strand von Baja ... kurz gesagt, nichts von all dem kostspieligen Brimborium, das einst mein Leben überschwemmt hatte. Mein Netto-Guthaben betrug 5800 Dollar. Strom, Gas und Wasser im Strandhaus kosteten höchstens dreißig Dollar wöchentlich, und das Telefon benutzte ich nur äußerst selten. Mit meinen Ausgaben für Essen, ein paar Flaschen preisgünstigen Wein, ein paar Dosen Bier und den gelegentlichen Abstecher zu einem Multiplex-Kino konnte ich meinen Kostenrahmen von zweihundert Dollar wöchentlich leicht einhalten. Was wiederum hieß, dass ich die nächsten sechsundzwanzig Wochen finanziell abgesichert war.

Alles auf dieses Niveau reduziert zu haben war ein merkwürdiges Gefühl – nicht gerade ein Akt der Befreiung im

Sinne dieses blöden Zen-Krams... aber es machte mein Leben definitiv einfacher. Doch mich so von allem gelöst zu haben, gab mir weder das Gefühl, in höhere geistige Sphären vorgestoßen noch vom Schicksal begünstigt zu sein. Um die Wahrheit zu sagen, war die Benommenheit, die mich an dem Tag erfasst hatte, als Alison mir von MacAnnas letzter Kolumne erzählte, noch nicht gewichen. Ich fühlte mich, als hätte ich einen dieser entsetzlichen Unfälle hinter mir, nach denen sich ein Schockzustand einstellt, der sich zum alles durchdringenden Dauerbeben auswächst. Aber völlig klar war mir das nicht. Stattdessen kam es mir oft so vor, als würde ich nur pro forma agieren oder Entscheidungen per Autopilot treffen. Beispielsweise beim Zerschneiden meiner Kreditkarten. Oder beim Verkauf meines Laptops. Oder als ich bei Books and Company an der Hauptstraße von Meredith nach Arbeit fragte.

Books and Company war ein echtes Schmuckstück: ein kleiner unabhängiger Buchladen, der es schaffte, in einer Welt von großen Monokulturketten weiter zu überleben. Es war die Sorte Laden, in der es nach poliertem Holz von Deckenbalken und Parkettboden roch und wo neben einer ansehnlichen Kinderbuchecke die übliche Mischung gehobener Belletristik, beliebter Bestseller und Kochbücher in den Regalen stand. In den vergangenen Wochen hatte ein Zettel im Fenster die braven Bürger von Meredith informiert, dass hier eine Vollzeitstelle als Verkäufer/in zu besetzen sei - interessierte Personen möchten doch beim Besitzer Les Pearson vorstellig werden.

Les war Ende fünfzig, ein Mann mit Bart, Brille, blauem Jeanshemd und blauer Levis. Ich konnte direkt vor mir sehen, wie er im Sommer der Liebe Stammkunde im City Lights Bookshop in San Francisco gewesen war oder einst der stolze

Besitzer von Bongo-Trommeln. Inzwischen strahlte er eine gewisse Gesetztheit aus – wie es sich für den Besitzer eines kleinen Buchladens in einem kleinen gediegenen Städtchen an einem teuren Küstenabschnitt geziemte.

Als ich eintrat, stand er hinter der Theke. Er hatte mich schon öfter gesehen, denn ich war hin und wieder hereingeschneit, um mich ein bisschen umzuschauen. Und daher lautete seine erste Frage verständlicherweise: »Suchen Sie etwas Bestimmtes?«

»Ja. Um die Wahrheit zu sagen, ich komme wegen der Stelle.«

»Ach ja?«, erwiderte er und musterte mich gründlich von Kopf bis Fuß. »Haben Sie schon einmal in einem Buchladen gearbeitet?«

»Kennen Sie Book Soup in Los Angeles?«

»Wer kennt das nicht?«

»Nun, dort war ich dreizehn Jahre lang beschäftigt.«

»Aber jetzt wohnen Sie hier, nicht wahr? Zumindest habe ich Sie schon häufiger hier gesehen.«

»Ja, ich lebe in Willard Stevens Haus.«

»O ja, ich habe gehört, dass jemand in seiner Strandhütte ist. Woher kennen Sie Willard denn?«

»Wir hatten dieselbe Agentin.«

»Sie sind Schriftsteller?«

»Ich war es.«

»Nun denn, ich bin Les.«

»Und ich bin David Armitage.«

»Der Name kommt mir irgendwie bekannt vor.«

Ich zuckte nur die Achseln.

»Und Sie interessieren sich wirklich für die Stelle hier?«

»Ich liebe Buchläden. Und ich kenne mich aus.«

»Es handelt sich um eine Vierzig-Stunden-Woche, Mittwoch bis Sonntag jeweils von zehn bis sieben, mit einer Stunde Mittagspause. Aber da es nur ein kleiner unabhängiger Buchladen ist, kann ich Ihnen nicht mehr als sieben Dollar die Stunde zahlen – also etwa zweihundertachtzig Dollar die Woche. Und ohne Krankenversicherung oder andere Sozialleistungen ... abgesehen von unbegrenzten Mengen an Kaffee und fünfzig Prozent Rabatt auf alles, was Sie kaufen wollen. Wie klingen zweihundertachtzig Dollar wöchentlich in Ihren Ohren?«

»Es wäre okay für mich.«

»Und wenn ich nach ein paar Referenzen fragen würde ...?«

Ich zog Notizblock und Füller aus meiner Jackentasche und schrieb den Namen von Andy Barron darauf. (Der Geschäftsführer von Book Soup war diskret und würde nicht sofort in alle Welt hinausposaunen, dass ich mich in einem Buchladen als Verkäufer bewarb.) Außerdem gab ich Les Pearson noch Alisons Telefonnummer.

»Andy hat mich beschäftigt, Alison hat mich vertreten«, erklärte ich knapp. »Und wenn Sie sich mit mir in Verbindung setzen wollen ...«

»Willards Nummer steht in meinem Adressbuch.« Er gab mir die Hand. »Ich melde mich, in Ordnung?«

Später am Nachmittag klingelte im Strandhaus das Telefon.

»Was zum Teufel soll das bedeuten, Sie wollen in einem staubigen Buchladen arbeiten?«, fragte mich Alison.

»Hallo, Alison«, begrüßte ich sie gelassen. »Wie steht's so in Los Angeles?«

»Wir haben Smog. Und bitte antworten Sie mir. Denn ich war völlig baff, als dieser Les Pearson mich angerufen und mir gesagt hat, er überlege sich, Sie einzustellen.«

»Haben Sie mir ein gutes Zeugnis gegeben?«

»Was glauben Sie denn? Aber warum um alles in der Welt tun Sie so etwas?«

»Ich brauche Arbeit, Alison.«

»Und warum zum Teufel beantworten Sie dann keine der E-Mails, die ich Ihnen in den letzten Tagen geschickt habe?«

»Weil ich meinen Computer verkauft habe.«

»Um Himmels willen, David! Warum denn das?«

»Weil ich nicht mehr zur schreibenden Zunft gehöre, darum.«

»Sagen Sie doch so etwas nicht.«

»Ich sage es, weil es wahr ist.«

»Hören Sie, ich bin ganz sicher, dass wir etwas für Sie finden werden, wenn ich mich eine Weile umhöre…«

»Was denn? Die Überarbeitung einer serbischen Seifenoper? Oder ein paar Gags für einen mexikanischen Vampirfilm beizusteuern? Machen wir uns nichts vor. Wenn ich es nicht einmal schaffe, einen Vertrag für Romanfassungen von Drehbüchern zu bekommen, weil sich der Verleger schämt, mit mir in Verbindung gebracht zu werden, sogar wenn ich unter Pseudonym arbeite – wer zum Teufel sollte mir dann einen Auftrag geben? Die Antwort lautet: niemand.«

»Nicht in allernächster Zeit vielleicht. Aber…«

»Und wann? Die Antwort lautet: niemals. Erinnern Sie sich an die Journalistin der *Washington Post*, der man den Pulitzer-Preis aberkannt hat, als rauskam, dass sie sich eine komplette Story aus den Fingern gesogen hatte? Wissen Sie, was sie heute macht, zehn Jahre nach diesem kleinen Fehltritt? Sie verkauft Kosmetik in einem Supermarkt. Das nämlich passiert, wenn man in literarischen Kreisen einmal als Betrüger entlarvt wurde: Man endet im Verkauf.«

»Aber was Sie getan haben, war doch beileibe nicht so schlimm wie eine Reportage zu fälschen.«

»Theo MacAnna hat es geschafft, die Welt vom Gegenteil zu überzeugen… und jetzt ist es mit meiner Autorenkarriere eben aus und vorbei.«

»David, mir gefällt nicht, dass Sie dabei so verdammt gelassen klingen.«

»Aber ich bin gelassen. Und ausgesprochen zufrieden.«

»Nehmen Sie etwa Prozac?«

»Nicht einmal Johanniskraut.«

»Hören Sie, was halten Sie davon, wenn ich Sie besuche?«

»Mir wäre es am liebsten, wenn Sie damit noch ein paar Wochen warten würden. Um die Garbo zu zitieren: ›Ich möchte kerade kern ein büsschen allein sein.«

»Und Sie sind sicher, dass es Ihnen gut geht?«

»Mir ging's nie besser.«

»Warum gefällt mir der Ton nicht, in dem Sie das sagen?«, meinte sie.

Etwa eine Stunde später klingelte wieder das Telefon. Diesmal war Les Pearson am Apparat.

»Na, so ein Glanzzeugnis, wie Ihnen Andy Barron und Ihre Agentin ausgestellt haben, ist mir selten zu Ohren gekommen. Und außerdem wohnen Sie nur um die Ecke... was ich damit sagen will: Wann wollen Sie anfangen?«

»Wie wär's mit morgen?«

»Gut. Wir sehen uns dann um zehn. Oh, und was ich noch erwähnen wollte: Es tat mir wirklich Leid zu hören, was Sie alles durchmachen mussten.«

»Nun, das ist jetzt Vergangenheit. Aber danke.«

Wie vereinbart, fing ich also am nächsten Tag zu arbeiten an. Es war eine überschaubare Tätigkeit: Von Mittwoch bis Sonntag schmiss ich allein den Laden. Ich war derjenige, der hinter der Theke stand und die Kunden bediente. Und derjenige, der hinten im Büro arbeitete, die Bestellungen erledigte und sich ums Lager kümmerte. Auch derjenige, der den Boden wischte, die Regale abstaubte und die Toilette putzte, der abends die Kasse machte und danach die Einnahmen zur

Bank brachte. Und der trotzdem jeden Tag noch ein, zwei Stunden Zeit fand, hinter der Ladenkasse zu lesen.

Die Arbeit war tatsächlich leicht zu bewältigen – vor allem unter der Woche, wenn nur der eine oder andere Ortsansässige hereinspazierte. An den Wochenenden war ein bisschen mehr los, denn dann strömten die Angelinos scharenweise ins Städtchen. Aber niemals wurde die Arbeit zur Belastung. Und ich erfuhr nie, ob irgendeiner der ortsansässigen Stammkunden je herausfand, wer ich war. Ich fragte nicht nach. Und man musste den Leuten zugute halten, dass keiner je eine Bemerkung fallen ließ oder mich mit einem wissenden Blick bedachte. In Meredith galt das ungeschriebene Gesetz, dass man höflichen Abstand zu seinen Mitmenschen hielt. Was mir großartig in den Kram passte. Und unter den Angelinos, die freitagabends in die Stadt kamen, sah ich nie einen »aus der Branche«... vor allem wohl deshalb, weil Meredith ein beliebtes Wochenendrefugium für Rechtsanwälte, Ärzte und Zahnärzte war (der abwesende Willard Stevens bildete da eine Ausnahme). Und für die war ich einfach der Typ aus der Buchhandlung... zudem einer, dessen Äußeres sich im Lauf der Wochen und Monate veränderte.

Erstens nahm ich etwa sieben Kilo ab und kam so auf schlanke dreiundsiebzig Kilogramm. Anfangs war das wohl vor allem stressbedingt. Dass ich kaum noch Alkohol trank, höchstens ein Glas Bier oder Wein am Tag, trug ebenso dazu bei. Zudem ernährte ich mich einfach, aber gesund. Und ich fing an, jeden Tag am Strand zu joggen, wobei ich nach wenigen Wochen täglich mehr als sechs Kilometer lief. Gleichzeitig hörte ich auf, mich morgens zu rasieren. Und ließ mir die Haare wachsen. Nach zwei Monaten im Buchladen sah ich aus wie ein ausgemergeltes Relikt aus den Sechzigern, wozu einerseits die beträchtliche Länge meines Bartes beitrug, aber auch, dass mein Haar inzwischen nicht mehr nur die Ohren bedeckte, sondern schon beinahe schulterlang gewachsen war. Doch weder Les noch sonst jemand in Meredith kommentierte diesen neuen Hippie-Look. Ich tat meine Arbeit. Und das gut. Ich war fleißig, unkompliziert und höflich zu jedermann. Alles lief bestens.

Les wiederum war ein angenehmer Arbeitgeber. Er arbeitete nur montags und dienstags (also an den Tagen, an denen ich frei hatte). Die übrige Zeit verbrachte er mit Segeln und Aktienhandel per Internet, wobei er (bei unseren gelegentlichen Gesprächen) durchblicken ließ, dass er vor etwa zehn Jahren ein bisschen Geld von der Familie geerbt hatte, das es ihm erlaubte, diesen Buchladen zu eröffnen (ein alter Traum, als er noch in Seattle gelebt hatte, wo er viele Jahre lang in der Werbebranche seine Brötchen verdiente) und an dieser Stelle des Pacific Coast Highway ein beschauliches Leben zu führen. Einmal erwähnte er auch nebenbei, dass er geschieden sei, aber mit einer Freundin zusammenlebe. Doch wie zu erwarten war, lernte ich sie nie kennen. Als ich allerdings an meinem ersten Arbeitstag erwähnte, dass ich meine Tochter alle zwei Tage um sieben Uhr abends anrufen müsse, bestand Les darauf, dass ich das vom Buchladen aus tat. Und er wollte partout kein Geld für diesen regelmäßigen fünfzehnminütigen Anruf von mir annehmen.

»Betrachten Sie es als eine der wenigen Vergünstigungen hier«, meinte er.

Bedauerlicherweise weigerte sich Lucy weiterhin, mit mir zu sprechen. Schließlich rief ich Walter Dickerson an und fragte ihn nach der Möglichkeit, irgendeine regelmäßige persönliche Begegnung mit meiner Tochter für mich auszuhandeln.

»Wenn Lucy eine Aufsichtsperson dabei haben will, bin ich einverstanden«, sagte ich. »Ich sehne mich einfach nur entsetzlich danach, meine Tochter wiederzusehen.«

Doch als mich Dickerson nach ein paar Tagen zurückrief, hatte er schlechte Nachrichten.

»Die Lage hat sich nicht geändert, David. Laut Aussage ihres Rechtsberaters ist sich Ihre Ex-Frau immer noch ›unsicher‹, was den persönlichen Umgang betrifft. Allerdings gibt es auch gute Nachrichten, denn (nach Aussage des Anwalts) quengelt Caitlin deswegen ständig bei ihrer Mutter rum – sie will unbedingt von ihr wissen, warum sie ihren Daddy nicht sehen darf. Und die andere gute Nachricht ist, dass ich nach einigem Hin und Her Ihren Telefonkontakt auf ein tägliches Telefonat erweitern konnte.«

»Das ist schön.«

»Lassen Sie noch ein bisschen Zeit verstreichen, David. Zeigen Sie sich weiterhin von Ihrer besten Seite. Früher oder später muss Lucy in dieser Frage nachgeben.«

»Danke für das tägliche Telefonat. Sie kennen die Adresse, an die Sie die Rechnung schicken müssen?«

»Diesmal geht es aufs Haus.«

Als ich den dritten Monat bei Books and Company arbeitete, hatte mein Leben einen angenehmen Rhythmus gefunden. Ich joggte. Ich ging zur Arbeit. Ich sperrte den Laden um sieben Uhr zu. Ich telefonierte täglich mit Caitlin. Ich ging nach Hause. Wo ich las oder mir einen Film ansah. An meinen freien Tagen fuhr ich oft die Küste entlang nach Norden. Oder ich verbrachte den Abend im Multiplex-Kino von Santa Barbara und aß dort auch manchmal in einem preisgünstigen mexikanischen Lokal. Ich versuchte, nicht darüber nachzudenken, was in vier Wochen sein würde, wenn wieder elftausend Dollar Unterhaltszahlungen zu berappen waren. Ich versuchte, nicht darüber nachzudenken, wie ich die Raten für FRT und Warner Brothers auftreiben sollte – die dann ebenfalls fällig wurden. Und ich versuchte auch nicht darüber nachzudenken, was aus mir werden sollte, wenn Willard Stevens sich entschloss, aus London heimzukehren.

Nein, im Augenblick wollte ich meine Angelegenheiten nur von einem Tag zum nächsten regeln. Denn ich wusste, dass ich in eine Art Angststarre verfallen würde, sobald ich anfing, mir wirklich Gedanken über die Zukunft zu machen.

Alison, die Gute, rief mich weiterhin wöchentlich an, obwohl sie keine Neuigkeiten für mich hatte. Es gab weder Aussicht auf Arbeit noch überraschende Tantiemenzahlungen oder neue Nebenrechtsabschlüsse. Denn natürlich ging mir das alles ebenfalls durch die Lappen, seit die FRT meinen Vertrag gekündigt hatte. Doch unverdrossen bestand sie darauf, mich jeden Samstagvormittag anzurufen und sich zu erkundigen, wie ich mit der Welt zu Rande kam. Und wie immer versicherte ich ihr, dass es mir gut ging.

»Wissen Sie, mir wäre viel wohler, wenn Sie mir sagen würden, wie beschissen das alles im Grunde doch ist«, sagte sie.

»Aber es ist gar nicht beschissen.«

»Ich wiederum glaube, dass Sie an hochgradiger Verdrängung leiden«, erwiderte sie. »Und eines Tages wird Sie die Erkenntnis anfallen und unter sich begraben wie King Kong.«

»So weit, so gut«, meinte ich.

»Und noch etwas, David – irgendwann demnächst müssen Sie dafür sorgen, dass mir vor Überraschung die Spucke wegbleibt, indem Sie ein Zehn-Cent-Stück opfern und mich von sich aus anrufen.«

Zwei Wochen später tat ich genau das. Es war zehn Uhr morgens, ich hatte den Laden gerade aufgesperrt. Da noch kein Kunde in Sicht war, nachdem ich mir Kaffee gekocht und die Post durchgesehen hatte, entschloss ich mich, einen Blick in die *L. A. Times* zu werfen (ich hatte schließlich doch wieder damit angefangen, Zeitung zu lesen). Und da stand im Feuilleton in einem Kasten folgender Artikel:

Der zurückgezogen lebende Multi-Milliardär Philip Fleck führt erneut Regie – knapp drei Jahre nachdem sein erster, von ihm selbst finanzierter Spielfilm, der vierzig Millionen Dollar teure Flop *Die letzte Chance*, in den wenigen Kinos, die ihn zeigten, komplett durchgefallen ist. Jetzt gab Fleck bekannt, dass er sich mit der pfiffigen Actionkomödie *Drei im Graben* eher am breiten Publikumsgeschmack orientieren wolle. In ihr entdecken zwei alternde Vietnamveteranen aus Chicago, die bittere Zeiten durchgemacht haben, den Bankraub als lukrative Einnahmequelle. Wieder wird Fleck den Film, den er auch selbst geschrieben hat, allein finanzieren. Es stecke viel von dem schrägen Humor darin, der die großen Robert-Altman-Filme aus den Siebzigern auszeichne, sagte Fleck und versprach bei der Besetzung, die in Kürze bekannt gegeben werden soll, einige echte Überraschungen. Wollen wir hoffen, dass Fleck, dessen Vermögen augenblicklich auf etwa zwanzig Milliarden Dollar geschätzt wird, diese angebliche Komödie nicht in einen Pseudo-Bergman-Essay über die Angst verwandeln will – besonders, da die Skyline von Chicago für existenzielle Ängste nicht die richtige Kulisse ist.

Ich legte die Zeitung hin. Dann nahm ich sie wieder in die Hand, denn ich wollte es einfach nicht glauben. Mein Blick blieb vor allem an diesem einen Satz hängen: *»Wieder wird Fleck den Film, den er auch selbst geschrieben hat, allein finanzieren.«*

Der Hundesohn. Dieser schmierige, talentlose Bastard. Nicht nur, dass er mir mein Script gestohlen hatte. Er besaß sogar die Frechheit, den Originaltitel gleich mit zu klauen.

Ich nahm den Telefonhörer in die Hand. Und wählte eine Nummer in Los Angeles.

»Alison?«, fragte ich.

»Ich wollte Sie gerade anrufen.«

»Sie haben es gelesen?«

»Ja«, erwiderte sie. »Ich habe es gelesen.«

»Das kann doch nicht sein Ernst sein.«

»Der Kerl hat zwanzig Milliarden Dollar. Da kann er selbst bestimmen, was zum Teufel er ernst meint und was nicht.«

4

»Machen Sie sich darüber keine Sorgen«, meinte Alison.

»Wie stellen Sie sich das vor?«, antwortete ich. »Er hat mein Script gestohlen. Das Ganze ist wie ein schlechter Witz. Ich verliere wegen ein paar dummer Zeilen alles, was ich hatte... und Mr. Geldsack setzt seinen Namen unter ein komplettes Script, das *ich* geschrieben habe.«

»Damit wird er nicht durchkommen.«

»Ganz bestimmt nicht«, antwortete ich.

»Ich kann Ihnen auch sagen, warum. Weil Sie es bei der SATWA haben registrieren lassen, als Sie es Mitte der Neunziger geschrieben haben. Ein kurzer Anruf dort wird bestätigen, dass Sie der Autor von *Drei im Graben* sind. Ein weiterer Anruf meines Rechtsanwalts, und Mr. Fleck kommt eine Klage ins Haus geflattert, die sich gewaschen hat. Erinnern Sie sich noch, dass er Ihnen vor einigen Monaten 1,4 Millionen Dollar für das Script geboten hat? Die wird er jetzt auch bezahlen... wenn er nicht möchte, dass sein Diebstahl auf sämtlichen Titelseiten von hier bis Tierra del Fuego verkündet wird.«

»Zeigen Sie es dem Drecksack. Der hat Geld wie Heu. 1,4 Millionen sind für ihn doch Peanuts. Schlimmer finde ich die absolute Gewissenlosigkeit, so mit mir umzuspringen, wo ich ohnehin schon am Boden liege.«

Alison ließ ihr rauchiges Lachen ertönen.

»Freut mich, dass Sie in so guter Verfassung sind.«

»Was wollen Sie damit sagen?«

»In den letzten zwei Monaten haben Sie sich ganz auf sich selbst zurückgezogen und nur noch auf mich verlassen. Ich schob es darauf, dass Sie das Buch Hiob durchgemacht und am Ende einfach aufgegeben haben. Gut zu sehen, dass Sie jetzt wieder auf Angriff schalten.«

»Nun, was erwarten Sie? Das übertrifft alles, was ich je durchgemacht habe…«

»Keine Angst«, meinte Alison. »Der Mistkerl wird blechen.«

Am nächsten Tag rief Alison nicht an. Am übernächsten auch nicht. Am dritten meldete ich mich bei ihr, musste aber von ihrer Sekretärin hören, sie sei nicht da, würde sich jedoch definitiv am Tag darauf mit mir in Verbindung setzen. Doch nichts geschah. Dann kam das Wochenende. Ich hatte Alison bestimmt drei Nachrichten unter ihrer Privatnummer hinterlassen, aber sie rief nicht zurück. Der Montag kam und ging. Am Dienstag schließlich rief sie mich im Strandhaus an.

»Was haben Sie heute vor?«, fragte sie.

»Danke, dass Sie meine Anrufe beantwortet haben.«

»Ich hatte einiges zu tun.«

»Gibt's was Neues?«

»Ja«, meinte sie mit angespannter Stimme. »Aber es wäre besser, wenn wir das von Angesicht zu Angesicht besprechen könnten.«

»Können Sie mir nicht…?«

»Gehen wir zusammen essen?«

»Klar.«

»Gut, kommen Sie so um eins im Büro vorbei.«

Ich sprang unter die Dusche, zog mich an, stieg in den VW und machte mich auf den Weg Richtung Süden. In weniger als zwei Stunden war ich in der Stadt. Ich war seit fast vier Monaten nicht mehr in Los Angeles gewesen – und als ich auf dem Weg zu Alisons Büro durch Wiltshire fuhr, musste ich

376

feststellen, dass mir dieser elende Haufen doch fehlte. Mochte der Rest der Welt die Stadt wegen ihrer angeblichen Schalheit und Hässlichkeit schmähen (»New Jersey in besseren Klamotten« hatte einer meiner neunmalklugen Freunde aus Manhattan mal gesagt), ich hatte immer noch ein Faible für diesen fantastischen Wildwuchs, die Verquickung von kalter Geschäftigkeit mit Opulenz, den unerträglich billigen Glamour, das Gefühl, man sei in einem Paradies der schäbigen Sorte ... das aber voller Möglichkeiten steckte.

Suzy, Alisons Sekretärin, erkannte mich nicht gleich wieder. »Sie wünschen?«, fragte sie, während sie mich mit einem misstrauischen Blick musterte. Doch dann fiel der Groschen. »Ach, Sie sind's, David ... äh, hallo.«

Alison tauchte aus dem hinteren Büro auf, und wir spielten die Szene noch einmal durch. Ich hatte mittlerweile einen Bart, der mir bis auf die Brust reichte, und trug das Haar zu einem Pferdeschwanz zusammengebunden. Aber dann drückte Alison mir einen Kuss auf die Wangen und musterte mich ausgiebig.

»Wenn ich mal von einem Wettbewerb für ein Charles-Manson-Double höre, melde ich Sie an. Sie gewinnen bestimmt«, sagte sie dann.

»Schön, Sie mal wiederzusehen, Alison.«

»Was für eine Diät haben Sie gemacht? Makro-neurotisch?«

Ich ging nicht darauf ein, stattdessen schaute ich auf die dicke Aktenmappe, die sie unter dem Arm trug.

»Was haben Sie da?«

»Beweise.«

»Für was?«

»Kommen Sie rein.«

Ich tat wie geheißen und setzte mich in den Sessel gegenüber ihres Schreibtisches.

»Wir können auch in ein nettes Lokal gehen«, sagte sie. »Aber...«

»Sie würden lieber hier mit mir reden?«

»Genau.«

»Steht es so schlecht?«

»Allerdings. Sollen wir uns was kommen lassen?«

Ich nickte, worauf Alison zum Telefon griff und Suzy bat, bei Barney Greengrass anzurufen und eine Platte von ihrem besten Lachs mit Bagel und Schmeer zu schicken.

»Und zweimal Selleriesaft, damit wir uns einbilden können, wir wären in New York«, fügte Alison noch hinzu.

Sie legte auf. »Ich nehme an, Sie wollen nichts trinken?«

»Sieht man mir das an?«

»Sie strotzen ja geradezu vor magersüchtiger Gesundheit.«

»Brauche ich einen Drink für das, was Sie mir erzählen wollen?«

»Gut möglich.«

»Ich werd's auch so schlucken.«

»Ich bin beeindruckt.«

»Genug der Einleitungen, Alison. Schießen Sie los.«

Sie öffnete den Aktenordner. »Erinnern Sie sich bitte mal genau an die Zeit, als Sie die erste Fassung von *Drei im Graben* fertig gestellt haben. Laut meinen Unterlagen muss das im Herbst '93 gewesen sein.«

»Im November '93, um genau zu sein.«

»Und Sie sind sich absolut sicher, dass Sie das Drehbuch hinterher bei der SATWA haben registrieren lassen?«

»Natürlich, ich habe alle meine Scripts gemeldet.«

»Und Sie haben auch immer eine offizielle Bestätigung dafür bekommen, nicht wahr?«

»Ja, natürlich.«

»Haben Sie diese Bestätigung für *Drei im Graben* noch?«

»Wohl kaum.«

»Sind Sie da ganz sicher?«

»Na ja, was den Papierkram betrifft, bin ich ziemlich unbarmherzig und werfe unwichtige Sachen immer gleich weg.«

»Ist eine solche Registrierungsbestätigung denn nicht etwas Wichtiges?«

»Nicht, wenn sie mir mitgeteilt hat, dass ein Script tatsächlich registriert ist, nachdem ich es zur Registrierung gemeldet habe. Worauf läuft das alles hinaus, Alison?«

»Die Screen and Television Writers's Association führt tatsächlich ein Script unter dem Titel *Drei im Graben* in ihren Büchern. Aber es wurde erst im letzten Monat registriert, und der Autor ist ein gewisser Philip Fleck.«

»Moment mal, sie müssen doch auch Aufzeichnungen über meine Registrierung vom November '93 haben!«

»Nein, haben sie nicht.«

»Aber das kann nicht sein! Ich habe es wirklich registrieren lassen.«

»He, ich glaube Ihnen. Nicht nur das, ich habe auch den Originalentwurf von 1993 ausfindig gemacht.«

Sie zog eine zerknitterte, leicht vergilbte Kopie des Skripts heraus. Auf dem Deckblatt stand:

Drei im Graben
Drehbuch
von
David Armitage
(Erster Entwurf: November 1993)

»Da ist doch der Beweis, den Sie brauchen«, sagte ich und wies auf das Datum.

»Aber David, wer kann schon wissen, ob Sie das Titelblatt nicht erst neulich drangeheftet haben? Wer weiß, ob Sie nicht

Philip Flecks Drehbuch gestohlen und Ihren Namen darauf geschrieben haben...«

»Was unterstellen Sie mir da, Alison?«

»Sie hören mir nicht zu. *Ich* weiß, dass Sie den Film geschrieben haben. *Ich* weiß, dass Sie kein Plagiator sind. Und ich weiß, dass Sie nicht verrückter als all die anderen Autoren sind, die ich in meiner Kartei habe. Aber ich weiß auch, dass bei der SATWA kein Nachweis existiert, dass Sie das Drehbuch zu *Drei im Graben* geschrieben haben...«

»Wie können Sie da so sicher sein?«

»Als mir die SATWA letzte Woche mitteilte, das Skript sei nur unter dem Namen Philip Fleck registriert, habe ich Kontakt zu meinem Rechtsanwalt aufgenommen. Und der hat mir einen Privatdetektiv vermittelt...«

»Sie haben einen Privatdetektiv angeheuert?«, fragte ich erschrocken.

»Herrgott ja. Das ist kein Kavaliersdelikt, über das wir hier reden, hier geht es um 1,4 Millionen Dollar. Deshalb habe ich einen Schnüffler beauftragt. Sie hätten ihn mal sehen sollen: fünfunddreißig Jahre alt, der schlimmste Fall von Akne, der mir je unter die Augen gekommen ist, mit einem Anzug, der aussah, als hätte er ihn von einem Mormonenprediger geklaut. Ein Sam Spade war das nicht gerade. Aber trotz seiner merkwürdigen Erscheinung ist der Kerl auf Draht und gewieft wie ein Steuerfahnder. Und das hat er gefunden...«

Sie zog die jüngste SATWA-Registrierung von *Drei im Graben*, die unter dem Namen Philip Fleck geführt wurde, aus der Akte. Dann kam die offizielle Registrierung all meiner Manuskripte, darunter sämtliche Folgen von *Auf dem Markt*. Auch *Der Einbruch*. Aber von meinen nicht produzierten Drehbüchern aus den Neunzigern war keines dabei.

»Nennen Sie mir mal eins«, sagte Alison.

»*Auf hoher See*«, antwortete ich. Das war ein ziemlich banales (aber »tragikomisches«) Drehbuch zu einem Actionfilm, in dem islamische Terroristen die Yacht mit den drei Kindern des amerikanischen Präsidenten in ihre Gewalt bringen.

Alison schob mir ein Blatt Papier herüber.

»Letzten Monat unter dem Namen Philip Fleck registriert. Nennen Sie mir ein anderes.«

»*Zeit der Gefühle.*« Der Frau-stirbt-an-Krebs-Film, den ich '96 geschrieben hatte.

»Letzten Monat unter dem Namen Philip Fleck registriert«, sagte Alison und reichte mir den offiziellen Brief von der SATWA. »Mal sehen, ob wir noch ein Kaninchen im Hut haben. Haben Sie noch ein drittes unproduziertes Drehbuch?«

»*Zur falschen Zeit am rechten Ort.*«

»Das ist diese Partnertauschgeschichte vor dem Hintergrund einer Hochzeitsreise, nicht wahr? Letzten Monat unter dem Namen Philip Fleck registriert.«

Ich starrte auf das neue Dokument, das Alison mir gab.

»Er hat also alle meine unproduzierten Drehbücher gestohlen?«

»Sieht ganz so aus.«

»Und Ihr Privatdetektiv ist sicher, dass sich keinerlei Eintragungen finden lassen, die beweisen, dass die Drehbücher unter meinem Namen registriert wurden?«

»Nicht die geringsten.«

»Wie hat Fleck das nur fertig gebracht?«

»Ah«, meinte Alison und wühlte in der Akte. »Hier kommt der Geniestreich.«

Sie reichte mir die Kopie eines kurzen Artikels aus dem *Hollywood Reporter* von vor vier Monaten.

Fleck Foundation spendet zwei Millionen Dollar für den SATWA-Wohltätigkeitsfonds

Die Philip Fleck Foundation hat heute angekündigt, dem Wohltätigkeitsfonds der Screen and Television Writer's Association eine Spende von zwei Millionen Dollar zu überreichen. Die Sprecherin der Fleck Foundation, Cybill Harrison, erklärte, dies sei eine Anerkennung der wertvollen Arbeit, die die SATWA zur Förderung und zum Schutz des Werks von Drehbuchautoren und zur Unterstützung von Autoren in Not geleistet hat. Der geschäftsführende Direktor von SATWA, James LeRoy, meinte dazu: »Diese großzügige Spende zeigt wieder einmal: Philip Fleck kann mit Fug und Recht als Medici der amerikanischen Gegenwartskunst bezeichnet werden. Jeder Autor sollte einen Freund und Förderer wie Philip Fleck haben.«

»Die letzte Zeile ist stark, was?«, meinte Alison.

»Ich fasse es nicht. Er hat die SATWA gekauft!«

»Sieht ganz so aus. Anders ausgedrückt, er hat sich die Möglichkeit gekauft, dafür zu sorgen, dass die Registrierungen Ihrer unveröffentlichten Bücher aus den Akten gelöscht werden, um sie dann unter seinem eigenen Namen eintragen zu lassen.«

»Himmel, außer *Drei im Graben* ist doch kein besonders gutes Drehbuch dabei.«

»Aber sie sind immer noch ziemlich intelligent und witzig, oder?«

»Natürlich sind sie intelligent und witzig. Schließlich stammen sie ja von mir.«

»Genau. Jetzt besitzt Fleck vier solide, professionelle Drehbücher, die auf seinen Namen eingetragen sind. Und eins davon ist so gut, dass er laut der Morgenausgabe von *Daily Variety* Peter Fonda und Dennis Hopper für die Rollen der zwei Vietnamveteranen gewinnen konnte, und Jack Nicholson für die Nebenrolle als...«

»Richardson, den Anwalt?«

»Exakt.«

»Starke Besetzung«, meinte ich, mit einem Mal ganz begeistert. »Das wird die gesamte Easy-Rider-Generation in die Kinos locken.«

»Zweifellos… weshalb man im gleichen *Variety*-Artikel auch erklärt, dass Columbia-TriStar den Vertrieb übernimmt.«

»Das heißt also grünes Licht für das Projekt?«

»He, da hat Fleck mit seinem Geld nachgeholfen, also ist es auch sein grünes Licht. Das Problem ist nur, dass Ihr Name nicht im Abspann erscheinen wird…«

»Es muss doch möglich sein, das auf dem Rechtsweg durchzusetzen.«

»Ich bin die Sache wieder und wieder mit meinem Rechtsanwalt durchgegangen. Seiner Ansicht nach hat Fleck das Ding perfekt gedeichselt. Ihre alten Registrierungen sind komplett gelöscht. Fleck ist nun offiziell der Autor all Ihrer früheren Werke. Und wenn wir damit vor Gericht gehen – insbesondere in der Sache von *Drei im Graben* –, dann können Sie sich leicht ausmalen, was passiert. Flecks Leute werden Sie als psychisch labilen Plagiator hinstellen. Sie werden außerdem verbreiten, dass Fleck Sie auf seine Insel eingeladen hat, als Sie noch ein ›anerkannter Autor‹ waren, um mit Ihnen über einen Auftrag für einen Film zu reden. Aber als er dann feststellen musste, dass Sie ins Gerede kamen, hat er sich anders entschieden. Sie haben sich daraufhin auf Ihre alten psychotischen Tricks besonnen und sich eingeredet, sie seien der wahre Autor von *Drei im Graben*, auch wenn es dafür keine Beweise gibt – während bei der S A T W A ein offizieller Eintrag vorliegt, der Flecks Urheberschaft belegt.«

»Mein Gott.«

»Ist schon erstaunlich, was man mit Geld alles kaufen kann.«

»Aber... warten Sie mal... können wir Fleck nicht damit drankriegen, dass er alle vier Drehbücher erst im letzten Monat angemeldet hat?«

»Er würde wahrscheinlich behaupten, er hätte es nicht geschafft, sie früher registrieren zu lassen. Beispielsweise könnte er sagen, dass er die Texte im Lauf der letzten Jahre geschrieben hat, und als er dann mit *Drei im Graben* in Produktion ging, es an der Zeit fand, sie offiziell bei der SATWA registrieren zu lassen.«

»Aber was ist mit den Leuten in den Studios und Entwicklungsabteilungen, die mein Script gelesen haben...?«

»Vor fünf Jahren? Wachen Sie auf, David – Sie haben wohl die Regel Nummer eins der Entwickler vergessen: Sieh zu, dass du das Script, das du gerade gelesen hast, so schnell wie möglich wieder vergisst. Aber selbst wenn sich tatsächlich noch jemand an Ihre Drehbücher erinnert, glauben Sie im Ernst, er wird Ihnen gegen den mächtigen Mr. Fleck beistehen? Besonders bei Ihrer derzeitigen Position in dieser Stadt – die man wohl bestenfalls als ›prekär‹ bezeichnen kann. Glauben Sie mir, der Rechtsanwalt, der Schnüffler und ich haben alle Szenarien durchgespielt, wie man sich gegen Fleck wehren könnte. Aber wir sehen keine Möglichkeit. Mr. Fleck hat ganze Arbeit geleistet. Sogar mein Anwalt musste die Eleganz dieser Manipulation bewundern. Am Billardtisch würde man sagen: Sie sind versenkt.«

Ich starrte auf den Berg Papiere, der Alisons Schreibtisch bedeckte. Mühsam versuchte ich, mich in dem Spiegelkabinett zu orientieren, in das ich da so plötzlich geraten war, und mir begreiflich zu machen, dass ich nichts an der Tatsache ändern konnte, dass mein Werk nun Flecks Werk war. Nichts, was ich tun oder sagten mochte, konnte das verhindern.

»Da ist noch etwas«, meint Alison. »Als ich dem Privatdetektiv erzählte, wie Theo MacAnna Ihre Karriere ruiniert

hat, wurde er hellhörig und hat noch ein bisschen weiter gegraben.«

Wieder holte sie aus der Akte einige Kopien hervor und
reichte sie mir. »Schauen Sie sich das mal an.«

Es war ein Kontoauszug eines gewissen Theodore MacAnna,
wohnhaft in der King's Road 1158 in West Hollywood, Kalifornien.

»Wie ist er denn da rangekommen?«

»Das habe ich ihn nicht gefragt, denn das wollte ich gar
nicht wissen. Sagen wir so: Wo ein Wille ist, ist auch ein Weg.
Sehen Sie sich mal den Vierzehnten eines jeden Monats an.
Da kam regelmäßig eine Überweisung von zehntausend Dollar von einer Firma namens Lubitsch Holdings. Mein Detektiv
ist der Sache nachgegangen und hat herausgefunden, dass es
sich dabei um eine Briefkastenfirma auf den Cayman Islands
handelt, Inhaber unbekannt. Außerdem hat er festgestellt, dass
dieser MacAnna beim *Hollywood Legit* mickrige vierunddrei-
ßig Riesen im Jahr verdient, aber immerhin weitere fünfzig-
tausend dafür kassiert, dass er ein britisches Schundblatt mit
Insider-Informationen aus Hollywood versorgt. Ansonsten hat
er weder geerbt noch Aktien, noch dergleichen. Nur seit einem
halben Jahr diese zehntausend pro Monat von einem myste-
riösen Unternehmen namens Lubitsch.«

Schweigen.

»Wann waren Sie bei Fleck auf der Insel?«, fragte Alison.

»Vor acht Monaten.«

»Haben Sie mir nicht erzählt, er sei ein Filmfreak?«

»Ein besessener Sammler.«

»Was fällt Ihnen zu Lubitsch ein?«

»Ernst Lubitsch – der große Regisseur aus den Dreißigern.«

»Und nur ein Filmfreak würde es originell finden, eine Briefkastenfirma auf den Cayman Islands nach einem berühmten
Regisseur zu benennen.«

Wieder schwiegen wir.

»Fleck hat also MacAnna dafür bezahlt, dass er etwas findet, womit er mich fertig machen kann?«, sagte ich schließlich.

Alison zuckte mit den Schultern. »Ich kann nur wiederholen, wir haben keine handfesten Beweise, Fleck hat seine Spuren gut verwischt. Aber der Schnüffler und ich sind uns einig: So ist es wohl gelaufen.«

Ich versank im Sessel. Meine Gedanken begannen zu kreisen. Plötzlich fügten sich die Teile des Puzzles in meinem Kopf zusammen. In den letzten sechs Monaten hatte ich geglaubt, diese schreckliche Aneinanderreihung von Schicksalsschlägen sei allein auf das Konto des Zufalls gegangen, sei mit einer Art Domino-Effekt der Katastrophe zu erklären: Ein Unglück führt zum nächsten, und das wiederum...

Doch nun traf mich die Erkenntnis wie ein Blitz: All das war von Anfang bis Ende eingefädelt, manipuliert, geplant worden. Für Fleck war ich nur eine armselige Marionette gewesen, mit der er nach Lust und Laune herumspielen konnte. Er hatte sich entschlossen, mich zu erledigen. Wie ein höheres Wesen von eigenen Gnaden, wie ein bösartiger Hexenmeister hatte er gemeint, alle Fäden in der Hand zu halten.

»Soll ich Ihnen sagen, was mir an dieser ganzen Geschichte am meisten Kopfzerbrechen bereitet?«, fragte Alison. »Die Tatsache, dass er es darauf abgesehen hat, Sie richtig fertig zu machen. Wenn es ihm nur darum gegangen wäre, dass sein Name auf dem Script steht... mein Gott, wir hätten uns sicher geeinigt. Das wäre nur eine Frage des Preises gewesen. Stattdessen ist er Ihnen an die Halsschlagader und an sämtliche anderen größeren Arterien gegangen. Haben Sie ihm irgendeinen Anlass gegeben, Sie so zu hassen?«

Ich zuckte mit den Schultern, dachte jedoch: *Nein, aber seine Frau und ich haben uns prächtig verstanden.* Andererseits, was war schon passiert zwischen Martha und mir? Ein paar Küsse im Vollrausch, mehr nicht; noch dazu außer Sichtweite des Personals. Es sei denn, sie hatten Überwachungskameras in den Palmen installiert...

Schluss! Welch paranoide Vorstellung. Fleck und Martha lebten schließlich getrennt, oder nicht? Warum sollte es ihn also kümmern, wenn wir uns am Strand ein wenig näher gekommen waren?

Offenbar kümmerte es ihn aber doch – warum sonst sollte er mir das alles angetan haben?

Es sei denn... *es sei denn*...

Überleg mal, welchen Film er dir unbedingt hatte zeigen wollen: *Die 120 Tage von Sodom.* Überleg mal, dass du dich noch lange gefragt hast, warum du unbedingt diese grausame Erfahrung machen solltest. Und denk dran, wie er den Film gerechtfertigt hat: »... *Pasolini hat uns den Faschismus in seiner reinsten vortechnologischen Spielart vorgeführt: Der Glaube, man habe das Recht, ja das* Privileg, *vollkommene Kontrolle über andere auszuüben, ihnen jede Würde und die elementarsten Menschenrechte abzusprechen; ihnen ihre Individualität zu rauben und sie wie rein funktionale Objekte zu behandeln, die man einfach beseitigt, wenn sie nicht mehr zu gebrauchen sind. Die Rolle der wahnsinnigen Herrscher in dem Film haben längst Mächtigere übernommen: Regierungen, Konzerne, Datenbanken. Aber wir leben immer noch in einer Welt, in der das Streben, andere zu dominieren, einer der stärksten menschlichen Triebe ist. Wir alle wollen doch unseren Mitmenschen die eigene Weltsicht aufdrängen, nicht wahr?*«

War es das, was hinter dieser ganzen bösen Geschichte steckte? Wollte er seine Überzeugung ausleben, er habe »*das Recht, ja das* Privileg, *vollkommene Kontrolle über andere ausüben*«? War Martha etwa mit von der Partie – indem sie ihm einflüsterte, unsere flüchtige Leidenschaft mache mich zu einem idealen Objekt für seine Manipulationen? Oder war es Neid – der Wunsch, eine Karriere zu zerstören, um über den eigenen Mangel an Talent hinwegzukommen? Er hatte so irrsinnig viel Geld, solche irrsinnige Macht! Das musste doch auf Dauer einfach Langeweile erzeugen. Die Langeweile, einen Rothko zu viel zu haben, von morgens bis abends Cristal zu trinken und stets zu wissen, dass die Gulfstream oder die 767 auf ein Fingerschnippen hin bereitstanden. Hatte er vielleicht das Gefühl, es sei an der Zeit, mit etwas Echtem, Kühnem und Reinen über all diese Milliarden hinauszuwachsen? Indem er eine Rolle übernahm, die nur ein Mann spielen konnte, der von allem mehr als *alles* hatte? Sich den ultimativen kreativen Akt zu gönnen:

Gott spielen.

Die Antwort auf diese Frage wusste ich nicht. Es war mir auch egal. Seine Motive waren seine Motive. Aber eins wusste ich – Fleck war die treibende Kraft hinter all dem. Er hatte meinen Sturz geplant wie ein General, der eine Festung belagert: Untergrabe die Grundmauern, und das ganze Gebäude stürzt in sich zusammen. Seine Hand zog die Fäden... und ließ mich zappeln.

Alison riss mich aus meinen Gedanken.

»David, alles in Ordnung mit Ihnen?«

»Ich denke nur nach.«

»Ich weiß, das ist alles nicht so leicht zu verkraften. So eine Geschichte nimmt einen ganz schön mit.«

»Tun Sie mir einen Gefallen?«

»Jederzeit.«

»Könnten Sie Suzy bitten, mir Kopien von all den Papieren zu machen, die der Detektiv ausgegraben hat?«

»Was haben Sie damit vor?«

»Ebenfalls zu schmutzigen Tricks greifen.«

»Das gefällt mir aber ganz und gar nicht.«

»Hören Sie, ich gehe nicht an die Presse. Ich werde auch nicht noch einmal Theo MacAnna vermöbeln. Und ich streiche nicht in Malibu um Flecks Haus herum und warte, dass der Drecksack dort irgendwann auftaucht. Ich brauche nur die Papiere... und das Original meines Drehbuchs.«

»Sie machen mir Sorgen.«

»Vertrauen Sie mir.«

»Geben Sie mir doch wenigstens einen kleinen Hinweis...«

»Nein.«

Tief beunruhigt musterte Sie mich.

»David, wenn Sie Mist bauen...«

»Dann stecke ich noch tiefer im Schlamassel als jetzt... und der reicht mir ohnehin schon bis über beide Ohren. Anders ausgedrückt: Ich habe nichts zu verlieren.«

Sie griff nach dem Telefon und klingelte Suzy an, die gleich darauf im Büro erschien.

»Herzchen, sei so lieb, und kopiere mir die komplette Akte hier.«

Eine halbe Stunde später sammelte ich die Kopien und das Drehbuch ein. Rasch machte ich mir noch ein Sandwich mit geräuchertem Lachs und Schmeer, das ich in die Tasche meines Jacketts stopfte. Dann gab ich Alison einen Kuss auf die Wange und dankte ihr für alles.

»Dass Sie mir bloß keine Dummheiten machen«, ermahnte sie mich.

»Falls doch, werden Sie die Erste sein, die davon erfährt.«

Ich verließ Alisons Büro, stieg in meinen Wagen und legte die dicke Akte auf den Beifahrersitz. Dann klopfte ich mir auf die Taschen meines Jacketts, um mich zu vergewissern, dass ich auch mein Adressbuch dabei hatte. Nachdem ich es hervorgezogen und unter einem bestimmten Eintrag nachgesehen hatte, lenkte ich den Wagen nach West Hollywood,

hielt bei einem Buchladen, fand das Buch, nach dem ich
suchte, und fuhr weiter zu einem Internetcafé, das ich von
meinen vielen Fahrten nach Doheny her kannte. Ich parkte
den Wagen, trat ein, setzte mich vor einen Bildschirm und
ging online. Dann öffnete ich mein Adressbuch und tippte
Martha Flecks E-Mail-Adresse: scriptdoc@cs.com. Als Ab-
sender gab ich die Mailadresse des Buchladens an, in dem ich
arbeitete: books&co@wirenet.com, ließ meinen Namen aber
weg. Schließlich schrieb ich aus dem Buch, das ich gerade
gekauft hatte, die folgenden Zeilen ab:

Mein Leben, zweimal fiels ins Schloss,
eh's zufällt; nun, ich will
jetzt sehn, ob die Unsterblichkeit
ein drittes mir enthüllt,

so ohne Hoffnung und so groß.
Abschied, das ist, was uns,
du Himmel, an dir wissbar ist,–
und Hölle ists genug.

...übrigens wäre es schön, wieder mal was von dir zu
hören.

In Freundschaft,
Emily D.

In der Hoffnung, dass es ihre private E-Mail-Adresse war,
klickte ich auf »Senden«. Falls nicht – oder falls Fleck Martha
auf Schritt und Tritt überwachte –, setzte ich auf die Möglichkeit, dass er die Mail als harmlose Werbung eines Buchladens
ansah ... oder dass sie sich bereits bei mir gemeldet hatte, wenn
der schlimmste Fall eintrat und er die Nachricht abfing.

390

Anschließend schlenderte ich noch eine Weile durch West Hollywood, trank einen Milchkaffee in einem Straßencafé, ging an dem Haus vorbei, in dem Sally und ich gewohnt hatten, und wunderte mich über die seltsame Tatsache, dass ich mich nicht mehr nach ihr sehnte, obwohl mich ihr Rauswurf damals so verletzt hatte... falls ich mich überhaupt jemals nach ihr gesehnt hatte. Seit unserer Trennung hatte sie sich nie wieder bei mir gemeldet, meine Post wurde kommentarlos an meine jetzige Adresse nachgesendet. Bestimmt hatte Sally auf unserer Voice Mail auch eine neue Ansage, die verkündete: »David Armitage wohnt hier nicht mehr.« Nicht dass mich noch irgendjemand groß angerufen hätte, als sich meine »Probleme« als dauerhaft abzeichneten und ich zuerst aus dem Gedächtnis meiner Bekannten und dann ganz aus der Stadt verschwunden war. Doch als ich an unserem Haus vorbeiging, brach die alte Wunde wieder auf. Und wieder ging mir der Satz durch den Kopf, mit dem sich so manch ein Mann mittleren Alters herumschlägt: *Was hast du dir dabei bloß gedacht?*

Und wieder suchte ich die Antwort vergeblich.

Rasch ließ ich dann die Stadtgrenze West Hollywoods hinter mir und fuhr Richtung Küste. Um sechs hatte ich Meredith erreicht. Les stand hinter der Kasse. Er schien überrascht, als er mich sah.

»Halten Sie es nicht aus, dass Sie frei haben?«, fragte er.

»Ich erwarte bloß eine E-Mail. Haben Sie vielleicht...?«

»Ich habe die blöde Kiste heute noch nicht angemacht. Schauen Sie selbst nach.«

Ich ging in das kleine Büro, schaltete den Computer ein, rief mein E-Mail-Programm auf, klickte auf »Posteingang«, hielt den Atem an, und...

Da war sie.

Eine Epistel für Emily D.... scriptdoc@cs.com

Ich öffnete sie. Die Nachricht lautete:

Stets neu den eigenen Besitz
Zu horten ist gescheit
Bedenken wir, wie unbegrenzt
Das Maß der Möglichkeit.

...ich glaube, du weißt, von wem das ist. Und ich glaube
auch, du weißt, dass die Schreiberin dieser Zeilen gerne
die Bekanntschaft mit dir erneuern würde. Wieso diese
Mailadresse von einer Buchhandlung? Das macht mich
neugierig. Ruf mich auf dem Handy an: 917-555-3739.
Es ist mein privater Apparat, also der beste Kommunika-
tionsweg, wenn du verstehst, was ich meine.
Ruf bald an.
Herzlichst,
Deine ganz persönliche E. D.

Ich rief zu Les hinaus: »Was dagegen, wenn ich mal telefoniere?«

»Nur zu«, antwortete er.

Ich schloss die Tür und wählte die Handynummer. Martha ging ran. Erstaunlicherweise schlug mein Herz ein, zwei Takte rascher, als ich ihre Stimme hörte.

»Hallo«, sagte ich.

»David? Wo bist du?«

»Bei Books and Company in Meredith. Kennst du Meredith?«

»Am Pacific Coast Highway?«

»Genau.«

»Du hast dir einen Buchladen gekauft?«

»Das ist eine lange Geschichte.«

»Kann ich mir vorstellen. Eigentlich hätte ich dich damals anrufen müssen, vor ein paar Monaten, als all das über dich hereingebrochen ist. Lass es mich jetzt sagen: Was du getan hast... was man dir da anlastet... ist wirklich eine Bagatelle. Wie ich zu Philip gesagt habe: Wenn ich nur einen Nickel für jedes Script bekäme, in dem eine geborgte Zeile steht...«

»...dann wärst du so reich wie er?«

»So reich nicht gerade. Nein, was ich sagen wollte: Es tut mir so Leid, was du durchgemacht hast... vor allem die Schmutzkampagne von diesem Dreckskerl MacAnna. Aber wenigstens hast du ein hübsches Polster mit dem Geld, das du von Philip für das Script bekommen hast.«

Achtung.

»Hmhm«, äußerte ich ohne jede besondere Betonung.

»Hast du davon den Buchladen gekauft?«

»Das ist eine lange Geschichte.«

»Bestimmt. Übrigens, mir gefällt das Drehbuch. Es ist so intelligent, so lebensnah und wirklich subversiv. Aber wenn wir uns treffen, werde ich dich überreden, Philip nicht als alleinigen Autor dastehen zu lassen...«

Und jetzt *ganz* vorsichtig.

»Nun, du weißt ja, wie das ist...«, meinte ich.

»Ja. Philip hat mir erklärt, du fürchtest die schlechte Publicity, die der Film bekommen würde, wenn er mit deinem Namen verbunden wird. Aber ich bringe ihn noch dazu, dass er durchsickern lässt, dass du der wahre Autor bist, wenn der Film erst mal raus ist...«

»Aber nur wenn es gute Kritiken gibt.«

»Das wird es – denn diesmal hat Philip ein grandioses, ein wirklich starkes Drehbuch. Das mit Fonda, Hopper und Nicholson hast du ja sicher schon gehört.«

»Meine Traumbesetzung.«

»Schön, dass du dich mal wieder meldest, Mr. Armitage. Vor allem, da ich mich hinterher gcfragt habe...«

»Wir haben nichts Verbotenes getan.«

»Leider«, sagte sie. »Wie geht es deiner Freundin?«

»Keine Ahnung. Das war nur eins der vielen Dinge, die den Bach runtergegangen sind, als...«

»Das tut mir Leid. Und deiner Tochter?«

»Gut«, sagte ich, »nur dass ihre Mutter nach den Fotos von dem Angriff auf MacAnna dafür gesorgt hat, dass mir das Besuchsrecht entzogen wird... mit der Begründung, ich sei ein unberechenbarer Charakter.«

»Ach mein Gott, David, das ist ja furchtbar.«

»Ja – kann man wohl sagen.«

»Das hört sich ganz so an, als könntest du ein anständiges Mittagessen vertragen.«

»Das wäre nett. Jederzeit, wenn du mal in der Gegend von Meredith bist...«

»Ich bleibe noch ungefähr eine Woche in unserem Haus in Malibu.«

»Wo steckt Philip?«

»Sieht sich Locations in Chicago an. In acht Wochen ist schon der erste Drehtag.«

»Alles in Ordnung mit euch?«, fragte ich und versuchte dabei, den lockeren, gelassenen Tonfall beizubehalten.

»Es gab für eine kurze Zeit ein nettes kleines Zwischenspiel. Aber das war schnell wieder vorbei. Und jetzt... so wie immer, glaube ich.«

»Tut mir Leid.«

»*Comme d'habitude*...«

»... wie man in Chicago sagt.«

Sie lachte. »Hör mal, hast du nicht morgen zufällig Zeit, mit mir essen zu gehen?«

Wir verabredeten uns um eins in der Buchhandlung.

Ich legte auf, verließ das Büro und fragte Les, ob ich mir jemanden suchen könne, der mich am nächsten Tag für ein paar Stunden vertrat.

»Mein Gott, morgen ist Mittwoch, da ist die Stadt tot. Machen Sie den Laden einfach zu.«

»Danke«, antwortete ich.

Ein paar Stunden später nahm ich drei Schlaftabletten, um überhaupt schlafen zu können. Bevor ich endlich wegdämmerte, hörte ich immer wieder, wie sie sagte: *»Aber wenn wir uns treffen, werde ich dich überreden, Philip nicht als alleinigen Autor dastehen zu lassen ... Philip hat mir erklärt, du fürchtest die schlechte Publicity, die der Film bekommen würde, wenn er mit deinem Namen verbunden wird.«*

Mir dämmerte allmählich, wie ruchlos Fleck beim Erwerb seiner Milliarden zu Werke gegangen sein musste. Als Machiavellist und Kriegsstratege war er ein wahrer Künstler. Hier lag sein einziges großes Talent.

Am nächsten Tag traf sei pünktlich um eins im Buchladen ein. Und sie sah wirklich blendend aus. Sie trug einfache schwarze Jeans, ein schwarzes T-Shirt und eine blaue Denimjacke. Selbst in diesem Lou-Reed-Outfit wirkte sie wie jemand, der zur gediegenen Oberschicht der Ostküste gehört. Vielleicht war es ihr langes braunes Haar, das sie zu einem Knoten zusammengesteckt hatte, oder der lange, schlanke Hals, der so gut zu den hohen Wangenknochen passte. Ich musste an ein um 1870 gemaltes Porträt von John Singer Sergent denken, das eine Dame aus der Bostoner Gesellschaft zeigt. Oder vielleicht war es auch die klassische Hornbrille, die sie im Widerspruch zur aktuellen Mode trug – ein ironisches Gegengewicht zu ihrer Motorradbraut-Kluft, von all dem Geld, das hinter ihr stand, ganz zu schweigen. Zumal ein solches Gestell kaum fünfzig Dollar kostete und der eine Bügel mit einem Stück Klebefilm in Position gehalten wurde. Ich verstand, was dieser kleine Notbehelf sagen wollte: Er demonstrierte Autonomie und war zugleich auf schräge Weise Ausdruck ihrer Intelligenz, die ich auch nach all den Monaten immer noch sehr anziehend fand.

Als sie den Laden betrat, sah sie direkt durch mich hindurch, als hielte sie mich für einen trotteligen Angestellten.

»Hallo«, sagte sie. »Ist David Arm...«

Mitten im Satz fiel bei ihr der Groschen.

»David?«, fragte sie, sichtlich erschrocken.

»Hallo, Martha.«

Ich hätte ihr beinahe einen Kuss auf die Wange gegeben, überlegte es mir aber anders und streckte ihr nur die Hand entgegen. Sie nahm sie und sah mich forschend an, ein wenig irritiert, aber auch amüsiert.

»Bist du es wirklich, hinter all dem...?«

»Der Bart ist ein wenig struppig geworden.«

»Die Frisur nicht weniger. Ich hab ja schon vom ›Zurück zur Natur‹-Look gehört, aber ›Zurück zur Buchhandlung‹ ist mir neu.«

Ich musste lachen. »Na, du siehst jedenfalls wundervoll aus.«

»Ich habe ja nicht gesagt, dass du schlecht aussiehst, David. Es ist nur... wie soll ich es ausdrücken... du bist nicht einfach nur verändert, du bist regelrecht verwandelt. Wie eine von diesen Spielzeugfiguren...«

»Wie G. I. Joe, der mit ein paar Handgriffen zum Dinosaurier mutiert?«

»Genau.«

»Das ist der neue David. Ein Dinosaurier«, sagte ich.

Nun musste sie lachen. »Und einer mit einem Buchladen obendrein«, sagte sie und ließ den Blick über die Stapel und wohlgefüllten Auslagen schweifen und die Hand über die polierten Holzregale gleiten. »Ich bin beeindruckt. Es ist wirklich ganz reizend hier. Richtig was für Liebhaber von Büchern.«

»Stimmt, und da die Buchhandlung nicht in einem Einkaufszentrum liegt und keine Leseecke mit Kaffeeausschank hat, wirkt sie ein bisschen wie ein Relikt aus dem neunzehnten Jahrhundert.«

»Wie hast du sie nur gefunden?«

»Das ist eine lange Geschichte. Oder, um die Wahrheit zu sagen, eigentlich eine ganz kurze.«

»Aber jedenfalls eine Geschichte.«

»Das ja.«

»Nun, ich nehme an, du wirst sie mir beim Essen erzählen.«

»Verlass dich drauf. Das werde ich.«

»Deine E-Mail hat mich ziemlich überrascht. Ich dachte...«

»Was?«

»Ach, ich weiß nicht... dass du mich nach jenem Abend als eine Verrückte abgeschrieben hattest...«

»Die beste Art von Verrücktheit, die ich kenne.«

»Wirklich?«

»Aber sicher.«

»Gut. Weil...« Sie hob nervös die Schultern. »... weil ich mir hinterher ziemlich albern vorkam.«

»Damit warst du nicht allein.«

»Also«, sagte sie und wechselte rasch das Thema, »wohin soll ich dich denn zum Essen ausführen?«

»Ich dachte, wir könnten vielleicht zum Strandhaus rausfahren, in dem ich wohne...«

»Du hast dir hier was gemietet?«

»Es gehört eigentlich einem Klienten meiner Agentin. Willard Stevens.«

»Dem Drehbuchautor?«

»Genau dem.«

Sie schaute mich fragend an, so als versuchte sie, diese Information einzuordnen. »Du hast dich also hier in dieser

Stadt niedergelassen, eine Buchhandlung aufgetan und noch dazu eine Wohnung gefunden, die zufällig Willard Stevens gehört... der zufällig auch von deiner Agentin vertreten wird?«

»Wie ich schon sagte, es ist eine lange Geschichte.«

»Verstehe.«

»Gut, wollen wir...?«

Es dauerte einige Minuten, bis ich die Buchhandlung geschlossen hatte. Ihr zu Ehren, erklärte ich Martha, hätte ich beschlossen, den Nachmittag freizunehmen.

»Ich bin gerührt«, sagte sie, »aber ich möchte nicht, dass wegen mir dein Geschäft leidet.«

»Mach dir darüber keine Sorgen. Mittwoch ist sowieso ein mieser Tag. Und Les hatte nichts einzuwenden...«

»Wer ist Les?«, unterbrach sie mich.

»Der Besitzer der Buchhandlung.«

Nun schien sie endgültig verwirrt. »Ich dachte, es ist deine?«

»Das habe ich nicht gesagt. Ich habe bloß gesagt...«

»Ich weiß schon. Es ist eine lange Geschichte.«

Marthas Wagen stand vor dem Laden: ein großer, schwarz glänzender Range Rover.

»Fahren wir mit meinem Monstrum?«, fragte sie.

»Lass uns den da nehmen«, sagte ich und schritt auf den betagten Golf zu. Angesichts des klapprigen Gefährts stutzte sie, meinte aber nur: »Gut.«

Wir stiegen ein. Wie immer bockte der Starter – nur einer der vielen kleinen Mängel, die sich mir nach dem Kauf des Schrotthaufens offenbart hatten. Aber beim vierten Versuch sprang der Motor endlich an.

»Ziemliche Schrottkiste«, sagte sie, als wir losfuhren.

»Aber sie bringt mich von A nach B«, antwortete ich.

»Und ich nehme an, sie gehört zu dem Look des Studenten im reifen Semester, den du jetzt pflegst.«

398

Darauf antwortete ich nichts, sondern zuckte nur mit den Schultern.

Nach fünf Minuten waren wir beim Strandhaus angekommen. Martha war überwältigt von der Aussicht auf den Ozean. Dann bewunderte sie das schlichte Design der Einrichtung: Alles weiß in weiß, mit behaglich gepolsterten Sesseln und gut sortierten Bücherregalen.

»Ich kann verstehen, dass du dich hier wohl fühlst«, sagte sie. »Der ultimative Rückzugsort für einen Schriftsteller. Und wo arbeitest du?«

»In der Buchhandlung.«

»Sehr lustig. Ich spreche von der ›wirklichen Arbeit‹.«

»Vom ›Schreiben‹ meinst du?«

»David, erzähl mir bitte nicht, deine neue Haarpracht hätte deinen Verstand aufgezehrt. Da du nun mal zufällig Autor bist...«

»Nein. Ich *war* Autor.«

»Hör auf, von deiner Karriere in der Vergangenheitsform zu reden.«

»Warum? Ich bin mittlerweile komplett raus aus dem Geschäft.«

»Ich kann mir wahrscheinlich nicht vorstellen, was es heißt, so diffamiert zu werden, wie es dir passiert ist. Und es war bestimmt auch schrecklich, als sie dich aus deiner Serie gefeuert haben. Aber eins ist sicher: Philip verfilmt dein Drehbuch ... mit einer Wahnsinnsbesetzung und garantiert weltweitem Vertrieb über Columbia TriStar. Wie ich dir schon gestern am Telefon sagte ... sobald sich herumgesprochen hat, dass das Drehbuch von dir stammt, wirst du dich vor Angeboten nicht mehr retten können. Hollywood liebt nichts mehr als das große Comeback. Bevor du noch ›siebenstellig‹ sagen kannst, wirst du schon über deinem Laptop schwitzen ...«

399

»Nein, werde ich nicht.«

»Woher willst du das wissen?«

»Ich habe meinen Laptop verkauft.«

»Du hast was?«

»Ich habe meinen Computer verkauft. Versetzt, um genau zu sein – bei einem Pfandleiher in Santa Barbara.«

»David! Das ist doch ein Scherz, oder?«

»Nein, die Wahrheit. Mir ist klar geworden, dass ich nie mehr schreiben werde, um damit meinen Lebensunterhalt zu verdienen. Außerdem habe ich die paar Dollar gebraucht...«

»Schon gut, *schon gut*...«, sagte sie plötzlich gereizt. »Was ist das für eine Nummer, die du da abziehst, David?«

»Ich ziehe keine Nummer ab.«

»Was soll dann diese Geschichte, dass du in einer Buchhandlung arbeitest?«

»Weil ich in einer Buchhandlung arbeite – für zweihundertachtzig Dollar die Woche, was gar nicht so schlecht ist, wenn man bedenkt, dass große Ketten wie Borders auch nur sieben Dollar die Stunde zahlen.«

»Jetzt redest du schon wieder Blödsinn. Zweihundertachtzig Dollar die Woche? David, Philip hat dir 1,4 Millionen für dein Drehbuch gezahlt.«

»Nein, hat er nicht.«

»Er hat mir aber gesagt...«

»Dann hat er gelogen.«

»Das glaube ich nicht...«

Ich ging zum Schreibtisch, nahm die Akte mit den fotokopierten Unterlagen, die Alisons Privatdetektiv zusammengetragen hatte, sowie das Original meines ersten Entwurfs von *Drei im Graben* aus dem Jahr 1993 und reichte ihr das ganze Paket.

»Willst du Beweise? Hier sind alle Beweise, die du brauchst.«

Dann erzählte ich ihr die Geschichte Punkt für Punkt, vom

Anfang bis zum Ende. Ihre Augen wurden immer größer. Ich zeigte ihr die Dokumente von der SATWA – und erklärte, wie sich die Registrierungen meiner unproduzierten Drehbücher in Nichts aufgelöst hatten, um dann unter dem Namen von Philip Fleck wieder aufzutauchen. Schließlich ging ich MacAnnas Kontoauszüge durch und wies auf die hohen monatlichen Zuwendungen von Lubitsch Holdings hin.

»Hat dein Mann nicht eine Schwäche für Filme von Ernst Lubitsch?«

»Nun, er hat eine Kopie von all seinen Filmen.«

»Da haben wir's.«

Ich erklärte ihr auch, wie ich, dank Bobby Barra, mein Aktiendepot verloren hatte und dass ich guten Grund zu der Annahme hatte, dass mich mein Broker auf Flecks Anweisung hin finanziell ruiniert hatte.

»Nur eins verstehe ich noch nicht: ob er all das getan hat, weil er uns vielleicht irgendwie auf die Schliche gekommen ist...«

»Bei was soll er uns denn auf die Schliche gekommen sein?«, fragte sie. »Was wir gemacht haben, war doch reiner Schülerkram. Außerdem hatte Philip mich damals schon seit Monaten nicht mehr berührt...«

»Nun, wenn es das nicht war, vielleicht... ich weiß nicht... vielleicht war er ein wenig neidisch auf meinen Erfolg...«

»Philip ist neidisch auf jeden, der über echtes kreatives Talent verfügt. Weil er selbst völlig talentlos ist. Aber wie ich ihn kenne, könnte er ein ganzes Dutzend unterschiedlicher Motive gehabt haben – alle hochkompliziert und für andere Menschen kaum nachzuvollziehen. Es kann aber auch sein, dass er es aus keinem besonderen Grund getan hat. Einfach, weil er es tun kann.«

Sie stand auf und ging im Zimmer auf und ab, schüttelte den Kopf und machte den Eindruck, als wolle sie gegen eine

Tür treten oder eine Glasscheibe einschlagen. Vor Erregung begann sie zu stammeln.

»Ich bin so… ich kann mir gar nicht vorstellen, wie er… dauernd diese durchgeknallten Spielchen… das ist so widerlich, so unglaublich und so typisch für Philip.«

»Nun, du kennst ihn besser als ich.«

»Es tut mir furchtbar Leid.«

»Mir auch. Deshalb brauche ich deine Hilfe.«

»Die sollst du haben.«

»Aber was ich dir vorschlagen werde, könnte… na, sagen wir… ein bisschen riskant werden.«

»Lass das meine Sorge sein. Also schieß los – was soll ich tun?«

»Konfrontiere deinen Mann mit klaren Beweisen, dass er meine Drehbücher gestohlen und MacAnna bezahlt hat, um meine Karriere zu vernichten.«

»Und wahrscheinlich soll ich eine Wanze tragen, wenn ich ihm ›J'accuse‹ entgegenschleudere?«, fragte sie.

»Ein Minirekorder tut's auch. Er muss nur einmal zugeben, dass er hinter der ganzen Geschichte steckt, das reicht mir. Wenn das auf dem Band ist, dann haben meine Agentin – und ihre Anwälte – den Hebel, den sie brauchen. Sobald er erfährt, dass wir ein Geständnis für den Drehbuchdiebstahl und die MacAnna-Geschichte haben, wird er mit uns verhandeln wollen, da bin ich mir ganz sicher… spätestens, wenn er sich klar macht, was ihm das für eine Presse bringen wird. Ein wenig Angst vor negativer Publicity hat er doch, oder?«

»O ja.«

»Ich möchte nicht mehr, als dass mein Ruf wiederhergestellt wird. Das Geld kümmert mich eigentlich gar nicht.«

»Es sollte dich aber kümmern. Geld ist die einzige Sprache, die Philip wirklich versteht. Doch ich sehe da noch ein Problem.«

»Dass er alles abstreitet?«

»Genau. Allerdings…«

»Was?«

»Wenn ich ihn genügend provoziere, platzt er vielleicht mit dem Geständnis heraus, hinter dem du her bist.«

»Du hörst dich aber nicht sonderlich optimistisch an.«

»Dafür kenne ich ihn zu gut. Und in letzter Zeit bekommt er den Mund gar nicht mehr auf. Immerhin, es ist einen Versuch wert.«

»Danke.«

Sie sammelte die Papiere ein. »Die brauche ich als Beweisstücke«, sagte sie.

»Nimm sie nur.«

»Würdest du mich jetzt zu meinem Wagen zurückfahren?«

Während der paar Minuten, die die Fahrt zum Buchladen dauerte, schwieg sie. Einmal sah ich sie verstohlen von der Seite an. Sie hielt den Papierstapel fest an die Brust gedrückt und schaute nachdenklich und grimmig vor sich hin. Als wir vor dem Laden anhielten, beugte sie sich zu mir herüber und gab mir einen Kuss auf die Wange.

»Ich melde mich«, sagte sie.

Dann stieg sie in ihr eigenes Auto und brauste davon. Als ich zum Strandhaus zurückfuhr, dachte ich mir, dass das genau die Reaktion war, die ich mir von ihr erhofft hatte.

Aber die Tage vergingen, ohne dass ich etwas von ihr hörte. Alison rief natürlich regelmäßig an und fragte mich, was ich mit all den Kopien gemacht hätte. Ich log und sagte ihr, ich würde sie immer noch durchsehen und überlegen, wie wir sie gegen ihn einsetzen könnten.

»Sie sind so ein lausiger Lügner«, erwiderte sie.

»Denken Sie, was Sie wollen, Alison.«

»Ich hoffe nur, dass Sie zur Abwechslung mal Klugheit walten lassen.«

»Ich arbeite daran. Haben Sie oder Ihr Rechtsverdreher inzwischen herausgefunden, wie wir den Dreckskerl wegen Diebstahl geistigen Eigentums drankriegen können?«

»Wir sind die Sache in allen Einzelheiten durchgegangen, aber... nein, nichts. Der Knabe hat einfach an alles gedacht.«

»Das werden wir noch sehen.«

Nachdem eine ganze Woche vergangen war, ohne dass ich etwas von Martha gehört hatte, begann ich mich allerdings zu fragen, ob er nicht vielleicht doch an alles gedacht hatte... so gründlich, dass sie noch nicht einmal ansatzweise ein Geständnis aus ihm herausbekommen konnte. Mutlosigkeit überkam mich. In drei Wochen stand die nächste Unterhaltszahlung an – und ich sah keine Möglichkeit, auch nur die Hälfte davon aufzubringen. Lucy würde mir das vermutlich vergelten, indem sie mir auch den Telefonkontakt zu Caitlin verbieten ließ. Da ich kaum in der Lage sein würde, mir vor Gericht (oder wo immer) die Dienste von Walter Dickerson zu leisten, würde sie mich in null Komma nichts mit der juristischen Dampfwalze platt machen. Dann war da die Sache mit Willard Stevens. Er hatte mich vor ein paar Tagen aus London angerufen, um mir mal kurz persönlich Hallo zu sagen und nachzufragen, ob alles in Ordnung sei mit dem Strandhaus, und mich außerdem davon in Kenntnis zu setzen, dass er wahrscheinlich in zwei Monaten in die Staaten zurückkehren werde, folglich...

Aber wie sollte ich mit zweihundertachtzig Dollar die Woche in Meredith eine Wohnung finden? Die billigste Bleibe in der Stadt war nicht unter achthundert im Monat zu bekommen... mir ein Dach über dem Kopf zu leisten würde mir achtzig Dollar die Woche für den gesamten Rest lassen... von Gas über Strom bis hin zu solchen Nebensächlichkeiten wie Essen. Mit anderen Worten: *Mission Impossible.* Was wiederum bedeutete...

Wenn ich dieses Horrorszenario bis zum Ende durchdachte, sah ich mich schon obdachlos auf dem Wiltshire Boulevard sitzen, mit einem Pappschild, auf dem zu lesen stand: *Früher hat man mich zurückgerufen.*

Okay, das war ein bisschen übertrieben. Aber nur ein bisschen. Denn von nun ab führte der Weg für mich geradewegs nach unten.

Endlich hörte ich von Martha. Am Freitagabend... volle zehn Tage, nachdem wir uns zuletzt getroffen hatten. Um sechs rief sie im Laden an. Sie war kurz angebunden und sehr sachlich.

»Entschuldige, dass ich mich nicht gemeldet habe«, sagte sie. »Ich war unterwegs.«

»Gibt es Neuigkeiten?«

»Wann sind deine freien Tage?«

»Montag und Dienstag.«

»Kannst du dir den ganzen Montag freihalten?«

»Sicher.«

»Schön. Ich hole dich so um zwei am Strandhaus ab.«

Bevor ich noch etwas sagen konnte, hatte sie schon wieder aufgelegt.

Ich hätte sie am liebsten direkt zurückgerufen und sie gefragt, was geschehen war. Aber natürlich wusste ich, dass das bestenfalls kontraproduktiv gewesen wäre. So blieb mir nichts anderes übrig, als bis Montag die Stunden zu zählen.

Pünktlich parkte sie ihren Range Rover vor meiner Tür. Auch diesmal sah sie hinreißend aus: ein kurzer roter Rock, ein eng anliegendes rückenfreies Oberteil, dieselbe Jeansjacke wie letzte Woche, dieselbe kaputte Hornbrille und um den Hals eine Kamee im traditionellen Stil. Frau Detektiv trifft Penner. Ich trat vor die Tür, um sie zu begrüßen. Sie lachte mich an, und ich fragte mich gleich, ob das wohl für gute Neuigkeiten sprach. Als sie mir einen flüchtigen Kuss auf die Lippen gab und dabei zugleich meinen Arm drückte, dachte ich: *viel versprechend... und auch ein wenig verwirrend.*

»Hallo«, sagte sie.

»Hallo. Entdecke ich da etwa gute Laune?«

»Man kann nie wissen. So willst du heute rumlaufen?«

Ich trug eine alte Levis, ein T-Shirt und eine graue Weste mit Reißverschluss.

»Da ich nicht wusste, was wir vorhaben...«

»Darf ich einen Vorschlag machen?«

»Ich bin ganz Ohr.«

»Überlass heute einfach alles mir.«

»Das heißt was?«

»Das heißt, du sollst mir versprechen, keine Fragen zu stellen, was immer ich auch mache... und gleichzeitig alles befolgen, was ich dir sage.«

»Alles?«

»Ja«, sagte sie und grinste. »*Alles.* Aber mach dir keine Sorgen: Ich schlage dir nichts Verbotenes vor. Und auch nichts Gefährliches.«

»Dann bin ich erleichtert...«

»Also, abgemacht?«

Sie streckte die Hand aus. Ich schlug ein.

»Gut... solange ich keine Leiche verscharren soll.«

»Das wäre viel zu banal«, sagte sie. »So, und jetzt als Erstes raus aus diesen Studentenklamotten.«

Sie ging an mir vorbei ins Haus und steuerte direkt auf das Schlafzimmer zu. Dort angekommen, öffnete sie den Schrank und begutachtete meine Kleidung. Schließlich holte sie eine schwarze Jeans, ein weißes T-Shirt, eine leichte Lederjacke und ein Paar hohe schwarze Converse-Sneakers heraus.

»Das müsste gehen«, sagte sie und reichte mir den Packen. »Zieh dich bitte um.«

Sie ging ins Wohnzimmer zurück, und ich zog die Sachen an, die sie ausgesucht hatte. Als ich herauskam, stand sie an meinem Schreibtisch und sah sich ein Foto an, das mich mit Caitlin zeigte. Sie musterte mich von Kopf bis Fuß.

»Schon viel besser«, sagte sie. Dann hielt sie das Foto hoch. »Was dagegen, wenn ich das mitnehme?«

»Äh… nein. Aber darf ich fragen, wozu?«

»Was hast du mir versprochen?«

»Keine Fragen zu stellen.«

Sie trat auf mich zu und hauchte mir einen Kuss auf die Lippen. »Dann stell auch keine.«

Sie hakte mich unter. »Auf geht's. Lass uns fahren.«

Wir nahmen ihren Range Rover. Als wir Meredith hinter uns gelassen hatten und auf dem Pacific Coast Highway in Richtung Norden fuhren, sagte sie:

»Ich bin sehr beeindruckt, David.«

»Wovon?«

»Dass du mich noch nicht gefragt hast, was in den letzten zehn Tagen passiert ist. Das ist sehr diszipliniert von dir.«

»Nun, du hast doch gesagt, keine Fragen.«

»Aber ich gebe dir eine Antwort… unter einer weiteren Bedingung: keine Diskussionen.«

»Weil es schlechte Nachrichten sind?«

»Ja, kann man wohl sagen. Und ich will uns nicht den Tag verderben.«

»In Ordnung.«

Den Blick immer auf die Fahrbahn gerichtet – nur ab und zu schweifte er zum Rückspiegel – begann sie zu erzählen.

»Nach unserem letzten Treffen bin ich nach L. A. zurückgefahren und habe die Gulfstream geordert, um direkt nach Chicago zu fliegen. Bevor ich an Bord ging, habe ich in einem Elektronikladen am Flughafen noch schnell einen sprachgesteuerten Mikrorekorder gekauft. Vor meiner Landung habe ich Philip angerufen und ihm gesagt, ich müsse ihn unverzüglich sprechen. Als ich ihm in seiner Suite im Four Seasons die ganze Akte auf den Tisch geknallt habe, weißt du, wie er da reagiert hat? Er zuckte lediglich mit den Schultern und sagte, er wisse nicht, wovon ich spreche. Also habe ich ihn Schritt für Schritt mit dem ganzen Schmierenstück konfrontiert und ihm das Beweismaterial unter die Nase gehalten, das du mir gegeben hast. Wie zu erwarten war, wurde er vage und distanziert, in seiner ganz speziellen Art, die einen so zum Wahnsinn treibt, und leugnete, irgendetwas von der Sache zu wissen. Er fragte mich nicht einmal, woher ich das alles hätte. Er hat es einfach ignoriert. Als ich die Beherrschung verlor und ihn anschrie, er solle mir eine Erklärung geben, verstummte er ganz und schaltete auf introvertierten Zombie. Ich habe mich bestimmt eine Stunde lang abgemüht, habe geschauspielert, es mit jedem nur denkbaren Trick versucht, ihm auch nur das kleinste Eingeständnis zu entlocken. Aber er hat mich gar nicht mehr zur Kenntnis genommen. Schließlich habe ich den ganzen Papierkram eingesammelt, bin hinausgestürmt und habe die Gulfstream zurück nach L.A. genommen.

Die nächsten Tage habe ich ein wenig auf eigene Faust recherchiert. Lubitsch Holdings ist definitiv eine von Philips Briefkastenfirmen... allerdings, wie die meisten Firmen auf den Cayman Islands, so sorgfältig ›getarnt‹, dass niemand sie je tatsächlich mit ihm in Verbindung bringen könnte. Und auch wenn ich keinen Beweis dafür habe, bin ich mir doch ziemlich sicher, dass Philip außer der dicken Spende für den Wohltätigkeitsfonds auch ein hübsches Sümmchen direkt in die Tasche von James LeRoy, dem Leiter der SATWA, hat fließen lassen...«

»Wie hast du das rausgefunden?«

»Was war die Regel des Tages?«

»Entschuldigung.«

»Na ja, das war's dann auch schon. Alles, was du mir neulich erzählt hast, hat sich Wort für Wort als richtig erwiesen. Philip hat sich vorgenommen, dich fertig zu machen. Wieso, weiß ich nicht. Aber er hat es getan. Er wird es nie zugeben, so wie er niemals etwas zugibt, und erst recht wird er uns nie seine Gründe erklären. Aber ich weiß, dass er es getan hat. Und er wird einen Preis dafür zahlen. Der Preis ist: Ich verlasse ihn. Nicht dass ihm das sonderlich nahe gehen würde, natürlich.«

»Du hast ihm also gesagt, dass du ihn verlässt«, meinte ich in der Hoffnung, es würde nicht zu sehr nach einer Frage klingen.

»Nein, noch nicht. Weil ich noch nicht mit ihm gesprochen habe. Guter Versuch, deine Frage wie eine Aussage klingen zu lassen.«

»Danke.«

»Keine Ursache. Ich wünschte nur, es wäre mir gelungen, ihn zu einem Eingeständnis zu bringen. Dann hätte ich ihn vielleicht zwingen können, irgendeine Wiedergutmachung zu leisten, die Angelegenheit wieder gerade zu rücken. Stattdessen...«

Sie zuckte die Achseln.

»Ist schon in Ordnung«, sagte ich.

»Nein. Ist es nicht.«

»Aber für heute ist es in Ordnung.«

Sie nahm die rechte Hand vom Lenkrad und schlang ihre Finger in meine. So blieben wir, bis wir nach Santa Barbara abbogen und sie in den dritten Gang herunterschalten musste.

Dann fuhren wir durch die Straße mit den Tankstellen, wo ich meinen Porsche verkauft und meinen Computer versetzt hatte, die schicke Hauptstraße mit ihren Designerläden entlang und an den Edelrestaurants vorbei, wo Rucola und frisch geriebener Parmesan eine Selbstverständlichkeit waren. Als wir zum Meer kamen, wechselten wir die Richtung und folgten der Küstenstraße, bis wir die Einfahrt des Four Seasons erreicht hatten.

»Äh...«, wollte ich schon sagen, weil ich an die ausschweifende Woche dachte, die ich mit Sally hier verbracht hatte, als ich noch verheiratet und so ungeheuer überheblich gewesen war. Noch ehe ich eine Frage stellen konnte, sagte Martha schon: »Wage es erst gar nicht.«

Am Parkplatz überließen wir einem jungen Hotelangestellten den Wagen. Martha ging mit mir zum Haupteingang. Doch anstatt auf die Rezeption zuzusteuern, führte sie mich durch einen seitlich abzweigenden Korridor zu einer breiten Flügeltür aus Eiche, über der »Wellness Center« stand.

»Ich bin der Ansicht, dass du ein bisschen ›Wellness‹ vertragen kannst«, sagte sie lächelnd, öffnete eine der Türen und schob mich vor sich hinein. Sie übernahm das Kommando, erklärte am Empfang, ich sei David Armitage und habe einen Termin für eine Ganznachmittags-Spezialbehandlung, einschließlich einer kleinen Begegnung mit dem Friseur. Ob sie mit dem übrigens mal kurz reden könne, bitte? Die Frau am Empfang griff zum Telefon. Kurz darauf tauchte aus einer der hinteren Türen ein großer, drahtiger Mann auf. Beinahe im Flüsterton stellte er sich als Martin vor.

»Also, Martin«, sagte Martha, »hier ist Ihr Opfer.« Sie griff in ihre Handtasche, zog das Foto von mir und Caitlin heraus und reichte es Martin. »So sah er aus, bevor er in eine Höhle gezogen ist. Glauben Sie, es ist möglich, ihn wieder in den Vor-Neandertaler-Zustand zu versetzen?«

Martin zeigte ein schmales Lächeln. »Kein Problem«, meinte er und gab Martha das Foto zurück.

»Okay, mein Hübscher«, sagte sie zu mir. »Du hast vier Stunden Spaß vor dir. Wir treffen uns um sieben zu einem Cocktail auf der Veranda.«

»Und was machst du inzwischen?«

Wieder hauchte sie mir einen Kuss auf den Mund. »Keine Fragen«, sagte sie. Damit wandte sie sich um und verschwand durch die Tür. Martin tippte mir auf die Schulter und bedeutete mir, ihm ins Innere des Heiligtums zu folgen.

Zuerst entledigte man mich aller Kleider. Dann führten mich zwei weibliche Bedienstete zu einer mit Marmor ausgekleideten Nasszelle, wo ich aus Schläuchen mit heißem, unter hohem Druck stehendem Wasser abgespritzt und mit Algenseife und einer harten Bürste geschrubbt wurde. Nachdem man mich abgetrocknet und in einen Bademantel gewickelt hatte, schob man mich auf Martins Stuhl. Mit einer Schere schnitt er mir den größten Teil des Barts herunter. Es folgten heiße Handtücher, dann Rasierschaum, und schließlich zog er ein Rasiermesser aus einem Sterilisator. Damit schabte er mein Gesicht glatt, legte noch einmal ein heißes Handtuch auf, nahm es wieder weg, wirbelte den Stuhl herum, tauchte meinen Kopf rückwärts in das Becken und shamponierte mir das lange, verfilzte Haar. Dann schnitt er es radikal zurück, bis es im Nacken und an den Seiten wieder so kurz war, wie ich es getragen hatte, bevor der ganze Schlamassel begonnen hatte.

Als er fertig war, tippte er mir wieder auf die Schulter, wies auf eine andere Tür und sagte: »Wir sehen uns später wieder.«

Die nächsten drei Stunden wurde ich geklopft und geknetet, eingewickelt, mit Lehmpackungen belegt, mit Öl massiert und schließlich auf Martins Stuhl zurückgeschickt. Der fönte und bürstete meinen Schopf, um dann auf den Spiegel zu zeigen und zu sagen: »Jetzt sehen Sie wieder aus wie früher.«

Ich betrachtete mich im Spiegel, doch ich fand es ein bisschen schwierig, mich an dieses neue alte Erscheinungsbild zu gewöhnen. Mein Gesicht war schmaler geworden, meine Augen sahen müde aus und kündeten von seelischer Anspannung. Zwar hatten mich diese vier äußerst intensiven Stunden Wellness kräftig aufgemöbelt, doch letztlich glaubte ich nicht an die Zauberkraft von Haarschneide- und Kosmetikkunst. Ich wollte dieses Gesicht nicht sehen, weil ich diesem Gesicht nicht mehr traute. Und ich schwor, mir gleich morgen wieder den Bart sprießen zu lassen.

Als ich auf die Veranda trat, fand ich Martha an einem Tisch, der einen traumhaften Blick über den Pazifik bot. Sie trug inzwischen ein kurzes schwarzes Kleid, das Haar fiel ihr offen auf die Schultern. Sie schaute mich an. Diesmal jedoch löste meine Veränderung keine Überraschung bei ihr aus. Sie schenkte mir lediglich ein Lächeln.

»Schon besser.«

Ich nahm neben ihr Platz. »Komm doch mal näher«, sagte sie. Ich beugte mich vor. Sie strich mir übers Gesicht, neigte mir den Kopf zu und küsste mich.

»Wirklich, schon viel besser«, sagte sie.

»Freut mich, dass es dir gefällt«, meinte ich, ganz benommen von dem Kuss.

»Tatsache ist, Mr. Armitage, attraktive und intelligente Männer sind rar in dieser Welt. Attraktive und dumme findet man reichlich, auch genügend intelligente und hässliche... aber attraktive und intelligente zeigen sich so selten wie der Komet Hale-Bopp. Wenn sich also ein attraktiver und intelligenter Kerl in eine Gestalt aus einem Bibelfilm verwandelt, müssen Maßnahmen ergriffen werden, um den Knaben zur Vernunft zu bringen. Besonders, da ich nie mit jemandem schlafen würde, der aussieht, als wäre er einem Woolworth-Gemälde von ›Moses empfängt die Gesetzestafeln‹ entstiegen.«

Lange, lange Pause. Dann nahm Martha meine Hand.

»Hast du gehört, was ich gerade gesagt habe?«, fragte sie.

»O ja.«

»Und?«

Nun war es an mir, mich vorzubeugen und sie zu küssen.

»Das war die Antwort, auf die ich gehofft hatte«, meinte sie.

»Weißt du, wie sehr ich mich in dich verliebt habe an jenem ersten Abend?«, rutschte es mir plötzlich heraus.

»Du stellst ja schon wieder eine Frage.«

»Na und? Ich wollte, dass du das weißt.«

Sie griff an meine Jacke und zog mich zu sich heran.

»Das weiß ich doch«, flüsterte sie. »Weil ich das Gleiche empfunden habe. Aber jetzt, kein Wort mehr.«

Sie gab mir noch einen Kuss. »Wollen wir mal was ganz anderes versuchen?«, fragte sie dann.

»Gerne.«

»Dann sollten wir uns heute Abend auf ein Glas Wein beschränken. Zwei sind zu viel. Etwas sagt mir, es wäre schön, später relativ nüchtern zu sein.«

So tranken wir beide ein Glas Chablis. Dann gingen wir hinüber ins Restaurant. Wir aßen Austern und Garnelen, wozu ich mir noch ein Glas Wein genehmigte. In der nächsten Stunde erzählten wir uns allerlei Unsinn und lachten wie die Kinder. Als die letzten Teller abgeräumt wurden und wir den Kaffee ausgetrunken hatten, nahm sie mich bei der Hand und führte mich ins Hauptgebäude des Hotels zurück, wo uns ein Aufzug in eine große, üppig ausgestattete Suite brachte. Kaum war die Tür hinter uns ins Schloss gefallen, nahm sie mich in die Arme.

»Kennst du die Standardszene in den Filmen mit Cary Grant und Katherine Hepburn, wenn Cary Kate die Brille abnimmt und sie wie verrückt küsst? Ich möchte, dass wir diese Szene nachspielen, jetzt gleich.«

413

Und das taten wir. Nur dass wir dann aufs Bett sanken und es zuließen, dass die Szene entgleiste.

Und dann...

Dann kam der Morgen. Gar nicht weiter überraschend erwachte ich mit dem Gefühl, wunderbar geschlafen zu haben. So wundervoll, dass ich im Dämmerzustand noch ein oder zwei Minuten liegen blieb und den Abend noch einmal Revue passieren ließ. Doch als ich zu Marthas Seite hinübertastete, stieß meine Hand nur auf einen hölzernen Gegenstand: das eingerahmte Foto von Caitlin und mir, das auf dem Kissen neben mir lag.

Ich setzte mich auf und stellte fest, dass ich allein war. Ein Blick auf die Uhr sagte mir, dass es zwölf nach zehn war. Dann entdeckte ich auf dem Tisch einen kleinen schwarzen Koffer und einen Umschlag. Rasch stand ich auf. In dem Umschlag, der die Aufschrift *David* trug, fand ich folgenden Brief:

Lieber David,

ich muss jetzt los. Du hörst bald wieder von mir... aber bitte, warte, bis ich den Kontakt aufnehme.

Im Koffer findest du ein kleines Geschenk für dich. Wenn du es weggibst, rede ich kein Wort mehr mit dir – nicht, weil du das Geschenk zurückweist, sondern zurückweist, wofür es steht. Und da ich gerne wieder mit dir reden möchte... ich glaube, du weißt, was ich sagen will.

In Liebe,
Martha

Ich öffnete den Reißverschluss des Koffers und hob den Deckel. Vor mir lag ein brandneuer Laptop.

Ein paar Minuten später stand ich vor dem Badezimmerspiegel und rieb mir mein leicht stoppliges Kinn. Neben dem Waschbecken befand sich ein Telefon, und ich rief bei der Rezeption an.

»Guten Morgen. Wäre es möglich, dass Sie mir etwas Rasierzeug bringen?«

»Kein Problem, Mr. Armitage. Und möchten Sie auch frühstücken?«

»Nur etwas Orangensaft und Kaffee, bitte.«

»Kommt sofort, Sir. Und noch etwas: Ihre Bekannte hat für Sie einen Fahrer reservieren lassen, der Sie nach Hause bringt...«

»Im Ernst?«

»Ja – es ist für alles gesorgt. Aber da Sie erst um eins auschecken müssen...«

Um fünf nach eins saß ich auf der Rückbank eines Mercedes, und der Chauffeur fuhr mich Richtung Meredith. Der Laptop in seinem kleinen Koffer lag auf dem Sitz neben mir.

Am nächsten Tag ging ich wieder zu meiner Arbeit bei Books & Company. Les, der am frühen Nachmittag im Laden auftauchte, war bass erstaunt, als er feststellte, dass das wirklich ich war, der da hinter der Theke stand. Er schaute mich mit gespieltem Ernst an und meinte:

»Meiner Erfahrung nach müssen Sie ziemlich verliebt sein, um sich die Haarpracht stutzen zu lassen.«

Er hatte Recht: Ich war wirklich, ich war wahnsinnig verliebt in Martha. Alle meine Gedanken kreisten nur um sie. Wieder und wieder spulte ich im Kopf ab, was in jener Nacht vorgefallen war. Ich hörte ihre Stimme, ihr Lachen, ihr leidenschaftliches Liebesgeflüster. Und ich sehnte mich danach, mit ihr zu reden. Sie zu berühren. Mit ihr zusammen zu sein. Und endlich von ihr angerufen zu werden.

Am vierten Tag hielt ich es nicht mehr aus. Sollte ich bis Mittag des nächsten Tages nichts von ihr gehört haben, beschloss ich, würde ich ihre Anweisung missachten, sie auf dem Handy anrufen und ihr vorschlagen, auf der Stelle mit mir durchzubrennen. Ich hatte mich nicht einfach Knall auf Fall in sie verliebt, sondern jetzt war mir deutlich bewusst, was ich all die Monate zuvor empfunden, mir jedoch nicht einzustehen gewagt hatte. Das Gefühl... nein, die absolute Gewissheit: *Sie ist es.*

Um acht Uhr am nächsten Morgen klopfte es laut an meiner Tür. Ich sprang aus dem Bett und dachte: *Das ist sie.* Doch als ich sie aufriss, stand da ein Typ in blauer Uniform und hielt mir einen großen braunen gepolsterten Umschlag entgegen.

»David Armitage?« Ich nickte. »Kurierdienst. Ich habe hier ein Päckchen für Sie.«

»Von wem?«

»Keine Ahnung, Sir.« Er reichte mir eine Kladde. Ich quittierte den Empfang und dankte ihm.

Dann ging ich zurück ins Haus und öffnete das Päckchen. Darin befand sich eine Videokassette. Nachdem ich sie herausgenommen hatte, entdeckte ich auf der Vorderseite ein weißes Etikett, darauf war ein grob gezeichnetes Herz zu sehen, das von einem Pfeil durchbohrt wurde. Auf der einen Seite des Herzens sah man die Initialien »DA«. Auf der anderen stand »MF«.

Ich brauchte nur den Bruchteil einer Sekunde: *David Armitage... Martha Fleck.*

Ein kalter Schauer lief mir über den Rücken. Doch ich nahm allen Mut zusammen, schob das Band in den Videorekorder und drückte auf den Startknopf.

Auf dem Bildschirm erschien, von einer fest montierten Kamera aufgenommen, eine Hotelsuite. Die Tür öffnete sich, Martha und ich kamen herein. Sie nahm mich in die Arme. Obwohl der Ton reichlich rauschend und blechern klang, konnte ich sie sagen hören:

»Kennst du die Standardszene in den Filmen mit Cary Grant und Katherine Hepburn, wenn Cary Kate die Brille abnimmt und sie wie verrückt küsst? Ich möchte, dass wir diese Szene nachspielen, jetzt gleich.«

Wir küssten uns. Wir kippten rückwärts aufs Bett. Wir lagen aufeinander, rissen uns die Kleider vom Leib. Die Kamera war so perfekt positioniert, das man jede Einzelheit mitverfolgen konnte.

Nach fünf Minuten schaltete ich ab. Ich brauchte es nicht mehr zu sehen... ich wusste ja, was kam. Ich zitterte am ganzen Leib.

Fleck. Der allwissende, allmächtige Philip Fleck. Er hatte uns reingelegt. Er hatte unsere Telefongespräche abgehört. Herausbekommen, dass Martha dieses Rendezvous im Four Seasons arrangiert hatte. Dann hatte er offenbar wieder einmal seine Leute ausgeschickt, um ein wenig Geld zu verteilen, die Nummer der von Martha reservierten Suite herauszufinden und dort eine Kamera und ein Mikrofon zu installieren.

Und nun... nun hatte er uns. Nackt und grobkörnig auf einem Farbvideo. Sein erster Porno... den er dazu einsetzen würde, um seine Frau zu vernichten und um sicherzustellen, dass die Todeszone, die gegenwärtig mein Zuhause war, für immer meine Adresse bleiben würde.

Das Telefon klingelte. Ich stürzte zum Apparat.

»David?«

Es war Martha. Ihre Stimme klang unnatürlich ruhig, doch es war die Art von Ruhe, die von tiefster Erschütterung zeugt.

»Gott sei Dank, du, Martha...«

»Hast du es gesehen?«

»Ja, habe ich. Er hat es gerade hier abliefern lassen.«

»Wahnsinn, nicht wahr?«

»Ich kann es einfach nicht glauben...«

»Wir müssen uns treffen«, sagte sie.

»Ja, jetzt gleich«, antwortete ich.

5

Fünf Minuten später war ich angezogen und unterwegs. Den ganzen Weg nach Los Angeles legte ich mit durchgedrücktem Gaspedal zurück, wodurch ich meinen Golf auf sagenhafte 125 Stundenkilometer hochquälte, seine absolute Höchstgeschwindigkeit. Es war, als würde man einen asthmatischen Greis über eine Hundertmeterstrecke treiben – doch ich kannte kein Erbarmen. Ich musste Martha sehen, ehe Fleck irgendetwas mit diesem schmutzigen Band unternahm.

Martha hatte ein Café in Santa Monica vorgeschlagen. Als ich dort kurz nach zehn eintraf, saß sie bereits an einem Tisch mit Blick aufs Meer. Die Sonne schien mit voller Kraft, doch eine leichte Brise, die vom Pazifik herüberwehte, linderte die Morgenhitze. Es versprach ein wunderschöner Tag zu werden, ich hatte jedoch keinen Blick dafür.

»Hallo«, begrüßte sie mich, als ich auf ihren Tisch zutrat. Da sie eine dunkle Brille trug, konnte ich nur schwer einschätzen, wie sehr sie in Sorge war. Was mir jedoch gleich auffiel, war ihr merkwürdiges Verhalten: Sie legte eine Kaltblütigkeit an den Tag, die ich nur ihrem Schock zuschreiben konnte.

Ich umrundete den Tisch und umarmte sie. Sie blieb jedoch sitzen und gab mir nur einen Kuss auf die Wange – eine Geste, die mich sogleich alarmierte.

»Vorsicht«, sagte sie, legte mir sanft die Hand auf die Brust und schob mich neben sich auf einen Stuhl. »Man weiß nie, wer einen beobachtet.«

»Natürlich, natürlich«, antwortete ich, setzte mich und ergriff ihre Hand unter dem Tisch. »Hör zu... ich habe mir unterwegs alles überlegt. Ich weiß, was wir tun müssen. Wir gehen zu deinem Mann, erklären ihm, dass wir uns lieben, und sagen ihm, er soll unserem Glück nicht...«

»David«, unterbrach sie mich abrupt. »Bevor wir irgendetwas entscheiden, solltest du erst einmal eine dringende Frage beantworten.«

»Welche denn, Liebes?«

»Willst du einen Espresso, einen Capuccino oder einen Milchkaffee?«

Als ich aufsah, entdeckte ich die Serviererin, die neben unserem Tisch stand und nur mühsam ihr Lachen unterdrücken konnte.

»Einen doppelten Espresso«, sagte ich.

Kaum war die Serviererin verschwunden, ergriff ich Marthas Hand und küsste sie.

»Das waren vier lange Tage«, sagte ich.

»Wirklich?«, erwiderte sie leicht amüsiert.

»Dein Geschenk hat mich sehr gerührt.«

»Ich hoffe, du benutzt es auch.«

»Werde ich, mein Herz. Das werde ich.«

»Schreiben ist das, was du wirklich kannst.«

»Ich muss dir was erzählen...«

»Ich höre.«

»Seit ich allein im Hotelzimmer aufgewacht bin, musste ich ständig an dich denken.«

Langsam entzog sie mir ihre Hand.

»Ist das immer so bei dir, wenn du zum ersten Mal mit einer Frau geschlafen hast?«, fragte sie.

»Tut mir Leid. Ich höre mich wohl wie ein verliebter Schüler an.«

»Nein, es klingt süß.«

»Und es ist das, was ich fühle.«

»David ... wir haben jetzt Wichtigeres zu besprechen.«

»Stimmt, du hast ja so Recht. Ich habe ebenfalls die schlimmsten Befürchtungen, was er mit dem Band anstellen wird.«

»Nun, das hängt davon ab, wie er darauf reagiert.«

»Aber er hat diese gemeine Sache doch aufgezogen ...«

»Nein, das hat er nicht«, erklärte sie leise.

»Was willst du damit sagen?«, antwortete ich, plötzlich verunsichert.

»Dass er mit dem Band nichts zu tun hat.«

»Aber das ergibt doch keinen Sinn. Wenn er es nicht war, wer dann?«

»Ich.«

Forschend blickte ich sie an und versuchte, eine Spur von Belustigung in ihrem Gesicht zu entdecken. Doch da war nichts.

»Das ist nicht dein Ernst!«, rief ich.

»Doch, mein voller.«

Mein Kaffee wurde gebracht. Ohne ihn anzurühren, sagte ich: »Das verstehe ich nicht.«

»Dabei ist alles ganz einfach. Als Philip nicht zugeben wollte, dass er hinter all deinen Problemen steckt, habe ich beschlossen, zu drastischeren Mitteln zu greifen. Also habe ich mir einen Plan zurechtgelegt. Wenn es nicht möglich ist, ihn aufs Band zu bannen, dann eben uns! Das Hotelpersonal hat bereitwillig mitgespielt – kein Problem, nachdem ich die richtigen Leute bestochen hatte. Und dann habe ich noch einen Videospezialisten aus L. A. geholt, der für den Aufbau zuständig war.«

»War er etwa dabei, als wir ...?«

»Meinst du, ich lasse es zu, dass uns jemand im Bett beobachtet? Weißt du noch, wie ich zur Toilette gegangen bin,

421

kurz bevor wir das Restaurant verlassen haben? Da war ich in unserem Zimmer und habe den Videorekorder eingeschaltet, der in einem der Schränke versteckt war. Und dann... Bühne frei.

Am nächsten Morgen – du hast noch geschlafen – habe ich das Band aus dem Rekorder genommen und bin abgefahren. Gestern war ich wieder in Chicago und habe Philip in seiner Hotelsuite gezwungen, sich die ersten paar Minuten unseres Films anzuschauen.«

»Wie hat er reagiert?«

»In seiner typischen Art: Er hat keinen Mucks gesagt, sondern nur auf den Bildschirm gestarrt. Aber ich wusste auch so, was in ihm vorging. Auch wenn er es niemals offen zugeben würde – er ist wahnsinnig eifersüchtig. Und nichts im Leben fürchtet er mehr, als bloßgestellt zu werden, dass man seine Maske durchschaut, dass die Leute mit dem Finger auf ihn zeigen. Weshalb ich ja auch zu diesem Mittel gegriffen habe. Ein Film, der mich mit dir im Bett zeigt, würde sämtliche Alarmglocken in seinem verdrehten Hirn schrillen lassen, das wusste ich. Doch um sicherzugehen, dass er die Sache auch wirklich ernst nimmt, habe ich ihm noch erklärt, eine Kopie des Bandes liege bei meinem Anwalt in New York. Wenn er nicht dafür sorge, dass du innerhalb von sieben Tagen voll und ganz rehabilitiert wirst, habe der Anwalt Anweisung, Kopien des Bandes an die *Post*, die *News*, den *Enquirer,* an *Inside Edition, Hard Copy* und all die anderen Schundblätter zu schicken.«

»Das hast du wirklich gesagt?«, fragte ich ungläubig.

»Ja, und das war nicht nur leeres Gerede, sondern es ist mein voller Ernst. Das Band liegt in New York, die Uhr läuft. Ihm bleiben also noch genau sechs Tage...«

»Aber wenn er darauf setzt, dass du bluffst... wenn es tatsächlich veröffentlicht wird...«

»Dann finden wir beide uns auf den Titelseiten wieder. Aber davor habe ich keine Angst. Wenn er das riskiert, dann gehe ich in die Talkshow zu Oprah Winfrey oder Barbara Walters oder Diane Sawyer und berichte in aller Ausführlichkeit, was für ein Vergnügen es ist, mit einem Mann verheiratet zu sein, der zwar einen Haufen Geld, aber das Seelenleben eines Pappbechers hat. Jetzt kommt es nur darauf an, dass er Wiedergutmachung leistet für das, was er dir angetan hat. Was mich betrifft, so steht mein Entschluss fest: Ich werde ihn verlassen.«

»Wirklich?«, entfuhr es mir, wobei man mir die Hoffnungen, die ich mir machte, wohl ein wenig zu deutlich anhörte.

»Ja, ich habe es ihm gesagt. Und mein Anwalt hat mir versichert, dass die Abmachungen meines Vor-Ehe-Vertrags auch dann noch gelten, wenn ich die Bänder der Presse zuspiele. Der Vertrag enthält keine Schuldklausel. Ob ich Phil verlasse oder er mich, ist ziemlich egal – ich kriege hundertzwanzig Millionen.«

»Meine Güte.«

»Damit kommt Mr. Fleck noch billig weg. Wäre unser erster Wohnsitz in Kalifornien, könnte ich ihn nach dortigem Recht auf die Hälfte seines gesamten Besitzes verklagen. Aber das will ich nicht. Hundertzwanzig Millionen sind mehr als genug für mich und das Kind…«

»Was hast du da gerade gesagt?«

»Ich bin schwanger.«

»Oh«, sagte ich, erschrockener denn je. »Das ist… äh… ja wundervoll.«

»Danke.«

»Seit wann weißt du es?«

»Seit drei Monaten.«

Jetzt verstand ich, warum sie bei unserem Abend so konsequent bei dem einen Glas Wein geblieben war.

»Was sagt Phil...?«

»Der weiß es erst seit gestern«, schnitt sie mir das Wort ab. »Das war eine der vielen kleinen Bomben, die ich gestern habe platzen lassen.«

»Aber ich dachte, ihr zwei hättet nicht...«

»Ja, diesen Programmpunkt einer Ehe hatten wir schon vor einer ganzen Weile abgesetzt. Vor einigen Monaten jedoch gab es ein kurzes Zwischenspiel – nicht lange, nachdem ich dich auf der Insel kennen gelernt hatte. Philip teilte plötzlich wieder mein Bett und dann auch sein Leben mit mir, er schien auf einmal wieder wie frisch verliebt... und mir ging es genauso. Aber das dauerte nur etwa fünf Monate, dann zog er sich wieder in sich selbst zurück. Wie bei ihm üblich, hat er dazu keine Erklärung abgegeben. Er hat sich einfach wieder in sein Schneckenhaus verkrochen. Deshalb habe ich ihm auch nichts gesagt, als ich merkte, dass ich schwanger war. Bis gestern. Und was meinst du, wie er reagiert hat? Mit Schweigen. Komplettem Schweigen.«

Ich nahm ihre Hand.

»Martha...« Ehe ich weitersprechen konnte, fiel sie mir wieder ins Wort.

»Ich weiß, was du jetzt denkst. Sprich es nicht aus.«

»Aber war... ist es denn gar nicht wahr?«

»Was? Dass ich etwas für dich empfinde?«

»Ja.«

»Wie denn? Unsere Bekanntschaft umfasst gerade mal ganze drei Tage.«

»Aber so was weiß man oft schon nach fünf Minuten.«

»Sicher. Trotzdem, ich möchte das jetzt nicht vertiefen.«

»Unfassbar, wenn ich mir vorstelle, dass du alles für mich aufs Spiel setzt.«

»Du redest wie der Held in einem billigen Liebesroman. Dieser Mann ist mit dir umgesprungen wie mit einem Stück

Dreck – vermutlich, weil man ihm haarklein von unserem Abend auf der Insel berichtet hat. Dass wir es dann doch nicht getan haben, spielt dabei keine Rolle. Für ihn zählt viel mehr, dass du talentiert bist und mir gefallen hast. Deshalb fühlte ich mich verantwortlich, als ich gehört habe, wie er deine Karriere ruiniert. Und da moralische Appelle an ihm schlicht abprallen, habe ich mich eben für schmutzige Tricks entschieden. Um die Waage der Gerechtigkeit wieder ins Gleichgewicht zu bringen. Dem Guten gegen das Böse beizustehen. Oder mit welchem Klischee auch immer du es ausdrücken willst.«

»Aber es reicht nicht, wenn er mir Geld gibt. Er muss auch dafür sorgen, dass mein Ruf wiederhergestellt wird. Eine öffentliche Äußerung von ihm, die diesen ganzen Schlamassel aufklärt. Und außerdem...«

»Ja?«

Mir kam eine Idee – eine absurde, aberwitzige Idee... aber es war einen Versuch wert. Schließlich hatte ich nichts zu verlieren.

»Bitte sorge dafür, dass Philip und ich gemeinsam im Fernsehen interviewt werden. In irgendeiner Topsendung, die landesweit ausgestrahlt wird. Es dürfte für die Leute deines Mannes kein Problem sein, das zu arrangieren.«

»Und was soll bei diesem Interview herauskommen?«

»Das lass mal meine Sorge sein.«

»Ich werde sehen, was sich machen lässt. Wenn sich überhaupt etwas machen lässt.«

»Was du bisher schon erreicht hast, ist wunderbar. Ganz wunderbar.«

»David, bitte hör auf.«

»Und wenn wir das alles erst einmal hinter uns haben...«

»Wir?«, fragte sie.

»Ja. Wir. Wir zwei. Du und...«

Sie entzog mir sanft ihre Hand.

»Lass uns erst mal die nächsten sechs Tage abwarten, ja?«
Damit erhob sie sich. »Und jetzt muss ich los.«

Ich stand auf und küsste sie. Diesmal entzog sie mir ihren
Mund nicht. Eine Menge romantischer Torheiten wollten mir
über die Lippen sprudeln, doch ich hielt mich zurück.

»Ich rufe dich an, sobald ich Neuigkeiten habe«, sagte sie.
Dann wandte sie sich um und ging zu ihrem Wagen.

Während der Rückfahrt nach Meredith spulte ich unser Gespräch im Geist wieder und wieder ab. Wie ein verliebter Trottel klammerte ich mich an die wenigen positiven Signale, die
sie mir gegeben hatte. Sie wollte Fleck verlassen. Zwar hatte
sie es nicht direkt zugegeben, dass sie in mich verliebt war,
aber sie hatte es auch nicht bestritten. Immerhin hatte sie
eingestanden, dass sie mich mochte. Und sie hielt sich den
Ausgang offen (»*Lass uns erst mal die nächsten sechs Tage
abwarten, ja?*«). Mit anderen Worten, die Tür war noch nicht
ins Schloss gefallen. Außerdem hatte ich ihr gesagt, was ich
für sie empfand, bevor ich gehört hatte, was ihr zustand, wenn
sie Fleck verließ. Das musste doch einfach etwas bedeuten,
oder nicht?

*Ach, hör endlich auf, Armitage. Du benimmst dich wie ein
Dreizehnjähriger.* Stimmt, die Liebe macht uns alle wieder zu
törichten Teenagern.

Als unverbesserlicher Fatalist, der ich war, malte ich mir
jedoch auch aus, was im schlimmsten aller Fälle passieren
konnte: Fleck entschied sich vielleicht dazu, mit harten Bandagen zu kämpfen. Das Video ging an die Presse. Wieder
wurde ich zum Ziel einer Hetzkampagne – diesmal nicht bloß
als durchgeknallter Plagiator, sondern als jemand, der eine
Ehe zerstört hatte... und mit einer Frau geschlafen, die schon
im dritten Monat schwanger war. Martha würde Fleck verlas-

sen, sich aber nicht für mich entscheiden. Und ich wäre am Ende noch einsamer, als ich es jetzt schon war.

Als ich nach Meredith zurückkam, fand ich zwei dringende Nachrichten für mich auf dem Anrufbeantworter des Buchladens vor. Die erste stammte von meinem Chef, der wissen wollte, warum ich den Laden am Morgen nicht geöffnet hätte; er hoffe, dies sei ein einmaliges Versäumnis. Die zweite stammte von Alison, die mich um Rückruf bat.

»Also«, sagte sie, als ihr das Gespräch durchgestellt wurde, »die Wege des Herrn sind unergründlich.«

»Und das heißt?«

»Stellen Sie sich vor: Ich habe soeben den Anruf eines gewissen Mitchell van Parks von dieser Großkotz-Kanzlei in New York bekommen. Er handele im Auftrag von Fleck Films, erklärte er mir, und wolle sich für die kleine Konfusion entschuldigen, die bezüglich der Registrierung *Ihres* ... ja, er sagte tatsächlich *Ihres* Drehbuchs *Drei im Graben* geherrscht habe. ›Ein fataler Fehler bei der SATWA‹, meinte er, ›den Fleck Films natürlich wieder gutmachen will.‹ Worauf ich fragte: ›Über welche Summe reden wir hier?‹ Er antwortete: ›Eine Million Dollar ... und den Status des Co-Autoren.‹ Worauf ich sagte: ›Vor acht Monaten hat Ihr Klient Mr. Fleck meinem Klienten Mr. Armitage einskommavier geboten, und zwar unabhängig davon, ob der Film tatsächlich gedreht wird oder nicht. Und da sich die Öffentlichkeit unter Umständen fragen könnte, wie der Name von Mr. Fleck seinen Weg auf das Titelblatt gefunden hat ...‹ Da hat er mich unterbrochen und gemeint: ›Okay, einskommavier.‹ ›Auf keinen Fall‹«, habe ich erwidert.

»Das haben Sie nicht ...«

»Doch, natürlich. Ich bin zum Gegenangriff übergegangen und habe erklärt, angesichts der ›dubiosen‹ Umstände der Autorenregistrierung des Scripts wäre Fleck Films bestimmt daran interessiert, die Angelegenheit durch eine Geste der

Großzügigkeit ein für alle Mal aus der Welt zu schaffen... und damit sicherzustellen, dass die unselige Verwechslung eine Privatangelegenheit zwischen meinem Klienten und Mr. Fleck bleibt.«

»Dazu sagte der Anwalt was?«

»Einskommafünf.«

»Darauf Sie?«

»Verkauft.«

Ich ließ für einen Moment den Hörer sinken und schlug die Hände vors Gesicht. Da war kein Triumphgefühl. Keine befriedigte Rache. Auch kein Gefühl der Befreiung. Ich wusste nicht, was mich bewegte... außer einem merkwürdig brennenden Gefühl von Verlust. Und dem überwältigenden Wunsch, Martha in die Arme zu schließen. Ihr aberwitziges Vabanquespiel war aufgegangen. Und nun – wenn sie es mit mir versuchen wollte – stand unserem gemeinsamen Leben...

»David?«, rief Alison ins Telefon. »Sind Sie noch dran?«

Ich nahm den Hörer wieder auf. »Entschuldigung. Ich war ein bisschen...«

»Sie brauchen mir das nicht zu erklären. Das waren sechs lange Monate.«

»Gott segne Sie, Alison. Gott segne Sie.«

»Nun lassen Sie mal Gott aus dem Spiel, David. Zumal wir jetzt eine Menge unchristlicher Drecksarbeit vor uns haben, was die Sache mit der geteilten oder alleinigen Autorschaft betrifft. Ich habe van Parks gebeten, mir gleich per Boten das Shooting Script schicken zu lassen, und werde es morgen an Sie weiterleiten. Dann überlegen wir, wie wir vorgehen werden. Jetzt kaufe ich mir erst mal eine Flasche französisches Prickelwasser... und ich schlage vor, Sie folgen meinem Beispiel. He, schließlich habe ich heute nachmittag 250 000 verdient.«

»Meinen Glückwunsch.«

»Gleichfalls, gleichfalls. Aber eines Tages müssen Sie mir erzählen, wie Sie es gedeichelt haben, dass die Dinge eine solche Wendung nehmen.«

»Das bleibt mein Geheimnis. Nur so viel: Es ist schön, wieder mit Ihnen im Geschäft zu sein.«

»Wir waren nie draußen, David.«

Kaum hatte Alison aufgelegt, wählte ich die Nummer von Marthas Handy. Doch ich wurde nur zu ihrer Voice Mail durchgestellt, wo ich ihr eine Nachricht hinterließ.

»Martha, mein Schatz, ich bin's. Es hat geklappt, dein wunderbarer Plan ist aufgegangen. Bitte ruf mich an. Jederzeit. Tag oder Nacht. Ruf mich doch bitte an. Ich liebe dich …«

Aber sie meldete sich weder an diesem Abend noch am nächsten Tag. Am übernächsten auch nicht. Dafür hatte Alison weitere aufregende Neuigkeiten für mich.

»Können Sie sich eine *New York Times* von heute besorgen?«, fragte sie.

»Wir verkaufen sie hier im Laden.«

»Schlagen Sie mal das Feuilleton auf. Dort finden Sie ein Exklusivinterview mit unserem Lieblingsautor, Philip Fleck. Lesen Sie mal, was er über Sie zu sagen hat. Ihm zufolge sind Sie der am meisten verfolgte Autor nach Salman Rushdie, und was Ihre angeblichen Vergehen betrifft, so hat sich die ein Journalist mit McCarthy-Qualitäten zusammengeschwindelt. Doch das Schönste – weil es mir mal wieder meine geringe Meinung von der menschlichen Natur bestätigt – ist die Tatsache, dass Sie, wie Fleck sagt, von MacAnna so systematisch verleumdet und von der gesamten Branche schmählich im Stich gelassen worden sind, dass Sie und er es im Interesse des Films für das Beste gehalten hätten, Sie als Urheber unerwähnt zu lassen …«

Inzwischen hatte ich mir ein Exemplar aus dem Ständer vor der Theke gegriffen und las mit.

»Hören Sie, was der Schreiberling als Nächstes bringt«, sagte Alison. »*Fleck jedoch meinte, den Urheber nicht zu nennen, erinnere so sehr an die schreckliche Zeit der fünfziger Jahre mit ihren schwarzen Listen, dass es ihn letztendlich gedrängt habe, das Schweigen in dieser Angelegenheit zu brechen und – trotz seiner weithin bekannten Abneigung gegen Interviews – seinem bedrängten Autor zu Hilfe zu eilen.*

›Ohne Frage‹, erklärte Fleck, ›ist David Armitage eine der originellsten Stimmen im amerikanischen Film und Fernsehen. Es ist eine Schande, dass seine Karriere durch die Aktivitäten eines Individuums ruiniert wurde, das aufgrund eigener beruflicher Misserfolge einen persönlichen Rachefeldzug gegen ihn führte. Doch allein Davids brillantes Drehbuch von Drei im Graben *genügt, um seinen Ruf wiederherzustellen und Hollywood daran zu erinnern, welchen riesigen Verlust es bedeuten würde, diesen Autor am Schreiben zu hindern.*«

»Das ist ja unglaublich!«

»Schade, dass niemand ein Remake von *Das Leben des Emile Zola* plant. Nach dieser Vorstellung wäre Fleck für die Hauptrolle prädestiniert. Nett übrigens, dass er Sie beim Vornamen nennt. Wollen Sie mir nicht endlich mal erzählen, was eigentlich damals auf dieser Insel vorgefallen ist?«

»Dazu kann ich nichts sagen.«

»Sie sind langweilig. Aber wenigstens fahren Sie wieder Gewinn ein. Ich sage Ihnen, nach diesem Artikel stehen Ihnen in dieser Stadt wieder etliche Türen offen.«

Den ganzen Abend über klingelte das Telefon – ich gab Interviews für *Daily Variety*, den *Hollywood Reporter*, die *L. A. Times* und den *San Francisco Chronicle*. Und was erzählte ich ihnen? Was war mein Standardsatz zu Philip Flecks feuriger Verteidigung meiner Person? Ich spielte natürlich mit.

»Jeder Autor, der einen Regisseur wie Philip Fleck findet, kann sich glücklich schätzen... er zeichnet sich nicht nur durch Großmut, Esprit und Loyalität aus, sondern er besitzt vor allem eine seltene und wunderbare Ehrfurcht vor dem geschriebenen Wort.« Letzteres war natürlich eine Botschaft an Fleck und sein Team am Dreh: Versucht bloß nicht, das Ding nochmal umzuschreiben.

Auf die Frage der Journalisten, ob ich irgendwelche feindseligen Gefühle gegen Theo MacAnna hege, antwortete ich schlicht: »Ich bin froh, dass ich nicht sein Gewissen bin.«

Auch an diesem Abend versuchte ich Martha anzurufen. Aber ich erreichte weiterhin nur ihre Voice Mail. Ich hinterließ ihr eine einfache Nachricht, in der ich ihr mitteilte, wie wunderbar ich die Sache mit der *Times* fand, wie sehr ich immer noch darauf hoffte, dass Fleck sich zu einem Fernsehinterview mit mir bereit erklärte, und dass ich sie unbedingt sprechen müsste.

Aber sie rief mich nicht zurück. Und ich widerstand der Versuchung, ihr eine E-Mail zu schreiben oder einfach nach Malibu zu fahren und an ihre Tür zu klopfen. Denn mir war natürlich klar, worauf Flecks Verhalten abzielte: Zum einen wollte er dafür sorgen, dass das Video nicht an die Öffentlichkeit gelangte, zum anderen seiner Frau klarmachen, dass er sie nicht verlieren wollte.

Am nächsten Tag stand das ganze Interview mit Fleck noch einmal in der *L. A. Times*. Früh am Morgen bekam ich einen Anruf von einem Produzenten, der bei NBC für die *Today Show* arbeitete und mir mitteilte, man habe für mich um zwei Uhr nachmittags einen Flug nach New York reservieren lassen. Dort würde mich ein Wagen am Kennedy Airport abholen, und im Regency sei ein Zimmer für mich gebucht. Das Interview mit Mr. Fleck würde irgendwann am nächsten Morgen in der letzten Stunde der Sendung stattfinden.

Ich warf einen Blick auf meine Uhr. Es war Viertel nach neun. Wollte ich rechtzeitig am Flughafen von Los Angeles sein, musste ich in einer Stunde aufbrechen. Nachdem ich mir hatte bestätigen lassen, dass ich mein Ticket am Flughafen abholen konnte, legte ich auf und rief Les zu Hause an.

»Ich weiß, es ist ein wenig kurzfristig«, sagte ich, »aber ich muss mir zwei Tage frei nehmen.«

»Schon gut, ich habe den Artikel in der *L. A. Times* von heute gelesen. Da habe ich mir gleich gedacht, dass Sie nicht mehr lange bei uns arbeiten werden, David.«

»Ich fürchte, das stimmt.«

»Nun, was die nächsten beiden Tage betrifft, geht das in Ordnung. Aber würde es Ihnen etwas ausmachen, dann die Kündigungsfrist von zwei Wochen einzuhalten, bis ich einen Ersatz gefunden habe?«

»Kein Problem, Les.«

Dann packte ich meine Tasche, die mit den vier Scripts und meiner Kleidung ziemlich schwer wurde. Bis zum Flughafen brauchte ich etwas mehr als zwei Stunden. In etwas weniger als sechs Stunden hatte ich den Kontinent überquert. Um Mitternacht war ich in meinem Hotelzimmer. Doch ich konnte nicht einschlafen. Also zog ich mich noch einmal an und wanderte bis zum Morgengrauen ziellos durch die Straßen von Manhattan. Dann ging ich in mein Hotel zurück, warf mich in meinen Anzug und wartete auf den Wagen von NBC.

Er kam kurz nach sieben. Fünfzehn Minuten später wurde ich geschminkt und gepudert. Die Tür ging auf, und herein kam Philip Fleck, begleitet von zwei Herren in prallgefüllten schwarzen Anzügen. Bodyguards. Fleck setzte sich in den Stuhl neben mich. Als ich ihm einen Blick zuwarf, fiel mir auf, dass er dunkle Ringe unter den Augen hatte – offenbar war ich nicht der Einzige, der diese Nacht nicht gut geschlafen hatte. Seine Nervosität war nicht zu übersehen. Auch nicht, wie sehr er meinen Blick mied. Die Visagistin versuchte ihn durch unablässiges Quasseln aufzuheitern, während sie die Schminke in seinem fleischigen Gesicht verteilte – doch er kniff nur die Augen zusammen und ignorierte sie. Auf einmal öffnete sich die Tür, und eine Powerfrau von Ende zwanzig kam herein. Melissa sei ihr Name, erklärte sie – »heute Morgen bin ich Ihre Produktionsassistentin«. Dann erläuterte sie uns, was uns in unseren fünf Minuten Sendezeit erwarten würde. Fleck sagte kein Wort, als sie die Liste möglicher Fragen runterratterte, mit denen uns der Moderator – Matt Lauder – unter Umständen konfrontieren würde.

»Sonst noch etwas, was Sie gerne wissen wollen, Gentlemen?«, fragte sie. Wir schüttelten beide den Kopf. Darauf wünschte sie uns viel Glück und verließ den Raum. Ich wandte mich an Fleck.

»Ich wollte Ihnen danken, dass Sie in diesem *Times*-Interview mein Loblied gesungen haben. Ich war echt gerührt.«

Er antwortete nichts darauf, sondern sah nur weiter starr vor sich hin. Anspannung und Unbehagen standen ihm ins Gesicht geschrieben.

Dann war es soweit, und wir wurden durch das Gewirr hinter der Bühne in die Kulisse von *Today* eskortiert. Matt Lauder saß mit übereinander geschlagenen Beinen in einem Sessel. Er erhob sich, um uns die Hand zu schütteln, kam aber nicht dazu, etwas zu sagen, weil sofort zwei Techniker über uns herfielen und uns Mikrofone ans Revers hefteten, während zwei Visagistinnen letzte Hand an unser Make-up legten. Ich platzierte den Stapel Drehbücher vor uns auf den Couchtisch. Fleck warf einen kurzen Blick darauf, hüllte sich aber weiter in Schweigen. Ich sah zu ihm hinüber. Auf seiner Stirn glänzte der Schweiß, sein Lampenfieber war nicht zu übersehen. Ich hatte bereits viel über seine pathologische Abneigung gegen Interviews (und Fernsehauftritte, egal ob live

433

oder als Aufzeichnung) gelesen. Nun konnte ich mit eigenen Augen und aus nächster Nähe sehen, was für eine Qual es ihm bereitete, sich einer Kamera zu stellen. Und wieder einmal dachte ich: Das macht er nur mit, weil er Martha mit allen Mitteln zu halten versucht.

»Alles in Ordnung mit Ihnen, Philip?«, fragte Matt Lauder seinen schwitzenden Gast.

»Ich werd's überstehen.«

Der Aufnahmeleiter verkündete: »Fünfzehn Sekunden.« Wir erstarrten in Bereitstellung. Dann kam der Countdown für die letzten fünf Sekunden, und der Aufnahmeleiter zeigte auf Lauder, der sofort loslegte.

»Da sind wir wieder... und für alle, die einen guten Hollywood-Skandal mögen – hier ist einer, der in den letzten Tagen für fette Schlagzeilen gesorgt hat. Doch im Gegensatz zu vielen anderen hat dieser ein Happy-End, und zwar für David Armitage... den Emmy-Preisträger und geistigen Vater der Erfolgsserie *Auf dem Markt*, der unter dem Vorwurf des Plagiats aus der Produktion seiner eigenen Serie gefeuert worden ist. Sein Ruf ist vollständig wiederhergestellt, und das verdankt er dem beherzten Eingreifen eines der bekanntesten Unternehmer Amerikas, Philip Fleck.«

Es folgte eine kurze Darstellung der Vorwürfe, die gegen mich erhoben worden waren, der Schmutzkampagne von Theo MacAnna und der Tatsache, dass Fleck sich an die Öffentlichkeit gewandt hatte, um meinen guten Namen wiederherzustellen. Weiter erklärte Lauder, Fleck sei nicht nur der achtreichste Mann Amerikas, sondern betätige sich auch als Filmregisseur.

»Ich weiß, dass Sie das Rampenlicht scheuen, Philip«, meinte Matt Lauder, »weshalb also haben Sie sich entschieden, in diesem Fall an die Öffentlichkeit zu gehen und David Armitage zu helfen?«

Schleppend, den Kopf leicht gesenkt, unfähig, Matt Lauders Blick zu erwidern, begann Fleck zu sprechen.

»Also ... äh ... David Armitage ist, gar keine Frage, einer der wichtigsten Drehbuchautoren, die wir zur Zeit haben. Er hat außerdem meinen nächsten Film geschrieben ... und als seine Karriere von einem rachsüchtigen Journalisten zerstört wurde – ein Mann, der um nichts besser ist als ein gedungener Mörder –, nun ... äh ... da hatte ich einfach das Gefühl, ich müsste etwas unternehmen.«

»Dieses beherzte Eingreifen war sicher der große Wendepunkt für Sie, David ... nachdem Sie über Monate hinweg verleumdet worden waren, sodass Sie am Ende gar Hollywood verlassen mussten.«

Ich lächelte breit. »Sie haben vollkommen Recht, Matt. Meine berufliche Wiederauferstehung verdanke ich nur einem Mann – er sitzt zu Ihrer Linken, meinem großen Freund Philip Fleck. Und ich möchte Ihnen zeigen, welch ein bemerkenswerter Freund er für mich in dieser Zeit gewesen ist ...«

Hier griff ich zum Couchtisch, nahm eines der vier Scripts vom Stapel und schlug es auf dem Titelblatt auf.

»Als mein Ruf ruiniert war und mich niemand mehr beschäftigen wollte – wissen Sie, was Philip Fleck da getan hat? Er stellte sich schützend vor mich – und lieh vier meiner alten Drehbücher seinen Namen. Denn er wusste, mit mir als Autor würde sich kein Studio mehr dafür interessieren. Schauen Sie ... hier ist eins meiner ersten Drehbücher, *Drei im Graben* ... aber wie Sie sehen, Matt, lautet der Name des Autors auf dem Titelblatt Philip Fleck.«

Die Kamera schwenkte in Nahaufnahme über die Titelseite. Wärenddessen fragte Lauder Fleck: »Sie haben also den Strohmann für David Armitage gespielt, Philip?«

Zum ersten Mal sah Fleck mich an – und in seinem Blick lag schiere Fassungslosigkeit. Er wusste, dass ich ihn nun am

Wickel hatte und ihm nichts weiter übrig blieb, als gute Miene zum bösen Spiel zu machen. Als die Kamera zu ihm zurückschwenkte, zog er sich unverzüglich in sein Schneckenhaus zurück und sagte widerstrebend:

»Was... äh... David da gesagt hat, stimmt. Sein Name ist so durch den Schmutz gezogen worden, dass er für die Studios in Hollywood zum Paria wurde. Und da ich... äh... sicherstellen wollte, dass die Filme, die ich nach seinen Büchern drehen wollte, auch von einem größeren Verleih vertrieben werden können, blieb mir... äh... nichts anderes übrig, als sie mit meinem Namen zu versehen... mit Davids Einverständnis, versteht sich.«

»Außer *Drei im Graben*«, fuhr Matt Lauder fort, »zu dem im nächsten Monat mit Peter Fonda, Dennis Hopper und Jack Nicholson in den Hauptrollen die Dreharbeiten beginnen, wollen Sie also noch drei weitere Filme nach Drehbüchern von David Armitage machen?«

Fleck sah aus, als würde er sich am liebsten unter dem Sessel verkriechen. Aber er sagte brav: »So ist es geplant, Matt.«

Rasch hakte ich nach: »Und Matt, ich weiß, Philip wird es verlegen machen, was ich jetzt sagen werde – ist er doch jemand, der es nicht gern sieht, wenn man zu viel Aufhebens von seiner Großzügigkeit macht –, aber als ich ohne Arbeit dastand, hat er mir nicht nur die vier Drehbücher abgekauft, sondern auch darauf bestanden, mir für jedes nicht weniger als 2,5 Millionen Dollar zu zahlen.«

Sogar Matt Lauder stutzte bei dieser Summe. »Ist das wahr, Mr. Fleck?«

Der schürzte die Lippen, als wolle er zum Widerspruch ansetzen. Doch dann nickte er nur matt.

»Offenbar setzt er viel Vertrauen in Ihre beruflichen Qualitäten«, meinte Matt Lauder.

»Das können Sie laut sagen«, verkündete ich strahlend.

»Aber was noch bemerkenswerter ist – Philip bestand darauf, dass diese zehn Millionen für die vier Drehbücher unabhängig von einer tatsächlichen Realisierung gezahlt werden sollten. Mehrmals meinte ich zu ihm, dies hieße die Großzügigkeit zu weit zu treiben. Aber der Enthusiasmus, mit dem er mir zu Hilfe kommen und mir sein Vertrauen beweisen wollte war so groß, dass ich einfach ja sagen musste. Nicht dass es mich große Überwindung gekostet hätte.«

Beim letzten Satz lachte Matt Lauder auf. Dann wandte er sich wieder zu Fleck. »Hört sich so an, als wären Sie das, wovon ein Drehbuchautor nur träumen kann, Mr. Fleck.«

Fleck durchbohrte mich mit seinem Blick. »David ist jeden Cent wert.«

Ich hielt Flecks Blick stand. »Vielen Dank, Philip.«

Dreißig Sekunden später war das Interview zu Ende. Fleck hastete sofort aus dem Studio. Ich schüttelte Matt Lauder die Hand und wurde zurück in die Maske geführt. Gerade als ich die Hand nach meinem Handy ausstreckte, das ich dort hatte liegen lassen, begann es zu klingeln.

»Sie wahnsinniges, gemeingefährliches Schlitzohr«, hörte ich Alison, deren Stimme sich beinahe überschlug. »Ich habe noch nie so eine Gaunerei gesehen.«

»Freut mich, dass es Ihnen gefallen hat.«

»Gefallen? Sie haben gerade anderthalb Millionen für mich verdient. Keine Frage, dass mir das gefällt. Meinen Glückwunsch.«

»Und meinen Glückwunsch an Sie. Sie sind Ihre fünfzehn Prozent wert.«

Alison ließ ihr Raucherlachen ertönen. »Bewegen Sie Ihren Hintern hierher. Hier wird das Telefon nicht mehr stillstehen – Sie sind der Mann der Stunde.«

»Nichts dagegen – aber die nächsten beiden Wochen bin ich nicht zu haben.«

»Wie das?«

»Ich bleibe noch bis zum Ablauf der Kündigungsfrist im Buchladen.«

»Reden Sie keinen Blödsinn, David.«

»Ich hab's dem Knaben versprochen ...«

Plötzlich ging die Tür auf, und Philip Fleck kam herein.

»Ich muss jetzt auflegen, Alison«, sagte ich. »Ich rufe Sie später wieder an.«

Fleck setzte sich neben mich auf einen Stuhl. Eine Visagistin mit einem Töpfchen Cold Cream trat an ihn heran, aber Fleck sagte: »Könnten Sie uns bitte einen Augenblick allein lassen?«

Sie ging hinaus und schloss die Tür hinter sich. Außer uns war niemand im Raum. Fleck schwieg eine Zeit lang.

»Sie wissen, dass ich keines dieser Drehbücher verfilmen werde. Niemals«, sagte er schließlich.

»Das ist Ihr gutes Recht.«

»Ich schalte auch bei *Drei im Graben* die Scheinwerfer aus.«

»Auch das ist Ihr gutes Recht ... Mr. Fonda, Mr. Hopper und Mr. Nicholson werden allerdings nicht gerade begeistert sein.«

»Wenn sie ihr Geld bekommen, wird sie das nicht jucken. Wir sind hier schließlich im Filmgeschäft. Solange der Vertrag eingehalten wird und das Geld auf dem Konto eintrifft, kann man machen, was man will. Also, keine Angst, Sie bekommen ihre zehn Millionen. Unabhängig vom Dreh, wie abgemacht. Zehn Millionen ... für mich ist das Kleinkram.«

»Es ist mir gleichgültig, ob Sie mich bezahlen oder nicht.«

»O nein, das ist es nicht. Denn mit diesen zehn Millionen sind Sie wieder wer in Hollywood. Sie haben mir also Einiges zu verdanken. Dafür haben Sie mit dieser Geschichte auch kräftig mein Image aufpoliert. Ich stehe jetzt als der große Menschenfreund da ... und erst recht als der große Freund der

Autoren. Anders ausgedrückt, wir haben beide profitiert, nicht wahr?«

»Sie müssen immer die Oberhand behalten, stimmt's?«

»Ich verstehe nicht ganz, was Sie damit sagen wollen.«

»Doch, das tun Sie. Sie waren es doch, der mein ganzes Leben kaputt gemacht, alles zerschlagen ...«

Er schnitt mir das Wort ab.

»Was habe ich?«

»Sie haben meinen Sturz inszeniert ...«

»Wirklich?«, sagte er, mit einem Mal amüsiert. »Das glauben Sie wirklich?«

»Das weiß ich sogar.«

»Sehr schmeichelhaft. Aber darf ich Sie mal was fragen, David? Habe ich Ihnen etwa geraten, Ihre Frau und Ihre Tochter zu verlassen? Habe ich Sie mit vorgehaltener Pistole gezwungen, mir das Drehbuch zu verkaufen ... obwohl Ihnen nicht gefiel, was ich damit vorhatte? Und als dieser unselige MacAnna in die Welt posaunte, dass Sie unachtsam einige Zeilen aus einem alten Stück eingeflochten haben, war ich es da, der Ihnen empfahl, auf ihn loszugehen?«

»Darum geht es hier nicht. Sie haben die ganze Geschichte gegen mich ins Rollen gebracht ...«

»Nein, David ... das waren Sie selbst. Sie haben mit Ms. Birmingham eine Affäre angefangen. Sie haben meine Gastfreundschaft akzeptiert. Sie waren bereit, die 1,4 Millionen für den Film anzunehmen. Sie haben sich aufgemacht, um es einem dreckigen Journalisten zu zeigen. Und Sie waren es schließlich auch, der sich in meine Frau verliebt hat. Mit all dem habe ich nichts zu tun, David. Das waren alles Ihre Entscheidungen.«

»Doch dann haben Sie mich wie eine Marionette in Ihrem kranken Spiel tanzen lassen ...«

»Ich habe mit Ihnen kein Spiel gespielt, David. Sie sind

das Opfer Ihrer eigenen Entscheidungen geworden. So ist das Leben. Wir treffen Entscheidungen, und als Folge dieser Entscheidungen ändern sich die Umstände. Ursache und Wirkung, heißt das. Wenn unsere falschen Entscheidungen dann jedoch unangenehme Folgen nach sich ziehen, sind wir schnell dabei, die Schuld in äußeren Einflüssen oder der Bösartigkeit anderer zu suchen. Während wir letztendlich doch niemandem außer uns selbst etwas vorzuwerfen hätten.«

»Ich bewundere Ihre Amoralität, Mr. Fleck. Sie verschlägt einem wirklich den Atem.«

»So wie ich Ihre Weigerung bewundere, den Tatsachen ins Auge zu sehen.«

»Die da wären?«

»Sie haben sich selbst reingeritten. Sie sind direkt hineingestolpert...«

»In die Grube, die Sie mir gegraben haben?«

»Nein, David... in die Grube, die Sie sich selbst gegraben haben. Was natürlich nur allzu menschlich ist. Denn wir graben uns immer die gleiche Grube. Ich glaube, man nennt sie *Zweifel*. Und das, woran wir im Leben am meisten zweifeln, das sind wir selbst.«

»Was wissen Sie schon über Zweifel?«

»Oh, da wären Sie überrascht. Mit Geld hören die Zweifel nicht auf. Im Gegenteil, Geld verstärkt sie sogar.«

Er erhob sich. »Aber nun muss ich...«

Ich unterbrach ihn. »Ich liebe Ihre Frau.«

»Glückwunsch. Ich liebe sie auch.«

Damit drehte er sich um und schritt zur Tür. Als er sie öffnete, wandte er sich noch einmal zu mir um.

»Man sieht sich.«

Und weg war er.

Auf dem Weg zum John-F.-Kennedy-Airport hinterließ ich Martha zwei Nachrichten auf dem Handy, in denen ich sie um einen Anruf bat. Als ich sieben Stunden später in Los Angeles ankam, hatten sich zwar ein Dutzend ehemaliger Kollegen und Freunde gemeldet, die mir zu meinem TV-Auftritt gratulieren wollten, aber die eine Nachricht, auf die ich so sehnsüchtig wartete – ihre Nachricht – war nicht dabei.

Ich stieg in meinen Wagen. Ich fuhr zur Küste. Ich fiel ins Bett. Am nächsten Morgen fand ich beim Aufschlagen der *L. A. Times* im Feuilleton einen längeren Artikel mit der Überschrift: *Theo MacAnna oder Die Kunst des Vendetta-Journalismus.* Die äußerst sorgfältig recherchierte und mit zahlreichen Belegen untermauerte Story beschrieb ausführlich die stalinistischen Methoden MacAnnas und seinen ausgeprägten Hang, den Ruf anderer Menschen zu ruinieren und ihre Karriere zu zerstören. Sie enthielt auch einige interessante Details: So hatte er überall erzählt, er habe ein Studium am Trinity College in Dublin abgeschlossen, während er in Wahrheit mit Ach und Krach die Schule geschafft hatte. Außerdem hatte er in Bristol und Glasgow, wo er vor seiner Übersiedlung in die Staaten als kleiner Reporter für Lokalzeitungen gearbeitet hatte, zwei Frauen geschwängert, die er dann ohne einen Penny sitzen ließ. Auch die Geschichte seiner ruhmlosen Entlassung bei NBC, dem einzigen besseren Job, den er jemals ergattert hatte, blieb nicht ausgespart, dazu ein weiteres pikantes, nur wenigen bekanntes Detail: Ein Jahr, bevor *Auf dem Markt* anlief, hatte MacAnna erfolglos an einer Sitcom gebastelt, die in einer Werbeagentur spielte. Woraus sich geradezu unvermeidlich die Schlussfolgerung ergab: kein Wunder, dass er einen Hass auf David Armitage und seine so überaus erfolgreiche Serie entwickelt hatte.

Innerhalb eines Tages nach Erscheinen des Artikels war Theo MacAnna erledigt. Der *Hollywood Legit* kündigte die

Einstellung seiner Kolumne an – und so viele seiner Journalistenkollegen sich auch auf seine Spur machten, um ihn zu einer Stellungnahme zu dem Artikel in der *L. A. Times* zu bewegen, er war nirgends aufzutreiben.

»Angeblich hat sich der Kerl wieder nach England abgesetzt. Das will zumindest mein Schnüffler wissen. Wollen Sie hören, was er mir sonst noch berichtet hat? Auf MacAnnas Bankkonto ist eine satte Million von Lubitsch Holdings eingegangen. Und man braucht nicht viel Fantasie, um sich vorzustellen, was Fleck dafür haben wollte: Er fügt sich widerstandslos in seinen Sturz und die Ruinierung seines Rufs, verschwindet aus der Stadt und lässt sich hier nie wieder blicken.«

»Wie hat Ihr Mann das alles herausgefunden?«

»Ich stelle ihm keine Fragen. Und er ist auch nicht mehr *mein Mann*. Seit heute arbeitet er nicht mehr an dem Fall. Weil der abgeschlossen ist. Ach, übrigens, gerade sind von Fleck Films die Verträge für die vier Drehbücher gekommen. Zehn Millionen, mit oder ohne Dreh…«

»Zu dem es allerdings nie kommen wird.«

»Mit der Ausnahme von *Drei im Graben*.«

»Er hat mir doch gesagt, dass er die Sache abblasen will.«

»Ja, aber das war, direkt nachdem Sie ihn in *Today* so überrumpelt hatten. Es scheint, als hätte ihn seine Frau eines Besseren belehrt.«

»Was wollen Sie damit sagen?«

»Im *Daily Variety* von heute Morgen heißt es auf Seite drei, dass in sechs Wochen die Dreharbeiten zu *Drei im Graben* beginnen und Flecks Frau Martha die Rolle der Produzentin übernommen habe. Sie scheinen in ihr ja einen großen Fan gefunden zu haben.«

»Nicht dass ich wüsste.«

»Kommen Sie, wen interessiert es schon, ob die Dame eine

Schwäche für Sie hat oder nicht? Hauptsache, der Film wird gedreht. Das sind doch erfreuliche Nachrichten.«

Und die erfreulichen Nachrichten rissen nicht ab. Eine Woche später erhielt ich einen Anruf von Brad Bruce.

»Ich hoffe, du redest noch mit mir«, sagte er.

»Ich mache dir keine Vorwürfe, Brad.«

»Du bist großzügiger, als ich es unter diesen Umständen wäre. Aber besten Dank. Wie geht's dir, David?«

»Verglichen mit den letzten sechs Monaten schon wieder etwas besser.«

»Und du bist immer noch an der Küste in dieser kleinen Hütte, von der Alison erzählt hat?«

»Ja. Ich arbeite die Kündigungsfrist im hiesigen Buchladen ab.«

»Du hast in einem Buchladen gearbeitet?«

»Stell dir vor, ich brauchte was zu essen.«

»Ich verstehe. Aber jetzt, wo du einen Zehn-Millionen-Dollar-Vertrag mit Philip Fleck hast...«

»...bleiben mir im Buchladen immer noch fünf Tage.«

»Schön, schön. Sehr nobel, wirklich... aber du denkst doch hoffentlich daran, nach L. A. zurückzukommen, oder?«

»Dort liegt ja schließlich das Geld auf der Straße.«

Er lachte. »Schön, dass die Gags wieder sprudeln.«

»Wie macht sich die neue Staffel?«

»Nun... deswegen rufe ich dich an. Nach deinem Weggang haben wir Dick LaTouche als leitenden Drehbuchredakteur verpflichtet. Und sechs Folgen der neuen Staffel sind schon fertig. Aber ich muss dir sagen, die Bosse sind alles andere als zufrieden. Es fehlen die Schärfe, die Power, der überdrehte Witz, den du hineingebracht hast.«

Ich zog es vor, dazu nichts zu sagen.

»Und deshalb haben wir uns gefragt...«

Eine Woche später unterzeichnete ich den Vertrag mit FRT,

der meine Rückkehr zu *Auf dem Markt* sicherte. Ich sollte vier der letzten acht Folgen schreiben und wieder die Endredaktion der Scripts übernehmen. Außerdem akzeptierte man meine wichtigste Bedingung und ließ mich die ersten sechs Folgen der neuen Staffel überarbeiten. FRT sah von der Forderung ab, sich das Honorar für die umstrittenen Folgen von mir zurückzahlen zu lassen. Ich erhielt den »Nach einer Idee von ...«-Status zurück, und letztlich gab man mir alles wieder: mein Büro, meinen Parkplatz, meine Krankenversicherung und – das Wichtigste von allem – meine Reputation. Denn kaum hatte sich mein 1,3-Millionen-Dollar-Deal mit FRT in der Branche herumgesprochen, wollte jeder wieder gut Freund mit mir sein. Warner Brothers rief Alison an und erklärte, man plane, die Entwicklung von *Der Einbruch* weiter voranzutreiben (und – natürlich – diese dumme Geschichte mit der ersten Hälfte des Honorars für den Entwurf... bitte richten Sie Mr. Armitage aus, er soll das Kleingeld behalten). Alte Bekannte meldeten sich, die verschiedensten Leute aus der Branche wollten sich mit mir zum Essen verabreden. Doch nicht ein Mal ging mir durch den Kopf: *Wo sind sie gewesen, als ich sie gebraucht hätte?* Denn so läuft das hier nicht. Mal ist man drin, mal ist man draußen. Mal ist man oben, mal ist man unten. Mal ist man gefragt, mal nicht. In dieser Hinsicht ist Hollywood ganz darwinistisch. Im Unterschied zu anderen Städten, wo die gleiche Gnadenlosigkeit unter geschraubter Höflichkeit und intellektuellem Getue verborgen wird, gilt hier nur ein Grundsatz: *Du bist interessant für mich, solange du etwas für mich tun kannst.* Viele Leute bezeichnen das als Oberflächlichkeit. Doch ich habe eine Schwäche für den unbarmherzigen Pragmatismus dieser Weltsicht. Man weiß genau, worauf man sich einlässt, und die Regeln des Spiels versteht jeder.

Noch in der gleichen Woche, in der ich den Vertrag bei FRT unterzeichnete, zog ich wieder in die Stadt. Zwar hätte ich ohne weiteres versuchen können, mich auf die Jagd nach etwas in der oberen Preisklasse zu machen, doch mir war eher nach Bescheidenheit und Zurückhaltung. Keine Spontanentscheidungen mehr. Nicht den Verlockungen des ersten Angebots zum Opfer fallen. Kein Vertrauen mehr in den Glanz und Schimmer des Erfolgs. Statt eines großen, minimalistisch eingerichteten Lofts oder einem Schuppen für Superneureiche in Brentwood mietete ich mir ein hübsches, modernes Stadthäuschen in Santa Monica. Dreitausend Dollar im Monat. Zwei Schlafzimmer. Nett und geräumig. Voll und ganz im Rahmen meiner finanziellen Möglichkeiten. Problemlos zu bezahlen. Vernünftig.

Und als meine Überlegungen dann um den ultimativen Fetisch von L. A. zu kreisen begannen – das Auto –, entschied ich mich dafür, meinen klapprigen Golf zu behalten. Am ersten Tag, an dem ich wieder bei FRT erschien, rollte ich direkt hinter Brad Bruce in seinem offenen Mercedes SLR Cabrio auf den Parkplatz. Er warf einen amüsierten Blick auf meinen Schrotthaufen.

»Soll ich raten«, sagte er. »College-Nostalgie… wahrscheinlich hast du im Handschuhfach auch jede Menge Kassetten von Crosby, Stills and Nash.«

»Er hat mich in Meredith von A nach B gebracht. Dann wird er es wohl auch hier noch eine Weile tun.«

Brad Bruce lächelte wissend, als wollte er sagen: »Wenn du Spaß daran hast, den Bescheidenen zu mimen… du wirst dir bald was Besseres zulegen. Das erwartet man nämlich von dir.«

Damit hatte er natürlich Recht. Irgendwann würde ich die Karre abstoßen. Aber erst, wenn sie eines Morgens wirklich nicht mehr ansprang.

»Bereit für das große Wiedersehen?«, fragte Brad.

»Ja«, antwortete ich. Als wir die Produktionsräume von *Auf dem Markt* betraten, stand die gesamte Mannschaft auf und klatschte. Ich schluckte, und mir traten Tränen in die Augen. Nachdem der Applaus verebbt war, tat ich also das, was man von mir erwartete. Ich lieferte eine spritzige Begrüßung:»Schade, dass ich nicht öfter gefeuert werde. Herzlichen Dank für diesen herzlichen Empfang. Sie alle haben eigentlich in diesem Business nichts verloren – Sie sind nämlich viel zu anständig.«

Dann betrat ich mein altes Büro. Mein Schreibtisch stand noch an seinem Platz. Desgleichen mein Herman-Miller-Stuhl. Ich zog ihn darunter hervor. Ich ließ mich darauf fallen. Ich stellte ihn auf die richtige Höhe ein. Und dachte: Nie hättest du geglaubt, dass du das noch einmal sehen wirst.

Kurz darauf klopfte meine frühere Sekretärin Jennifer an die Tür.

»Oh, hallo«, sagte ich freundlich, jedoch nicht, ohne sie merken zu lassen, dass ich mich sehr wohl erinnerte, wie schmählich sie mich am Tag meiner Entlassung behandelt hatte.

»Darf ich reinkommen?«, fragte sie ängstlich.

»Sie arbeiten hier. Natürlich dürfen Sie reinkommen.«

»David ... Mr. Armitage ...?«

»Bleiben Sie ruhig bei David. Schön, dass Sie schließlich doch nicht gefeuert worden sind.«

»Man hat mich in letzter Minute begnadigt, weil eine der anderen Sekretärinnen gekündigt hat. David, werden Sie mir jemals verzeihen, wie ich ...?«

»Das war gestern. Jetzt ist heute. Übrigens könnte ich einen doppelten Espresso vertragen.«

»Kein Problem«, sagte sie sichtlich erleichtert. »Ich bin gleich mit der Liste der Anrufe zurück.«

446

Alles war wie immer. Ganz oben auf der Liste standen Sally Birmingham und Bobby Barra. Sally hatte es letzte Woche einmal versucht. Bobby hingegen rief seit vier Tagen täglich zweimal an. Laut Jennifer hatte er sie regelrecht bekniet, ihm meine Privatnummer zu geben. Und stets ließ er das Gleiche ausrichten: »Sagen Sie ihm, es gibt erfreuliche Nachrichten.«

Hinter den erfreulichen Nachrichten von Bobby, welcher Natur sie auch sein mochten, konnte nur Philip Fleck stecken.

Doch ich ließ Bobby noch eine ganze Woche zappeln – nur um ihn spüren zu lassen, dass er mich nicht so leicht wieder einseifen konnte.

Schließlich gab ich auf. »Meinetwegen«, sagte ich zu Jennifer, als sie mir meldete, Bobby sei schon zum dritten Mal an diesem Tag auf Leitung eins. »Stellen Sie ihn durch.«

Kaum hatte ich Hallo gesagt, sprudelte Bobby auch schon los.

»Du hast es aber drauf, einen Freund leiden zu lassen«, sagte er.

»Starke Worte aus deinem Munde.«

»He, du warst doch die Pfeife, die gleich auf die Palme gegangen ist...«

»Und du hast mir gesagt, du würdest nie mehr ein Geschäft mit mir machen. Warum rutschen wir uns also nicht gegenseitig den Buckel runter und belassen es dabei?«

»O je, die beleidigte Leberwurst! Kaum schwimmst du wieder oben, schon behandelst du kleine Leute wie Dreck.«

»Ich habe nichts gegen Zukurzgeratene, Bobby. Nicht mal gegen so widerliche, doppelzüngige, mickrige kleine Scheißer wie dich.«

»Dabei rufe ich dich an, weil ich gute Nachrichten für dich habe.«

»Schieß los«, sagte ich betont gelangweilt.

»Erinnerst du dich noch an die zehn Riesen, die du auf deinem Konto bei mir gelassen hast?«

»Ich habe kein Geld bei dir gelassen, Bobby. Als ich das Konto aufgelöst habe ...«

»Da hast du ungefähr zehntausend Dollar vergessen.«

»Blödsinn.«

»David, ich wiederhole es: *Du hast ungefähr zehntausend Dollar vergessen.* Kapiert?«

»Aha. Und was, bitteschön, ist aus diesen ›vergessenen‹ zehn Riesen geworden?«

»Ich habe damit für dich in den Börsengang einer kleinen, aber feinen venezolanischen Internetfirma investiert, und siehe da – die Aktien sind um das Fünfzigfache gestiegen, und ...«

»Warum erzählst du mir diese alberne Geschichte?«

»Das ist keine alberne Geschichte. Du hast eine halbe Million bei Barra & Company auf dem Konto. Gerade heute wollte ich dir und deinem Steuerberater die Auszüge schicken lassen.«

»Und das soll ich dir glauben?«

»Das Geld ist da, David. Auf deinen Namen.«

»Das mag ja sein. Aber diese Geschichte mit der venezolanischen Internetfirma? Hast du nichts Besseres auf Lager?«

Er schwieg einen Moment.

»Ist es denn so wichtig, wie das Geld auf dein Konto gekommen ist?« fragte er dann.

»Ich möchte nur, dass du es zugibst ...«

»Was zugibst?«

»Dass er dich angewiesen hat, mich in die Pfanne zu hauen.«

»Wer ist *er*?«

»Du weißt genau, wen ich meine.«

»Ich rede nicht über andere Kunden.«

»Einen Kunden meine ich auch nicht. Ich meine den sprichwörtlichen Gott...«

»Und manchmal offenbart sich uns Gott in seiner Güte.
Also hör auf mit diesem scheinheiligen Gefasel... vor allem,
wenn Gott dir darüber hinaus zehn Millionen für vier alte
Drehbücher zahlt, die in deiner Sockenschublade Fußpilz angesetzt haben. Und wenn wir schon beim Thema sind, könntest du ruhig ein paar Worte des Dankes darüber verlieren,
dass du jetzt mit zweihundertfünfzig Riesen mehr dastehst
als vor dem großen Zusammenbruch.«

Ich seufzte. »Was soll ich dazu schon sagen, Bobby? Du bist
eben ein Genie.«

»Das nehme ich als Kompliment. Also: Was soll ich jetzt
mit der Knete machen?«

»Du meinst: ›Wie soll ich sie für dich anlegen?‹«

»Genau.«

»Wie kommst du darauf, dass ich dich weiterhin als Broker
beschäftigen will?«

»Weil du weißt, dass ich dir immer Geld gebracht habe.«

Ich überlegte einen Moment. »Während du weißt, dass ich
nach Abzug von Alisons Provision und der Steuer noch ungefähr fünf Millionen aus dem Geschäft mit Fleck übrig habe,
die auch irgendwie angelegt sein wollen.«

»Das hab ich mir schon ausgerechnet, ja.«

»Sagen wir also, ich beauftrage dich, die fünf Millionen –
zusammen mit der halben Million, die du für mich gemacht
hast – in einem Treuhandfonds anzulegen...?«

»Wir machen auch Treuhandfonds. Das ist zwar nicht gerade die spritzigste Geldanlage...«

»Aber ein solcher Fonds kann nicht in einem indonesischen
Börsengang verschwinden, stimmt's?«

Nun war er es, der laut aufseufzte. Anstatt mir jedoch mit

449

einer Retourkutsche zu antworten, sagte er nur: »Wenn du auf Nummer Sicher gehen willst, auf Blue Chips setzen möchtest, mit garantierter Wertsteigerung – nichts einfacher als das.«

»Genau das will ich. Bombensicher und felsenfest. Und auf den Namen Caitlin Armitage.«

»Nette Sache«, meinte Bobby. »Meine Hochachtung.«

»Ich danke dir. Und wenn wir schon dabei sind, danke auch Fleck in meinem Namen.«

»Das habe ich nicht gehört.«

»Bist du taub geworden?«

»Hast du es noch nicht gemerkt? Unsere Wege trennen sich. So ist das nun mal im Leben. Weshalb es, mein Freund, stets das Beste ist, die Dinge mit einem Lächeln zu nehmen – und ganz besonders in schlechten Zeiten.«

»Ein Philosoph bist du also auch noch. Du hast mir gefehlt, Bobby.«

»Gleichfalls, David... und wie. Gehen wir nächste Woche mal zusammen essen?«

»Ich fürchte, das lässt sich nicht vermeiden.«

Gegenüber Sallys Anrufen blieb ich jedoch eisern. Nicht dass sie so hartnäckig gewesen wäre wie Bobby. Dennoch tauchte ihr Name in den ersten drei Wochen nach meiner Rückkehr einmal pro Woche auf meiner Anrufliste auf. Schließlich schickte sie mir ein Schreiben auf Briefpapier von Fox:

Lieber David,

ich möchte dir sagen, wie sehr es mich freut, dass du nach dieser grässlichen Verleumdungskampagne von Theo MacAnna wieder im Geschäft bist. Du bist eines der größten Talente, die wir haben – und was dir widerfahren ist, war einfach furchtbar. Im Namen von Fox Television meinen Glückwunsch, dass du die Anfeindungen

*überstanden hast und wieder obenauf bist. Manchmal
gewinnen eben doch die Guten.*

*Ich wollte dir auch mitteilen, dass Fox Television äußerst
interessiert ist, die Idee zu der Comedy mit dem Titel*
Sprich darüber *weiterzuentwickeln, über die wir vor einiger Zeit geredet haben. Es wäre schön, wenn wir uns
einmal zum Essen treffen könnten, um noch einmal darüber zu verhandeln, sofern es dein Terminkalender erlaubt.*

In der Hoffnung, bald von dir zu hören,

*Beste Grüße,
Sally*

P. S.: Du warst glänzend in Today.

Ich weiß nicht, ob dies Sallys Art war, sich bei mir zu entschuldigen. Oder ob es ein sorgfältig verschleierter Wink sein
sollte, jetzt, da ich wieder flüssig war, noch einmal *darüber
zu reden.* Oder ob sie nur die kluge Fernsehmanagerin spielte
und das so genannte »Talent« ködern wollte. Letztlich kümmerte es mich wenig. Andererseits wollte ich nicht grob und
überheblich reagieren... denn, wenn ich ehrlich war, hatte ich
keinen Anlass zu Überheblichkeit. Also setzte ich mich hin,
nahm einen offiziellen Briefbogen von FRT und antwortete
ihr in geschäftsmäßigem Ton:

Liebe Sally,

*vielen Dank für deinen Brief. Dringende Arbeit an der
neuen Staffel von* Auf dem Markt *macht es mir derzeit
unmöglich, mich zum Essen zu verabreden. Weiterhin
erlauben mir es meine Verpflichtungen als Autor auf ab-*

451

sehbare Zukunft nicht, in irgendeiner Form ein gemein-
sames Projekt zu beginnen.

Mit freundlichen Grüßen

Und ich unterschrieb mit meinem vollen Namen.

Einige Tage später traf die letzte der erfreulichen Nachrichten ein. Die schönste von allen. Sie kam von Walter
Dickerson, der nach monatelangen Verhandlungen mit der
Gegenseite endlich das durchgesetzt hatte, was mir so viel
bedeutete.

»Also«, sagte er, als er mich im Büro anrief. »Wir haben es
geschafft: Sie dürfen Ihre Tochter wieder sehen.«

»Hat Lucy tatsächlich nachgegeben?«

»Ja – sie hat endlich eingesehen, dass Caitlin ihren Vater
braucht... wie ich es Ihnen gesagt habe. Tut mir Leid, dass es
so lange gedauert hat. Aber das Beste daran ist: Sie erlaubt
nicht nur, dass Sie Ihre Tochter regelmäßig treffen, sie besteht
auch nicht auf der Anwesenheit einer Aufsichtsperson... wie
das sonst oft der Fall ist, wenn das Besuchsrecht für eine
Weile ausgesetzt worden ist.«

»Hat Lucys Anwalt durchblicken lassen, wie es zu ihrem
Sinneswandel gekommen ist?«

»Na ja, daran wird Caitlin nicht ganz unbeteiligt gewesen
sein. Und, um ehrlich zu sein, Ihr Comeback im Filmgeschäft
dürfte ein Übriges getan haben.«

Aber es gab noch einen weiteren Grund, den ich erst entdeckte, als ich zum ersten Mal nach über acht Monaten wieder
zu einem Wochenende mit meiner Tochter nach Norden flog.

Ich fuhr mit einem Leihwagen vom Flughafen zu Lucys
Haus nach Sausalito. Auf mein Klingeln flog die Tür auf, und
Caitlin stürzte sich in meine Arme. Lange hielt ich sie fest.
Schließlich knuffte sie mich mit dem Ellbogen an.

»Hast du mir was mitgebracht?«, fragte sie.

Ich musste lachen, dass sie so rasch umschalten konnte, wie ihre wunderbar dreiste Frage bewies. Acht verrückte Monate lagen zwischen uns – und doch waren wir sofort wieder Vater und Tochter. Sie zumindest schien sich nicht geändert zu haben.

»Dein Geschenk liegt im Auto. Du bekommst es später.«

»Im Hotel?«

»Ja, im Hotel.«

»Das gleiche Hotel, wo wir früher waren – ganz oben?«

»Nein, nicht in diesem, Caitlin.«

»Mag dich dein Freund nicht mehr?«

Ich schaute sie verblüfft an. Sie hatte offenbar nichts vergessen. Sie erinnerte sich an jede Kleinigkeit unserer sämtlichen gemeinsamen Wochenenden.

»Das ist eine lange Geschichte, Caitlin.«

»Erzählst du sie mir?«

Doch bevor mir dazu die passende Antwort einfiel, hörte ich Lucys Stimme.

»Hallo, David.«

Ich richtet mich auf, ohne Caitlins Hand loszulassen. »Hallo.«

Verlegenes Schweigen breitete sich aus. Wie soll man sich unbefangen begegnen, nachdem in einem feindseligen, schrecklich dummen Rechtsstreit so viel Porzellan zerschlagen wurde?

Doch ich gab mir einen Ruck.

»Gut siehst du aus«, sagte ich.

»Du auch.«

Danach trat wieder eine verlegene Pause ein.

Ein Mann kam aus dem Inneren des Hauses und stellte sich neben Lucy in den Türrahmen. Er war groß, schlank, Anfang vierzig und trug sehr konservativ-korrekte Freizeitkleidung:

453

ein blaues Hemd mit Knöpfkragen, einen dunklen Shetland-
pullover, braune Hosen, Segelschuhe. Er legte Lucy den Arm
um die Schulter. Ich bemühte mich, mir nichts anmerken zu
lassen.

»David, das ist mein Freund, Peter Harrington.«

»Freut mich, Sie mal endlich kennen zu lernen, David«,
sagte er und reichte mir die Hand. Wenigstens hat er nicht
gesagt: »... *ich habe schon so viel von Ihnen gehört*«, dachte
ich.

»Freut mich ebenfalls«, antwortete ich.

»Können wir jetzt gehen, Daddy?«, fragte Caitlin.

»Gern.« Ich wandte mich zu Lucy um. »Sonntagabend um
sechs?«

Sie nickte.

Auf der Fahrt nach San Francisco erklärte Caitlin: »Mummy und Peter wollen heiraten.«

»Aha«, sagte ich. »Und was hältst du davon?«

»Ich möchte gern die Brautjungfer sein.«

»Das lässt sich sicher einrichten. Weißt du, was Peter von
Beruf ist?«

»Er hat eine Kirche.«

»Wirklich?«, fragte ich besorgt. »Was für eine Kirche hat er
denn?«

»Eine hübsche.«

»Und weißt du auch, von welchem Glauben?«

»Uni... uni...«

»Er ist Unitarier, meinst du?«

»Genau. Unitarier. Komisches Wort.«

Na ja, wenigstens eine zivilisierte Variante von Religion.

»Peter ist sehr nett«, fügte Caitlin hinzu.

»Freut mich zu hören.«

»Und er hat Mommy gesagt, du sollst mich wieder besuchen
dürfen.«

454

»Woher weißt du denn das?«

»Ich habe im anderen Zimmer gespielt, als er das gesagt hat. Hat Mommy dir verboten, mich zu besuchen?«

Ich sah auf die Lichter in der Bucht.

»Nein«, antwortete ich.

»Ist das auch wahr?«

Caitlin, du brauchst die Wahrheit nicht zu hören.

»Ja, mein Liebling. Das ist die reine Wahrheit. Ich war nur eine Weile weg und musste arbeiten.«

»Aber jetzt fährst du nie mehr so lange weg, oder?«

»Nein, nie mehr.«

Sie streckte mir ihre kleine Hand entgegen. »Abgemacht?«, fragte sie.

Ich grinste. »Seit wann kennst du denn solche Hollywood-Sitten?«

Sie nahm den Scherz nicht zur Kenntnis, sondern hielt mir unbeirrt ihre Hand hin.

»Abgemacht, Daddy?«

Ich schlug ein.

»Abgemacht.«

Das Wochenende verging wie im Flug. Am Sonntag um sechs standen wir wieder vor Lucys Tür. Als sie öffnete, stürmte Caitlin hinein, um ihre Mutter zu umarmen, kam dann zu mir zurück, drückte mir einen dicken feuchten Schmatzer auf die Wange und sagte: »Bis in zwei Wochen, Daddy.« Dann lief sie ins Haus, die Barbies und anderen wertlosen Plastiksachen, die ich ihr während des Wochenendes gekauft hatte, fest umklammert. Lucy und ich standen uns allein auf der Türschwelle gegenüber und schauten uns verlegen an.

»War's schön?«, fragte Lucy.

»Wunderbar.«

»Freut mich.«

Schweigen.

»Nun also...«, sagte ich und trat den Rückzug an.

»Okay«, meinte Lucy. »Tschüss dann.«

»Bis in zwei Wochen.«

»Gut.«

Ich nickte und wandte mich zum Gehen.

»David«, sagte sie, worauf ich mich noch einmal umdrehte.

»Ja?«

»Ich wollte dir nur sagen... es freut mich, dass alles wieder so gut läuft bei dir, beruflich, meine ich.«

»Dankeschön.«

»Es muss furchtbar gewesen sein.«

»War es auch.«

Schweigen. Dann fuhr sie fort:

»Noch etwas möchte ich dir sagen. Mein Anwalt hat mir erzählt, als alles schief gelaufen ist, hast du auch all dein Geld verloren...«

»Das stimmt. Ich war für eine Weile ziemlich abgebrannt.«

»Aber du hast es trotzdem geschafft, jeden Monat den Unterhalt zu bezahlen.«

»Das musste sein.«

»Obwohl du pleite warst.«

»Musste sein.«

Schweigen.

»Ich bin beeindruckt, David. Sogar sehr.«

»Danke«, sagte ich. Dann breitete sich wieder angespanntes Schweigen aus. So sagte ich ihr denn Gute Nacht, ging zu meinem Wagen, fuhr zum Flughafen und flog nach Los Angeles zurück, stand am nächsten Morgen auf, ging zur Arbeit, traf eine Menge »kreativer Entscheidungen«, telefonierte viel, aß mit Brad zu Mittag und fand am Nachmittag noch drei Stunden Zeit, in jene Leere zu starren, die man Computerbild-

456

schirm nennt, um dort meinen Figuren Leben einzuhauchen, bis ich um acht aufhörte, die inzwischen verwaisten Büros selbst abschloss, mir auf dem Heimweg irgendwo Sushi holte, das ich mir mit einer Dose Bier zu den beiden letzten Vierteln eines Spiels der Lakers gönnte, danach mit dem neuen Roman von Walter Mosley ins Bett ging und gesunde sieben Stunden schlief, bevor ich aufstand und alles wieder von vorn begann.

Irgendwo in all dieser Routine dämmerte es mir allmählich: Alles, was du wiederhaben wolltest, hast du zurückbekommen. Doch mit dieser Erkenntnis wurde mir auch etwas anderes klar:

Du bist allein.

Gewiss, da war der Spaß mit den Kollegen bei der Arbeit. Außerdem gab es noch die zwei Wochenenden im Monat mit meiner Tochter. Aber sonst...

Was? Mich erwartete keine Familie, wenn ich abends nach Hause kam. Ein anderer Mann spielte jetzt den Alltagsdaddy für meine Tochter. Und auch wenn ich jetzt wieder auf der Erfolgswelle schwamm, so wusste ich mittlerweile, dass man von einem Erfolg nur bis zum nächsten getragen wurde. Der einen wiederum...

Wohin eigentlich? Wo sollte das alles hinführen? Diese Frage trieb mich am meisten um. Man konnte sich jahrelang abstrampeln, um irgendwohin zu kommen. Doch wenn man es endlich geschafft hatte – wenn einem alles in den Schoß fiel und man endlich besaß, was einem so begehrenswert erschienen war, überkamen einen mit einem Mal seltsame Zweifel: War man auch wirklich angekommen? Oder hatte man nur einen Zwischenstopp eingelegt, unterwegs zu einem illusorischen Ziel? Einem Ort, der sich sofort in Nichts auflöste, wenn die anderen dich nicht mehr zu den Glückskindern des Erfolgs zählten.

Aber wie kann man ein Ziel erreichen, das nicht existiert?

Wenn mir auf meinem so oft in die Irre führenden Weg etwas klar geworden war, dann das: Was wir alle so beharrlich und verzweifelt suchen, ist die Antwort auf die Frage, warum wir auf der Welt sind. Letztlich finden wir diesen Grund jedoch nur in jenen, die töricht genug sind, uns zu lieben... oder in jenen, für die wir selbst Liebe aufbringen können.

Wie Martha.

Im ersten Monat sprach ich ihr jeden Tag eine Nachricht auf Band. Ich versuchte es auch mit E-Mail. Schließlich sah ich ein, dass es keinen Zweck hatte, und stellte alle weiteren Kontaktversuche ein. Trotzdem war sie ständig präsent – wie ein dumpfer, hartnäckiger Schmerz, der nicht vergehen will.

Bis eines Freitags, zwei Monate nach unserem letzten Treffen, ein Päckchen kam. Darin lag ein kleiner rechteckiger, in Geschenkpapier eingeschlagener Gegenstand und ein Briefumschlag. In dem Schreiben, das ich darin fand, stand:

Liebster David,

Natürlich hätte ich deine Anrufe und all deine E-Mails beantworten sollen. Doch... jetzt bin ich hier, in Chicago, mit Philip. Zum einen, weil er das getan hat, worum ich ihn gebeten habe – nach allem, was man in den Zeitungen liest, scheint deine Karriere ja wieder in Schwung gekommen zu sein. Und ich bin auch hier, weil ich, wie du sicher weißt, den Film produziere, zu dem du das Drehbuch geschrieben hast. Aber ich bin auch aus dem ganz einfachen Grund hier, weil er mich darum gebeten hat. Das klingt vielleicht komisch: Philip Fleck – Mr. Zwanzig Milliarden – hat es nötig, jemanden um etwas zu bitten. Aber genauso war es. Er hat mich bekniet, ihm noch eine Chance zu geben. Er könne es nicht ertragen,

mich und das Kind zu verlieren, hat er gesagt. Und er
hat mir auch jene altbekannte Gegenleistung angeboten:
»Ich werde mich ändern.«

Warum er das getan hat? Ich weiß es nicht. Hat er sich
geändert? Nun, zumindest reden wir miteinander und
teilen auch das Schlafzimmer... also alles in allem eine
Verbesserung. Auf die Vaterrolle scheint er sich wirklich
zu freuen... obwohl der Film im Moment natürlich für
ihn an erster Stelle steht. Wie auch immer, im Moment
läuft es ganz gut zwischen uns. Ich kann nicht abse-
hen, ob es von Dauer ist oder ob er sich irgendwann
wieder in sein Schneckenhaus verkriecht und ich doch
den Schlussstrich ziehe.

Doch eines weiß ich: Du hast einen Platz in meinem
Herzen und wirst ihn für immer behalten. Das ist wunderbar und traurig zugleich... doch so ist es nun mal.
Nun bin ich, die schreckliche Romantikerin, mit einem
schrecklich unromantischen Mann verheiratet. Hätte
ich aber etwa mit dir durchbrennen sollen? Eine schreckliche Romantikerin mit einem noch schrecklicheren
Romantiker? Völlig undenkbar. Zumal schreckliche Romantiker sich immer nach dem sehnen, was sie nicht
haben. Doch sobald sie es dann einmal haben...
Vielleicht war das der Grund, warum ich dich nicht zurückrufen und deine Briefe nicht beantworten konnte. Es
wäre so dramatisch gewesen. Aber wenn die Dramatik
erst einmal vorbei gewesen wäre... was dann? Hätten wir
uns angeschaut, wie du manchmal Sally (du hast mir
davon erzählt), und hätten uns gefragt: Und was jetzt?
Aber vielleicht hätten wir auch glücklich zusammen gelebt.
Es ist ein Spiel – und bereitwillig setzen wir stets aufs
Neue... weil wir die Krise, das Drama und die Gefahr
brauchen. Genau wie wir die Krise, das Drama und die

Gefahr fürchten. Man kann auch sagen: Weil wir nie wissen, was wir wollen.
Ein Teil von mir will dich. Ein Teil von mir fürchtet sich vor dir. Und unterdessen habe ich meine Entscheidung getroffen: Ich bleibe bei Mr. Fleck und hoffe auf das Beste, denn ich spüre jetzt schon kräftiges Strampeln in meinem Bauch, und ich will nicht allein dastehen, wenn er oder sie kommt, und weil ich ihren oder seinen ach so eigenartigen Vater einmal geliebt habe oder vielleicht auch immer noch liebe. Und ich wünschte mir, es wäre dein Kind, aber das ist es nicht – und im Leben kommt es immer auf den richtigen Zeitpunkt an, und bei uns hat es eben nicht geklappt, und...
Nun, du verstehst mich sicher, trotz meiner unzusammenhängenden Gedanken.
Hier ist ein kleiner Vers von unserer Lieblingsdichterin zu diesem Thema (nur viel kürzer ausgedrückt, als ich es vermag):

Dies ist die Stunde Blei
Erinnert, wenn durchlebt,
So wie Erfrierende – den Schnee erfassen –
Erst – Frösteln – Lähmung dann – dann Gehenlassen –

Ich hoffe, du kannst es gehen lassen, David.
Und sobald du diesen Brief gelesen hast, tu mir einen Gefallen: Denk nicht darüber nach. Mal dir nicht aus, was hätte sein können. Mach dich einfach wieder an die Arbeit.

In Liebe,
Martha

Der letzten Anweisung folgte ich nicht sogleich. Zunächst öffnete ich das Geschenk – es war eine Erstausgabe der *Gedichte von Emily Dickinson*, 1891 bei Robert Brothers in Boston erschienen. Ich wog das Buch in den Händen, bewunderte seine kompakte Eleganz, seine ehrwürdige Schwere, die Aura der Ewigkeit – auch wenn es, wie alles, irgendwann zu Staub zerfallen würde. Dann sah ich auf und erblickte mich selbst auf dem schwarzen Schirm meines Laptops: ein Mann mittleren Alters, der, im Gegensatz zu dem Buch, das er in Händen hielt, ganz sicher in hundertelf Jahren nicht mehr auf dieser Erde weilen würde.

Da fiel mir noch etwas anderes ein – eine Bitte von Caitlin bei meinem Besuch in der letzten Woche. Als ich sie in unserem Hotelzimmer ins Bett gebracht hatte, wollte sie noch eine Gutenachtgeschichte hören. Genauer gesagt, die Geschichte von den Drei Kleinen Schweinchen. Doch sie stellte eine Bedingung.

»Daddy«, sagte sie, »kannst du die Geschichte ohne den Großen Bösen Wolf erzählen?«

Ich überlegte einen Augenblick, wie sich das bewerkstelligen ließe.

»Probieren wir mal… Erst bauen sie ein Haus aus Stroh. Dann ein Haus aus Ästen. Schließlich eins aus Ziegelsteinen. Was kommt als Nächstes? Bilden die Drei Kleinen Schweinchen einen Nachbarschaftsverein? Tut mir Leid, Liebling, die Geschichte funktioniert ohne den Großen Bösen Wolf nicht richtig.«

Aber warum funktioniert sie nicht? Weil es in jeder Geschichte eine Krise gibt. Deine. Meine. Die des Kerls, der dir im Zug gegenübersitzt, während du dieses Buch hier liest. Und jede Geschichte birgt eine einfache Wahrheit. Wir brauchen die Krise: Die Angst, das Verlangen, den Sinn für das Mögliche, die Furcht vor dem Scheitern, die Sehnsucht nach dem Leben, das wir gern führen würden, die Verzweiflung über das Leben, das wir führen. Die Krise schenkt uns den Glauben, dass wir wichtig sind; dass es mehr gibt als den flüchtigen Augenblick; dass wir irgendwie unsere Bedeutungslosigkeit überwinden können. Und mehr noch, die Krise lässt uns spüren, dass, ob es uns gefällt oder nicht, immer der Schatten des Großen Bösen Wolfs auf uns fällt. Hinter allem lauert eine Gefahr. Die Gefahr, die wir für uns selbst darstellen.

Doch wer steckt letztendlich hinter unseren Krisen? Wer zieht die Fäden? Für die einen ist es Gott. Für die anderen der Staat. Manchmal gibt es jemanden, den du für alle Ereignisse verantwortlich machst: deinen Ehepartner, deine Mutter, deinen Chef. Oder vielleicht – aber nur vielleicht – dich selbst.

Diese Frage ging mir noch immer im Kopf herum. Ja, da gab es einen Bösen in meiner Geschichte – jemanden, der mich ruinieren, mich vernichten wollte, und der mich schließlich wieder aufgebaut hatte. Ja, ich kannte den Namen dieses Mannes. Aber vielleicht... und mit einem sehr großen *Vielleicht*... war das niemand anderer als ich selbst?

Wieder schaute ich auf den dunklen Bildschirm. Die Umrisse meines Gesichts zeichneten sich vor der tintigen Schwärze ab. Die Silhouette eines Phantoms. Ein Geisterporträt. Und da kam mir der Gedanke, dass der Mensch, wahrscheinlich seit er zum ersten Mal sein Spiegelbild wahrgenommen hatte, sich tagtäglich mit der müßigen Frage herumschlug: *Wer bin ich in all dem... und spielt das alles überhaupt eine Rolle?*

Damals wie heute hat er darauf keine Antwort gefunden. Außer vielleicht der, die ich mir inzwischen selbst gebe:

Quäle dich nicht mit solchen unlösbaren Fragen herum. Brüte nicht der Vergänglichkeit des Daseins nach. Und überlege nicht, was hätte sein können. Mach einfach weiter. Was können wir sonst auch tun? Es gibt nur eins, was hilft. Geh an deine Arbeit.

Gustav Lübbe Verlag ist ein Imprint
der Verlagsgruppe Lübbe

Copyright © 2003 by
Douglas Kennedy
Originalverlag: Hutchinson,
UK, London
Titel der Originalausgabe: Losing it

Copyright © 2003 für die deutsch-
sprachige Ausgabe by Verlagsgruppe Lübbe GmbH & Co KG,
Bergisch Gladbach

Aus dem Amerikanischen von
Gerlinde Schermer-Rauwolf, Barbara
Steckhan und Thomas Wollermann,
Kollektiv Druck-Reif
Textredaktion: Claudia Alt
Lektorat: Daniela Bentele-Hendricks

Schutzumschlag: Guido Klütsch, Köln
Foto: The ImageBank
Satz: Bosbach Kommunikation &
Design GmbH, Köln
Gesetzt aus der Rotis Serif und
der Rotis Semi Sans von Linotype
Druck & Einband: Friedrich Pustet,
Regensburg

Alle Rechte, auch die der foto-
mechanischen und elektronischen
Wiedergabe, vorbehalten

Printed in Germany

ISBN 3-7857-2112-9

2   4   5   3   1

Sie finden die Verlagsgruppe Lübbe
im Internet unter
http://www.luebbe.de